KB140022

문학과 인생의 만남

· 崔貞淑 평론집 ·

한국학술정보㈜

머리말

　필자는 1995년에 우연히 투고한 글이 두 군데의 월간 문예지에 각각 다른 내용의 평론이 당선이 되었다. 이것으로 문학 평론 신인상을 수상하게 되어 평론을 쓰게 되는 본격적인 계기가 된 것이다.

　이미 1986년에 詩 10여 편으로 추천되어 시인으로 활동하면서 뒤늦게 평론을 하게 된 것이다. 그동안 문학 세미나와 문예 월간지에 평론을 연재하였고 외국 학회에서도 발표를 하게 되었다. 이러한 작품들을 책으로 묶어서 출간하게 된 것이다.

　이 책은 제1부에 여성과 문학으로 여성 문학에 초점을 맞추어 저술하였다. 대부분 문학 평론 신인상을 수상한 작품을 중심으로 묶은 것이다.

　제2부에서는 작가와 세계로 주로 학회와 월간지에 연재한 글들을 묶은 것이다.

　제3부에서는 시와 비평으로 문학 월간지에 '이달의 화제시' 란에 일 년 간 시 평론을 연재한 것을 묶은 것이다.

　제4부에서는 시와 민속으로 학회지와 연구소에 실린 글들을 모은 것이다.

　그동안 대학에서 국문학을 강의 하면서 시간에 쫓겨 깊이 있는 글이 되지 못한 것에 부족함을 느낀다. '문학과 인생의 만남' 이라는 책 제목과 같이 문학은 곧 인생이라는 것을 깨닫는 나이가 되었다. 문학 속에 우리들 삶의 모습들과 자취들이 그대로 녹아 있다는 것을 비로소 알게 되었다.

이 책은 올바른 길로 언제나 든든하게 지켜주시는 존경하는 부모님, 평생 교육계에 봉사하신 85세이신 아버지, 어머니께 바치고 싶고 딸 노릇을 제대로 해 드리지 못해 늘 죄스럽습니다. 두 분이 평생 행복하게 사시는 모습이 자식으로서 존경스럽고 정말 감사드립니다. 그리고 부모님이 살아계심에 늘 감사하고 눈물이 납니다.

사랑하는 가족들과 멋진 그림을 그려준 여고 동창 친구인 안상운 화가에게 진심으로 고맙고 또 출판해 주신 한국학술정보(주) 사장님과 편집위원들께 감사드립니다.

2008년 6월
月下堂에서 峨林 崔貞淑

─ 차 례 ─

제 1 부
여성과 문학

I 여성 문학의 흐름과 전망

1. 한국여성 문학의 흐름

1980년대부터 본격적인 여성문제에 대한 인식과 여성해방의 시각이 사회적으로 대두되기 시작하면서 문학 논의에도 페미니즘 文學이 반영되었다.

아직은 서구의 페미니스트 비평 이론을 수용하는 입장이기에, 우리 현실에 적합한 여성 문학론을 정립하기에는 부족함이 있다. 한국의 문학사에 있어서 여성과 문학이라는 주제하에 진행된 연구는 新文學期부터 시작되어 현재에 이르기까지 진행되고 있는 것이다. 그러므로 문학에 있어서 오늘날과 같은 서구의 영향을 입은 페미니스트 비평적 논의가 이루어지기까지, 그 이전에 어떠한 여성문학 논의가 있었는지 살펴볼 필요가 있다.

개화, 계몽, 신교육 등을 강조하던 개화기 당시만 하더라도 신소설 중의 대표작인 이해조의 「자유종」에서는 여성의 신교육, 재혼의 허용, 자유연애 등을 강조하고 있다. 오랫동안 전통적 유교사회에서 순종과 침묵만을 강요당해 온 한국여성에게, 가부장제의 권위적 사고에 대한 문제의식을 갖도록 한 것이다.

이에 개화기 이후의 여성에 대한 신교육의 영향으로 신여성들을 中心으로 한 작가층이 형성되기에 이르렀다. 1920년대의 여성 문인들로서 김명순, 김원주, 나혜석 등은 문학 수준은 낮으나 여성작가로서의 희소성과 지식인 남성들과의 자유연애에 의해 作品의 가치보다는 사생활의 행적이 주목의 초점이 되었다.

그런데 여성작가를 왜 여류작가라고 부르게 되었으며 어떻게 이 명칭이 생겼고 어떤 과정을 거쳐 형성되어 이루어졌는지 살펴볼 필요가 있다. 개화기 이후 배출되기 시작한 여성작가들이 作品없는 작가생활로 주목을 끌게 된 것이다. 따라서 '여류'라고 하면 작가로서보다는 자유연애론자, 혹은 '노라'식의 여성 해방론자로 인식되었다. 즉 여류작가들은 당대 현실 속에서의 구체적인 여성문제에 대한 인식이 결여되어 여성해방의 문제를 자유연애나 '노라'식의 가정에서의 탈출로 이해하고, 작가로서 독자적 作品세계 구축에 대한 노력 없이 습작의 단계를 벗어나지 못하였던 것이다. 따라서 초기 여성작가들은 화초적 존재라는 행적에 대한 평가를 면하지 못하였다.

또한 '여류'라는 말은 저널리즘의 상업적 의도와, 여성작가에 대한 作品外的 찬사, 作品에 대한 평가절하 및 무관심이 내포되고 그 결과 '여류'라는 말은 여성다운 어떤 특질을 의미하는 개념이 되면서 본격적인 문학을 지향하는 여성작가들에게는 기피의 대상이 된다. 진정한 여류문학은 여류 특유의 섬세함에 기초한 것으로 간주되어 그에 걸맞은 作品세계를 창조하였을 때는 역사성 혹은 사상성이 부재한 것으로 비판되는가 하면 사회인식에 깊이를 갖춘 作品에는 '여성성의 소실'[1]이라는 딱지가 붙었다.

---

1) 고정희, 한국여성문학의 흐름, 평민사, 1986.

이렇게 여성작가를 '여류'란 이름하에 매도하던 경향은 박화성, 강경애, 최정희, 김말봉, 이선희, 백신애 등의 1930년대 건실한 리얼리즘이 성과를 거둔 작가에 대해서도 그러한 비판을 보이고 있다.

2. 1920년대 여성 문학론
― 김명순, 나혜석, 김일엽을 중심으로 ―

1920년대의 여성 문학은 여류문인들의 제1기에 해당하는 활동시기이다.
오세영은 제1기 여류문인이 강력하게 주장한 여성해방 논리를 다음과 같이 주장하고 있다.

첫째, 억압 없는 性의 구현
둘째, 도덕적으로 위장된 여성 억압으로부터의 자유이다. 여기에는
　　　필연적으로 새로운 개념의 정조관이 제시된다.
셋째, 남녀평등 사상이다.
넷째, 여성교육과 사회 진출의 요구이다.

이처럼 1920년대는 자유연애와 자아 중심주의가 확대되어 인간의 개성과 자아 각성의 움직임 속에 여성의 문학에 대한 각성이 크게 대두되기 시작하였고 무엇보다 여성의 사회적 기회균등과 교육의 필요성, 남녀 차별의 철폐와 여성해방을 문학과 생활을 통하여 관념적으로 제시하고 있다.
19C 후반 한국 근대적 여권신장을 확립하는 데 중요한 배경은 미국

여선교사에 의하여 1886년에 설립된 이화학당과 1898년 개화의식을 가진 서울 북촌의 400여 양반 부인들이 여권확립 운동을 목적으로 설립한 순성여학교가 있고 1905년부터 1910년 사이에 전국 200여 사립학교가 설립되었다. 여성잡지로는 1917년 12월 22일에 창간된 여성교양지 <女子界>가 3회 간행되었으며 1920년 6월 25일 제5호로 종간되었다. 이 잡지에 실린 羅晶月의 단편 '貞嬉'는 우리나라 여류작가의 최초 작품으로 알려져 있다. 1920년 1월에 창간된 여성종합 잡지인 <女子時論>이 간행되었는데 문예작품의 발표와 계몽을 위한 교양 종합지이고, 1920년 3월 <신여자>, 그리고 1923년 9월에 창간된 여성잡지 <신여성>이 발간되었다. 이 잡지는 1922년 6월부터 1923년 8월까지 <부인>이라는 잡지로 간행되다가 같은 해 9월부터 <신여성>이라는 이름으로 고쳐서 간행된 것이다. 1926년 10월까지 발행된 뒤 개벽사의 사정에 의해 1930년 말까지 당시 개벽사에서 발행하던 <별건곤>과 통합 발간하다가 1931년 1월부터 다시 발행되어 1934년까지 지속 발행되었다. 이 잡지는 여성지 중에서 최장수誌로 1934년 4월 통권 38호로 종간되었다. 구시대의 낡은 여성관을 벗어버리고 신천지를 개척하는 신시대의 발전적 여성상을 의미하는 <신여성>은 여성운동과 참정권 운동, 농촌여성 문제, 직업권 확립, 창작란 등이 수록되었는데 발행되기가 무섭게 매진되었다고 기록되어 있다.

　문학적으로는 1919년 <창조>, 1920년 <폐허>, 1922년 <백조> 등 문학 동인지가 발간되고 1920년에 조선일보와 동아일보가 각각 창간되어 근대적인 각성과 더불어 여성이 자아각성을 깨닫기 시작했다. 따라서 1920년대에 가장 활발하게 작품 활동을 한 세 여성작가인 김명순, 나혜석, 김일엽의 문학세계를 조명해 보고자 한다.

1) 金明淳(1896~1951)

1896년 1월 20일 평남 평양군 융덕면 갑부 김희경의 庶長女로 출생하였고, 1911년에 진명여학교를 졸업하였다. 1917년에 단편 「疑心의 少女」가 <청춘>誌 현상공모에 2등으로 당선되면서 문단에 등장하였다. 1913년 제1차 동경유학으로 시부야에 있는 국정여학교 3학년에 입학하고 1915년에 귀국하게 된다. 그 후 1919년 2월 <창조>동인으로 참가함으로써 최초의 여류 문인으로 창작활동을 하였으며 1920년 3월 「조모의 묘전에」를 <여자계> 4호에 발표하고 그해 7월 2차 동경유학을 하게 된다. 1924년 동인지 <폐허이후>에 시 「위로」를 발표하였고 1925년에 매일신보에서 기자로 활동하다가 1925년 최초의 여류 창작집 『생명의 과실』을 상재하였고 1927년에 영화배우로 활약 「나의 친구여」, 「숙영낭자전」, 「꽃장사」, 「노래하는 시절」, 「젊은이의 노래」 등에 출연하였다. 1938년 이병두 박사 집에 머물면서 「조선유학사」의 원고 정리로 생계를 이어가다 1939년 일본으로 건너가 1951년 일본 아오야마(靑山) 뇌병원에서 사망하였다.

김명순은 1910년대 최남선, 이광수의 소설에서 1920년대 <창조> 동인들의 사실주의에 소설을 접맥시키는 교량역할을 하였고, 1917년 <창조>에 「의심의 소녀」가 당선되어 <창조>誌 이전의 리얼리즘 선구자라고 볼 수 있다. 「의심의 소녀」는 한국 최초의 리얼리즘 소설로 당대의 사회문제와 여성해방의 문제점이 등장하고 권선징악의 주제성을 탈피하고 있다.

1920년대 세 여성 작가 중에서 가장 활발한 작품을 남겼는데 창작의 절정기는 1925에서 1927년 사이로 1925년에 최초의 여성 시집 『생명의 과실』을 눈여겨볼 필요가 있다.

이 시집에 실린 24편의 시는 감정이 적당히 절제되어 있고 감탄사와 시어 반복을 통한 정형성을 나타나는 민요적 서정시라고 할 수 있다.

내용은 자전적인 한스러움, 신여성의 좌절과 비판적인 입장, 모성적인 심성과 기독교적 문학관, 일제 저항시 등 감정의 절제 속에 지성적이고 이성적인 방법으로 시를 쓰고 있다.

「긔도」, 「탄식」, 「꿈」 세 편을 살펴보면 삶의 편력을 민요조의 반복 기법으로 묘사하고 있다.

> 거울압헤 밤마다 밤마다
> 좌우편에 촛불 밝혀서
> 한업은 무료를 닛고지고
> 달빗가티 차란분발느고서는
> 어머니의 귀한품을 꿈꾸려
>
> 귀한 처녀 서른신세 되어
> 밤마다 밤마다 거울의 압헤
> 「긔도」 전문

> 둥그런 년닙헤 얼골을 뭇고
> 꿈이루지 못하는 밤은 깁허서
> 뷔인뜰에 혼자서 서른 탄식은
> 련닙헤 달빗가티 허득여드러
> 지나가는 바람인가 한숨지으라
>
> 외로운처녀 외로운처녀 파랏게되어
> 련닙헤 련닙헤 얼골을 뭇어
> 「탄식」 전문

> 애련당못가에 꿈마다 꿈마다
> 어머니의 품안에 안키여서
> 갑지못한 사랑에 눈물흘니고
> 손톱마다 봉선화드리고서는

어리든 님의 압흘 꿈꾸려

착한처녀 착한처녀 호올로 되어서
꿈만 꿈꾸다 애련당못가에
「꿈」 전문

담담하고 차분하게 탄식과 그리움을 반추하며 모성회귀를 승화시키
고 있다.

그 밖에 「싸흠」, 「귀여운 내수리」는 일제 치하의 유일한 여성 저항
시로 평가받아야 하며 이상화, 이육사, 윤동주의 저항시보다 선행하는
중요한 의미가 있다.

또 1922년 <개벽> 10월호에 「표현파의 시」라는 제목으로 표현파의
시 2편, 상정파의 시 2편, 후기인상파의 시 1편, 악마파의 시 4편을 번
역하여 총 9편의 번역시를 발표하였다.

표현주의 시인인 프란츠 베르펠의 시 「웃음」, 헤르만의 시 「비극적
운명」을 이미 1922년 <개벽> 28호에 번역하였다. 이것은 1927년 김진
섭이 「표현주의 문학론」을 소개하고 서항석이 1933년에 <학등>지에 5
회에 걸쳐 연재한 「표현주의 문학연구」에 앞선 시 작품의 번역이었다.

이와 같은 번역시로 프랑스의 상징주의, 독일의 표현주의 시의 특성
에 영향을 받았음을 알 수 있으며 따라서 폭넓게 외국 번역시를 발표
하여 번역문학에 끼친 업적도 평가받아야 한다.

또한 1920년 7월 <창조>에 한국 최초의 시극인 「조로의 화몽」을 발
표한다.

이 작품은 상징주의적, 탐미적인 경향을 보이는 액자소설 형식과 같
은 액자식 형식을 갖춘 시극의 장르이다. 현실-꿈-현실의 서사적 구
조를 바탕으로 해설-시-대화-시-해설의 구성을 가지고 꿈속의 이야
기를 전개하고 있다. 이처럼 슬픈 사랑의 이야기를 장미꽃을 의인화시

켜 상징적으로 표현하고 있다. 이 시극은 자신의 사랑에 대한 기다림에 지친 자전적인 비극성을 시화하고 있음을 알 수 있다.

단편소설을 살펴보면 「의심의 소녀」(청춘 1917.11), 「돌아다볼 때」 (조선일보 1924.3.31~4.19), 「탄실이와 주영이」(조선일보 1924.6.14~ 7.15), 「꿈묻는 날 밤에」(조선문단 1925.5) 등 18편을 살펴보면 대부분 자전적이다. 여기서 자전적 성향을 지닌 소설과 위장 자전소설을 자전 류 소설이라 명명하고 이 자전류 소설이 김명순 소설의 주된 형상화 방법이라고 볼 수 있다. 이 소설에 나타난 주인공들은 구습, 구관습에 의한 결혼을 부정적으로 보고 있으며 자신만이 진정한 자아를 추구하 는, 즉 기존 지배질서로부터 벗어나려 하고 있으며 남성의 횡포와 여성 의 비극을 표현하고 있다. 따라서 부정적인 인간관계를 설정하였고 비 판, 저항, 반항하는 인물을 통해 새로운 사랑관을 제시하고자 하는 것 이 모두 뛰어난 비유와 명징한 논리를 전개하여 깊이 있는 내면 갈등 의 묘사에 탁월한 능력을 보여주고 있다.

2) 나혜석(1896~1946)

1896년 4월 18일 경기도 수원군 신풍면 신창리에서 아버지 나기정과 어머니 최 씨 사이에 5남매 중 둘째딸로 태어났다. 집안은 대대로 부유 한 명문으로 증조부는 호조참판을 지냈으며 아버지는 용인과 시흥의 군 수를 역임했고 오빠도 일본유학을 할 정도의 개화 가정이었다. 1910년 에 진명여고보에 여동생 지석과 함께 입학하여 기숙사 생활을 하였고 1913년 제1회 수석 졸업생으로 이미 유명해져 있었다. 졸업 후 바로 동 경여자 미술학교로 진학하여 둘째오빠의 권유로 서양화를 전공하고 다 방면에 재능이 뛰어나 유학생 사이에서 인기가 많았다. 1914년 동경유 학생의 기관지 <學之光>과 1915년 동경의 한국 여학생 친목회지 <여

자계>에 글을 기고하면서 여권신장에 관한 논설문을 쓰기 시작하였다. 1918년 학교를 졸업하고 함흥의 영생중학교에서 교편을 잡다가 다시 서울에 와서 정신여학교에서 교편을 잡았다. 1920년 4월, 10살 연상이고 전실 소생이 있는, 상처한 변호사 김우영과 결혼식을 올리고 1921년 3월 최초의 서양화 개인전을 열어 1927년 유럽 여행을 떠날 때까지 조선미술전람회에 수상을 하는 등 활발히 활동을 하였다. 1929년 유럽 여행에서 돌아와 화가로 촉망될 때 파리 체재 중에 있었던 최린과의 관계로 부부사이가 악화되어 1930년 이혼하게 된다. 공개 이혼장이 1934년 8월부터 9월호에 걸쳐 <삼천리> 「이혼 고백서」를 발표하여 사회제도와 법률의 모순, 남성중심 사회를 비판하고 있다.

또한 문인보다 화가로 더 알려진 나혜석은 문학작품을 통하여 여성해방과 여성의 기본권에 대한 주장을 그의 논설문에서 구체화시키고 있다.

작품을 살펴보면, 1914년 「이상적 부인」을 동경 유학생들의 동인지인 <학지광>에 발표하여 여성의식의 개혁과 사회제도의 합리화를 주장하는 개방적이고, 적극적인 사고방식을 보여주었다.

1920년 7월에 창간된 <폐허>에 김억, 남궁 벽, 이혁로, 김영환, 염상섭, 오상순, 김원주, 이병도, 황석우 등과 함께 창간 동인으로 참여하였으며, 1921년 1월 <폐허> 2호에 시 「냇물」, 「砂」를, <매일신보>(1922.1.4)에 「인형의 집」을 발표하였다.

> 졸졸 흐르는 져 냇물
> 흐린 날은 푸르죽죽
> 맑은 날은 반짝 반짝
> 캄캄한 밤 흑색갓치
> 달밤엔 백색갓치
> 비오면 방울방울

눈오면 녹혀주고
바람불면 문의지어
아침부터 저녁까지
밤붓허 새벽까지
춥든지 더웁든지
실튼지 좃흔지
언제든지 쉬임업시
외롭게 흐르는 내물
내물! 내물
저러케 흘너셔
湖되고 江되고 海되면
흐르든 물 맑아지고
맑든 물 퍼래지고
퍼럿튼 물 짜지고

「냇물」 전문

野原 가온대 깔너잇셔 갑업는
모래가 되고보면 줍난 사람도 업시
바람불면 몬지되고
비오연 진흙되고
人馬에게 밟히면셔도
실타고도 못하고 이 세상에 잇셔
이따금 져 川邊에
蒲公英 野菊花 메꽃 다시곳
피엇다가 슬어지면 흔적도 업시
뉘라셔 차져오랴
뉘라셔 밟아주랴
모래가 되면 갑또업시

「砂」 전문

정형시의 형태로 단순하게 묘사되어 문학적으로 승화되지 못하고 있으나 정서적인 비애와 개인적인 슬픔이 함께 어우러져 쓸쓸한 분위기를 나타내고 있다. <학지광>에 여러 편의 글을 발표하면서 편집인 겸 발행인이었던 시인 최승구와의 첫사랑이 이루어지지 못하고 젊은 나이에 애인이 죽자 충격을 받고 자신은 아무것도 할 수 없다는 애절한 심정을 모래에 비유하여 외로움과 원망 등 자신의 감정을 솔직하게 표현하고 있다.

1

내가 인형을 가지고 놀 때 기뻐하듯
아버지의 딸인 인형으로
남편의 아내 인형으로
그들을 기쁘게 하는 위안물이 되도다
노라를 놓아라
최후로 순수하게
엄밀히 막아논 장벽에서
견고히 닫혔던
문을 열고
노라를 놓아주게

2

남편과 자식에게 대한 의무같이
내게는 신성한 의무였네
나를 사람으로 만드는
사명의 길을 밟고서
사랑이 되고져

3

나는 안다
억제할 수 없는 내 마음에서
온통을 다 헐어 맛보이는
진정 사람을 제하고는
내 몸이 값없는 것을
내 이제 깨도다

4

아아! 사랑하는 소녀들아
나를 보아
정성으로 몸을 바쳐다오
많은 암흑횡행할지나
다른 날, 폭풍우 뒤에
사람은 너와 나

「인형의 집」 전문

위의 시에서는 인습의 굴레에서 벗어나 진정한 자아, 인간적인 의지
등 여성해방의 주제가 강력하게 전달되는 작품이다.

따라서 나혜석의 시에서 허무적이면서 개인의 아픔을 슬픔의 정서로
표현하고 있으며, 또 여성의 자각을 일깨우는 적극적인 여성해방의 논
리를 펴나가고 있다.

소설은 「경희」<여자계>(1918.3), 「정순」<여자계>(1918.12), 「回生
한 孫女에게」 <여자계>(1918.9), 「閨怨」 <신가정>(1921.7), 「원한」
<조선문단>(1924.4), 「현숙」<삼천리>(1936.12) 등이다.

단편소설 「경희」는 신여성의 우월성을 우회적으로 드러내는 대변자
와 구시대적 여성관을 가진 인물들 간의 실제적 대화 또는 두 가치관
을 형성하고 있는 인물들의 은유적인 대화관계이다. 1장부터 3장까지는
우회적 방법을 통해 대화와 실천적 행동으로 여권의식을 간접적으로

성취시킨 반면에 4장은 주제 표출방식이 흐려지고 작가 자신의 웅변적 어조가 두드러진다.

「回生한 孫女에게」는 동경유학생 신분의 내레이터가 오랜 병석에서 회생한 손녀에게 영생하기를 다짐하는 내용으로 서간체 논설에 불과한 작품이다. 외형적으로는 소설형식을 취하지만 인물, 사건, 배경에 있어서 소설의 형식을 충족시키지 못한 서간체 논설의 형태라 볼 수 있다.

남성 이미지는 부상당해 신음하는 무기력한 상이군인들이고 여성 이미지는 나이팅게일을 닮고 싶은 염원으로 여성 역할에 대한 의지를 표출한다. 개인적인 아픔과 이별의 고뇌를 애국심의 발현으로 승화시키면서 여성의 의지를 엿볼 수 있게 한다.

소설 「원한」은 작가적 주인공이 등장하지 않은 채 철저하게 허구적인 상황 속에 제3자의 인물을 주인공으로 설정하여 작가 자신의 이야기가 아닌 남의 이야기를 들려주고 있다.

소설의 전반부에서 주인공 이 씨가 방탕한 남편에게 한마디의 충고나 원망도 못한 채 남편의 죽음을 맞이하는 것으로 전형적인 희생자로 묘사되고 있으나, 후반부에서는 이웃의 박 참판이 던진 추파에 무의식적으로 성적 본능을 일깨우고 그의 첩이 되었지만 버림받은 후 그를 저주하는 근대적인 이야기로 묘사되고 있다. 따라서 전반부에서 이 씨는 행동하는 인물로서 나타내지 않는다. 그러나 후반부의 이 씨는 성적인 본능으로 박 참판의 첩으로 생활하지만 나중에 버림받은 후 원한에 찬 욕설을 하는 등 자신의 이야기를 가지고 스스로 살아있는 모습으로 변모한다. 즉 전반부가 전통적인 여인의 운영을 묘사한 것이라면 후반부는 주인공이 뚜렷한 자의식을 지니지 못한 채 성적 본능과 타인의 의지에만 움직이는 여성이 어떤 결말에 이르는가를 보여주고 있다.

문장에서는 의성, 의태어가 자주 사용되고 있으며, 과거형 서술어미 '－였다', '－였었다'의 대과거형 어미를 사용하고 있다.

3) 김일엽(1896~1971)

1896년 4월 28일 평남 용강군 삼화면 덕동리에서 목사인 아버지 김
용겸과 어머니 이마대의 5남매 중 맏딸로 태어나 17세 때 가족을 모두
잃어 외할머니의 보살핌으로 1913년 이화학당에 입학하여 문학 활동을
시작하였고 1918년 졸업 후 일본 日新學校에서 수학하였다. 그해 미
국 유학을 마치고 귀국하여 연희전문 화학 선생인 李魯翊과 결혼했으
나 의족을 단 남편과의 결혼생활이 파경으로 끝나고 다시 동경으로 간
후 시인 임장화와 동거 생활을 하게 된다. 1920년에 귀국하여 전 남편
의 재산으로 최초의 여성잡지 <신여자>를 창간하여 글을 발표하였다.
　그리고 그해 창간된 <폐허> 동인으로 활동했고, 최초의 여성잡지
<신여자>를 창간하여 주간이 되었으며 동아일보 문예부기자, <불교>지
의 문화부장으로 활동하면서 글을 발표하였다.
　김일엽의 시와 시조는 임에 대한 그리움으로 나타난다.
　시 「이별」과 「추회」는 (동아일보, 1926.11.24 발표), 「애원」과 「휴지」
는 (조선일보, 1926.8.26 발표), 「異路」 (동아일보, 1926.9.30 발표),
「오입자」 (동아일보, 1926.12.6 발표) 등 6편 모두 1926년에 발표한
시이다.

　　그러면 그대와는
　　영원히 남이도다
　　인제는 동서에서
　　딴일올 하오리니
　　세상일 혼자웃고
　　긴 한숨 쉬노라
　　　　　　「이별」 전문

　　님그려 타고 뛰는

성가신 이 심장은
제발 덕분 꿰어가소
차라리 차고 뷔인
가뷔운 가슴으로
고통업시 사라져
　　　　「애원」 전문

　전통적인 정형시 형태로 그리움과 슬픔을 '님'으로 표현하여 이별과
고독을 노래한 김일엽은 1928년에 불교에 귀의하면서 인간적인 그리움
에서 불교적인 깨달음으로 변하게 된다.
　시와 시조에서는 그리움과 슬픔으로, 논설인 「먼저 현상을 타파하라」
(폐허, 1921.1 발표)라는 글은 자신의 사상, 즉 여성의 자각과 여성해
방을 보여주고 있다.
　그리고 소설작품을 살펴보면, 「어느 소녀의 사」(신여자, 1920.4), 「나는
가오—애연애화」(신여자, 1920), 「계시」(신여자, 1920.3), 「혜원」(신민공
론, 1921.6), 「사랑」(조선문단, 1926.4), 「자각」(동아일보, 1926.6.19~26),
「단장」(문예시대, 1927.1), 「희생」(조선일보, 1929.1), 「애욕을 하여」(삼
천리, 1932.4), 「오십전은화」(삼천리, 1933.1) 등이다.
　초기의 소설은 舊시대의 보수적인 인습에서 고통당하는 여성 또는
무책임한 남성에 의해 일방적으로 희생을 당하는 여성을 주인공으로
하여 舊思想에서 벗어나려는 강한 신여성상을 제시하고 있다. 따라서
<나는 가오—애연애화>의 작품을 살펴보면 주인공 '나'가 '우촌 선생'
에게 보내는 편지글 형식으로 여주인공이 개방적이고 자각 있는 여성
으로 묘사하고 남성은 심약한 성격으로 묘사하고 있다. 이는 작가가 남
성 중심적인 인습과 사회제도를 비판하고 강한 여성상을 제시함으로써
여성해방 또는 여성의 자각, 자유연애 등의 주제를 표출하고 있다.
　마지막으로 세 여성 작가들의 문학사적 위치를 간략하게 요약해 본

다면, 김명순은 폭넓은 외국 번역시를 발표하여 번역문학에 끼친 영향을 제대로 평가받아야 한다. 시에 있어서는 민요 서정시이며, 또한 유일한 여성 해방의 주제로 비판의식이 조화를 이루고 있음을 알 수 있다. 김일엽은 시와 시조에서는 그리움과 슬픔을 표현하였고, 논설에서는 여성의 자각과 여성해방을 강조하였다. 소설에서는 낡은 사상에서 벗어나자는 강한 신여성상을 제시하였고, 자유연애와 여성의 자각을 일깨우며 남성 중심적인 인습과 사회제도를 비판하였으나 후기 소설에 오면 불교적인 깨달음으로 평정을 되찾아 가고 있다. 나혜석은 여성 자각에 대한 논설문을 발표하였고, 시에 있어서는 허무주의적 낭만성과 더불어 자신의 감정을 솔직하게 표현하였다. 소설에서는 구성 면에서 미흡하지만 신여성의 우월성을 대담하게 표현하여 뚜렷한 자의식이 없는 여성이 어떤 결말에 이르는가를 여성해방의 논리를 당시 사회의 위치에서 펴나가고 있다는 점이 진취적이라 할 수 있다.

3. 1930년대 한국여성문학

여성작가가 창작한 여성문학을 논의하기 위해 1930년대를 문제 삼는 이유는 1910년대의 작가로서 등단한 김명순이 있지만 문학적 성과가 거의 없으며, 1930년대는 근대문학이 출발한 이후 여성문학이 전성기를 이룬 시기이기 때문이다. 이 시기의 여성문인으로는 강경애, 박화성, 최정희, 김말봉, 백신애, 정덕조 등이 있다. 1930년대에 여성작가의 진출이 활발하게 된 이유는 근대적 교육을 받은 지식여성이 집단적으로 배출되었으며, 지면이 확대되어 보다 역량 있는 작가의 作品을 많이 요구하게 되고, 여성을 위한 잡지인 <여성>, <신가정>, <중앙>, <조선문학> 등이 창간되면서 여성의 문학적 진출을 위해 많은 지면이 할애된 점이다.

金永德은 '동인지 中心의 문학계보다 문단 中心의 문학계가 여성의 문단진출에 지반'이 된다고 전제하고 문학계의 동향이 동인지에서 문단 中心으로 옮겨진 1923년 전후는 여성문단의 입장에서 볼 때 새로운 출발의 기반이 태동하던 시기였으며, 1930년 이후는 태동한 기반이 자리 잡혀 여류문학을 성숙하기에 이르렀던 시기라고 말하고 있다.[2]

김윤식은 신문학에 있어서의 여류문사를 제1기, 제2기, 제3기로 나누어 구분하고 각각의 특성을 추출했는데[3] 제1기에 해당하는 김명순, 김원주, 나혜석 등은 김동인이 말한 바 있듯이 作品 없는 문학생활에 골몰했다고 비판한다. 그러면서도 이들이 여류문사로서 이름을 떨친 까닭은 3·1운동 이후 민족주의 사상을 가져, 민족개조를 언어로 표현하는 교육가, 종교가, 문학가를 총칭하여 文士라고 했기 때문이라고 김윤식은 풀이한다. 제2기는 1925년에 등장한 박화성으로부터 강경애, 최정희 이후 잡지의 오락적 대중화에 힘입어 나타난 여류작가들의 활동기이다. 이때에 이르러 女流文學은 백철이 지적한 바와 같이 '一水準'에 올라섰으며, 특히 박화성, 백신애, 강경애, 최정희 등의 作品은 당대 현실에 대한 끈질긴 반응과 거기에 따라서 여성특유의 섬세한 감각을 보여주고 있다. 性으로 구분되는 단순한 작가의 문제를 넘어서 作品에 내재한 독자적인 가치를 충분히 찾아볼 수 있다고 평가할 수 있다.

1) 박화성 「추석전야」, 「비탈」

1925년에 발표한 「추석전야」는 노동현장을 그리면서 식민지하에서

---

2) 김영덕, 「여류문단 40년」, 한국여성문학논총, 이대출판부, 1958, p.113.
3) 김윤식, 「여성과 문학」, 1968.

여성노동자가 처한 모순적 현실을 作品化한 것으로 식민지 현실 속에서 계급모순과, 민족모순, 性的 억압을 받는 여성 노동자의 삶을 그대로 형상화하였으나, 여성노동자의 현실을 생산과정과 결합하여 보여준 作品에도 불구하고 일정하게 주인공을 계급의식을 지닌 인물로 형상화하지 못하였다. 즉 공장 내에서 공장 감독과 노동자 간의 대립을 性的 모욕에 대한 감정적 수준에 머문 점이며, 또한 주인공이 밤새도록 삯바느질하여 번 돈을 집세로 다 털리게 되자 돈에 대한 혐오를 갖는 것으로 결말을 지을 뿐 그를 둘러싼 현실에 대한 인식까지는 보여주지 못한 한계점이 드러난다.

그러나 추상적이고 관념적이지 않고 구체적으로 노동자의 현실을 보여 주었다는 점에서 리얼리즘 문학으로써 성취를 이루었다고 볼 수 있다. 다음으로 1933년도 발표한 作品 「비탈」은 신여성이라고 불리는 여성의 허위의식에 찬 삶과 건강한 의식을 지닌 여성 주인공의 삶을 대조시켜 올바른 삶의 모습을 보여주고 있는 作品이다.

올바른 여성상을 당대 운동의 흐름에 동참하는 지식여성으로 표현함으로써 작가의 사상적 지향성을 보여주고 있다. 그러나 주인공이 개인사적 수준에서 머물고 있으며, 인간의 도덕적 삶의 정당성을 당대 현실 속에서 찾으려 한 점에서 의미를 지닌다고 볼 수 있다.

2) 강경애 「인간문제」, 「소금」

여성문학에서 최고의 수준을 보여준 작가로서 1934년에 발표한 「인간문제」에서 김팔봉은 '작가란 현실을 끌어안고서 씨름을 하는 사람이며 작가에게는 이러한 근기(根氣), 집요한 용기가 절대로 필요하다'고 전제하고 '강경애 씨에게는 이 같은 용기-근기가 있는 것 같다고 하면서 박화성과 강경애 두 사람을 프로문학 측에 선 여성작가[4])로 손꼽

는다. 여성노동의 문제를 다룬 강경애의 대표작인 「인간문제」는 1934
년 8월 1일부터 그해 12월 22일까지 동아일보에 연재되었다.

한 여성의 삶을 통해 당대 우리나라 현실의 모순성을 유기적 관련
속에서 보여주는 作品으로 여성이기 때문에 겪어야 했던 性的 억압까
지도 보여줌으로써 여성이 식민지 현실 속에서 억압을 받을 수밖에 없
는 존재임을 보여준다. 강경애가 이 소설에서 말하는 바 인간문제란
'못 가진 자'에게 가해지는 '가진 자'들의 각종 횡포이며, 이것을 개혁
할 주체 세력은 '못 가진 자'라고 동아일보 1934년 7월 26일자 「작가
의 말」에서 강조하고 있다. 아무튼 1930년대 전반의 식민지 사회를 전
반적으로 조망하는 데 성공했다는 점에서 문제작이라고 평가할 수 있
지만 몇 가지 문제점을 안고 있다. 즉 작가의 세계관적 미숙성으로 인
하여 일련의 제한성을 가지고 있으며, 作品 전체로 보아 구성법이 평
면적 수법을 취한 점이다.

또한 인물들이 계급의식에 눈뜨는 과정이 다소 무리한 부분이 있다.
즉 중간단계를 거치지 않은 채 계급의식에 투철한 비약된 모습을 보이
고 있는 점이며, 갈등 끝에 사상전환의 길을 택한 신철의 의식화 과정
이 논리적 해명이 부족한 채 어느 순간 신철은 계급의식에 투철한 인
물로 그려진 점이다. 이 外에 作品 속에 작가의 주관이 생경하게 노출
되어 있는 점도 이 作品의 한계로 지적될 수 있다. 다음으로 1934년
에 발표한 「소금」은 자신의 만주 체험을 바탕으로 하여 식민지 민중의
고통을 형상화한 것으로 이를 통해 간도 이주민의 현실을 보여 주고자
한 作品이다. 그러나 이 作品은 고통받는 삶만 제시할 뿐 이에 대항
하는 주인공의 각성된 의식이 보이지 않으며 현실에 패배당하기만 하
는 모습을 보여 준다.

---

4) 김팔봉, 「구속에서의 탈출」, <신가정>, 1935. 1.

3) 최정희 「地脈」, 「人脈」, 「天脈」

「地脈」 <문장>(1939년), 「人脈」 <문장>(1940년), 「天脈」 <三千里>(1941년) 등 三脈이 최정희 作品세계에서 중요한 위치를 차지한다고 생각하기에 살펴보기로 하겠다.

우선 「地脈」은 여성으로서 가지는 애정의 문제보다 어머니로서 가지는 모성애의 문제가 더 중요하다는 것을 보여 주고 있다. 그런 의미에서 한국의 전통적 여인상의 측면을 벗어나지 못하고 있다. 즉 인텔리 지식인 여성이 사생아를 낳아 기르면서 그러한 여성을 차가운 눈초리로 보는 사회의 냉담함을 작가는 '은영'을 통해 나타내고 있다.

「人脈」은 전통적 도덕과는 달리 자유연애 사상에서 오는 반도덕적 性을 가지고 있다고 보인다. 비정상적인 감정적 허영심을 시험적으로 취급하려는 실험적 의미가 이 作品에 엿보인다. 즉 남편과 선영이 기초의 질서인 잘못된 결손의 모순을 드러내 주고 있다. 더 나아가 자신의 사회적, 정신적, 육체적 자유를 선언하고 있다. 그러나 남편과의 구체적인 갈등이 생략되어 있고 한 여인에 있어 애정의 방향만이 자유로움에 대한 갈구와 도전, 다시 회귀로 끝나는 아쉬움이 남는다.

「天脈」은 법률과 도덕이 허락지 않는 결론이 아닌 결합을 감행한 미망인의 고통과 재혼녀의 고뇌를 다루고 있다. 아이의 교육문제로 재가를 하는 적극성을 보이지만 재혼의 생활로 아이의 정서가 불안해지고 자신도 괴로운 생활을 보내며 결국 이혼을 하게 된다.

이 三部作을 통해 개인의 자유와 사회적, 도덕적 인간으로서의 모습 사이에서 고뇌하고 방황하며 갈등하는 모습을 자신의 체험에 비추어 솔직하게 써 내려갔다고 할 수 있다. 그러나 여성문제에 대한 구체적이고 과학적인 충분한 인식이 결여되어 있다. 따라서 경제적 능력을 갖추지 못한 여성의 불행한 삶을 다루었다는 공통점을 갖는다.

4. 중산층 여성의 문제를 형상화한 소설

중산층의 개념규정과 실제적인 적용범위를 어디까지 한정한 것인가를 생각해 봐야 한다. 우선 사회학적 의미로 중산층을 규정하자면 중간 정도의 사회적 자산, 즉 재산, 권력, 이데올로기 등을 갖는 사회집단을 뜻하나, 논의의 초점을 文學 쪽에 맞추면 중산층이란 먹고사는 문제에서 벗어나 비교적 안정된 생활을 영위하는 계층이라 할 수 있다. 소설에서 형상화된 중산층 여성의 문제는 고부갈등, 성의 소외, 남성의 외도, 성폭력 등으로 이 문제들은 별개의 항목으로 분리되는 것이 아니라 맞물려 돌아가는 톱니바퀴처럼 한 가정이나 사회구조 속에서 발생하고 또 앞으로 해결해야 할 문제들이다.

네 편의 作品을 가지고 텍스트의 언술을 통해 성의 소외를 유발하는 근원인 가부장 이데올로기가 텍스트의 언술에는 어떻게 나타나 있으며, 이러한 언술의 이면에 도사린 남성 중심적 의식은 무엇인가를 검토해 보기로 하겠다.

1) 박완서 「그대 아직도 꿈꾸고 있는가」(1989)

중산층 여성이 주인공으로 등장하며 이들을 中心으로 가족 또는 사회와의 관계 속에서 파생되는 문제를 표출한 作品이다.

> "분수를 알고 비싸게 굴라구" 하는 말로 빈정대기도 했다.
> 뒤집으면 곧바로 '네까짓 게 무슨 숫처녀라고……'하는 뜻이 되는지라 토라지고 싶었지만……(중략)(p.18)

주인공 차문경은 아내와 사별한 혁주와의 만남에서 결혼식 올리기 전까지 최소한의 도덕관념이나, 의식을 존중하려고 노력해 남자의 욕망을 거절하지만, 여성은 순결해야 되고 남성은 상관없다는 그래서 한 번 이혼한 여자는 새것이 아니니 性的으로 무시해도 된다는 일방적인 남성 中心의 사고방식과 여성 멸시 태도가 드러난다.

> "이 여자들이 다 처녀들일까요! 정말 처녀들이 후처자리로 오겠단데요?"
> "네 나이 겨우 서른다섯이야 처녀장가 드는 게 당연해 시내만 안 딸렸으면 더 어린 혼처도 들어올 텐데 전실애가 있다고 맨 올드미스만 들어와서 에민 좀 섭섭하다."
> 이렇게 되니 동갑내기 이혼녀가 뜨악해지기 시작했다.(p.32)

혁주의 어머니 황 여사는 여성으로서 같은 여성을 인습의 굴레로 몰아넣을 뿐 아니라 남아선호사상에 깊이 물든 전통적인 한국의 어머니상으로 형상화되어 있다. 또한 이에 적극적으로 대처하지 못하고 어머니의 판단에 의지하는 우유부단하고 이기적인 혁주의 내면의식과 남성으로서의 책임을 저버리는 의식 속에는 여성 멸시가 내포되어 있다.

> "어렵소. 온갖 방법을 다 동원하시는군. 처음엔 공갈 협박, 다음엔 설교라 누가 선생질 안 해 먹었댈까 봐"
>   (중략)
> 그 여자를 결정적으로 견딜 수 없게 한 것은 인간적인 모욕보다는 직업에 대한 모욕이었다. 그 여자는 자신의 직업을 존중하고 사랑했다. 직업은 여지껏 그 여자의 떳떳한 자립을 보장해 줬을 뿐 아니라 자존심의 근거가 돼 주었다.(p.45)

혁주의 아이를 임신했다는 문경이의 말에 도리어 큰소리치며 무시해 버린다. 남성의 性的인 욕망에 의한 결과에 대해 말 한마디로 책임을 팽개칠 수 있다는 식이다. 언어적 폭력이나 교사의 행위를 부정적으로 왜곡하거나 비하하는 혁주의 심리적 태도가 내포되어 있다.

이에 따라 여성의 일에 대한 남성의 부정적 의식은 힘으로 전환되고 여성의 긍정적 의식은 허약함으로 전환됨을 알 수 있다.

2) 김성동 「집」(1989)

최근에 발표된 여성문제를 다룬 作品들이 대부분 여성작가들인 데 비해 「집」은 남성작가가 남성의 시각에서 여성문제를 作品에 조명하는 것과 어떠한 인식의 차가 있는지 비교해 볼 수 있는 作品이라 할 수 있다.

이 作品에서 「집」은 가부장제에 편입되어 있는 공간으로 청상에 과부가 된 시어머니와 며느리의 갈등, 그 사이에 낀 남편의 갈등이 일어나는 곳이다. 시어머니는 외아들 하나를 보며 살아온 홀어머니의 까다롭고 괴팍한 성격을 가지고 있으며 며느리와 갈등을 벌이는 가부장제 이데올로기를 내면화한 인물로서 며느리를 억압하는 남성화된 여성으로 형상화 되어 있다. 남편 김영복은 보편적 지식인 남성상으로 고부간의 갈등에서 방관자의 위치에 서 있으면서, 여성을 하나의 주체적 인간으로 보려 하는 관념이 지향합일로 나타나지 못하는 이중화된 가부장제 가정의 가장이며, 자기중심적 남성이다.

주인공 이순실은 가부장제하에서 여성해방 자각을 하게 되는 여성으로 전처소생이 있는 김영복과 결혼함으로써 유발되는 갈등을 보여주고 있다. 처음에 이순실은 가부장제 이데올로기가 내면화되고 남녀평등인식을 관념적으로만 받아들인 인물이었으나, 시어머니와 남편과의 갈등을 통해 어느 정도 여성의 문제를 인식하게 되고 이것은 나만의 문제가 아닌 모든 여성의 문제이며, 고부간의 갈등과 가부장적인 남편과의 갈등과 같은 문제는 개인적인 해결이 아닌 사회적인 해결이 필요하다는 것을 깨닫게 된다.

3) 박영한 「우리는 중산층」(1991)

　주인공을 포함하여 긍정적으로 서술된 인물들이 모두 고층아파트 분양에 당첨된다는 대단원의 작위적 처리에도 불구하고 영양댁과 같은 인물을 창조함으로써 가장 건강한 중산층의 모습을 그리고 있다.

　그러나 이처럼 안일한 해결책으로 인해 지금까지 서민의 입장을 대변하던 남편은 아내의 권유에 못 이겨 일약 중산층의 영역에 편입되게 된다. 이것은 남성중심적 의식과 더불어 공간적 개념과 대립되는 '장미연립'이라는 여성중심의 공간에서 비롯된 남성의 거세화 현상으로 볼 수 있다.

4) 김채원 「겨울의 幻」(1989)

　서간체라는 독특한 서사장치를 사용하여 주인공이 여성으로서의 자아를 확립하는 과정을 박진감 있게 서술한 作品이다.

　　밥상을 차리는 것과 싸리문 여잡고 기다리는 이 두 개의 영상을 이끌어내기 위해, 지난 밤새 진통을 하며 이 많은 말들을 쏟은 것 같습니다. 저는 삶의 열쇠를 찾는 기분입니다.
　　나이 들어가는 사람의 떨림이 아니라 나이 들어가는 여자의 떨림으로 저의 성을 찾아 여기에 서는 일은 이리도 힘이 드는 일입니다.

인생의 절정기를 지난 중년의 여자로서 새로운 인생의 가능성에 대한 확신을 갖는 것이 쉬운 일이 아님을 나타내고 있다.

'진통하다'와 '쏟다'라는 동사들이 여성의 출산행위와 작가의 창작행위를 동일한 것으로 보려는 심리적 태도를 반영한 것이다. 따라서 나는 지금까지 미숙하고 수동적인 자세에서 벗어나 보다 성숙한 단계로 진입한 것이다.

글쓰기라는 창작적 행위가 남성에 의해 촉발되었다 하더라도 그것은 아이를 갖지 않은 여성으로서의 '나'가 일과 세계에 대해 갖는 관계의 근원이며 어머니가 되는 일에 대한 은유이다. 따라서 이전의 '나'와 현재의 '나'를 둘러싼 공간들은 투쟁과 화해, 이별과 해후, 구속과 자유로 대립한다. 이 소설은 결국 장애와 갈등의 원천을 통합하려는 모성애의 첫걸음이 글쓰기라는 창조적 행위를 통해 이루어짐을 보여준다.

5. 한국여성 문학의 전망

문학에 있어서 전통적인 남성중심 시각의 일반론적 원칙을 깨뜨리고 여성문학이라는 시각의 조명을 통한 연구 및 창작의 의도성을 보이기 시작한 것이 최근의 일이다. 남성 중심적 가치 기준이 곧바로 보편적 가치 기준으로 등치되어 왔고, 대부분의 비평가 또한 남성이었다는 역사적 상황에서는 여성문제에 관한 한 비평가 역시 작가와 마찬가지로 남성 중심적 사고에 함몰되어 비판적 인식을 지니기 어려웠다. 여성작가들의 作品이 남성 작가 中心의 평가로 폄하되는 오류 또한 철저한 문학적 접근으로 탈피되어야 한다. 진정한 여성性의 의미는 서구적인

개념의 性的 해방이라는 극단적인 여성해방 운동논리에 의한 것이 아
닌, 보다 객관화될 수 있는 여성만의 특수체험에 바탕을 둔 남성과의
동등한 개념에서 이루어져야 할 것이다.

　그러나 여성작가가 쓴 作品이나 여성문제를 소재로 한 作品이라고
해서 모두 여성해방문학이 되는 것은 아니다. 올바른 여성해방의식을
담보해 낸 作品이라야 여성해방문학이 될 수 있다는 점을 인식할 필요
가 있다. 따라서 진정한 여성문학은 여성의 삶과 인식에 정확한 표현과
진단을 함으로써 바람직한 여성적인 삶을 살아가는 세계라는 것을 인
식해야 하며, 남성과 여성이 논리적으로 이해하고 설득할 수 있는 서로
가 정당한 자기 주체적 입장에 설 수 있어야 한다. 여성문학은 여성의
입장에서 여성의 문제를 수동적 상태가 아니라, 능동적이고 주체적인
인식을 가져야 한다. 창작과정에서도 마찬가지로 치열하게 탐구해야 될
것은 해방된 세계관을 담은 양식은 어떤 것이어야 하며 새로운 인간성
의 출현과 체험은 어떻게 실현될 수 있는가를 예시적으로 보여 줄 수
있어야 한다.

　에드윈 아드너는 여성의 文化를 침묵의 그룹으로 보고 지배적인 남
성문화에 대비하여 다음과 같은 도표를 제시하였다.

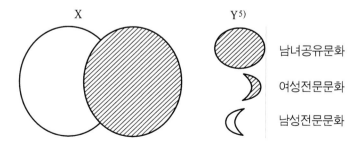

X	Y5)

　남녀공유문화

　여성전문문화

　남성전문문화

---

5) Edwin Andenner: 「Belief and problem of Women」 1972. pp.261~262.

지금까지 남성지배의 문화가 발전해 왔다면 여성은 침묵의 그룹으로 남성의 문화패턴을 통하여 여성을 표현해 왔고 문화를 공유해 왔다. 그러나 각각의 性은 서로 포괄하지 못하는 문화의 영역이 항상 있어 왔다. 대체로 남자만의 성역(X)은 남성문화가 일반문화였던 만큼 어느 정도 이해될 수 있었지만, 여성의 성역(Y)은 그들의 특수한 체험과 감정을 바탕으로 이해되어야 한다. 따라서 여성문학의 연구는 문학의 전반적 사항 중에서 특별히 논의될 수 있는 것이며, 여성의식의 새로운 지평을 기대할 수 있는 일이다. 대체로 페미니스트 비평이니 여성문학론이니 하는 것은 여성이 현실 속에서 지니게 되는 문제점과 그 해결방안의 모색을 추구하려는 진보적인 입장에서 사회 여러 측면적 노력을 요구한다. 그 일환으로서 기성 여성작가에 관한 연구나 여성 및 남성작가의 作品에 나타나 있는 여인상의 고찰 등이 계속적으로 진행되고 있지만 좀 더 구체적으로 문학 作品 내에 있는 여성이 처한 현실과 현 사회와의 관계, 여성의 문제인식과 여성의 자유로운 존재로서의 가치획득 전망을 얼마만큼 작가가 인식하고 내면화하여 표현하는가가 중요하리라 여겨진다. 그동안 여성작가들이 의식적이든 무의식적이든 자신의 作品을 통해 表現한 것이 여성문제를 얼마나 심도 있게, 그리고 포괄적으로, 혹은 단편적으로 그렸던가에 관한 반성적 재고가 있어야 한다.

따라서 여성해방문학이란 여성의 자주, 평등, 자존적인 삶을 지향하는 문학이며 여성의 평등적 자유의 삶을 지향한다고 해서 남성의 자주, 자존적 삶까지를 부정하거나, 남성적 원리 자체에 도전, 또는 투쟁하는 것이 아니라 조화와 특수한 개성으로서의 역할이 심화되는 바람직한 인간성 획득과 자유가 보장되는 삶이어야 할 것이다. 따라서 가부장제도의 모순점과 여성의 인권적인 문제점을 제시해야 하며, 남녀관계의 종속적, 대립적 차원을 극복하여 상호보완적 관계의 정립을 추구해야 한다.

여성작가인 여성으로서의 체험이 여성을 역사 위의 한 주체로 인식하여 형상화할 때 진정한 여성문학의 場은 열릴 것이다.

Ⅱ 80년대 여성 시

1. 앞머리

　여성시인들에게 있어서 詩的 상상력의 원천을 캔다는 것은 무척 복합적인 문제이며, 따라서 그 말이 함축하고 있는 상식선에서의 개연성에도 불구하고 실제에 있어서는 쉬운 작업이 아니다. 추상의 정체 속에서, 또는 그것을 통해서 드러나는 제반 차원의 性的인 이데올로기까지를 추적해야 하기 때문이다. 일반적으로 여성 시의 상상력을 이야기한다는 것은 개별적인 작가의 作品세계를 넘어 동시대의 시간적 한계에 보편적인 여성의 의식을 탐색해야 하는 문제이기 때문이다.

　따라서 여러 가지 면에서 80년대는 의식상의 큰 변화를 가져왔다. 이러한 급격한 변화의 물결은 우리 사회에서 여성의 역할과 위치에 대해 객관적으로 규명하는 새로운 인식을 하게 되었다. 또한 문학작품에 담긴 남성 중심적 사고의 허구성을 보다 정확히 간파하지 못하였던 것도 사실이다. 이제 억압의 대상자인 여성이 자신의 문제를 인식하고 해결해 나가는 과정에서 여성 스스로의 새로운 모색이 제기된다. 80년대 후반에 오면서 여성 문제 전문 무크지가 등장하게 되고 여성해방문학이란 용어를 사용하기에 이르렀다. 즉 <또 하나의 문화>, <여성>, <여성 운동과 문학> 등 여성문제 전문 업체들이 출발하면서, 여성문제에 대한 인식과 여성해방에 대한 시각을 토대로 본격적인 여성문학으로 형태를 갖추게 된 것이다.

이 글에서는 80년대 여성문학에 속하는 詩를 다룸으로써 현재의 여성문학에 대한 올바른 파악과 이로 인하여 여성 문학가에 대한 올바른 자리매김이 되었으면 하는 바람이다. 여기에서 다루고자 하는 시인들은 최명자, 고정희, 차정미, 허수경 등 네 명으로 이들 시인들의 자의식적 詩 세계의 의미를 살펴보고 그들의 詩的 상상력의 원천을 캐어 보려는 시도이다. 이 시인들 모두 초기 작업에서부터 분명한 여성성의 추구를 자신들의 궁극의 테마로 인식하고 詩作에 나선 것은 아니나, 그 후의 詩作에서 이들은 여성으로서 글을 쓴다는 행위와 여성적 기술의 원천을 나름대로 자의식적인 의문을 진지하게 내보이고 있다.

2. 80년대 여성 시

1) 최명자 시집 『우리들 소원』

최명자는 강원도 화천군 사내면 광덕리에서 화전민의 딸로 태어났다. 유교적 전통을 가진 부모로 인해 국민학교만 졸업하고 집안일과 농사일로 어린 시절을 보냈다. 열일곱 살 되던 해 어머니가 돌아가시자 집안일과 밭일뿐 아니라 화전민 철거령이 내려 그 충격으로 아버지마저

중풍으로 눕자 병간호까지 하게 되었다. 결국 아버지마저 3년 만에 세상을 뜨셨고 대학에 다니는 오빠의 학비마저 벌어야 될 형편이었다. 그후 식모살이 1년, 공장 근로자 2년을 보내다 시외버스 안내양이 되었던 것이다. 철저히 인간대접을 못 받고 멸시하는 사람들의 시선 때문에 그 울분을 글로 적어 시집으로 펴내게 된 것이다. 가장 솔직하고 소박하게 그동안 눌린 설움과 고통을 써 내려간 그의 시에서 자신의 고통이 우리의 고통으로 다가서고 있는 것이다.

옆에 앉아 밀어붙이더니
슬금슬금 더듬어 온다.

서자니 다리 아프고
옆에 앉자니 징그러워
엉거주춤 걸터앉았더니
엉덩이 툭툭 치며 엉큼하게 쳐다보다
능글맞게 수작부린다.

어느 더러운 여편네가
서방 버릇 더럽게 들여 놓아
애 어른 몰라보고 되는 대로 주무르는
밝혀대는 헷손질이니 기가 막히다.

입술은 깨물고 가슴은 분노를 참다가
괴롭고 서러움을 달래고 참다가
자학으로 가슴을 눌러 통곡해 쓰러진다.

생각하니 괘씸하고 한심해서
벌떡 일어나 앙칼지게 대들며 한 마디
양갈보 외상x에서 나온 놈아

xx에 밥 말아 처먹어라.

「술주정뱅이」 全文

이 시는 여성이 성적 희롱의 대상으로 취급되는 경우다. 사회 구조가 지닌 性的인 상품화, 남성중심의 사회구조에서 보는 여성의 性的 유희도구 등 사회가 안고 있는 일반적 사고로부터 의식이 변화되어야 한다. 따라서 버스 안내양으로써 겪어야 하는 자신의 삶을 여러 가지 측면에서 詩的 형상화를 하여 안내양이라는 직업적인 계급성에서 느끼는 문제점과 직업인인 여성에 대한 버스승객 남성들의 비인간화에 울분을 참지 못한 이 땅의 많은 여성 근로자를 떠올리게 된다.

그러나 개인적인 한과 울분을 쏟아내는 데 급급하지 말고 잘 걸러서, '나'가 아닌 우리들로 하여금 솟구치게 하는 생명력으로 일어날 수 있도록 해야 한다.

사내자식이 부엌에 들어가면
무엇이 떨어지고
기집애가 싸돌아다니면
집안이 망한다고
누누이 귀에 익게 들었다.

집안이 망했는데 못 다닐 곳은 어디며
맞벌어 먹는 판에
부엌에 들어가면 또 어떠랴

기집애는 돌아다니지만
사내자식은 안방에 앉아
한나절 잔소리가 쏟아진다.

물 떠와라 밥 차려라 양말 빨아라

속옷 찾아와라 청소 깨끗이 해라
애 달래라 반찬 신경써라…….
「주제파악」全文

여성의 억압은 경제적인 측면에서뿐 아니라, 가부장제 문화권 내에서의 性에 대한 억압이 상당히 작용하고 있다.

이 시에서도 작가는 유교적 전통을 지닌 아버지로 인하여 아들은 대학까지 보내고 딸은 국민학교만 졸업시킨 것이다. 그러나 부모들의 반대에도 불구하고 좋은 성적으로 중학교 시험에 합격했지만 강력한 반대로 인해 학업을 포기하고 일찍부터 집안일과 밭일로 억척스럽게 일만 한 여성으로 불우한 어린 시절을 보낸 것이다.

결국 대학을 졸업한 오빠조차도 학비까지 대준 동생을 부끄럽게 여겨 친구들이나 주변 사람에게 동생을 숨기기까지 하니 더 이상 참을 수 없어 가출까지 한 상황에 이르고야 만다.

여자로 태어난 것이 서러워 수없이 울었다는 작가의 말에 한 맺힌 여성의 처절함이 안타깝다. 잘 다듬어진 세련된 시어는 아니지만 투박하고 직설적이고 체험적인 솔직한 언어가 꾸밈없이 표현된 이 시를 통해 성 차별 없는 가정의 분위기가 이 땅의 억압된 여성들에게 희망을 주리라, 작가는 다음 시에서 깨닫고 있다.

내 커서 어른이 되면 한 집안의 어머니 되어
뿌리 깊게 탄탄히 자라
속으로 살이 찌어 겉모습 양보하고 덕으로 감싸고
현실을 바꾸어 인생의 의미를 느끼리라고
「부부」全文

다음으로 최명자의 시에서 여성이 여자가 아니라 인간이라는 각성이 담긴 시가 있다.

하! 오랜만이라 반가운 마음에
어깨를 툭툭 치며
호탕하게 웃었더니 이놈이 하는 말
계집애가 좀 얌전해야지 한다.

꽃길이 향기롭고 바람은 시원해서
휘파람 불며 두 팔 벌려 휘젓고 걸었더니
여자 하는 짓이 선머스마니
철들려면 아직도 멀었단다.

잔디에 누워 두 다리 쭉 뻗고 노래를 불렀더니
가시나 하는 짓이 시집가기는 틀렸으며
자고로 여자는 다소곳한 맛이 있어야 한다고
이조 역사부터 종교 철학으로 동서양이 다 나온다.

이 천하에 무식하고 자유를 모르는 잡놈아
너 아니면 사내가 없고
시집 아니면 갈 곳이 없다더냐
시시콜콜 잔소리에 배짱대로 해달라니
나도 사람인데 어찌 평생을 네 종노릇이냔 말이다.

짧은 세상에 밥 세 끼 먹고 살기를
이것 따지고 저것 가리고
요것조것 다 참견이니
인생이 슬프고 괴로운 것은 당연지사니라
　　　　　　　　　　「남자친구」 全文

　여성이 인간으로서 대우받아야 함을 아주 적나라하게 표현하고 있다.
'계집애가 얌전'해야 된다는지, '여자는 다소곳한 맛'이 있어야 한다는
등 여성에 대한 잘못된 편견이 남성과 여성의 차별화된 언어로 구별짓고

있다. 그러나 작가는 '평생 종노릇'은 하지 않겠다고 자각을 하고 있다.

2) 고정희 시집 『저 무덤 위에 푸른 잔디』(1989)

『초혼제』(1989)에 이어 두 번째 장시집이 되는 이 시집은 축원마당, 본풀이마당, 해원마당, 진혼마당, 길 닦음마당, 대동마당, 통일마당의 순으로 되어 있다. 작가의 말에 따르면 처음부터 마당굿판의 실질적인 공연을 위해 필요한 대본으로 쓴 것이며, 따라서 시 전체는 첫째거리에서부터 일곱째거리, 그리고 그 후의 뒤풀이에 이르기까지 굿판의 형식에 걸맞은 구성을 이루고 있으며, 기본 리듬이 사설조 가락으로 표현하고 있다. 작품 전체에 흐르는 이미지는 억울하게 죽은 혼들을 불러내어 그들의 한을 씻어내고 그 넋을 위로한다는 씻김굿의 성격을 띠고 있다. 즉 부당하게 억눌려 살아가고 있는 사람들의 상처 입은 영혼까지를 포함시키고 있다. 그 대표적인 표상이 여자로서의 어머니이다. 첫째거리 －축원마당에서 어머니는 남성 지배적인 사회제도 속에서 다음과 같은 모습으로 나타난다.

> 몸조리가 무엇이며 오복이 무엇이던가
> 애기 낳고 이레 만에 들밭에 나서실 제
> 인중이 뻬끗하고 온몸이 허전하고
> 육천 마디 뼈끝에 찬바람 숭숭 불어
> 세상이 노오랗고 산천이 무심하다
> 이게 여자 팔자런가 저게 여자 죄업인가
>
> 목숨 부지 하세월에
> 서리서리 꽂힌 벼락
> 물벼락에 날벼락

일벼락에 희생벼락
청천벼락 난리벼락 전쟁벼락 강간벼락
온갖벼락 다 맞고서 적막강산 넘어갈 제
고독이 무엇이며 외로움이 무엇인고
여필종부 삼종지도 삼강오륜 부창부수
가면 가는 대로 오면 오는 대로
묵묵부답 이골이 난 어머니여
　　　　　　　「이 신발을 살아 생전 다시 신을까 말까」 일부

밤이면 새우잠에 낮이면 종종걸음
남성우월 여성하대 당연지사 여기면서
이제나 저제나
긴긴 세월 따질 날만 손꼽아 기다렸는지라
어머니 공덕 벌어 여성해방 어룹니다.
　　　　　　　「3. 말뚝이면 뽑아주고 빗장이면 벗겨주고」 일부

　여성해방이란 단순히 남성과 여성의 性的 차별과 관련된 좁은 의미
가 아니라, '어머니'라는 말이 내포하고 있는 포괄적인 의미를 알아야
한다. 작가는 '사람의 본이 어머니의 자궁이요, 어머니 품어주신 사랑
을 나눔이라'고 표현하였듯이 우리의 삶 구석구석에 어머니의 혼과 정
신을 해방된 인간성의 근본으로 삼았고 '천지신명의 구체적 현실'로 어
머니를 파악했다. 이때 어머니는 끊임없이 눌려 살아온 한 많은 여자가
아닌 역사 속에서 억눌린 모든 원혼들의 구체적이면서 보편적인 표상
인 동시에 화해의 넓은 품이며 역사성의 궁극적인 모태인 것이다.

어머니 공덕이 어떤 공덕이던가
지붕이 생기고 가솔 잇는 그날부터
시하층층 손발 되고
시하층층 시집살이

젊은 남편 침모 되고
늙은 남편 노리개 되어
장자 아들 밥이 되고
손자 증손 떡이 되어
검은 머리 파뿌리 되도록
오장육부 쓸개꺼정 녹아내린 어머니여
「4. 보름달 같은 여생해방 이윽히 받으소서」 일부

작가는 後記에서 눌린 자의 해방은 눌림 받은 자의 편에 섰을 때만 가능하다고 말하고 있다. 그런 의미에서 눌림 받은 여성의 대명사인 어머니는 잘못된 역사의 고발자요 증언의 기록이며 동시에 치유와 화해의 미래라고 강조하고 있다. 즉 "동산에 꽃이 피고 만물이 소생하듯/ 산천초목 화답하고 삼라가 춤을 추듯/ 치마폭에 담은 한 훨훨 털어 버리시고/ 일평생 받은 고통 단숨에 씻으소서/ 되로 주면 말로 받고/ 말로 주면 섬으로 받는 우리 딸들/"이라고 첫째거리를 끝맺는다.

둘째거리―본풀이마당과 셋째거리―해원마당에서는 여자로서의 어머니가 역사적 맥락 속으로 유입되면서 그 의미가 확장되어 가고 있다.

본풀이마당에서는 공시적인 것으로, 해원마당에서는 통시적인 것으로 나타난다.

여자 위에 사람 있어 천하대장부요
남자 아래 사람 있어 아녀자 소인배라
대장부와 아녀자를 차별짓는 그날부터
여자 위에 올라앉는 남정네 오장육부에
출생 당시 없었던 보따리 하나 생겨났는디

앉았다 하면 여자에게 명령하는 보따리
섰다 하면 여자에게 매질하고 약탈하는 보따리
여자 위에 올라앉아 오만 떠는 보따리

여자 아래 내려앉아 짓밟는 보따리
여자 벗겨놓고 제비뽑는 보따리
여자 울부짖음에 능청떠는 보따리
일어서는 여자에게 물을 끼얹는 보따리
늠름한 여자에게 재 뿌리는 보따리
아름다운 여자 보면 침 흘리고
정 많은 여자 골라 말아먹는 보따리
─둘째거리─본풀이마당
「2. 대장부와 아녀자로 차별 짓는 그날부터」 일부

여자 위에 팽감 친 가부장권 독재귀신
아내 위에 가부좌 튼 군사정권 폭력귀신
며느리 위에 군림하는 남편우대 상전귀신
딸들 위에 헛기침하는 아들유세 전통귀신
「남누리 북누리 사무치는 어머니여」 일부

넋이야 넋이로다
이 넋이 뉘신고 하니
자유당 부정에 죽은 우리 어머니

민주당 부패에 죽은 어머니
삼일오 약탈선거 때 죽은 우리 어머니
사일구 혁명 때 죽은 우리 어머니
오일륙 쿠테타 때 죽은 우리 어머니
「넋이야 넋이로다 이 넋이 뉘신고 하니」 일부

　이 세상은 남자나 여자 어느 한쪽이 지배하는 세계가 아니라 남자와
여자가 살아가는 공동체적인 삶의 세계라는 것을 인식해야 한다.
　어머니를 통해 역사의 개별적인 수난들은 민족의 것으로 확대되어
가고 있다. 따라서 이러한 어머니의 이미지는 굿의 각 마당들을 이어

주는 정신적 배경인 동시에 각각의 개체적인 역사적 수난을 민족의 정
으로 묶어 주려는 혈연적 유대감이 역사를 조망하고 있다.

> 광주사태 사연 속에
> 우리 사연 있습니다.
> 광주학살 눈물 속에
> 우리 눈물 있습니다.
> 광주항쟁 고풍 속에
> 우리 혁명 있습니다.
> 광주 민중 죽음 속에
> 우리 부활 있습니다.
>
> 「눈물 없이 부를 수 없는 이름 석자」일부

넷째거리-진혼마당은 오월 광주민중항쟁을 배경으로 어머니의 모습
을 보다 구체화시키고 있다. 어머니는 단순한 性의 차원을 떠나 역사
적 인본주의의 정신적 토대가 된다. 이 땅의 어머니들이 지닌 한의 진
정한 모습과 억눌림의 의미, 그리고 극복의 힘까지 확인시켜 준 역사적
계기가 되었던 것이다.

따라서 다섯째거리—길닦음마당은 말 그대로 해방과 통일의 길을 닦
는 굿으로 '매기는 소리'와 '받는 소리'의 반복으로 이루어져 있다.

즉 해방길과 평등길, 자유길, 민주길을 각각 잘못된 정치, 경제, 및
군사 독재, 남성 지배의 역사에 빗대면서 '사람의 해방이 다 사람 안에
있다'는 긍정적인 사고에 이른다.

여섯째거리—대동마당은 앞의 마당에서 닦은 해방길, 평등길, 자유길,
민주길 위에서 한민족이 한뜻으로 통일조국의 집을 세우는 다음과 같
은 시이다.

누구나 타고난 천성대로 받들 책임 있는 집이라.

집안 살림 나라 살림 출입문 따로 없고
가사일 바깥일 따로 없는 집이라
차별이 없는 중에 자기 길 각자 있고
귀천이 없는 중에 각자 직분 있는 집
「에헤야 집이로다 살림의 집이로다」 일부

이 집은 역사의 모든 고난 이후에, 그리고 그 고난 위에서 세워진 집이다. 민족의 궁극적 미래에 대한 이러한 낙관적 인식은

「개과천선 사월 혁명 후에 민주 세상 생겨나고
역사 종말 오일륙 후에 정의시민 생겨나고
광주민중항쟁 후에 해방세상 길을 튼」.

이러한 인식을 바탕으로 한 것이다.

일곱째거리—통일마당에서 작가는 다시 분단조국의 역사적 비극을 되풀이 강조함으로써 이러한 낙관적 시각이 역사적 비극성과 괴리를 이루는 추상적인 것이 아니라 오히려 더 절실한 것으로 느끼도록 한다. 여기에서 통일은 우리 민족만의 염원이 아니라 '한 지구, 한 세계, 한 우주 되찾아 세계 살림 멋들어지게 꾸려가자는' 인류통일의 의미로 확대되어 나간다. 뒤풀이의 마지막 부분이 '강강수월래' 후렴으로 처리된 것은 이러한 통일된 해방 강토에서 둥글게 하나가 된 민족적 화해의 상징적 귀결로 의미 있는 것으로 보인다.

3) 차정미 시집 『눈물의 옷고름 깃발삼아』(1989)

이 시집에 실린 일흔여덟 편의 시들은 여성억압과 착취 등을 폭로하고 있다. 作品을 통해서 살펴보기로 한다.

미망인은 죽은 목숨처럼 숨죽여야 하므로
석녀는 죄인처럼 물러서야만 하므로
직장의 꽃인 처녀들은
물푸레나무처럼 늘 싱싱해야 하므로
현모양처인 아내들은 참아야만 하므로
남존여비사상 여자들은 소리치지 말아야 하므로
어머니는 맷돌 속에 끼어 있는데
어머니는 팥알처럼 으깨어지고 있는데

우리는 지금 물푸레나무처럼 싱싱하지 않아도 되므로
우리는 지금 숨죽이며 참아 내지 않아도 되므로
우리는 지금 허위허식 가득 찬 항아리 들어 산산조각 내야 하므로
「완결의 시」 全文

　여성문학은 여성해방의 입장에서 쓰인 문학이어야 하며, 그러한 의미
에서 이 시집은 목적의식적으로 쓰인 선구적인 여성해방 시집이라고
볼 수 있다.
　이 시에서도 미망인은 숨죽여야 하고, 석녀는 물러서야 되며, 직장의
꽃은 늘 싱싱해야 하며, 아내들은 참아야 되며, 남존여비사상에 의해
여자들은 소리치지 말아야 한다고 男性中心의 세계관에서 여성에 대
한 도구 및 장식이라는 사고에 대해 신랄한 비판을 가하고 있다.
　가부장적 사회에서 남녀평등의 사회에 대한 인식으로 자신의 견해가
빠지고 남들의 이야기를 객관적으로 쓰고 있다.

암탉이 울면 집안이 망한다고
여자 목소리 울 밖으로 나가면
재수가 없다고
여자가 설쳐대면 될 일도 안 된다고
여자는 자고로

　　나긋나긋 고분고분해야 된다고
　　다소곳하고 순종하며 얌전해야 된다고
　　오늘도 할머니의 가슴 향해 내리치는 못질

　　오늘도 어머니의 머리채 낚아채는 손아귀

　　오늘도 딸의 손발 꽁꽁 묶는 쇠사슬
　　　　　　　　　　　　「묵시록 · 1」 全文

　남성 중심의 세계관에서 여자는 다소곳하고 순종하며 얌전해야 된다는 사고는 할머니의 가슴에는 못질과, 어머니의 머리채를 낚아채는 아픔과, 딸의 정신세계를 억압하는 현실을 비판하고 있다. 불평등의 구조 속에 또는 전부터 내려오던 뿌리의 모순 속에 극복된 세계관을 명료하게 지적하지 못한 작가의 전망이 아쉽기도 하다.

　　여자가 촉새처럼 나서긴 뭘 나서느냐고
　　할 일 없거든 자빠져 잠이나 자라고
　　부엌에 나가 앞치마 두르고 설거지나 하라고
　　사흘 걸려 여자와 명태는 두들겨 패야 맛이라고

　　외도 한 번 못 하는 사내 그게 어디 사내냐고
　　계집 하나 후려잡지 못하는 사내
　　부랄을 떼버려야 한다고
　　젊은 여자 탐내지 않는 사내
　　어찌 사내대장부랄 수 있냐고
　　자고로 남자는 배포가 크고
　　힘이 세야만 된다고

　　오늘도 할머니의 가슴 깎아내리는 대패질
　　오늘도 어머니의 허벅지 지져대는 인두질

오늘도 딸의 허리춤 조여드는 철조망
　　　　　「묵시록 · 2」全文

　이 시 역시 「묵시록」과 마찬가지로 남성 중심 사고에서 여성은 단지 능력이 없고 집안일이나 하며 자빠져 잠이나 자는 인격체로 보고 있다. 이에 반해 남성은 남성 우월주의 사고에 입각해 외도와 아내 이외의 젊은 여자를 탐내야 된다는 남존여비사상이 내포되어 있다. 다음으로 「매매춘 공화국」 연작 10편은 현상의 파악이 나열적으로 이루어져 있다.

어찌하랴
밤낮 쓰러지는 이 당
백만의 여자들이여
　　　　　「매매춘 공화국 · 2」 일부

경찰과 포주와 펨프의 이름으로
기동서방과 군림하는 남편
가부장의 이름으로
여자들의 맨몸뚱이 껍질을 벗기는 나라
　　　　　「매매춘 공화국 · 3」 일부

때 묻은 달러돈에 웃음 헤프게 팔며
양공주로 창녀로 현지처로 몸 굴려도
천 갈래 만 갈래 응어리진 한
　　　　　「매매춘 공화국 · 4」 일부

짓밟힌 흰 옷고름이 일어선다
갈기갈기 찢긴 치맛자락이 일어선다.
　　　　　「매매춘 공화국 · 10」 일부

인간의 性이 상품으로 매매되는 매춘제도의 본질성이 결코 도덕적으로 타락한 여성들이 윤락여성으로 전환되는 것은 아니다. 수요, 공급의 관계가 재생산되는 일정한 사회적, 역사적 조건이 있는 것이다. 매춘의 수용은 가부장적 가족구조와 이데올로기를 기반으로 하여 지속적으로 창출된다. 가부장적 이데올로기는 가정의 유지, 보존을 위해서 순결한 아내, 정숙한 어머니를 요구하며, 남성의 性的인 자유와 그 충족을 위해서는 윤락여성을 필요로 한다.

이러한 수요에 대한 공급은 경제적 불평등에 의해 지속적으로 이루어진다. 윤락여성의 대다수는 빈곤과 궁핍에 시달리는 하층으로부터 충원되며, 직업의 부족이나 저임금으로 인해 노동여성이 윤락여성으로 전환되는 것도 보편적인 현상이다. 또한 분단 상황이라는 특수한 민족 현실도 매춘의 불가결한 조건이 되고 있다. 이처럼 윤락여성의 존재를 가능하게 하는 조건은 민족현실, 경제적 불평등, 남성지배 이데올로기가 긴밀하게 얽힘으로써 형성된다.

'여자들의 가슴을 쑥대밭으로 만드는' 현실과 정부, 관리, 경찰, 포주, 기둥서방, 남편, 가부장적 사고 등은 여성을 노예적으로 만든다.

이러한 현실 앞에서, 못질과 쇠사슬과 우악스런 손아귀 앞에서 작가의 탄식을 공허하게 만든다. 따라서 한계점은 여성억압의 적이 되는 인식을 명료하게 형상화시켜야만 될 것이다.

다음으로 이 시집에서 「경찰과 강간」, 「미군과 강간」, 「미군과 위안부」 등의 부제가 붙어 있는 「일지」 1~3 연작이 직접적으로 폭로하고 있다. 마지막으로 여성들의 구체적인 삶과 행동을 표현한 여덟 편의 「이 땅의 어머니들」 연작시이다. 자식과 남편의 죽음과 투옥 등을 계기로 그릇된 민족이나 현실을 깨닫고 투쟁의 길에 동참하는 선구적인 어머니들의 이미지가 묘사되고 있다.

네가 죽었다니

한밤중 가슴 한 복판
칼날처럼 날아든 전보
손에 그러쥔 채
그날 밤
몸 부들부들 떨며
밤을 새워 부대로 내달았지
　　　　　　「이 땅의 어머니들 · 6」 일부

숨도 쉴 수 없는 징벌방
무시무시한 그곳에서 내 새끼가
다 죽어 간다고 소리치며
교도소 담장 위로 훌쩍 뛰어올랐지
이 에미 어디에서 그런
무서운 힘이 솟아났는지
　　　　　　「이 땅의 어머니들 · 7」 일부

　이 연작시에서 분신 노동자의 어머니, 간첩죄로 투옥된 지식인의 어
머니, 분신 노동자의 아내, 의문사 학생의 어머니 등의 형상이 나오는
데 이들이 분노와 각성에서 모성애의 폭발적 분출이 가져오는 힘을 포
착한다.
　「이 땅의 어머니들」은 일반적인 이 땅의 여성들과는 남다른 조건에
처한 여성들이다. 따라서 보편적인 여성해방의 과제와 전망을 얻기 어
려운 한계점이 보이지만, 여성해방의 지향이 민중적 근거를 갖추어 나
가는 데 디딤돌이 될 것이다.

　　4) 허수경 시집 『슬픔만한 거름이 어디 있으랴』(1988)

　1964년 경남 진주에서 출생한 허수경은 대학에서 국문학을 전공했으

며 1987년 <실천문학>에 「땡볕」 등의 詩를 발표하면서 등단한 시인이다. 『슬픔만한 거름이 어디 있으랴』라는 이 시집은 제1부 진주 저물녘, 제2부 원폭수첩, 제3부 유배일기, 제4부 조선식 회상 등 총 78편이 실린 시집으로 확고한 역사의식과 시대감각이 뛰어난 현실성이 짙은 詩들로 구성되어 있다. 이 시집에서 작가는 '개인적으로 아주 어려운 시기에 나온 시집이며 개인적인 고통에 무덤덤해지려고 애쓰며 원고를 정리했다.'고 술회하고 있다. 또한 '문학적 실천을 가장 유효하게 담보해 내는 것은 문학행위의 산출물인 작품이라는 믿음만이 있을 뿐, 우리는 시대 상황에 눌려 아름다움을 얼마나 쉽게 포기하고 있었는가 하는 자책만이 있을 뿐, 결국 내가 앞으로 무엇과 싸워나가야 하는가가 더욱 명확해졌다는 것이 솔직한 심정'이라는 작가의 심정에서도 알 수 있듯이 고통 속에서 체험하며 느낀 한 시대의 고통을 언어로써 승화시킨 애절하면서 강한 몸부림을 엿볼 수 있다. 따라서 문학작품 속에서 여성의 현실이 어떻게 나타나고 있으며, 작가의 세계관 속에 여성문제에 대한 인식이 얼마나 올바르게 자리 잡고 있느냐의 판단 아래 본인은 총 78편 중에 네 편을 뽑아서 살펴보기로 하겠다.

> 기다림이사 천 년 같제 날이 저물세라 강바람 눈에 그리메지며 귓볼 불콰하게 망경산 오르면 잇몸 드러내고 휘모리로 감겨가는 물결아 지겹도록 정이 든 고향 찾아올 이 없는 고향 문디 같아 반푼이 같아서 기다림으로 너른 강에 불씨 재우는 남녘 가시나
>
> 「진주 저물녘」 일부

여게가 친정인가 저승인가 괴춤 전대 털리고 은비녀도 빼앗기고 댓가지로 머리 쪽지고 막걸리 담배잎 쩔어 미친 달빛 눈꼬리에 돋아 허연 소금발 머리에 이운 곰보 고모가 삭정이 가죽만 남은 가슴 풀어헤치며 6.25 이후 빼앗길 것 몽땅 빼앗긴 친정에 왔는데 기제사 때 맞춰 왔는데 쑥대밭 쇠뜨기도곤 무성한 만단 정희여 고모는 어느 녘에서 이다지도 온전히

빼앗겼을 꺼나 빼앗김만이 넉넉한 빼앗김만이 남아 해신 보전하기 좋은 우리 집이여.

「그믐밤」全文

「진주 저물녘」에서는 여성이 기다림과 문디 같은 반푼이로 표현된 인식이지만 너른 강에 불씨를 재우는 인고와 너그러움으로 무엇이나 다 받아들이는 포용성을 보여주고 있다. 「그믐밤」에서는 완전히 빼앗김으로 해서 넉넉하고 여유로움이 남아 있다는 여성의 미덕이 소박하게 묘사되고 있다.

그 사내 내가 스물 갓 넘어 만났던 사내 몰골만 겨우 사람꼴 갖춰 밤 어두운 길에서 만났더라면 지레 도망질이라도 쳤을 터이지만 눈매만은 미친 듯 타오르는 유월 숲 속 같아 내라도 턱하니 핏기 침 늑막에 차오르는 물 거두어 주고 싶었네.
산가시내 되어 독 오른 뱀을 잡고 백정집 칼잽이 되어 개를 잡아 청솔 가지 분질러 진국으로만 고아다가 후 후 불며 먹이고 싶었네 저 미친 듯 타오르는 눈빛을 재워 선한 물같이 맞갈 데인 잎차같이 눕히고 싶었네.
그 사내 내가 스물 갓 넘어 만났던 사내 내 할미 어미가 대처에서 돌아온 지친 남정들 머리맡 지킬 때 허벅살 선지피라도 다투어 먹인 것처럼 어디 내 사내뿐이랴

「폐병쟁이 내 사내」全文

남성을 위해서 '독 오른 뱀과 개'를 잡아 진국으로 푹 고아서 먹이고 싶은 여성의 모성과 사랑이 그대로 드러나고 있다. 여성의 억압과 한이 허벅살 선지피로 승화되어 마침내 삶의 현장에서 지친 남성들에게 먹이려는 여성의 숭고한 정신이 내 사내뿐이 아니라는 총체적 인식이 비장하기만 하다.

사내들의 영광은 아낙들의 눈물

영광은 자궁 속에 깊이 감추어두고
늦은 빨래를 하러 나옵니다.

물살에 내맡긴 사내들의 빨래에는
땀자욱 핏자욱 황토흙도 절어 있고
북만주 흩날리는 아득한 눈발
원망과 갈망과 목 놓아 소리하던
꿈도 묻어 나오지만
눈부시게 헹구고 나면
오직 그리운 눈매 유순한 눈매

이 눈매를 가지고 사내들은 칼잡이 되고
글쟁이도 되어 외진 곳에 갇히기도 하고
살아 욕됨을 뼈 속에 묻어
죽어 영광되기도 하지만

심줄 굵은 아낙들의 팔목에는
개화 이후 이 나라 온갖 수난사가
강물 탯줄 실려 흘러가고 있을 뿐입니다
차마 더 이상 못 참는 날에도
소리 죽여 흐느끼며 가고 있을 뿐입니다
이 눈물 속에
개화기 이후 깃을 치며 살아갑니다.

「남강시편 • 3」 全文

　여성의 전통이 무력함이라는 부정적 근원이 아니라 힘과 결속이라는
긍정적 근원으로 어떻게 환원되는가를 보여 주는 작품이다.
　남성들의 영광과 땀자국과 핏자국들은 여성들에게는 눈물과 원망과
갈망과 꿈까지도 그리움으로 감싸려는 역사적 인식이 보다 선명하게
드러난다.

따라서 여성의 문화는 남성의 반대편이 아닌 그 자체의 경험과 상징을 생성해 낼 수 있으며 표면적 삶이나 의식 속에 숨겨진 어떤 내면의 세계를 나타내고자 하는 것이다.

여성해방문학의 논리를 알기 위해서 애니스 프랫(Annis Pratt)의 네 가지 비평 중 '콘텍스트 비평'을 살펴보면, 여성이 갇혀 있는 역할 기대치의 그물망인 사회적, 경제적 맥락 속에 남성과 여성을 상호 관계 속에서 드러내 주는 것으로 문학을 이해함으로써 형식주의적 한계를 넘어서 여성해방론자가 되어야 한다는 것이다.

예술적 결함이 있다 하더라도 여성적 상황의 반영도에 따라서 어떤 작품의 적합성을 고려하는 것이다.

나아가 작품이란 전후 맥락을 보여 주는 역사적인 창작품인 동시에 우리가 독서를 하면서 고려해야 할 맥락의 산물로써 이해해야 한다는 것이다.

앞으로 여성의 이상화가 어떻게 여성의 억압에 이바지하는지를 깨달아야만 한다.

3. 마무리

여성해방문학이라고 해서 그것이 남성에 대한 분노가 되어서는 안 된다. 즉 갈등 구조가 되어서는 안 되며 남성과 여성이 논리적으로 이해하고 설득할 수 있는 서로가 정당한 자기 주체적 입장에 설 수 있어야 한다. 여성의 입장에서 여성의 문제를 수동적인 상태가 아니라 능동적이고 주체적인 인식을 가져야만 한다.

이러한 의미에서, 최명자의 詩는 솔직하고 소박하게 그동안 눌린 설움과 고통을 체험적으로 써 내려가고 있다. 버스 안내양으로서 겪어야 했던 자신의 삶을 여러 가지 측면에서 형상화시켜 남성들의 횡포와 비인간화를 고발하고 있다. 또한 자신이 경제적으로 소외된 직업에 종사했기 때문에 자신이 느꼈던 性的 모순은 그 기틀이 계급적 모순에 기틀을 둔 것이라 생각한다. 그러나 개인적인 한과 울분을 잘 걸러서 '나'가 아닌 '우리들'의 고통으로 형상화시켜야 하는 점이 한계점이라고 생각된다.

고정희의 詩는 작가가 말했듯이 우리의 삶 구석구석에 스며 있는 '어머니의 혼과 정신'을 해방된 인간성의 본으로 삼았고 역사적 수난자요, 초월성의 주체인 어머니를 '천지신명의 구체적 현실'로 파악하였다. 눌림 받은 여성의 대명사인 어머니는 잘못된 역사의 고발자요, 증언의 기록이며, 동시에 치유와 화해의 미래이다. 잘못된 역사의 회개와 치유의 화해에 이르는 큰 씻김굿이 이 시집의 주제이며 그 인간성의 주체에 어머니의 힘이 놓여 있다. 그러나 詩 전체가 단조롭고 메마른 느낌으로 와 닿는 한계점이 있다. 좀 더 풍요롭고 입체화된 역동적인 움직임으로 형상화되어 있지 않는 점이 아쉬운 점이다.

차정미의 詩는 나열과 분산된 여성문제 인식을 극복하고 역사적이고 총체적인 인식과 해방에의 의지를 획득하고자 네 개의 방향으로 진행된다.

첫 번째는 남성 중심의 세계관에서 여성에 대한 도구화 및 장식이라는 사고에 대한 신랄한 비판을 하고 있으며, 가부장제 사회에서 남녀평등의 사회에 대한 인식으로 쓰고 있다.

두 번째는, 남성 지배 이데올로기로써 인간의 性이 상품으로 매매되는 윤락여성의 생활을 표현하고 있다. 이러한 여성의 존재를 가능하게 하는 것은 빈곤과 궁핍으로 인한 경제적 불평등과 남성 지배 이데올로기, 또는 민족현실 등이 긴밀하게 얽힘으로써 형성된다.

　세 번째는, 기사화된 내용이 '일지'로서 직접적으로 폭로되는 「경찰과 강간」, 「미군과 강간」, 「미군과 위안부」 등을 묘사한 작품의 경향이다.

　네 번째는, 여성들의 구체적인 삶과 행동을 표현한 「이 땅의 어머니들」의 연작시로 그릇된 민중과 민족현실을 깨닫고 투쟁의 길에 동참하는 선구적인 어머니상을 그려내고 있다. 그러나 보편적인 여성해방의 과제와 전망이 드러나지 않는 한계점이 있다. 여성억압과 착취의 현상을 드러내고 폭로하는 차원에 머물고 있으며, 좀 더 명료하게 형상화시키지 못하고 있다.

　허수경의 詩에서는 비교적 확고한 역사의식과 시대감각이 뛰어난 언어로 소박한 여성관을 나타내고 있다. 여성의 모성과 너그러움으로 비교적 울분을 승화시키려는 자세가 엿보인다.

　따라서 이런 여성들의 원초적인 보이지 않는 힘에 의해서 남성들은 칼잡이나 글쟁이도 되고, 또 죽어 영광도 되지만 여성이 참으면서 울분마저 숨죽여 살아온 눈물 속에는 승화된 강물과 산맥들이 조용히 자리를 지키고 있는 비교적 여성의 울분을 드러나지 않게 여성적 자질을 잠재우고 있다.

　앞으로 여성해방 비평에서 그릇된 여성관을 지적해 내고 사회학적, 여성해방 논리에 국한되는 경직성에서 벗어나 여성문학의 전반적인 고찰과 그 발전적인 여성상 정립을 제시해야 한다. 법고 각종 사회제도, 경제관계에 있어서 여성의 자립성과 투자성, 평등성이 인정되어야 하며 가부장 제도의 모순점과 여성의 인권 문제가 제시되어야 할 것이다.

Ⅲ　박완서의 문학 세계
—『그대 아직 꿈꾸고 있는가』—

1. 머리말

　문학에 있어서 전통적인 남성중심 시각의 일반론적 원칙을 깨뜨리고 여성 문학이라는, 시각의 조망을 통한 연구 및 창작의 의도성을 보이기 시작한 것이 최근의 일이다. <여성>, <또 하나의 문화> 등 여성 문제 전문 무크지와 <여성 운동과 문학> 등 여성 해방문학 전용 매체들이 출간되고, 여성 문제 연구 단체들이 결성되면서, 초보적이고 산발적인 수준에서 전문적이고 조직적인 형태로 진행되기에 이르렀다.

　남성 중심적 가치 기준이 곧바로 보편적 가치 기준으로 등치되어 왔고, 대부분의 비평가 또한 남성이었다는 역사적 상황에서는 여성 문제에 관한 한 비평가 역시 작가와 마찬가지로 남성중심적 사고에 함몰되어 비판적 인식을 지니기 어려웠다. 따라서 현실을 살아가는 여성들이 느끼는 구체적 억압 상황이나, 그 억압 상황이 사회 전반의 지배적인 이데올로기와 직접적인 연관을 가진다는 점을 전혀 간파하지 못하였던 것이 현실이다.

　이제 억압의 대상자인 여성은 자신의 문제를 인식하고 해결해 나가는 과정에서, 문학작품에 담긴 남성 중심적 사고의 허구성을 보다 더 정확히 볼 수 있고 또 보아야 한다. 그러나 여성작가가 쓴 작품이나 여성 작품을 소재로 한 작품이라고 해서 모두 여성 해방 문학이 되는 것은 아니다. 올바른 여성 해방 의식을 담보해 낸 작품이라야 여성 해방 문학이 될 수 있다는 점을 인식할 필요가 있다. 따라서 진정한 여성 문학은 여성의 삶과 인식에 정확한 표현과 진단을 함으로써 바람직한 삶을 향상 시키는 데 기여할 수 있는 문학이어야 한다.

그동안 여성 문학론이라는 주제하에서 논의들이 전혀 없었던 것은 아니다. 작품 속에 나타나는 '여성상'을 연구하여 왔고 또한 '여류 작가론'이라는 두 가지 경향의 연구 작업이 진행되어 왔다. 그러나 이러한 논의들은 '여성 문제'에 대한 인식이나 여성 해방에 대한 시각이 수반되지 않은 상태에서 개개인의 작가들 작품에서 그리고 있는 여주인공들의 유형을 기계적으로 분류해 내거나, 여류 작가의 작품군에서 모호한 여성적인 특수성을 추출해 내려는 시도로 그쳤을 뿐이다. 최근에 와서 이러한 단호한 차원의 '여류 문화'에서 탈피하여 여성 해방에 대한 나름대로의 명확한 입장을 천명하면서 '여성 문학'을 정립해 보려는 움직임이 태동한 것이다. 이에 본인은 부족하나마 우리나라 기존의 연구 자료들을 살펴보고 페미니즘 문학의 시각에서 작품을 읽고 분석해 보고자 한다.

2. 기존의 '여성 문학' 연구검토 및 최근의 본격적인 논의들

여성 문제에 대한 인식이나 여성 해방에 대한 시각이 결여되어 있는 것이 대부분이다. 여성 작가에 대한 비평은 여성에 대한 편견으로 그들의 작품 세계를 온당하게 평가하지 못하고 있고 작품 속의 여성 연구는 개개의 작품에 나타나는 여주인공들의 유형을 당대 사회의 객관적인 여성 현실과 관련시키지 못한 채 현상적으로 파악하고 분류하고 있을 뿐이다. 여성 작가와 작품 속의 여성상의 연구가 본격적으로 이루어진 것은 60년대 이후의 일로 그 전까지는 비평에서 여성 작가들에 대해 단편적인 언급을 하는 정도에 그치고 있다. 작가로서도 자신의 독자적인 작품 세계를 구축하려는 노력이 없이 초기 여성 작가 대부분의 작품은 습작의 단계를 크게 벗어나지 못하였다. 그러므로 초기 여성 작가들에 대한 평가는 그들의 문학 세계에 대한 것이 아니라 화초적 존재로서 그들의 행적에 대한 평가였던 것이다.

　문학에서 여성의 문제가 사회 구조적인 문제와 관련되어 파악되기 시작한 것은 해방 직전의 민족문학 건설 과정에서였다. 이원조는 모든 것을 금전으로 환산하는 자본주의 사회에 있어서 문학상 여성의 지위는 고작해야 연애의 대상ㅡ그나마 추한 면이 아니면 댄서, 여급, 매춘부, 창기, 스파이 등 인간으로서는 가장 열악한 인간으로 사용하고 있다고 하였다.

　이동주는 여성의 완전한 해방은 경제적 해방에 의해서만 얻을 수 있고 이때 여성은 평등한 자격으로 인류문화 창조에 공동 역할을 할 수 있으며 여성이 남성 지능의 수준으로 똑같은 지위에서 협동할 때 절름발이 아닌 문화를 창조해 나갈 수 있다고 하여 여성 문제의 본질이 경제적 종속에 있음을 밝히고 있다.

　이와 같이 해방 직후의 비평가들은 여성 문제를 민족과 사회의 전체 오염 속에서 파악하여 여성 문학도 그러한 견지에서 나아가야 한다고 주장하고 있다. 비록 여성 문학론의 구체적인 내용과 방향은 제시하지 못하였지만 우리 문학사에서 최초로 여성 문제에 대한 인식 위에서 다루었다는 점에서 의의가 있다고 하겠다.

여성 작가에 대한 연구는 70년대 들어와 각 대학의 여성 문학 연구자들에 의해 보다 집중적으로 이루어지기 시작하였으며 80년대에 들어와서는 더욱 활발해지고 있다. 즉 여성 관계 전문 무크지가 출간되면서 본격화되고 있으며 이러한 문제의식에도 불구하고 문학 논의로서 약점을 보이며 여성문제나 여성문학을 보는 시각 자체가 추상적이고 선언적 차원에 머무르고 있는 문제점을 지니고 있다.

그러므로 앞으로의 여성 문학은 진정한 여성 문제 인식을 통한 여성 해방적 시각을 가지는 주체적이면서 창조적인 삶의 대안이 구체적이면서 지속적으로 묘사되어야 할 것이다. 이것은 필연적으로 현실 비판적 성격을 띠면서 여성의 문제를 본질적 리얼리즘으로 다루어 권위적 전통의 잔재와 팽배한 가부장적 사회에서의 여성 실존의 문제를 제시하고 해결책을 모색한다. 따라서 진정한 여성 문학은 여성에 의하여 쓰이고 여성의 삶과 인식에 정확한 표현과 진단을 함으로써 바람직한 여성적인 삶을 향상시키는 데 기여할 수 있는 문학이어야 한다.

3. 박완서의 작품
「그대 아직도 꿈꾸고 있는가」 분석

1970년에 40살이라는 원숙한 나이에 소설가로 데뷔한 박완서는 데뷔 작품인 「나목」(1970)을 비롯하여 「휘청거리는 오후」(1976), 「도시의 흉년」 등의 장편과 단편집 「부끄러움을 가르칩니다」(1977), 중편 소설집인 「창밖은 봄」(1977), 수필집인 「꼴찌에게 보내는 갈채」(1977) 등 많은 작품을 내놓은 다작의 인기 작가임에 틀림없다.

우리나라 여성작가들 가운데서 박완서만큼 안이한 소시민적 인생과 삶의 방식에 대한 강렬한 반발을 나타내고 있는 사람도 드물 것이다.

그것은 그가 뛰어난 현실 감각을 갖춘 여성이며 섬세한 감수성과 아울러 삶을 바라보는 구체적이고 건강한 눈과 건전한 상식을 함께 지닌 양식 있는 작가 가운데 하나이기 때문이다.

따라서 사람들 각자의 개인적인 삶 속에 들어와 있는 사회적인 요소들을 가장 철저히 깨닫고 있는 여성 소설가이며 여성 작가들 작품에서 볼 수 있는 사치한 감정의 관념적 갈등들이 비교적 나타나지 않는 것이 박완서 소설의 특정이다.

즉 박완서는 날카로운 사회 비평가의 분노에 찬 한 매서운 목소리와 사람들 사이에 흐르는 참다운 사랑의 소중함을 이야기하는 자상하고 다정한 목소리 이 두 가지 음색을 갖는 작가이기도 하다.

서로 모순되거나 상호 배척적인 특징이 아니라 상호 보완적이고 상호 전체적인 것으로서 그의 소설이 지나치게 폐쇄적이고 도식적인 사회 소설이나 교훈적 실화로 굳어지는 것을 막아 주며 동시에 막연한 감상주의의 입장으로 떨어지는 것을 방지해 주는 박완서 특유의 소설 묘미라 할 수 있다. 박완서가 본격적인 여성문제 인식을 가지고 썼다는 「그대 아직도 꿈꾸고 있는가」의 작품 줄거리를 살펴보면 주인공 차문경은 30대 중반이며 중학교 교사인 이혼녀로 딸 하나를 두고 사별한 대학 동창생 혁주와 우연히 만나게 된다. 교제를 통해 서로는 재혼을 원하지만 부덕을 중시하는 혁주의 어머니는 문경과의 재혼을 반대하고 미모와 재력을 갖춘 처녀와 결혼시킨다. 후에 차문경이 혁주의 아이를 임신하고 학교에서도 쫓겨나 아들을 낳아 혼자 키우면서 살아가고 재혼한 혁주의 아내는 딸을 낳고 악성종양이라는 진단 아래 자궁을 수술해 더 이상 아기를 가질 수 없자 가문을 잇기 위한 욕망으로 혁주의 가족들이 문경의 아들을 요구해 오지만 이에 굴복하지 않고 재판을 통해 차문경은 자기 자식이 아니라는 혁주의 7년 전 편지를 유일한 증거로 찾아내 마침내 혁주가 고소를 취하하는 것으로 이 작품은 끝난다. 작품 독해를 통해 텍스트에 드러나고 있는 남아선호사상 및 남성 우월주의, 여성 멸시 등을 살펴보기로 한다.

> "분수를 알고 비싸게 굴라구 하는 말"로 빈정대기도 했다. 뒤집으면 곧바로 '네 까짓 게 무슨 숫처녀라고…….' 하는 뜻이 되는지라 토라지고 싶었지만…….(중략)

차문경은 아내와 사별한 혁주와의 만남에서 결혼식 올리기 전까지 최소한의 도덕관념이나 의식을 존중하려고 노력해 남의 욕망을 거절하지만 혁주의 퉁명스런 대화에서 보듯이 여성은 순결해야 되고 남성은 상관없다는 그래서 한 번 이혼한 여자는 새것이 아니니 성(性)적으로 무시해도 된다는 일방적인 남성 중심의 사고방식과 여성 멸시가 드러난다.

> "이 여자들이 다 처녀들일까요! 정말 처녀들이 후처자리로 오겠단데요?"
> "네 나이 겨우 서른다섯이야 처녀장가 드는 게 당연해 시내만 안 딸렸으면 더 어린 혼처도 들어올 텐데 전실 애가 있다고 맨 올드미스만 들어와서 에민 좀 섭섭하다."
> 이렇게 되니 동갑내기 이혼녀가 뜨악해지기 시작했다.

혁주의 어머니 황 여사는 여성으로서 같은 여성을 인습의 굴레로 몰아넣을 뿐 아니라 남아 선호사상에 깊이 물든 전통적인 한국의 어머니상으로 형상화되어 있다. 또한 이에 적극적으로 대처하지 못하고 어머니의 판단에 의지하는 우유부단하고 이기적인 혁주의 내면의식과 남성으로서의 책임을 저버리는 의식주 속에는 여성 멸시가 내포되어 있다.

> 집 장만할 때까지 아이를 갖지 말자는 남편의 말에 여자는 고분고분

순종했고 피임의 실제적인 문제에 있어서도 남편이 더 유식하고 능동적이었다. 맞벌이로 작은 아파트 장만하자 남편은 공부를 더 하겠다고 미국으로 떠났고 얼마 안 돼서 좋은 여자가 생겼으니 이혼해 달라는 통고를 받게 되었다. 미국 시민권이 있는 그쪽 여자는 임신까지 했다는 것이었다. 시댁 식구들은 이구동성으로 "애만 하나 있어도 이런 일을 왜 당하겠노 여자는 그저 뭐니 뭐니 해도 아들을 낳아 놔야 시집 귀신 될 자격이 생기는 건데……." 하는 동정도 같고 변명도 같은 말을 했다. 자기가 책임질 성질의 것이 아닌 잘못까지 뒤집어쓰고 물러나야 하는 그 여자의 가슴은 참으로 아렸다.

차문경이 이혼한 이유가 순전히 일방적인 것으로 남성 중심적 사고방식에 의해 억울하게 당하는 모습이 이 글을 통해 엿보인다.

부부 사이에 있어 아내의 수동적인 자세 또한 문제이지만 다분히 아내는 순종하고 고분고분해야 된다는 식의 사고방식과 무책임한 남편의 행동에서 아내 의견도 없이 이혼해 달라는 식의 강요는 한 여성을 너무 쉽게 파멸시켜 버린다.

여기에 합세해 시댁 식구들의 은근한 동조와 남아 선호사상의 뿌리가 깊숙이 박혀 일방적으로 한 여성을 파탄의 지경으로 몰았는데도 전혀 죄의식이 없다.

"어렵소. 온갖 방법을 다 동원하시는군. 처음엔 공갈 협박, 다음엔 설교라 누가 선생질 안 해 먹었댈까 봐."
……<중략>……
그 여자를 결정적으로 견딜 수 없게 한 것은 인간적인 모욕보다는 직업에 대한 모욕이었다. 그 여자는 자신의 직업을 존중하고 사랑했다. 직업은 여지껏 그 여자의 떳떳한 자립을 보장해 줬을 뿐 아니라 자존심의 근거가 돼 주었다.

혁주의 아이를 임신했다는 문경이의 말에 도리어 큰소리치며 무시해 버린다. 남성 우월주의와 여성 멸시 태도가 보인다. 남성의 성(性)적인 욕망에 의한 결과에 대해 남성은 쉽게 말 한마디로 책임을 팽개칠 수 있다는 식이다.

남성중심적 사고방식과 깊이 연계되어 있으며 남성에 의해 언어적 폭력과 육체적 폭력의 형태로 나타난다.

또한 임신한 문경은 고발한 학교의 어머니회에 의해 사표를 던지고 만다. 여기서 문제는 같은 여자로서의 어머니회에 의해 학교를 강제로 그만두게 된 충격은 문경을 비참하게 만든다.

이 편견과 이기심은 남성들의 것일 뿐 아니라 오히려 더 여성들의 것이라는 데 이 소설의 묘미가 있다. 부덕을 고발하고 남성을 공격하지만 그 밑에는 여성의 자기반성과 결속을 암시하기 때문이다.

> "이왕이면 아들 낳았으면 좋겠다." 임 선생의 의례적으로 한 말에 문경이는 느닷없이 화를 냈다.
> "딸 낳고 싶어. 나는 장차 내 아기가 남자일 거라고는 상상도 하기 싫어."
> "아기 아빠에 대한 미움 때문에 지금은 그럴 수도 있겠지만 막상 낳으면 안 그래. 나는 첫딸 낳고 울었다면 말 다했지."
> "이 세상에 인간으로 입문하는 조건을 100점 만점이라고 칠 때 여자로 태어난다는 건 상대적으로 50점 감점인 셈이지. 대학 입시에서 만일 제 자식이 까닭 없이 1,2점만 감점을 당해도 사생결단하고 덤비지 않을 엄마 없을 걸, 50점의 불이익이 분하고 억울해서 우는 건 당연해."

같은 학교에 근무하는 임 선생과의 대화에서도 여성 자신마저 남아 선호사상이 깊숙이 파고들어 있는 것을 알 수 있지만 이는 사회적인 인습 등으로 말미암아 파생되는 남아선호사상이 여성 스스로의 굴레보다 더 큰 비중을 차지한다.

> "내 호적에다 나 혼자 낳은 아이로 입적시킬 거야. 물론 내 성을 따르

게 할 테고, 요새 세상에 엄마 성을 따른 아이가 불이익을 당하는 법은
없다고 생각해.”
　“여자가 불이익을 당하게 반드시 명문화된 법조문에 의해서 고정관념에
의해 불이익이나 수모를 당할지 모르는 일이야.”

　차문경은 아이를 자기 호적에 올려 당당하게 상처 받지 않도록 강하
게 키우겠다는 여성적 모성애를 발휘하지만 임 선생은 사회의 관습이나
고정관념에서 여성에게 오는 차별과 불이익이 있다고 주장하고 있다.

　　“몰라서 묻냐? 우리 집안은 대가 끊어지게 됐다. 이게 이만저만한 일이
　냐 그까짓 계집애 둘 아니라 열이 있으면 뭘하냐 대를 못 잇는 걸.”
　　“뭐 하나 잘못한 게 없건만은 아들 하나 못난 죄가 그리도 무섭구나.”
　　집안 분위기가 전 같지 않았다. 남편은 자주 한숨을 쉬었고 시어머니는
　자주 눈물을 보였고, 시내와 슬기는 구박만 받은 아이들처럼 날로 불쌍해
　지고 있었다. 다시는 아이를 낳을 수 없고, 따라서 아들을 가질 가망도 없
　다는 데 따르는 근심은 돈이나 시간이 해결해 줄 수 있는 것도 아니니 근
　심이라기보다 절망이었다.
　　남들 다 가진 아들을 영영 가질 수 없다는 열등감과 한 가문의 대를
　끊어 놓았다는 죄의식이 그녀의 몸뿐 아니라 마음까지 허약하게 만들었다.

　혁주의 아내가 자궁 내 악성종양으로 인한 수술로 아들을 더 이상
기대하기가 어렵자 가정불화가 시작된다. 혁주는 딸도 없이 잘 사는 부
부도 많다고 황 여사를 설득하지만 남아선호사상은 시간이 흐를수록
깊어진다.
　여기에 장인, 장모조차도 사위 보기도 민망해 “딸 가진 죄인이라더
니…….” 하며 한숨만 쉬고 쩔쩔매는 모습이 여자를 비하시키고 있다.
　혁주 아내도 갈수록 의욕도 없고 매사가 시들해져 남의 아들을 훔쳐
오고 싶다든가 잃어버린 자궁을 되찾을 수 있는 방법이 꼭 있을 것이

라는 등 우울증과 피해의식이 극도에 달한다.

　문경이가 아들을 낳아서 혁주에게 입적시켜 달라고 호소하자 거절당해서 사생아로 키우는데 강한 아이로 키우기로 결심한 것도 인습적인 편견에 의해 불이익이나 상처를 안 받을 강한 아이를 뜻하는 것이지 사회의 법질서를 무시하고 사는 비정상적인 인간을 뜻하는 것이 아니었다.

　　그 애에게 거는 저의 가장 찬란한 꿈이 뭔 줄 아세요?
　　남자로 태어났으면 마땅히 여자를 이용하고 짓밟고 능멸해도 된다는 그 천부적인 권리로부터 자유로운 신종 남자로 키우는 거죠. 그 점을 위해서도 그 애는 제가 키우고 싶어요.

　차문경은 단호하게 '자유로운 신종 남자'로 키운다는 식의 극단적인 태도로 작품의 결말을 제시해 버린다. 물론 작가는 우리 사회에 뿌리 깊이 박혀 있는 남아선호사상을 비판해 보려는 문제의식을 가지고 이 작품을 썼음이 틀림없지만 아쉬운 점은 차문경이 겪는 비극의 모든 원인을 남자와 가부장제 탓으로 돌려버리는 지극히 협소적인 남녀간의 문제로만 파악한 것이 이 작품의 한계점으로 생각된다.

　어쨌든 박완서의 소설이 구체적인 일상 속에서 행위와 심리를 묘사하는 전형적인 리얼리즘으로 평가가 되며 이 작품 역시 잔상을 남기지 않는 간결한 작품이다.

　중산층 여성이 주인공으로 등장하는 이들을 중심으로 가족 또는 사회와의 관계 속에서 파생되는 문제를 표출한 작품이다. 앞으로 이상적 사회의 모습을 더욱 뚜렷이 제시하고 그 세계를 우리의 생활 속에 끌어들일 수 있도록 새로운 문학적 양식을 창조해야 되리라 생각된다.

4. 마무리

여성 문학은 여성 의식이 열림과 새로운 세계에의 창조를 모색하는 문학이며, 그것은 여성의 삶을 주된 내용으로 하는 여성 문제 및 여성 실종의 문제와 현실 비판적인 인식 속에 기존 문학사를 바탕으로 전개되는 문학이다. 그러므로 여성의 삶을 조명하는 문학이어야 한다. 어느 한쪽이 지배하는 세계가 되어야 하는 것이 아니라 남자와 여자가 함께 살아가는 공동체적인 삶을 살아가는 세계라는 것을 인식해야 한다.

남성과 여성이 논리적으로 이해하고 설득할 수 있는, 서로가 정당한 자기 주체적 입장에 설 수 있어야 한다. 여성 문학은 여성의 입장에서 여성의 문제를 수동적인 상태가 아니라, 능동적이고 주체적인 인식을 가져야 한다. 창작과정에서도 마찬가지로 치열하게 탐구해야 될 것은 해방된 세계관을 담은 문학 양식은 어떤 것이어야 하며 새로운 인간성의 출현과 체험은 어떻게 실현될 수 있는가를 보여줄 수 있어야 한다.

이러한 점에서 박완서의 시도는 가사노등의 문제라든가, 성 차별의 이데올로기의 문제 등을 사회 구조적 원리에 대한 성찰과 연결짓지 않은 채 남성의 추악한 면에 대한 비판으로만 그치거나 형식적 평등을 주장하는 데 머무는 것으로 귀결되고 있다.

앞으로 여성작가, 시인들이 자신의 작품을 통하여 제시한 방향성에 대하여 생각해 본다면 남녀관계의 종속적, 대립적 차원을 극복하여 상호보완적 관계를 추구해야 하며 남아선호사상의 관념을 개조해야 한다.

또한 작가는 올바른 세계관과 여성관을 가져야 하며 작품 속에서 여성을 단순히 성의 대상으로 보거나 성차별적 관점으로 접근해 여성 문제를 왜곡시켜서는 안 된다.

Ⅳ　1930년대〈여성〉誌에 나타난
신여성의 자아의식

1. 들어가는 말

　〈여성〉은 1936년 4월 1일에 창간되어 1940년 12월 1일 통권 57호를 끝으로 폐간되었다.

　朝光社에서 발행한 잡지로 편집 겸 발행인은 방응모였고 편집인은 계용묵, 윤석중, 노천명 등이었다. 4.6배판 48페이지로 출발했다가 뒤에 국판 100페이지 안팎으로 늘렸다. 당시 개벽사에서 펴내던 〈신여성〉과 동아일보에서 펴내던 〈신가정〉과 함께 3대 여성 잡지였으며 주로 결혼관과 애정, 주부와 수양, 여성의 직업문제 등, 여성과 관계된 지식의 일반상식, 소설과 수필, 시 등이 실렸다. 잡지의 구성면에서 본다면 다른 잡지와 다를 바 없이 다양하고 독창적인 글로 구성되어 있다. '한번 해보고 싶은 일이 무엇이냐'라는 질문이나 제일 미운 사람이, 잘난 사람을 묻는 것은 당시의 여성들이 좀 더 개방적인 사고를 했다는 것을 알 수 있다. 수동적인 존재가 아니라 남들과 다름없이 판단하고 표현하기를 원했던 것이다.

당대의 시대 상황을 살펴보면 일본은 중국에 대한 침략을 계속하면서 그와 동시에 大戰 준비를 가속화했다. 전쟁시기에 전략적 자원의 획득량이 증가했고 산업분야의 회사 창설이 계속되었다.

미국과 영국에서 수입하던 자원들을 한국에서 수탈해 갔으며 이 시기에 노동자들 가운데 기능공 계통이 늘어났고 그들의 교육 수준도 향상되어갔다.

또한 여성 교육을 살펴보면 사회 제도상으로 여성들에 대한 제약들을 없애는 사회운동이 전개되면서 점차로 가능해졌다. 독립신문과 언론매체를 통한 여성 계몽운동과 1907년 국채보상운동을 시작으로 결성되기 시작한 각종 부인회의 활동을 통하여 여성들의 자각이 높아졌고 남녀 평등만이 아니라 일제에 대한 민족주의적 의식도 함양할 수 있었다. 그러나 일제 통치가 시작되면서 이러한 사회운동은 탄압을 받았으며 여성에 대한 교육기회가 제한을 받았다. 일제 강점기의 보통 교육은 의무 교육이 아니었으므로 여성들에게는 교육기회가 거의 주어지지 않기 때문이다. 이러한 상황에서 여성의 능력을 최대한으로 실현하고 여학생과 남학생의 교육을 분리한다는 것은 현실적으로 불가능한 일이었으며 여학생과 남학생의 교육을 분리해서 실시해야 한다는 남녀유별 사상이 잔존하고 있었다. 이러한 관념적, 제도적 차별에서 벗어나 주체적인 여성을 양성하는 여성교육이 시작된 것은 8·15 해방 이후의 일이다. 1947년에 조직된 가정학회를 비롯하여 수십 개의 여성 단체들이 부녀자 계몽운동, 각종 기술 강습, 소비자 보호운동, 가족 계획 및 사회복지 등을 전개함으로써 여성들의 의식 향상에 공헌하였다.

따라서 일제 강점기로 생활의 어려움도 많았을 뿐만 아니라 과거의 전통과 신식문물과의 사이에서 많은 혼란을 겪어야 했던 시기였다. 이러한 전통사회의 기반이 흔들림에 따라 신분제 붕괴가 현저해지는 17

세기 경 부터는 낭만적 사랑의 개념이 형성되었다. 개화의 물결이 거세어 지면서 여학교에서 교육을 받은 여성들이 배출되고 해외 유학생들이 늘어 나면서 연애, 결혼, 이혼의 자유가 자연스럽게 표현하고자 하였다.

따라서 이 글에서는 이 시대 여성들이 어떤 의식을 가지고 살아왔는지 <여성>誌를 중심으로 살펴보고 당시의 여성관을 살펴보고자 한다.

2. 〈여성〉誌에 나타난 여성관

1939년부터 1940년은 일제 강점기로서 우리나라에 신식 문물이 이미 많이 들어와 있던 시기이다. 이 시기에 많은 사람들이 일본이나 미국 등지로 유학을 가거나 외국 선교사들에 의해 신식 교육이 이루어지면서 여성들에게도 고등교육의 길이 열리고 더러는 유학을 하는 여성들도 있었다.

이런 사회적인 분위기로 인해 여성들의 인식도 많은 변화를 갖게 되는데 그 중 대표적인 것이 연애관과 결혼관의 변화였다. 따라서 이 시기 여성들의 연애관과 결혼관 그리고 가족관의 변화와 가정생활, 신여성의 사고 방식 및 사회적 위치에 대해서 살펴보고자 한다.

1) 연애관과 결혼관

대부분이 연애보다는 집안의 어른들끼리의 약속에 의해 결혼이 이루

어지는 것이 일반적인 일이었다. 하지만 이 시기의 신(新)여성들은 자
유연애라는 것이 선망의 대상이었다.

> 실상 현대여성(現代女性)이란 말은 구(舊)여성이란 말의 조곰 진화(進
> 化)한 말인 동시에 구(舊)여성이란 말에 대립된 말입니다. 그러하면 현대
> 여성이 신여성으로서 제일 먼저 자각한 것이 무엇이냐 하면 그것은 첫째
> 연애이었읍니다. 자유로이 연애를 할 수 있다는 것이었습니다.
> <여성>(1939)

이처럼 이 시기의 신(新) 여성이라 불리려면 자유로이 연애할 줄 알
아야 한다는 것이 일반적인 생각이었다. 이와 같은 것은 <여성> 잡지
의 많은 부분들에서 이 시기 여성들에게 연애에 대한 많은 충고와 권
유를 하고 있는 것으로도 알 수 있다. 그렇다면 이러한 자유 연애가
이 시기 여성들에게 결혼으로까지 이어질 수 있었을까 하는 의문이 생
기게 된다.

> 이 순수한 이상의 세계의 뒤틀이여 한 개 광범한 현실의 세계를 전개
> 시키는 것이 결혼입니다. 연애속에서 우리들은 비로소 그대가 있는줄을
> 알었소..
> 이 그대와 마조서는 자기가 진실한 자기인 것을 알었습니다. 그런데 결
> 혼속에서 우리들은 나와 그대가 다시 한 개 내가 되고 이 새로운 나에 마
> 조서는 많은 나와 많은 그대, 이리하야 우리들은 우리의 자각에 나아갑니
> 다. 연애속에 서 그대를 찾는다고 하면 결혼에서는 우리를 차져야 합니다.
> 연애가 인간의 발견인것처럼 함께 결혼은 인류의 발견입니다. 인류의 발
> 전, 이것은 무엇을 의미하는 것이겠습니까.
> 鄭人澤『지극한 지상의 戀情』(1940년 7월)

결혼은 이처럼 나 한 사람으로 이루어지는 것이 아니라 나와 상대방
이 함께 조화를 이루어 하나가 되었을 때 진정한 의미를 갖게 되는 것

이다. 이처럼 정략에 의해 결혼을 맺어오던 관습에서 벗어나 자유연애를 하여 결혼하려는 경향이 있었다. 또한 결혼이라는 굴레에 속박당하지 않고 독신으로 살고자 하는 사람도 생겨났으며 자진하여 남의 첩으로 가는 것도 마다하지 않았다. 이러한 것은 다음과 같은 내용에서 잘 나타나있다.

> "여학교를 나오면 결혼을 한다는 것이 대다수의 목적인데 그 동안 자유결혼이라는 것이 얼마쯤 성공을 했다고 보십니까?"
> "우리 시대엔 연애 지상주의였는데 어금엔 연애 따로 있고 결혼 따로 있드군요."
> "전에는 연애의 열매가 결혼이여섰는데 지금엔 그렇질 않아요."
> 「여성」 1939년

위의 인터뷰 기사에서 보는 바와 같이 자유 연애가 유행처럼 생각되었지만 연애가 결혼과 이어졌다고 보여지지는 않는다. '연애 따로 결혼 따로'라는 말에서 보여지듯이 이 시기의 여성들은 연애라는 자체만으로도 충분히 선망의 대상이 되었다. 더욱이 연애가 꼭 처녀, 총각 사이에서 일어났던 것은 아니었다.

> "신여성으로도 남의 첩으로 가는 여자가 많은데 이것을 어떻게 보십니까?"
> "연애 지상주의에요."
> "우리 시대에는 치마쓰고 공부할대였으니까 모다 남자란 애기의 아버지요, 안해의 남편이었지 그런데다 결혼을 않하는 것이 고상해 보여서 반대를 했죠. 그리구 기숙사에서 동성 연애나 하면서 지내다가 그만 시기를 놓쳐지요. 그리고 보니 상처자리나 그렇지 않으면 안해의 남편을 사랑할 수 밖에 없었지."
> 「여성」 1939년

그들의 생각과 의도에 꼭 들어맞게 연애와 결혼이 진행된 것은 아니다. 자신의 선택이 과연 옳은가에 대한 막연하고 추상적인 생각 때문에 결국 결혼은 부모님이 정해 준 사람과 살 수 밖에 없다는 것과 결혼을 하지 않고 혼자 사는 것이 고상해 보여 살다보니 동성 연애자로, 변하게 되고 교육을 받은 여자라 할지라도 연애 지상주의의 부산물로 아내가 있는 남자를 사랑하여 한 여자의 행복을 빼앗기도 하는 그들이 상상도 하지 못한 벽에 부딪히기도 한 것이다. 따라서 어떠한 삶을 살아가기를 원했는지 결혼의식을 살펴보면 그들의 생각을 좀 더 쉽게 이해할 수 있다.

　一. 丹楓이 滿發한 金剛山의 달밤
　二. 朝鮮의 古典美와 西洋의 모더니즘을 合한 社會式
　三. 淸楚한 흰 저고리 흰치마 하얀 面紗布 머리에는 샛빨간 生花冠

　一. 장소는 가정, 교회, 학교 어느곳이나 신성한 장소라면 하련다
　二. 형식은 교회식으로 하되 절제하고 靜淑해주었으면 좋겠다
　三. 의상은 흰옷을 입고 넘우 긴 것은 입지 않을테이다 화장은 평상시 얼굴을 보존할 수 있도록 좋고 짓른 화장은 그리 假裝하지 않는다
　　　　　　　　　　　　「여성」 1939년

여기에서 활옷이라는 화려한 색의 우리 고유 의상이 아닌 단순한 흰색의 서양 드레스식의 옷을 선호한다는 것이다. 이는 서양의 문물이 전해지면서 여성들의 의식이 변화하기 시작했다는 것을 알 수 있다. 그 결과로 결혼과 연애에 대한 생각들도 다양한 형태의 변화가 시작되었다는 것을 알 수 있다.

　우리들의 생을 한 그루 나무라고 하고 많은 가지의 생(生)을 한 그루나무라고 하고 많은 닢 많은 가지가 모여 그것을 이루었다고, 연애는 분명

히 가장 뚜렷한 닢, 가장 빛나는 가지가 되는 것이 아니겠습니다.

자연의 질서에서 인간의 질서에 옮겨 온 것이 연애였읍니다. 연애가 가저오는 신비(神秘), 낭만(浪漫), 감격(感激), 숭경(崇敬)의 저 고귀(高貴)한 정서는 모도 인간의 자기 발견에서 우러 나오는 운율이요 화성입니다.

「여성」 1939년

위와 같이 연애를 예찬하는 글을 보면서 그 시대의 연애가 얼마나 많은 환상을 가졌었는지 더욱 확실하게 느낄 수 있다. 그렇다고 그 당시의 모든 사람들이 연애 지상주의에 빠져있지는 않았을 것이다. 이런 자유 연애에 대해서 <여성>이란 잡지는 이러한 과열된 사회적 분위기에 대해 다음과 같은 충고의 글을 게재하고 있다.

자유스러운 연애라는 것이 처음에 있어서는 현대여성으로서 자각의 발족점(發足點)이었다면 이것은 결코 현대여성의 전적(全的) 이상(理想)은 아니었을것입니다. 다만 자기의 감정을 자기 마음대로 처리 할 수 있다는 의미에서 옛날 도덕율(道德律)에 대한 반역의 봉화(烽火)인 동시에 여권 신장의 한 아름다운 방편이었을 것입니다(……중략……)

그러나 자유 연애를 기초로 한 새로운 도덕율은 커녕 연애에 대한 결론도 똑똑히 얻지 못한 것 같습니다. 자유연애라면 연애와 결혼을 분리해야하고 또한 연애와 가정도 분리해야 할 것입니다. 그러나 말로서만 아니고 막상 그런 처지에 다다른다면 현대여성은 과연 아무거리낌도 없이 가슴에 불길이 타는 대로 몸을 던질 수가 있을까. 만약 그렇치 못한다면 그것은 벌서 자유 연애도 아니겠지만은 그렇지 못하다는 것은 아무리 자유 연애일지라도 자기 감정이외의 다른 무엇의 승인을 받아야 한다는 것이다. 다른 무엇이란 곧 도덕율에 지나지 못하는 것입니다. 그러니 현대여성의 철저한 자유 연애를 승인할만한 새로운 도덕율이 없을 바에는 자기 자신이 승인할만한 연애의 대상이라도 발견하지 아니하면 안될 것입니다.

「여성」 1939년

이처럼 연애에 대한 당대 여성의 의식을 살펴보았는데 결혼은 어떠했는지 살펴보면 일반적인 여성들의 결혼에 대한 생각은 대체로 안정을 추구하는 것이 대부분이다. 주로 부모들의 생각에 의해 정해진 혼처로 시집을 가는 것이 대부분이었던 것이다. 비록 신여성이라 할지라도 연애와는 별개로 결혼에 있어서는 별개의 문제로 생각하는 것이다.

① '나는 지금까지 戀愛와 結婚이 구별된다는 것만을 말했습니다. 그런데 어떤 모양으로 구별되는 것이겠습니까? 戀愛속에서 우리들은 「人間」을 찾아봅니다. 結婚속에서 우리들은 이제 무엇에 맞나는 것이겠습니까? 自然의 秩序에서 人間의 秩序에 옮겨온 것이 戀愛였습니다. 戀愛가 가져오는 浪漫. 感動의 저 高貴한 情緖는 모두 人間의 自己發見에서 우러나오는 和答입니다.'

② '結婚은 꽃피는 동산은 아닙니다. 남편과 안해는 이 봄동산을 한가하게 거니는게 아닙니다. 結婚. 이것은 진실로 한 개 일터가 아닐 수 없습니다. 그리고 이 일터는 그것이 마련되던 옛날부터 진실한 일꾼이 나타나기를 기다린 지 오랩니다. 팔과 다리를 부러것고 검은 大地우에 나선때, 이것이 結婚에 있어서의 努力입니다. 남의 남편이 되는 일. 남의 안해가 되는 일. 이것이 얼마나 힘들고 수고로운 일인지를 아십니까. 하긴는 단순한 명목아래서 남의 남편인양 안해인양 꾸며 나가기는 쉬울지 모릅니다. 그러나 자기와 남을 속이기를 그치고 애오라지 진실하게 사러나아가기를 바랄때 이 남편 또는 안해로서의 길이 한없이 높고 엄숙한 길임을 압니다.'

③ '結婚속에서 우리들은 많은 苦難을 覺悟하지 않아서는 안됩니다. 어제까지 어질던 남편이 오늘 죽는수도 있고 지금까지 놀던 애기가 몸디어 자리에 눕는수도 있고, 이 때 우리들은 한갓 失望, 탄식에 잠길 게 아니고 정성과 사랑을 다하야 부단히 진실로 부단히 싸호지 않아서는 안됩니다. 그러자니 오작 고닯으겠습니까. 내 수고와 근심을 남편이나 동생이 알어준다고 한면 그 때 우리들은 놀라운 힘과 용기를 얻습니다. 그러나 남편이 모르고 동생이 모르고 아버지와 어머니가 모르고 아들과 딸이 모른다고 해도 우리들은 꾸준히 거러가고 힘있게 싸호지 않아서는 안됩니다. 한 사람과 진실한 남편 또는 안해로서 몸과 마음을 바쳐 一生을 싸워 마

치랴―이것이 結婚이 우리들에게 要求하는 義務입니다.

①번 인용문은 연애와 결혼의 차이점을 잘 보여주고 있다. 인류학적으로 결혼의 정의는 다음 두 가지 요건의 충족을 전제로 한다. 첫째는 종족 보존 및 자손 번식이 가능한 남녀의 성적 결합을 공식적으로 허용하고 법적으로 인정한다. 둘째는, 결혼 당사자들이 함께 거주하는 것을 전제로 한 생활 경제 단위로서 가정·가족관계를 형성하는 제도적 결합이다. 이상의 두 가지 요건은 사회적으로 중요한 의미를 가진다.

또한 결혼은 자녀를 적출로 인정하게 하는 방법이기도 하다. 결혼은 재산의 양도를 규정하기 위해 사회적·법률적 구속을 받으며, 사랑과 쾌락과 번식행위를 넘어서는 것으로 자녀가 적절한 보살핌을 받도록 자녀 출생 후에도 결합이 지속되는 안정적인 단위이다. 그러므로 결혼제도는 사회질서 유지를 위해 일부일처제가 보편화되었으며 결혼한 남녀 양가의 친척은 우호적 관계를 가진다.

결혼은 남녀 당사자에게 합법적인 성적 욕구와 종족 계승의 욕구를 충족시키며 일반적으로 남성에게는 정서적인 안정을, 여성에게는 경제적인 안정의 의미를 부여한다. 전통적으로 남성은 일차적인 가족의 부양자가 되므로 결혼한 여성이 결혼 안한 여성보다 경제적으로 안정되었다고 가정할 수 있다.

②, ③번 인용문을 살펴보면 결혼했을 때의 불편함과 문제점을 알수 있다. 우선 한국사회에서 사랑과 성의 역사적 변천과정을 간략히 살펴보면 남녀 간의 사랑과 성은 전해 내려오는 시가(詩歌) 등으로 보아 고려 이전 사회에서는 어느 정도 허용되었던 것으로 여겨진다. 그러나 가족이 정치적·경제적 구조의 중심으로 더욱 큰 역할을 하게 되고, 특히 조선시대로 오면서 부계 혈통 중심의 문중 성립 및 중국으로부터 유교사상의 영향으로 남녀차별과 남녀유별의 사상이 강화됨에 따라 결혼은 가문과 가문의 결합으로 굳어지고, 결혼 전 남녀관계와 낭만적 사

랑은 극히 제한적이 되며, 여성의 정조에 대한 이데올로기가 깊이 뿌리 내리게 된다. 이러한 상황에서 남녀관계에서의 성은 부부관계에 국한되 었으며, 혈통계승과 경제적 생산자 출산을 위한 생식으로서의 기능으로 서만 가치가 인정되었다. 결국 한국 전통사회의 성과 사랑은 일부 기년 층을 제외하고는 남녀간 사랑의 부재와 생식적 도구로서의 성으로 특 징 지워진다고 볼 수 있다.

2) 신여성의 정절의식

이 시대에도 정조에 관한 현행 법률이 규정되어 있었다. 그 내용은 여자의 승낙 없이 그 정조를 유린하면 민사상 손해배상 책임이 있을 뿐만 아니라 다음과 같은 범죄가 성립된다. 폭행이나 협박을 해서 여성 의 정조를 빼앗으면 강간죄가 성립되어 이년이상 십 오년 이하의 징역 에 처한다. 여성의 나이 만 열세 살이 못 된 때는 비록 여성의 승낙을 얻고 관계했더라도 강간죄가 된다. 강간죄는 피해여성의 고소가 있어야 처벌하고 고소는 가해자가 누군지 알았을 때부터 육 개월이 지나면 못 한다. 강제 키스를 하거나 부끄러운 곳을 다치는 등 일절 변태적인 행 위를 한때에 성립된다. 강간이나 강제외설을 한때에 여자에게 상처를 내거나 성병 같은 병을 전염시키거나 죽게 한때는 삼년 이상 징역이나 무기징역에 처한다.

> 법률은 정한조를 권리로 인증하야 그 보호에 관한 여러 가지 규정을 설하였으나 정조가 누구의 권리냐 하는 점은 명확한 규정이 없다.
> 어떤때에는 정조를 여자의 권리로 인증하고 어떤때는 남편의 권리로 인증하여서다. 정조가 여자의 권리냐 또는 남자의 권리냐하는 근본문제는 훗일로 미루고 여긔는 여자의 자유과 육체를 보호하기 위한때를 난우어

정조에 관한 현행 법률의 규정만 설명하겠다.

여자를 위한 규정

(……중략……)

남자를 위한 규정

元澤淵, '정조의 문제' (여성, 1939년 11월호)

직녀야!

너의 哀戀을 동정하는 사람도 있지만 얼마전 어느 여자

전문학생들이 그러는데 널 막 욕을 하드라 그 학생들하는말을

들어보니까 결국은 네가 비겁하다는 거였다

웨 가께오찔 못하노?

웨 정사는 못하노? 그러구 살면뭘해

말은 바른대로 말이지 나도 이런 비란에는 동감하였다

이미 시대가 바뀌고 사조가 몇 번이나 곤두박질을쳐서

이 세상에는 결혼하고 한시간후에 이혼을 하는둥 정신적 결혼과

육체적 결혼의 별개성을 주창하는 듯 껏듯하면 정사 얼핏하면

가께오찌 그리구 정조란건 내것임으로 내 자유로 행사할수있다는……

말말아라 별의 별꼴이 다있다 그러니말이다 직녀야! 원컨대너도 이번

만나거들랑 정사를 하려므나 도대체 1년에 한번씩 이따위 글쓰기가

나두구찮다.

崔永秀 '織女야 원컨대' (여성, 1940년 7월호)

이상에서 본 것과 같이 신여성들은 정절(貞節)을 지키는 면에 있어서도 옛날의 그것과는 많이 달라졌다.

정절(貞節)이라 함은 여자의 곧은 절개라는 뜻으로 예로부터 조상(祖上)들에 의해 여성들에게 중시되어 오던 것이다. 또한 이것은 여성 자신을 위하기보다는 남성위주의 사고와 의도에 의해 지켜져 오던 것이라고도 할 수 있다.

하지만, 신여성들에게 있어, 정절(貞節)은 더 이상 그 의미를 주장할

수 없게 되었다. 위의 인용문에서 볼 수 있듯이 신여성들은 무조건적으로 정절(貞節)을 중시하던 옛 풍습(風習)을 받아들이기보다는 정절(貞節)을 일종의 자신들의 권리(權利)와 자유(自由)로 보고 그것을 찾으려 했던 것이다. 그래서 論者는 직녀에게 충고하는 형식으로서 정절(貞節)을 지키는 것보다는 자신의 삶을 즐기는 자유를 찾으라고 논하고 있다. 이것은 이 시대의 여성들의 정절(貞節)에 대한 의식을 잘 보여주는 대목이라고 할 수 있다.

3) 신여성의 사고 방식 및 사회적 위치

1930~40년대 여성들의 전반적인 사고방식 및 여성들의 사회적 위치, 여성을 보는 관점의 변화 등을 살펴 보고자 한다.

> 「일반적으로 볼 때 우리 조선여성의 관점은 사소한 일, 즉 적은 일에 주의를 두지 않는 다는 그것입니다. 적은일이란 애당초에 염두에 두지 않읍니다. 그래서 무슨 일이나 이루는 것이 없읍니다. 어떠한 종류의 일을 물론하고 적은데서부터 시작되지 않는일이 없는것인데 적은 적을 염두에 두지않으니 큰일이 있을 이치가 없을 것은 말할것도 없는 일입니다. 이것이 우려 조선부인의 큰 결점으로 시국에 있어서 반드시 가져야 할 모든 것에도 시장이 여간 많은 것이 아닙니다. 예를들어 말하자면 내지부인들은 지금 실 보무라지, 헝겊쪼각, 머리카락 이런 것을 그릇을 따로잡고 한오리 모읍니다. 그러나 조선부인들은 한아 모으는 것을 보지못했습니다. 정회에서 그렇게 모으라고 일러도 염두에 두지 않는것입니다.
>
> (……중략……)
>
> 대체로 볼때에 우리 서울 여성은 농촌여성 보다 오히려 시국인식이 부족한 것이 사실입니다. 시골여성은 도시 여성에 비하여 비교적 생활감정이 단순하고 또 순진한 까닭에 하라면 할줄을 아는 때문입니다. 그러니까

우리 여성은 무엇보다 참되야 할 것을 여기서 다시 한번 느끼게 됩니다.

(……중략……)

여기서 우에 말한 저 스스로를 아려야 한다는 그말을 다시 한번 재음미해 보는 것이 좋습니다. 그 참됨으로서 그것이 자손에게 미치는 그 큰 영향이 우리 부인에게 그렇게 깃들어있는 것을 안다면 저 스스로를 깨다러야 될 것을 깊이 이 자리에서 또한 깨닫게 될것임으로 써 이외다. 그리하여 참된 마음으로 시국에 처하여 자녀의 교육에 힘쓸것을 또 잊어서는 않될것입니다.

이 몇가지의 결점을 다 각지 종래의 자기의 일상 생활에 미러워보아 그 태도를 고치고 거듭 나어야 할것입니다. 그리하여 시국에 처한 우리부인으로서의 임부를 다하여야 할 것입니다.」

<여성.1940>

이 글은 조선부인들에게 몇 가지 당부의 말을 전하는 논설문이다. 이 글에서 글쓴이가 조선 부인들의 결점으로 보는 것은 작은 일을 등한히 하는 것, 감정의 융화성이 없는 것, 저 스스로를 모르는 것, 참되지 못한 것 이 네 가지이다. 여기서 미루어 보아 알 수 있는 것은 그 당시 여성들이 일본 여성들과 자신들을 비교했다는 것이다.

그리고 여기서 알 수 있는 또 한 가지 사실은 여성들 스스로가 자신의 무지를 깨닫고 그것을 고쳐나가려고 하는 의지를 가지고 있었다는 것이다.

그 시대를 분기점으로 여성이 여성 스스로를 다른 시각에서 보기 시작한 것이다. 그런 점에서 일제 시대는 여성사적으로 중요한 의미를 갖는다.

또 이 '여성'이라는 잡지가 발간되었을 때 부터 여성의 고등교육이 시작되었다. 물론 극히 일부에 불과하지만 그 전에는 돈이 아무리 많아도 여자들은 교육을 시킬 필요가 없다고 생각한데에서 돈이 있으면 여자들도 교육받으면 좋을 것이라고 생각하게 되는 것은 커다란 변화가 아닐 수 없다. 고등교육을 받은 신여성의 글이 다음과 같이 적혀 있다.

「우리가 우리손으로 우리 世界를 만들고 우리손으로 우리의 秩序를 쌓아나가는 第一 自由로운 時節이다. 우리 學生生活은 本質的으로 말하면 教授를 받는데있을것 이지만 우리는 어듸까지든지 自發的으로 무엇을 求하려고 한다. 우리들이 期待하는 教授는 時代의 動作에 대하야 透微 한 先見과 强한 指導力을 가진 先生이다. 話題은 勿論各料에 따라서 다르지만 學生이라는 社會와 떠러진 生活을 하니가 거기는 大部分이 理想的이고 浪漫的傾向이 깃드러있다. 거기에는 深刻한 宗教問題도 있고, 世界思想家에 對한 再檢討도 있다. 그리고 餘課를 利用하야 音樂도 듣고 映畵도 본다. 모다들 藝微데 對한 政堂한 理解을 가지고 있다. 「파스칼」은 「人間은 無와 全고의 中間子이니까 動搖는 運命 이다.」한거와같이 우리 時間의 太羊이 工夫에 依하야 消費되지만 그래도 時代의 물결은 學園內에도 미처 우리들로 하여금 解決을 못할데가 많다. 그럴제는 동모와 討論을 시작하고 그래도 解決 못얻을땐 先輩나 先生의 문은 뚜드린다. 사람은 「생각하는 풀」이라고 '파스칼'은 말한다. 마참내 人間에서 생각하는 힘이 人間性을 强하게 하는 것이드. 생각이라는 것은 人間의 위대성이다. 우리가 動物以上의 生活을 하는 것은 우리의 智性의 힘이다. 智性이라는 것은 우리 人間의 本質이고 特權이다. 女子의 第一短點은 智性이 發達되지 못한 것이다. 女子는 營利하지만 聰明하지 못한 點이 많다. 우리는 知性人이라는 期待와 自信을 가져야 겠다.」

「여성」, 1940, 7.

이 글은 글쓴이가 대학생활에서 바라는 것과 글쓴이의 대학생활기에 대해 그리고 지성의 중요성에 대해 언급하고 있다. 이 글을 쓴 여성은 여자의 가장 큰 단점은 지서이 발달되지 못한 것으로 보고, 서로 결속하고 타인과 자신의 존경함으로써 지성을 발달시키기를 주장하고 있는 것이다. 이 시대의 여성들이 자신들의 무지를 자각하고 지성을 발달시켜야 한다는 생각을 가지고 있었다.

여성에 대한 또 다른 시각을 살펴보고자 한다. 김광섭은 여성과 사치란 글에서 그 시대의 여성들의 사치와 허영심에 젖어 사는 모습을 비판하고 있다.

「시대가 어즈러운 탓인 지는 몰라도 애정이 奢侈의 옷을 입고 도라단이는 현상을 우리는 너무도 많이보고 놀라지 않을 수 없습니다. 여기에또 性的犯罪라는 것까지도 일어나게 됩니다. 이렇게 불건전한 환경이 되고 보면 사회의 기초가 되는 家庭이라는것도 어느듯 깨트러지고 맙니다. 오늘의 조선여성들은 健　實 함 家庭을 이룩한다기보다 奢侈로운 家庭을 꾸미려고하는 분이많습니다.

(……중략……)

여성에게는 사치에 빠지기 쉬운 심리가 비교적 男子보다 더 많이 있을 수 있고 또 그것 때문에 남자의 유혹에 걸리기쉬운 반면 育兒나 家庭에 대한 신성한 허무가 잊어버려진다는것에 지나지않습니다. 그러함에도 불구하고 오늘 현대여성에게 가장 큰 결점은 있다면 이것은 精神生活에 대한 敎養이 부족할 뿐만 아니라 그 方面에 전연 관심을 가지지않는다는것입니다. 그러기 때문에 얼굴과 몸과 거름거리만을 아름답게보고 현대여성과 結婚한 현대남자들이 失望하는 말을 흔히 들으면 대부분 「그것들은 아무 것도 아니다」고 비우서버립니다. 도모지 生活도 몰으고 사회도 몰으면서 매끈하게차리고 식당에서 밥이나먹고 자동차타기만 좋와하고 어느 잘사는 집 여자동무하나왔다가면 집안데 말다틈이 버러지고 싸흠판이 터진다고 합니다. 남 만큼 살려는 이 분심과 남만큼 못사는데 대한 이것은 말다툼하고 싸흠하는 以上으로 있어야하겠지만 가만히 앉어서 남자만 골리는 것이 장녀가 장녀가 되어 家庭이 파탄되는일은 얼마나 많고, 또 얼마나 寒心스러운 일입니까, 大部分 그들에게는 생활에 대한 강한 의미가 부족한 듯합니다.

(……중략……)

끝으로 나는 「여자는 아름답다!」하는 말에서 「여자는 강하다!」하는 발언을 여자자신에게 권하고 싶습니다. 心理的으로나 生理的으로나 精神的으로나 다 마찮가지 입니다. 그냥 한 여자가 되고 한 어머니가 되어버리는 인형보다 여자의 역사에는 저위대한 「트로이전쟁」을 일쿤 「해레나」도 있고, 「쟌다크」도 있치 않습니까. 이런 것이 나의 헛소리하면 여자는 남자의 돈과 유혹에 빠지는 軟弱한 물건이 될 밖에 없습니다. 여러분의 화장과 의상대금으로 움직이는 世界를 觀察하고 探險하기 위하야 서적이라는 것을 사서 읽어보십시오. 이제 핸드백을 열어 보십시오! 놀라지 않는 사람은 良心없는 사람일 것입니다. 또 집에서는 무얼 하십니까.

오막사리 집에서 너무 잘 채리고 나오는 女性을 보면 寒心스러웁니다. 오직 女子를 구할 것은 女子自身입니다.」

「여성」, 1940, 9.

위 인용문에서 우리는 1939-1940년 당시의 여성들의 모습을 어느 정도 알아볼 수 있으며 그로 인한 혼란과 위기를 느끼고 있다는 사실을 살펴볼 수 있었다. 다만 論者가 남자인 관계로 다소 편파적인 모습이 보이는 점이 있긴 하지만 이 시대의 남자들도 여성들의 의존적인 모습보다는 강한 여성을 꿈꾸고 있다는 것을 찾아 볼 수 있다. 이로 말미암아 신여성의 목소리가 더 커질 수 있었던 것이다.

일단 결혼만하게되면 언제그런시절이 있었냐는 돗시 싀부모 눈치살피기, 남편행동감시하기에만 모든 精力을 消費시키고 맙니다. 남편의 행동이나 동작을감시하기보다 좀더 고상한 취미적생활에 힘을써서 家庭에 힘이 있게하여야 하겠습니다. (이하 중략) 이時代에 태어난우리는 옛날같이 그저 되는데로 사라가는사람이 되어서는 안되겠습니다. 한가한시대의변함없는 생활을되푸리하기 때문에 짜증이나고 태만해지고하는 것이 아닐가 생각됩니다.

「여성」, 1940, 11월.

종래의 부부유별관도 변천하는 현대 사회에 맞게 변화해야 한다며 여성의 자유로운 사회교제를 위한 부인 교양 교육이 여성단체에서 적극 장려되었다. 동시에 독립적인 직업관념을 심어줌으로써 여성도 하나의 인격체임을 인정하고 올바른 부부관계가 형성되도록 해야 한다는 주장이 제기되었다. 실제 당시 사회에서 그 실천 여부는 접어두고라도 여성 해방의 입장에서 봉건적 가족제도의 변화에 대한 전망은 오늘날과 비교해보더라도 상당히 진보된 것이었다. 또한 개화기부터 거론된 조혼과 축첩제의 폐단은 식민지 자본주의 체제하에서 교육 및 사회적 진출과 맞물림으로써 가족과 사회의 유기적 관계 속에 일반 여성의 문제로 보다 적극적이면서도 광범위하게 논의되었다. 그러나 다른 한편에서는 여성 스스로 첩이 되거나 첩이 될 수밖에 없는 모순이 벌어지기도 하였다. 기본적으로 당신의 여성 교육이 현실에 잘 맞지 않아 쓸모없이 되는 경우가 적지 않았고 여전히 순결과 정조를 끊임없이 강요당하는 여성, 첩이 된 신여성의 사치와 허영심, 소박당하는 구여성 등은 당시 사회적 모순과 갈등 구조에 얽힌 옛날 가족 제도 하에서 치러야 할 이른바 '신구 충돌'로 피할 수 없는 것이기도 하였다. 당시 교육받은 신여성이 구 가정에 들어가 힘없이 무너져버리는 것은 분명 흔한 일이었다. 어설프게 교육받은 허울 좋은 신여성은 사치와 허영에 들뜬 나머지 다이아몬드 결혼반지에 동해안 신혼여행, 그리고 어쭙잖은 문화생활을 꿈꾸다 첩이 되고서도 두 번째 부인이라 미화되기도 하였다. 그러나 정작 이들은 당시 사회에서 봉건적 가부장제의 유물에서 근대사회에서도 여전히 사회·경제적으로 부산물에 다름없었다. 왜냐하면 당시 웬만한 남성들은 일찍 결혼한 후 서울이나 외국으로 유학을 떠나고 그곳에서 다시 신여성을 만나 사랑에 빠지면서 고향의 구여성 부인을 버리는 일이 흔히 일어났기 때문이다. 단지 이로 인해 사회적 물의나 비판이 주로 여성에게 쏟아졌던 것은 오히려 당시 여성에 대한 비하와 차별적 인식 탓이었을 것이다. 그러나 1930년 후반으로 갈수록 여성해방의 기운은 점차 퇴색하고 준전시체제하에 식민지 가부장제의 굴레는 여성들을 더욱 옥죄었다. 황민화, 우민화를 꾀한 식민지 여성 교육이 전시체제하에서 노동력 동원을 위한 연성 교육으로 변하면서 종래의 현모양처 여성 이데올로기와 여성으로서의 역할 강조 속에 진보적 여성의식이나 생활은 점차 쇠퇴하였다. 즉 30년대 후반의 여성들은 단순한 주부 역할 못지않게 실제적인 가족 부양자로서의 역할이 더욱 막중해졌다. 여성들은 사외·경제적 활동을 중시하면서도 여전히 가정을 소홀히 할 수 없었고 가정의 조화와 안정은 전시체제하에서도 무엇보다 소중하였다. 결국 여성들은 우수한 노동력인 동시에 어진 어머니, 착한 아내가 되어야 한다는 이중 삼중의 과중한 부담을 강요하였다. 전시의 남편과 아들들이 징용이나 징병으로 나간 후 가정을 지키는 여성들은 자나 깨나 전쟁이 빨리 끝나고 그들이 무사히 돌아오기만을 기도했다. 돌아오면 더 이상의 다행이 없겠으나 돌아오지 않으면 가장으로 모든 책임을 계속 떠안아야 했다.

3. 결 론

지금까지 1939년부터 1940년까지 <여성>잡지에 나타난 연애관과 결혼관 그리고 가족관의 변화와 가정생활, 신여성의 사고 방식 및 사회적 위치에 대하여 살펴보았다.

신여성들은 주로 엘렌케이 사상에 영향을 받았다. 엘렌케이는 여성의 권리를 옹호했고 여성을 정확하게 이해했다. 당시 기독교의 성에 대한 편견을 비판하고 인간의 발전을 저해해 온 그릇된 철학, 윤리, 도덕, 습관 등을 깨뜨리는데 적극적이었다. 엘렌케이가 주장했던 연애의 새로운 윤리관은 기독교의 윤리관에서 나온 루터주의를 비판하는 데서부터 출발한다. 루터니즘의 결혼관에서는 사랑이 없더라도 결혼이라는 사회적 승인만 받는다면 가장 이상적인 상태가 된다. 이에 반해 엘렌케이는 사랑이 전제되지 않은 결혼은 의미가 없다고 본다. 이처럼 당시의 여성관은 무엇보다도 예전의 수동성을 탈피해 능동성을 발휘하기를 원했다. 남성에게 의존하고 가려지는 것에 탈피해 독립적으로 무엇인가 하기를 주장했다.

더 이상 약한 여성이 아닌 사회를 위해서 피와 땀과 눈물을 흘릴 수 있는 강한 여성이 되기를 바라는 것이다. 물론 그 시대 여성들이 사회적 억압 속에서 강하게 살아 간다는게 쉽지 않지만 그래도 신여성들이 조금씩 배우며 실천하여 자신의 실력과 힘을 키워 나갔기 때문에 지금의 여성들의 위치가 이 정도로 발전된 것이 아닐까 한다.

다음의 글에서 신여성들이 <여성>이라는 잡지를 통해 나타내고자 했던 의식이 잘 표현되어 있어 음미하면서 이 논고를 마치고자 한다.

아모조록 바라노니 좋은 어머님이 되어다고, 그 언젠가의 눈물 많은 어머니가!

이제는 社會를 위하야 피, 눈물, 땀, 이것을 아낌없이 흘려다고, '여자는 약하나 어머니는 강하다'의 文句도 적지 않게 귀여야였을 것이다. 장미 같은 香氣를 낼려면 원한과 아픔의 가시가 있을 것이다. 아뭇조록 강하고 道하기를! 너는 바다우에 설려는 적은 배와 같으니 돛대를 높이 달고……

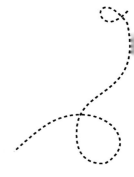

제 2 부

작가와 세계

I 　李箱의 文學 世界

1

　　한국 문학사에 있어서 李箱 文學은 가장 이채롭고 의문을 자아내는 존재임에 틀림없다. 異國 東京거리에서 기아와 병고를 안고 배회하다가 28세로 요절한 화가며 시인이자 소설가인 李箱은 病弱한 몸에 과잉된 自意識의 일생을 보내며 作品을 썼다. 「암만 해도 나는 19세기와 20세기 틈바구니에 끼어 졸도하려 드는 無賴漢인 모양」[1]이라고 스스로 말했듯이 그는 자신을 휩싼 현실의 중압감에 짓눌려 비상할 수 없는 無翼鳥의 아픈 비극을 맛보았다. 그의 文學은 난해하고 자기중심적이며 피해망상적으로 엮어져 있다. 그럼에도 그의 세계는 當代의 세기말적 위기감을 천재적 재능을 빌어 表出한 것이라는 찬사와 자기 기만의 속임수에 지나지 않는다는 혹평이 엇갈리는 가운데 오늘날 거론이 되는 것에 그의 文學의 문제점이 있다. 즉 난해의 시인, 자의식 과잉의 작가, 主知的 성격 및 「과학자의 실험적인 심리의 소유자」[2]

---

1) 날개의 李箱, 한국일보 文學史탐방 27회 5面, 1973.4.29.

등 이러한 여러 가지 논의의 일부가 李箱 文學 이해에 기여함이 많았
던 것도 사실이나 연구 방법의 오류로 인하여 진면목의 파악과 李箱
作品 이해를 불가능하게 만든 결과를 가져온 것도 사실이다.

그러므로 本稿에서는 李箱의 성장과정을 파악함으로써, 드러난 여러
가지의 소외 양상들이 作品을 통해서 어떻게 나타나는가를 살펴봄으로
써 李箱 文學의 특성을 천명하고자 한다.

2

1) 李箱의 人間史

E. Fromm이 그의 저작 「건전한 사회」에서 밝히고 있는 소외개념을
보면 '소외란 인간이 그 자신을 이질적 존재로서 경험하는 한 유형을
의미한다. 우리는 이를 인간이 그 자신으로부터 疏遠하게 되었다고 말
할 수 있을 것이다. 그는 자기 자신을 그의 세계의 中心으로서 그의 행
위의 창조자로서 경험하지 못하고, 그의 행위와 그 결과는 그가 복종하
고 심지어는 숭배까지 하지 않으면 안 될 그의 주인이 되어 버렸다. 소
외된 인간은 그가 다른 사람들로부터 떨어져 있듯이 그 자신으로부터도
떨어져 있다. 그는 다른 사람들과 마찬가지로 사물이 경험되듯이 경험된
다. 그는 知覺과 상식을 가지고 있으나 그것을 그 자신이나 외부세계에
대해서 생산적으로 관련시키지 못하고 있다.'[3] 以上 Fromm 자신의 정

---

2) 鄭泰, 李箱의 人間과 文學, <예술원보 3호>, p.130.
3) E.Fromm, The Sane Society, New York; 1955. pp.264~268.

의에서 알 수 있듯이 소외를 인간의 내적 경험의 한 양태로 파악함과 동시에, 인간의 자기소외를 강조하여 소외개념을 역동 심리학과 연결, 경험적 연구의 대상으로 변화시키는 전기를 마련해 주고 있는 것이다. 또한 Hegel은 소외를 정신의 자기실현 혹은 자기인식의 과정으로서 인간이 절대자에 이르기 위해 거쳐야 되는 길로 파악하였다.4) 또한 사회학자 미들턴은 현대인의 고독한 느낌을 곧 소외의식으로 보았다.5)

결국 소외란 고독, 연대성의 결핍, 사회관계 속에서의 불만족으로 인식되고 있다. 즉 他者와의 의미 있는 인간관계의 결핍을 불행으로 의식하는 것이 곧 소외의식이다. 또한 他人과의 관계에 주목할 때 소외는 연대성의 결핍이란 단순히 의미 있는 인간관계의 결핍을 말하는 것은 아니다. 이것은 타인들이 갖고 있는 견해, 이해관계, 취향 등을 행위자가 남과 함께 갖고 있지 못하다고 생각하기 때문에 그들과 의미 있는 연대를 맺지 못하는 경우를 의미한다. 그러므로 소외란 정신적 불안상태와 연관되어 사용되었던 것이다. 마지막으로 Seeman의 6가지 소외의 양상을 보면6) ① 無力感: 자신의 행위가 개인적, 사회적 보상이 생기도록 통제할 수 있는데 또한 낮은 기대감으로 소외된 사람에게는 이 같은 통제가 외부적인 힘, 강력한 他者, 행운 혹은 운명에 맡겨져 있는 것처럼 보이는 상태로 규정될 수 있다는 것이다. ② 無意味性: 인간의 장래 행동결과에 대해 만족할 수 있는 예측을 하기 어렵다는 기대감을 의미한다. ③ 無規範性: 사회적 규범이 붕괴되어 더 이상 개인의 행위를 규제하지 못하는 상태를 의미한다. ④ 文化的 位置上의 孤立: 일정한 사회에서 높이 평가되는 목표와 신념에 낮은 보상가치를 부여하는 것이다. ⑤ 自己疏遠: 그 자신을 이방인으로서 경험하는 한

---

4) 申牛鉉,「소외이론의 구조와 유형, 현상과 인식」, 1982, p.89.
5) 한완상,「현대사회와 인간소외」, 문학사상 1976 4월호, p.325.
6) M.Seeman,「On the meaning of alienation, sociological Review」, 1956, Vol.24. pp.709~716.

유형이며, 서로를 서로의 도구로 이용하려는 숨은 의도와 他人志向的 人間의 소외양상을 포함한다. ⑥ 社會的 孤立: 가치상의 고립이나 무규범성과 밀접한 관련을 가지고 있으며, 고독감 거부 및 거절의 감정으로 나타나는 징후나 사회적 수용에 대한 낮은 기대감을 의미한다.

以上 살펴본 6가지 소외의 형태에서 알 수 있듯이 Seeman은 우선 소외된 현재상태에 관심을 가지면서 개인의 내적 감정의 주관적 상태로 파악하고 있다. 이제까지 소외의 개념을 간략하게 살펴보았는데, 이러한 소외의식이 李箱의 성장과정에서 어떻게 나타나 있는가를 살펴보기로 한다.

李箱의 본명은 金海卿으로 1910년 음력 8월 20일 서울 종로구 사직동에서 父 金演昌과 母 朴世昌 사이의 2남 1녀 중 장남으로 출생하였다. 1912년에 伯父 演弼 宅으로 옮겨 5세에서 7세까지 伯父 밑에서 한문공부를 했으며, 23세까지 성장하였다. 伯父에게는 자식이 없었고 아내 英淑이 데리고 온 전남편 소생인 汶卿이 있는 상태에서 정상적인 사랑과 가정교육을 받지 못하면서 그 가문의 宗孫으로 가문을 이끌어 가야 된다는 관심 속에 간섭을 받으며 양육된 것이다. 이런 상태에서 본능적인 두려움과 경계심은 불안심리와 위기의식을 일으키고, 이것이 후에 그의 文學 전반에 걸쳐 증오와 소외감으로 형성 고착된 것으로 볼 수 있다. 또한 作品에서도 나타나지만 아버지는 얼굴이 얽고 무지한 서민계층으로 宮內府活版所에서 일하다 손가락 셋을 잘린 불구자이며, 어머니 역시 얼굴이 얽고 친정이 없는 여자로 李箱의 의식 속에는 불구자 의식이 자리 잡게 된다. 또 아버지는 別無學이었지만 伯父는 자수성가하여 平北의 자성보통학교 교원을 한때 지내고 총독부 관리직에 있었으므로 李箱을 熱과 誠을 기울여 기르고자 하여 李箱은 8세부터 정상적인 학교 과정을 밟아 新明학교를 나와 東光, 보성고보를 거쳐 경성고등공립학교 건축과를 졸업했다. 1929년에 경성고공을 졸업하자 伯父의 주선으로 조선총독부 내무국 건축과 技手로,

관방 회계과 영선계로 전전하며 근무하였고 <조선과 건축>이라는 잡지
에 표지 도안 현상모집에 응모하여 1등과 3등에 당선되는 등 그림에
재질을 발휘하였다. 이후 2년간 이 잡지를 통하여 日文으로 된 내용이
나, 형식이 실험적이고 이색적인 「이상한 可逆反應」, 「파편의 景到」
등 일련의 시를 발표하게 된 것이다. 원래 李箱은 미술을 전공하려고
그림도구를 들고 다니며 그리곤 했지만 伯父의 강한 반대에 부딪쳐 좌
절하고 말았던 것이다. 이러한 伯父의 억압과 伯母의 질시, 汶卿과의
이질감, 친부모에 대한 애정결핍에서 자라나 불만, 갈등, 편집에 의해
李箱 성격이 결정됐으며 나중에 伯父가 죽자 23년 만에 친부모에게
돌아오지만 오랜 격리 生活과 이질감으로 동화될 수 없는 절망적이고
불건강한 상태로 지내다 폐결핵으로 숨을 거둔 것이다.

   2) 詩 作品에 나타난 자의식과 소외의식

   李箱 詩의 언어, 문체, 句文은 가장 난해한 것으로 열등감과 불안
에 의해 굴절된 의식의 유희다. 비정상적인 가족의 분위기 갈등으로 인
한 철저한 자기혐오와 열등감은 그의 文學 속에서 역설적으로 표현되
고 있다. 특히 李箱에게 있어서는 作品뿐 아니라 生活자체가 에고로
일관되었다. 交友관계도 범위가 좁았고 애정관계에 있어서도 한 사람
을 계속 사랑할 수 없는 에고이스트였다.7) 李箱의 文學은 고아적 성
장기 및 유아기부터 성숙기에 이르기까지의 열등감과 폐결핵으로 인한
극단적인 절망이 반영되어 근본적으로 破壞的 文學이 된다. 또한 '否
定과 破壞, 反逆兒로서의 李箱의 면모가 가장 약여한 분야가 그의
詩作이다.'8)

---

7) 張允翼, 「李箱 文學의 자의식적 성격과 난해의 한계성 고찰」, 국문한 연구총서
   9, 정음사, 1981, p.329.

이처럼 李箱 詩에 있어서 아동기에 형성된 고아의식과 가족 콤플렉스는 가족적 소외의식을 낳게 되고 伯父의 臥病 시 고학으로 학교에 다니지 않으면 안 되었던 학창시절의 궁핍과 나이가 어렸던 탓으로 이미 결혼한 나이 많은 학우들과 어울릴 수 없었던 고독감이 점차 사회적 소외의식으로 발전한다. 더구나 그의 자의식이 눈 뜰 무렵에는 폐결핵에 걸리게 되고 주위의 모든 사람들로부터 격리하게 된 것이다. 즉 그의 가족 콤플렉스 및 가난으로 인한 고학, 신체적 질병 등으로 外部的 현실과 내부 의식의 괴리를 가져오며, 이로써 조장된 불치의 소외감이 무의식적인 心的 과정에 자신을 사회로부터 방위하려는 소외심리를 유발시킨다.9) 이러한 李箱의 소외심리는 거울에 대한 집착으로 나타난다.

거울속에는소리가없소
저렇게까지조용한세상은참없을것이오

거울속에도내게귀가있소
내말을못알아듣는딱한귀가두개나있소

거울속의나는왼손잡이오
내握手를받을줄모르는握手를모르는왼손잡이오

거울때문에나는거울속의나를만져보지를못하는구료마는
거울이아니었던들내가어찌거울속의나를만져보기만이라했겠소

나는至今거울을안가졌소마는거울속에는늘거울속의내가있소
잘을모르지만외로된事業에골몰할께요

---

8) 金容稷, 「作家 李箱」, 文學과 知性社, 1979, p.22.
9) 李永成; 李箱詩의 心像과 그 구조적 특성, 국민대 석사논문, 1981, p.25.

거울속의나는참나와는反對요마는또꽤닮았소
나는거울속의나를근심하고診察할수없으니퍽섭섭하오
「거울」全文

이 作品에서 거울이 밀폐된 세계임을 알 수 있다. 여기서 중요한 것은 절망적이고, 부정적인 표현에 있다. 즉 '소리가없소' '만져보지못하는구료' '근심하고診察할수없으니' 등 자의식 분열에 대한 고뇌와 함께 李箱의 자화상이기도 한 소외감정이 잘 나타나 있다. 즉 '거울 밖의 나'와 '거울 속의 나' 사이에 교통이 단절됨을 알려준다. 4연에서 '거울 속의 나'와 '거울 밖의 나'가 서로 교통할 수 없는 이유는 '거울' 때문이라고 이야기한다. 거울이 자의식의 세계를 표상하는 이미지라고 말한다면 자의식의 세계는 의식의 대상이 자아가 되는 그러한 의식현상을 뜻하지만, 그때의 자아는 일상적 자아와 이상적 자아로 분열된다. 거울을 본다는 행위는 한 자아가 또 다른 자아를 의식한다는 행위에 지나지 않는다. '거울 밖의 나'와 '거울 속의 나'는 두 개의 분열된 자아, 곧 일상적 자아와 이상적 자아에 각각 대응한다. 4연에서 읽을 수 있는 것은 결국 '거울'이 표상하는 의식의 내용이다.[10]

5연에서는 일상적 자아가 의식하지 않는 경우에도 이상적 자아는 '외로 된 事業'에 골몰하는 자아로 부연된다.

'외로 된 事業'은 '홀로 하는', '혼자만의 사업'[11]을 의미할 수 있으며 이상적 자아가 '외로 된 事業'과는 반대되는 일에 관여함을 암시한다.

6연은 일상적 자아와 이상적 자아의 반어적 관계에 대한 종합적 성찰이다.

매우 知的이라는 것을 이 시에서 알 수 있듯이 분열된 두 자아 가

---

10) 李昇薰, 「李箱詩의 자아분석」, 현대문학, 1983, 10월, p.387.
11) 김승희, 「접촉과 부재의 詩學」, 서강대 석사학위논문, 1981, pp.19~20.

운데 어느 한 자아에 집착하거나, 어느 한 자아만을 긍정하지 않고 두 자아를 반어적인 어조로 말하고 있다는 점이다.

1

나는거울없는室內에있다. 거울속의나는역시외출중이다. 나는至今거울속 의나를무서워하며떨고있다. 거울속의나는어디가서나를어떻게하려는음모를 하는中일까.

2

罪를품고식은寢床에서잤다. 確實한내꿈에나는缺席하였고義足을담은軍 用靴가내꿈의白紙를더럽혀놓았다.

3

나는거울있는室內로몰래들어간다. 나를거울에서해방하려고. 그러나거울 속의나는沈鬱한얼굴로同時에꼭들어온다. 거울속의나는내게未安한뜻을전한 다. 내가그때문에圖圄되어떨고있다.

4

내가缺席한나의꿈내위조가등장하지않는내거울. 無能이라도좋은나의고독 의渴望者다. 나는드디어거울속의나에게자살을권유하기로결심하였다. 나는 그에게시야도없는들窓을가리키었다. 그들窓은자살만을위한들窓이다. 그러 나내가자살하지아니하면그가자살할수없음을그는내게가르친다. 거울속의나 는不死鳥에가깝다.

5

내왼편가슴심장의위치를방탄금속으로掩蔽하고나는거울속의내왼편가슴을 겨누어권총을발사하였다. 탄환은그의왼편가슴을관통하였으나그의심장은바 른편에있다.

6

모형심장에서붉은잉크가엎질러졌다.   내가 遲刻한내꿈에서나는극형을받
았다.   내꿈을지배하는者는내가아니다.   握手할수조차없는두사람을封鎖한巨
大한罪가있다

「詩第十五號」全文

'거울 없는 실내'는 자의식이 없는 세계를 의미한다. 자아에 대한 의
식이 없기 때문에 이상적 자아, 곧 '거울 속의 나'는 존재하지 않는다.
그러므로 거울 없는 세계의 삶을 진술한다. 즉 거울을 자폐의 상태에서
극한의 권태로움을 이겨내게 하고 '거울에서 해방'되기를 갈망한다.

그러나 거울 속의 꿈이 외출과 결석임을 확인하고 불안해한다. 더구
나 외출과 결석 중인 거울 속의 꿈인 내가 어떤 음모를 하고 있다고
생각했을 때 공포를 느끼지 않을 수 없다. 따라서 이 시는 거울 밖의
나와 거울 속의 내가 분열된 상태에 머무르고 있다. 자기 속에 철저히
밀폐되어 있는 격리된 자기 혼자만의 상태에 자학을, 또는 좌절감과 자
살에의 충동을 李箱은 느낀 것이다.

우아한女賦이내뒤를밟는다고想像하라
내門빗장을내가지르는소리는내心頭의凍結하는錄音이거나. 2겹이거나……

「破帖」1연

李箱은 스스로 자기의 門, 즉 자기의식에 빗장을 지르는 작업을 계
속한다.

일상과 가까워질 수 없는 두터운 벽을 쌓는다. 그의 自閉, 즉 남과
공감을 못 느끼는 외톨이가 되는 소외의식에 몰두하는 것이다.

벌판한복판에꽃나무가있소근처에는꽃나무가하나도없소꽃나무는제가생각
하는꽃나무를열심으로생각하는것처럼열심으로꽃을피워가지고섰소꽃나무는

제가생각하는꽃나무에게갈수없소나는막달아났소한꽃나무를위하여그러는것
처럼나는참그런이상스런흉내를내었소
「꽃나무」全文

행 처리가 없이 전체가 한 단락으로 된 시이다.

꽃나무 근처에는 꽃나무가 하나도 없는 사실을 알려줌으로써 벌판 한복판에 존재하는 꽃나무의 외로움이 강조된다.

즉 자기소외를 자각하고 있다. 그 고독을 벗어나려는 행동으로 '막달아났소' 다음에 '한꽃나무를위하여그러는것처럼나는참그런이상스러운흉내를내었소'란 어귀는 자기소외의 감정이 얼마나 관념적이었는가를 단적으로 말해주고 있다.

너는누구냐그러나門밖에와서門을두드리며門을열라고외치니나를찾는一心
이아니고또내가너를도무지모른다고한들나는차마그대로내어버려둘수는없어
서門을열어주려하나門은안으로만고리가걸린것이아니라밖으로도너는모르게
잠겨있으니안에서만열어주면무엇을하느냐너는누구기에구태여닫힌門앞에탄
생하였느냐
「正武 Ⅳ」全文

위의 詩에서도 門 밖의 너와 門 안의 내가 서로 만나기를 원하고 있으나 끝내 만나지 못하고 실패로 돌아가고 있음을 알 수 있다. 즉 두 자아의 단절을 볼 수 있으며 따라서 李箱은 원만한 관계를 맺지 못하고 향상 분열되어 있어 좌절의 人生을 경험한다. 결코 도피할 길이 없는 자기의 처지에 대해 극단의 자기혐오에 빠지고 마는 것이다.

죽고싶은마음이칼을찾는다.칼은날이접혀서펴지지않으니날을努號하는焦
燥가절벽에끊치려든다.억지로이것을안에떠밀어놓고또懇曲히참으면어느결에
날이어디를건드렸나보다內出血이빽빽해온다.그러나피부에傷채기를얻을길

이없으니악령나갈鬥이없다.가친自殊로하여체중은점점무겁다.

「沈歿」全文

자살하는 순간의 어떤 비극적 황홀을 극화시켜 놓고 있다. 즉 자살하는 장면을 상상적 체험을 통하여 비극적 황홀을 맛보고 있는 것이다.[12]

이와 같이 비정상적인 성장기로 인한 열등감과 현실적 궁핍으로 인한 자기혐오, 폐결핵으로 인한 죽음의 공포와 절망감, 소외감의 문학적 양상은 그의 詩에서 잘 나타나 있는 것이다.

3) 수필에 나타난 소외의식

李箱의 心象 基底에는 가족적 강박관념과 죽음에 대한 강박관념이 자리 잡고 있다.[13] 이러한 현상은 비정상적인 성장기에 비추어 볼 때 당연한지도 모른다.

어릴 때 친부모를 떠나 伯父家에서 양육될 때 이미 그 의식이 부과된 것이며 伯父 死後, 23년 만에 친부모에게 돌아왔을 때 더욱 강화되어 도저히 적응하지 못하는 가족적 소외감을 보여주고 있다. 또한 長男으로서 제대로 부양치 못하고 宗孫으로서 몰락해 가는 자기 가문을 방관할 수밖에 없는 이러한 심리는 그의 수필 여러 곳에서 발견된다.

聖經을 採字하다가 엎질러 버린 인쇄직공이 아무렇게나 주워 담은 支離滅裂한 活字의 꿈 나도 갈갈이 찢어진 使徒가 되어서 세 번 아니라 열 번이라도 굶는 가족을 모른다고 그립니다. 근심이 나를 除한 世上보다 큽니다. 내가 闡門을 열면 廢墟가 된 이 肉身으로 근심의 潮水가 스며들어

---

12) 朴哲石, 「한국현대시인론」, 學文社, 1981, p.128.
13) 李永成, 「李箱詩의 心像과 그 구조적 특성」, 국민대 석사논문, 1981, p.50.

옵니다. 그러나 나는 나의 메소이스트 병마개를 아직 뽑지는 않습니다. 근심은 나를 싸고돌며 그리는 동안에 이 肉身은 風磨雨洗로 저절로 다 말라 없어지고 말 것입니다. 밤의 슬픈 공기를 원고지 위에 깔고 창백한 동무에게 편지를 씁니다. 그 속에는 自身의 訃告도 同封하여 있습니다.
　　　　　　　　「山村餘情」 마지막부분

　이러한 절망적인 삶 속에서 가족마저도 부양할 능력이 없어 차라리 죽음을 생각하는 것이다.

　　우리 어머니도 우리 아버지도 다 늙으셨습니다. 그분들은 다 마음이 착하십니다. 우리 아버지는 손톱이 일곱밖에 없습니다. 宮內府活版所에 다니실 적에 손가락 셋을 두 번에 잘리우셨습니다. 우리 어머니는 生日도 이름도 모르십니다. 맨 처음부터 친정이 없는 까닭입니다. 나는 外家집 있는 사람이 퍽 부럽습니다. 그러나 우리 아버지는 장모 있는 사람을 부러워하시지는 않습니다. 나는 그분들께 돈을 갖다드린 일도 없고 엿을 사다드린 일도 없고 또 한 번도 절을 해본 일도 없습니다. 그분들이 내게 經濟靴를 사 주시면 나는 그것을 신고 그분들이 모르는 골목길로만 다녀서 다 헤뜨려 버렸습니다. 그분들이 월사금을 주시면 나는 그분들이 못 알아보시는 글자만을 골라서 배웠습니다. 그랬건만 한 번도 나를 사살하신 일이 없습니다. 젖 떨어져서 나갔다가 二十三年 만에 돌아와 보았더니 如前히 가난하게들 사십니다.
　　　　　　　　「슬픈 이야기」 中에서

　그의 文學 속에는 항상 가족과 가난에 대한 원망과 질시가 나타나며 이러한 가족에 대한 원망과 부양치 못하는 자신의 무능력 또한 부모의 불구자 의식이 그를 방탕과 보통사람과의 소외감을 조장시키는 것이다.
　그러므로 마지막 부분에는 '나는 주머니 속에서 몇 벌 편지를 꺼내서는 그 자리에서 다 찢어 버렸습니다. 君이 이 편지를 받았을 때에는 나는 벌써 아무개와 함께 이 世上 사람이 아니리라는 내 마지막 허영심의 레테페페들이었습니다. 그러나 그게 뭐란 말입니까 과연 나는 지금 나로서는 혼자 내 한 命을 끊을 만한 자신이 없습니다.'14) 이러한 무력한 자신, 죽을 자신도 없을 만큼 완전히 절박한 심정인 것이다.

> 어서-차라리-어둬 버리기나 했으면 좋겠는데-僻村의-
> 여름날은 지리해서 죽겠을 만치 길다
> 東에 八峰山, 曲線은 왜 저리도 屈曲이 없이 단조로운고? 西를 보아도 별판, 南을 보아도 별판, 北을 보아도 별판, 아-이 별판은 어쩌라고 이렇게 限이 없이 늘어놓였을꼬? 어쩌자고 저렇게까지 똑같이 초록색 하나로 되어 먹었노?
>
> 「권태」 첫 부분

「권태」는 동경에서 객사하기 석 달 전에 쓴 것으로 모두 7장으로 나누어진 긴 문장이다. 문장의 호흡이 좀 다급한 느낌이 들지만 八峰山과 그 주변의 여름 풍경을 사실적으로 묘사하고 있으나 '어서-차라리-'로 시작되는 신경질적인 어투라든가 '단조로운고?'라는 저주에 가까운 어투가 나온 것으로 보아 정신적 白痴상태에서 벗어나려는 몸짓이다.

> 불나비가 달려들어 불을 끈다. 불나비는 죽었든지 火傷을 입었으리라.
> 그러나 불나비라는 놈은 사는 方法을 아는 놈이다. 불을 보면 뛰어들 줄도 알고-平常에 불을 焦燥히 찾아다닐 줄도 아는 정열의 生物이니 말이다. 그러나 여기 어디 불을 찾으려는 정열이 있으며 뛰어들 불이 있느냐, 없다. 나에게는 아무것도 없고, 아무것도 없는 내 눈에는 아무것도 보이지 않는다.……
> 나는 이 大小 없는 暗黑 가운데 누워서 숨쉴 것도 어루만질 것도 또 욕심나는 것도 아무것도 없다. 다만 어디까지 가야 끝이랄지 모르는 내일

---

14) 문학사상 자료연구 편, 「李箱수필전작집」, 申寅출판사, 1977, p.76.

그것이 또 창밖에 等待하고 있는 것을 느끼면서 오들오들 떨고 있을 뿐
이다.

「권태」 마지막 부분

이 부분은 李箱이 마지막에 도달한 내면세계이다. <오들오들> 떨고
있는 모습은 극한 상황 앞에 놓인 자신의 모습이다.

허허벌판에 쓰러져 까마귀밥이 될지언정 理想에 살고 싶구나 그래서 K
의 말대로 三年, 가있다 오라고 권하다시피 한 것이다.

「동생 玉姬 보아라」 中에서

1936년 9월 中央에 발표한 서간문으로 철저한 소외로 인해 현실을
초월한 자신의 마음을 잘 나타내 주고 있다.

죽음은 서리와 같이 내려 있다.
풀이 말라 버리듯이 수염은 자라지 않은 채 거칠어 갈 뿐이다. 그리고
天氣 모양에 따라서 입은 커다란 소리로 외우친다. ─水流처럼

「失樂園」 中에서

生活, 내가 이미 오래 前부터 生活을 갖지 못한 것을 나는 잘 안다.
단편적으로 나를 찾아오는 生活 비슷한 것도 오직 고통이란 妖怪뿐이다.
第二次의 객혈이 있은 후 나는 어슴푸레하게나마 내 수명에 대한 개념
을 파악하였다고 스스로 믿고 있다. 그러나 그 이튿날 나는 작은 어머니
와 말다툼을 하고 맥박 125의 팔을 안은 채, 나의 物慾을 부끄럽다 하였
다. 나는 목을 놓고 울었다. 어린애같이 울었다. <……중략……> 나는 물
론 이래서는 안 된다고 생각한다. 작은 어머니 얼굴을 암만 봐도 미워할
데가 어디 있느냐 넓은 이마, 고른 치아의 列, 알맞은 코 그리고 작은 아
버지만 살아 계시면 아직도 얼마든지 戀戀한 애정의 싹을 띠울 수 있는
총기 있는 눈이며, 다 내가 좋아하는 부분 부분인데 어째 그런지 그런 좋

은 부분들이 종합된 「작은 어머니」라는 인상이 나로 하여금 증오의 念을
일으키게 한다.

　　물론 이래서는 못쓴다. 이것은 분명히 내 병이다. 오래오래 사람을 싫
어하는 버릇이 살피고 살펴서 급기야 이 모양이 되고 만 것이 틀림없다.
그렇다고 내 육친까지를 미워하기 시작하다가는 나는 참 이 세상에 의지
할 곳이 도무지 없어지는 것이 아니냐 참 안됐다. 이런 공연한 망상들이
벌써 나을 수도 있었을 내 병을 자꾸 덧들리게 하는 것일 것이다.

「恐怖의 기록」 중에서

　「失樂園」은 1939년 2월 <朝光>에 게재된 作品인데 자화상이란 小
제목이 붙은 이 글은 본인의 죽음에 대한 강박관념으로 일관되어 있다.
「恐怖의 기록」은 1937년 4월 25일부터 5월 15일까지 <매일신보>에
발표된 作品으로 일상적 삶을 꾸려나가지 못하는 자신의 비애와 죽음
의 인식이다. '第二次의 객혈'이란 동경으로 가기 전 1936년 초의 일
로 추정되며 이미 집에서 요양하면서 친어머니와 융화되지 못하는 착
잡한 불협화음이 가족과의 강박관념으로 남아 있다.

　他人과 어울리지 못하는 그래서 더욱 병을 심화시키는 李箱은 자신
에 대한 원망과 질시를 고립적 잠재의식으로 표출하고 있는 것이다.

　마지막으로 어느 설문의 답으로 李箱이 쓴 대표적인 EPIGRAM을
살펴본다.

　　어느 시대에도 그 현대인은 절망한다. 절망이 기교를 낳고 기교 때문에
또 절망한다.

4) 小說 속에 나타난 소외의식

한여름 대낮 거리에 나를 배반하여 사람 하나 없다. 敗北에 이은 敗北
의 履行, 그 고통은 絶大한 것일 수밖에 없다. 나는 그것을 잘 알고 있다.
－자살마저 허용되지 않고 있다는 것을 그래 그렇기에－나는 곧 다시 즐
거운 山, 즐거운 바다를 생각하지 아니하면 아니 된다. 달뜬 친절한 말씨
와 눈길 그리고 나를 슬퍼하기보다는 우선 괴로워하기부터 실천하지 아니
하면 아니 된다.

「불행한 繼承」 첫 부분

「불행한 繼承」은 日文小說로 1976년 7월호 문학사상에서 미발표
유고를 발굴하여 번역 게재한 것이다. 원문은 日本 고유의 短歌文學
정형시 短歌 형식을 취하고 있다. 수필에서는 소외현상이 主로 가족과
자연대상에 자신을 투사하고 있다면 소설에서는 여자관계 및 자신의
죽음과의 소외양상을 드러내 보인다. 즉 「불행한 繼承」에서 보면 '혼
자서 못된 짓 하고 싶다. 난 이제 끝내 살아나지 못할 것 같다. 필경
살아나지 못할 테지'라든지, '어차피 살아날 수 없는 것이라면, 혼자서
한껏 殘忍한 짓을 해보고 싶구나 그래 상대방을 죽도록 기쁘게 해주고
싶다. 그런 상대는 여자 역시 여자라야 한다. 그래 여자라야만 할지도
모르지' 등에서 살펴볼 수 있다.

그날밤에그의안해가층계에서굴러떨어지고공연히내일일을글탄말라고어느
눈치빠른어른이타일러놓셨다옳고말고다. 그는하루치씩만잔뜩산(生)다. 이런
복음에곱신히그는덩어리(속지말라)처럼말(言)이없다. 잔뜩산다.

「지주회시」 첫 부분

이 作品은 1936년 7월 中央에 발표한 소설을 띄어쓰기를 무시한
내용이며 주제, 문체 모두가 강박행위로 숨 막힐 듯한 느낌을 준다. 밀

집한 단어들로 구성된 답답한 作品 공간은 심각한 생존경쟁에서 빚어진 것들이다. 그 분위기도 「하루만치씩만산다」고 할 만큼 절박하다. 이러한 강박감은 자신은 도무지 관심도 없는 관념에 사로잡히고, 자기와는 아무런 관련도 없는 충동의 움직임을 느끼며 그걸 해 봐야 자기는 아무런 기쁨을 느끼지 않으면서도 도저히 하지 않을 수 없는 행동에 몰리고 만다.

　　나의 지난날의 일은 말갛게 잊어 주어야 하겠다. 나조차도 그것을 잊으려 하는 것이니 자살은 몇 번이나 나를 찾아왔다. 그러나 나는 죽을 수 없었다. 나는 얼마 동안 자그마한 광명을 다시금 볼 수 있었다. 그러나 그것도 전연 얼마 동안에 지나지 아니하였다. 그러나 또 한 번 나에게 자살이 찾아왔을 때에 나는 내가 여전히 죽을 수 없는 것을 잘 알면서도 참으로 죽을 것을 몇 번이나 생각하였다. 그만큼 이번에 나를 찾아온 자살은 나에게 있어 본질적이요, 치명적이었기 때문이다. 나는 전연 실망 가운데 있다. 지금에 나의 이 무서운 생활이 노위에 선 도승사의 모양과 같이 나를 지지하고 있다. 모든 것이 다 하나도 무섭지 아니한 것이 없다. 그 가운데서도 이 죽을 수도 없는 실망은 가장 큰 좌표에 있을 것이다. 나에게 나의 일생에 다시없는 행운이 돌아올 수만 있다 하면 내가 자살할 수 있을 때도 있을 것이다. 그 순간까지는 나는 죽지 못하는 실망과 살지 못하는 복수(復讐)－이 속에서 호흡을 계속할 것이다. 나는 지금 희망한다. 그것은 살겠다는 희망도 죽겠다는 희망도 아무것도 아니다. 다만 이 무서운 기록을 다 써서 마치기 전에는 나의 최후에 내가 차지할 행운은 찾아와 주지 말았으면 하는 것이다.

　　무서운 기록이다.
　　펜은 나의 최후의 칼이다.

　　　　　　　　　　　　　　　　一九三〇, 四, 二十六, 於
　　　　　　　　　　　　　　　　義州通工事場 (李 〇)

이 글은 李箱이 「十二月 十二日」이라는 처녀장편소설을 1930년 2월부터 7월까지 朝鮮에 4회분 연재한, 첫머리에서 작자의 말로 쓴 것이다. 이 作品 「十二月 十二日」은 처녀작인데 처녀작이 사춘기나 청소년기에 만들어진 경우 미숙한 가능성이 많은 자기방어기제와 미숙한 예술적 기교 때문에 옛날의 상처와 감정이 변형 위장 안 된 채로 作品에 노출되는 경우가 많다. 문학평론가 이어령이 이 作品을 발굴하여 첫 게재할 때 지적하였듯이15) 이 作品은 첫째, 리얼리즘에 입각한 전통적인 소설형식을 가지고 있고 둘째, '나'의 독백형식으로 쓰인 후기소설과는 다르게 모두 3인칭으로 쓰여 있고 셋째, 후기소설에서는 '나'와 女子와의 단절관계를 썼는데 여기서는 '나'와 가족 간의 단절관계를 나타내고 있고 넷째, 이 作品은 그의 유일한 장편소설로서 매우 정상적인 도덕관념에서 쓰였다는 것이 특이하다. 즉 여자에 관한 것이 별로 없고 있어도 이들을 냉혹하게 대하는 것을 강조하거나, 등장하는 여자의 운명을 비참하게 설정해 놓고 있다. 모든 중요한 사건은 어두운 때와 어두운 곳을 찾아 일어난다. 주인공은 절름발이가 되며 처참하게 일그러진 人相을 갖게 된다. 작자 자신이 서두에서 '그'가 바로 자신이라고 하였다.

즉 이 作品에서 중요한 것은 나와 가족 간의 단절관계를 나타내고 있고 자살을 이야기한 序文에서 본 바와 같이 12月을 자기 인생의 종말을 뜻한다고 보아도 무리가 아니다.

> 육신이 흐느적흐느적 하도록 疲勞했을 때만 정신이 은화처럼 맑소
> 「날개」 첫 부분

이것은 「날개」 頭書에서 작자 자신이 한 말이다. 현실에 대한 분노를 그(날개의 주인공)는 현실에 대한 모독으로써 해소시키려 했다. 여

---

15) 이어령, 「李箱文學의 출발점」, 문학사상 통권 36호, 1975, pp.282~284.

기서 육체와 정신, 生活과 의식, 상식과 예지, 다리와 날개가 상극하고 투쟁하는 현대인의 모습을 보게 된다. 그는 생활 무능력자이며 자기 아내에 의지하여 사는 완전히 기생 식물적 존재이다. 일상생활에서 他人과 교제할 줄 모르며 방 안에서 밤이나 낮이나 누워 타인과의 접촉을 두절하였다. 그뿐 아니라 보통 인간의 生活 감정에조차 무능하다. 그러므로 '날개'는 모든 상식과 안일한 生活을 모독하며, '날개'를 통해서 작가가 암시하려는 의식은 나와 타인과의 존재론적인 갈등과 극복에의 의지이다. '지주회시'가 인간관계를 거부하는 자의 의지를 표상화하며 사회 속에서 고립되는 것이 아니라 스스로 고립을 선택한다면 '날개'는 자아의 단절이 무슨 이유인지 제시되어 있지 않지만 그러한 상황을 보여주고 있다. 현대의 분열과 모순에 고민하는 개인을 형상화시킨 李箱은 자아와 현실 간의 회복될 수 없는 단절의식에서 자아의 정당성을 주장하려는 태도를 갖고 소설을 썼다고 볼 수 있다.

3

오늘날 李箱文學이 끊임없이 거론되는 이유는 한국현대문학사에서 李箱文學이 보여주는 특이한 절망적 언어와 부정적 의식의 개성적 표현 때문이기도 하지만 李箱이 경험한 정신적 위기가 1930년대라는 시대적 틀 속에 완결된 것이 아니라 아직도 극복이 되지 않은 채 오늘날의 한국인 의식구조에 면면히 흐르고 있다는 사실에 근거를 들 수 있다.

한마디로 李箱의 文學은 열등감과 불안, 그리고 좌절의 상호관계에 의한 자의식의 반사와 굴절에 의한 文學이다.

즉 그의 文學에서 볼 수 있는 것은 비정상적인 성장기로 인한 열등감과 현실적 궁핍으로 인한 자기혐오, 현실에 대한 부정과 거부의 양상이다.

한편 결핵으로 인한 죽음의 공포와 절망감은 그의 전체 文學의 분위기를 이끌어 가는 基底가 된다.

요컨대 그의 文學은 소외감과 좌절, 열등감이 응축되어 조형된 굴절된 의식의 소산이다. 李箱에 대한 연구를 함에 있어 우리는 思潮上의 영향관계에 대한 면밀한 검증과 보다 신중하고 세밀한 심리학적 접근방법을 동원한다면 보다 풍부한 성과를 얻을 수 있을 것으로 생각하는 바 이는 후일을 기약하는 바이다.

Ⅱ 白石의 詩 世界

1. 머리말

白石은 1930년, 19세 때 조선일보 신춘문예에 단편소설 「그 母와 아들」이 당선되었으며, 1935년에는 역시 조선일보에 「定州城」을 발표하면서 본격적으로 시를 쓴 시인이다. 그의 시는 향토적 정서를 바탕으로 인간적인 순수의식의 추구와 자기구원에 도달하고자 하는 모습이 적절히 형상화하였다는 긍정적인 평가를 받기도 했으나, 在北이라는 여건에 의해 그에 대한 연구는 한동안 부진할 수밖에 없었다. 그러나 1988년도에 白石에 대한 해금조치가 이루어짐으로써 월북 및 재북 문인에 대한 문학연구가 본격적으로 시작되었고 작품집이 간행되기에 이르렀다. 즉 『白石시 전집』(이동순 편, 창작과 비평사, 1987)과 『白石 전집』(김학동 편, 새문사, 1990) 등의 간행으로 비로소 그의 시는 새롭게 세상에 나오게 된 것이다.

白石은 1936년 시집 『사슴』을 발간한 1930년대 후반기의 시인이지만 그 당시를 대표할 만한 시인은 아니다. 그러나 그 시대의 다양한

詩的 전개에 있어 독자적인 자기 세계를 펼쳐 보인 시인으로 평가될 수 있다. 창작기간은 1935년부터 1941년까지 7년에 불과하지만 난해한 平北 방언이 시에 많이 나타나 있어 이해하기가 어려운 것이 사실이다. 자신의 독특한 시 스타일을 고집한 채 유랑생활을 전전한 白石은 비타협적인 성격으로 어떠한 문학동인이나 유파에도 소속되지 않고 독자적으로 作品활동을 전개시켜 나간, 비문단적 시인이었다.

생애를 살펴보면, 白石은 1912년 7월 1일 平北 定州郡 葛山面 益城洞에서 水原 白氏 白龍三 氏의 장남으로 태어났다. 本名은 夔行이며, 필명이 白石이다. 부친은 한국사진 기술사의 초창기적 인물로 조선일보 사진반장을 지냈으나, 퇴임 후에는 낙향하여 定州에서 하숙을 경영하며 생활했는데, 이정으로 미루어 집안환경은 개화된 집안임을 알 수 있다.

1918년(7세)에 五山小學校를 거쳐 1924년(13세)에 五山學校에 입학했다. 당시 五山학교의 교장이 조만식 선생이었던 점으로 미루어, 가치관의 형성기인 이 시기에 민족주의 정신이 형성되었을 것이라는 점을 짐작해 볼 수 있다. 이후에 같은 학교를 다닌 선배 시인인 김소월을 몹시 동경하였다고 한다. 五山學校를 졸업하고 1929(18세)에 부친의 권유로 조선일보가 후원하는 장학생 선발시험에 합격하여 일본으로 유학, 동경의 아오야마학원(靑山學院)에서 영문학을 공부하였다.

1930년(19세)에 조선일보 신춘문예에 단편소설 「그 母와 아들」이 당선되어 문단에 데뷔하게 된다. 이때 같은 소설부에서 金龍松, 鄭順貞과 함께 당선되었다. 따라서 동경유학 시절부터 창작에 상당한 관심을 기울인 듯하다. 그러나 동경유학 시절의 구체적인 행적에 대해서는 알려진 바가 없다.

1934년(23세)에 귀국하여 조선일보에 입사, 출판부 일을 보면서 계열잡지인 <女性>誌의 편집을 맡는다. 이때 그의 부모는 이미 서울에 옮겨와 살고 있었다.

1935년(24세) 8월 31일, 첫 作品인 「定州城」을 조선일보에 발표하는 것으로 시작해서 「山地」, 「주막」, 「비」, 「나와 지렁이」, 「여우난곬족」, 「통영」, 「흰밤」 등 몇 편을 <朝光> 1권 1호와 2호에 각각 발표한다. 이때부터 白石詩의 면모가 뚜렷이 부각된다.

1936년(25세) 1월 20일 33편이 실린 시집 『사슴』이 鮮光인쇄주식회사에 200부 한정판으로 간행되었다. 이 시집으로 白石은 단번에 주요 시인으로 부상했으며 1938년 조선일보에서 간행된 『현대조선문학사전, 시가집』에 대가들과 나란히 수록되기도 하였다. 그해 2월 22일 조선일보에 수필 「편지」(대보름 풍속에 대한 회고의 글)를 발표했으며, 이때 <조선일보> 기자를 그만두고 함경남도 함흥 永生女高普에 교사로 근무한다.

1937년(26세)에 永生女高普에 재직하면서 쓴 詩 「咸州詩抄」를 <朝光> 3권 10호에 발표하였고 이 外에 5편의 시를 <朝光>과 <女性>에 발표했으며, 斷想인 「丹楓」(가을의 表情)을 <女性> 2권 10호에 발표하였다.

1938년(27세)에 永生女高普 교사를 사임하고 다시 서울로 올라와 <女性>誌의 편집에 관계하면서 「山宿」(<朝光> 4권 3호) 外 22편의 詩를 발표하게 된다.

1939년(28세)에 만주의 신찡(신경, 지금의 장춘)으로 떠나 新京市 東三馬로 市營住宅 35黃氏方에 거처를 정한다. 그해 4월에 詩 「넘언집 범같은 노큰마니」를 <文章> 1권 3호에 발표했으며, 1941년(30세)에 생활수단으로 만주에서 測量補助員, 測量書記와 소작인 생활로 생계를 유지한다.

1942년(32세)에 만주의 安東에서 세관에 근무했으며, 1945년(34세)에 일제의 패망으로 만주에서 귀국하여 신의주에서 거주하다 고향인 정주로 돌아간다.

1947년(36세)에 「山」을 (<새한민보> 1권 14호)에 「적막강산」을 <新

天地> 2권 10호에 각각 발표하였다.

1948년(37세)에 詩 「마을은 맨천구신이 돼서」를 <新世代> 2권 10
호에, 「七月백중」을 <文章> 4권 1호에, 「南新義州柳洞朴時逢方」을
<學風> 1호에 각각 발표하였다. 그 후의 作品 활동은 북한에서 어떤
문학활동을 했는지 확인할 수가 없다.

2. 평북방언과 소재의 확장

白石의 全 作品에서 平北方言들이 노골적으로 표출되고 있다. 주
로 정주 지방의 방언을 의도적으로 사용함으로써 토착어로 일관되고
있다.

특히 시집 『사슴』의 시편들은 白石의 고향마을에 대한 土俗性과 속
신에 대한 표현이 두드러진다.

白石이 사용하는 토착어는 일상어로서 있는 그대로의 생활어를 자신
의 체험으로 쓴 투박한 詩語이다. 어미나 어투에서는 표준어 표기를
하지만, 명사나 지명 등에는 그 지방 특유의 토속어를 활용하고 있어
주목된다. 또한 평북방언과 북방정서를 효과적으로 詩化하고 있으며
토속적인 方言을 그대로 詩에 노출시켜 토속세계의 眞情性을 부여하
려는 意圖的인 노력을 보여주고 있다. 왜냐하면 白石은 영문학을 전
공했으며, <조선일보> 기자와 잡지의 편집과 영어교사를 하는 등 이와
같은 경력에 미루어 의도적인 것으로 판단된다. 그러나 白石의 詩에서
平北方言들은 매우 난해한 편이다.

또한 白石의 詩語에서 두드러지는 것은 食生活에 관계된 어휘들이

다. 평안도 지방의 토속적인 것이거나 서민들이 즐겨하는 음식물들은 삶의 구체화에 기여할 뿐 아니라, 당시의 풍족하지 않은 현실적 삶의 역설적 상징으로 소재화되고 있다. 또한 地名을 소재로 하여 나타난 작품이나, 샤머니즘 요소들에 대한 기억을 되살려 친척이나 이웃들 간의 공동체적 생활체험을 소재로 하여 詩를 쓰고 있다.

이와 같이 향토적인 언어사용으로 인하여 소재가 풍속과 속신으로 묘사되고 있으며, 이웃들 간의 공동체적 생활체험으로 확장되고 있다.

먼저 「가즈랑집」作品을 살펴보기로 하자.

승냥이가 새끼를 치는 전에는 쇠메 돐 도적이 났다는 가즈랑고개

가즈랑집은 고개밑의 山넘어 마을서 도야지를 잃는 밤
즘생을 쫓는 깽제미소리가 무서웁게 들려오는 집
닭 개 즘생을 못놓는
멧도야지와 이웃사춘을 지나는 집

예순이 넘은 아들 없는 가즈랑집 할머니는 중같이 정해서 할머니가 마을을 가면 긴 담배대에 독하다는 막써레기를 멧대라도 붗이라고 하며
간밤에 섬돌아래 승냥이가 왔었다는 이야기
어느메 山골에선가 곰이 아이를 본다는 이야기

나는 돌나무김치에 백설기를 먹으며
넷말의 구신집에 있는 듯이
가즈랑집 할머니
내가 날 때 죽은 누이도 날 때
무명필에 이름을 써서 백지 달어서 구신간시렁의 당즈깨에 넣어
대감님께 수영을 들였다는 가즈랑집 할머니
언제나 병을 앓을 때면
신장님 달련이라고 하는 가즈랑집 할머니

구신의 딸이라고 생각하연 숨버졌다

토끼도 살아 올은다는 때 아르대즘퍼리에서
제비꼬리, 마타리, 쇠저리, 가지취, 고비, 고사리, 두릅순, 회순, 山나물을
하는 가즈랑집 할머니를 딸으며
나는 벌써 달디단 물구지우림 둘굴네우림을 생각하고
아직 멀은 도토리묵 도토리범벅까지도 그리워한다.

뒤우란 살구나무 아래서 광살구를 찾다가
살구벼락을 맞고 울다가 웃는 나를 보고
미꾸멍에 털이 멫자나 났나 보자고 한 것은 가즈랑집 할머니다

찰복숭아를 먹다가 씨를 삼키고는 죽는 것만 같어 하로종일 놀지도 못하
고 밥도 안먹은 것도
가즈랑집에 마을을 가서
당세먹은 강아지같이 좋아라고 집오래를 설레다가였다

「가즈랑집」 全文

　1936년 1월 詩集 『사슴』「얼럭소새끼의 영각」部에 수록된 作品이
다. 이 詩는 平北定州 地方의 토속어로 대부분 명사나 지명에 나타나
있으며, 샤머니즘에 대한 소재가 詩 속에 드러나고 있다. 어린 시절 가
즈랑집에서 먹었던 음식과 집 안팎에서 겪었던 사건들을 보여줌으로써
유년의 기억을 통해 과거를 회상하고 있다.
　1연에서는 가즈랑집 주위의 배경을 설명하고 있다. '가즈랑'은 고개
의 이름이지만, 그곳에 사는 할머니의 宅號이다.
　'쇠메'는 쇠로된 메이며, 즉 묵직한 쇠토막에 구멍을 뚫고 자루를 박
은 것을 말한다. '돍도적'은 '─를 든 도적'으로 이 詩에서는 '쇠메 든
도적'이 자연스럽다.
　2연에서는 가즈랑집 배경을 진술함으로써 어린이의 공포심을 적절히

유발시키고 있다. 즉 '山 넘어마을서 도야지를 잃는 밤 즘생을 쫓는 깽제미소리가 무서웁게 들려오는 집'인 것이다. '깽제미'는 꽹과리이며, '못 놓는'은 가축을 놓아 기를 수 없다는 뜻이다.

3연에는 예순이 넘고 아들이 없는 가즈랑집 할머니는 긴 담뱃대에 독하다는 막써레기를 몇 대라도 붙이는 세월의 굴곡 속에서 강인한 면이 보이는 할머니이다. '막써레기'는 담배 이파리를 썰어놓은 것으로 할머니에 대한 이미지 표출이 강인하면서 무서움과 동시에 친근함이 내포되어 있다.

4연에서 가즈랑집 할머니는 아이들에게 승냥이가 왔었다는 이야기와 곰이 아이를 본다는 이야기를 들려줌으로써 자애로운 이미지를 보여준다.

5연에서 가즈랑집 할머니는 들나물 김치에 백설기를 먹으며, 옛이야기 속에서나 나올 수 있는 귀신의 집에서 살고 있는 듯한 생각에 슬퍼지는 화자는 무서움과 서러움의 감정을 갖게 된다.

또한 '내가 날 때 죽은 누이도 날 때 무명필에 이름을 써서 백지 달아서 구신간 당즈께에 넣어 대감님께 수영을 들였다'는 가즈랑집 할머니는 무녀인 것이다.

'구신간시렁'은 걸립(乞粒) 귀신을 모셔놓은 시렁을 말하며 집집마다 대청 도리 위 한 구석에 조그마한 널빤지로 선반을 매고 위하였다.

'당즈께'는 도시락이 아니라 고비버들이나 대오리를 길고 둥글게 엮은 작은 고리짝으로 당세기를 뜻한다.

'수영'은 수양(收養)이며, 데려다 기른 딸이나 아들이라는 뜻이므로 즉 양자를 무당에게 바쳤다는 뜻으로 해석할 수 있다.

'신장님 달련'은 귀신에게 받는다는 시달림이라는 뜻이다. 따라서 가즈랑 할머니는 언제나 병을 앓을 때면 '신장님 달련'이라고 말하는 것이다. 이처럼 가즈랑 할머니는 무녀로서 俗神의 세계가 그려져 있다. 또한 신과 인간 사이의 중간자로서 초월적인 존재일 뿐 아니라 절대적인 존재가 되는 것이다.

6연에서는 음식물에 얽힌 감각적인 인상으로 구체적인 음식을 그리워하고 있다.

'토끼도 살이 올은다는때 아르대즘퍼리'에서 '아르대즘퍼리'는 아래쪽에 있는 진창으로 된 펄이라는 뜻으로 평안도식 지명이다. '제비꼬리, 마타리, 쇠조지, 가지취고비, 고사리, 두릅순, 회순, 山나물' 등 특유의 정서를 환기시키고 있다. 이러한 것들은 모두 식용 산나물을 뜻한다.

'물구지우림'은 물구지(무릇)의 알뿌리를 물에 담가 쓴맛을 우려낸 것이며, '둥굴레우림'은 둥굴레 풀의 어린잎을 물에 담가 쓴맛을 우려낸 것을 말한다. 이처럼 화자는 아직도 먼 도토리묵과 도토리범벅까지 생각하며 그리워하고 있다.

7연에서 화자는 가즈랑집에서 놀다가 생긴 즐거운 이야기와 행동이 표출되어 동화적인 분위기가 한층 돋보인다. '광살구'는 너무 익어 저절로 떨어지게 된 살구를 말하며, '찰복숭아'는 복숭아의 한 종류로 살이 씨에 꼭 붙고 겉에 털이 없는 복숭아를 말한다.

'당세'는 곡식가루에 술을 쳐서 미음과 비슷하게 쑨 음식인 당수를 말한다.

'집오래'는 집의 울안 또는 근처를 말한다. 살구벼락을 맞고 울다가 웃는 나를 보고 밑구멍에 털이 몇 자나 났나 보자고 놀려대는 가즈랑집 할머니를 통해서 또 찰복숭아를 먹다가 씨를 삼키고 하루 종일 놀지도 못하고 밥도 안 먹은 어릴 때의 고향에 대한 추억을 되살리고 있다.

　　명절날 나는 엄매 아배 따라 우리집 개는 나를 따라 진할머니 진할아버지가 있는 큰집으로 가면

　　얼굴에 별자국이 솜솜난 말수와 같이 눈도 껌벅걸이는 하로에 베 한필을 짠다는 별 하나 건너집엔 복숭아나무가 많은 新里고무 고무의 딸 李女 작은 李女

열여섯에 四十이 넘은 홀아비의 후처가 된 포족족하니 성이 잘나는 살빛이 매감탕 같은 입술과 젓꼭지는 더 깜안 예수쟁이 마을 가까이 사는 土山고무 고무의 딸 承女 아들 承동이

六十里라고 해서 파랗게 뵈이는 山을 넘어 있다는 해변에서 과부가 된 코끝이 빨간 언제나 힌 옷이 정하든 말 끝에 섧게 눈물을 짤 때가 많은 큰곬 고무 고무의 딸 洪女 아들 洪동이 작은 洪동이
배나무접을 잘하는 주정을 하면 토방돌을 뽑는 오리치를 잘놓는 먼섬에 반디젓 담그러 가기를 좋아하는 삼촌 삼촌염매 사춘누이 사춘동생

이 그득히들 할머니 할아버지가 있는 안간에들 뭉여서 방안에서는 새옷의 내음새가 나고
또 인절미 송구떡 콩가루차떡의 내음새도 나고 끼때의 두부와 콩나물과 뽂은 잔디와 고사리와 도야지비게는 모두 선득선득하니 찬 것들이다.

저녁술을 놓은 아이들은 외양간섶 밭마당에 달린 배나무동산에서 쥐잡이를 하고 숨굴막질을 하고 꼬리잡기를 하고 가마타고 시집가는 노름 말타고 장가가는 노름을 하고 이렇게 밤이 어둡도록 북적하니 논다.
밤이 깊어가는 집안엔 엄매는 엄매들끼리 아르간에서들 웃고 이야기하고 아이들은 아이들끼리 웃간 한 방을 잡고 조아질하고 쌈방이를 굴리고 바리깨돌림하고 호박떼기하고 제비손이 구손이하고 이렇게 화디의 사기방등에 심지를 몇 번이나 독구고 홍계닭이 몇번이나 울어서 조름이 오연 아룻목싸움 자리싸움을 하며 히드득거리다 잠이든다 그래서는 문창에 텅납새의 그림자가 치는 아츰 시누이 동세들이 욱적하니 흥성거리는 부엌으론 샛문틈으로 장지문틈으로 무이 징게국을 끄리는 맛있는 내음새가 올라오도록 잔다
「여우난곬족」 全文

1935년 12월 <朝光> 1권 2호에 발표되었고, 詩集 『사슴』「얼럭소새끼의 영각」部에 재수록된 작품이다.

명절날 큰집에 모인 일가친척들에 대한 인물소개와 아이들이 모여 노는 이야기들과 즐겁게 지내는 화목한 모습을 그리고 있다.

'여우난 곬'은 평북지방의 어느 산골마을을 지칭하는 地名이며, '여우난곬族'은 여우 난골에서 살고 있는 친척들을 말한다.

지방의 고유명사를 채택해 고향의 풍속이 함축적으로 표현된 산문체이다. 즉 유년시절의 기억을 통해서 고향의 풍물을 독특한 서사체로 詩化했으며 아이들 놀이의 이름 열거와 친척들의 인물묘사 열거, 또 명절날의 음식이름 열거 등, 토속적 방언에 의한 부연과 나열을 지속적으로 반복시키고 있다.

作品을 자세히 보면, 1연에서 나는 엄매 아배를 따라 진할아버지, 진할머니가 있는 큰집으로 간다. 여기서 '진할아버지'는 아버지의 외할아버지이며, '진할머니'는 아버지의 외할머니라는 뜻으로 평안도 방언이다.

2연에서 여러 친척들이 등장함으로써 인물을 소개하고 있다.

'얼굴에 별자국이 솜솜난', '하로에 베한필을 짠다'는 新里 고모나, '열여섯에 사십이 넘은 홀아비의 후처가 된 포족족하니 성이 잘나는', '예수쟁이마을 가까이 사는' 土山 고모, 또 '해변에서 과부가 된', '언제나 힌옷이 정하든 말끝에 설게 눈물을 짤 때가 많은' 큰골 고모와 '배나무접을 잘하는 주정을 하면 토방돌을 뽑는' 삼촌 등 네 인물에 초점이 맞추어져 있다. '고무'는 고모이며, '말수'는 남자아이의 이름이며, '李女', '承女', '洪女'는 그러한 性을 가진 여자 아이들을 말하며 '承동이', '洪동이'는 남자아이들을 가리킨다. 이러한 인물들 모두는 가난하고 고통스러운 현실을 살아가는 평범한 서민이다. '매감탕'은 엿을 고아낸 솥을 가셔낸 물이나, 또는 메주를 쑤어낸 솥에 남아있는 진한 갈색의 물을 뜻하며, '토방돌'은 집채의 낙수 고랑 안쪽으로 돌려가며 놓은 돌, 즉 섬돌을 뜻한다. '오리치'는 평북지방에서 동그란 갈고리 모양으로 된 야생오리를 잡는 도구이며, '반디젓'은 밴댕이 젓이다.

3연에는 방안에 새 옷의 냄새도 맡아보고 인절미 송구떡 콩가루 찰떡과 두부, 콩나물, 묶은 잔디와 고사리와 돼지비게 냄새도 맡는 등 명절날의 음식을 묘사하고 있다. '송구떡'은 떡의 한 가지인 송기떡을 말하는 것으로, 소나무의 속껍질을 잿물에 삶아 우려내어 멥쌀가루와 섞어서 절구에 찧은 다음 익반죽하여 솥에 쪄내어 식기 전에 떡메로 쳐서 여러 가지 모양의 떡을 만드는 것이다. '볶은 잔디'는 볶은 나물 종류를 말한다. '끼때'는 끼니때를 말하며 '선득선득하니'는 차가운 느낌을 표현한 감각적 방언이다.

이와 같이 3연에서는 개인적 감정을 詩行에 넣지 않고 세부적으로 묘사하여 설명하듯이 객관적으로 나열시키고 있다.

4연에서는 저녁을 먹고 노는 이야기로 이어진다.

'외양간섶'은 외양간 옆이며, '숨굴막질'은 숨바꼭질이며, 쥐 잡이와 꼬리 잡이, 가마타고 시집가는 놀음과 말 타고 장가가는 놀음 등 밤이 깊도록 노는 것이다. 이처럼 밤이 깊어 가면 엄매는 엄매들끼리 아르간에서 웃고, 아이들은 웃간에서 조아질과 쌈방이, 바리깨돌림, 호박떼기, 제비손이구손이 하면서 다양한 놀이모습이 구체적으로 묘사되고 있다. '아르간'은 아랫방이며, '조아질'은 부질없이 이것저것 집적거려 해찰을 부리는 일을 말한다. 평안도에서는 아이들의 공기놀이를 조아질이라고 부르기도 한다. '쌈방이'는 싸움하는 시늉으로 상대방을 메어 거꾸로 방이는 유희이며, '바리깨돌림'은 주발 뚜껑을 돌리며 노는 아이들의 유희를 뜻한다. '호박떼기하고'는 호박을 가지고 노는 유희의 한 가지이다. '제비손이구손이하고'는 평북지방 고유의 노는 모습으로 어린이들이 심심할 때 저희들끼리 손장난하는 유희의 한 가지이다. 다리를 마주 끼고 손으로 다리를 차례로 세며, 한알때 두알때 상사네 네비 오드득 뾰드득 제비손이 구이손이 중제비 빠땅이라고 부르는 유희이다. '화디'는 촛대 비슷하게 만든 등잔을 얹어 놓은 기구이며, '방등'은 등잔을 말한다.

  '홍게닭'은 새벽닭을 말하며 이 닭이 몇 번 울고 나서야 아이들은
잠이 드는 것이다. 그리고 다시 아침이 되어 무이징게국 냄새가 나는
순수한 촌락의 소박한 풍경과 더불어 민속적이며 토속적인 삶의 모습
을 그려 내고 있다. 여기서 '텅납새'는 턴납새, 즉 처마 끝을 말하는
것으로 처마의 안쪽 지붕이 도리에 얹힌 부분이며, 부고장 같은 것이
오면 안방에 들이기를 꺼려 이곳에 끼워놓은 풍속이 있었다.

  '무이징게국'은 징게미(민물새우)에 무를 숭덩숭덩 썰어놓고 끓인 국
을 말한다. 이와 같이 명절을 맞이한 대가족 제도에서 혈연의식으로 상
실된 고향을 재현하면서 인물묘사를 통해 삶의 애환과 인생사를 함축
시키고 있다. 언어에 있어서도 평북방언을 사용하여 토속성과 음식 열
거를 통해 민속적인 생활상이 제시되고 있다.

> 어스름저녁 국수당 돌각담의 수무나무가지에 녀귀의 탱을 걸고 나물매 갖
> 후어 놓고 비난수를 하는 젊은 새악시들
> ─잘 먹고 가라 서리서리 물러가라 네 소원 풀었으니 다시 침노말아라
>
> 벌개눞역에서 바리깨를 뚜드리는 쇳소리가 나면
> 누가 눈을 앓아서 부증이 나서 찰거마리를 불으는 것이다.
> 마을에서 피성한 눈슭에 절인 팔다리에 거마리를 붙인다
>
> 여우가 우는 밤이면
> 잠없는 노친네들은 일어나 팟을 깔이며 방요를 한다
> 여우가 주둥이를 향하고 우는 집에서는 다음날 으레히 흉사가 있
> 다는 것은 얼마나 무서운 말인가
> 　　　　　　　　「오금덩이라는 곤」 全文

  1936년 詩集 『사슴』 「국수당 넘어」部에 수록된 作品으로 제목의
'오금덩이'는 토속 지명이며, 지명을 소재로 쓴 詩作이다.

1연은 민족 신앙으로서 샤머니즘이 잘 나타나 있다.

'국수당'은 서낭당이며, '돌각담'은 돌담을 말한다. '수무나무'는 스무나무, 즉 느릅나무에 속하는 낙엽활엽수이며 산기슭 양지 및 개울가에 산다. '녀귀'는 여귀(癘鬼), 즉 못된 돌림병에 죽은 사람의 귀신이며 제사를 받지 못하는 귀신이다. '탱'은 벽에 걸도록 그린 佛像그림이며, '나물매'는 제법 맵시 있게 이것저것 진열해 놓은 제사 나물을 뜻한다.

'비난수'는 귀신의 원혼을 달래주며 비는 말과 행위를 말하며 '서리서리'는 노끈, 새끼 따위의 긴 물건을 사려 놓은 모양을 말한다. 실지로 白石은 전형적인 산골 출생으로 그의 어머니는 몸이 허약한 아들의 장수를 기원하려고 강, 바위, 스무나무 따위에 비난수하는 치성에 열심이었다고 한다. 이처럼 白石은 어린 시절 온통 전형적인 샤머니즘의 환경에 둘러싸여 성장했던 것이다.

2연에서는 눈을 앓아서 부증이 나면 찰거머리를 붙이거나, 피멍에 심하게 든 눈언저리나 팔이나 다리가 저린 곳에 거머리를 붙이는 따위의 民俗이 잘 나타나 있다. '벌개눞'은 뻘건 빛깔의 이끼가 덮여 있는 오래된 늪을 말하며, '바리개'는 주발 뚜껑을 말한다. '피성한'은 피가 盛한, 피멍이 심하게 든 것을 뜻한다. '눈숡'은 눈시울, 눈의 언저리에 속눈썹이 난 곳을 말한다.

3연에서 '팟을 깔이며'는 햇볕에 말리려고 멍석 위에 널어둔 팥을 고무래로 이리저리 쓸어 모으거나 펴는 것을 말한다. 이 詩에서는 이를 오줌 누는 소리에 비유한 것이다. 산골마을의 정황과 토속적인 삶의 세계를 잘 묘사한 作品으로 고향의 보편성을 선명하게 환기시키고 있다. 이와 같이 스무나무 가지에 여귀의 탱을 걸고 비난수하는 행위나 '부증'에 찰거머리를 붙이는 전래의 民俗, 그리고 여우가 우는 밤이면 으레 흉사가 있다는 전설 등으로 샤머니즘의 세계가 나타나 있다.

황토 마루 수무낡에 얼럭궁 덜럭궁 색동헌겊 뜯개조박 뵈짜배기 걸리고 오쟁이 끼애리 달리고 소삼은 엄신 같은 답세기도 열린 국수당고개를 멫번이고 튀튀 춤을 뱉고 넘어가면 곬안에 안윽히 묵은 녕동이 묵업기도 할 집이 한채 안기었는데

집에는 언제나 센개같은 게사니가 벅작궁 고아내고 말 같은 개들이 떠들석 짖어대고 그리고 소거름 내음새 구수한 속에 엇송아지 히물쩍 너들씨는데

집에는 아배에 삼촌에 오마니에 오마니가 있어서 젖먹이를 마을청능 그늘 밑에 삿갓을 씌워 한종일내 뉘어두고 김을 매려 다녔고 아이들이 큰마누래에 작은 마누래에 제구실을 할 때면 좋아지물본도 모르고 행길에 아이 송장이 거적뙈기에 말려나가면 속으로 얼마나 부러워하였고 그리고 끼때에는 붓두막에 박아지를 아이덜 수대로 주룬히 늘어놓고 밥한덩이 질게 한솔, 들여틀여서는 먹였다는 소리를 언제나 두고 두고 하는데

일가들이 모두 범같이 무서워하는 이 노큰마니는 구덕살이같이 욱실욱실하는 손자 증손자를 방구석에 들매나무 회채리를 단으로 쩌다두고 때리고 싸리갱에 갓진창을 매여 놓고 때리는데

내가 엄매등에 업혀가서 상사말같이 항약에 야기를 쓰면 한창 뛰는 함박꽃을 밑가지채 꺾어주고 종대에 달린 제물배도 가지채 쩌주고 그리고 그 애끼는 게산이 알도 두 손에 쥐어 주곤 하는데

우리 엄매가 나를 갖이는 때 이 노큰마니는 어뉘밤 크나큰 범이 한 마리 우리 선산에 들어오는 꿈을 꾼 것을 우리 엄매가 서울서 시집을 온 것을 그리고 무엇보다도 내가 이 노큰마니의 당조카의 맏손자로 난것을 다 견하니 알뜰하니 기꺼히 여기는것이었다.

「넘언집 범같은 노큰마니」 全文

1939년 4월 <文章> 1권 3호에 실린 作品으로 제목의 '넘언집범같은 노큰마니'는 국수당 고개 너머에 사는 범같이 무서운 할머니를 일컫는 말이다.

이 作品도 역시 평북방언을 노골적으로 구사하여 토속적인 정서를 환기시키면서 샤머니즘의 경향을 띠고 있다.

유년의 눈으로 관찰한 목가적인 전통의 세계를 가부장적인 혈연관계로 생생하게 그려냈으며, 한국인의 원초적인 삶의 모습이 원색적인 방언이나 경험, 俗神에 아로새겨져 탁월하게 환기되고 있는 것이 주목된다.

1연에서는 국수당 고개의 사물들과 국수당이라는 무속적인 공간에 대한 묘사가 잘 나타나 있다. 여기서 '국수당'은 마을의 본향 당신(부락수호신)을 모신 집을 말하며 서낭당이라는 뜻이다. '스무남'은 수무나무이며, '뜯개조각'은 뜯어진 헝겊조각이며, '뵈짜배기'는 베쪼가리, 즉 천 조각을 말한다. '오쟁이'는 짚으로 작게 엮어 만든 섬이며, '끼애리'는 꾸러미를 짚으로 길게 묶어 동인 것을 말한다. '소삼'은 성글게 엮거나 짠 것이며, '엄신'은 허름한 것으로 몸을 가려 놓은 것이나 엉성하게 만든 짚신이 아니라, 상제가 초상 때부터 졸곡(卒哭) 때까지 신는 짚신이며, 엄짚신을 뜻한다. '딮세기'는 짚신이며, '녕동'은 영동(楹棟)으로 기둥과 서까래를 뜻한다. 이처럼 나열되는 무수한 사물들은 토속적인 산골마을의 정취를 명료하게 만들고 있으며 향토적인 정서를 나타내 주고 있다.

2연에서는 집에 있는 가축들의 떠들썩한 모습이 집안의 부산한 분위기를 연상시킨다.

'센개'는 털빛이 흰 개를 뜻하며, '게사니'는 거위이며, '벅작궁'은 법석대는 모양을 뜻하며, '엇송아지'는 아직 큰 소가 되지 못한 송아지를 뜻한다. '히물쩍'은 감각적 방언으로 '벅작궁' '떠들썩'과 함께 대가족이 모여 사는 집안의 떠들썩한 분위기를 묘사하고 있다. '벅작궁'은 법석대는 모양이고 '고아내고'는 떠들어대고의 뜻이다. 이와 같이 '게사니가 벅작궁 고아내고', '개들이 떠들썩 짖어대고', '엇송아지 히물쩍 너들씨는데' 등 통사적인 반복으로 리듬감을 잘 나타내고 있다.

3연에서는 '노큰마니'는 老할머니로 노큰마니의 구체적인 인상이 생생한 체험으로 구성되어 농촌의 목가적인 분위기와 설화적인 면을 상기시킨다. 젖먹이를 '청둥그늘' 밑에 눕혀 놓고 김을 매러 다니는 노큰마니의 강인하면서 위대한 母性이 엿보인다. 이처럼 전형적인 농촌풍경과 삶의 고단함이 母性과 어우러져 토속적인 산골마을이 그대로 나타나 있다. '청둥'은 청랭(淸冷), 즉 시원한 곳을 뜻한다.

'제구실'은 홍역이나 역질이며, '마누래'는 손님마마 또는 천연두를 뜻한다. '종아지물본'의 '종아지'는 홍역을 일으키는 귀신이고 '물본'(物本)은 근본이치, 까닭이므로 홍역으로 죽어 나가는 까닭도 모르고라는 뜻이다. '주룬히'는 주렁주렁, 즉 어떤 물건이 줄지어 즐비하게라는 뜻이다. '질게'는 반찬을 말한다.

4연에서는 손자, 증손자를 엄하게 다스리는 노큰마니의 이야기로 실감 있게 전달하고 있다. '구덕살이'는 구더기를 뜻하며, '싸리갱'은 싸리나무의 마른 줄기를 뜻하며 '갓신창'은 부서진 갓에서 나온 말총으로 만든 질긴 끈의 한 종류를 말한다.

5연에서는 무서운 노큰마니이지만 내가 엄매등에 업혀가서 악을 쓰면 함박꽃도 꺾어주고, 제물배를 가지채 쪄주고, 거위 알도 손에 쥐어주는 노큰마니의 따스한 인정을 묘사하고 있다.

'상사말'은 야생마, 즉 거친 말을 뜻하며, '향약'은 악을 쓰며 대드는 것을 말한다. '종대'는 꽃이나 나무의 한 가운데서 올라오는 줄기를 말하며, '제물배'는 祭物로 쓰는 배를 말한다.

6연은 나의 태몽에 관한 자전적인 이야기로 노큰마니는 범 한 마리가 선산에 들어온 꿈을 꾸었다는 것이다. 이것은 白石의 출생과 관련된 태몽 이야기다. '게사니'는 거위를 말하며 '당조카'는 장조카, 큰조카를 뜻한다. 그리고 무엇보다 「내가 노큰마니의 당조카의 맏손자」가

된 것을 노큰마니는 대견스럽게 여겼다.

이상 네 편의 작품을 살펴본바 요약해 보면, 白石은 언어의 세련성을 위해 詩語의 조탁에 집착한 것이 아니라, 토속적인 方言 그대로 詩에서 노출시켜 경험의 구체성을 묘사했음을 알 수 있다. 또한 평안도 지방의 음식을 통해 친척이나 이웃들 간의 유대감이 밀접했으며, 이 음식도 토속적인 것이어서 삶의 유대가 한층 심화되었다. 소재에 있어서도 地名 이름이 詩 제목 그대로 표출된 것도 있으며, 또 샤머니즘으로 묘사된 소재의 확장도 큰 효과를 거두고 있다.

3. 산문체와 이야기 구조

白石의 詩에서 문체는 토속적인 방언을 토대로 民俗的인 체험에 구체성을 부여해 줌으로써, 겉으로는 산문적인 진술과 유사하지만, 부연과 반복 중간 운과 종결의 일치 등으로 이야기의 흥미를 자극하고 있다. 따라서 韻의 효과나 리듬의 긴장이 詩의 전체적인 분위기를 선명한 리듬으로 보여주는 것이 특징이다. 또한 산문 문체로서 이야기의 도입이 서술화하는 경향이 있다.

　　五代나 날인다는 크나큰 집 다 찌글어진 들지고방 어둑시근한 구석에서 쌀독과 말쿠지와 숫돌과 신뚝과 그리고 넷적과 또 열두 데 석님과 친하니 살으면서

　　한해에 몇 번 매여지난 먼 조상들이 최방등 제사에는 컴컴한 고방 구석을 나와서 대멀머리에 외얏맹건을 지르터 맨 늙은 제관의 손에 정갈히

몸을 씻고 교우위에 모신 신주앞에 환한 촛불밑에 피나무 소담한 제상위
에 떡, 보탕, 시케, 산적, 나물지짐, 반봉, 과일들을 공손하니 받들고 먼
후손들의 공경스러운 절과 잔을 굽어보고 또 애끓는 통곡과 축을 귀에하
고 그리고 합문 뒤에는 흠향오는 구신들과 호호히 접하는 것

　구신과 사람과 넋과 목숨과 있는 것과 없는 것과 한줌 흙과 한점 살과
먼 넷 조상과 먼 훗자손의 거룩한 아득한 슬픔을 담는 것
　내손자의 손자와 나와 할아버지와 할아버지의 할아버지와 할아버지의
할아버지의 할아버지와……水原白氏 定州白村의 힘세고 꿋꿋하나 어질고
정많은 호랑이 같은, 곰같은, 소같은, 피의 비같은, 밤같은 달같은 슬픔을
담는 것 아 슬픔을 담는 것

「木具」 全文

　　1940년 <문장> 14호에 실린 作品으로 木具를 의인화시켜 전통적인
제사에 대한 풍속을 설명하고 있다. 이 詩의 텍스트 내적인 관계들의
구조는 조상들의 제사를 지내면서 느끼는 화자의 슬픔의 정서를 보여
주고 있다. 散文詩的인 표현으로 율격이 긴밀하게 짜여져 있는 이 作
品은 반복과 부연으로 내포된 시간성을 계기시키고 시에 리듬을 부여
하고 있어 白石詩의 문체적인 특징을 잘 드러낸 詩라고 할 수 있다.
1연에서는 목구의 定位地로서 장소를 서술하고 있다. 목구는 제사 때
나 손질해 쓰는 것이므로 평소에는 庫房 같은 곳에 보관한다. 따라서
‘五大’나 날인다는 크나큰 집은 계승과 명성이라는 重義性을 내포하고
있다. 여기서 ‘들지고방’은 가을걷이나 세간 따위를 넣어 두는 광으로
장소를 말하며, ‘어득시근한’은 어두컴컴한 것을 뜻하며, ‘말쿠지’는 벽
에 옷 같은 것을 걸기 위해 박아 놓은 큰 나무못을 말한다. ‘신뚝’은
방이나 마루 앞에 신발을 올리도록 놓아둔 돌을 뜻하며, ‘열두 데석님’
은 열두 제석이며 무당이 섬기는 家神祭의 여러 신들을 말한다. 이처
럼 ‘쌀독과 말쿠지와 숫돌과 신뚝과 그리고 멧적과 또 열두 데석님과’

등 '-과' 및 '-와'인 나열형 어미를 묘사하고 있다. 2연에서는 한 해에 겨울 몇 번 '매연 지난 먼 조상들의 최방등 제사'에서나 모습을 드러나게 되는 목구가 서술되고 있다. '최방등 제사'는 정주지방에서 五代째부터 차손이 제사를 지낸다는 정주지방 定州의 토속적인 제사풍속을 말한다. '매연지난 먼 조상들'은 촌수가 멀어져서 인연이 다해 버린 먼 조상들로 해석되고, '대멀머리'는 아무것도 쓰지 않은 맨머리이며, '외얏맹건'은 오얏망건으로 망건을 잘 눌러쓴 품이 오얏꽃 같이 단정하게 보인다는 데서 온 말이다. '교의'는 신주를 모시는 틀이 아니라 神位를 모시는 의자를 뜻한다. '떡, 보탕, 시케, 산적, 나물지짐, 반봉, 과일' 등 어휘의 나열을 통해 美的 효과를 높이고 있다. '시케'는 식혜이며 '보탕'은 몸을 보한다는 탕국이며, '반봉'은 생선종류를 통칭해서 이르는 方言이다. '합문'은 제사 때에 유식(侑食)하는 차례에서 문을 닫거나 병풍으로 가리어 막는 일이며, '흠향'은 제사 때에 神明이 제물을 받아서 먹는 것을 뜻한다. '호호히'는 끝없이 넓고 아득하게라는 뜻으로 목구가 살아 있는 사람들의 잊혀져 가는 추모의 情과, 조상들의 숨결이 마주치는 신령스러운 것이 된다. 그러므로 서로의 일체감을 확대시켜 삶의 끈끈한 유대를 확인해 내는 것이다.

3연에서는 '구신과 사람과 넋과 목숨과 있는 것과 없는 것과 한줌 흙과 한점 살과 먼 녯조상과 먼 훗자손' 등 '-과'의 나열형 어미를 통해 혈연관계의 지속을 나타내고 있다. 4연 역시 '내손자의 손자와 손자와 나와 할아버지와 할아버지의 할아버지와 할아버지의 할아버지의 할아버지와……' 등 나열형 어미 '-와'로 표현되어 모든 家系는 하나로 연결된다. 그리고 이어지는 호랑이, 곰, 소 등으로 표현되고 있는 水原白氏라는 성씨 집단은 바로 우리 민족을 가리키며 힘세고 꿋꿋하나 어질고 정 많은 품성은 바로 우리 민족의 민족성인 것이다. 이처럼 水原白氏의 문중에서 태어난 작가는 먼 조상으로 물려받은 목구를 통해서 서글픈 운명을 환기시키고 있다.

　　새끼오리도 헌신짝도 소똥도 갓신창도 개니빠디도 너울쪽도 짚검불도
가락닢도 머리카락도 헌겊조각도 막대꼬치도 기와장도 닭의 짗도 개턱억
도 타는 모닥불

　　재당도 초시도 문장늙은이도 더부살이 아이도 새사위도 갓사둔도 나그
네도 주인도 할아버지도 손자도 붓장사도 땜쟁이도 큰개도 강아지도 모두
모닥불을 쪼인다.

　　모닥불은 어려서 우리 할아버지가 어미아비 없는 서러운 아이로 불상
하니도 몽둥발이가 된 슲븐 역사가 있다.
　　　　　　　　　　　　　　（「모닥불」全文）

　　1936년 시집『사슴』「얼럭소새끼의 영각」部에 수록된 작품이다.
　　'새끼오리도 헌신짝도 소똥도 갓신창도 개니빠디도 너울쪽도 짚검불
도 가락닢도 머리카락도 헌겊조작도 막대꼬치 기와장도 닭의 짗도 개
턱억도'나 '재당도 초시도 門長늙은이도 더부살이도 새사위도 갓사둔
도 나그네도 주인도 할아버지도 손자도 붓장사도 땜쟁이도 큰개도 강
아지도' 모두 모닥불을 쪼이는 포괄을 나타내는 특수조사 '－도'의 중
간음을 넣어 반복하여 리듬을 형성한 作品이다.
　　1연에서는 주변의 사소한 모든 것들을 끌어당기는 역동적인 힘으로
모닥불이 표현되어 온갖 사소한 것들을 태운다. '갓신창'은 부서진 갓
에서 나온 말총으로 된 질긴 끈의 한 종류이며, '개니빠디'는 개의 이
빨이고 '너울쪽'은 널빤지 쪽을 말한다.
　　2연에서는 인간의 동물을 포함한 대상으로 모두 모닥불을 쪼인다.
여기에 등장하는 인물들은 계층 간의 차별이 없는 평등한 관계로 함께
모닥불을 쪼이는 것이다. '재당'은 재종이나 육촌이며, '갓사둔'은 새
사돈을 말한다. 이렇듯 혈연관계는 3연에 가서 딸려 붙었던 것이 다
떨어지고 몸뚱이만 남은 물건인 '몽둥발이' 역사로 이어지고 있다.

이처럼 무수한 부연으로 열거되는 어휘의 연쇄가 리듬의 반복적인 표현으로 서로 묶여지면서 친족 자체가 확대된 의식으로 표현되고 있다.

　달빛도 거지도 도적개도 모다 즐겁다
　풍구재도 얼럭소도 쇠드랑별도 모다 즐겁다
　도적괭이 새끼락이 나고
　살진 쪽제비 트는 기지개 길고

　홰냥닭은 알을 낳고 소리치고
　강아지는 겨를 먹고 오줌싸고

　개들은 게뭏이고 쌈지거리하고
　놓여난 도야지 등구재벼오고

　송아지 잘도 놀고
　까치 보해 짖고

　신영길 말이 울고가고
　장돌림 당나귀도 울고가고

　대들보우에 베틀도 채일도 토리개도 모도들 편안하니
　구석구석 후치도 보십도 소시랑도 모도들 편안하니
　　　　　　　　（「연자ㅅ간」全文）

　1936년 <朝光> 2권 3호에 실린 作品으로 연자방앗간 안에 있는 물건들과 그 주변의 갖가지 동물들의 모습을 묘사하고 있으며 또한 2行이 1연을 이루면서 반복의 형태를 보여주고 있다.

　'달빛도 거지도 도적개도'나 '풍구재도 얼럭소도 쇠드랑별도'에서 '－도'의 중간음의 반복과 1행과 2행의 '모다즐겁다'의 반복으로 각운과,

중간음을 사용하여 독특한 율격을 나타내고 있다.

또한 어휘들이 具象的이며, 토착어로 일관되어 있다. 여기서 '도적개'는 주인 없는 떠돌이 개를 말하며, '도적괭이'는 도둑고양이며, '풍구재'는 곡물로부터 쭉정이, 겨, 먼지 등을 제거하는 풍구를 말하며, '쇠드랑볕'은 쇠스랑 형태의 창살로 들어온, 바닥에 비치는 햇살을 말한다. 2연에서 6연까지는 도적괭이, 쪽제비, 화냥닭, 강아지, 개, 도야지, 송아지, 까치, 말, 당나귀 등 시골 가축들과 새들의 부산한 모습을 '-고'의 반복으로 표현하고 있다.

'화냥닭'은 회에 올라앉은 닭을 가리키며, '쌈지거리'는 짐짓 싸우는 시늉을 하면서 흥겨워하는 것을 말하고 '둥구재벼오고'는 둥구잡혀오고 즉 물동이를 안고 오는 것처럼 잡혀 오고의 뜻이다. '보해'는 뻔질나게 연달아 자주 드나드는 모양이나, 또는 물건 같은 것을 쉴 사이 없이 분주하게 옮기며 드나드는 모양이며, '신영길'은 혼례식에 참석할 새 신랑을 모시러 가는 행차를 말한다.

7연에서는 시골풍경의 정적인 모습이 '베틀도 채일도 토리개도', '후치도 보십도 소시랑도'에서 '-도'와 '모도들 편안하니'에서 '-하니'의 반복으로 나타나 전체적으로 리듬감이 발랄하게 이루어지는 화해의 분위기를 만들어 내고 있다. '토리개'는 목화의 씨를 빼는 기구이며 '후치'는 쟁기와 비슷하나 보습끝이 무디고 술이 곧게 내려가는 훌칭이나 극젱이라고도 한다. 쟁기로 갈아놓은 논밭에 골을 타거나 흙이 얇은 논밭을 가는 데 쓴다. '보십'은 쟁기나 극젱이의 술바닥에 맞추는 삽 모양의 쇳조각이다. 이와 같은 토리개, 후치, 보십은 농기구의 한 종류들로 시골 풍경의 모습을 나타내 주고 있다.

산골집은 대들보도 기둥도 문살도 자작나무다
밤이면 캥캥 여우가 우는 山도 자작나무다
그맛있는 모밀국수를 삶은 장작도 자작나무다

　　그리고 甘露같이 단샘이 솟는 박우물도 자작나무다
　　산너머는 平安道땅도 뵈인다는 이山골은 옹통 자작나무다
　　　　　　　　　　　　　　　　　　　（「白樺」(山中吟4), 全文）

　1938년 3월 <朝光> 4권 3호에 실린 作品이다.

　산골마을이 온통 자작나무 투성이인 이 집은 사람이 사는 집이나, 여우가 우는 산이나, 사람이 먹을 음식을 만드는 데 쓰이는 장작 모두 자작나무들로 이루어져 있다. 그리고 박우물과 산 넘어 평안도 땅까지 공간 확대를 이루고 있다. 이처럼 '대들보다 기둥문 문살도 여우가 우는 山도 장작도 박우물도 平安道 땅도'에서 '－도'라는 열거격 조사와 더불어 '－자작나무다'라는 종결부가 반복적으로 나열되어 숲의 시각적 이미지가 두드러진다.

　　白狗屯의 눈 녹이는 밭가운데 땅풀리는 밭가운데
　　촌부자 老王하고 같이 서서
　　밭최뚝에 즘부러진 땅버들의 버들개지 피여나는데서
　　볕은 장글장글 따사롭고 바람은 솔솔 보드라운데
　　나는 땅임자 老王한테 석상디기 밭을 얻는다

　　老王은 집에 말과 나귀며 오리에 닭도 우울거리고
　　고방엔 그득히 감자에 콩곡석도 들여 쌓이고
　　老王은 채매도 힘이들고 하루종일 白鈴鳥 소리나 들으려고
　　밭을 오늘 나한데 주는것이고
　　나는 이제 귀치않은 測量도 文書도 실증이 나고
　　낮에는 마음놓고 낮잠도 한잠 자고싶어서
　　아전 노릇을 그만두고 밭을 老王한테 얻는 것이다

　　날은 챙챙 좋기도 좋은데
　　눈도 녹으며 술렁거리고 버들도 잎트며 수선거리고

저 한쪽 마을에는 마돗에 닭 개 즘생도 들떠있고
또 아이어른 행길에 뜰악에 사람도 웅성웅성 흥성거려
나는 가슴이 이 무슨 흥에 벅차오며
이용에는 이밭에 감자, 강냉이, 수박에 오이며 당콩에 마늘과 파도
심그리라 생각한다
수박이 열면 수박을 먹으며 팔며
감자가 앉으면 감자를 먹으며 팔며
까막까치나 두더지 돗벌기가 와서 먹으면 먹는대로 두어두고
도적이 조금 걷어가도 걷어가는대로 두어두고
아 老王, 나는 이렇게 생각하노라
나는 老王을 보고 웃어 말한다.

이리하여 老王은 밭을 주어 마음이 한가한고
나는 밭을 얻어 마음이 편안하고
디퍽 디퍽 눈을 밟으며 터벅터벅 흙도 덮으며
사물사물 해볕은 목덜미에 간지러워서
老王은 팔장을 끼고 이랑을 걸어
나는 뒷짐을 지고 고랑을 걸어
밭을 나와 밭뚝을 돌아 도랑을 건너 행길을 돌아
지붕에 바람벽에 울바주에 볕살 쇠리쇠리한 마을을 가르치며
老王은 나귀를 타고 앞에 가고
나는 노새를 타고 뒤에 따르고
마을끝 蟲王廟에 蟲王을 찾어뵈려 가는길이다
土神廟에 土神도 찾어뵈려 가는길이다
(「歸農」 全文)

　1941년 4월 <朝光> 7권 4호에 실린 작품으로 '나'와 '老王'이 밭
을 주고받아 흥겨워하는 모습이 경쾌한 리듬과 함께 문체적인 특징이
잘 나타나 있는 詩이다. 또한 토속적인 상관물과 독특한 의태어의 활
용이 두드러지는 이 詩는 전원생활의 정취와 여운, 그리고 소박한 나

의 생각이 나타나 있다.

1연에서는 봄을 배경으로 내가 老王한테 밭을 얻는다. '땅풀리는 밭가운데'와 '바람은 솔솔 보드라운데'의 '-데'와 '같이 서서'와 '버들개지 피어나는데서'의 '-서'가 각운을 이루고 있다. 어휘를 살펴보면, '백구둔'은 중국 만주 지역의 어느 농촌 마을 이름이며, '밭최뚝'은 밭두둑을 말하며, '즘부러진'은 짓눌러진의 뜻이며 '장글장글'은 몸을 간질이는 듯 햇살이 따뜻한 것을 말한다. '석상디기'는 석 섬지기를 말하며, '老王'은 라오랑, 또는 왕씨를 가리키는 말이며 '노'는 중국어에서 사람의 성씨 앞에 붙여 친밀한 뜻을 나타내는 말이다.

2연에서는 老王이 나에게 밭을 주는 이유와 내가 그 밭을 받는 이유를 설명하고 있다. 여기에서도 '우울거리고', '쌓이고', '들으려고', '주는 것이고', '실증이 나고' 등 '-고'의 각운과 어휘들이 나열되고 있다. '우울거리고'는 우글거리는 것을 뜻하며, '채매'는 채마밭을 말하며, '백령조'는 몽고 종다리라는 새로 참새보다 크고 다갈색 깃털에 백색 반점이 있으며, 아주 높이 날며 갖가지 해충을 잡아먹어 농사에 이로운 새를 말한다.

3연에서는 날씨에 대한 나의 설명과 흥겨운 나의 마음이 그 밭에 여러 가지 곡식을 심을 생각을 한다. '마돗'은 마돝으로 말과 돼지이며 '당콩'은 강낭콩을 뜻한다.

4연에서는 밭을 얻어 좋은 나는 욕심이 없이 '까막까치나 두더쥐 돗벌기가 와서 먹으면 먹는대로 두어두고 도적이 걷어가도 걷어가는 대로 두어두고'에서 마음 상태가 매우 너그럽고 여유롭다. 여기서도 '수박을 먹으며 팔며'와 '감자를 먹으며 팔며' 등 「-며」와 '먹는대로 두어두고'와 '걷어가는대로 두어두고'에서 '-고' 그리고 '-와'의 각운을 이루고 있다. '까막까치'는 까마귀와 까치이고 '돗벌기'는 돝벌기의 뜻으로 과수의 잎이나 배추, 무 따위의 잎을 갉아 먹는 해로운 벌레이다. 돼지벌레나 잎벌레라고도 한다.

5연에서는 밭을 준 老王과 밭을 받는 내가 함께 어울려 土神을 찾아뵈러 가는 흥겨운 모습이 평화롭게 묘사되고 있다. '마음이 한가하고'와 '편안하고'의 '－고'와 '－어', 그리고 '가는 길마다'의 '－다'의 각운을 이루면서 대립적 효과를 나타내고 있다. '디퍽디퍽'은 지벅지벅으로 서투르게 휘청거리는 모양이고, '사물사물'은 눈앞에 무엇이 아른거리는 듯 눈이 부신 느낌이다. '울바주'는 울파주이며 대, 수수깡, 갈대, 싸리 등을 엮어 세워 놓은 울타리를 말한다. '쇠리쇠리한'은 눈부신 것이나 눈이 신 것을 뜻하고 '토신묘'는 흙을 맡아 다스린다는 토신을 모신 당집이며, '충왕묘'는 충왕을 모신다는 사당을 뜻한다. 농사에 막심한 피해를 주는 해충으로부터의 피해를 줄이려는 심정으로 중국의 농민들은 충왕묘에 제사하였다고 한다.

以上 네 편의 작품들은 토속적인 방언과 함께 반복과 부연, 중간운의 사용으로 이야기의 흥미를 묘사하고 있다. 이러한 산문체로써 문체의 특징인 이야기가 담겨져 있는 몇 편을 선정하여 살펴보도록 하겠다.

女僧은 合掌하고 절을 했다
가지취의 내음새가 났다
쓸쓸한 낯이 넷날같이 늙었다
나는 佛經처럼 서러워졌다

平安道의 어늬 산깊은 금덤판
나는 파리한 女人에게서 옥수수를 샀다
女人은 나어린 딸아이를 따리며 가을밤같이 차게 울었다

섭벌같이 나아간 지아비 기다려 十年이갔다
지아비는 돌아오지 않고
어린 딸은 도라지꽃이 좋아 돌무덤으로 갔다

山꿩도 설게울은 슲븐날이 있었다
山절의 마당귀에 女人의 머리오리가 눈물방울과 같이 떨어진 날이 있었다
「女僧」 全文

1936년 詩集 『사슴』 「노루」部에 수록된 作品으로 한 여인이 남편과 자식마저 잃고 마침내 여승이 되었다는 이야기를 詩的으로 형상화시킨 作品이다. 공간의 확대와 더불어 시점의 변화가 이루어지고 있으며, 서사의 기교가 짜임새 있게 압축시킨 作品이다.

1연에서는 '-했다', '-났다', '-늙었다' '-서러워졌다' 등 현재의 배경이 話者의 슬픈 감정을 객관화시킴으로써 作品의 분위기를 형성하는 데 중요한 역할을 하고 있다.

2연에서는 평안도의 어느 금광에서 만난 슬픈 여인이 소개되어 서럽고 애잔한 분위기를 통해 話者와 親和되어 '가을밤 같이 차게 울었다'는 직유로써 비극을 확대시키고 있다.

3연에서는 지아비를 기다리는 서러움의 정조가 세월의 허무함으로 十年이 갔으며, 어린 딸은 돌무덤으로 가는 등 슬픔이 한층 더 비극적인 절망으로 나아가고 있다.

4연에서는 슬픔이 山꿩의 울음소리로 묘사되면서 山절의 마당에 여인의 머리카락이 잘려 나가는, 즉 중이 되었다는 이야기가 詩的으로 형상화되고 있다. 여기서 꿩의 이미지는 여인의 슬픔으로 표출되어 詩的 話者의 비극적인 心象이 여인을 통해 深化되고 있다. 어휘를 살펴보면 '가지취'는 참치나물이며, '섭벌'은 섬벌을 말하는데 울타리 옆에 놓아 치는 벌통에서 꿀을 따 모으려고 분주히 드나드는 재래종 꿀벌을 말한다.

차디찬 아침인데
妙香山行 承合自動車는 텅하니 비어서

나이 어린 계집아이 하나가 오른다
옛말속같이 진진초록 새 저고리를 입고
손잔등이 밭고랑처럼 몹시도 터졌다
계집아이는 慈城으로 간다고 하는데
慈城은 예서 三百五十里 妙香山 百五十里
妙香山 어디메서 삼촌이 산다고 한다
새하야케 얼은 自動車 유리창밖에
內地人 駐在所長같은 어른과 어린아이들이 내임을 낸다
계집아이는 운다 느끼며 운다
텅 비인 車안 한구석에서 어느 한사람도 눈을 씻는다
계집아이는 몇해고 內地人 駐在所長집에서
밥을 짓고 걸레를 치고 아이보개를 하면서
이렇게 추운 아침에도 손이 꽁꽁 얼어서
찬물에 걸레를 쳤을 것이다

「팔원 西行時妙3」 全文

　1939년 11월 10일 <조선일보>에 발표한 作品으로 당시의 궁핍했던 사회상과 그런 상황에서 가족과 헤어져 고생하는 나이 어린 계집아이의 모습이 잘 나타나 있다. '내임을 낸다'는 배웅을 한다의 뜻이다. 겨울 妙香山行 승합자동차 안에서 가난 때문에 집을 떠나 '內地人 駐在所長'집에서 허드렛일을 도와주다 친척집으로 가는 나이 어린 계집아이가 차에 올라 앉아 우는 일들을 연민어린 눈길로 이야기하고 있다. 밭고랑처럼 터진 손등이 차가운 날씨와 어우러져 더욱 심화되는 가운데 마침내 '계집아이는 운다 느끼며 운다'의 반복으로 他人으로 하여금 슬픔을 자아내도록 유도한다. 이처럼 밥을 짓고 걸레를 치고 아이를 돌보는 계집아이의 손을 통해 고생을 하며 살아가는 당시의 생활상이 암시되어 있음을 알 수 있다. 이러한 삶의 이야기는 주관이나 話者의 개입 없이 객관적으로 그려내는 白石의 또 다른 문체적인 특징이라 할 수 있으나 갈등과 사건의 얽힘이 약하고, 묘사의 차원에 머물러 있는 단점이 보인다.

주홍칠이 날은 旌門이 하나 마을어구에 있었다.

「孝子廬迪之之旌門」－먼지가 겹겹이 앉은 木刻의 額에
나는 열살이 넘도록 갈 之자들을 웃었다

아카시아꽃의 향기가 가득하니 꿀벌들이 많이 날어드는 아침
구신은 없고 부엉이가 담벽을 띠쫗고 죽었다

기왓골에 배암이 푸르스름히 빛난 달밤이 있었다
아이들은 쪽재피같이 먼길을 돌았다

旌門집 가난이는 열다섯에
늙은 말군한테 시집을 갔겄다
　　　　　　　　　　「族門村」全文

　1936년 詩集 『사슴』 「국수당 넘어」部에 수록된 作品으로 旌門집의 몰락을 상징적인 이야기 구조로써 표현한 시이다. 화자인 '나'는 아무 것도 모르고 웃는 상황을 통해 절망을 심화시켜 2연과 3연에 가서 이미지 표현으로 사건을 드러내고 있다. 즉 아카시아 꽃의 향기와 부엉이가 치쪼아 죽고, 즉 뾰족한 부리로 위를 향해 잇따라 쳐서 찍고 또 푸르스름히 빛난 달밤의 뱀 등 선명한 시각적 묘사가 이미 폐가가 되어버린 旌門집의 비참한 몰락을 환기시키고 있다. 이러한 상태에 가난이는 어쩔 수 없는 어려운 생활로 열다섯에 늙은 말꾼한테 시집을 갔다는 이야기를 통해서 旌門집의 비참한 몰락을 선명한 묘사와 함께 잘 나타내 주고 있다.
　以上의 作品을 통해서 알 수 있는 것은 토속적인 방언과 함께 이야

기를 담고 있어 作品의 흥미를 자극하기 위해 리듬의 긴장과 반복 부연과 中間韻을 사용했음을 알 수 있다. 또한 삶의 이야기를 상징적인 이야기 구조로서 話者의 개입 없이 객관적으로 묘사함으로써 당시의 生活相의 모습을 서술화시키고 있는 것이다. 그러나 이러한 상징적인 이야기는 갈등과 사건의 얽힘이 약하고 묘사의 차원에 머물러 있는 단점이 있다.

4. 묘사적인 이미지의 세계

白石이 詩作活動을 한 1930년대 후반과 1940년대 초는 문학사에 있어 모더니즘 시 운동과 이론의 전개로 白石의 詩에도 영향을 입은 것으로 추측된다. 더구나 白石이 詩作活動을 시작한 1930년대 중반은 모더니즘 운동이 심화된 시기로 김기림, 김광균, 정지용 등이 보여준 서구적 모더니즘과는 달리 白石은 향토적인 白石 특유의 모더니즘을 창조한 것이다.

특히 유년시절의 회상적인 소재는 白石 詩를 다른 모더니즘과 구별되게 하는 힘을 가지고 있다. 대체적으로 모더니즘 경향을 보이는 白石의 시편에는 시인과 대상이 일정한 거리를 두고 객관적으로 관찰하는 태도를 보이고 있다. 그러나 이러한 경향의 시에는 문명비평의식이 결여되어 있음을 간과할 수 없다. 따라서 白石의 詩는 모더니즘을 수용하면서도 문명과 도회의 소재를 사용하지 않고 산골마을의 향토성 짙은 풍물로 우리의 민속적, 토속적인 세계를 다루었다는 점이 특색이 있다. 구체적인 作品 분석을 통해 살펴보기로 한다.

山턱 원두막은 뷔였나 불빛이 외롭다
헌겊심지에 아즈까리 기름의 쪼는 소리가 들리는 듯하다

잠자리 조을든 문허진 城터
반딧불이 난다 파란 魂들 같다
어데서 말 있는 듯이 크다란 山새 한 마리 어두운 곬작이로난다
헐리다 남은 城門이
한울 빛같이 훤하다
날이 밝으면 또 메기수염의 늙은이가 청배를 팔러 올 것이다.
「定州城」全文

제목의 「定州城」은 白石의 고향인 평북 定州에 있는 城을 말한다.
정주성문이 있던 곳이 당시 정주군 정주변 성외동과 성내동 부근이
다. 이 城은 정주군 아이포(阿耳浦) 면에서 시작하여 강계군 설한령까
지 약 170리에 이른다. 定州城 근처의 한 산골의 밤 풍경을 통해 그
당대의 한 삶의 현장을 선명한 이미지와 더불어 그려내고 있다.

1연에서는 원두막의 밤 정경의 이미지化인데 헝겊으로 된 심지가 타
는 소리를 아주까리기름 쪼는 소리로 들리는 듯하다는 상상에 의해 원
두막의 불빛이 어둠의 이미지로 묘사되고 있다.

2연에서는 잠자리가 졸고 있던 무너진 城터에 대한 밤의 정경은 반
딧불이 나는 것이 파란 魂들 같다고 하는 상상과 어디서 말소리가 들
렸는지 커다란 城터의 모습에 대한 표현이다.

3연에서는 '헐리다 남은 성문'이나 2연의 '잠자리 조을던 성터'는 고
구려 때에 말갈의 침입을 막기 위해 쌓은 古州의 長成과 그 옛터를
가리킨다. 헐리다 남은 성문이 감각적으로 묘사되어 밝음의 이미지로
변화한다. 또 공간의 변화도 원두막에서 城터, 城門의 세 공간으로 이
루어져 회화적인 의도를 보여주고 있다. 이러한 장소의 이동과 마찬가
지로 시간의 변화도 어둠에서 밝음으로 변화됨을 알 수 있다.

이미지의 묘사도 반딧불의 푸른색은 달빛의 흰색으로 변모하여 시각적 효과가 드러난다. 특히 이 詩에 등장하는 구체적 인물은 「메기수염의 늙은이」인데, 인상적인 사건이라고 볼 수 없고 단순히 定州城터 부근을 정겹게 떠올릴 수 있게 묘사한 것이라 할 수 있다.

신살구를 잘도 먹드니 눈오는 아침
나어린 안해는 첫아들 낳었다

人家멀은 山중에
까치는 배나무에서 즞는다

컴컴한 부엌에서는 늙은 홀아비의 시아부지가 미역국을 끄린다
그 마을의 외따른 집에서도 산국을 끓린다
「寂境」全文

1936년 詩集 『사슴』, 「돌절구의 물」部에 수록된 作品이다.

산촌의 이미지가 선명하게 묘사된 이 詩의 1연에서 '신살구'라는 미각적 이미지가 '눈 오는 아침'인 시각적 이미지에 용해되어 공감각적인 이미지와 객관적 상관물이 활용되고 있다.

2연에서 '人家멀은 山중에'에 까치가 배나무에서 짖는, 토속적인 서정의 세계를 환기시키면서 적막한 산촌의 풍경을 표현하고 있다.

3연에서 '산국'은 아기를 낳은 산모가 먹는 미역국을 뜻하며, 태어나는 아기를 반기는 시아버지의 미역국 끓이는 마음과 마을 전체의 공동체적 연대감으로 외딸은 집에서도 미역국을 끓이는 삶의 연대감이 훈훈한 情感을 불러일으키고 있다.

불을 끈 방안에 횃대의 하이얀 옷이 멀리 추울 것같이

개方位로 말방울 소리가 들려온다

門을 연다 머릿빛 밤한울에

송이버섯의 내음새가 났다
「머루밤」全文

1936년 詩集 『사슴』「노루」部에 실린 作品으로 1연에서 '횃대'는 옷을 걸 수 있게 만든 것으로 긴 막대를 잘라 두 끝에 끈을 매어 방안에 달아 매어두는 제구이다. 방안이라는 폐쇄적 공간이 개방적 공간으로 점차 바뀌어 가고 있다.

2연에서 '개方位'는 24방위의 하나인 술방(戌方)을 뜻하며, 서쪽에서 조금 북쪽에 가까운 방위를 말한다.

3연에서는 밤하늘의 이미지가 송이버섯의 후각 이미지와 결합되어 밝음으로 변화함으로써 1연에서의 시각적 이미지와 2연에서의 청각적 이미지로 또다시 3연의 후각 이미지로 변화하는 것을 알 수 있다.

흙담벽에 볕이 따사하니
아이들은 물코를 흘리며 무감자를 먹었다

돌덜구에 天上水가 차게
복숭아 낡에 시라리타래가 말라갔다
「初冬日」全文

1936년 詩集 『사슴』, 「돌덜구이의 물」部에 수록된 2行詩로 된 짧은 詩로 한겨울 햇빛이 잘 드는 흙담벽 앞의 풍경을 짧은 단상으로 형상화한 作品이다. 회화적 수법과 함께 의식적인 공간성을 보여주며 시각적 이미지가 흙담벽에서 돌절구로 또 복숭아나무로 공간의식이 표현되었음을 알 수 있다. '시라리타래'는 시래기를 길게 엮은 타래를 뜻하며 햇볕에 말라가는 풍경이 잘 묘사되어 한 폭의 수묵화를 보는 듯한 靜的인 詩이다.

흙꽃 니는 이른 봄의 무연한 벌을
輕便鐵道가 노새의 맘을 먹고 지나간다

멀리 바다가 보이는
假停車場도 없이 벌판에서
차는 머물고
젊은 새악시 둘이 나린다
「曠原」 全文

1936년 詩集 『사슴』, 「돌덜구이의 물」部에 수록된 2行詩로 봄날 시골의 간이역 풍경을 스케치하면서 넓은 들판의 모습을 선명하게 시각적으로 형상화시킨 작품이다.

'흙꽃'은 흙먼지를 이르는 말이며, 단순한 회화적 이미지로 詩가 진행되고 있다. '멀리 바다가 뵈이는 가정거장도 없는 벌판'은 아마도 고읍→정주→곽산→노하, 등인 철도 구간의 어느 한 지점일 것이다. 따라서 공간적 구조의 변화와 함께 회화적 이미지가 선명하게 묘사되고 있다. 철도가 지나가는 벌판의 풍경이 잘 그려져 있으며 시각적 이미지가 객관적 상관물을 통해 쓸쓸하고 우수에 찬 서정이 엿보인다. 이 詩에 등장하는 '젊은 새악시 둘'은 詩 속에서 추구하는 인간상의 제시와는 무관한 하나의 小道具에 불과하다.

(1)
아카시아들이 언제 흰 두레방석을 깔았나
어데서 물큰 개비린내가 온다
(「비」 全文)

(2)

별 많은 밤
하누바람이 불어서
푸른 감이 떨어진다
개가 짖는다

(「靑柿」 全文)

(3)

산뽕닢에 빗방울이 친다
멧비들기가 난다
나무등걸에서 자벌기가 고개를 들었다
멧비둘기켠을 본다

(「山비」 全文)

　(1)의 作品은 1935년 <朝光> 1권 1호와 詩集 『사슴』 「노루」部에 수록된 作品이다. 시각과 후각의 이미지가 잘 표현된 作品이며, 선명한 이미지의 묘사가 세련된 감각을 보여 주고 있다. 또한 이 詩의 길이가 다른 詩에 비해 짧은 이유도 명확한 이미지를 보여 주기 위해 언어 사용을 극도로 절제한 의도적인 方法이라 생각했다.

　(2)의 作品 역시 1936년 詩集 『사슴』 「노루」部에 수록된 作品으로 여름밤 푸른 감이 떨어지는 순간의 고유한 정경을 묘사한 作品이다. 시각과 청각의 이미지가 나타나며 이러한 언어 구사로 동적인 이미지를 구하려 하고 있다. 그리고 이 부분에서 유독 현재형 어미를 많이 사용하고 있으며 이와 같은 표현은 시집 소제목 중의 하나인 '노루'편에 많이 나타난다.

　(3)의 作品도 1936년 詩集 『사슴』 「노루」部에 수록된 作品으로 자연의 투명한 풍경과 섬세하게 관찰된 자연의 구체적 형상만이 묘사되었다

　감정이 극도로 절제된 선명한 이미지만이 표현되어 '－친다', '－난

다', '－불다' 등의 묘사로써 풍경을 감각적으로 표현하였다.

> 닭이 두 홰나 울었는데
> 안방 큰방은 홰줏하니 당등을하고
> 인간들은 모두 웅성웅성 깨여 있어서들
> 오가리며 석박디를 썰고
> 생강에 파를 청각에 마눌을 다지고
> 시래기를 삶는 훈훈한 방안에는
> 양념 내음새가 싱싱도 하다.
>
> 밖에는 어데서 물새가 우는데
> 토방에선 햇콩두부가 고요히 숨이 들어갔다
>
> 　　　　　　　　　　　　　(「秋夜一景」 全文)

　1938년 1월 <三千里文學> 1권 1호에 실린 作品으로 제사나 잔치를 준비하는 밤의 풍성하고 흐뭇한 정경을 음식열거와 냄새 등 여러 감각들로 형상화시킨 作品이다.

　1연에서 '홰줏하니'는 어둑어둑한 가운데 호젓한 느낌이 드는 뜻이며, '당등'은 長燈으로 밤새도록 등불을 켜고 끄지 않음을 뜻한다.

　'오가리'는 박이나 무, 호박의 살을 길게 오려 말린 것이며, '석박디'는 섞박지로, 김장할 때 절인 무와 배추, 오이를 썰어 여러 가지 고명에 젓국을 조금 쳐서 익힌 김치를 말한다. 이러한 특유의 음식 열거는 시각과 미각을 결합시켜 안방의 부산한 웅성거림으로 모아져 2연에 가서 양념 냄새인 후각 이미지로 표현한다.

　3연에서는 물새가 우는 청각 이미지와 해콩 두부가 고요히 숨이 들어간 미각을 결합시키고 있다.

푸른 바닷가의 하이얀 하이얀 길이다

아이들은 늘늘히 청대나무말을 몰고
대모풍잠한 늙은이 또요 한 마리를 드리우고 갔다

이길이다

　얼마가서 甘露같은 물이 솟는마을 하이얀 회담벽에 옛적본의 장반시계
를 걸어놓은 집 홀어미와 사는 물새 같은 외딸의 혼삿말이 아즈랑이같이
낀 곳은

(「南鄕(물닭의소리 4)」 全文)

　1938년 10월 <朝光> 4권 10호에 실린 作品으로 남쪽 바닷가의 한
적한 마을 풍경을 묘사한 詩로 푸른 바닷가의 하이얀 길이 푸른색과
하이얀이라는 視覺的 이미지로 강조한다.
　'청대나무말'은 청대나무로 만든 말이며, 아이들이 가지고 노는 竹馬
이다. '대모풍잠'은 대모갑으로 만든 풍잠이며, '또요'는 도요새이다.
'장반시계'는 쟁반같이 생긴 둥근 시계를 말한다. 홀어머니와 사는 순
박한 외딸의 모습을 물새에 비유했으며, 외딸의 모습과 순수한 정신이
물새의 이미지를 통해 표현되고 있다.
　이 作品 역시 일정한 거리를 두고 객관적으로 관찰하는 태도를 보
이고 있다.
　이 外에도 「城外」, 「山地」, 「노루」, 「흰밤」, 「秋日山朝」 등이 있으
며 作品형태가 간결한 것도 白石의 의도적인 것임을 알 수 있다.

5. 맺는 말

白石의 시는 平北方言들이 노골적으로 표출되고 있다. 主로 定州 지방의 방언을 의도적으로 사용함으로써 토착어로 일관되고 있다. 또한 白石의 詩語에서 두드러지는 것은 식생활에 관계된 어휘들이 많다는 점이다. 소재에 있어서도 地名을 사용하거나, 샤머니즘 요소들에 대한 기억을 되살려 친척이나 이웃들 간의 공동체적 생활체험으로 인하여 풍속과 속신으로 묘사되고 있다.

문체에서는 토속적인 방언을 토대로 민속적인 체험에 구체성을 부여해 줌으로써, 겉으로는 산문적인 진술과 유사하지만, 부연과 반복, 중간 운과 종결의 일치 등으로 이야기의 흥미를 자극하고 있다. 또한 삶의 이야기를 상징적인 이야기 구조로써 화자의 개입 없이 객관적으로 묘사함으로써 당시 生活相의 모습을 서술화시키고 있다.

그러나 이러한 상징적인 이야기는 갈등과 사건의 얽힘이 약하고 묘사의 차원에 머물러 있음을 알 수 있다.

모더니즘 경향을 보이는 시편에서는 시인과 대상이 일정한 거리를 두고 객관적으로 관찰하는 태도를 보이고 있다. 그러나 이러한 경향의 시에는 문명비평의식이 결여되어 있음을 간과할 수 없다. 따라서 白石의 詩는 모더니즘을 수용하면서도 문명과 도회의 소재를 사용하지 않고 산골마을의 향토성 짙은 풍물로 우리의 민속적, 토속적인 세계를 다루었다는 점이 특색이라 하겠다.

Ⅲ 金珖燮의 詩 世界

1. 서 론

「人生은 짧고 無常하지만 아무 일도 못할 정도로 짧은 것은 아니다.」 이산의 이 말처럼 민족시인, 애국시인이라는 칭호를 부여해도 조금도 어색하지 않는 이산은 咸北 鏡城군 漁大津 小漁村에서 1905년에 태어났다. 15세에 서울 중앙고보에 입학하여 中東學敎로 편입한 후, 20세(1925년)에 일본으로 건너가 早稻田大學 영문과에 입학하였다. 同學院 佛文科 2年生인 이헌구 씨와는 신입생 환영식 때 相面하여 함께 자취生活을 하였다. 1927년인 怡山 나이 22세에 조선인동창회 R誌 청탁으로 詩 「모기장」을 발표하였다.

그 다음해 <해외문학회> 가담을 하였으며, 졸업논문으로 「사회극작가로서의 Galsworthy 연구—사회사상에 나타난 관점에서」를 제출하였으며, 바로 귀국 후인 1933년에 모교인 중등학교 영어교사로 취임하여 강의시간 학생들에게 민족사상 고취로 일경에 체포 구속된 것이 1941년이다. 그 후 3년 8개월 옥고를 치르고 1944년 출옥 후 민중일보 편

집국장, 民主일보 사회부장 등 언론계에 많은 공적을 남겼으며, 1948
년 정부수립과 더불어 초대 이승만 대통령 공보비서관으로 근무하였다.
그러나 3년 후에 사임하여 경희대에서 후진양성에 힘썼다.

　이와 같은 약력을 살펴보면서 그 발간된 시대별로 고찰해 보고자 한다.

2. 본　론

1) 第一詩集 「동경」 時代

　초기 詩는 1927년에 창간된 「海外文學」誌와 1931년에 창간된 「문
예월간」에 처음 詩를 발표한다.

　당시 영문학을 전공한 학도로서 서구의 여러 나라의 새로운 作風을
불어 넣고자 해외문학파의 이헌구와 정인섭 등을 상면하여 「해외문학
연구회」 活動을 한 怡山은 1930年代 「고독」을 발표함으로써 知的인
詩의 성격을 암시하였다.

　　내
　　하나의 생존자로 태어나 여기 누워 있나니

　　한 間 무덤 그 너머는 無限한 氣流의 波動도 있어
　　바다 깊은 그곳 어느 고요한 바위 아래

　　내
　　고단한 고기와도 같다.

맑은 性 아름다운 꿈은 멀고
그리운 世界의 斷片은 아즐타
오랜 世紀의 知層만이 나를 이끌고 있다.
神經도 없는 밤
시계야 奇異타
너마저 자려므나

　　　　　　「고독」全文

　이 詩는 1935년 4월 <詩苑> 2호에 발표된 것인데 1938년 7월에
上梓된 시집 『동경』에 재수록되었다.
　냉철하고 知的이며 식민지 시대의 知性이 겪는 시대적, 민족적 고
뇌가 밑바닥에 깔려 있다.
　자유로운 삶을 구가할 수 없었던 식민지 시대에 하나의 생존자로 태
어나서 삶의 고뇌를 풀 길 없이 의욕조차 잃어버려 침잠한 목소리로
독백하고 있다.
　둘째 연에서는 적절한 image를 표현하고 있으며 마지막 연인 「신경
도 없는 밤 시계야 奇異他 너마져 자려므나」에 이르러 강한 표현의 의
미와 함께 고독의 절대감을 더욱 느끼게 된다.
　1930年代의 이러한 知的인 표현은 새로운 경향을 보여 주지만 이
러한 관념시가 관념적인 표현이 시에서 치명적인 것이다.

온갖 사화들이
無言한 고아가 되어
꿈이 되고 슬픔이 되다

무엇이 나를 불러서
바람에 따라가는 길
별조차 떨어진 밤

무거운 꿈같은 어둠 속에
하나의 뚜렷한 形象이
나의 萬象에 깃들이다

「동경」全文

드디어 불행을 거느리고
고독의 森林에 들다

「독백」끝 연

이 구원한 밤의 신비가 표현을 희망하여 그대의 육체를 얻는 날
자연은 소리 없이 타는 무한한 어휘를 그대에게 갖추었으니
이제 그대는 실명한 白日을 비켜 신의 부르는 소리를 홀로 기다리느냐

「올빼미」끝 연

위의 시를 비롯해 관념적인 것이 초기와 중기에 걸쳐 나타나는 것이 특징인데 이러한 관념적인 표현에 대해 이산은 시집 『동경』후기에서 '추상된 세계를 가지지 못한 시인의 생명은 의심스러운 것이나 이 추상된 세계란 현실을 통해서 이상이거나 반역일 것이다. 그러므로 저 건너에 깃들여 있는 추상된 세계의 거울은 곧 현실이요, 현실 없는 추상은 없다……(중략)……여기서 시의 사명은 아름다운 서정의 세계나 산뜻한 감각의 기복만을 노출해 냄에 始終할 배 아니다'라고 말하고 있다.

이러한 관념적인 표현은 곳곳에서 발견되며 이러한 노출은 시를 애매하고 추상적인 것으로 만들어 주고 있다.

그러나 이러한 관념론만이 그의 시 전체는 아니다.

비가 개인 날
맑은 하늘이 못 속에 내려와서
여름 아침을 이루었으니
綠陰이 종이가 되어

　　금붕어가 시를 쓴다
「비 개인 이른 아침」全文

　　첫 여름의 정취를 순수 자연의 감각으로 아름답게 표현한 이 시는 시각적 image와 아울러 맑고 깨끗한 정서를 느낄 수 있다. 흄은 말하기를 「시는 언제나 抽象에 빠지지 않기 위해서는 새로운 형용사의 새로운 metaphor를 써야 한다」. 즉 具象化된 image가 새로운 metaphor에 의해서 절단되기 때문에 시에 있어서의 image는 단순한 장식물이 아니고 가장 본질적인 언어의 본질인 것이다. 그렇기 때문에 예술가는 자기대로의 線을 볼 수 있는 눈을 가져야 하며 그것은 인습적인 방법으로는 표현할 수 없다.

　　여기에 예술가의 고민이 있는 것이다.

　　산과 바다에서
　　단풍잎을 태우는 서풍이 불면

　　포플러는 누른빛을 띠며
　　산록은 차츰 엷어져 간다
　　어덴가 쓸쓸해지는
　　하늘 바람 나뭇잎 산이 계절의 色을 타는 어느 해 가을

　　<무사시노> 어떤 집 뒤뜰 안에서는
　　한 소녀가 나에게 떨어진 석류를 주워 주었다
「추상」全文

　　詩的 형상력이 뛰어남을 단적으로 증명해 주고 있다.

　　단순한 사실의 배열에 지나지 않는 것처럼 보이지만, 자세히 보면 대립하는 2개의 事象이 詩 속에 결합함을 알 수 있다. 즉 둘째 연의 '포플러는

누른빛을 띠며 山綠은 차츰 엷어져 가는' 시골과 마지막 연의 '한 少女가
나에게 떨어진 석류를 주워'준 '무사시노'의 어떤 집 뒤뜰 안이다.

이것은 퇴락해 가는 고향과 꿈에 차 있는 동경 유학생과의 상징적
대비로도 확대 해석할 수 있다. 이 짧은 몇 마디로 고독과 여수를 표
현한 것에서 怡山의 뛰어난 솜씨를 발견할 수 있다.

> 한 송이 꽃에 얘기가 머물고 눈 날리는 아침
> 머언 숲 속에 깃들인 까치 한 마리 불렀으니
> 까치야 까치야 나의 손님을 모셔다 주렴
> 멀리 그립던 얘기 한 마디 더 하고 싶다
> 　　　　　　　　　「까치」 全文

이 詩는 4行밖에 안 되는 짧은 詩지만, 최대한의 언어를 절약함으
로 詩行 사이의 공간에 독자를 참여시키고 있다.

꽃의 종류나 색깔이나 모셔다 달라는 손님에 대해 일체의 수식이나
설명을 생략한 이 시는 모든 것을 독자의 상상에 맡기고 있다.

다음으로 詩 표현에 있어서 중요한 것은 機智이다. 다시 두 편의
詩를 살펴보자.

> 神의 指肪을 얻어
> 불꽃이 피었다
>
> 마음을 태워 全身을 잃던 밤
> 그대의 실내에 들어간 나였다
>
> 하루를 잃고 순간에 앉아
> 千年의 로맨스를 듣다
> 　　　　　　　　　「촉화」 全文

羊은 흰 종이에 입술을 댄다
어느 날 흰 종이에 시를 쓰려다가
우연히 흰 종이에 입술을 댄 나는
나도 흰 종이에 입술로 시를 쓰고 싶었다

「白紙」全文

이 「백지」라는 시는 그의 시를 대하는 한 태도를 말해 주는 암시적인 시로서 매우 흥미 있다.

결국 知的인 시인이라는 평가는 어느 정도 타당하다는 결론과 詩的 방법에 있어 관념성은 詩的 기교의 미숙이나 재능의 결여에 따르지 않음을 알 수 있게 된다. 그리고 그의 詩가 두 개의 상호 모순되고 상극하는 생각을 가지고 있는 것을 발견할 수 있다.

2) 第二詩集 「마음」 時代

1949년 44세에 두 번째 시집이 발간되었다. 이 시집에서 주목할 만한 시 몇 편을 살펴보기로 한다. 우선 1939년 <문장>에 실린 「마음」을 보자.

나의 마음은 고요한 물결
바람이 불어도 흔들리고
구름이 지나도 그림자 지는 곳

돌을 던지는 사람
고기를 낚는 사람
노래를 부르는 사람

이 물가 외로운 밤이면
별은 고요히 물 위에 나리고
숲은 말없이 잠드나니

행여 백조가 오는 날
이 물가 어지러울까
나는 밤마다 꿈을 덮노라

「마음」全文

맑고 고요한 內心의 은밀한 풍경을 노래한 시로 둘째 연이 매우 흥미롭다. 돌을 던지는 사람은 해를 끼치는 사람으로, 고기를 낚는 사람은 이권을 빼앗으려는 사람으로, 노래를 부르는 사람은 유혹하는 사람으로 표현한 것을 알 수 있다. 그리고 마지막 연의 '백조'는 이상을 상징하며 물가는 '마음'을 암시함을 알 수 있다.

이러한 개인적인 정서 이외에도 애국적인 시가 있다.

나는야 간다
나의 사랑하는
나라를 잃어버리고
깊은 산 묏골 속에
숨어서 우는
작은 새와도 같이

나는야 간다
푸른 하늘을
눈물로 적시며
아지 못하는
어둠 속으로
나는야 간다

「이별의 노래」全文

이 시는 1941년 5월 31일에 서대문 형무소로 가기 전 板璧에 쓴 시이다. 이 당시의 상황을 「마음」의 跋文에서 자세히 그려내고 있다.

'檀紀 四二七四年, 西紀로는 一九四一年 二月 二十一日 새벽꿈도 깨기 前 이른 아침 雲泥洞 四六번지의 一號 나의 집에는 一行의 走狗 고등경찰들이 뛰어들어, 부엌과 안방과 침실에는 어느덧 日本帝國의 陣營이 森嚴하게 벌어지자 소스라쳐 깬 나에게는 形言할 수 없는 민족의 비애가 가슴속에서 북받쳐 오르는 것이었다……중략……敦化門 파출소에서 安國洞 파출소로, 다시금 종로署 取調室에서 問招를 받고, 저 유명한 경기도 경찰부 유치장 어둠을 지나 종로署 유치장에 留宿하면서 未決監으로 압송되던 五月 三十一日까지 滿 百日 동안 구멍 생활을 하다가 板璧에 詩 한 句節 쓰고 西大門刑家로 갔으나 언제 살아 나올지 알 수 없는 길……중략……' 이처럼 종로경찰서 유치장의 벽에다 낙서처럼 써놓고 사랑하던 민족과 이별하고 서대문 형무소로 끌려간 怡山은 마음의 동요도 없이 견디어 낸 것이다.

나는 이천이백이십사번
죄인의 옷을 걸치고
가슴에 패를 차고
이름 높은 서대문형무소
第三棟 六十二號室
북편 독방에 홀로 앉아
<네가 광섭이냐>고
혼자말로 불러 보았다

삼년하고도 팔개월
일천삼백여일
그 어느 하루도 빠짐없이
나는 시간을 헤이고 손꼽으면서

똥통과 세수대야와 걸레
젓가락과 양재기로 더불어
추기 나는 어두운 방
널판 위에서 살아왔다

여름이 길고 날이 무더우면
나는 바다를 부르고 산을 그리며
파김치같이 추근한 마음
지치고 울분한 한숨에
불을 지르고 나도 타고 싶었다

겨울 긴긴 밤 추위에 몰려
등이 시리고 허리가 꼬부라지면
나는 슬픔보다도 주림보다도
뒷머리칼이 하나씩 하나씩
서리같이 세어짐을 느꼈다

나는 지금 광섭이로 살고 있으나
나는 지금 잃은 것도 모르고
나는 지금 얻은 것도 모르고 살 뿐이다

그러나 푸른 하늘 아래로 거닐다가도
아지 못할 어둠이 문득 달려들어
내게는 이보다도 더 암담한 일은 없다

그리하여 어느덧 눈시울이 추근해지면
어데서 오는 눈물인지는 몰라도
나의 눈물은 이제 드디어
사랑보다도 운명에 속하게 되었다
인권이 유린되고 자유가 處罰된
이 어둠의 보상으로

일본아 너는 물러갔느냐
나는 너의 나라를 주어도 싫다

(一九四八年 <白民>) 「罰」 全文

이와 같은 詩를 통해서 보면 괴롭던 옥고를 치르며 강화된 일본에 대한 적개심이 조국의 광복을 맞아 허물어져 버린다.

마지막 연의 '나는 너의 나라를 주어도 싫다'는 단호한 詩人의 외침은 어느 정치가의 부르짖음보다 훨씬 시인다운 면모가 드러나 있다. 또한 매우 흥미로운 것은 일제 36년＋옥고 4년＋분단 30년＝나의 70 ∴ 70－70＝0의 인생. 이처럼 怡山이 스스로 자기의 인생 역정을 등식으로 나타내 보인 것처럼 나라를 위한 애국적 마음은 감상에 빠져 버린 어느 서정시인보다 훨씬 값진 것이며, 가치가 있는 것이다. 이런 의미에서 다시 애국적인 2편의 詩를 살펴보자.

압박과 유린과 희생에 묻힌 三十六年
피를 흘리며 신음하며
자유를 찾으며 해방을 원하며
우리들은 얼마나
움직이는 세기의 파동 속에
뛰어들려 하였던가

「해방」 첫 연

地上에 내가 사는 한 마을이 있으니
이는 내가 사랑하는 한 나라이러라

세계에 무수한 나라가 큰 별처럼 빛날지라도
내가 살고 내가 사랑하는 나라는 오직 하나뿐

반만년의 역사가 혹은 바다가 되고 혹은 시내가 되어

　　모진 바위에 부딪쳐 地下로 숨어들지라도

　　이는 나의 가슴에서 피가 되고 脈이 되는 생명일지니
　　나는 어데로 가나 이 끊임없는 생명에서 영광을 찾아

　　남북으로 兩斷되고 사상으로 분열된 나라일망정
　　나는 종처럼 이 무거운 나라를 끌고 신생한 곳으로 가리니
　　오래 닫혀진 침묵의 문이 열리는 날
　　고민을 상징하는 한떨기 꽃은 찬연히 피리라
　　이는 또한 내가 사랑하는 나라 내가 사랑하는 나라의 꿈이어니
　　　　　　　　　「나의 사랑하는 나라」 全文

　위의 詩를 보고 단순한 정치구호의 나열에 지나지 않는다고 생각할지 모르지만 이 시는 그러한 한계를 벗어나 우리의 현실 속에서 나타난 민족적인 염원과 결의를 쉽게 노래한 시이다. 그러므로 단순한 애국시나 상황시는 생명이 길지 않다고 생각하겠지만 그 시대에 나타나는 민족의식이나 상황의식에서 하나의 뚜렷한 像으로 부각되고 있는 자주적이고, 능동적인 통일의식인 것이다.

　3) 第三詩集 「해바라기」 時代

　1958년 세계일보사장에 취임한 당시에 발간한 이 시집 첫 장에는 다음과 같은 글이 쓰여 있다.

　　시가 시는 아니오
　　여기 기대어 섰다가
　　총총히 걸어가는
　　그 사람일 뿐이다

이 시집에서는 主로 자연을 통하여 인생의 관조를 노래한 시들이 많이 표현되어 있다.

그중 대표작인 「해바라기」를 살펴보기로 한다.

바람결보다 더 부드러운 은빛 날리는
가을 하늘 현란한 광채가 흘러
양양한 대기에 바다의 무늬가 인다

한 마음에 담을 수 없는 天地의 감동 속에
찬연히 피어난 白日의 환상을 따라
달음치는 하루의 분방한 情念에 헌신된 모습

生의 근원을 향한 아폴로의 호탕한 눈동자 같이
황색 꽃잎 금빛 가루로 겹겹이 단장한
아 의욕의 씨 圓光에 묻히듯 향기에 익어가니

한 줄기로 志向한 높다란 꼭대기의 환희에서
순간마다 이룩하는 태양의 축복을 받는 자
늠름한 잎사귀들 驚異를 담아 들고 찬양한다
　　　　　　　　　　　　　　　　「해바라기」 全文

「해바라기」는 순수 자연물로서의 해바라기 이상의 것을 지니고 있으며, 그것은 자연 속에서의 생명이, 美의 모습이 시인의 의식으로 벗겨지고 새로운 모습이 그 자리에 마련한 채 언어 속에서 영원히 지워지지 않는 새로운 초상인 것이다.

첫째 연에서는 해바라기의 배경을 묘사한 것으로 바다의 image가 충격적이고 둘째 연에서는 해바라기의 전체적인 인상을 표현했으며 셋째 연은 씨가 박혀 있는 부분을 나타내고 있지만 단순히 미학을 넘어서서 순수 생명체로서의 자연에 대한 직관이 이 해바라기 속에 집결되어 있으며 또한 그것은 인간존재의 어둠을 밝히는 광선 같은 것이다.

그러므로 이 시인의 의식은 바로 존재의 빛 속에다 사물을 밝히고 있는 것이다. 다음으로 새로운 行처리로 시각적인 면을 표현한 것을 살펴보기로 한다.

창가에 기대인
하이얀 카텐 뒤에

얽힌 등나무
푸른 잎사귀 아래

꽃을 집어 달고
바라보는 꿈

하늘을 받으려고
문을 열었건만

외로움 앞서
흰 구름인가

홀로 저물어
어두워지더라
「꽃을 집어 달고」全文

그 이외에 「젊은 시인의 죽음」이라는 시는 박인환 시인을 묻고 돌아온 밤에 쓴 시이며 「孤魂」은 노천명 시인에게 바치는 노래인데 이산은 1933년 28세 되는 해에 모교인 중등학교 영어교사로 就任하여 「극예술 연구회」에 가담하고자 徐恒錫, 咸大勳, 毛允淑, 노천명과 친교를 맺었던 것이다. 그리고 이 三詩集 발간 시기에 번역시집으로 「서정시집」(보리스 파스테르나크 著)을 발간하였던 것이다.

4) 第四詩集 「성북동 비둘기」 時代

1969년에 발간된 제4시집은 「심부름 가는……」이 한 편 이외는 모두 병석에서 쓴 作品들이다. 1964년에 「自由文學」誌 경영난으로 휴간하게 되자 정신적 타격으로 고혈압 증세를 일으킨 것이다. 이 시집의 머리말에서 怡山은 이렇게 토해 놓고 있다.

'뇌출혈로 졸도하여 한 주일이나 혼수상태에 빠졌던 나의 정신을 위하여 아픈 비를 맞으면서 시를 써 놓고 보면 다시 돌아갈 수는 없지만 나는 틀림없는 나의 과거의 존속이었다. 그만큼 정도 더 깊고 애수도 더 깊다.'

가장 뛰어난 대표작인 「성북동 비둘기」를 음미해 보자.

성북동 산에 번지가 새로 생기면서
본래 살던 성북동 비둘기만이 번지가 없어졌다
새벽부터 돌 깨는 산울림에 떨다가
가슴에 금이 갔다
그래도 성북동 비둘기는
하느님의 광장 같은 새파란 아침하늘에
성북동 주민에게 축복의 메시지나 전하듯
성북동 하늘을 한 바퀴 휘 돈다
성북동 메마른 골짜기에는
조용히 앉아 콩알 하나 찍어먹을
널찍한 마당은커녕 가는 데마다
채석장 포성이 메아리쳐서
피난하듯 지붕에 올라 앉아

아침 구공탄 굴뚝 연기에서 향수를 느끼다가
산 일번지 채석장에 도루 가서
금방 따낸 돌 溫氣에 입을 닦는다

예전에는 사람을 聖者처럼 보고
사람 가까이
사람과 같이 사랑하고
사람과 같이 평화를 즐기던
사랑과 평화의 새 비둘기는
이제 산도 잃고 사람도 잃고
사랑과 평화의 사상까지
낳지 못하는 쫓기는 새가 되었다

「성북동 비둘기」全文

이 詩는 1968년 <월간문학>에 발표한 詩로 1965년부터 고혈압으로
투병생활을 하면서 얻어진 소산이다. 이 시에서는 관념성이 말끔히 가
셔져 있는 것을 깨닫게 된다.

오직 느끼는 것은 이웃과의 완전한 일체감이다. 이것은 바로 성북동
사람들의 이야기일 수도 있으며 한 시인의 자리가 아니라 서민이 되어,
서민 속에서 일상어로 비둘기의 이야기를 하고 있는 것이다. 그러므로
비둘기를 통하여 변화되어 가는 현대의 그늘에서 잃어만 가는 인간의
모습을 노래하고 있다. 그 文明의 이기 속에서 무엇인가 쫓기는 의식
속에서 현대인은 살아가고 있는 것이다. 즉 근원에서의 향수와 사회비
평 의식 같은 것이 역력히 보이면서, 구체적인 표현의 미를 세련된 솜
씨로 나타내 보이고 있다.

이상하게도 내가 사는 데서는
새벽녘이면 산들이
학처럼 날개를 쭉 펴고 날아와서는

종일토록 먹도 않고 말도 않고 엎뎃다가는
해질 무렵이면 기러기처럼 날아서
틀만 남겨 놓고 먼 산속으로 간다

산은 날아도 새둥이나 꽃잎 하나 다치지 않고
짐승들의 굴속에서도
흙 한줌 돌 한 개 들성거리지 않는다.
새나 벌레나 짐승들이 놀랄까봐
지구처럼 不動의 자세로 떠간다
그럴 때면 새나 짐승들은
기분 좋게 엎데서
사람처럼 날아가는 꿈을 꾼다

산이 날 것을 미리 알고 사람들이 달아나면
언제나 사람보다 앞서 가다가도
고달프면 쉬란듯이 정답게 서서
사람이 오기를 기다려 같이 간다

산은 양지바른 쪽에 사람을 묻고
높은 꼭대기에 神을 뫼신다
산은 사람들과 친하고 싶어서
기슭을 끌고 마을에 들어오다가도
사람 사는 꼴이 어수선하면
달팽이처럼 대가리를 들고 슬슬 기어서
도로 험한 봉우리로 올라간다

산은 나무를 기르는 법으로
벼랑에 오르지 못하는 법으로
사람을 다스린다
산은 울적하면 솟아서 봉우리가 되고
물소리를 듣고 싶으면 내려와 깊은 계곡이 된다
　　　　　　　　　　　「산」 全文

매우 산문적이고 상식적인 내용이지만 전체적으로 아날로지를 이루어 산은 계시적 의미까지 지니게 된다.

또한 산을 생명화하는 데 그치지 않고 人格化, 生命化된 산의 內面에 시인의 지혜와 통찰의 세계가 깃들어 있다. 4연에서 '산은 양지바른 쪽에 사람을 묻고 높은 꼭대기에 神을 뫼신다.' 이러한 표현에서 산의 숭고함과 관대함을 느끼게 된다. 즉 포용력과 산의 숭고한 뜻이 인간에게 살아가는 슬기를 암시하는 것이다.

5연에서는 재치와 기지가 보이며 상당히 의인화시켜 인간의 갖가지 양상까지를 잘 묘사하고 있다. 또한 7연에서는 산의 자세를 암시하고 있음을 직감하게 된다.

결론적으로 이 시는 인생의 관조에서 나온 作品으로 이웃에 대한 따뜻한 우애와 폭넓은 사랑을 노래하고 있다.

꽃은 피는 대로 보고
사랑은 주신 대로 부르다가
세상에 가득한 물건조차
한 아름팍 안아 보지 못해서
全身을 다 담아도
한 편에 이천 원 아니면 삼천 원
가치와 값이 다르건만
더 손을 내밀지 못하는 천직

늙어서까지 아껴서
이리 궂은 눈물의 사랑을 노래하는
젊음에서 늙음까지 장거리의 고독
컬컬하면 술 한 잔 더 마시고
터덜터덜 가는 사람
신이 안 나면 보는 척도 안 하다가
쌀알만 한 빛이라도 영원처럼 품고

나무와 같이 서면 나무가 되고
돌과 같이 앉으면 돌이 되고
흐르는 냇물에 흘러서
자죽은 있는데
타는 노을에 가고 없다

「시인」 全文

1969년 5월 3일 동아일보에 실린 作品으로 주제는 끝 연에 압축되어 있다. 명언이나 어떤 진리를 연상하게 된다. 시인은 가도 그 作品은 남는다는 사실이 강조되어 있는 것이다. 결국 영원을 살고 있는 시인으로 표현한 것이다. 마지막으로 「詩에의 노우트」에서 怡山의 詩論을 들어보자.

「詩는 이런 영감에서 율동된 영혼의 表象이다.

영혼은 어떤 순간에 착상한다. 착상에는 그 순간부터 거기 알맞은 素材들이 모여든다. 詩人은 그 착상을 表象할 이미지를 찾아다니기도 한다. 그 이미지를 中心으로 素材들을 안으로 정비한다. 다시 말하면 生命 있는 한 편의 詩로 구성한다.」

5) 第五詩集 「반응」 時代

「반응」은 1971년 66세에 출간된 사회시집으로 이미 서문에서도 밝힌 바 있다.

「이것을 社會詩集이라 한 것은 나의 知的 의지에서 태어난 社會性을 띤 微笑의 詩가 절반 이상인 것을 고려한 데서이다.

詩는 詩人의 個人的 정서의 源泉에서이지만 그가 사는 사회의 가슴일 수도 있다.

詩人은 누구나 人生의 고독함을 느낀다. 사회의 고독도 萬人에 앞서 느낀다. 詩人의 時代의식은 그도 同時代의 人間이라는 데서 시작된다.

사회의 고독을 詩人 自身의 고독으로 느낄 때 詩人은 萬人의 詩를 쓰며 詩人의 個人的 착상이 사회적 경험의 기초 위에 있게 되며 詩가 보편화된다.

詩는 노래하는 言語만이 아니고 현실 속에서 난다. 詩人이 현실과의 접촉에서 그 창조적 미가 순수해지지 못하는 것은 아니다.」

이처럼 이 시대의 시들은 거의 신문이나 잡지에 실린 것을 간추린 것이다.

집을 떠났다가
백악관에 들러
국민들에게
나라를 위한 일을
어떻게 한다는 것을 일러 주다가
임기가 되니

옛 친구들과 이야기하고 싶어
고향 가는 길이다

나는 아기를 제일 좋아한다
나는 아기들에게서 새것을 배운다
「대통령」全文

怡山은 대통령 공보 비서관으로 재직했으며 사임 후에는 경희대 교수로 시론과 평론, 문예사조와 수필론을 강의하기도 했다. 사회적으로 많은 공직生活을 한 폭이 상당히 넓은 시인이다.

이 시에서도 나라 안의 답답함을 먼 나라를 통해 달래며 특유의 체질을 보이기도 하지만 결국 끝 연에서 보는 바와 같이 아기처럼 순해지고 만다는 것이다.

이외에 「不安」이라는 詩는 赤十字會談 代表團 平壤 出發全夜라는 부제가 붙어 있으며, 「서울 인사」라는 시는 남북 조절 위원회라는 부제가 붙은, 1972년 9월 15일 조선일보에 발표한 시다.

결론적으로 이 시대의 시는 사회에 참여하는 결실의 作品이라 볼 수 있다. 그러므로 뛰어난 예술로서의 형상화 단계는 머무르지 못한 것이다.

3. 결   론

怡山 金珖燮 詩의 특질은 초기에서 현대에 이르기까지 일관하여 詩의 내용과 형식에 아울러 관심을 가지고 그 어느 한편에 치우치지 않는 데 있다. 즉 30년代인 제1시집에서는 主로 관념적인 표현으로 시가 일관되어 있으며, 40년代인 제2시집에서는 옥고를 치르며 민족애에 불타오르는 이산의 모습을 볼 수 있었다. 그러므로 이산에 있어서 시는 단순히 감정이나 서정이 아니라 민족의식의 첨단에 서는 것이다. 제3시집에서는 자연을 통하여 인생의 관조를 노래했으며 이산의 후기시인 제4시집에서는 병상에서 쓴 시로 인간에의 따뜻한 사랑을 노래한 것으로 완숙한 경지에 도달했으며 마지막 제5시집은 사회시집으로 신문이나 잡지에 발표된 시로 엮어진 것이다.

그러므로 그의 시 정신을 꼭 붙잡아 무엇이라고 단정하긴 어렵지만 모든 作品 속엔 단순한 감각이나 소박한 자연물까지도 어떤 관념이 스며들거나 지배하고 있음을 느끼게 된다.

그만큼 시의 대상이 광범하여 자유스럽고 삶의 전반에서 가치를 빼내어 보다 풍부한 정신의 영향을 독자들에게 주고 있는 것이다.

Ⅳ　김나인의 소설〈파리지옥〉

―신성성에 대한 인간의 우회적 접근―

　김나인 소설가 그는 이미 시집 ≪술취한 밤은 모슬포로 향하고 있다≫와 소설 ≪배꼽아래≫ 책을 발간한 패기와 열정으로 뭉친 젊은 작가이다. 이미 시집과 소설집을 발간하였고 이번에 나오는 창작집 ≪파리지옥≫에는 두 편의 중편 소설이 실린 소설집이다.

　먼저 ≪파리지옥≫ 소설을 읽으면서 종교에 대한 신성성을 과감하게 소설에 접목시킨 놀라운 재주에 소설 읽는 내내 빨려 들어갔다. 추리와 상상력, 어조의 빠른 템포, 추리적인 구성력 등 반 신비적인 상징성에 많은 기대가 된다.

　이 소설은 종교가 카톨릭인 성당에서 벌어지고 있는 신부들의 행위를 과감히 그로테스크하게 표현하고 있다. 또한 김나인 작가는 이 소설에서 종교에 대한 신비함을 새롭게 접근하여 내적인 갈등과 외적인 갈등을 능숙하게 표현하는 기술이 탁월한 작가라고 할 수 있다.

　테리 헤글턴에 의하면 종교는 명시된 개념들이나 공식화된 교리들보다는 이미지, 상징, 습관, 제의, 신화 등에 의해서 작용하며 정서적이고 경험적이며 인간 주체의 가장 깊은 무의식에 뿌리를 휘감는다고 하였다. 종교는 사회의 모든 층위에 작용할 수 가 있는데 지식인들을 위한 종교의 교리적 형태가 존재하는가 하면 대중들을 위한 경건주의적 형태로 존재하기도 한다는 것이다. 또한 종교는 경건한 농부, 계몽된 중산 계급의 자유주의자, 그리고 성직자들을 위한 단일한 조직으로 묶어 주는 훌륭한 사회적 접합제를 제공한다고 하였다.

소설 제목인 ≪파리지옥≫ 은 식충식물로 이끼가 낀 습지에서 자란다.

잎자루에 넓은 날개가 있어 파리, 나비, 거미 등의 곤충을 산채로 먹으며 일단 먹이를 삼키면 소화가 완정하게 될 때까지 잎을 닫아 놓는 특징이 있는데 파리 등이 주위에 있으면 유인하기 위해 냄새를 풍겨 파리가 잎으로 들어오게 하는 것이다.

제목자체가 이 작품에서의 작가의 메시지 즉 상징성을 내포하고 있다.

그리고 이 소설에서 배경이 되는 '모기성당'은 제목인 ≪파리지옥≫과 더불어 언어의 묘미를 재미있게 설정하고 있다.

이처럼 흥미를 일으킬 수 있는 여러 요소를 의도적으로 발전시키고 적절히 이용하면서 재미있게 이야기를 이끌어 가고 있으며 이러한 이야기의 재미는 특정한 사건과 인물이 시간과 공간의 이동에 따라 독자를 흥미롭게 묘사하고 있다.

재미와 환상적인 어떤 이야기가 의미도 되며 즉 이것은 일상적으로 늘 보고 듣는 것에 사람들은 흥미를 가지지 못한다. 독자들은 새롭고 놀라우며 자극적인 이야기를 원한다.

가상적인 이야기에는 진실이 담겨있으며 이러한 가상적인 이야기를 펼침으로서 우리의 삶속에 내재해 있는 진실을 일깨우는 효과를 가져오지만 그것은 개연성을 바탕으로 일관성 있는 하나의 세계를 작가가 올바르게 선택해야 하며, 질서있고 일관성 있는 하나의 세계는 리얼리티의 세계를 가리킨다.

브룩스와 워렌은 'Understanding Fiction'에서 리얼리티는 논리이며 이 논리에 의해서 작품의 통일성을 갖추게 된다고 하였다. 논리는 필연성을 요구하고 필연성 앞에는 필연성에 도달할 수 있는 가능한 것들이 존재한다. 여기서 리얼리티란 구체적으로 소설에 있어 플롯의 전개나 인물의 설정 및 배경의 변화 등에서 전체적인 통일과 질서를 확립시키는 논리나 사건의 인과관계로 설명되어 진다. 그래서 허구가 실제의 세계가 아니라도 진실의 세계에 도달하게 된다. 소설의 특성은 허구를 방법으로 삼는데 있지만 궁극적인 특성은 인간을 탐구하고 인생을 표현하는데 있다.

줄거리를 살펴보면 주인공 동국의 살인행위인데 베네디틱 신부를 살해하며 제복을 벗기면서 광적이고 피해망상에 젖은 정신이상자로 표현되고 있다.

동국의 출생 신분 자체가 평범한 것은 아니다. 겁탈을 수없이 당한 정신지체 장애자인 여성이 모기성당의 피에타 성 아래 풀밭에서 사내아이를 출산하고 그 아이가 주인공 동국이다. 곱사등 문지기로부터 도움을 받으며 모기 성당에서 성장하면서 신부들의 이상한 제의 의식, 즉 목요일 마다 여자들을 유린하고 윤간하는 모습을 목격하게 되고 그 증오를 마음속으로 품고 살아오면서 복수심을 키우며 칼날을 다듬는다. 매주 목요일마다 사제관 강당에서 신부들이 번갈아가며 나체인 여자를 중심으로 야만적 성교를 하는 장면을 목격하면서 신부들이 그 여성들을 악마라고 불리우는 묘한 행위에 결국 복수와 분노를 마음에 담으며 성장하는 것이다.

이 여자는 사탄입니다. 악마를 생산하여 이 세상에 혼돈의 씨앗을 낳고 있습니다. 지금 우리가 행하고 있는 의식은 과거 중세 교황청에서 사탄을 교수대에 목을 매는 것이나 화영을 처하는 것과 같습니다. 여자는 쾌락과 고통과 극점을 느끼며 보잘것 없는 육체에 갇힌 영혼을 자유롭게 풀어주어야 합니다.

베네디틱 신부가 원을 그리며 모여든 검은 성의의 신부들에게 말을 하였다.

그들은 입을 모아 '아멘'의 합창을 하였다. 계속해서 여자에게 육체적 징벌이 가혹하게 가해졌다. 그것은 이브가 뱀의 유혹에 넘어가 선악과를 먹은 죄이다.(22면)

자신의 어머니도 당하는 모습과 결국 신부에게 살해되는 과정을 보면서 살기를 느끼며 복수심에 불타게 된다.

곱사등 문지기는 베네딕트 신부가 사제가 되기 전 한 여성과 동거를 하며 낳은 유전적 척추 장애를 지닌 남자이다. 사제의 길과 권력에 욕망이 강한 신부는 결국 그 여성과 헤어져 사제의 길로 들어서고 12살 될 때 모기성당으로 보내서 성장하게 된다. 그 비밀을 죽는 순간까지 간작하면서 마지막 죽기 전 너의 아버지라며 용서를 비는 것으로 눈을 감는다. 동국은 청년이 되면서 문지기로부터 예리한 잭 나이프를 선물받고 증오의 살해를 계획하게 된다. 열일곱 번째의 희생자가 베네디틱 신부이고 살해 후 주인공 동국은 자살할 계획을 하는데 모기성당을 불태운 후 자살한다. 그동안 동국은 살해를 하면서 시간이 흐르면서 쾌감을 느끼는 피해 망상인 정신이상자이다. 신자들에게 거짓말과 위선으로 포장을 하는 신부들에게 행하는 살해는 그에게 예술적 행위이며 죽어가는 자가 느끼는 최대의 공포가 희열을 안겨준다고 생각한다. 살인을 즐기려는 행위 예술이라고 표현하는 것이다.

마지막 자살하기 전에 무릎을 꿇고 기도하면서 복수심에 가득찬 미련한 사내의 결정이라고 스스로 감정에 벅찬 기도를 하게 된다.

동국은 살인행위를 저지를 때마다 목각 인형을 깎아서 시체 머리맡에 놓아두는데 목각 인형과 시체와의 상관 관계에 의미를 두지 않고 단지 목각 인형을 놓아둠으로서 감정 도착에 의한 쾌감을 느끼고 있는 주인공이다.

위와 같이 작가는 작품을 통해서 작가의 세계관이나 인생관을 형상화 하거나 구현하려고 하는데 소설은 인생의 해석이고 소설가의 주제는 곧 인생이라고 해도 과언이 아니다.

헤밀턴도 소설은 증유된 인생 이라 하여 갖가지 모습으로 살아가는 많은 인간들의 생활상 가운데서 어떤 의도에 의해 의미있는 인생의 표현임을 강조하고 있다.

이 작품에서도 사건의 전체적인 연쇄가 단순한 사건 자체가 아니고 사건의 연속체로서 인과 관계에 의해서 연결된 사건을 적절히 구성하고 있다. 인물 표현도 외면적인 면뿐 아니라 성격이라는 내면적 속성까지도 잘 표현하고 있으며 작가의 주관과 상상력에 의해서 등장하는 인물이 살아 있는 것처럼 느끼게 되며 인간의 내면적 본성을 잘 드러내주고 있다.

인물의 구체적인 리얼리티를 보여주기 위해 인물묘사, 성격창조, 심리 표현을 내세우는 것도 인간에 대한 이해를 넓히기 위한 새로운 영역의 발견을 보여 주는 것이다.

이 소설에서 등장 인물을 둘러싼 종교적, 도덕적, 지적, 사회적, 정서적 환경들을 배경에 어떤 의미를 부여함으로서 함축과 상징성을 잘 표현하고 있다.

> 종교라는 영역이 초현실주의의 공간이기도 하면서 인간들에게 신비감과 놀람을 주기 위해 모조를 만들어 놓고 진짜인양 전설을 짜깁기 하여 꾸며 놓고 장난치는 경우가 드물게 있었다.
> 그 안의 두 평 남짓한 공간에 신자들이 소망을 담아 켜 놓은 수 십개의 촛불이 있었다. 그는 소망 자체가 허망한 꿈이라고 믿고 있었다.(6면~7면)

배경의 기능도 사건이 전개되는데 있어 단순히 정적인 역할만 하는 것이 아니라 역동적으로 풀롯에 참여하여 사건에 영향을 미치고 사건의 영향을 받고 있다. 또한 인물과 사건이 살아서 움직이는 공간이며 인물의 심리와 사건의 발전에 리얼리티를 부여하는 한편 주제를 부각시키고 분위기를 조성하여 상징적 의미를 지닌다.

현대소설에 있어서는 말하기보다 보여주기 수법이 두드러지고 작가
는 자신이 개입하는 것보다 일련의 상황을 보여주고 제시하는 서술 방
법을 더 선호하는지 모른다. 수동적으로 화자의 말에 귀를 기울이는 것
이 아니라 화자와 동등한 위치에 서서 일련의 상황을 해석하고 거리를
알맞게 조절하는 독자의 적극적인 기능이 강조되고 있다.

≪코즈모폴리턴의 삼류탈출기≫

이 소설은 인물론탐색기편, 삼류탄생론편, 코즈모폴리턴인물론편, 소
수민족하류편, 아웃사이더음핵론편, 윈도우탐색기이론편, 게놈의법칙편,
바람둥이의변증법칙편력편, 하루살이 데생론편, 백수광부의처편, 사색과
고독의편린편, 등 소제목이 붙은 소설로 구성되어 있다.

작가의 능숙하고 현란한 솜씨로 인생과 인간들에 대한 세상을 향한
통찰력이 돋보이는 작품이다. 작가정신이 철학적이고 인간의 삶 자체의
문제와 대상을 다루고 있다.

등장인물들을 통해 어떠한 과정을 완성시키려는 의도라기 보다 그들
스스로 자신의 의식속에서 각자의 사고와 문제들을 확장하려고 한다.

즉 특정한 문제의 딜레마를 해결하기 보다는 그런 문제가 보다 높은
차원에서 스스로 해결하도록 전환시키며 문제의 존재와 사실 자체를 새
로운 탐구의 출발점으로 여기고 있다.

일인칭 화자를 등장시켜 자연스러움이 작품 속에 스며들어 어떠한
사건들이 어색하지 않게 표현하고 있다. 이 사건들은 결합되어 사건의
연속이 되고 그 연속은 결합해서 스토리가 되는데 두 가지 원리는 시
간적인 연속과 인과 관계이다 시간적 연속은 인과율의 원리와 결합한
다. 이 두 가지 결합은 일군의 사건들을 하나의 이야기로 변화시키는데
필요하다

Fernando Ferrara 는 소설에 있어서 작중인물은 구조적 요소로서 사
용된다고 한다. 어떤 방식으로든 소설의 대상과 사건은 작중인물 때문

에 존재하며 그 대상이나 사건에 의미를 부여하고 이해 가능한 것으로 만드는 일관성과 개연성이 그것들에게 주어지는 것은 작중인물과의 관계 안에서라고 설명하고 있다.

스토리 내의 하나의 구조물로서 작중인물은 여러 성격 특성으로 이루어진 하나의 조직체라고 할 수 있다. 같은 작가라 할지라도 이처럼 작품에 따라서 또는 같은 작품 안에서 상이하게 사용될 수 있다.

이 소설의 줄거리를 살펴보면 <인물론탐색기편>에서 일인칭 화자인 나는 '임영숙'에 대한 인물을 탐색하고 있다. 사무실에서 나는 '임영숙'이가 폭력적이고 험난한 사회의 유치장에 사육되는 실험용 쥐 같다는 생각으로 골몰하고 있으며 바이러스 같은 악당들에 의해 조롱당할 것 같은 현실을 걱정하는 것이다. 그러나 그녀는 봉급을 받기 위해 주어진 공간과 환경에 잘 적응해 나가는 카멜레온이며 직장내에서 마귀가 되어 있는 것이다. 이 세상을 어른의 놀이터라며 기득권과 지성인들이 자부심을 갖는 법과 제도에서 생필품으로 제조되었고 고귀하지도 않는 골동품처럼 전락한 괴물에 불과한 인물이라는 사변의 능란성이 돋보인다.

'온몸은 촉수로 무장된 말미잘'이며 '자위행위조차 할 수 없는 불감증의 여자라는 괴물'이며 '목조처럼 감정의 변화없이 기묘한 섹스보다 자신의 국부에 곰팡이가 피는 것을 쾌락의 일종으로 삼는' 사유 방식이 독자들을 빨려들게 만드는 놀라운 묘사력에 감탄하게 된다.

그러나 나는 다음과 같이 강조한다.

> 여성독자들이여 페미니스트여! 나는 한 여자를 궁지에 몰아넣고 죽이려는 것이 아니다. 또한 조선 후기의 유교 관념에 도취하지도 않았고, 그렇다고 한 여성을 궁지에 몰려고 꾸며내는 음모론 허구도 아니다.
>
> 이것은 어디까지나 삼류가 속한 유치장이기 때문이다. 어디까지나 부정적이기는 하지만.(7면)

　<삼류탄생론편>에서 나는 고등학교 동창인 정채염과 박종대 들과 소도시에서의 힘든 삶의 모습을 그리고 있다. '죽음은 두려운 것이 아니었다. 차라리 죽음은 안식을 가져다 줄 것이다. 공포에서 오는 두려움은 보잘것 없는 늙음이다 .무능한 삶의 징조에서 죽음보다 더 두려움을 느끼는 것이다'라고 메시지를 전달하고 있다. 소도시에서의 소시민인 동창들이 '돈을 벌기가 얼마나 힘든 줄 알지? 그건 내 자존심과 가치를 휴지 조각처럼 구기고 사는 일이야!' 라고 토해내며 음산하고 무거운 삶의 모습들을 묘사하고 있다.

　단짝인 박종대가 제초제를 먹고 자살하자 나는 "너 같이 죽을 이유가 없는 녀석이 충동적으로 제초제를 먹고 유치장 같은 세상에 자살하여 항거할 메시지가 있는가!"라는 질문을 던지고 있다. 친구의 죽음으로 화자인 나는 허무를 깨우치고 '인간은 의미라는 단어를 고상하게 고급화시켜 눈에 보이지 않는 그러면서 돈의 가치보다 더 뜻이 있고 상용화의 존재로 치장해 놓고 있다'고 소시민의 인생 철학을 이끌어 내고 있다.

　<코즈모폴리턴인물론편>에서 나는 유희정과의 섹스 테크닉과 돈이 서로의 탐색기에 지나지 않는다고 세상은 큰 냉장고이며 나는 냉동식품이며 나와 그대들의 존재가 상하지 않도록 하는 것이라고 느낀다.

　<소수민족하류편>에서 소도시에서 성탄절을 만끽하는 나는 아버지가 운영하는 사진관을 물려받아서 일하는 이정임의 모습을 관찰하고 있다.

　<아웃사이더음핵론편>에서는 색정 도착증이 있는 유희정과 몽환적인 환락을 즐기려는 나와 조창수, 이형철 이야기를 그리고 있다. 가족의 굴레를 벗어나 타인이 되어가는 자신을 발견하는데 동갑인 이용석과 자신의 비교에서 나는 무능력한 집안의 장남이지만 용석은 열명의 가족을 멱여 살리는 천사이며 나는 괴물로 변해가고 있다.

　내 의지와는 무관하게 그들을 위해 돈을 버는 노예이며 '마구간에 길들여진 말처럼 우수꽝스런 제도에 복종하라는' 것이다.

　'우주속에 지구가 얼마나 하찮은 것인지도 모른다. 땅따먹기의 싸움,

노예의 하찮은 죽음! 그 기록들은 이미 잘난 녀석들에게 삭제되었다. 그게 세상의 정이란 말인가! 빌어먹을! 그 생존의 법칙 때문에 파리같은 목숨들이 개수대에 씻겨 시궁창으로 흘러가버렸잖은가!'

나는 이처럼 거인에서 난장이로 눈에 보이지 않는 티끌로 골몰해 있다.

마지막으로 이정임과 섹스를 통해 이별을 하고 떠난 후 다른 남자와의 결혼을 앞두고 자살하는데 나는 사변적으로 지껄인다.

> 나는 죽고 싶어 하는 사람이 있다면 빨리 죽으라고 말하고 싶어……. 죽음은 존재하는 것과 같이 아무런 메시지와 의미가 없어. 인간은 자연적으로 다 죽을 목숨이야. 발버둥치고 뭐해도 소용없는 짓이지. 그렇다고 허무주의자로 보지는 마. 삶이 그렇다고 말하고 싶을 뿐이야. 즉 바다에서 살아남으려고 수영을 하고 있을 뿐, 수영할 체력이 바닥나면 우리는 깊은 해저로 빠져 들 거야. 우린 태어날 때에도 의미가 없었어. 인간은 선택을 받았기도 했지만 인간에 의해 훈육되고 있지. 그대의 생각과 의미는 모두 그대의 것이 아니다, 라는 말이 있어. 그건 문명의 것이지. 문명에 의해 만들어지고 사멸되는 것이니까! 의미가 사라진다면 문명도 필요하지 않을 거야. 죽음은 선택받은 것이 아니라 선택하는 거야. 문명의 의미에서 벗어나는 것일 뿐이지. 애초부터 그 무의미 속에서 존재 해왔으니까!(65면~66면)

<윈도우탐색기이론편>에서 나는 연상의 두 여인과 가벼운 애정을 벌이는데 보험설계사의 부인과 50세의 호프집 주인이다.

교사이며 이혼한 김병식과 웨이터인 손명숙과 이울리며 외롭고 쓸쓸한 것은 술로 채우려는 그들은 장방형 건물에 갇힌 스크린 속에 컴퓨터 인터넷 검색 창처럼 커서가 깜박이는 야동 사이트의 모습으로 그려내고 있다. 호프집의 상황들을 인터넷 검색으로 표현하며 인터넷 홍수에서 살아가는 현대 인간들의 모습들을 절묘하게 묘사하고 있다.

<게놈의법칙편>에서는 직공으로 일하는 허풍쟁이 신호성과 친구인 박준용과 나는 나이트 클럽에서 이루어지고 있는 인간들의 세태를 그리

고 있다.

<바람둥이의변증법칙편 편>에서는 보험설계사의 부인과 데이트를 하며 불륜을 저지르는 나는 그러나 이 나라에서만 유일하게 존재하는 단어라고 그녀는 말한다.

그러면서 화자인 나는 '현미경 같은 기구를 사용해 내 음흉한 내면에 존재하는 박테리아'를 본다

공짜를 좋아하는 전필용과 바람둥이인 광식의 이야기에서 윤리란 무엇인가를 토론한다.

네가 찾는 윤리는 내게는 없어 그것은 내게 필요한 나만의 윤리가 있는 거야' 라면서 흥분하지만 상대방은 '윤리는 모두가 바라보는 그 한 곳에 있어 네가 생각하는 윤리란 것은 윤리가 아니야 너를 합리화시키기 위한 속임수에 불과 한 거라구' 항변한다.

그러나 전필용은 죄책감 같은 것은 없었다. 여자를 도구로 취급하고 수단으로 생각하고 있는 것이다.

<하루살이데생론편>에서는 동성애자인 친구 박준수는 호모로 낙인찍혀 해고를 수차례 당한 상태이다. '이 소도시는 폐암처럼 썩고 병들었어 지긋지긋해 송장이 된 기분이야' 변태로 불리지 않는 대도시에서 떳떳하게 살겠다고 소도시를 떠난다. 그리고 사귀던 남자와도 헤어지고 연상의 과부와 사랑을 하면서 잃어 버렸던 것을 되찾았다고 한통의 편지를 받는다. 그러나 답장은 오지 않고 성모마리아 상에서 제초제를 먹고 자살한다.

<백수광부의처편>에서는 어항속의 붕어처럼 작은 동네인 소도시에 있는 동사무소에서 일용직 사무원으로 일하는 작은 키의 단벌머리 여자의 별명이 백수광부의 처이다. 그녀는 타인의 소모품으로 여기며 섹스중독증에 걸린 여성이다. 스스로를 남자들이 자기 껍데기를 좋아하지 영혼을 사랑하지 않는 남자들이라고 여기며 장난감처럼 희롱하고 차버린다고 여긴다.

<사색과 고독의 편린편>에서 작가인 윤호와 화자인 나, 그리고 섹스

를 즐기는 두 여자 와의 행위를 통해 윤호는 '세상은 공식대로 움직이는 것이며' 그것은 '신이 주는 선물이 아니고 인간이 쳐놓은 덫에 인간이 걸려드는 수학공식'이라고 생각한다. '그런 공식에서 새로운 공식을 찾고 있는'것이며 비렁뱅이나, 창녀나, 화이트칼라나, 수많은 사람들에게 적용되는 문제들에 골몰 하고 있다.

> 능숙한 솜씨로 돈을 적게 쓰며 공짜로 즐기는 것을 제일 좋아하는 부류에 속했다. 또한 녀석의 재량은 어둠 속에 전등 빛을 등대처럼 밝히고는 닭처럼, 개처럼, 타조처럼, 자취방의 감옥 안에서 짐승처럼 자신을 혹사시키며, 머릿속에 박힌 우둔한 돌을 꺼내려는 몸짓으로 방을 뒹굴다가 지치면 자고, 깨어나면 그 범행을 즐기면서 마침내는 무엇인가가 자신의 머리를 헝겊으로 덮은 느낌이 들면 그는 곧바로 일어나 골동품인 타이프 라이프 앞에 앉아 무엇인가를 치고는 다시 눕거나 그런 행동을 미치광이처럼 반복을 한다. (134면)

'허구는 마치 존재하지 않는 것처럼 보이지만 사실은 공기처럼 곳곳에 만연해 있으며 우린 지금 그러한 것들을 즐기고 있다'고 그 허구가 현실 속에 존재하며 이미 자신의 뇌속에 이미 존재하고 있다는 윤호의 개성에 화자인 나는 매료되고 있다.

> 시간을 헛되이 허비하는 것은 죽음보다 못하다는 것이 이유였다. 그는 자신을 조종하는 주인은 오직 한 명뿐이라고 말한 적이 있었는데, 그것은 바로 자기 자신 속에 들어 있는 악마라고 했다. 그 악마는 자신의 정당한 일을 방해하고 훼방을 놓으며 최악의 현상과 조건을 만들어 준다고 했다. 자신의 영혼이 그가 말한 주인이라고 했다. 그 뒤로 그는 직장에 사표를 내던지고는 글 쓰는 일에 전념하기로 했으며 그 악마는 자기 자신에게 분괴하고 있다고 말했다.
> 그가 말하는 주인? 인간에 내재한 구속과 해방은 자신이 감지하고 있는 그 영혼에 의해, 그 보다 더 높은, '구속'과 '해방'의 두 단어가 없는

그런 세계를 구현하는 것인지 모른다. 그 길은 죽음이다. 우린 죽은 자의 소리를 듣지 못했다. 그 세계가 곯아떨어지는 피곤한 잠이라고 바랐을 뿐 그 세계가 어떤 상업적이고 자본적인 곳이며 유흥업소인지, 혹은 영혼을 제조하는 공장일지 그것은 아무도 모르는 일이다. 그러나 그 곳은 아마도 깊은 잠의 세계일 것이다. 죽음의 문은 안과 밖을 이루며 그 안은 지구의 끝과 우주의 시작이라는 관문일 것이다. (144면)

이 소설에 등장하는 인물들을 통해 독자들은 많은 사고를 생각하게 된다. 이 인물들은 공간과 환경에 잘 적응해 나가는 카멜레온이며 이 세상을 어른의 놀이터라며 기득권과 지성인들이 자부심을 갖는 법과 제도에서 생필품으로 제조되었고 고귀하지도 않는 골동품처럼 전락한 괴물에 불과한 인물이라는 사변의 능란성이 돋보인다.

열성과 창작에 대한 집착은 하이에나처럼 강한 턱을 지녔으며, 자신만의 독특한 상상의 세계를 신명조로 활자화시키는 성공을 거둘 것이다. 그는 그 튼튼한 턱으로 흔들바위를 껌처럼 씹어 먹고, 꿈의 세계를 아름다운 포장지로 포장하여 독자에게 배달할 것이다. 독자는 돈을 주고 그의 가상의 세계를 살 것이다. 그는 쓰고 독자는 필독을 하며, 공정한 거래가 성립되면 그에게는 수당이 떨어 질 것이다.(135면)

사유 방식이 독자들을 빨려들게 만드는 놀라운 묘사력, 소시민의 인생 철학, 자신과의 싸움에서 일어나는 허상과 진실과 무수한 감정적 사변이 이 작가의 잠재력이며 젊은 작가의 사고력과 통찰력이 앞으로의 왕성한 창작이 기대되는 부분이기도 하다.

이처럼 소설가들은 인간의 본성에 대하여 심리학자들 보다 더 많은 것을 독자들에게 보여 줄 수 있다는 것을 증명하고 있다. 이 소설은 세계주의 사상을 가진 소위 삼류 등장인물들을 통하여 인간들의 추함과 애정, 삶의 다양한 모습들을 여과 없이 보여주고 있다.

V 북한시의 한 고찰

—60~70년대를 중심으로—

1. 서 론

　1960년대 이후 북한의 문예이론은 김일성의 주체사상에 입각하여 주체성과 혁명성이 더욱 고양되는 변모를 보여 준다. 1960년대 이전의 문학이 사회주의의 이념, 계급적 요소, 인민성의 요건 등을 중시하고 집단적인 것을 강조했다면, 1960년대 이후의 문학에서는 주체적인 것과 혁명적인 투쟁의식이 내세워짐으로써 이념성이 강화되고 있다

　북한문학예술에 대한 단체를 살펴보면, 초기에 한설야와 리기영이 중심이 되어 만든 '북조선 문학예술가 동맹'(1946년. 3월 조직)으로 활동하다가 1961년 3월에 발족한 '조선문학예술 총동맹'(약칭 '문예총')으로 개칭되어 그 후 오늘에 이른 '문예총'은 중앙위원회와 10여 개 산하 단체인 작가, 음악가, 미술가, 연극인, 무용가, 영화인, 사진가동맹 등 7개 부문별 동맹과 조선민족음악위원회, 공연협회, 예술교류협회 등으로 짜여져 있으며, <조선문학>과 <문학예술>을 발간하고 있다.

'문예총'의 규약 제1장을 보면, '조선문학 총동맹은 조선로동당의 령도하에 문학예술 활동을 통하여 근로인민을 공산주의 사상과 혁명전통으로 교양하는 사업을 자기의 기본 임무로 한다'라고 규정하고 있다. 창작활동에 있어 '마르크스 레닌주의 미학적 이론을 창작활동의 지침으로 삼으며, 문학예술은 사회주의적 사실주의를 유일한 창작방법으로 한다'고 하여 사회주의 문학예술을 표방하고 있다. 따라서 문예총의 주요 임무는 당의 노선과 정책결정을 위한 문학예술 토의 문제와 창작성 결정 및 지도, 작가 예술인들에 대한 사상 교양, 문학예술의 대중적 발전 등이며 이를 위해 작가, 예술인에게 당의 문예정책을 홍보하고, 이의 관철을 위한 지도와 통제 사업을 하고 있다. 또한 작가, 예술인들의 창작사업을 지도하는 한편 문예계의 등용 및 추출 등을 결정하는 역할을 하고 있다. 그 외에 4·15 문학 창작단을 들 수 있는데 이는 김일성의 생일을 본떠 1967년 4월 15일에 김정일의 주도로 설립하여 김일성과 관련된 문학작품만을 전문적으로 창작해 내는 기구이다. 4·15문학 창작단은 백두산 문학 창작단과 함께 협력하여 집체 창작을 하기도 한다. 작가들은 아파트에 수용되어 일상생활을 통제받고 있다. 설립 목적은 김일성을 찬양하며 문학 창작을 체계화하기 위한 것이다. 시, 소설 분야 원고를 집필하며 주체사상의 철저한 구현을 위한 집체 창작의 조직이다.

집단성을 작품 창작에 이용한 것으로 여러 사람들의 창조적 지혜와 힘에 의해 창작된 작품이다. 1961년에 본격적으로 등장하여 작품으로는 「피바다」, 「불멸의 역사」, 「만경대」, 「인민은 노래한다」, 「조선의 어머니」 등이 있다.

이외에도 '창작실'이 있는데 1960년대 초반부터 평양, 남포, 개성, 사리원 등 북한의 주요시, 도에 설치된 작가들의 집단 집필 장소이다. 비밀작가, 해방작가, 직장을 가진 작가로 분류되며 비밀작가는 대남 심리 전 원고를 집필하는 작가이고 해방작가는 창작실에 집단으로 집필 작업을 하는 모든 작가로 8시에 출근하여 오후 6시에 퇴근하여 집필활동에 전념하게 된다. 직장을 가진 작가는 당이나 언론기관 등에 소속되어 있는 작가이며 가장 큰 규모는 남포에 있는 우산장 창작실과 평양에 있는 평양 창작실이며 작품창작 계획에서부터 실천에 이르기까지 작가동맹에서(해당지부)를 통해 당의 통제를 받는다.

따라서 북한이 추진하고 있는 문예정책을 살펴보면 체제 옹호 및 합리화를 위한 가장 강력한 수단으로 문학예술을 이용하고 있고 예술활동의 구체적 목표로 당정책 구현 및 선전 선동, 김일성 및 그 가계 우상화, 공산주의적 인간개조, 정치사상의 교양, 노동의욕 고취 등을 제시하고 있다. 북한의 문학이 주체사상의 요구에 따라 당의 유일사상 체계를 확고히 하고 모든 사회를 주체 사상화한다는 당의 방침과 밀접한 연관을 갖는다. 문학작품의 내용면에서 혁명적 이념이라는 사회주의적 사상의 보편성을 강조하고 있다.

문학예술의 목적과 사명은 사회의 모든 성원을 수령께 끝없이 충직한 혁명전사로 만들어 수령의 혁명사상의 요구대로 사회를 개조하는 데 이바지하도록 하는 것으로 규정되었다.

주체의 문예이론과 그 이론에 입각하여 창작된 문학작품을 보면 김일성의 혁명사상에 근거하여 혁명적 이념을 구현하고 있으며 혁명적 문예형식을 민족문학예술의 전형으로 내세우고 있다.

혁명문학예술은 노동계급의 영도 아래 진행되는 혁명투쟁을 마르크스 레닌주의의 혁명적 입장에서 예술적으로 형상화한 것으로 평가되고 있다. 그것은 인민대중의 계급적 각성을 가능하게 하고 혁명투쟁에 참여할 수 있도록 혁명적 세계관의 형성에 적극적으로 기여하고 있다.

주체의 문예이론을 창작적 실천에 적용하기 위해 문학예술의 혁명적 사상성의 요건을 강조하는 창작으로 종자론을 내세우며 집단적 혁명의식의 형상화를 효과적으로 수행하기 위해 집체창작의 방법을 활용하고 있다. 당의 정책을 반영하고 당의 노선과 정책에 의거하여 사회 정치적인 과제에 올바른 사상을 제기하는 것이다.

북한시의 갈래를 살펴보면, 서정시와 서사시로 구분할 수 있다. 서정시에는 송시와 정론시, 풍자시로 나누어지는데, 송시는 김일성이나 당, 조국을 찬양하고 충성을 맹세하는 종류의 시이고 정론시는 사회나, 정치 생활에서 관심이 있는 문제에 대하여 사회나 정치적 평가를 의도로 하여 쓰이는 시를 말한다. 풍자시는 대상을 조소, 비판하거나 폭로하려는 의도를 지닌 시로서 미국이나 남한의 현실을 꼬집는 것이 대부분이다. 서정시는 남한에서 주류를 이루는 자연이나 생명, 사랑 등 인간 탐구의 노래와는 달리 주로 사회주의적 내용을 선동, 선전하거나 혁명을 고무, 추동하는 목적시가 대부분이다. 서사시에는 장편서사시, 이보다 짧은 서정서사시, 담시가 있는데 현실에서 벌어지는 사건과 그에 참가하는 인물들의 행동 및 사상 감정을 전일적인 얽음새를 가지고 묘사하는 방법이다. 서정서사시는 서정성이 강한 중소 형식의 서사시이고 담시는 극히 짧은 이야기 속에 한두 명의 인물을 등장시키고 생활의 어떤 단면을 노래하는 제일 작은 형식의 서정서사적인 작품을 말한다. 대표적인 서사시로는 조기천의 「백두산(1947년)」인데 46절 1564행이며 또 강승환의 '한라산'이 있다.

따라서 본고에서는 1960년부터 1970년대까지의 북한시를 시기별로 그 특징을 살펴보고자 한다.

2. 북한의 문예이론 및 시대구분

북한의 문예이론은 사회주의적 사실주의(social realism)와 당성, 노동계급성, 인민성, 주체문예이론, 종자론, 속도전 이론으로 요약될 수 있다. 사회주의적 사실주의는 일반적으로 공산권의 문학예술에서 널리 활용되는 문예적 지도원리이며 북한에서는 김일성에 의해 정립되어 민족적인 형식에 사회주의 내용을 담은 것을 뜻한다. 역사적으로 러시아에서 볼셰비키 혁명이 성공한 다음 더욱 사회주의 혁명을 조직화, 이념화해 가던 시기에 채택한 문예적 창작 방법 1934, 8월의 제1차 전 소련 작가대회에서 채택된 것을 지칭한다. 내용은 '무산계급 투쟁사를 예술 창작에 반영하여 사회주의 건설에 적극 참여할 것, 노동자, 농민을 비롯한 광대한 범위의 민중들에게 문학을 철저히 보급시킬 것, 각 국가 간에도 창작에 관한 조직적 협조를 이룩할 것, 공산당의 지혜와 영웅주의를 반영하는 위대한 작품의 생산을 촉진시킬 것 등이다.

사회주의적 내용으로는 혁명적인 것, 계급적인 것, 낡은 것을 없애고 새것을 창조하는 것, 근로 인민들의 이익을 옹호하는 내용, 반제 투쟁, 모든 사람들이 다 잘살자는 것으로 설명할 수 있으며 당성은 당에 충실하는 것으로 공산당원으로서의 성분과, 성격의 의미를 넘어 김일성에 대한 충성의 정도를 의미하는 것이다. 문학예술 작품에 구현된 당성은 결코 추상적이며 개념적인 것으로 존재하는 것이 아니라 형상을 통하여 구체적으로 표현된다. 당성은 당에 대한 충실성과 혁명정신이다. 따라서 당성은 당에 대한 충실성과 혁명정신을 뜻한다. 노동계급성은 작가, 예술인들은 일정한 계급의 이해관계를 대변하며 옹호한다. 그들에 의해 창조된 모든 작품은 반드시 일정한 계급의 이익과 지향을 반영하지 않을 수 없으며 계급성을 띠게 마련이다. 따라서 필연적으로 계급적 성격을 띠게 되며 계급투쟁의 무기로 복무하게 된다. 실천지침으로 1. 노동계급의 입장에서 작품을 쓸 것 2. 노동계급의 혁명, 건설 역량을 반영할 것 3. 노동계급의 활약상을 보여 줄 것 4. 미제, 일제의 침략과 약탈 본성을 폭로할 것 5. 지주 자본가 계급의 착취성을 폭로할 것 6. 미제 자본가에 대한 적개심을 나타낼 것 7. 자본주의 부패성 멸망 및 불가피성을 사회주의의 우월성과 대비하여 보여줄 것 등이다. 따라서 문학예술이 노동계급을 찬양하고 고무하는 데 기여하고 있다.

무산계급에 의한 사회 건설, 국가 건설은 물론 모든 인간이 평등하게 잘살 수 있는 사회구조를 만들고 따라서 그것에 알맞은 혁명적 세계관을 수립하여 그런 세계관에 의하여 문학예술이 만들어져야 한다고 주장한다. 인민성은 문학예술이 진정으로 인민을 위한 것이 되어야 하며 철저하게 인민 대중에게 복무해야 한다는 것을 뜻한다. 그리하여 인민들을 혁명사상으로 철저히 무장시켜 그들의 역할을 높이며 혁명과 건설을 위해 나아가려는 데 있다. 준수사항으로는 인민적인 입장에서 창작해야 하며, 인민이 알 수 있는 쉬운 작품을 창작하며, 인민의 감정에 맞고 인민이 좋아하는 혁명적인 작품을 창작해야 한다. 인민들의 생활과 투쟁, 그들의 요구와 지향을 진실하게 반영해야 하며 이를 위해 작가들은 인민들의 생활 속으로 깊이 파고 들어가야 한다.

문학예술을 창조하고 그것을 수용하는 양면의 주체가 인민이라는 관점에 두어 인민성은 사회주의 문예의 본질을 이루게 되며 군중 또는 집단예술로 정립되는 단서를 이룬다. 따라서 인민들의 비위와 감정에 맞는가 맞지 않는가, 인민들이 쉽게 이해할 수 있는가 없는가 하는 것은 문학예술의 인민성 구현 정도를 보여 주는 기본척도가 되는 것이다

주체문예이론은 김일성이 창시하였다는 주체사상에 근거를 둔 문예 이론이다. 따라서 모든 문예 작품과 이론에 김일성의 주장이나 모습을 어떤 형태로든지 다루지 않으면 안 된다는 절대적 요청이며, 절대화, 우상화에 따라 그의 가계 전체를 신성하게 형상화해야 한다.

종자론은 주체사상의 문학이론이 제시한 창작방법의 하나로 비교적 폭넓은 유기적 관계를 포함하고 있다. 종자란 작품의 기본 핵이며, 종자의 본성은 작품의 사상 예술적 핵으로 된다는 데 있다고 강조하고 종자에 관한 사상은 주제, 사상, 소재 등과 같이 문학 창작의 어느 한 개별적인 범주에 대한 사상이 아니라 소재의 선택과 구상으로부터 작

품의 얽음새와 구성, 성격 창조와 양상 등 창작의 전 과정에 전일적으로 작용하는 근본 고리에 대한 사상이며 작품의 사상 예술적 질을 규정하는 결정적 요인을 밝혀주는 기초에 관한 사상이라고 정의한다. 창작자가 찾아낸 종자가 당 정책을 정확히 반영하고 당의 노선과 정책에 철저히 의거하여 시대가 제기하는 절실한 문제에 사상적 해답을 주는 것으로 강력한 사상 이론적 무기를 가지게 된다. 따라서 종자론은 사상 체계를 단일화하고 단순화시키지 않으면 안 되는 북한 문예이론의 한 원형이라고 할 수 있다.

속도전 이론은 문학을 전투 행위의 하나로 간주하는 것으로 천리마운동이 벌어진 이후 그것과 같은 맥락에서 전개된 문학 운동이다.

창작도 속도를 내어 목표량을 초과 달성하는 방법으로 예술적 기량을 빨리 높이게 함으로써 질이 높은 작품을 짧은 시일 안에 만들 수 있게 만드는 것이다. 이처럼 문학을 상상력과 창조적 주체성에 입각한 개인의 창작 행위로 보는 것이 아니라 전격전, 집중공세, 섬멸전, 속도전과 같은 전투행위로 규정짓고 있다.

북한 문학이 본격적으로 조직화된 당의 통제를 받은 것은 1947년 3월부터이다. 당 중앙위원회 제29차 회의에서 채택한 '북조선에 있어서의 민주주의 민족문화 건설에 관하여'에는 문학예술이 조국과 인민에게 복무해야 한다는 전제가 제시되어 있으며, 프롤레타리아 독재하에서 민족 문화는 사회주의 개념과 정신으로 인민 대중을 교양하는 것을 목적으로 한다고 규정하고 있다. 이 규정에 따라 창작적 규범을 세우고, 사회주의적 사실주의의 원칙에 의거한 문학예술의 창작을 문학예술인들에게 요구하게 되었다.

북한의 문학은 이처럼 사회주의 문화 건설을 목표로 하는 북한의 문화 정책에 의해 그 성격과 방향이 결정된다. 사회주의 체제가 확립되는 과정 속에서 형성된 북한 문학은 사회주의 문화의 이념적 가치를 일관되게 추구하고 있지만 시대적 변화에 따라 그 전개 양상에 차이를 드러낸다.

따라서 사회적 변동과 연관하여 다섯 단계의 변화 과정을 거쳐 온 것으로 설명할 수 있는데『조선문학통사』(과학원 출판사, 1959),『조선문학사』(학우서방, 1964),『조선문학사』제1, 2권(김일성대학 출판사, 1982),『조선문학개관』(1, 2) (박종원, 류만, 사회과학출판사, 1986) 등 기타 자료를 종합해 보면 시대 구분은 대체로 다음과 같다.

제1기, 평화적 조국 건설기(1945-1950)로 당시 북한 주민의 사상을 공산주의로 개조하기 위한 의식 개혁 운동이었다고 할 수 있는데 문학 예술가들이 선봉에 나서서 교화 계몽 운동을 담당했던 것이다. 제2기, 조국 해방 전쟁기(1950-1953)로 전쟁 수행을 위한 무기로서의 시로 전투적 단시와 인민군대와 후방 인민들의 영웅적인 투쟁상에 대한 찬양으로 일관되고 있다.

제3기, 전후 복구 건설과 사회주의 기초 건설을 위한 투쟁기(1953-1959)로 전후복구 사업과 경제 발전을 위한 천리마 운동으로 1953년 8. 5 조선노동당 중앙위원회 6차 전원 회의에서 '모든 것은 전후 인민 경제 복구 발전을 위하여'라는 제목의 보고를 통해 경제 복구 건설을 전후 북한 사회의 최대 과제이다.

사회주의 이념, 계급적 요소, 인민성의 요건 등을 중시하고 집단적인 것과 전형적인 것의 창조를 강조하고 있다.

제4기, 천리마 시대(1960-1970)로 60년대 중반을 분수령으로 하여 그 양상이 크게 바뀌고 있다. 60년대 중반 이전에는 사회주의 이념의 문화 예술적 실천이 중심을 이루고 있다면, 그 이후부터는 주체의 문예 운동이 폭넓게 전개되어 왔다고 볼 수 있다.

제5기, 유일사상, 주체사상 및 사회주의 경제 건설의 시기(1980-현재까지)로 시에 있어서 '숨은 영웅'의 형상화와 '높은 당성과 심오한 철학성'의 구현을 내세우고 있으며, '숨은 영웅'에서 지나치게 인민성을 강조하고 있다. 그리고 김정일을 혁명 전통의 계승자로 형상화한 작품들이 증가되기 시작하는데, 김일성의 사후 김정일 체제로 권력을 세습

하기 위해 자연스럽게 혁명가계의 위대성을 강조하게 된 것이다.

정치적인 면에서 김정일 우상화 작업과 함께 그 정치적 기반을 확고히 하기 위해 인민의 실제 생활을 향상시키기 위한 노력으로 사회주의 경제 건설의 대행진을 형상화하는 작업에 총력을 기울인다. 따라서 당성, 노동계급성, 인민성의 원칙에 의하여 사회주의 경제 건설을 다그치기 위한 필사의 노력이 전개되고 있다

또한 남조선 해방 테마는 그대로 지속되면서 확대, 심화되는 양상을 보인다. 남한 정부에 대한 비난과 반미 투쟁이라는 종래의 연장선상에서 80년대 남한 현실을 비판하고 미국을 원색적으로 증오하는 내용의 시들이 등장한다.

90년대에는 새로운 창작지도 원리로 '사상성'을 더욱 강조하고 있다. 동구의 사회주의 붕괴와 종주국 소련의 붕괴가 주는 심리적인 압박에서 기인한 것으로 해석할 수 있다.

이러한 시대 구분은 북한 사회의 역사발전단계를 그들 나름의 관점과 방법에 의해 구획짓는 원칙에 따른 것이라고 할 수 있다.

3. 1960~1970년대 북한시의 특징

1) 천리마 현실을 반영한 시

북한은 1956년 12월 조선노동당 중앙위원회 제11차 회의에서 사회주의 대건설을 고무 추동하기 위해 결정된 천리마 운동은 북한 사회의 혁명적인 총노선으로 설정된 것으로 이후 북한의 정치, 경제, 사회, 문

화의 기본 방향을 제시하였다.

당의 문예정책이나 문예노선도 새로운 문제를 제기하고 이에 따라 문학의 모습도 변화하여 문학예술인들이 적극적으로 전후 복구건설에 참여하기 위하여 '근로 인민의 생활과 사업 속에 들어가서 그들로부터 배우며, 그들의 사고와 감정, 사업과 생활을 연구'하게 된다.

사회주의를 더 빨리 건설한다는 명목하에 근로자들을 공산주의 사상으로 개조하고 그들의 혁명적 열의와 창조적 재능을 높이 발현시키기 위한 사상 교양의 방법이다. '혁명의 위대한 김일성 동지의 탁월한 령도 밑에 천리마로 탄 기세로 계속 혁신, 계속 전진하는 로동당 시대 우리 인민의 영웅적 기상과 불굴의 투지'를 의미한다.

천리마 운동이란 정권을 집중화하고 대중을 선동하는 혁명적 전진운동이다. 이 시기에는 천리마 현실을 작품에 반영하는 것과 천리마의 시대정신과 천리마운동을 전진시키려는 민중들의 의지와 그들의 인간적인 미덕을 반영하고 있다.

따라서 천리마운동의 현장에 서 있는 노동자들의 모습이 즐거움과 활력 등으로 표현하기도 한다.

1960년대 전반기의 시에서는 천리마 현실과 사회주의 건설을 주제로 한 작품들이 활발하게 창작된다. 천리마 현실을 반영한 작품들의 주제는 천리마운동 현장에서 노동자들을 정신적으로 영도해 주는 김일성을 형상화하거나 천리마운동을 전진시키려는 민중들의 의지와 그들의 인간적인 미덕을 그리는 데 초점이 맞춰지고 있다.

> 소 먹이던 목동들의 맨 발자국
> 힘겨운 듯 비칠거린 달구지 자국
> 그 옛날엔 가난의 몸부림쳐 지나간 길 우에
> 바퀴는 커다란 새 자국을 찍는다
> 강립석 「밭갈이 노래」 제2장

금송은 생각하지 못했으리라
오늘의 자신이
훗날의 이 향토 시인들에게
그 어떤 뜨거운 시상으로 떠오를가를!
그 어떤 선명한 화폭으로 회상될가를!
아이들이 신이 나서 차를 따르고
금송이 녜사롭게 제 일을 하는 속에
순계벌은 걸음걸음 전변돼 간다
「밭갈이 노래」 제7장

강립석의 서사시 「밭갈이 노래」는 순계벌을 중심으로 밭가는 도구가 소에서 트랙터로 발전하는 과정에 농촌에서의 천리마운동의 진전과 주민들의 실행의지가 비유되고 있다

주인공 금송이를 정신적으로 이끄는 숭고한 존재로, 주인공을 둘러싸고 있는 주변 인물들은 서로를 이해하고 형제처럼 보살펴 주는 희생적인 인물들로 묘사되고 있다. 주인공 금송이는 천리마 현실에서 요구되었던 농촌 천리마 기수의 모습을 전형화시키려는 의도가 보인다.

금송이의 모습은 평범한 인물이나 자기 일을 하는 중에 순계벌의 발전에 영향을 끼치는 숨은 영웅이다. 천리마운동에 주도적인 역할을 하는 전형적인 천리마 기수의 시적 형상화는 근로자들을 사회주의 건설을 위한 투쟁으로 교양시키는 데 적극적으로 이바지해야 한다는 당의 문예정책에 부합되는 것이다.

조국의 아름다운 보화를
지상으로 끌어 올리며
마치 나무를 자래우는 뿌리와도 같이!
보이지 않는 땅속에서
근면하게 꽃을 피우며 열매를 익히는 사람들

……중략……
그것으로 자기 직업의 보람을 느끼는 마음들이
또 하루 막장과 초소를 찾아간다
　　　　　　　　오영재 「여기에 광부들의 일터가 있다」 일부

　1965년에 발표한 이 작품은 천리마의 진군을 위해 지하 막장에서 성실하고 근면한 노동으로 조국의 부를 늘리는 노동자들의 모습을 찬양하였으며, '평범한 조국의 산허리를 지표면에서 지하로 들어가는 갱도'를 일터로 정하고 '암벽과의 치열한 전투'를 벌이는 광부들의 모습을 통해 농촌 천리마 기수들의 사상적 내면세계를 형상화시키고 있다.
　지하 막장에서 성실하고 근면하게 조국을 위하여 일하는 광부들의 모습을 숭고하게 찬양하고 있다. '조국의 아름다운 보화'를 위하여 지하로 들어가는 광부들을 '꽃을 피우며 열매를 익히는 사람들'이라고 묘사하고 있다. 이러한 광부들의 모습을 통해 천리마 기수들의 사상적 내면세계를 형상화하고 있다.

사랑스런 처녀야!
조국은 무던히도 귀중한 그 무엇인가를 너에게 많이도 주고 싶다
더 즐겁고 더 유쾌한 회관과 구락부의 밤을
그리고 더 아름답고 고운 손을 너에게 주고 싶다
전야를 달리는 제초기 위에서
곱게 타는 저녁노을을 바라보며
네가 불러보는 사랑의 노래를 조국은 듣고 싶다
수령님의 위대한 구상을 조국은 안고
어느 농기계 중대의 창안자와도 밤을 밝히며
겨우내 벗지 않는 너의 누빈 솜저고리와
무지개빛 머리수건을 생각한다
아름답다, 조국이 사랑하는 처녀는 아름다워라
네가 손으로 하던 일들이

모두 기계로 대신하게 될 때
더 좋은 날과 더 좋은 해들이 너를 맞아주고
너를 안고 조국이 달려가는 미래의 락원에서
너는 더 행복한 화원을 가꾸게 될 것이다
그때면 그 꽃을 너에 비기며
사람들은 더 아름다운 노래를 너에게 불러줄 것이다
　　　　　　　　　오영재「조국이 사랑하는 처녀」

　1963년에 발표한 위 시는 김일성에게 바치는 천리마 기수들의 열렬한 충성심과 그들의 정신세계를 형상화했으며, 조국과 인민을 위해 헌신적으로 일하는 천리마 시대의 인간으로서 농촌처녀의 아름다운 모습을 찬양한, 조국의 뜨거운 사랑을 표현하고 있다. 한 소박한 농촌처녀의 형상화를 통해 천리마 기수들이 발휘한 숭고한 정신세계, 김일성 수령이 제시한 사회주의 문화농촌을 건설하기 위한 처녀의 헌신적 투쟁을 열렬히 찬양하고 있다. 조국을 위해 소문 없이 큰일을 해놓는 천리마 시대에 걸맞은 여성상과, 인간들의 아름다움을 감동적으로 묘사하고 있다.
　당과 조국을 찬양하며, 노동하는 인민들의 즐거운 모습을 표현하고 있으며 조국을 위해 충성심에 불타는 천리마 시기의 특징이 잘 나타나 있다.
　「조선문학개관」에서는 천리마시대의 인간, 즉 한 농촌처녀의 아름다운 풍모에 대한 찬양이며, 그에 대한 조국의 뜨거운 사랑이라고 평가하고 있다. 따라서 조국과 인민을 위해 헌신하는 인물이 천리마 시대 인간의 전형이라고 볼 수 있다. 이 시에서도 '겨우내 벗지 않는 너의 누빈 솜저고리와 // 무지개빛 머리수건을 생각한다'에 나타나 있듯이 조국에 대한 헌신이 곧 미래의 낙원에서 행복한 화원을 가꾸게 될 것이며 또 아름다운 노래를 불러줄 것이라는 희망에 찬 미래를 제시하고 있다.

　생각하는 사이에 어느덧
　옛날로 되어버린 생각을 버리며

다시 생각하는 마음이여!
마치 아득한 옛말과도 같다
초가집을 놓고
함석과 기와집을 이야기하던 일은
그렇듯 아찔하게 솟아
가슴을 놀래우던 큰집도
어마어마하게 생각되던 큰일도
이제는 흔히 있는 보통일로 되었구나!
아, 제 한 일을 스스로 쳐다보며
먼 미래가 어느덧
먼 과거로 되어 떠오르는 모든 나날의 기쁨이여!
정문향「시대에 대한 생각」

위 시는 천리마 현실의 발전모습을 묘사하고 있으며, 급변하는 사회의 모습을 '먼 미래가 어느덧 / 먼 과거로 떠오르는 모든 나날'로 표현하고 있다. 날마다 기적과 혁신이 창조되는 벅찬 현실을 '그렇듯 아찔하게 솟아 / 가슴을 놀래우던 큰집도 / 어마어마하게 생각되던 큰일도 / 이제는 흔히 있는 보통일로 되었구나!'라고 감탄하고 있다.

천리마 시대의 전진속도를 여러 측면에서 강조하는 동시에 이 전진운동에 의해서만 복된 생활을 할 수 있다는 점을 보여주고 있다. 이러한 천리마 시대의 현실 반영이라는 것은 공업화로 인해 급속히 변모해 가는 사회현실을 그려내는 것이라 할 수 있다.

햇빛도 바람도 조으는 창문가
그는 꿀같이 단잠에 들었다
집 짓기에 이골이 난 나 많은 로동자
주름 깊은 가무스한 이마 우에
벽돌이라 블로크라 하늘가에 올려 쌓던
흙살 덮인 커다란 손 올려놓고

최승철 「쉿-조용하라」 일부

단잠에 빠져든 노동자의 모습이 그대로 묘사되고 있다.

주름이 깊게 파인 얼굴이나 노동을 하는 데 중요한 '커다란 손' 등 산업현장에서 일하는 노동자들의 모습을 숭고하게 표현하고 있어 노동이 비참함이나 고통이 아니라 노동에 대한 희열과 낭만, 희생정신 등이 천리마 시기 현실을 잘 반영하고 있다.

이외에도 신상호의 「수리개」, 최영화의 「천리마로」, 박호범의 「천리마」, 정서촌의 「하늘의 별들이 다 아는 처녀」, 백인준의 「큰손」, 남응손의 「천리마 달린다」, 리호일의 「청년 사회주의 건설자 행진곡」, 한진식의 「락포공 처녀에게」, 김희종의 「한 간호원에게」, 정건식의 「쇠물내릴 때」, 박세영의 「밀림의 력사」 등이 있다.

2) 남한과 미제를 비판한 시

대내적으로는 천리마 운동을 통해 사회주의 건설을 추동하고 대외적으로는 반미, 반남한을 통한 이른바 '남조선 해방'을 그 핵심 테마로 하고 있음을 알 수 있다.

따라서 천리마 시기에서는 남한과 미제에 대한 비판의 시도 엿보인다. 이 시기 북한의 시들은 대내적으로 전후 복구 사업과 사회주의 건설 사업을 적극 전개하는 천리마운동과 함께 남한과 미제 타도를 지속적으로 형상화하고 있다. 남한에 대한 관심을 보이는 시들과 조국통일을 주제로 삼는 작품들과 미, 일제국주의자들의 본성을 폭로하는 내용의 시들도 있는데 풍자와 투쟁으로 일관되게 표현하고 있다. 시어가 거칠고 투쟁적이며, 명령어로 강하게 표현하고 있다.

서울의 형제들이여, 지체 말라!

한걸음, 한걸음 가까이 더 가까이 죄여들라!
놈들이 쌓는 바리케트─그것이 놈들의 마지막 무덤이 되게 하라!
그것이 남녘땅에 암흑을 가져 온 놈들
피묻은 력사의 종지부가 되게 하라!

정서촌 「원쑤들이 바리케트를 쌓고 있다」 일부

위의 시는 4·19를 북한의 입장에서 표현한 시이다. 적극적인 선동과
선전술이 동원되어 '놈들의 마지막 무덤이 되게 하라!'든지 '남녘땅에
암흑을 가져 온 놈들/ 피 묻은 력사의 종지부가 되게 하라' 등 적극적
인 명령어로 4·19를 선동하고 있다.

형제들이여! 아직도 막아서는
원쑤들의 총부리들을 꺽어던지라!
무기고를 산산이 들부시라!
원쑤들 머리위에 화약통을 터치라!
기울어진 경무대 기둥을 단김에 쳐넘기라!
원쑤들이 지금 바리케트를 쌓고 있다
겁에 질려 놈들이 그 안에 떨고 있다
누구에게 포탄을 쏘려느냐
누구의 가슴에 겨누려느냐
수천수만의 주먹들이
분노에 떨며 솟아날 때
소년이 땅크의 앞길을 막아섰다
웃통 벗어 제껴 가슴 벌리며
목청다해 높이 웨쳤다
____쏠테면 쏴라,
우리는 앞으로 나아갈 것이다

석광희 「소년 영웅」

시위행렬을 진압하기 위해 달려든 탱크를 가슴으로 막아 나선 한 소

년의 영웅적 행동을 예찬하고 있다. 전투적인 시어로 일관되고 있으며, 직설적이고 강렬한 어조로 투쟁정신을 힘차게 표현하고 있다. 정의를 위해 분노한 인민의 힘과 위력을 소년의 모습을 통하여 확인하고 있다. 소년의 대담한 행동은 인민들에게 활력소가 되도록 선동하고 있다. 따라서 4·19 당시 남한 사람들의 투쟁모습을 형상화하고 있으며 적극적인 투쟁양상을 소재로 하여 선동을 부추기고 있으며, 「건설의 길로」(1951), 「격전투에서」(1957), 「오 눈보라 눈보라」(1961) 「직사포는 노호한다」(1970) 등이 있다. 이외에도 4·19를 형상화한 시로는 박산운의 「싸우는 남조선 청년학도들에게」, 리찬의 「노도처럼, 격랑처럼」, 백하의 「교실은 비지 않았다」 등이 있고, 반한 투쟁을 선동하는 시로는 정동찬의 「어버이 수령님 햇빛아래 농사짓고 싶습니다」, 전민혁의 「맹세」, 김상훈의 「흙」과 「촛불」, 최승철의 「철장속에서」, 김시권의 「우리는 선포한다」, 리범수의 「새로운 교단으로」, 박호범의 「그는 평범한 사람이었다」 등이 있다.

> 쭉 벌거벗었구나 아메리카는
> 인류의 면전에서 그의 문명 앞에서
> 홀딱 벗고 나섰다. '자유' 아메리카는
> 그 구린내나는 알몸뚱이를……
> 완력 사나운 강도들이 달려들어
> 연약한 녀인을 벌거벗겼으니
> 어찌하랴 수난을 당할 수밖에
> 뺑끼를 온몸에 묻히우고 녀인은
> 맨몸으로 거리에 내쫓기였다
> 그러나 오늘 과연
> 누가 벌거벗었나 인류의 량심 앞에서?
> 남조선의 한 녀인인가 아니면
> <거룩>한 아메리카의 신사들인가?

> 온 세계 사람들이 대답하누나,
> <그것은 아메리카! 바로 아메리카 자신!>
>   백인준 「벌거벗은 아메리카」

　미국을 강도로 비유하고, 남한을 여인으로 비유하여 미제 타도를 선전하고 있다.

　즉 미국은 연약한 여인으로 비유한 남한을 유린하는 강도에 불과하다는 풍자로 반미 감정을 표출하고 있다. 아메리카에 대한 신랄한 풍자가 직설적이고 격한 언어로 참을 수 없는 증오를 표현하고 있다. 백인준의 시에서는 세 경향으로 살펴볼 수 있는데 김일성 인물에 대한 형상화로 「큰손」, 「대동강에 흐르는 이야기」와 美帝에 대한 적개심으로 「벌거벗은 아메리카」, 「단죄한다 아메리카」, 「얼굴을 붉히라 아메리카」와 사회주의 조국에 대한 신념을 형상화한 「끝없어라 나의 희망」, 「조국에 대한 생각」, 「시대에 대한 이야기」로 나눌 수 있다.

> 종로 네거리를, 서울 장안을
> 미국 야수들이 네 활개치며 다닌다
> 껌을 질근거리며, 배때기를 뒤죽거리며
> 놈들이 우리 땅을 짓밟고 있다
>   박산운 「청계천에 부치여」 일부

　우리의 땅을 '미국 야수들이' 짓밟고 있다는 미제 타도를 은근히 부추기고 있다. 반미 감정을 노골적으로 표현하여 남한을 미 제국주의에 신음하는 비참한 모습으로 보고 있는 것이다. 이외에도 전후의 수령영도와 생산관계 투쟁을 찬양한 「우리는 언제나 잊지 않네」와 천리마 노역 찬양물인 「모두다 7개년 계획대로」, 「여기도 청산리 저기도 청산리」, 남한 사회를 비방한 시 「싸우는 남조선 청년 학생들에게」와 통일주제로 쓴 시 「민족의 태양을 우러러」 「통일열차 달린다」와 시집으로 「

버드나무」, 「승리의 길」, 「내 고향을 가다」(1990), 「두더지 고향」, 「10
월의 불길」, 「그의 승리」 등이 있다.

　이외에도 백인준의 「단죄한다 아메리카」, 「얼굴을 붉히라 아메리카」,
김시권의 「미제에게 죽음을 주라」, 김조규의 「미 제국주의를 단죄한다」,
김정호의 「역적의 정수리에 벼락을 내리라」, 오영재의 「복수자의 선언」
등이다.

　조국통일을 주제로 한 시에는, 윤석범의 「조국통일 투쟁가」, 송찬웅
의 「반제반미 투쟁가」, 안창만의 「조선은 하나다」 등이 있다.

　3) 유일 주체사상의 시

　북한의 60-70년대의 시는 당의 유일사상체계가 확립되는 1967년을
기점으로 살펴볼 수 있다. 김일성은 1966년 10월 조선노동당 대표자회
의에서 당의 유일사상 체계를 강조한다.

　1966년 10월의 조선노동당 대표자회의와 1970년 11월에 열린 조선
노동당 제5차 대회가 그러한 유일 주체사상 시기의 출발점이라 할 것이
다. 따라서 1960년대 후반부터 당의 유일사상 체계를 철저히 세우며,
주체사상을 앞당기기 위한 투쟁 시기로 접어들기 시작한다. 혁명적 세
계관도 공산주의적 세계관으로 무장된 작품을 창작하는 것이라 할 수
있다.

　당의 유일사상이란 마르크스-레닌주의가 북한의 항일 무장 투쟁 사
상과 결합하여 탄생한 주체사상이 모든 북한의 정치, 경제, 국방, 문화
적 정책의 핵심 노선이며 기본방침으로 작용하게 된 것이다. 따라서 김
일성을 신격화하고 우상화하는 작업이며, 김일성 일가에 대한 찬양으로
구체화되고 있다.

일찍이 10대의 어리신 나이에
조선의 슬픔, 조선의 고통을 한 가슴에 다 안으시고
눈보라 우는 천리장강을 건느시였고,
20대 청년 장군으로 백두밀림에서
일본제국주의 백만대군을 때려부시고
30대 그 젊으신 나이에
피바다에 잠긴 이 나라를 구원하시어
영원한 조선의 봄을 안고 오신 위대한 수령님
다시 정의의 총검으로
이 땅에 기여든 오만한 미제침략자를 후려갈겨
멸망의 내리막길에 쳐 박으시고
재더미우에 다시 조선의 본때로
사회주의 대강국을 일떠세우신 우리의 수령님
오늘은 세기의 가장 높은 상상봉에서
구름을 뚫고 멀리 안개를 가르시며
위대한 주체사상으로
인류가 걸어갈 앞길을 휘황히 밝히시고
세계의 흐름을 하나의 거창한 대하로
인류의 청춘 공산주의에로 인도하시나니
아, 김일성동지의 혁명사상!
이 위대한 사상이
제국주주의 마지막 생명선을 끊어버리며
혁명의 폭풍으로 온 지구를 휩쓸며
세계를 움직여나가는 이 시대를
력사는 영원히 영원히 주체시대라고
노래할 것입니다

정서촌 「어버이 수령님께 드리는 헌시」

　　김일성의 62회 생일을 맞아 창작된 시인데, 김일성의 영광스러운 혁명역사와 혁명업적에 대한 칭송을 노래한 송가시이다.

송가시는 칭송의 고조된 감정을 표출하여, 당과 국가와 인민의 위업을 찬양한 노래로, 김일성의 영웅적 업적을 찬양하거나 당과 조국의 역사적 사건을 노래한 문학이라고 정의하고 있다.

김일성에 대한 찬양은 그의 위대성과 고매한 덕성, 불멸의 업적을 기리는 가운데 존경과 충성의 감정을 직접적으로 노래하는 특징을 보인다. 한 개인의 역사가 영웅적 분위기로 표현되고 있으며, 오로지 김일성의 우상화와 주체사상에의 찬미로 이어지고 있다.

> 림종의 그 순간에도
> 아드님께 드리는 효성보다
> 혁명을 더 귀중히 생각하신 불굴의 혁명투사,
> 강반석 어머니께서는
> 우리 인민의 태양이신
> 위대한 김일성 원수님을 낳아키우신 어머니,
> 강반석 어머니는
> 수령님께서 안아오신 빛나는 오늘을 위하여
> 한생을 바치신 조선의 첫 녀성공산주의자
> 하우연 「강반석 어머니」

이 시에서 김일성의 어머니가 강반석임을 알 수 있다. 혁명적인 가정을 꾸려가면서 고통을 희생적으로 극복하여 김일성을 혁명투사로 키우는 훌륭한 어머니의 모습을 묘사하고 있다. 이러한 김일성 가족을 찬양하는 시는 유일 주체사상을 더욱 심화시키며 그 이후에도 꾸준히 표현되고 있다

> 자기 운명의 주인!
> 나라의 주인
> 혁명과 건설과 투쟁의 주인!

> 이 위대한 사상의 절정에
> 이 세상의 가장 높고 높은 자리에 우리는 서 있나니
> 주체의 위대한 사상으로
> 이 땅을 빛내이신
> 위대한 수령님을 모시고 사는
> 한없는 인민의 행복이여!
>
> 　　　　　정문향 「이 땅에 이날이 있어」

이 시는 김일성의 주체사상을 찬양하고, 김일성을 향한 끝없는 고마움과 수령님을 모시고 사는 '한없는 인민의 행복'을 감동적으로 그리고 있다. 이처럼 김일성 개인에 대한 찬양과 주체사상의 위대성을 전달하려는 지나친 감정표출이 강조되고 있다.

이외에도 오영재의 「위대한 수령님께 드리는 헌시」, 「태양은 빛나라」, 「위대한 탄생」 조선작가동맹 시분과위원회 편 「우리의 태양 김일성 원수」, 한덕수의 「60만이 드리는 충성의 노래」, 집체작 「수령님의 만수무강 축원합니다」, 「푸른 소나무 영원히 솟아 있으라」, 「조선의 어머니」 최영화의 「태양이 누리에 빛나는 이 봄에」, 박세옥의 「최고 사령부의 밤」, 리광근의 「용해장에 오신 수령님」, 문재건의 「사랑의 품」, 김철의 「백두의 날」, 조성관의 「세계에 빛을 뿌리며」 등이 있다. 김일성과 김정일, 김정숙, 당을 찬양하는 시들이 많음을 알 수 있다.

또한 이 시기에 김일성이라는 한 인물 앞에 바치는 송가적 성격을 지닌 시들이 창작되었다. 이러한 송가적 시는 김일성이나 당 또는 조국을 찬양하고 충성을 맹세하는 시로 70년대 이후에도 표현되고 있다.

송가서사시는 유일사상체제와 김일성의 신격화 내지 숭배의식에 따른 개념이다.

오직 칭송만이 주제이며, 동시에 대상은 김일성과 일가족 등 폭넓은 내용을 다룬다. 시 형식에 구애 없이 오직 칭송의 감정만을 자유롭게 표현하며, 구성형식에서 주체사상적 과제와 소재의 특성에 따라 임의적

으로 구성한다. 또한 구체적인 행위자가 등장하지 않고 창작 행위를 하는 시인의 서술이 대신하며, 시어는 일상적인 어휘보다 추상적인 어휘 선택이 많다.

김일성에 대한 송가 서사시는 「우리의 태양 김일성 원수」(1969)로 시작하여 반일 민족해방 운동의 지도자 김형직을 그린 「푸른 소나무 영원히 솟아있으라」(1969)와 공산주의자 강반석 여사를 그린 「조선의 어머니」(1970), 「우리의 아버지 김일성 원수님」(1971), 「인민의 위대한 태양」(1977) 등이 있다.

류만, 「현대조선시문학 연구─해방 후 편」에서는 '새로운 시 형식으로서의 송가서사시가 처음으로 출현하던 1970년을 전후한 시기로 말하면 우리 혁명 발전에서 새로운 전환이 일어나던 력사적 시기이다'라고 밝히고 있다. 송가시 외에도 김일성의 항일 혁명투쟁을 형상화한 시가 묘사되고 있다.

> 영광이어라
> 간삼봉 제일봉에
> 민족의 영웅 김일성 장군이 오르셨다
> 동에서 번쩍 서에서 번쩍
> 일제의 등고에 우레와 번개치던
> 만고의 애국자 김일성 장군이 오르셨다
> 　　　　　　　　　박세영 「밀림의 력사」 일부

혁명전적지를 답사하고 쓴 시로 김일성의 비범함과 위대함을 절대화시키고 있다.

염군사 동인으로 활동하다 카프의 맹원으로 활약하였고 1946년 월북 후 북조선 예술동맹 출판국 책임자, 최고인민회의 대의원, 작가동맹중앙위원, 조국평화통일 중앙위원으로 활동하였다. 1959년에 공훈작가 칭호로 국가훈장 제2급을 수여받았다. 작품으로 「농부의 탄식」, 「타적」, 「

바다의 여인」, 「산골의 공장」 등 그곳 사람들의 생활상과 그들의 반항적 투쟁의지를 표현하였다. 1956년 「박세영 시선집」, 1967년 「용성시초」 등이 있고, 70년대 이후에는 김일성에 대한 우상화가 많다. 「수령님은 우리를 승리로 부르셨네」, 「영원히 태양을 우러러」 등이 있다.

> 세상에서 가장 견고한 길을 걸어오시고 우리의 가슴에
> 저 밝아오는 아침노을과 싱싱한 봄과 즐거운 노래를 주시고도
> 눈내리는 백두밀영에서 생각하시던 그 마을보다 적으신듯
> 그날처럼 아아, 그날처럼
> 수령님께서 오늘도 혁명의 진두에 서계시다
> 1930년대의 길 우에 이어진
> 1950년대와 60년대의 자랑이여
> ……중략……
> 우리 혁명의 첫 시대를 열어놓으셨고
> 우리 혁명을 언제나 승리에로 이끄시는
> 위대한 수령 김일성 동지께서 계심으로
> 농토와 농군들이 함께 꿈꾸나이다
>
>   박세옥 「보천보전투승리기념탑」 일부

　김일성이 활약한 1937년 함경도의 보천보 전투를 기념하여 1967년 보천보 전투 승리 30주년에 양강도 혜산시에 건립된 집체작으로, 높이 38.7m, 깃발 30.3m, 탑의 총 길이 78m이다. 정면에 김일성 동상이 있고, 좌우엔 일제와 싸운 항일 유격대원들과 혁명적 인민 60여 명의 군상이 조각되어 있다. 이 시에서 시적화자는 '뛰는 심장의 고동처럼 조심스러워지는/ 정적이 깃든 여기/ 우러르면/ 숭엄함이 너무도 크고 장엄함이 끝없어서냐'라며 김일성에 대한 충성심을 노래하고 있다. 이처럼 김일성의 위대한 혁명적 위업을 감격적으로 묘사하고 있다.

간고한 열다섯해 설령에 휘몰아치던
밀림의 눈보라도 천리의 얼음장도
조국 광복의 햇불로 녹이며
가시덤불 오솔길 넓히고 진격의 길 열며
군함 바위에서 키운 사랑과 증오의 불길
그 이 심장에 천백배 높이 타올랐거늘

리호일 「군함바위」 일부

김일성의 항일혁명투쟁을 어린 시절부터 군함놀이를 하면서 항일투쟁의식을 가지고 있었음을 묘사하고 있으며 김일성에 대한 충성심으로 가득 차 있다.

이외에도 박세욱의 「최고 사령부의 밤」(1968), 「불멸의 자욱을 따라」(1974), 김승남의 「투사의 영예」, 김봉철의 「성스런 혁명의 품이여」, 「보천보에서」, 차승수의 「백두산은 말한다」, 안룡만의 「첫 유격대가 부른 노래」, 홍종린의 「밀영에 새벽 닭 우네」, 김병두의 「혁명의 대오는 가고 있다」 등이 있다.

4. 결 론

북한의 60-70년대의 시는 천리마 대고조 운동의 현실을 반영하는 시기인 1967년 이전과 주체사상의 확립 과정에 해당하는 이후의 시기로 구분된다.

천리마 운동이라는 시대적 배경 아래 김일성의 영도성 찬양과 천리마 현실의 반영, 인민들의 형상화 등 시적 소재의 폭이 다양하게 창작된다.

따라서 1967년 이전의 시에서는 사회주의 건설의 원동력인 민중들의 모습이 활발하게 이루어지고 그 이후의 시는 당의 유일사상의 체계가 확립되는 시기로 김일성과 주체사상의 찬양으로 전개되고 있다. 김일성 개인에게 바치는 송가시가 획일적인 성격을 띠고 작품들이 창출된다. 그리고 항일혁명 투쟁의 문학적 반영과 반미 감정과 사회주의 통일조국 등의 주제 등 신념을 직접적으로 노출시키고 있다.

북한의 시는 기본적으로 당의 문예정책을 바탕으로 전개되며 당의 정책을 밝혀놓음으로써 창작 지침과 지도원리를 제시하는 것이다. 당의 유일주체사상을 확립하기 위하여 작품에서 당의 유일사상을 구현하고 문예이론과 창작에서도 당의 영도를 최우선으로 하고 있다. 즉 당의 문예정책에 의해 지도 감독되며, 계획적이고 목적의식적으로 지향하고 있다.

따라서 다소 미흡한 점은 자료를 근거로 이 글을 전개시키는 한계점이 남는다. 앞으로 본격적으로 남북한 문학사가 이루어지리라 믿으며 통일 문학의 길로 나아갈 수 있도록 노력해야 할 것이다.

[참고문헌]

권영민, 북한의 문학, 을유문화사, 1989

권영민, 북한의 문학, 공보처, 1986

권영민 외, 월북문인연구, 문학사상사, 1989

김윤식, 북한문학사론, 새미, 1996

김재용, 북한문학의 역사적 이해, 문학과 지성사, 1994

김재홍, 북한시의 한 고찰, 을유문화사, 1989

류만, 현대조선시문학 연구-해방 후 편, 사회과학출판사, 1988

류만, 주체의 창작이론, 사회과학출판사, 1965

림병순, 창작과 기교, 조선예술총동맹 출판사, 1965

성기조, 북한의 비평문학 40년, 신원문화사, 1990

유재근, 박상천, 북한의 현대문학2, 고려원, 1990

유종호 외, 한국현대문학 50년, 민음사, 1995

이명재, 북한문학사전, 국학 자료원, 1995

이재인, 북한문학의 이해, 열린길, 1995

이재인, 이경교, 북한문학강의, 효진출판사, 1996

최동호, 남북한 현대문학사, 나남출판사, 1995

한국문학연구회 편, 1950년대 남북한 문학, 평민사, 1981

홍기삼, 북한의 문예이론, 평민사, 1981

문학사상, 1989, 4월호

월간문학, 1989, 1월호

Ⅵ 북한시의 한 고찰

―70~80년대를 중심으로―

1. 서 론

북한의 문학을 바라볼 때, 북한의 특수성을 살펴보아야 한다.

김일성의 교시나 당의 문예정책이 예술분야 전반에 그대로 적용됨에 따라 문학은 주체사상의 이념적 골격에 구체성을 부여하는 도구로서의 역할을 하고 있는 것이 북한의 현실이다.

즉 철저하게 사회주의 사회의 문학을 창조하고 작가는 당의 정책과 지침, 수령의 교시에 입각하여 작품을 창작하고 작가가 그려낸 작품 속의 현실은 자본주의의 생활원리가 아니라 사회주의적 생활 규범에 지배되는 현실을 반영한 것이다. 이러한 현실의 반영을 통해 문학이 하는 가장 중요한 역할은 인민 대중을 사상적으로 계몽하고 교양하는 것이 된다.

따라서 북한문학의 특수성은 그 어느 사회주의 국가의 문학보다도 투철한 반제민족 해방의 사상 속에서 형성, 발전되었다는 것이다.

　항일 혁명 전통을 유일한 전통으로 삼는 북한의 주체사상은 항일 무
장 투쟁의 시기부터 자기 나라 혁명은 외세에 의존하지 않고 자기 나
라의 힘으로 그 나라의 실정에 맞게 수행한다는 자립적 관점으로부터
발전되어 왔다.

　북한의 특수성이 도출된 북한의 정치적 배경은 북한 문학의 지속적
이고 주된 형상화 내용인 김일성과 김정일에 대한 찬양과 반미, 반한
투쟁을 선동하는 작품을 낳게 하였다.

　이러한 특수성을 전제하고 북한의 문학을 본다면 어느 정도의 객관
적인 시각을 확보할 수 있을 것이다.

　따라서 북한 문학을 평가할 수 있는 기준은 이데올로기적 가치평가
가 아니라 문학 자체의 속성과 본질이 되어야 한다.

　또한 북한 문학의 특징은 정치적인 정세와 당의 정책, 수령의 교시
라는 사회적 요구와 밀접한 연관하에 놓여 있다는 것을 알 수 있다.
당의 지침이 그대로 작품 속에 형상화되는 현상이 꾸준히 계속되고 있
는 것이다.

2. 80년대 이후 북한의 문예이론

　80년대의 북한 문학은 1980년 1월 제3차 조선작가동맹대회에 당
중앙 김정일이 서한으로 보낸 '현실 발전의 요구에 맞게 작가들의
정치적 식견과 창작적 기량을 결정적으로 높이자'라는 지침으로부터
시작된다.

　　현실은 작가들에게 있어서 창작 활동의 기본 무대이다. 모든 작가들은
들끓는 현실 속에 깊이 들어가 생활 체험을 쌓는 한편 대중 속에서 배출
된 주체형의 공산주의자의 참된 전형을, 당과 혁명, 조국과 인민에게 끝없
이 충직한 숨은 영웅들을 널리 찾아내어 그들의 고상한 풍모와 아름다운
정신세계를 훌륭히 형상화함으로써 당 6차 대회를 승리자의 대회, 통일단
결의 대회로 맞이하기 위한 당원들과 근로자들의 투쟁을 힘차게 고무 충
동하여야 한다.
　　높은 당성과 심오한 철학성은 혁명적 문학 창작의 주요한 요구이다. 모
든 작가들은 당이 제시한 주체적인 창조 체계와 창작 원칙을 철저히 구현
하며 자연주의 도식주의를 비롯한 온갖 그릇된 경향을 극복하고 창작에서
노동계급적 선을 확고히 세우는 동시에 개성적 특징을 옳게 살리며 철학
적 심도를 보장함으로써 사상 예술성이 높은 우수한 작품들을 더 많이 창
작하여야 한다.[1]

　여기서 김정일의 요지는 숨은 영웅의 발굴과 높은 당성과 심오한 철
학성의 구현이다.

　그리고 고상한 인물은 조국과 인민의 이익을 무엇보다 고상히 여기
며 조국과 인민의 복리를 위하여 투쟁하며 민주주의를 위한 투쟁에 있
어서 용감한 혁신자가 되며 어떠한 난관이든지 능히 극복할 수 있는
준비성을 가진 고상한 민족적 품성을 가진 새로운 조선 사람이라고 강
조한다.

　숨은 영웅에 대한 논의는 1992년 김정일의 「주체문학론」에서 구체적
으로 논의된다.

　80년대 이후의 북한 문학은 김정일의 '훌륭한 문학작품은 좋은 종자
를 안고 있어야 한다.'는 교시에 따라 새로운 창작원리로 '종자론'이
풍미하였고 자주적인 인간에 대한 문제를 내세워 '공산주의 인간학'이
창작원리의 중심이 되고 있다.

---

1) <조선문학>, 1980년 2월호.

문학예술에서 종자란 작품의 핵으로서 작가가 말하려는 기본문제가 있고 형상의 요소들이 뿌리내릴 바탕이 있는 생활의 사상적 알맹이며 종자는 생활 속에서 인간 문제를 탐구하는 과정에 작가가 독창적으로 찾아낸 생활의 씨앗이며 사상적 알맹이라고 말하고 있다.

따라서 종자의 개념은 구체적이고 정확한 개념이기보다는 총체적인 개념에 해당한다고 할 수 있다.

북한 문학에서 이전의 문학과 다른 면모를 보인 것은 김정일 후계체계의 현실화를 위해 김정일을 전면 부상시키고 상징화하려는 의도인 것이다.

따라서 김정일을 형상화한 작품들이 증가하기 시작하며 숨은 영웅의 형상화와 높은 당성 심오한 철학성의 구현을 내세우게 된다. 숨은 영웅은 역사적 대사건이나 대규모 건설 사업이 아닌 일상에서 발견되는 일에 천착하여 도식주의를 극복하고 개성적 특성을 살려 예술성을 높여야 함을 지적하고 있다.

심오한 철학성 역시 '종자의 철학적 무게, 사상의 철학적 심오성, 사회적 문제의 예리성, 생활의 새로운 탐구, 깊이 있는 분석적인 세부묘사와 언어구사를 통하여 보장되는 창조과정의 총체'[2]라고 설명하고 있다.

80년대 후반에는 숨은 영웅에 대한 묘사에서 지나치게 인민성을 강조함으로써 북한 문화 예술의 고유한 선전이나 도구로서의 기능이 저하되는 것을 우려하고 있다.

1986년 3월 27일과 28일 개최된 조선문학예술 총동맹 제6차 대회에 참여한 각 부문의 대표자는 '우리 당이 문학예술사업에서 이룩한 업적을 옹호 고수하고 계승 발전시키자'라는 주제로 토론을 하였고, 1986년 5월 17일 김정일은 '혁명적 문학예술작품 창작에서 새로운 앙양을

---

2) 최상, 「우리식 문학건설의 강령적 지침」. 조선문학. 1990. 1.

일으키자'라는 지침에서 철학과 지성의 강조가 당성의 위협으로 나타난 현실에 대한 경계를 표명한다.

> 문학예술작품 창작에서 당성, 노동계급성, 인민성의 원칙을 지키는 것은 제국주의의 사상 문화적 침투가 계속되고 있는 조건에서 더욱 중요한 문제로 나섭니다. 지금 제국주의자들은 새 전쟁 도발 책동에 미쳐 날뛰면서 사회주의 나라들을 내부로부터 와해시키려고 사상 문화적 침투를 그 어느 때보다도 강화하고 있습니다.

> 최근에 영화예술 부문에서는 인간의 기구한 운명을 그린 영화와 남녀 간의 삼각연애를 그리는 것은 구라파식이며 부르조아적 미학관의 표현입니다.[3]

이처럼 김정일은 부루조아적 경향에 빠지는 것을 경계하면서도 계속하여 문학이 현실을 진실하게 반영할 것을 강조하고 도식주의로 돌아가는 것을 질타한 것이다.

> 문학예술작품 창작에서 당성, 로동계급성 인민성의 원칙을 지키자면 작품에 인민들의 생활을 진실하고 깊이 있게 담아야 합니다. 문학예술작품은 생활을 진실하고 깊이 있게 담아야 사람들에게 생활의 진리를 똑똑히 인식시키고 참다운 삶과 투쟁의 길을 가르쳐 줄 수 있습니다. 문학예술작품은 사람들의 보람찬 생활을 진실하고 깊이 있게 그릴수록 가치 있는 것으로 됩니다. 생활을 담지 못한 문학예술작품은 정치 논설이나 강연보다 못합니다.[4]

따라서 80년대 문예정책은 기존의 수령 형상문학과 도식주의와 상투성을 벗어날 것을 요구하는 숨은 영웅에 대한 형상 문학이 공존하고

---

3) 김정일, 「주체혁명위업의 완성을 위하여」. (평양, 조선로동당출판사. 1988). 411~415쪽.
4) 앞의 글, 416쪽.

있다. 여기에 수령 형상 문학이 함께 이루어지고 있다.

90년대 문학은 사상성을 강조하고 있는데, 즉 사회주의 체제에 대한 우월성과 정당성을 강조하고 있다. 주체사상에 의해 철저하게 운영되는 것인데 구소련과 동구의 붕괴 과정을 보면서 새로운 창작 원리로 사상성을 더욱 강조하고 있는 것이다.

작가들은 주체의 위업과 수령과 지도자에 대한 흠모의 감정이 창작 바탕이 되어야 했다. 이러한 사상성과 미학적 질을 한 단계 높여 혁명적 낙관성과 낭만성을 요구하고 있다.

> 우리의 문학은 조선민족제일주의의 정신을 높이 발양시키는 데도 적극 기여하여야 한다. 문학이 조선민족제일주의의 정신을 높이 발양시키는 데 이바지하게 하는 것은 그 사상 교양적 기능을 높이는 데 중요한 의의를 가진다.
>
> 조선민족제일주의 정신으로 교양하는 것은 오늘 제국주의자들이 사회주의 제도를 내부로부터 와해시키려고 더욱 악랄하게 되돌려 세우고 있는 조건에서 절실하게 제기된다.
>
> (……중략……)
>
> 카프문학에 대한 평가와 처리를 공정하게 하여야 한다.
>
> 카프작가들은 작품에서 당대 사회제도를 비판하고 우리 인민의 민족적 및 계급적 해방을 주장하였으며 무산계급의 선각자를 전형으로 내세우고 사회주의적 리상을 표현하였다.
>
> 카프문학은 민족문학의 고유한 특성을 살려 우리 인민의 민족적 감정과 지향에 맞는 우수한 형식을 창조하였으며 우리나라의 선행한 사실주의 문학의 제한성에서 벗어나 사상 예술적으로 높은 수준에 이르렀다.[5]

이처럼 90년대 북한 문학은 우리식 문학을 강조하면서 기존의 상투적이고 경직된 혁명적 낭만주의의 보수적 경향을 강하게 보이며 삶의

---

5) 앞의 글. 77~78쪽.

정서에 대한 형상화를 통해 높은 예술적 완성도를 추구하고 있다. 특히 고유성을 확보하기 위해 민족 문화의 범위를 확대하여 과거 비판의 대상이 되었던 카프문학을 긍정적으로 평가하고 있다.

3. 80~90년대 북한시의 경향

1) 김정일 우상화와 찬양

80년대 이후 북한시는 "당이 제시하는 주체적인 창조 세계와 창작원리를 철저히 구현하며 자연주의 도식주의를 비롯한 온갖 그릇된 경향을 극복하고 창작에서 노동계급적 선을 확고히 세우는 동시에 개성적 특성을 옳게 살리며 철학적 심도를 보장함으로써 사상 예술성이 높은 우수한 작품을 더 많이 창작하여야 한다."라는 1980년 1월 제3차 조선작가동맹대회에서 김일성 지침으로 출발한다.

문예 창작의 실천적 지침으로 초인적인 신념과 힘을 지닌 신격화된 영웅에서 평범하고 진실한 인물을 형상화한 숨은 영웅 찾기와 개성과 철학적 심도를 지닌 작품의 창작으로 요약될 수 있다.

김정일에 대한 송가시는 80년대에는 김일성과 비슷한 편수로 발표되다가 90년대에 와서 많은 작품이 발표되는데 이는 사회주의 문학론이라는 한정된 창작 제재에 있는 문인에게는 시적인 다양성을 마련해 주는 계기가 된다.

대표적인 시로는 정서촌의 「조선의 영광」(1983), 림공식의 「항일의 첫 녀성륙전병」(1985), 김정균의 「력사의 그날에」(1986), 리준의 「불멸의 봉화산」(1986), 송명근의 「언제나 우러르는 영상」(1987), 전병구의 「정일봉의 해맞이」(1989), 「아, 정일봉이여」(1989), 백하의 「하늘이 샛길 글발」(1989), 구희철의 「귀틀집 생가에서」(1991), 한찬보의 「김정일 장군만세」(1993), 강명학의 「수령님은 우리의 김정일 동지」(1995), 홍현양의 「금수산 기념궁전에 오르면」(1995), 최창남의 「태양만이 보이는 언덕」(1996) 등을 들 수 있다. 90년대에 들어서 강도 높은 칭송과 예찬으로 이어지고 있는데 김정일이 김일성의 후계자임을 강조하는 시들이 많이 등장하고 있다.

결국 80~90년대 시는 김정일의 숭고한 위대성과 불멸의 절대성을 인민들에게 침윤시킴으로써 주체 조선의 투쟁적 혁명 정신을 결집시키는 교화적 기능을 담당해 왔다는 것을 확인할 수 있다.

> 사람들이여 / 여기서 발걸음 삼가 옮기시라 / 햇빛이 넘치는 저 문마다에 / 조용히 깃든 사색의 정적을 깨지 마시라 // 금수산의사당 / 여기에서 어버이 수령님 / 조선 혁명과 세계를 이끄시였고 / 금수산 기념궁전 / 여기에서 오늘은 영생하신다.
>
> 홍현양, 「금수산 기념궁전에 오르면」 일부

> 누리를 향해 / 힘껏 소리쳐 자랑하노라 / 영광의 봉우리 / 위대한 그 종합으로 불리우는 / 백두와 정일봉 // 륭성 번영하는 조국과 / 인민의 행복을 위해 솟은 / 혁명의 푯대 / 누리는 등대 / 아 정일봉이여!
>
> 전병구, 「아, 정일봉이여」 일부

이처럼 정일봉을 통해 김정일의 국가적 의미를 찬양하고 있다.

김정일은 혁명의 푯대이며 누리의 등대이다. 즉 김일성의 혁명정신을 이어받아 사회주의의 완전승리를 향해 돌진하는 혁명의 화신이며 동시에 인민들을 행복으로 인도하는 등대와 같은 존재라고 칭송하고 있다. 김정일의 체제로 접어들기 시작했음을 알 수 있다.

2) 숨은 영웅의 형상화와 사회주의 경제 건설의 대행진

80년대 이후로 북한의 시는 숨은 영웅 형상화와 사회주의 건설의 대행진을 형상화하는 작업에 총력을 기울인다. 영웅적 모델이 될 수 있는 평범한 사람을 형상화하는 것을 문예정책으로 내세우고 그런 인물을 창조하는 데 주력하게 된다.

차영도의 「80년대의 숨결」(1982), 구철희의 「내마음」(1987), 림우봉의 「수도에 돌아와」(1987), 주광남의 「철산봉에 산다」(1989), 권강일의 「발파 시간은」(1989), 박세일의 「순천의 딸에게」(1999) 등이 있다.

> 참으로 좋은 일을 네가 하고 있구나 / 너 안아 올린 폭신한 비닐론 솜 / 실실이 은실되고 필필이 꽃천되어 / 사람들을 아름답게 단장시켜 주나니 // 누구는 너를 보고 / 비닐론 꽃밭 찾아 날아든 나비라고 했다지 / 또 누군가는 너를 보고 / 비닐론 꽃 가꾸는 원예사라고 했다지 // 인민을 위해 베푸시는 어버이 수령님의 그 사랑 / 비닐론 솜으로 꽃피워 가는 / 예보다 좋은 곳 더는 몰라 // 나이들어 시집을 가도 여기서 가겠다는 너 / 한생을 이 공장에서 살며 / 꼭 영웅이 되겠다는 너
>
> 박세일, 「순천의 딸에게」 일부

이처럼 불만이 없는 노동에 대한 희망찬 예찬과 칭송이 대부분이다.

어린 나이에 집을 떠나 비닐론 공장에서 일하는 소녀를 두고 아버지의 목소리로 말하고 있다. 이러한 시를 통하여 숨은 영웅들의 모습은 희망에 찬 목소리로 표현되고 있다.

> 무산광부 / 당이 불러주고 온 나라가 외우는 그 이름 / 제 한 이름보다 소중히 간직하고 / 늘어나는 쇠돌량 / 거기서 삶의 보람 누리며 / 오, 무산의 광부들은 철산봉에 산다.
>
> 주광남, 「철산봉에 산다」 일부

80년대 속도를 창조하자 / 이 혁명의 목소리에 / 얼마나 엄숙한 / 시대의
자각이 불타고 있느냐 // 이 말 속에는 / 기어이 점령해야 할 / 10대 잔망 목
표를 두고 / 혁명에 맹세다진 / 우리의 담대한 결심이 있고 / 이 말 속에는 / 이
땅의 모든 것을 / 당 중앙의 뜻으로 새로 창조하고야마는 / 우리의 비상한
각오가 숨쉬고 있나니 // 80년대 속도 / 이는 신념의 노래 / 투쟁의 노래
차영도, 「80년대의 숨결」

위 시에서 사회주의 경제 건설을 위한 당의 10대 목표가 천리마 정
신과 속도전 이론에 의해 박차를 가하고 있음을 알 수 있다. 철산봉의
석탄 채취 현장에서 또는 공업현장이나 건설, 농업현장에서 사회주의
경제 건설을 하기 위한 노력이 시에서 잘 나타나 있다.

3) 남한에 대한 비방과 국제적 친선 도모

북한의 시에서 남한과 미국을 증오하는 시가 지속되면서 확대 심화
되는 양상을 보인다.

즉 남한 정부에 대한 비난과 반미 투쟁이라는 종래의 연장선상에서
80년대 남한 현실을 비판하고 한걸음 나아가 국제 친선을 위한 청년
학생축전을 개최하고 이를 찬양하는 일로 확대된다.

조성관의 「저주」(1981), 안정기의 「정해진 운명」(1989), 김경기의 「남
조선 혁명가의 노래」(1988), 박호범의 「시로 쓴 판결문」(1998), 최치영
의 「평양은 기다린다」(1989), 김석주의 「벗들을 기다리는 마을」(1989),
박세일의 「감방맛이 어때?」(1996) 등이 있다.

입에 담기조차 / 글에 옮기기조차 / 역스러워진다 / 인피를 쓴 미국놈의 개 / ─전
두환 // 나는 부끄러워지는구나 / 네가 나와 같이 / 한조선 사람의 이름을 달
고 있다는 것이 / 네가 우리와 같이 / 한 강토에 살고 있다는 것이 / 손에 피

를 주무르기 위해 / 동족의 선지피를 받아내기 위해 / 이들을 굶긴 창자에 흥분제를 처먹이고 / 졸개들을 살육장에 내 몰은 인간백정 / – 전두환 / 미쳐 날뛰라 // 인민의 피로 바꾼 / 대통령 감투 정수리에 올려놓고 / 발밑에 타오르는 분화구 우에서 / 망나니의 마지막 춤으로 / 한껏 미쳐 날뛰라

조성관, 「저주」 일부

군복우에 양복 입고 / (대통령)감투 쓰고 / 민충이 쑥대에 올라간 듯 / 거들대는 너 로태우 // 마무리 권세가 탐나고 / 황금이 좋기로니 / 구미호도 못 당할 요사를 부려 / 하루아침 쓸쩍 <민간인> 되고 / 어느새 제꺽 <감투>까지 뺏어쓰다니 // 네놈의 그 변신술, 둔갑술에 / 짐승들도 침뱉는다

안정기, 「정해진 운명」

위 시에서 80년대 전두환과 노태우를 들면서 남한 정부에 대한 노골적인 인신공격을 퍼붓고 있다.

또한 박세일의 「감방맛이 어때?」(1996)라는 풍자시에서도, '태우, 두환이 / 너희들 요즘 / 감방맛이 어때(……) / 더 좋기는 네놈들 못지않은 / 도적 왕초 영삼까지 아예 / 감방으로 초청하는 게 어때? / 아무렴, 그 좋은 맛을 / 네 놈들만 독점하면 안 되지 뭐 / 삼형제가 사이좋게 냠냠해야지'라며 조롱과 야유를 보이고 있다.

한편으로는 80년대 들어 변모한 시의 양상으로 국제 친선을 강조하고 있다는 것이다.

아, 민족과 신앙은 달라도 / 반제련 대성 친선 평화를 위한 길에 / 하나로 굳게 뭉치며 / 종루 높은 사원으로 성지로 옮기던 발걸음도 / 끝없이 찾아올 축전도시 평양

최치영, 「평양은 기다린다」 일부

하지만 그대 누구이든 / 반제, 평화의 노래를 안고 / 친선 단결의 춤을 안고 / 13차 세계청년학생축전에 달려올 벗이라면 / 대륙을 지나왔건 / 바다를

건너왔건 / 려권 하나면 / 여기 축전동에 거주할 수 있으리
김석주, 「벗들을 기다리는 마음」

이처럼 남조선 해방과 국제 친선의 시들을 강조하고 있다. 특히 1989년에 이르러 세계청년학생축전은 북한 문학에 새로운 소재로 대두되고 있다. 즉 그에 따른 국제화 추세의 한 반영은 북한의 위상을 높이려는 노력이 보인다.

또한 남한에 대한 비방 이외에 남한의 민주 투사를 찬양하는 시가 등장한 것이 90년대 시의 특징이다.

봄, 여름, 가을, 겨울 / 사시절 곱게 피여 / 찬비속에서도 / 칼바람속에서도 / 숫눈속에서도 / 변함없이 향기 풍기여 / 더욱 아름다운 통일의 꽃 // 무시무시한 총구 가슴을 겨눈 / 분계선 우에서도 / 피고 / 햇빛 한 점 없는 캄캄한 감방 / 차디찬 세멘트바닥 우에서도 / 소담하게 피여 향기 풍기는구나 / 통일의 꽃 림수경
조병석, 「언제 어디에서 피는 꽃」(1991)

남한의 임수경을 통일의 꽃으로 찬양하면서 남한에서의 그의 고난을 통일을 향한 열망의 상징으로 끌어 올리고 있으며 그 밖에 민주화 투쟁에서 희생된 학생들을 찬양하고 있다.

원쑤들은 당신을 그곳에 가두어 / 피끓는 젊음의 사랑을 앗고 / 정의로이 쳐든 당신 모습을 / 세상의 기억 속에서 지우려 했습니다 // (……중략……) / 오, 리인모 로인이여 / 한평생 감방에서도 / 조국을 안고 산 사람이여!
리철웅, 「당신은 조국을 지켰습니다」(1992)

사회주의를 찾아 북으로 송환돼 온 이인모를 통해 사회주의 우월성을 찬양하고 통일에의 신념을 표현하고 있다. 이러한 임수경과 이인모

등에 대한 찬양은 직접적으로 사회주의 우월성을 찬양하면서 통일의 당위성을 강조하고 남한의 정치 현실을 비판하고 있다.

4) 통일 지향과 탈 이념적 자연 서정시

조국 통일의 시로는 백인준의 「조국에 대한 생각」(1980), 동기춘의 「인생과 조국」(1986), 김홍권의 「땅을 씻지 말아라」(1989), 권태여 「방울소리」(1991), 「소나기」(1991), 김형준의 「통일 념원」(1990), 윤방구의 「백두산의 진달래」(1990). 리정택의 「금강산을 떠나며」(1991), 강기수의 「봄비」(1991), 김종백의 「냇가야 작은 시냇가야」(1992), 박세일의 「통일 념원 굽이치는 건설장에서」(1992), 황명성의 「조국통일」(1992), 김정철의 「약산의 진달래」(1994), 주광남의 「강화도를 바라보며」(1996) 등을 들 수 있다. 이들 작품에서 해방 후 혁명투쟁 정신의 계승을 통해서 조국통일 혁명의지 등이 수용되고 있으며 분단의 강산을 노래하는 자연 서정시도 등장한다.

> 강화도! 제 몸의 멍든 한 부분처럼 / 바라보기조차 가슴답답한 저 꺼먼 섬 / 군복 입은 심장에 통일맹세 품고 / 이 기슭을 떠나던 홍안의 시절은 언제였던가 / 그날 다름없는 원한의 섬 앞에 / 반백의 머리칼 날리며 예 다시 섰노니 / 뛰어난 내 한생은 공회전을 한듯싶어…… / 아 지백으론 하나로 잇대이지 못한탓에 / 강화도여 너는 / 민족의 이 한가슴에 / 아픈 옹이로 박히는구나 / 홍안의 그 걸음을 / 새롭게 시작하게 되는구나!
> 주광남의 「강화도를 바라보며」

이 시에서 화자는 남한의 강화도를 중심 소재로 삼고 민족적 친밀감과 통일에 대한 염원을 나타내고 있다.

햇빛 따르는 진달래 밝은 웃음에 / 내 생의 자욱자욱을 비쳐보는 마음 / 그
대 위한 진정에 한점 티라도 있다면 / 마주 웃기 차마 부끄러우리 / 아 어제
도 오늘도 / 때없이 / 백두의 눈비속에 / 기꺼이 서보는 내 마음아!
윤병구, 「백두산의 진달래」

아쉬워라 / 차마 발걸음 떼기가 / 비로봉의 폭포소리 // 구룡연의 장쾌한
노래소리 / 천하를 울리며 / 이 가슴을 그냥 내려찧네 // 아 금강산아 / 너와
이틀밤 사흘낮 / 시간은 짧아 날은 꿈속처럼 흘렀어도 / 내 두고두고 쌓인
정 / 너에게 빼앗겨서
리정택, 「금강산을 떠나며」

녕변이라 녕변의 약산동네는 / 노래도 많고 시도 많소 / 좋은 철 진달래
꽃철에 찾아오니 / 시 한수 저절로 떠오르오
김정철, 「약산의 진달래」

백두산과 금강산의 아름다움을 전통적인 운율을 살려 소박하게 묘사
하고 있다.

비록 단순하고 평면적인 묘사이지만 같은 민족으로의 동질성을 잔잔
하게 표현하고 있다.

통일! 이보다 좋은 말 있다 해도 / 통일! 이보다 중한 일 없어 / 우리는
그렇게 너를 부른다 / 통일거리 // 90년대 첫해부터 / 할 일은 많았지만 / 우리
는 이 일부터 시작하였다 / 통일거리 건설 - / 다른 이름이 아닌 / 반세기를
탕탕 가슴치며 외쳐온 / 통일이란 이름으로 건설하는 이 거리
박세일, 「통일 념원 굽이치는 건설장에서」

통일이 / 이땅에 소원으로 남는다면 / 통일이 / 이루지 못할 우리의 꿈으로
만 남는다면 / 아, 통일의 노래는 불러 무엇하며 / 목이 쉬도록 웨쳐선 무엇
하랴 // 통일이여 / 너는 지금 어디에 있느냐 / 어디에서 오느냐 / 어디까지 왔
느냐 / (……중략……)조국통일이 / 민족 숙원으로만 남는다면 / 꽃피는 봄은

있어 무엇하며 / 열매 맺는 가을은 있어 무엇하랴
황명성, 「조국통일」

이처럼 순수한 시의 서정성과 예술적 상상력이 나타나며 이념을 벗어나
새로운 동질성 확보와 함께 통일 문학으로 나아가려는 가능성이 보인다.

5) 현실 주제와 사랑 이미지

현실 주제의 시로 정치적 사건이나 상황에 따른 시사적 문제와 북한 내
의 문화와 사회 변동의 문제를 담고 있다. 작품으로는 림공식의 「예와서
보시라」(1991), 「말하고 싶소」(1992), 동기춘의 「피의 금요일」(1991), 문
재권의 「붉은 잎사귀」(1986), 백의선의 「5월 단오」(1990), 변홍영의 「평
양의 모습」(1993), 박근원의 「초소의 문화오락 사건」(1995) 등이다.
또한 노동의식 고취와 함께 사랑 이미지를 표현하는 시로는 안정기의
「사랑의 조건」(1985) 서진명의 「새벽」(1990), 권태여의 「소나기」(1991)
등이 있다.

탓하지 않으리 / 키는 날씬하지 않아도 / 나무라지 않으리 / 얼굴은 번뜻하지
않아도 // 그대 / 말주변은 비록 없어도 / 꾸밈새 없는 소박한 말로 / 내 심장
울려 준다면 // 고백은 해서 무엇하랴 / 맹세해서 무엇하랴 / 가슴에 끓는 그
대의 열정 / 바이트 날에 불꽃으로 튀긴다면 / 탓하지 않으리 / 차림새는 수
수해도 / 나무라지 않으리 / 화려한 예물은 없어도 // 꺼지지 않는 심장의 횃
불을 들고 / 걸어갈 인생의 먼길에 / 그 어느 한자욱도 부끄럼 없는 / 영원한
동행자로 된다면
안정기, 「사랑의 조건」

청춘남녀의 사랑을 노래해도 공간적 배경은 노동의 장소로 표현하는

사랑과 노동의 결합 모티브가 80년대 시적 방법을 이루고 있다.
즉 횃불만 있으면 키도 얼굴도 탓하지 않는다고 노래하고 있다.

　동음 소리에 심장의 말을 담다 / 짓궂게도 처녀를 찾네 // 어서 나오렴 / 내 사랑 내 정든 사람 / 그만에야 잠을 깬 처녀 / 서둘러 집을 나서네 / 그 총각과 남몰래 만나던 / 버들 방천과 비길 수 없는 / 아름번 행복이 기다리는 논벌을 향해 // 그 총각이 전조등불빛으로 불러온 / 그 새벽빛 보고 싶어 / 그 총각이 고루어 놓은 논벌에 / 모내는 기계의 동음 / 선참으로 울리고 싶어······
　　　　　　　　　서진명, 「새벽」 일부

　잔디 푸른 긴 강뚝 / 세상 잊은 듯 걷다가 / 말없이 걷다가 / 소낙비 만났네 젊은이 한쌍 // ―어머나 소나기 / 처녀는 손우산 가리며 방긋 웃네 / 얼결에 젊은이 저고리 벗어 / 처녀의 어깨위에 씌워주네 // 안타까이 더듬던 / 처녀의 말꼭지 소낙비가 떼준 듯 / 터지고 싶던 젊은이의 마음 / 소낙비가 열어준 듯 // 아, 고향 강변의 소낙비 / 좋은 세월이 내려주는 축복인가 / 행복에 겨워 손잡고 달리네 / 숨이 가빠 아주 웃네
　　　　　　　　　권태여, 「소나기」

이처럼 사랑과 노동이라는 노동을 매개로 하는 사랑의 서정을 노래하고 있다.

2. 결 론

지금까지 80~90년대 북한시가 보여주고 있는 내용은 대체로 혁명가계에 대한 찬양과 숨은 영웅의 형상화, 노동의 신성성 고취, 민족 통일

의 염원, 국토의 절경에 대한 찬양, 남한 비방과 국제적 친선 도모, 탈이념적 자연 서정시, 현실 주제와 사랑 이미지 등으로 살펴보았다.

그러나 당이 제시한 주체적인 창조체계와 창작 원칙의 철저한 구현이라는 기존의 문예이론을 벗어나지 않는 범위에서 80년대 이후에 약간의 변화를 보인 것은 탈 이념적 자연서정시와 사랑이미지의 경향을 보이는 것은 긍정적인 양상이라 할 수 있다.

80년대 이후의 시를 검토해 볼 때 시어의 미감과 가속화된 언어 이질성과 시 창작 방법에 대한 이질성이다. 즉 내용과 형식에 있어 작품의 내용의 기초는 객관적 현실 세계이고 형식은 사회주의 혁명 예술과 공산주의 정신을 무장시키는 부차적 미학으로 파악하고 있다.

90년대에 들어 우리식 사회주의의 우월함을 형상화하는 우리식 문학을 창작하고 있는데 이는 주체사상의 우월함과 김정일을 형상화하는 작업이라고 할 수 있다.

또한 최근에 올수록 북한의 시는 연의 반복을 통한 운율적 효과, 도치와 상투적인 영탄법의 배제, 정치적 의미의 은유화 등 시적 변모를 보이고 있다.

앞으로 북한 문학을 올바르게 살펴보기 위해서 북한의 문예지뿐 아니라 개인 시집이나 미발표의 작품들까지도 살펴보아야 할 것이다.

더불어 북한 문학을 평가하는 기준이 이데올로기적 가치평가가 아니라 문학 자체의 속성과 본질이 되어야 할 것이다.

제 3 부
詩와 비평

I   경험적 시간과 자아 양상

　문학에서 내포되어 있는 시간은 자아의 개념과 깊은 관계를 맺고 있다.

　한스 마이어홉(Hans meyerhoff)은 시간의 개념을 경험적 시간(Time in experience)과 자연적 시간(time in nature)으로 나누고 있다. 경험적 시간은 문학적 시간이며, 자연적 시간은 물리적인 시간 개념이다. 문학적 시간은 '인간적 시간', 즉 경험의 막연한 배경의 일부가 되고 또 인간의 생활구조 속에 포함되고 있는 시간의 의식이라고 표현하고 있다. 즉 개인 자신이 경험한 시간이다. 시간과 자아양상과의 상호관계는 현재라는 시간적 흐름 속에서 나타나며, 또 개인적 기억 구조, 즉 자신의 과거를 구성하는 관계들 속에서 나타난다고 할 수 있다.

　이러한 의미에서 9월 달에 실린 김규태의 「바람나라 1」, 정일남의 「아카시아 꽃」, 손해성의 「혼돈」, 오성환의 「시간은 자꾸만 손을 흔들고」, 李文在의 「탑골공원」 등에서 경험적 시간과 자아 양상이 어떻게 변모하는지를 살펴보고자 한다.

　　시간들은 늘 나를
　　버림받은 빈천함으로
　　어제란 여린 기억을 들춘다.

······중략······

나무들의 열린 웅덩이처럼
내 눈물들은 드나들고
부끄러움처럼 서린
젖은 상처라 불리는 이름들
시간은 바람을 낳는다.

이끼가 서리는 기다림으로
늦게 가는 연약함에 처진
혼자서 가는 발걸음은
늘 높이 내린 외로움이 된다.
「바람나라 1」 일부

인생에 있어서 시간은 살아가는 필수적 존재이며 개인의 생애 속에
내재되어 있는 것인데 여기서는 '여린 기억을' 상기시켜 주며 '젖은 상
처'인 존재들에게 '시간은 바람'을 낳고 있다고 하였다.

완전한 실재는 시간을 초월하며 시간 외적으로 존재되는 것으로 생
각되는데 '이끼 서리는 기다림으로 혼자서 가는 발걸음은' 또다시 외로
움으로 승화되고 있다.

따라서 시간은 상이한 知覺들이 서로 엉켜서 항상 유동하면서 기억
을 들추기도 한고 바람을 낳기도 하며 기다림에서 다시 외로움으로 변
화하고 있다.

'들춘다', '아프다', '낳는다', '된다' 등 현재시제를 사용함으로써 대
상과의 일정한 거리를 둔 시간 감각을 느낄 수 있다.

이렇듯 표면적 현실 안에서 시간양상과 자아양상 사이의 상호 관계
를 물리적 시간 단위가 아니라 '어제란 여린 기억을' 들추어내는 과거
까지의 긴 시간을 통시적으로 드러내는 인상을 부여하고 있다.

　개인의 과거 문맥 속에서 어떤 연속감, 동일감, 통일감을 나타내려는
탐구는 문학적 시간인 경험적 시간으로 표현되고 있다.

　　그는 돌아오지 않는다
　　오월의 숲은 쌘구름이 들렀다 가는 곳

　　앰블런스 흰 몸체가 지난 뒤
　　발돋움하듯 흰꽃이 언덕을 점령한다.
　　흰꽃은 죽음을 밟고 온 순서
　　흰꽃이 어머니의 버선발을 따라 왔다

　　……중략……

　　이젠 오지 않을 얼굴 하나
　　저 향기를 내가 껴안기 전에
　　그가 나를 먼저 껴안는다
　　그러나 꽃향기 바라는 것은
　　내가 아니라 수많은 죽음이라는 것을 읽는다
　　내가 가고난 뒤에도 숨을 고르며 따라 올 저 향기
　　　　　　　　　　　　　　　　「아카시아 꽃」 일부

　이 시에서 화자가 경험한 시간의 방향은 죽음이다. 죽음으로 향하는
시간의 방향성 또한 시간의 순환이론이라 할 수 있다. 이것은 탄생과
죽음이라는 변화의 순환을 불변적이고 영원한 무시간적 역사의 법칙으
로서 시간의 순환이론이 전개된다. 니이체는 이것을 同一物의 영원한
희귀(the eternal return of me same)라고 했다.
　'그는 돌아오지 않는다'로 시작하는 이 시는 죽음으로 향하는 시간
의 냉혹한 진행을 지켜보는 화자가 시간의 방향을 간직하면서 자아 행
위의 인상을 창조하는 효과를 발휘하고 있다.

현재를 과거의 시간과 지속으로 느끼는 시간의 흐름 속에서 죽음이 흰 꽃으로 묘사되며 어머니의 버선발에까지 따라오는 행위는 그 생동 감을 고조시키고 있다.

과거의 체험을 재현하고 현재의 시점에서 슬픔을 씻어내고 있다. 따라서 화자는 시간의 흐름을 기억 속에 인식시킴으로써 현재에서 다시 미래로 재현시키며 의미를 부여하고 있다. 마지막 연에서 '내가 가고난 뒤에도 숨을 고르며 따라 올 저 향기는' 현재의 시간에서 미래를 인식 하는 심상인 것이다.

> 언제나 그랬지만
> 밤새 불면으로 지쳐
> 식혀진 체온을 나직이 드리우는 아침
> 아침 태양빛을 마시며
> 나팔꽃 웃음으로 바라보는 무지개 색
> 휑하니 머리 속을 비우며
> 주머니 속에 숨겨진
> 낱말들을 꺼내본다
> 엊그제 경험들이 시가 되고 싶은 열망에
> 현실에 젖은 눈을 든다
>
> 「혼돈」 일부

이 시에서 시간적인 지속을 '밤새 불면으로 지쳐 식혀진 체온을 나 즉이 드리우는 아침'으로 경험하고 있다. 이러한 경험을 통하여 동일한 자아가 지속되는 것을 알 수 있다. 과거의 모습이 현재의 마음에 인식 되며 경험의 순간들이 시간과 자아가 서로 통일체를 구성한다. 즉 하나 의 연속적 현재로 결합되기 때문에 통일성을 구성하고 있다. 이런 시간 양상과 자아 양상 사이의 상호 관계는 순간적인 짧은 물리적 시간이 아니라 긴 시간으로 향할 때 작품성의 상호관계가 두드러진다.

어디로 가고 있는가
내 마음 아프게 하고,
밤마다 찾아와 하얀 웃음을 던지는 그대

……중략……

오랜 날들을
그대를 위해 기도도 하지만
세월은 그대의 그림자를 지운다
마음은 마음으로 가고 오지만
손닿을 수 없는
우리의 거리.

그대의 시간과 나의 기억이
다르게 무늬져 가고 있다는 것을
이제야 겨우 알 것 같구나.

시간은 자꾸만 손을 흔들고
기억은 자꾸만 고개를 젖는다.
                                「시간은 자꾸만 손을 흔들고」 일부

　이 시에서 시간은 경험으로 포착되는 시간의 요소들과 항상 관계가
있다. 따라서 기억은 과거의 경험인 그대의 마음이라고 할 수 있다. 시
간의 세계에서 벗어날 수 있는 화자로 본다면 미래는 신비적인 요소로
서 '시간은 손을 흔들고' '기억은 고개를 젖는' 그래서 나와 그대와의
시간적인 거리가 생기는 것이다. 즉 시간이 연속적으로 연결되고 있다.
　문학작품에 의해서 재현된 경험적 시간은 인간이 경험하는 시간을
상징적으로 표현하고 있다.

시들어 가는 풀잎
노을진 석양에
나부낀다.

싱싱하던 풀잎
세속에 시달려
애처롭게 시들었다.
깊은 골 패인 풀잎마다
흘러간 인고의 세월
역사 속에 비춰진다.

「탑골 공원」 일부

이 시에서는 시간이 역사적 차원으로 압축되고 있다. 싱싱하던 풀잎
은 흘러간 '인고의 세월'인 역사 속에 투영되고 있는데 역사적 소재를
시간과 자연물과의 연관성으로 지속되고 있음을 볼 수 있다.

따라서 과거의 '흘러간 인고의 세월'을 회상하는 시간은 물리적 시
간을 초월하는 무시간적인 것을 의미한다. 그래서 시간과 공간을 초월
한 것이며 또한 자아를 구성하는 요소들이 경험적 시간과 공존함으로
써 무시간적으로 표현될 수 있다고 보아야 할 것이다.

Ⅱ 詩的 언어의 생명력과 공간 모티브

시에서 언어의 선택은 중요한 의미가 있다.

언어의 특징 중에서 보편적으로 記號性과 恣意性, 사회성, 역사성, 體系性, 개방성, 不連續性 등으로 살펴볼 수 있는데 기호성은 일정한 형식과 내용을 가진다. 그리고 이것을 분류하면 자연적 기호와 인위적 기호로 나눌 수 있는데 인위적 기호는 像記號(icon)와 象徵(symbol) 으로 볼 수 있다.

이처럼 실존하지 않는 추상적인 것까지도 표현하며 전달할 수 있는 것이 언어 기호인 것이다. 그리고 恣意性은 의미와 음성 사이의 절대적인 관련성을 부인하며 개별언어마다 독특한 형태로 되어 있다.

또한 언어는 사회적 소산이며 시대에 따라 변화의 과정을 거치는 존재이고, 소수의 음운으로 많은 단어를 생성시키는 개방적 특징이 있다. 따라서 존재하는 사물이나 현상들, 즉 추상적 사고나 인식은 애매하고 불분명한 형태를 불연속시켜 이해하기 쉽도록 하고 있으며, 전달하려는 내용인 의미와 형식인 음성 사이의 체계를 이루고 있다 콜웰(colwell) 은 언어를 의미와 소리로 구분하였다. 의미에는 메시지(외연)와 기분(내포)으로 표현하고 소리에는 물리적 소리 그 자체와 문맥 속에서 소리가 표현할 수 있는 심리적 기분에 의해서 제시됨을 알 수 있다고 하였

다. 따라서 어조(tone)는 전달된 기분이며 이 어조를 염두에 두고 언어
를 선택하게 되는 것이다.

모티브는 동기부여라고 할 수 있는데 서로 결합된 모티브들이 작품의
테마를 지탱하고 구성한다. 이러한 모티브는 관련 모티브(bound motif)
와 자유 모티브(free motif)로 나눌 수 있다. 관련 모티브는 역동적 모티
브에 가까운데 이 모티브가 생략이 되면 이야기의 줄거리나 사건의 인
과관계가 상실되어 버리고 만다. 자유 모티브는 정적 모티브와 관련이
있으며, 작품의 세부묘사를 하는 것이다. 또한 사건의 시간적, 인과적
계기를 손상하지 않으므로 생략이 가능하다.

이러한 의미에서 12월에 실린 金世熙의 「낮달」, 김규태의 「바람나
라 10」, 신현옥의 「현유도 3」을 살펴보기로 한다.

　　물빛 구름에 실려
　　반쯤 허물어진 낮달이
　　떨어진 꽃잎처럼
　　앙상한 가지 사이에 걸려 있다

　　벌거벗은 계절 속에서
　　흔들리는 나무 허리에
　　안개같이 머물러
　　성긴 숨결로 커가는 꿈

　　구름 걷힐 저녁은 멀었는데
　　겉옷을 겹겹이 껴입은 나무들 사이에
　　세월의 푸른 그늘을 더듬으며
　　야윈 불안 속에 떨고 있네
　　흙먼지 일어나는 길을 따라

　　안개 뒹구는 언덕을 지나

웅크린 구름을 풀어 헤치며
투명하게 빛날 어둠을 찾아 떠난다
「낮달」

1연에서 '물빛 구름에 실려' 낮달이 공간에 정지해 있는 것이 아니라 움직이고 있는데 시간이 흐른 계절의 마지막인 '앙상한 가지 사이에 걸려 있다'에서 그 낮달은 다시 2연에서 '성긴 숨결로 커가는 꿈'으로 모티브가 時空을 초월하고 있다. 3연에서 시간 모티브인 저녁을 기다리며 '세월의 푸른 그늘을 더듬으며'라는 낭만적 이미지를 재현시키는데 4연에서는 그러한 불안 속에서도 '투명하게 빛날 어둠을 찾아 떠나는' 서로의 시간과 공간을 탐색하는 행로가 엿보인다.

다음으로 김규태의 「바람나라 10」을 살펴보기로 한다.

길에 경험의 충격들이 새겨지고
히죽이는 아스팔트의 열기에
꼬리를 물고 온 긴 행렬 같은
사라지던 시간들을 주워본다

여기저기 게워대는 웃음처럼
하루 내내 설익은 웃음을 흘리며
창백한 도시에 선 채
동정을 받으며 뛰쳐나온 기침들로
내 몸 깊은 신분을 짐작하고
밤이란 시간의 저쪽에서
언제나 헤어지는 만남을 준비한다
「바람나라 10」 1연과 2연

1연에서 '경험'과 '충격', '꼬리' 등 언어들은 남성적 토운으로 '길'이라는 공간 속으로 시간의 모티브들을 모아보지만 2연에서의 '설익은

웃음을 흘리며'와 '창백한 도시' 등으로 이어지는 감각을 통해 상징의
형태를 보여 주고 있다. '신분'이라는 정신과 '동정을 받으며 뛰쳐나온
기침들로'의 감정과 뒤섞어 여러 가지 방법으로 체험을 표현하고 있다.
그리고 '밤'이라는 시간적 모티브에는 만남이라는 또 다른 공간을 생성
시키면서 창조적 에너지를 나타내고 있음을 볼 수 있다.

마지막으로 신현옥의 「현유도 3」을 살펴보면,

> 삭아드는 빛의 아픔
> 그를 보는
> 발길이 끊어져 허무한 공간만이
> 감개와 절망을 섞어 짝을 지을 때
> 가장 여린 손끝이 다 닿도록
> 희미하게 남아있는 어제
>
> 꿈속의 것이었고
> 밀려나는 허무밖엔
> 아무것도 아니었다
> 시리도록 깊은 하늘과 대지에 긴 입맞춤
> 그 속에 내일이 있었다
> 「현유도 3」

이 시에 사용된 언어들이 암시적이고 동시에 이중의 의미를 가지고
있으며 그 의미가 유동적인 경향을 가지고 있다는 것을 알 수 있다.
'허무한 공간'이라는 공간 모티브는 '감개와 절망'이 혼합하여 과거의
시간과 더불어 시간을 초월하면서 상징을 통하여 '내일'이라는 시간 모
티브를 제시하고 있다. 이처럼 '허무'를 느끼는 존재로서의 사유는 시
간을 초월하여 공간 모티브와 더불어 언어에 생명력을 부여하고 있음
을 알 수 있다.

Ⅲ 비유적 방법과 상징적 방법

시의 비유를 인접의 비유(figures of contiguity)와 相似의 비유(figures of similiarity)로 분할할 수 있다고 르네 웰렉과 오스틴 워렌(Rene Wellek & Austin Warren)이 말하였듯이 유사의 인식이 상상력의 자극으로 시의 폭을 넓게 형성하고 있다. 인접의 비유는 提喩(synecdoche)와 煥喩(metonymy)로 제유는 한 특징을 보임으로써 전체를 대신하거나 환기시키는 기법의 일부로 전체를 대표하는 경우이고 환유는 한 사물에 관계있는 사물을 빌어 나타내거나 기호로서 실제를 대신하여 주요 원인을 알게 하는 방법이다. 즉 한 낱말 대신에 다른 낱말을 사용하는 표현법으로 하나의 관념을 연상시키는 그 무엇이 관념의 표시를 위해 쓰이는 것이다. 이러한 상징은 원관념이 생략된 은유법으로 의미를 지적하는 記號이며 이처럼 시 정신에 활력을 불러일으킴으로 시적인 확장이 가능하게 된다. 상징적인 언어를 통해서 관념적이고 추상적인 세계가 아니라 가슴으로 느끼는 감성적인 체험을 하는 것이다. 따라서 이미지가 있는 언어만이 우리가 가슴으로 느낄 수 있다. 그러므로 시의 총체적 효과는 이미지의 유기적 결합에 의해 이루어지며, 이러한 이미지의 실체화에는 비유적 방법과, 상징적 방법이 사용되고 있다. 시적 정서를 표출함에 있어서, 직접 표출하는 것이 아니라 은유와 상징적 방법으로 형성된 이미지를 통하여 간접적으로 표현되는 특성을 지니고 있다.

시적 이미지의 종류를 살펴보면, 시각적 이미지(visual image), 청각적 이미지(auditory image), 미각적 이미지(gustatory image), 후각적 이미지(olfactory image), 근육감각적 이미지(kinaesthetic image), 색채적 이미지(colour image), 역동적 이미지(dynamic image), 공감각적 이미지(synaesthetic image)로 구분할 수 있고 이러한 이미지 이외에도 프라이(N. Frye)는 예시적 이미지(apocalyptic mage)와 악마적 이미지(demonic image), 및 유추적 이미지(analogic image) 등으로 구분하고 있다.

10월호에 실린 작품들 중에서 노창수의 「일어나서 깨닫기」와 鄭群洙의 「소리를 위한 서시」, 위상진의 「통로」를 살펴보기로 한다.

오늘만은 한 톨 아껴서라도
늘 모자란 좀들이 찻독 속에
생각의 종자를 받아 넣어야지
손 벌려 이렇게 한 종지길 넣어야지

무거운 머리를 털고 일어나면
다짐처럼 부득부득 다가오는
아침이 있다
날개처럼 푸르게 저어가는
희망이 있다

가난하므로 더욱 반가운 만남을
때로 차디찬 흙속에서 기다리며
사랑하여 차라리 미운 인연을
푸르른 잎새 위에 확인하며
가는 뿌리 마디째 뜨거이 엉키는 삶까지
우리가 배반할 이유는 없었다
　　　　　　　　　　　「일어나서 깨닫기」 일부

1연에서 화자는 '찻독 속에 생각의 종자'를 받아 넣는 의지만 보일
뿐, 유기적 통일감이 결여되어 있지만 2연에서는 평범한 일상을 시각적
이미지와 더불어 유추적 이미지로서 신비적 교감의 활기찬 세계가 엿
보이고 있다. 그러나 '가난함'으로 '반가운 만남'과 '사랑하여 차라리
미운 인연' 등 역설적 의미 부여로 하여금 화자는 삶까지 포용하면서
새로이 시작하고자 하는 일상의 깨달음을 간직하고 있다. 시는 지난 언
어들을 소중히 여기며 새싹을 기르듯 다시 깨닫기를 하는 것이다.

보편적인 은유가 아닌 창조적인 은유의 발견이 중요함은 더 말할 나
위가 없다.

청자항아리 속에는
푸르디푸른 소리가 담겨 있어
도공은 망치를 들고
띠끌 한 점을 더듬는다

활활 타오르는 가마에서
건져 올리는 건
산과 바다와 하늘빛 뿐

울림 하나 찾으려고
도공은 바다를 헤엄친다
타다가 타다가 남은 순수의 티끌
소리의 아픔이여

도공은 망치를 들어 소리를 깨뜨린다
흙빛 찾아 열리는 소리
꽃은 꽃대로 바람은 바람대로
소리의 문을 나선다

「소리를 위한 서시」 전부

1연에서 '청자 항아리'에 '푸른소리가 담겨있어'는 시각적 이미지가 청각적 이미지와 더불어 '소리의 아픔'으로 결합된 상징성이 있다. 소리를 깨뜨림으로 소리가 열리고 소리의 문을 나서는 작품 전체의 상징을 유기적으로 결합한 묘사적인 표현으로 감각적인 효과를 가져온다.

역동적 이미지는 '망치를 들고 티끌 한 점을' 더듬고, '산과 바다와 하늘빛'을 건지며, '망치를 들어 소리를' 깨뜨리고, '흙빛 찾아 열리는 소리'로 '소리의 문을 나선다'는 등 여러 장면과 결합하여 작품 전체는 의미망을 형성하여 화자는 자연의 초월적인 신비를 가져와 상징의 입체성을 가져오고 있다.

일그러진 군상들이
무질서한 판화로 걸려 있고

환부를 도려낼 때마다
오르내리는 음계의 아우성이
희망과 절망의 긴 밤을
눌러대고 있었다

아직도
불안한 초침처럼 서성거리는
갈대들이 온몸으로 울었다

傷心들이 모여 웅성거리는 곳을
문 밀치고 나선다
약봉지를 면죄부처럼 껴안고

고통을 차단하는 망막에
눈부시게 퍼지는 거미줄로
햇살이 太初처럼 내려온다

　　　　　　　　　　「通路」 일부

이 시에서 드러난 그대로의 현상들을 화자는 객관적 입장에서 통로를 상징하고 있다. 이처럼 상상이 감각적인 심상과 결합되어 정서의 내적, 이미지의 세계를 이미지의 가시적 가치세계로 視像化시켜야 한다.

3연의 '일그러진 군상'이 '무질서한 판화'로 걸려 있는 상태는 고통과 어두움, 절망감의 상태를 예측하고 있다고 할 수 있다. '희망과 절망의 긴 밤'이나 '傷心들이 모여 웅성거리는 곳'이라는 언어도 눈에 보이지 않는 무엇, 즉 내면적인 마음을 나타내고 있거나 그러한 것을 지시하며, 또 동시에 표상일 수 있다.

이와 같이 현대시에서 은유는 내용과 표현의 밀도를 고착시키는 시의 중핵적 방법이며 또한 개성적 이미지의 독창적인 표현방법이면서 가장 응축된 형태로 시의 중심 관념을 표현하는 것이어야 한다. 그러므로 현대시에서 은유의 방법은 중요하다고 하겠다.

Ⅳ　의미를 초월한 언어

　　모든 사물에서 의미를 가진 보통의 언어는 물질적인 현재에 만족하지 않는다. 대부분 언어 바깥에 있는 대상과 의미에 눈길을 돌리는데 의미를 초월한 언어는 자신의 영역 밖으로 나가지 않고 조직된 문체로써 현존할 뿐이다.

　　티나노프에 따르면 시의 언어를 구성하는 여러 가지 요소들 중에 음의 이미지, 리듬, 통사론, 의미론 등이 끊임없는 투쟁을 하고 있다고 한다. 이 모든 요소들이 서로 장애를 일으키면서 언어의 구조가 형성되는 것이다.

　　11월에 실린 詩 중에서 이한호의 「파천황」, 오성환의 「밤에만 피는 꽃」, 채수황의 「달의 肯像」, 최숙경의 「어느 가을날」 등을 살펴보기로 한다.

　　　햇살이 내려찍는 산언덕마다
　　　바람이 조금만 스치어도
　　　성 내는 조춘(早春)은 이미 절정에 들었고,
　　　산 개울 물 속
　　　바위틈 아래서는

정자(精子)의 행렬처럼
반짝거리는
송사리 떼의 눈망울과
눈망울들

이 맑고 투명한 희열 속에서
천지현황의 신비로운
음기(陰氣)를
온몸으로 느끼고 또 느끼면서
나는 살빛 바람의 감성을 본다

「파천황(破天荒)」 2연과 3연

　이한호의 시에서 원초적 이미지와 자연적 언어들 사이에 새로운 등가물들을 구성하고 있는데 이들은 전의(轉義)와, 은유의 형성으로 볼 수 있다.

　'산언덕'과 '산 개울 물속'의 낱말들은 각각 다른 사물을 표시하고 있다. 그리고 '정자의 행렬'과 '송사리 떼의 눈망울'은 동일한 지시가 부여되어 있고 두 낱말은 서로 등가를 이루고 있다. 이처럼 은밀한 장면을 청각적 이미지와, 시각적 이미지로 하여금 참신한 결합으로 감정의 섬세함이 표현되고 있다. 이처럼 작가는 사물을 보는 대상을 특수한 것으로 보며 주관적 감정을 착색한다.

　작가가 표현하고자 하는 주관적 정서에 여러 이미지뿐만 아니라 사물들을 동일화시키며, 통일성을 이루고 있다.

　시는 언어를 통해서 다양한 시적 이미지를 형성하기 때문에 은유적 함축을 충분히 이해해야만 한다.

　그가 내게로 오는 밤
　향기 짙은 꽃으로 피어

아픔처럼
눈물처럼
죽음처럼

잠 못 드는 밤
별빛에 돋아, 별빛에 돋아,
피어 난 달맞이 꽃

「밤에만 오는 꽃」 1연과 2연

오성환의 시에서 1연인 '그가 내게로 오는 밤'은 통합체로서 결합의
축 선상에 놓고 '아픔, 눈물, 죽음, 별빛'은 결합체로 선택의 축 선상에
놓을 수 있다.

통합체는 의미를 이루는 단어의 고리에 대한 특수하고도 일치하는 단
어의 배열, 즉 실제적 담화의 결합을 의미한다. 계열체는 이에 반해 하
나의 통합체를 설정하기 위해 선택될 수 있는 가능한 단어들의 무리를
의미한다. 다시 말해 결합에 의해서 된 선택이라고 할 수 있다.

시인은 주어진 수많은 요소들 중에서 그 문장에 쓸모 있는 요소를
선택해야 한다. 여기서 기본구조와 변형구조로 관련지어 볼 때, 계열체
는 기본구조에 속하고, 통합체는 변형구조에 상응한다.

이 모든 요소 중 예감, 암시, 비의(秘儀)를 통한 의미론적 형식으로 이
중적인 관련 사상이 매우 중요하고 여기에 사용되고 있는 표현들이 다양
하므로 두 개의 상이한 조작이 시인에 의해서 수행된다고 할 수 있다.

여기서 변형된 구조 이외에 표현이 다양한 시적 이미지를 살펴보기
로 한다.

초생달로 만났을 때
가냘퍼 떨리는 입술이다가

물오른 미소로
가슴이 점점 선명하게
부풀어 오른다

그리던
정열의 사랑으로 피어나는
보름달

하늘 높이 걸어놓고
온밤을 소곤소곤 지새우는
활짝 웃는 꿈의 만삭

순간의 기쁨으로
몸 푼 보름달
홀씨 하나 남긴 채
고요히 잠드는 눈매다
　　　　「달의 肖像」 전문

　채수황의 시에서 은유 형태의 체계화를 살펴보면 1연에서 은유 형태
는 구상에서 구상의 형태를 이루고 있다. 즉 '초생달'이라는 구상어가
'가냘퍼 떨리는 입술'로 구상으로 표현되었다.
　'초생달'로 만난 화자는 미성숙한, 두려움인 연민의 정서를 환기시키
고 있다.
　2연에서는 추상에서 구상으로 변하는데 '물오른 미소'가 추상이고
부풀어 오르는 '가슴'이 구상으로 사랑이 좀 더 성숙한 이미지로 변신
하고 있음을 볼 수 있다.
　3연에서는 추상에서 구상으로 변하는데 '정열의 사랑'이 추상이고
'보름달'이 구상이다. 사랑의 정서가 작품 전체의 이미지를 환기시키고
있다.

4연에서는 구상에서 추상으로 '온 밤'이 구상이고 '꿈의 만삭'이 추상이다. 여기서는 시간적 존재 인식으로 달의 심상을 사랑으로 표현하고 있다.

5연에서는 구상에서 구상으로 변하는데 '홀씨'가 구상이고 '눈매' 역시 구상으로 표현하고 있다.

여기서 '홀씨'라는 언어가 많은 내용을 내포하고 있는데 생명을 잉태할 수 있는 근원적 요소이자 미래를 예시하는 또 다른 사건을 추측하게 한다.

이러한 표현 외에도 추상에서 추상으로 표현되는 형태도 있음을 볼 수 있다.

이처럼 시인은 단어들을 의미론적이나 문법적인 연관으로 정확한 고리가 되도록 결합하며 주어진 수많은 요소들 중에서 그 문장에 쓸모 있는 언어를 선택하고 있다.

　　　여윈 어깨를 쓸어안은 바람처럼
　　　내게 왔다 돌아가는 사랑하는 사람이여
　　　그대 떠나고 없는 하루 이틀은
　　　아주 작은 빗방울과 흔들리는 풀잎도
　　　예사롭지 않게 한다

　　　그대 떠나고 없는 하늘
　　　기쁨과 고통
　　　아름다움과 그리움이
　　　혈관 속에서 날아오르는 새처럼 솟구치고
　　　태양이 하얗게 서리맞아 가는 저녁
　　　고독이 나뭇가지에서 누렇게 물들고 있다
　　　　　　　　　　　「어느 가을날」 2연과 3연

최숙경의 시에서 가을이라는 모티브는 이별이라는 분위기를 상승시킨다. '여윈 어깨를 쓸어안은 바람'으로 또는 '떠나고 없는 하루 이틀'이나 '떠나고 없는 하늘'이라는, 즉 이별이라는 구체적인 의미가 제시되어 상상력을 전개시키고 있다. 이처럼 가을은 이별이라는 주제와 연관을 지닐 수 있다.

시의 의미를 살펴볼 때, 시인이 원래 작품 속에 표현하고자 하는 의도적 의미(intentional)와 작품 속에 실제로 표현된 실제적 의미(actual meaning)와 독자가 해석한 의의(significance)가 있다. 그러나 이 세 가지가 반드시 일치하는 것은 아님을 말해 둔다.

V   詩的 眞實과 존재

　　발레리는 詩句 중에 과일 속의 영양처럼 자양분이 숨겨져 있지 않
으면 안 되며 사람이 받는 것은 자양분이며 快美感이 눈에 보이지 않
는 영양물을 감싸서 이를 지도하고 있다고 말한다. 시는 독자들에게 즐
거움과 함께 진실과 사상, 철학 등 유익한 사고를 이끌어 간다.

　　시인의 상상력에 의하여 언어로 창조된 시는 사물과의 끊임없는 대
화를 통하여 인생의 새로운 사실들을 발견하게 해주며, 깊은 내면의 철
학으로 음미하도록 유도한다. 이러한 詩的 眞實을 통하여 다시금 시를
읽게 되는데 이달에는 박명숙의 「감」과 「새소리」, 김홍준의 「겨울숲에
서」와 「작은 풀씨 하나」, 표성수의 「다정한 교감」과 「겨울논」, 홍천안
의 「직지사에서」를 살펴보기로 한다.

　　　바람 속에 뒹굴다
　　　빨갛게 멍이 든 몸
　　　날마다 하나씩 옷을 벗어
　　　알몸으로 서 있어도 부끄럽지 않다

　　　춥고 서러워도

안으로만 익혀 온 피

「감」 1연과 2연

이 시에서 자연의 대상물인 '감'이 참신한 이미지 표현으로 독특한 압축미가 돋보인다. '바람 속에 뒹굴다 / 빨갛게 멍이 든 몸'은 겨울에 잘 익은 감이 연상될 정도로 감각이 뛰어나다. 그리고 2연에서 '춥고 서러워도 안으로만 익혀온 피'는 內面으로 삭이는 열정을 감이라는 대상을 통해 상징의 동일성으로 형상화시켜 일체화되고 있다.

아침 창을 열면
하늘을 가리고 서 있는
감나무 가지에서
은방울 같은 새들의
목청 구르는 소리들이
또르르 향수처럼 뿌려지고 있다
……중략……
이 아침
감나무 가지의
새소리에 끌려
먼 길을 간다

「새소리」 1연과 4연

1연에서 '목청 구르는 소리들이 / 또르르 향수처럼 뿌려지고 있다'에서 화자의 섬세한 관찰이 공감감적 이미지로 잘 표현되고 있다. 그리고 4연에서 '이 아침 / 감나무 가지의 / 새 소리에 끌려 / 먼 길을 간다'로 상상과 지적 추리를 확대 심화시키고 있다.

다음으로 김흥준의 「겨울숲에서」와 「작은 풀씨 하나」를 살펴보기로 한다.

이젠 갈색 낙엽으로 퇴색하고
그 언어들 숲속에
잠재울 때 되었네

모든 것 받아들여도 더함이 없고
내주어도 덜함이 없는
가슴 넉넉함
그 무게를 가늠할 수 없는
겨울 숲이여

잎새를 몇 번 더 떨구어야
상처가 메워지고
아픔 마무리 지을 수 있을까

나이테를 더할수록 깊어지는
상수리나무의 흉터

새 한 마리 온종일 날아가도
닿을 수 없는 하늘 끝
겨울숲 위에 따스한 노을이 물든다

「겨울숲에서」 3연부터 마지막 연

이 시에서 인생의 철학을 느끼게 된다. 겨울 숲이라는 자연을 보면
서 냉정한 마음으로 관찰하여 상징적인 '언어들 숲 속에 잠재울 때'가
되어 있다는 그래서 모든 것을 받아들여 가슴이 넉넉한 겨울 숲의 존
재는 '상수리나무의 흉터'로 자리 잡고 있다고 비유한 발상이 겨울 숲
의 존재를 느끼게 해준다.

지나온 날들의 발자국이
잔주름되어 돌아와

살갗 깊숙이 숨어 있구나
손뼈 마디마디 솟아올라
높은 산맥으로 치달리고
여울져 흐르는 삶의 강물
가서 머무는 곳 어디일까

어디에서인가
작은 풀씨 하나 날려와
내려앉는다
온 우주를 담아온 생명
풀씨 하나
뜰 앞에 심어두고
봄날
새로운 우주의 탄생을
기다리련다

「작은 풀씨 하나」 일부

「작은 풀씨 하나」라는 시에서는 몸의 일부를 통하여 '작은 풀씨 하나'가 생명의 근원으로 탄생을 예고하는 시적 표현이 인간과 자연의 존재론적 다양성을 확대시키고 있다.

다음으로 표성수의 「다정한 교감」과 「겨울 논」이라는 시를 살펴보기로 한다.

수천수만의 수파의 속삭임
알아들릴 듯 말 듯한 작은 소리가
밀려밀려 나에게 다가온다
이처럼 순수가 있을까
이처럼 다정한 교감이 있을까

찰랑이는 수파는

내 푸르름의 날이 되어
내 가슴 언덕에 부딪쳐 오면
자연의 경건 앞에 무릎을 꿇고
수천수만의 수파는 바람에 넘실대면서
한없는 자연의 신비로 귀엽게 재잘거리며
앙증스럽게 나의 가슴을 파고든다
들릴 듯 말 듯한 수파의 밀어(密語)
이처럼 다정한 교감이 있을까
이처럼 자연과의 사랑이 있을까

「다정한 교감」 2연과 3연

　이 시에서 시적 화자의 자연에 대한 애틋한 애정을 엿볼 수 있다.
　'양수리 강물'이라는 실제 대상을 객관적으로 묘사한 이 시는 수채화적
풍경을 떠올리게 한다. 시인의 상상력이 수파(水波), 즉 물결을 통하여 '순
수'와 '다정한 교감'과 '사랑'을 깨닫게 하는 것이다. 인간과 자연과의 동질
성으로 자아와 세계가 일체감을 이루는 사랑의 교감을 느끼고 있다.

실존을 잃어버린 채
하나의 주변성만이 충만한 논은
나와 같은 허상의 몸짓

푸른 수염은 사라지고
다만 공허의 논은
불만의 살갗 속으로 파고드는
겨울바람

텅빈 겨울 논에
홀로 서서
허무의 철학에 잠기면
순간에 왔다 사라진다는 것을

　　나에게 말해주는
　　참혹이 있다
　　　　　　　　　　「겨울 논」 일부

　「겨울 논」이라는 시를 보면 관념적인 색채가 풍기지만 마지막 연에
서 '텅 빈 겨울 논에 / 홀로 서서 / 허무의 철학에 잠기면 / 순간에 왔
다 사라진다는 것을 / 나에게 말해주는 / 참혹이 있다'라는 마지막 연
에서 화자의 깊은 사색을 통하여 텅빈 '겨울 논'을 바라보며 진리를
깨닫게 되는 시적 진실을 느낄 수 있다.
　다음으로 洪天安의 「直持寺에서」라는 시를 살펴보면,

　　直持寺에 오면
　　直持人心 見性成佛
　　性을 똑바로 보아
　　깨치면 부처가 되리
　　直持寺에 오면
　　一日 修道僧
・　일주문으로 들라
　　부처의 세계로
　　부처와 중생
　　삶과 죽음이
　　둘이 아닌 하나가 되리
　　　　　　　　　　「直持寺에서」 마지막 연

　이 시에서 화자는 머리를 식히기 위해 황학산 직지사에 가는 풍경을
객관적 서술로써 담담히 표현하고 있다. 직지사에서 얻은 화자의 심오
함은 '直持人心 見性成佛'로 불교의 깨달음을 느끼고 있다 '부처와
중생'이 '삶과 죽음'으로 하나가 되는 본질적이면서 근원적인 존재로
극적 긴장감을 내포하고 있다.

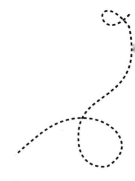

제 4 부

시와 민속

I 전통을 향한 초월의식

-1940년~50년대 시를 중심으로-

1.

1940년대의 민속학 연구는 일제의 무단정치가 극에 달했던 까닭에 전반적인 민속 연구가 동면 상태에 머물러 있었다. 최상수가 중심이 되어 창립된 전설학회는 해방 후 최초의 민속 연구회가 되었는데 큰 진전은 보여주지 못하였다. 해방 이후에 이르러서야 비로소 가능했다. 이는 1940년대가 암흑기[1]라고 규정될 만큼 일제의 탄압이 극심했던 시기였기 때문이다. 당시 ≪조선일보≫와 ≪동아일보≫ 등이 강제 폐간되는가 하면, 조선어학회의 학자들이 체포 또는 구금되었다. 중일 전쟁의 장기화에 따른 경제적 궁핍과 강제 징병, 강제노동의 제도화와 한국어 말살 등은 대표적인 일제의 조선 말살 정책들이다. 또한 이 시기에는 창씨 개명이 강제되었고 공출이라는 이름으로 전국적인 단위에서 광범위한 수탈이 자행되기도 했다. 민속 신앙에 대한 탄압과 박해는 더욱

---

1) 백철,『조선신문학사상사』(백양당, 1949), p.375.

극심했는데 경찰국에서는 <무녀취체법규>를 제정하여 강력한 취체 행정으로 무속을 금압하고 학무국에서는 신도(神道) 정책(政策)을 펴나가 학생들에게 신사참배를 의무화시켰다. 사회과에서는 민속 신앙을 미신으로 간주하는 사회교화 운동을 전개했다. 그 결과 집안의 성주, 조왕, 삼신 등의 가신들을 수색하여 불사르고 마을의 당집과 당나무를 훼손하여 동제를 중단시켰다. 그리고 자신들의 민속 신앙인 신도를 들여와 조선(朝鮮) 신궁(神宮)을 비롯한 여러 신궁과 신사들을 각처에 짓고 매월 1일을 애국일로 정하여 신사 참배를 의무화시켰다. 이에 따라 집집마다 신붕(神棚)(가미타나)이 모셔지기도 했다. 특히 일제시대에는 양력이 사용됨으로써 세시풍속도 크게 변모되었다. 전통적인 명절인 설을 양력에 의해 신정으로 대치시키고자 했으며 우리의 연호 대신에 일본의 연호를 썼다. 뿐만 아니라 설, 보름, 단오, 추석 등 3일 또는 5일간 놀았던 큰 명절들이 공휴일로 지정되지 않았다. 일제에 의해 우리의 유형적(有形的)인 민속도 크게 달라졌는데 단발령에 의해 길게 땋아 내리던 머리를 짧게 깎게 되었고 관리들과 경찰관들의 국민복이 서구의 신사복과 함께 새로운 복식으로 등장하게 되었다. 여성들 복식에는 몸빼라고 하는 바지 형식의 노동복이 생겨났는데 이것은 일제가 우리 부녀들의 노동력을 착취하기 위해 의도적으로 보급한 여성복이다.2) 이처럼 일제의 식민지 정책과 일본을 통해 들어온 서구 문화의 운동으로 우리 민속은 크게 변질되었다. 그 결과 광복 후에도 일제의 잔재가 민속 문화에 여러 모로 남아있으며 우리의 민속 신앙을 미신으로 매도하는 관념이 아직도 남아 있다고 생각되어 진다.

한편 조선어학회의 해체와 동시에 우리말의 문화적 활동이 전면 중단되기도 하였다. 조선어학회의 기관지인 ≪한글≫과 순수 문예지 ≪문장≫, ≪인문평론≫ 등이 강제 폐간되었다. 몇몇 작가들은 일제의 폭압

---

2) 한국정신문화연구원, 앞의 책, p.738.

에 저항하는 문학으로 시를 형상화시키는 경우가 있었지만, 대개는 한
국어 사용의 금지로 인해 친일 문학을 강요받는 시대적 흐름에 쉽게
편승했다. 그것이 바로 국민시 운동이다. 당시 일제는 태평양 전쟁과
때를 같이 하여 전시 체제의 확립과 국민의 전쟁 동원을 목적으로 국
민 시를 강압적으로 권장했다. 국민시란 국민 문학의 정신을 시적 형식으
로 표현한 것으로서 1940년대의 친일 어용시[3]를 말한다. 국민시는 일
본어로 표기되었으며 형식에서도 일본 전통 문학의 관습이나 양식을
빌어 써야 했다. 이러한 악조건 하에서도 청록파 동인들은 묵묵히 숨어
서 전통을 소재로 작품 활동을 활발하게 하였다. 특히 1939년 ≪문장≫
에 「고풍의상」이 추천되어 등단한 조지훈은 전통적인 고전과 민속의
세계를 시에서 맘껏 펼쳤으며 이어서 그 해에 「승무」, 1940년에 「봉황
수」를 각각 발표하였다.

> 趙君의 懷古的 에스프리는 애초에 名所古蹟에서 날조된 것이 아닙니다.
> 차라리 고유한 푸른 하늘 바탕이나 고매한 磁器 살결에 무시로 去來하는
> 一扶雲와 같이 자연과 인공의 극치라 할까[4]

인용 부분은 정지용의 추천사의 일부이다. 정지용은 '懷古的 에스프
리'란 표현을 통해 조지훈의 전통 지향성을 지적하고 있다. 조지훈은
비단 이 시기만이 아니라 그 후에도 민족적인 것과 전통적인 것에 관
심을 갖고 시 창작을 지속했다. 그는 민족문화에도 상당히 관심이 있었
으며 민속학에도 열의를 보였는데, 그것은 혜화 전문을 졸업한 직후 민
속자료관 근무가 추천된 사실에서도 확인된다. 경성제대의 적송과 추엽
의 양 교수가 연구기관인 만몽민속품참고관에 근무하도록 추천했다.[5]

---

3) 김혜니, 『한국현대시문학사연구』(국학자료원, 2002), p.15.
4) 정지용, 「詩先後」, ≪문장≫ 1940. 2, p.171.
5) 유진오, 「浪漫의 精神」, ≪조선일보≫ 1939. 7. 16.

그러나 조지훈 자신의 사퇴로 실제로 근무하지는 못했지만, 이것은 조지훈이 전통문화와 민속에 많은 관심이 있었음을 말해주는 중요한 증거가 된다.

조지훈의 대표시 「고풍의상」과 「승무」, 「봉황수」에는 한결같이 암담한 민족적 절망과 그에 기반한 민족의식 등이 깔려 있다. 그는 고전과 민속 그 자체의 시적인 아름다움을 회고의 바탕에서 유감없이 형상화함으로써 시대적·민족적 감상성과 저항성 모두를 잘 극복하고 있다. 그는 시대 환경에서 사라져 가는 것에 대한 아쉬움과 비애, 민족정서에 대한 애착을 시적인 미로 승화시킴으로써 민족시의 한 전형을 이루어 놓았다.[6]

> 하늘로 날을 듯이 길게 뽑은 부연 끝 풍경이 운다.
> 처마끝 곱게 느리운 주렴에 半月이 숨어
> 아른아른 봄밤이 두견이 소리처럼 깊어 가는 밤
> 곱아라 고아라 진정 아름다운지고
> 파르란 구슬빛 바탕에
> 자주빛 호장을 받친 호장저고리
> 호장저고리 하얀 동정이 환하니 밝도소이다.
> 살살이 퍼져 나린 곧은 선이
> 스스로 돌아 曲線을 이루는 곳
> 열두 폭 기인 치마가 사르르 물결을 친다.
> 처마 끝에 곱게 감춘 雲鞋 唐鞋
> 발자취 소리도 없이 대청을 건너 살며시 문을 열고
> 그대는 어느 나라의 古典을 말하는 한 마리 胡蝶
> 胡蝶인 양 사푸시 춤을 추라 蛾眉를 숙이고……
> 나는 이 밤에 옛날에 살아
> 눈 감고 거문고줄 골라 보리니

---

6) 조연현 외, 「조지훈론」, 『현대시인론』(형설출판사, 1985), p.337.

　　가는 버들이냥 가락에 맞추어
　　흰 손을 흔들어지어다
　　　　　　　－조지훈, 「古風衣裳」 전문

　이 시는 옛 의상을 소재로 하여 전통미학에 바탕을 두고 아름다움을
노래한 작품이다. 이 시에 등장하는 소재 '古風衣裳'은 고전적인 아취
와 풍격을 지닌 한복을 말하는데, 처마의 한옥과 치마의 아름다운 곡선
미가 시적 미감을 고조시키고 있다. '주렴, 두견, 호장 저고리, 열두폭
기인 치마, 운혜, 당혜, 호접, 거문고 줄' 등의 고풍적 소재를 통해 고
전적인 분위기를 잘 표현하고 있다. '운혜'는 구름무늬를 장식한 여성
용 신의 하나로, 조선시대 상류계급의 부녀자들이 주로 신었다. 겉은
분홍색 비단으로 만들고 안은 융으로 하였으며 신코와 뒷축에 녹색 비
단을 대고 그 위에 남색 비단으로 운문을 장식하기도 했다. 제비부리같
이 생겨서　일명 제비부리신이라고도 한다. '당혜'는 조선시대 부녀자
가 신던 갖신의 하나로, 몸체는 가죽이나 비단으로 만들고 겉에는 비단
을 씌웠으며 신코와 뒷축에 당초문을 새겨 넣었다. 양반층 부녀자나 서
민의 혼례[7] 때 주로 사용되었다 한다. '호접'은 나비를 말하는데, 조선
시대에 즐겨 쓰던 문양 중의 하나가 바로 호접문이다. 부부애를 상징하
는 길상문으로 활옷이나 노리개, 장식 등의 문양에 널리 사용되었다.
　인용시는 앞 부분에서 고요한 분위기의 시·공간적 배경을 바탕으로
저고리의 아름다운 인상과 치마의 고운 선을 섬세하게 그리고 있다. 또
한 '하늘로 날을 듯이 길게 뽑은 부연 끝 풍경이 운다 처마끝 곱게 느
리운 주렴에 半月이 숨어' 등에서 나타나듯이 점층적인 서술로 옷맵시
와 춤사위의 은은한 아름다움을 묘사하고 있다. 그 아름다움이 '파르란
구슬빛 바탕에', '자주빛 호장을 받힌 호장저고리', '호장저고리 하얀
동정이 환하니 밝도소이다', '살살이 퍼져 나린 곧은 선이', '스스로 돌

────────────

7) 김영숙, 『한국복식문화사전』(미술문화, 1998), p.300.

아 曲線을 이루는 곳', '열두 폭 기인 치마가 사르르 물결을 친다' 등
의 움직임에서 고스란히 나타난다. 고풍의상의 아름다움에 대한 화자의
도취감은 '눈 감고 거문고 줄 골라 보리니'로 표현한다. 고풍의상에 대
한 정서는 아름다움에 대한 예찬에 그치지 않고 '이 밤에 옛날에 살아'
에서 나타나듯이 시공을 초월하여 고전미에 대한 강렬한 그리움으로
이어진다.

　전통적 의상의 우아함과 이를 통해 표현되는 춤사위의 그윽하고 세
련된 아름다움을 그린 이 시는 이러한 의상과 춤의 멋을 언어적으로
살리기 위해 부드러운 운율과 은은하며 옛스러운 어휘를 중심으로 표
현하고 있다. 이 시는 일제의 지속적인 침탈과 억압 속에서 역사와 전
통을 빼앗기고 민족과 언어마저 상실한 시기에 전통의상과 고유어에
대한 가치의 재발견을 통해서 역사와 민족의 살아 있음을 보여주려는
의지를 지니고 있다.

　　벌레 먹은 두리기둥, 빛낡은 丹靑 풍경소리 날려간 추녀 끝에는 산새도
　비둘기도 둥주리를 마구 틀었다. 큰 나라 섬기다 거미줄 친 玉座위엔 如
　意珠 희롱하는 雙龍대신에 두 마리 봉황새를 틀어 올렸다. 어느땐들 봉황
　이 울었으랴만 푸르른 하늘 밑 鰲石을 밟고 가는 나의 그림자. 패옥소리
　도 없었다 品石옆에서 正一品 從九品 어느 줄에도 나의 몸둘 곳은 바이
　없었다. 눈물이 속된 줄을 모르량이면 봉황새야 九天에 呼哭하리라.
　　　　　　　　　　　　　　　　　　　　－조지훈, 「鳳凰愁」 전문

　이 시에 등장하는 사라져 가는 것에 대한 아쉬움의 애수와 민족정서
에 대한 애착은 화자의 한에 뿌리를 둔 허무라고 말할 수 있다. 조지
훈은 이 시에서 일제의 국권 침탈과 함께 망해 버린 한 왕조에 대한
향수를 표현하고 있다. 첫 연에 등장하는 '낡은 단청 풍경소리 날려간
추녀 끝에는 산새도 비둘기도 둥주리를 마구 쳤다'는 상황이나 사실에
대한 묘사라고 볼 수 있다. 그리고 후반부에 등장하는 '品石옆에서 正

一品 從九品 어느 줄에도 나의 몸둘 곳은 바이 없었다'나 '눈물이 속된 줄을 모르량이면 봉황새야 九天에 呼哭하리라'는 사라져 가는 것에 대한 아쉬움의 표현이라고 할 수 있다.

이 시에 등장하는 '봉황'은 상상의 새로 군왕의 상징으로 쓰여왔다. 봉황은 오색의 빛과 다섯 가지 소리를 내는 고귀한 새로 출세와 영달, 부귀영화를 상징하며, 그래서 소원 성취와 밀접한 관련을 지닌 새이다. 봉황과 더불어 용도 비슷한 용도로 사용되었다. 용은 민간 신앙에서 비를 가져오는 우사(雨師)이고 물을 관장하고 지배하는 수신이며, 사귀를 물리치고 복을 가져다 주는 벽사의 선신으로 섬겨졌다. 용신제나 용왕굿은 바로 이 용에 대한 제사이다. 농촌에서는 가뭄이 심할 때 기우제를 지냈고, 어촌에서는 용왕굿이나 용왕제 등을 지내면서 배의 무사와 풍어, 마을의 평안 등을 기원했다. 이 시는 이처럼 봉황이나 몰락한 왕조에 대한 관심을 통해 사라져 가는 것, 퇴락해 가는 것들에 대해 애정어린 관심을 보여주고 있다. 이는 결국 전통을 계승하고 민족의 주체성을 되살리겠다는 의지의 발로라고 생각된다.

이 시에 나오는 '패옥'은 조선시대 왕, 왕비, 이하 문무백관들이 조복, 제복을 입을 때 양옆에 늘이던 장식품이다. 패옥은 여러 형태의 얇은 옥을 연결하여 만들었으며, 그 형태는 시대에 따라 다양했다. 패옥은 백옥 구슬로 여러 형태의 백옥장식을 연결하여 만들었는데, 상단의 형에 구슬을 꿴 3개의 줄에 의하여 우가 연결되고, 그 밑에 거가 연결된다. 여기에 다시 충아와 2개의 황이 있고, 형에서 연결된 2개의 옥판에 옥화와 옥적이 달려 있다. 이 옥적, 황, 충아 등이 서로 부딪쳐 걸을 때마다 특이한 소리를 낸다.[8]

---

8) 위의 책, p.384.

얇은 紗 하이얀 고깔은
고이 접어서 나빌레라.

파르라니 깎은 머리
薄紗 고깔에 감추오고

두 볼에 흐르는 빛이
정작으로 고와서 서러워라.

빈 臺에 黃燭불이 말 없이 녹는 밤에
오동잎 잎새마다 달이 지는데

소매는 길어서 하늘은 넓고
돌어설 듯 날아가며 사뿐이 접어올린 외씨보선이여.

까만 눈동자 살포시 들어
먼 하늘 한 개 별빛에 모도우고

복사꽃 고운 뺨에 아롱질 듯 두 방울이야
세사에 시달려도 煩惱는 별빛이라.

휘어져 감기우고 다시 접어 뻗는 손이
깊은 마음 속 거룩한 合掌인 양하고

이밤사 귀또리도 지새는 三更인데
얇은 紗 하이얀 고깔은 고이 접어서 나빌레라.
　　　　　　－조지훈, 「僧舞」 전문

　　조지훈은 불교전래의 음악이 있다는 소식을 전해 듣고 수원 용주사
에 내려갔으며, 거기에서 큰 제의 한 부분으로 승무가 공연되는 것을

보았다. 그는 이 승무의 체험을 "그날 밤의 일은 온전한 예술정서에 싸여 승무속에 몰입되고 말았다"[9]라고 회고하면서 이 작품의 집필 동기를 밝히고 있다. '승무'는 승려들이 불교 의식의 하나로 추어오던 춤인데, 이 시는 구도하는 자의 번뇌를 불교적 눈으로 바라보는 한편 섬세한 미적 감각으로 춤추는 여승의 아름다운 자태를 율동감 있게 표현하고 있다. 시인은 전통적인 민속무용인 승무를 제재로 인간 본연의 오뇌를 경건으로 승화시키고 있다. 인간의 세속적인 고뇌와 종교적 승화에 음악적인 분위기가 어우러짐으로써 시적 효과가 극대화된다. 옷이나 북놀음, 춤사위 등의 조화는 한을 잘 표현해 주고 있다. 나아가 한을 극복하여 인간의 영혼을 자유와 사랑의 경지로 승화시키고 있다.

승무는 마한(馬韓)의 답지저앙(踏地低昂), 예의 무천, 부여의 영고 등 『삼국지』위지 동이전에서 기원을 찾을 수 있는 민속이다. 1969년 중요무형문화재 제27호로 지정된 승무는 춤 동작에서 나타나는 움직임의 선이 생동하는 선으로 표현됨으로써 내면의 세계의 외적 표현이라고 평가된다. 승무에서의 춤옷은 흑색장삼과 흰색 치마(남자는 바지) 저고리, 흰색 고깔과 버선, 그리고 홍가사(붉은 띠) 등 삼원색의 조화로 되어 있는데, 또 다른 유형은 흰색장삼과 흰색 치마(남자는 바지), 흰색 고깔과 버선(남자는 행전) 그리고 홍가사 등 이원색의 대립도 존재한다. 승무의 악기 편성은 피리, 대금, 해금, 북, 장구 등으로 되어 있고, 반주 음악은 염불로 시작하여 도드리, 타령, 자진타령, 굿거리 순으로 하다가 북놀이를 하고, 다시 굿거리를 하여 끝을 맺는다. 승무의 기본적 춤사위는 살풀이춤의 춤사위에 바탕하고 있으나 춤추는 사람에 따라 조금씩 다르다.

기본적인 춤사위는 장삼을 감은 동작, 장삼을 걸치는 동작, 몸 앞에서 장삼을 모으거나 여미는 동작, 장삼을 힘차게 휘젓는 동작, 장삼을

---

9) 김용직, 『한국현대시인연구』(서울대출판부, 2000), p.245.

몸 앞에서 위로 올리는 동작, 그리고 걸음 사이로 자진걸음, 무거운 디딤, 연풍대, 한 발뜨기, 장단과 장단 사이에 노는 엇박 걸음 등이 있다. 이러한 춤을 통해 승무는 인간적인 한을 높은 차원에서 극복하고 승화시킨다. 전개 방식은 앞놀이로서 느린 장단인 염불에서 시작하여 앉아서 엄숙하게 추다가 일어선 후 타령장단과 굿거리 장단으로 옮겨지면서 마지막으로 뒷놀음에서는 빠른 장단인 자진모리, 휘모리[10]로 북을 치게 된다.

조지훈의 「승무」에서는 여승의 비극미가 승무의 춤사위와 어우러져 내면의 갈등과 고뇌를 표현하고 있다. 이 시에서 춤추는 연희자의 모습은 깨달음에 이르고자 하는 구도자의 상징이다. '세사에 시달려도 煩惱는 별빛이라'는 표현에서 나타나듯이 깨달음을 얻지 못해서 오는 번뇌는 별빛으로 승화되고 있다. 이 시는 특히 승무라는 춤뿐만 아니라, '오동잎, 달, 복사꽃, 귀또리' 같은 향토적인 시어를 특징적으로 사용하고 있다.

　　당신의 손끝만 스쳐도 여기 소리없이 열릴 돌문이 있습니다
　　뭇사람이 조바심치나 굳이 닫힌 이 돌문 안에는 석벽난간 열두
　　층계위에 이제 검푸른 이끼가 앉았습니다

　　당신이 오시는 날까지는 길이 꺼지지 않을 촛불 한 자루도
　　간직하였습니다 이는 당신의 그리운 얼굴이 이 희미한 볼 앞에
　　어리울 때까지는 천년이 지나도 눈감지 않을 저의 슬픈 영혼의
　　모습입니다

　　길숨한 속눈썹에 항시 어리우는 이 두어 방울 이슬은 무엇입니까
　　당신이 남긴 푸른 도포자락으로 이 눈물을 씻으렵니까
　　두볼은 옛날 그대로 복사꽃 빛이지만 한숨에 절로 입술이

---

10) 위의 책, p.116.

푸르러 감을 어찌 합니까
몇 말리 구비치는 강물을 건너와 당신의 따슨 손길이 저의
흰 목덜미를 어루만질 때 그때야 저는 자취도 없이 한줌 띠끌로
사라지겠습니다 어두운 밤하늘 허공중천에 바람처럼 사라지는
저의 옷자락은 눈물어린 눈이 아니고는 보지 못하오리다.

여기 돌문이 있습니다 원한도 사모치량이면 지극한 정성에
열리지 않는 돌문이 있습니다 당신이 오셔서 다시 천년토록
앉아서 기다리라고 슬픈 비바람에 낡아가는 돌문이 있습니다.
　　　　　　　　　－조지훈, 「석문」 전문

　이 시는 민속적인 소재인 황씨부인당 전설과 밀접한 관련을 지니고
있다. 특히 이 시는 '당신이 오셔서 다시 천년토록 앉아서 기다리라고
슬픈 비바람에 낡아가는 돌문'에서 나타나듯이 전통적인 여인상을 기다
림과 한의 정서로 표상하고 있다. 주요한 시적 제재인 '석문'은 일상적
인 소재인 동시에 신화적 분위기를 지닌 대상이다. 이처럼 조지훈의 시
는 생활과 가까운 것에서 전통적인 민속 소재를 찾아내려는 의지가 내
포하고 있다. 이것은 고통과 번뇌를 잊기 위해 사라져 가는 전통을 되
살리려는 시인 자신의 의지이기도 하다.

　이러한 시적 경향은 신석초 역시 공유하고 있다. 1940년도에 ≪문장≫
에 「바라춤」을 발표하면서 등단한 신석초는 한시와 동양고전에 대한 관
심을 시에 직접적으로 표현하고 있다.

아아묻히리랏다 靑山에 묻히리랏다
청산이야 變하리 없어라
내몸 언제나 꺾이지 않을
無垢한 꽃이언마는
깊은 절 속에 덧없이 시들어지느니
생각하면 갈갈이 찢어지는

아아 寂寞한 누리속에
내 마음 슬허 어찌 하리라
(……중략……)
내 홀로 여는 맘을 어찌하리라
밤으란 달 빠진 시냇물헤
벗어 흰 내몸을 싳어라
桃花떠 눈부신 거울 속에
神도 와서 어릴 거꾸러진
誘惑의 眞珠를 남하 보리라
아아 과일 같은 내 몸의
넘치는 이 欲求를 어찌하리라
익어 두렷한 꽃잎의
深淵 속에 다디단 이슬은 떠돌아서
환장할 누릴꿈을 나는 꾸노나
袈裟 벗어 메고 袈裟 벗어 메고
맨몸에 바라를 치며 춤을 추리라
　　　　　　－신석초, 「바라춤」 부분

　　신석초가 의식적으로 고어를 활용한 것은 전통문제의 문제를 내세우기 위함이었다. 그는 「우리 시의 기본 문제」에서 "우리 詩는 우리의 국어를 어떻게 구사하는가에 그 품위가 달려 있다"[11]고 강조하고 있다. 이 시에서도 '－리랏다', '－하리라', '－그리노라'등의 고어적 활용어미가 등장하는 것은 전통적인 세계와의 관련을 의미한다. 그는 노장사상에 바탕을 둔 허무와 전통적인 정신세계에 의한 회고, 샤머니즘적 세계에 대한 탐구를 주요한 시적 주제로 삼았다. 인용시 「바라춤」은 고전적인 전통과 현대적 지성을 조화롭게 형상화한 작품이다. 이 춤은 불교 의식 무용의 하나로 불법을 수호하는 뜻을 지닌 춤인데, 의식 도량을 정화함으로써 의식을 성스러운 장소가 되게 하는 주술적인 의미를 지니

---

11) 신석초, 「현대시의 기본문제」, ≪현대문학≫ 42호, p.12.

고 있다.

바라춤은 의식 절차상 도량 정화와 깊은 관계를 가지고 있다. 춤의 순서는 일반적으로 막바라—명바라—천수바라—내림게바라—사다라니바라의 순[12)]서를 따른다. 시인은 바라춤이라는 제재를 통해 세속의 인연, 욕망, 번뇌와 그것을 끊고자 하는 종교적 구도 사이의 갈등을 그리고 있다. 그러므로 이 시에는 무엇보다 먼저 갈등의 양상이 강렬하게 나타난다. 또한 바라춤은 악귀를 물리쳐서 도량을 깨끗이 하고 마음도 정화한다는 뜻으로 행해지는 춤이다. 복식은 평소 스님이 입는 잿빛 장삼에 붉은 가사를 더해 나비춤의 의상보다는 훨씬 간결하다. 범패에 맞추어 추는 것이 일반적인데 호적과 태징으로 반주하고 삼현육각을 사용하는 경우도 있다. 인용시에 묘사된 것처럼 두 손에 바라를 들고 무겁지 않게 몸을 놀리는 움직임이 전통 춤의 모습을 그대로 따르고 있음을 보여준다. 화자인 '나'는 무상한 열반, 즉 드높은 초월의 경지를 꿈꾸지만 떨쳐 버리지 못한 번뇌가 어지러운 티끌이 되어 마음의 고요함을 깨뜨린다.

금사자야
금빛 바람이 인다
해바라기가 피었다

하늘아래 둘도 없는
너의 황금 갈기
휘황한 너의 허리

주황색 아가리를 딱딱 벌리고
조금은 슬픈듯한 동굴 같은
눈을 하고

---

12) 한국정신문화연구원, 앞의 책, 8권, pp.863−864.

맹수중에
왕 중 왕

꽃펴 만발한
싸리밭에
불 붙는 태양의 먹이

네 발로 움켜 잡고
망나니로 뒹군다
땅위에,

고려 천년
화사한 날에
해바라기가 되었다
금빛 노을이 뜬다
　　　　　－신석초, 「금사자」 전문

　　인용시 「금사자」는 고려시대부터 전승되어 오는 사자 탈춤을 소재로
하여 쓴 작품이다. 시인은 사자탈춤에 나오는 사자의 모습을 단순한 묘
사가 아니라 생동감 넘치는 율동을 통해 밝고 호쾌한 삶에의 의지를
표출하고 있다. 1연에서 시인은 '금빛 바람이 인다'와 같이 해바라기라
는 비유를 통해 금사자의 빛깔을 노래하며, 2연에서는 금사자의 황색
갈기와 휘황한 허리의 모습을 집중적으로 묘사하고 있다. 3연과 4연에
서는 금사자의 벌린 아가리와 동굴 같은 눈을 통해 맹수의 왕으로서의
사자의 모습을 사실적으로 그리고 있다. 5연과 6연에서는 금사자가 태
양이 내리쬐는 싸리 밭에서 마구 뒹구는 모습을, 7연에서는 금사자를
해바라기와 금빛 노을에 각각 비유하였다. 이처럼 이 시는 단순히 사자
탈춤을 묘사한 것이 아니라 왕도 정신이 갖는 밝은 면을 상징적으로
드러냄으로서 그것이 인간에게 필요불가결한 정신임을 강조하고 있다.

　사자의 탈을 쓰고 행하는 놀이로 악귀를 쫓는 것은 동양권의 여러 나라에서 민속으로 전승되었다. 이는 한대에 중국으로 들어왔으며, 수, 당나라 시대에는 각지에서 성행하였다. 사자탈춤은 지금도 중국의 중요한 민속 무용이다. 우리나라에서는 신라 초기 당나라에서 전래되었는데 5세기경 신라의 우륵이 엮은 가야금 12곡 중에는 이미 사자기(獅子伎)가 들어 있어 처음에는 기악으로서의 사자무가 발달하였음을 알 수 있다. 그 후 최치원의 『향악잡영』(鄕樂雜詠)에도 사자 탈춤에 대한 설명이 포함되어 있다. 이러한 사자 탈춤은 조선 후기에 궁중무용으로 채택될 만큼 성행되었으며 북청사자놀음, 봉산탈춤, 영남오광대탈놀음, 하회별신굿 등의 가면극에서 널리 연무된다. 사자는 두 사람 또는 세 사람이 들어가서 장단에 맞추어 춤을 추는데 때로는 한 명이 하는 사자놀음도 있다. 또 청사자, 황사자 등 두 마리의 사자가 동시에 출연하기도 하며, 그 역할과 행동도 지방에 따라 조금씩 다르다.

　　孔雀이 깃
　　패랭이 제켜 쓰고
　　巫女야 미칠듯
　　너는 춤을 춘다
　　꽃장扇에 가뷘
　　입술은 神을부르는데
　　웃고 도라지는
　　寶石같은 그 눈매!
　　오오! 巫女야 춤을 추어라
　　허튼옷은 버서라
　　神없는 나라로가자
　　神은 없어도
　　녜 몸은 빛나리
　　내 맘도 빛나리
　　　　　－신석초,「무녀의 춤」전문

　　신석초는 초기에 「무녀의 춤」, 「춤추는 여신」 등 여성에게서 제재를 취한 시를 주로 발표하였다. 특히 이 시들에는 신화에 나오는 정령들이나 무녀들이 빈번하게 등장한다. 이를 통해 그가 무속에도 상당한 관심을 갖고 있었음을 알 수 있다. 인용시 역시 굿을 통한 접신의 황홀을 묘사한 작품이다. '미칠 듯 너는 춤을 춘다'라는 묘사에서 나타나듯이 춤을 통해 신을 부르는 것은 무아지경에 도달하는 것으로 묘사된다. 2행에 등장하는 '패랭이'는 관모의 일종으로 대나무를 가늘게 오린 대가지로 만든 갓인데, 초립보다 굵으며 주로 서민과 보부상이 썼으며, 일명 평량자, 차양자, 폐양자라고도 한다. 이것은 조선시대 흑립과 함께 상민의 쓰개가 되었고 초립동[13]이라고도 하였다.

　　제의는 종교적 세계관을 극적으로 표상하는 상징체계라 할 수 있다. 제의로서 굿은 노래와 춤으로써 이어가는 행동체계이기도 한데, 일반 제의와는 달리 예술적인 요소들이 내포되어 있다. 무당의 춤은 의식 무용 중에서 가장 원시적인 요소가 짙으며, 지방마다 춤사위가 다르다. 진도 지방의 무당춤은 씻김굿에서 주축이 되는 지전(紙錢), 넋춤, 정주춤, 신칼춤, 매듭띠춤, 징배춤, 손대(신대)춤 등이 있다. 춤사위에서 바람막이는 양 어깨를 활짝 벌리고 동작 없이 정지한 상태이고, 외바람막이는 한 팔만 옆으로 펴고 있는 동작을 가리킨다. 가위질은 양팔을 차례로 X자 형으로 몸 앞에서 교차하면서 흔드는 동작이고, 태극무늬는 양팔을 몸 앞에서 원을 그리듯이 돌려 태극무늬처럼 나타내는 동작이다. 좌우치기는 양 손을 좌우로 흔들면서 치는 동작이고, 상모놀이는 머리 위에서 한 손이나 양 손으로 원을 그리듯이 팔을 휘돌리는 동작이다. 회오리 바람은 좌우치기의 동작을 빠른 동작으로 하는 것을 말하는데, 왼손, 오른손 등 한 손으로 하는 경우와 양손으로 하는 경우가 있다. 다듬이질은 양손을 교대하면서 아래, 위로 흔드는 동작이며, 쳐

---

13) 조효순, 『복식』(대원사, 1996), p.44.

올리기는 양팔을 아래에서 위로 뿌려 올리는 동작인데 한 손만 올리는 경우도 있다. 꽃봉우리는 양팔을 둥글게 위로 올려서 손목을 밖으로 꺾어 꽃의 형태로 만드는 동작이고, 복개춤사위는 식기 뚜껑을 양 손에 들고 그것을 치면서 추는 춤을 말한다.

2.

1950년대 초반은 6·25라는 민족사적 비극으로 인해 민속학의 연구가 거의 진행되지 못했다. 그러다가 50년대 후반에 이르러 임동권이 민속학 전문지의 출간, 집단적인 민속 조사, 민속지의 정리 등에서 두드러진 활약을 보여주었다. 그는 민요와 생활상, 민요에 반영된 항일의식, 민요채집의 의의와 방법 등을 발표하여 이론과 실제에서 모두 큰 업적을 남겼다. 김동욱 역시 심청전의 민간설화적 시고, 삼국유사 所載(소재)의 설화분류 등을 통하여 설화연구의 분야에서 업적을 남겼다. 그리고 연극분야에서 이두현, 양재연 등이 민속극 연구의 터전을 마련하기도 하였다. 당시 이들에 의해 봉산탈춤, 강령탈춤, 하회가면극, 양주별산대 등이 새로이 채록 보고되었다.[14]

1950년대에 활동한 문인들 중에서 민속 수용에 관심을 보인 사람으로는 이동주와 신기선을 들 수 있다. 그들은 전란의 어두운 혼란 속에서도 한국적 정서에 뿌리를 둔 향토적 서정을 그려내었는데, 슬픔이나 한의 정서가 현실의 어려움을 극복하려는 의지로 형상화된 것이라고 말할 수 있다. 물론 그것들의 대부분은 종군 체험을 바탕으로 쓴 시이

---

14) 박계홍, 앞의 책, p.44.

지만, 이동주와 신기선은 한국적 정서에 기반을 두고 향토적인 시에 몰두함으로써 민속 수용의 새로운 방법론을 제시했다고 할 수 있다.

> 마른 잎 쓸어모아 구들을 달구고
> 가얏고 돌바람을 제대로 울리자
>
> 풍류야 붉은 다락
> 좀먹기 전일랬다
>
> 진양조,이글이글 달이 솟아
> 중머리 중중머리 춤을 추는데
> 휘몰이로 배꽃같은 눈이 내리네
>
> 당! 흥......
> 물레로 감은 어혈 열두 줄에 푼들
> 강물에 띄운 정이 고개 숙일리야
>
> 학도 죽지는 접지 않은 원통한 강산
> 웃음을 열려
> 허튼 가락에 눅혀 보라
>
> 이웃은 가시담에 귀가 멀어
> 홀로 갇힌 하늘인데
>
> 밤새 내 가얏고 운다
> ─이동주,「산조」전문

산조란 느린 장단에서 빠른 장간 순으로 3−6개의 판소리형 장단에 판소리형 선율을 얹어 연주하는 독주곡을 가리킨다. 산조는 일반적으로 악기의 종류에 따라 가야금 산조와 거문고산조, 대금 산조, 해금 산

조[15] 등으로 나뉜다. 산조는 남도 무악의 하나인 시나위 음악으로부터
발달해 나온 기악독주 음악이다. 이 음악은 어떤 곡은 좀 길게 탈 수
도 있고 또 가락을 바꾸어 탈 수도 있다. 음악이 고정되어 있지 않고
유동성이 많은 만큼 즉흥적인 연주가 빈번하게 나타나는데, 산조 연주
에는 반드시 장고 반주가 따른다.

　인용시의 3연에서 보이는 것처럼 산조는 느린 진양조에서 시작해 점
점 빨라진다. 이때 밖에서 배꽃 같은 눈이 휘모리로 내린다함은 시적
화자가 격정적이고 파괴적인 내면세계에 몰입했음을 의미하는 것이다.
'진양조, 이글이글'이라는 표현과 '중머리 중중머리'와 '휘몰이'라는 시
어는 장간의 구성을 말한다. 즉 산조는 어느 것이나 진양, 중모리, 중
중모리, 엇모리, 자진머리, 휘모리, 닷모리 가운데 몇 개의 장단으로 구
성되는데, 느린 장단인 진양, 보통 빠른 장단인 중모리, 좀 빠른 장단
인 중중모리, 빠른 장단인 자진모리, 매우 빠른 장단인 휘모리로 구
성[16]되는 경우가 많다. 4연과 5연에서 화자는 비통한 심경에 빠져든다.
이는 물레로 칭칭 감은 어혈을 풀고자 가야금을 뜯어도 강물에 띄운
정은 수그러들지 않고, 학도 날개를 접지 않는 원통한 강산에서 웃으면
서 공허한 가락에 분을 삭이려 하지만 뜻대로 되지 않음을 말한다. 이
웃과도 단절된 채 바라보는 고독한 하늘은 언뜻 보기에 정신적 고립만
을 뜻하는 것 같지만 '가시담'이라는 소재를 통해 그것이 사회적 관계
의 의미까지 내포하고 있음이 나타난다. 격정으로 치닫으며 추는 춤과
함께 열 두 줄 가얏고가 화자의 한을 뿜어내고 있다. 마지막 연의 '밤
새 내 가얏고 운다'는 가야금을 화자 자신과 동일시함으로써 가야금의
울음소리를 자신의 울음소리라고 말하고 있다.

---

15) 이보형, 앞의 책, p.87.
16) 위의 글.

강강술래
여울에 몰린 은어(銀魚) 떼.

삐비꽃 손들이 둘레를 짜면
달무리가 비잉 빙 돈다.

가아웅 가아웅 수우워얼래애
목을 빼면 설움이 솟고……

백장미(白薔薇) 밭에
공작(孔雀)이 취했다.

뛰자 뛰자 뛰어나 보자
강강술래.

뇌누리에 테이프가 감긴다.
열두 발 상모가 마구 돈다.

달빛이 배이면 술보다 독한 것.

기폭(旗幅)이 찢어진다.
갈대가 쓰러진다.

강강술래
강강술래.
　　　　　　　－이동주, 「강강술래」 전문

　이 시는 민속놀이의 하나인 강강술래를 시화한 것이다. 강강술래는 중
요무형문화재 제8호로 해마다 음력 8월 한가윗날 밤에 단장한 부녀자
들이 일정한 장소에 모여 손을 잡고 원형으로 늘어서서 '강강술래'라는

후렴이 붙은 노래를 부르며 빙글빙글 도는 집단적 윤무이다. 강강술래는 한국인의 서정과 애환이 짙게 밴 놀이인데, 시인이 여기에서 강강술래의 장면을 회화적인 수법으로 표현하고 있다. 전통적 서정에 바탕을 둔 이 시에서 화자는 놀이 속에 스며있는 삶의 모습을 감각적으로 그려내고 있다.

강강술래는 남해안 일대와 도서지방에 널리 분포, 전승되고 있는 집단놀이로 주로 팔월 한 가위 명절에 놀아왔지만 지방에 따라서는 정월 대보름을 중심으로 달 밝은 밤에 수시로 행해져왔다. 유래는 확실하지 않지만 고대 농경시대의 파종과 수확 때의 공동축제에서 노래부르며 춤을 추던 놀이 형태가 계속 이어져 내려오면서 점차 오늘의 강강술래놀이와 같은 모습으로 반전되었으며, 임진왜란 때 충무공이 이 놀이를 의병술로 삼아 왜적을 물리친 후 세상에 알려져 당시의 격전지였던 전라남도 남해안 일대에서 성행되어 온 것으로 추측된다. 시인은 춤이 보여주는 시각적인 회화성과 청각적인 음악성을 알맞게 조화시켜 민속놀이인 강강술래의 율동감과 리듬감을 보여주고 있다. 춤사위가 주는 율동미와 창의 가락이 조화를 이루면서 혹은 빠르게 템포가 변화해 가는데, 시인은 이 템포의 변조에서 삶의 굴곡을 포착해 내고 그 삶의 애환을 노래하고 있다.

1연에서는 강강술래를 추는 여인들을 '여울에 몰린 은어떼'로 비유하여 동적인 모습으로 그리고 있다. 따라서 밝은 이미지가 중첩되어 강강술래가 생동감 넘치게 그려지고 있다. 2연의 '삐비꽃 손들'은 여인들이 무리지어 반짝이듯이 흰 손들이 달빛을 받아 반짝이며 움직이는 것을 삐비꽃에 비유한 표현이다. '삐비꽃'은 '비비추'라는 식물의 방울 모양의 희고 작은 꽃을 가리킨다. '달무리가 비잉 빙 돈다'는 것은 원을 그리며 춤을 추는 여인들의 움직임을 암시한 말로 강강술래가 달밤에 추어지고 있음을 암시하고 있다. 3연에서는 힘차고 명랑하게 돌던 움직임이 일순 느릿해진다. 선창자가 구성진 산조 가락으로 강강술래를 메기면 일동은 따라서 그 구성진 가락을 애절하게 받는다.

구성진 가락 속에서 삶의 밝음과 어둠이 교차하며, 슬픈 곡조의 애잔한 가락을 통해 삶의 쓸쓸함이 감각적으로 표현된다. 따라서 여인들의 서러운 정서를 상징하는 춤이 진행됨에 그녀들은 점차 도취감에 빠지고 있다. 4연부터 6연까지에서는 아름다운 공간으로서의 백장미와 아름다운 춤꾼으로서의 공작이 비유적인 맥락을 형성하면서 강강술래의 광경을 극화하고 있다. '백장미밭'은 달빛이 하얗게 내린 공간을 비유한 것이고, '공작'은 춤추는 소녀들의 아름다운 모습을 비유한 것이다. 시인은 백장미 향기에 공작이 취하듯 달빛의 신비롭고 황홀한 정경에 소녀들이 취한 것으로 표현하고 있다. 여기에서 공작의 이미지와 춤이 어우러진 아름다운 형상미가 돋보인다. 화자는 달빛이 여인들을 취하게 하는 듯이 말하고 있지만 사실은 춤 때문에 취하는 것이다. 6연에서는 빠른 속도로 온누리가 고운 테이프로 감긴다고 상징적으로 표현하며 있으며, 그것은 급속하게 돌아가는 상모의 이미지를 통해 구체화되고 있다. 7연부터 9연까지는 달빛의 매혹적 분위기에 도취해 감정이 절정에 도달하고 있음을 보여준다. 그 정감의 절정에서는 기폭이 찢어지고 갈대가 쓰러지듯 춤사위는 급박한 리듬을 탄다. 그러면서 춤과 자아가 혼연일체가 되어 무아의 경지에 몰입하면서 삶의 애환도 잊어버린다.

강강술래는 많은 여인네들이 서로 손을 맞잡고 둥그렇게 원을 지어 돌아가며 노랫소리에 맞추어 추는 춤이다. 노래는 목청이 빼어난 사람의 앞소리에 따라 나머지 사람들이 뒷소리로 받는 형식을 띤다. 처음에는 느린 가락의 진양조에 맞추어 춤을 추다가 점점 빠른 가락인 중머리, 중중머리, 잦은머리 등으로 변해가며 춤추는 동작이 빨라진다. 춤이 빨라지면 자연 뛰게 됨으로 이를 '뛴다'라고 한다. 놀이를 하는 여인들은 대개 젊은 처녀들로 달 밝은 밤에 여럿이 모여 즐기는 것이다. 놀이의 종류에는 늦은 강강술래, 중강강술래, 잦은 강강술래, 남생아 놀아라, 고사리 꺾(껑)자, 청어 엮(엮)자, 청어풀자, 기와 밟기, 덕석몰이, 덕

석풀기, 쥔쥐새끼 놀이(일명 꼬리따기, 닭째이), 문열어라, 가마등, 도굿
대 당기기, 수건찾기, 품고동 등의 여러 형태가 있다. 춤추는 동작을
살펴보면 왼쪽이나 오른쪽으로 돌면서 춤을 추며 손은 각기 편한대로
잡으면 된다. 발 놓기에 있어 오른발부터 먼저 앞으로 디디고 뛰게 될
때에는 아무 제한 없이 마구 뛴다. 발을 디딜 때는 보통 걷는 동작으
로 한다. 춤이 빨라지면 앞소리꾼이 '꺾자 꺾자 고사리 꺾자 제주도 한
라산 고사리 꺾자'라고 말머리를 돌리면 앞줄에서 뛰는 사람은 잡았던
손을 놓고 뒷줄 적당한 곳의 손 밑으로 빠져나간다. 빠져나갈 때에는
그곳의 사람이 손을 높이 들어준다. 이 같은 동작을 되풀이하면서 춤을
추는 것이 강강술래이다.

> 작은 숨소리에서부터
> 커다란 숨소리들이 엉킨다
> 살아있었구나
> ······ 할아버지 할머니
> ······ 순이와 돌이
> 살아있었구나
> 삼베로 만든 호흡이
> 꽹과리 속에서 살아 나온다
> 흙 하나만 맑게 닦는
> 그 호흡만이 살아 나온다
> ─신기선, 「꽹과리」부분

신기선은 우리의 전통 악기를 통해서 겨레의 살아있는 생동감을 잘
표현한 시인이다. 이 시에서 나오는 꽹과리는 소금(小金)이라고도 하며
농악 등에 흔히 쓰이는 우리의 민속 악기이다. 꽹과리의 울림 속에는
겨레의 슬픔과 눈물, 기쁨과 환희가 한데 어우러져 있다. 또한 그것은
겨레의 살아가는 숨소리이기도 한데, 그 소리 속에 '할아버지, 할머니,

순이와 돌이'의 소리가 살아서 울린다. 이러한 소리에는 기쁨보다 약자의 슬픔과 원한이 더욱 짙게 물들어 있다.

암흑기라고 평가되는 1940년대는 청록파의 활약이 두드러진 시기였다. 현대시의 민속 수용에 있어서 조지훈은 특별한 의미를 지닌다. 그는 전통에 대한 형상화를 통해 민족의 주체성을 회복하려 했다. 신석초 또한 정령이나 무녀와 같은 민간 신앙적 소재들을 시에 끌어들임으로써 민속의 수용에 큰 영향을 끼쳤다.

1950년대는 전쟁이라는 민족사적 비극 속에서 전통에 대한 논의가 이전시기만큼 활발하지는 못했다. 특히 이 시기의 시에 등장하는 민속은 대부분 특정한 이념의 배경 아래에서 쓰여졌기 때문에 올바른 의미에서의 전통 계승과 민속 수용이라고 말할 수는 없다. 그러나 그 중에서도 이동주와 신기선의 시는 민속에 대한 관심이 끊이지 않았음을 보여준다. 이동주는 '강강술래'라는 민속을 고유의 풍속으로 승화시켰으며 민족 예술 속에 스며있는 삶의 애환을 노래함으로써 시대적 소명과 전통의 문제를 결합시켜 인식했다. 신기선 역시 전통 악기에 대한 관심을 통해 겨레의 살아있는 전통을 생동감 있게 표현하는 시를 발표하였다.

Ⅱ　샤머니즘 문학의 한. 중 비교연구
─ 서정주 시와 중국의 「구가」를 중심으로 ─

1. 서 론

　　shamanism은 신이나 정령과 직접 접촉 교류하고 그 사이에 神意 傳達, 예언, 병 치례를 포함한 여러 가지 의례를 행하는 주술적이며, 종교적 직능자인 샤먼을 중심으로 하는 종교형태라고 정의할 수 있다. 따라서 무속 종교, 무속 신앙, 원시종교, 원시신앙, 토속종교, 토속신앙 등으로 번역하기도 하는 것은 본질적으로 종교 현상이라는 것을 나타내고 있어서 샤머니즘 정의 자체가 포괄적이고 신축성이 있다. 그리고 샤머니즘은 민족이 다르더라도 서로 비슷한 특징을 가지고 있다. 즉 만물은 영혼을 가지고 있다고 믿는 영혼불멸설과 삼혼(三魂)설로 인간은 생명혼, 이념혼, 전생혼 등을 가지고 있다고 여긴다. 그리고 우주 삼계설로 우주에는 상, 중, 하의 삼계(三界)가 있다고 여기며 상계는 하늘에 있고 신령(神靈)들이 거주하는 것으로 순결하고 자애로운 세계라는 관점이다. 중(中)계(界)는 인간이 생존하고 있는 지역이고 하계(下界)는 유암신(幽

暗神)과 요괴(妖怪)와 귀신(鬼神)들이 거주한다는 관점이다.

　중국에서 가장 많이 쓰이는 용어는 무(巫)와 살만(薩滿)인데 발음은 싸만, 싸마 등으로 북방 퉁구스 계통의 민족들에게 널리 퍼져있는 무당을 가리키는 말이다. 퉁구스어 싸만은 춤으로써 귀신을 부르는 사람으로 해석되기도 한다.

　중국의 샤머니즘에 대한 연구를 간략하게 살펴보면 1949년 중화인민공화국이 성립된 후 50년대 초기부터 국가에서 추진한 소수민족에 대한 조사로부터 시작되어 전국적인 현지조사로 진행되었는데 주로 자료수집단계로 진행되었다. 1977년부터는 중국사회과학원의 성립과 함께 발전하는 양상에 들어섰으며 1980년대에는 많은 학술논문들이 발표되었고 일부 학술저서도 출판되었다. 더불어 전문적인 조사도 전개되고 새로운 샤머니즘 자료와 보고서가 나왔다.

　1990년대에는 샤머니즘 연구가 더욱 체계화되고 종합성을 띠게 되었는데 현지조사 작업이 광범위하게 전개되었고 소수민족 지역에 들어가 전면적인 자료를 수집하게 되었다. 또한 국내외 학술 교류와 합작을 개방하고 북방지역 만－퉁구스, 몽고, 돌궐민족의 샤머니즘 연구와 함께 남방의 샤머니즘에 대한 조사연구도 전개되었고 남북방의 비교 연구도 진행하기 시작하였다.[1]

　한국의 샤머니즘과 동북아시아 특히 중국의 샤머니즘과의 비교 연구에 대하여서는 작품 선정에 다소의 어려움이 있다. 본고에서는 샤머니즘 요소가 가장 잘 표현된 중국의 『초사』 중에 「구가」 11편의 작품과 한국의 서정주 시 작품만을 선정하여 살펴보고자 한다.

---

1) 중국사회과학원 민족연구소에서 발표한 자료를 참고.

2. 한·중 시의 무속과 미학

1) 서정주 시

서정주의 시집 『질마재 신화』에서는 무속적인 상상력이 가장 두드러진다. '질마재'는 전북 고창군 부안면 선운리에 있는 마을이다. 이곳에서 미당은 어린 시절을 보냈는데, 그는 1915년에 선운리에 태어나서 1929년 상경하여 중앙고등보통학교에 입학할 때까지 선운리에서 자랐다. 이 마을에서 지낸 과거의 추억을 시로 표현한 것이 『질마재 신화』이다. 이렇게 볼 때 '질마재'라는 출생지의 마을에 '신화'라는 개념을 지닌 어휘를 접목하여 영원성을 간직한 토착적인 이야기가 『질마재 신화』이다. 『질마재 신화』는 신화적 요소와 샤먼적 요소를 서사적으로 융합하면서 민족사적 근원을 導出되고 있다. 그것이 다시 신화적 측면과 무속적 측면에서 예술적 본질로 흡수되면서 현대의식이 지닌 저항감을 해소시킴으로써 신화 창조에의 가능성을 제시해 주기도 한다. 따라서 『질마재 신화』는 신화와 무속의 원시성을 현대의식으로 재현시킴으로 새로운 신화 창조라는 가능성을 보여주고 있다. 『질마재 신화』에서 샤머니즘 세계관은 어린 시절 자연과의 교감을 통하여 보이지 않는 세계로의 열림이 우주적 감각과 세계에 눈뜨게 하는 원초적 경험으로, 또한 토착정서와 결합되어 한을 풀어내는 주술적 신명의 힘으로 나타난다.

고대의 시가 가운데는 제의와 관계되는 것이 많은데, 그것들은 대체로 주술성을 지니고 있다. 가야의 건국신화에 나오는 「구지가」는 무속적 주술성을 가진 작품이다. '거북아 거북아/ 네 머리를 내어라/ 내어놓지 않으면/ 구워서 먹겠다' 내용으로 가야의 백성들이 이 노래를 부르며 춤을 추었더니 하늘에서 수로를 내려 보내 수로왕을 맞이하게 되었다는 것이 주요한 내용이다. 이처럼 한국의 시가 문학은 무속과 깊은 연관을 맺으며 현대시에 이르러서도 이러한 연관은 계속되고 있다. 이 외에도 「처용가」나 「비형랑가」 등도 귀신을 쫓는 기능을 지니고 있었다. 이는 노래를 통해 귀신을 쫓는 것인데, 이 노래들이 무속적 주술성을 지녔음을 말해준다. 또 「도솔가」, 「혜성가」, 「원가」, 「보현십원가」 등의 향가도 주술성을 지닌 노래이다. 즉 귀신을 쫓고 하늘의 괴변을 퇴치하거나 병자를 낫게 하는 마력을 지닌 주술성이 있는 노래들인 것이다.

정령은 넓은 의미에서 영혼, 사령(死靈), 조령(祖靈), 영귀(靈鬼) 등 신성(神性)한 귀신들을 포함하나 엄밀한 의미에서는 신들과 같은 명확한 개성을 갖지 않는 종교적 대상을 말한다. 이는 인간의 영혼이 외계의 사물에 적용된 것으로 원시 종교나 민간 신앙에서는 정령의 관념이 지배적이어서 정령에 대한 숭배도 성행하였다. 정령은 인간의 길흉화복과 깊은 관계가 있다고 믿어지므로 두려운 마음에서 정령을 위무(慰撫)하기 위한 여러 가지 행위도 행해졌다. 『삼국지』에 보면 '삼한상이 오월제귀신(三韓常以五月祭鬼神) 가무음주(歌舞飮酒) 주야무체기무수 십인(晝夜無體其舞數十人)'이라 하여 삼한에서는 귀신을 두려운 존재로 소중히 여기고 매년 5월과 10월에 제사하는 행사가 있었음을 알 수 있다. 그러므로 신격(神格)에 따라 개인이나 가정의 화복(禍福)을 좌우하는 신이 있는가 하면 마을이나 일정 지역의 길흉을 좌우하기도 하고 국가의 운명을 좌우하는 신도 있다. 친근감보다는 경외감을 가지고 위력에 의해 재화를 면하고 복을 얻고자 귀신을 숭상하여 제사를 지내는 것이다.

무속에서도 영혼을 생령과 사령으로 구분하고 사령 중에서도 조령(祖靈)과 원귀(寃鬼)로 세분하여 생전에 순조롭게 살다가 저승으로 들어간 혼령은 선령이 되고 생전의 원한이 남아 저승으로 들어가지 못하고 부랑(浮浪)하는 혼령은 이승에 남아 악령이 된다고 상정하고 있다. 선령은 격상되어 신령, 신명 등으로 신격이 부여되고 이 중에 왕이나 장군 등 특별한 인물은 국가 전체나 어느 일정 지역인 마을이나 높은 산 등을 수호하는 수호신이 되는 경우가 있다. 즉 동신, 산신 등은 선신에 해당되며 악령은 손각시, 몽달귀신, 영산, 수부 등의 사령(死靈)으로 저승에 가지 못하고 이승에 남아 인간을 해치게 된다고 믿어 왔다. 따라서 원통하게 죽거나 비명에 죽었을 경우 해원굿이나 제를 지내어 죽은 혼령을 풀어 주어 저승에 편안히 가도록 하는데 불교의식에서도 죽은 자의 혼령을 극락으로 천도해 주기 위해 절에서 49재(齋)를 지내준다. 종류에는 국조신(國祖神)과 성모신(聖母神), 자연신(自然神), 방위신과 인신(人神), 별신, 원귀 등으로 살펴볼 수 있다. 국조신은 한 민족의 시조나 한 나라를 세운 인물이 사후에도 격이 높은 신으로 상정되어 추앙되는 신을 말하는데 단군이나 주몽신, 혁거세 등으로 살펴볼 수 있다. 단군은 전국 각지에 단군제단이 있어 숭상되고 있으며 주몽신은 고구려, 혁거세는 신라에서 숭상 대상이 되었다. 성모신은 고귀한 신분의 여인으로 한 나라 시조의 어머니이거나 왕실의 여인 또는 국가나 왕을 위해 큰일을 하고 죽은 자의 부인 등이 사후에 신격화된 것이다. 대체로 명산의 산정에 위치하여 숭앙되고 있다. 자연신으로는 천신, 산신, 수신, 지신, 식물신, 동물신, 암석신 등으로 살펴볼 수 있다. 그 밖에 방위신, 인신, 조령, 무신, 가신, 별신, 원귀로 나눌 수 있다.

민간 신앙은 샤머니즘의 터전 위에 유교와 불교, 도교 등 삼교가 융합된 세계로 고유의 정신세계인데, 오랜 세월 속에서 무속이 인간의 생활에 전승되면서 스며들어 많은 영향을 끼쳐온 것은 주지의 사실이다.

(1) 동 물

麝香 薄荷의 뒤안길이다.
아름다운 베암……

얼마나 크다란 슬픔으로 태어났기에, 저리도 징그러운 몸둥아리냐

꽃대님 같다.

너의 할아버지가 이브를 꼬여대든 달변의 혓바닥이
소리잃은 채 낼롱그리는 붉은 아가리로
푸른 하늘이다……물어뜯어라. 원통이 물어뜯어,

달아나거라 저놈의 대가리!
돌팔매를 쏘면서, 쏘면서, 麝香 芳草길
저놈의 뒤를 따르는 것은
우리 할아버지의 아내가 이브라서 그러는 게 아니라
석유 먹은 듯……석유 먹은 듯……가쁜 숨결이야

바눌에 꼬여 두를까부다. 꽃다님보단도 아름다운 빛……
크레오파투라의 피먹은양 붉게 타오르는 고흔 입설이다……슴여라! 베암
우리 순네는 스믈난 색시, 고양이같이 고흔 입설……슴여라! 베암.

「花蛇」 전문

  이 시에서 '베암'은 동적(動的)인 생명체의 이미지이며 어둠과 혼돈
을 상징하고 있다. 뱀으로 상징되는 혼돈 가운데 침몰해 버린 불확실한
상태는 강신무(降神巫)가 병미(病微)를 일으킨 후 무(巫)로 재생하기
까지 성무(成巫)를 위한 入社儀禮(initiation) 과정에 있을 때의[2] 그
혼돈과 암흑의 상태와 같은 것으로 보인다.
  화자는 뱀에 대해 일종의 두려움을 가지고 있다. '뒤안길'이라는 세
속과 차단된 신성한 공간에는 제의의 시간이 부여되고 있다. 종교적인
제의는 세속적인 것과 현실적인 것을 성스럽게 승화하며 그것들의 존
립을 확고하도록 보장해 주는 규범이다. 무속에서 제의의 시공은 신과

---

2) 이몽희, 「한국현대시의 무속적 연구」(집문당, 1990), p.169.

인간이 만나는 특수한 의미를 지니는 시간이고 장소이다. 제의의 시공에서 중요한 것은 정화(淨化)인데, 시간의 정화는 세속의 일상사로부터 침해당하지 않는 시간을 택함으로써 정화의 의미가 드러나게 된다. 낮이든 밤이든 제의는 먼저 시간적으로 일상사와 단절되는 상징성[3]을 띠어야 하는 이유가 바로 여기에 있다.

그리고 이 시에서 뱀의 존재는 '아름다운 배암', '얼마나 크다란 슬픔', '징그러운 몸둥아리'로 표현되고 있는데, 이는 신성한 제의의 시간 및 공간과 그 제장(祭場)에 등장하는 신, 즉 '베암'에 대한 원형적[4] 인식의 산물이다. 뱀은 재생하려는 힘을 상징하며, '슴여라'라는 주술적 언어로 점층되고 있다. 석유 먹은 듯 가쁜 숨결에서 제의는 페르소나와 새도우의 통일 또는 신, 인, 합일의 극점에 이르게 되며, 시는 시정의 하강 없이 끝맺는다. 이 시는 신화가 서술하고 있는 죽음과 재생 제의의 원형에 들어맞는 구조와 전개 양상을 가진다. 화자와 뱀은 카오스 상태에서 합일되어 코스모스로 회귀함으로써 재생한 강신무의 원형에 들어맞는 제의 과정임을 보여주는 것이다.[5]

뱀의 상징성은 다양한 거주 방식과 관련된다. 뱀은 나무, 숲, 모래, 물 속, 호수, 연못, 우물, 샘 등에 걸쳐 다양하게 존재한다. 나라마다 뱀에 대한 상징은 약간 다른데, 인도의 경우 뱀의 정신을 기리는 뱀의식이 있는데 이것은 바닷물의 상징과 관련된다. 이때 뱀은 생명의 샘과 수호자, 그리고 불멸성을 상징하며 탁월한 풍요성을 상징한다. 이집트에서는 Z라는 문자가 뱀의 운동을 재현하는데, 이 상형문자는 원초적 발생 단계의 힘이나 우주적 힘을 상징한다. 일반적으로 여신들의 이름은 뱀이 재현하는 기호에 의해 결정되는데, 이는 뱀이 물질과 악의 세계로 전락한 정신, 곧 여성과 동일시되기 때문이다. 뱀은 자신의 껍질

---

3) 김태곤, 「한국무가집 1」(집문당, 1979), p.66.
4) 이몽희, 앞의 책, p.173.
5) 위의 책, p.179.

을 벗고 다시 소생하기 때문에 힘을 상징하며 그 악덕 때문에 뱀은 자연의 악을 상징한다.6) 따라서 뱀은 원초성 곧 생명의 가장 원시적인 단계를 상징한다. 동물신으로서 신격을 지니고 민간에서 가장 신앙되고 있는 것이 뱀신이다. 이 뱀신은 각기 차원이 다른 두 가지 면에서 신앙되고 있는데 첫째는 수호신적 성격을 많이 띠고 있다. 일반 가정에서 업 또는 구렁이라 하여 가옥의 밑바닥에 살면서 집을 지키는 것이 뱀이라고 믿었는데 마을의 큰 고목이나 큰 바위나 산속에도 있다고 믿는 지신적 성격의 뱀신이다. 집안에서는 이 뱀이 사람의 눈에 띄게 나오면 가정의 운수와 가옥의 수명이 다 된 것으로 믿는다. 뱀신의 다른 일면은 뱀을 잔인하게 죽였을 때 그 뱀이 죽은 후 귀신이 되어 복수한다는 원귀적 성격을 띤 것이다.

무속에서의 뱀은 사신이나 죽음의 신, 혹은 유사한 양상으로 상징복합의 현상7)을 드러낸다. 내세관에서 뱀은 사악한 저주의 존재로 인식되는데, 현세에서의 뱀은 수호신 또는 재복신으로서의 자리를 차지하고 있다. 제주도 무속에서는 뱀을 당신 혹은 가신으로 모시는 경우가 있는데, 즉 차귀당(遮歸堂)이 있는 마을 사람들은 뱀을 위하는 신앙성을 지닌다. 이는 순종과 위무로써 뱀의 가해를 막으려는 지혜에서 비롯된 것이다. 이처럼 뱀은 족제비, 두꺼비 등의 동물과 함께 재신으로 숭앙8) 받고 있다.

> 질마재 사람들 중에 글을 볼 줄 아는 사람은 드물지마는, 사람이 무얼로 어떻게 神이 되는가를 요량해 볼 줄 아는 사람은 퍽으나 많습니다.
> 李朝 英祖 때 남몰래 붓글씨만 쓰며 살다 간 全州 사람 李三晩이도 질마재에선 시방도 꾸준히 神 노릇을 잘하고 있는데, 그건 묘하게도 여름에 징그러운 뱀을 쫓아내는 所任으로섭니다

6) 이승훈 편, 「문학상징사전」(고려원, 1995), pp.208-209.
7) 이몽희, 앞의 책, p.172.
8) 김태곤, 「한국 무속 연구」(집문당, 1995), p.283.

　　陰 正月 처음 뱀 날이 되면, 질마재 사람들은 먹글씨 쓸 줄 아는 이를
찾아가서 李三晚 석 字를 많이 많이 받아다가 집 안 기둥들의 밑둥마다
다닥다닥 붙여 두는데, 그러면 뱀들이 기어 올라 서다가도 그 이상 더 넘
어선 못 올라온다는 信念 때문입니다. 李三晚이가 아무리 죽었기로서니
그 붓 기운을 뱀아 넌들 행여 잊었겠느냐는 것이지요.
　　글도 글씨도 모르는 사람들 투성이지만, 이 요량은 시방도 여전합니다.
「李三晚이라는 神」 전문

　뱀이 많은 전남 지방에서는 상사일에 뱀의 침입을 예방하는 뜻에서
뱀 입춘문을 써 붙인다. 옛날 뱀을 잘 잡았다는 '적제자(赤帝者)', '패
왕검(覇王劍)' 등을 써서 붙이는데, 이는 입춘문의 주술적 힘으로 뱀의
침입을 막자는 뜻이다.[9]

　뱀날은 아침 해뜨기 전에 들기름으로 먹을 갈아서 청사, 홍사, 백사
李三晚赤帝子蛇라는 비방을 써서 기둥나무 아래에 거꾸로 붙인다. 뱀
이나 족제비는 업신의 심부름꾼으로 보기도 하는데, 집안에 이러한 짐
승이 나타나면 업을 소홀히 모신 탓이라고 하여 무당을 불러 푸닥거리
를 하거나 집안의 주부가 떡을 해놓고 비손을 하기도 한다.

　제주도의 가신신앙으로 칠성 신앙이 있는데 이는 뱀을 신격화한 것
이다. 칠성본풀이를 보면 귀가의 무남독녀가 중의 도술로 잉태를 하게
되자, 그 딸을 무쇠석갑에 넣어 바다에 띄웠다. 그것이 제주도에 표착
하여 어미 뱀과 일곱 딸 뱀으로 변해서 어미 뱀은 외칠성, 막내딸은
내칠성으로 되고 기타의 뱀도 각각 자리를 찾아서 좌정한 것으로 되어
있다. 즉 외칠성은 어미 뱀이고, 안칠성은 일곱째의 막내딸 뱀이다. 이
처럼 제주도에서는 뱀을 조상으로 모시고 있는데, 봉안처는 고팡의 독
밑이다. 기원내용으로는 벼슬과 부가 대부분이다. 제주도의 사신 숭배
는 뱀 자체를 위하는 토테미즘이라기보다는 뱀의 정령을 숭배하는 애

---

9) 임동권, 「세시풍속-봄」, 『한국민속의 세계, 제5권』(고려대출판부, 2001), p.67.

니미즘적 성격이 강하다고 볼 수 있다.

인용시는 이삼만이라는 사람의 일화를 기반으로 하고 있다. 창암 이삼만의 집은 가난하여 아버지가 약초를 캐서 생활했는데, 약초를 캐다가 독사에게 물려 세상을 뜨자 그 후 그는 독사가 눈에 띄면 잡아먹곤 하였다. 그래서 뱀은 이삼만을 보면 기가 질려 움직이지 못하고 잡히곤 했다. 호남지방에서 정월의 첫 사일에 뱀 방어를 위해 이삼만이라는 이름 석자를 거꾸로 써 붙이면 뱀이 접근하지 못했다. 李三晩이라는 神은 무속에서 말하는 死靈이나 조상이라는 인간신이다. 무속에서는 사람이 죽어 정상적인 절차를 원만히 마치면 신이 된다고 믿는다. 이러한 무속에서의 사고는 靈魂不滅觀과 祭祀의 관습이 한국인의 신관을 이루고 있음을 말해준다. 그래서 생활의 도처에 별 의심 없이 영혼의 거처를 설정해 놓고 있다.[10)]

인사령(人死靈)은 실재(實在)로서 보통의 한국인에게 인식되고 관념으로 형성되며 때로는 제사(祭祀)나 무제(巫祭)의 대상도 된다. 이삼만이라는 신도 그런 신 중의 하나라고 할 수 있다.

> 땅위에 살 자격이 있다는 뜻으로 <在坤>이라는 이름을 가진 앉은뱅이 사내가 있었읍니다. 성한 두 손으로 멍석도 절고 광주리도 절었지만은, 그것만으론 제 입 하나도 먹이지를 못해, 질마재 마을 사람들은 할 수 없이 그에게 마을을 앉아 돌며 밥을 빌어먹고 살 권리 하나를 특별히 주었었읍니다.
>
> 「在坤이가 만일에 제 목숨대로 다 살지를 못하게 된다면 우리 마을 人情은 바닥난 것이니, 하늘의 罰을 면치 못할 것이다」 마을 사람들의 생각은 두루 이러하여서, 그의 세 끼의 밥과 추위를 견딜 옷과 불을 늘 뒤대어 돌보아 주어오고 있었읍니다.
>
> 그런데 그것이 甲戌年이라던가 乙亥年의 새 무궁화 피기 시작하는 어느 아침 끼니부터는 在坤이의 모양은 땅에서도 하늘에서도 一切 보이지

---

10) 이몽희, 앞의 책, p.198.

않게 되고, 한 마리 거북이가 기어 다니듯 하던 살았을 때의 그 무겁디무거운 모습만이 산 채로 마을 사람들의 마음속마다 남았습니다. 그래서 마을 사람들은 하늘이 줄 天罰을 걱정하고 있었습니다.

그러나 해가 거듭 바뀌어도 天罰은 이 마을에 내리지 않고, 農事도 딴 마을만큼은 제대로 되어, 神仙道에도 약간 알음이 있다는 좋은 흰수염의 趙先達 영감님은 말씀하셨읍니다. 「재곤이는 생긴 게 꼭 거북이 같이 안생겼던가. 거북이도 학이나 마찬가지로 목숨이 千年이 된다고 하네. 그러니 그 긴 목숨을 여기서 다 견디기는 너무나 답답하여서 날개 돋아나 하늘로 신선살이를 하러 간거여……」

그래 「在坤이는 우리들이 미안해서 모가지에 연자맷돌을 단단히 매어 달고 아마 어디 깊은 바다에 잠겨 나오지 안는 거라」

마을 사람들도 「하여간 죽은 모양을 우리한테 보인 일이 없으니 趙先達 영감님 말씀이 마음적으로야 불가불 옳기사 옳다」고 하게는 되었습니다. 그래서 그들도 두루 그들의 마음속에 살아서만 있는 그 在坤이의 거북이 모양 양쪽 겨드랑이에 두 개씩의 날개들을 안 달아 줄 수는 없었습니다.

「神仙 在坤이」 전문

이 시에는 앉은뱅이 재곤이를 돌보는 일을 자신들의 의무라고 생각하는 선인들의 삶의 모습이 토속적인 신앙과 함께 깊이 배어 있다. 재곤이라는 인물과 거북이의 형태적 유사성이 돋보이는 이 시는 죽음처럼 인간이 해결할 수 없는 문제를 신성한 듯 묘사한다. 재곤이를 신선의 칭호를 붙여서 나타냄이 그것인데, 날개의 비상에 의한 육신의 제거를 보여주는 마지막 문장은 신성한 육체가 범속한 현실에서 겪게 되는 고난의 초월성을 상징한다. 이 초월성으로 인해 제한적인 삶은 영생으로 화할 수 있게 된다. 마을 사람들은 세 끼의 밥과 견딜 수 있는 옷과 이불로 재곤이를 돌봐줬지만 그는 어느 날 갑자기 죽음의 세계 속으로 사라져 버린다. 그는 마을 사람들의 마음속에서 날개를 단 모습의 신선으로 승화됨으로써 영원성을 부여받는다. 비천한 삶의 주인공이 신선으로 재탄생하는 과정을 통해 시인은 재곤이의 초월자로서의 면모를 보여준다. 즉 그는 '목숨이 천 년'이나 되는 시간성을 부여받고, '날개 돋아나 하늘로 神仙살이'처럼 무한한 공간을 부여받았다. 이러한 재곤이의 초월적인 모습은 마을 사람들의 지상적 삶과 대조적인 의미를 가진다.

옛날부터 거북은 상서로운 동물로 인식되었다. 그래서 거북은 영험하고 장수하는 동물인 십장생의 하나로 여겨져 왔다. 집을 짓고 상량할 때 대들보에 거북을 뜻하는 하룡(河龍) 또는 해귀(海龜)라는 문자를 써넣었고, 비석에 귀부(龜趺)를 받쳐 장생과 길상을 염원하기도 했다. 『삼국사기』의 「구지가」에서 곤경에 빠진 주몽을 도운 자라는 신의 사자라는 의미를 지닌 것으로 여겨진다. 시기적으로 볼 때 「구지가」라는 거북 신앙을 탄생설화로 가지고 있던 김수로 왕의 12대 손인 김유신계와 태종무열왕 김춘추가 결합하는 7세기 경에 신라에서 귀부를 비롯한 거북신앙이 본격적으로 유행된 것으로 보인다. 또한 고구려 벽화의 사신도가 무덤 밖으로 나온 귀부로 바뀌어 전개되는 전기(轉機)가 되었던 것으로 생각된다. 이는 조선왕조 중종 때에 이르면 거북신앙의 본래 의미는 사라지고 관례에 의해 여러 형태의 거북신앙으로 전승되어 온 흔적이 남아 있다.

거북은 점복의 상징으로 사용되기도 했다. 즉 거북의 등을 불에 태워 갈라지는 것을 보고 점을 치기도 했는데, 이것을 귀복(龜卜)이라고 하였다. 또한 고구려 고분에 그려진 사신도의 하나인 현무(玄武)는 거북을 상징하는데, 현은 검은색으로 북쪽을 뜻하며 동시에 죽은 이를 지키는 신의 하나였다. 즉 죽은 이를 지켜주는 수호자로서 내세에서도 권능을 발휘할 수 있도록 도와주는 호법 역할을 맡고 있었다. 장수무병 또는 부락의 잡귀를 떨어버린다 하여 정월이나 한가위에 거북놀이나 거북청배놀이가 행해져 왔다.

(2) 물

　　바닷물이 넘쳐서 개울을 타고 올라와서 삼대 울타리 틈으로 새어 옥수수
밭 속을 지나서 마당에 흥건히 고이는 날이 우리 외할머니네 집에는 었었읍
니다. 이런 날 나는 망둥이 새우 새끼를 거기서 찾노라고 이빨 속까지 너무
나 기쁜 종달새 새끼 소리가 다 되어 알발로 낄낄거리며 쫓아다녔읍니다만,
항상 누가 실을 뽑듯이 나만 보면 옛날이야기만 무진장 하시던 외할머니
는, 이때에는 웬일인지 한 마디도 말을 하지 않고 벌써 많이 늙은 얼굴이
엷은 노을빛처럼 불그레해져 바다쪽만 멍하니 넘어다보고 서 있었읍니다.
　　그때에는 왜 그러시는지 나는 아직 미처 몰랐읍니다만, 그분이 돌아가
신 인제는 그 이유를 간신히 알긴 알 것 같습니다. 우리 외할아버지는 배
를 타고 먼 바다로 고기잡이 다니시던 漁夫로, 내가 생겨나기 전 어느 해
겨울의 모진 바람에 어느 바다에선지 휘말려 빠져 버리곤 영영 돌아오지
못한 채로 있는 것이라 하니, 아마 외할머니는 그 남편의 바닷물이 자기
집 마당에 몰려 들어오는 것을 보고 그렇게 말도 못하고 얼굴만 붉어져
있었던 것이겠지요.
「海溢」 전문

　　위 시에서는 바다와 육지가 이루는, 공간의 경계를 허무는 자연현상
으로 외할아버지와 외할머니를 바다와 육지로 나누는 경계는 해일을
통해 허물어진다. 다시 말하면 외할머니는 이승과 저승의 경계를 허무
는 해일에 힘입어 외할아버지와 해후하게 된다. 이 시에서 바다 속 또
는 저 너머는 죽은 이들의 영역, 즉 죽음의 영역이다. 살아 있던 외할
아버지는 외할머니의 기억 속에 남아서 존재하므로 살아있음과 죽음의
한계를 벗어난 초현실적인 신화의 세계에 속하는 인물이다. 그리고 삶
의 세계로 되돌아온 넋과 살아있는 자가 만나는 영적인 만남은 접신이
고 신들림이다. 그러므로 이 시는 물에 빠져 죽은 넋이 이승에 되돌아
오는 무속적 영혼관을 담고 있으며 인간과 바닷물이 구분되지 않는 무
속적인 반혼(返魂) 관념의 표출이라고 생각할 수도 있다. 즉 무속적인

영혼관과 死靈이 그 무엇에 빙의되어 이승으로 온다는 믿음이 있다.

따라서 오구굿에서 산 사람이 죽은 영혼과 만나는 장면과 유사하다. 오구굿에서 사람들은 무당을 매개로 해서 되돌아 온 넋과 만난다. 그러나 이 시에서 외할머니는 무당을 거치지 않고 직접 돌아온 혼과 만나고 있다. 즉 무당에 유추되어 엑스터시에 들고 있다.

사람이 죽은 후에 영혼을 저승으로 보내어 영생하게 해주는 굿으로는 서울 지역의 진오기굿, 부여 지역의 오기굿, 고창 지역의 씻김굿, 부산 지역의 오구굿, 제주도의 十王맞이굿, 평안도의 수왕굿 등이 있다. 이들 제의는 죽은 자들의 영혼을 저승으로 보내어 영생하도록 해주는 데 목적이 있다.

> 외할먼네 마당에 올라온 海溢엔요.
> 예순살 나이에 스물한살 얼굴을 한
> 그러고 천살에도 이젠 안 죽기로 한
> 신랑이 돌아오는 풀밭길이 있어요.
>
> 생솔가지 울타리, 옥수수밭 사이를
> 올라오는 海溢 속 신랑을 마중 나와
> 하늘안 천길 깊이 묻었던델 파내서
> 새각시때 연지를 바르고, 할머니는
>
> 다시 또 파, 무더기 웃는 청사초롱에
> 불밝혀선 노래하는 나무나무 잎잎에
> 주절히 주절히 매어달고, 할머니는
>
> 갑술년이라던가 바다에 나갔다가
> 海溢에 넘쳐오는 할아버지 魂神 앞
> 열아홉살 첫사랑적 얼굴을 하시고
> 　　　　「외할머니네 마당에 올라온 海溢 ―쏘네트 試作」 전문

이 시에서도 무속으로서의 상징성이 보인다. 무속에서는 인간을 육신 (肉身)과 영혼(靈魂)의 이원적(二元的) 결합체로 보고, 영혼이 육신의 생존적(生存的) 원력(原力)이라고 믿는다. 즉 영혼은 무형의 기운으로 인간 생명의 근원이 된다. 이는 영혼이 육신에서 떠나간 상태를 죽음으로 봄으로써 인간의 생명 자체를 영혼의 힘으로 믿는 것이다. 영혼은 육신이 죽은 후에도 새로운 사람으로 세상에 다시 태어나거나 내세인 저승으로 들어가서 영생하는 불멸의 존재[11]이다. 즉 이 시는 죽은 넋이 이승으로 되돌아오는 무속적 영혼관을 그리고 있다. 해일 속에서 '천 살에도 이젠 안 죽기로 한' 신랑의 영혼을 보는 할머니의 홍조 띤 얼굴이 연지를 바른 것 같다는 이 시는 할머니의 영혼 불멸관을 바탕으로 하고 있다. 외할머니는 무당을 거치지 않고 직접 돌아온 신랑의 혼과 만나고 있다. 할머니는 '첫사랑적 얼굴'로 '새각시 때'로 돌아가서 육체적 죽음을 초극하는 삶을 살게 되는데, 이러한 영적 교류는 무당의 넋두리와 같이 초혼가를 부르게 되어 무속적 상상력으로 표현된다. 이러한 무속 신앙은 오랫동안 전승되어 내려온 전통적인 믿음이며 잠재의식인데, 이 시는 그런 인간의 원형적 심성을 보여주고 있다.

(3)자연숭배

　질마재 堂山나무 밑 女子들은 처녀 때도 새각시 때도 한창 壯年에도 戀愛는 절대로 하지 않지만 나이 한 오십쯤 되어 인제 마악 늙으려 할 때면 戀愛를 아주 썩 잘한다는 이얘깁니다. 처녀 때는 친정부모 하자는 대로, 시집가선 시부모가 하자는 대로, 그 다음엔 또 남편이 하자는 대로, 진일 마른일 다 해내노라고 겨를이 영 없어서 그리 된 일일런지요? 남편보다도 그네들은 응뎅이도 훨씬 더 세어서, 사십에서 오십 사이에는 남편들은 거의가 다 뇌점으로 먼저 저승에 드시고, 비로소 한가해 오금을 펴

---

11) 김태곤, 『한국무속연구』(집문당, 1991), p.300.

면서 그네들은 戀愛를 시작한다 합니다. 朴푸접이네도 金서운니네도 그건 두루 다 그렇지 않느냐구요. 인제는 房을 하나 온통 맡아서 어른 노릇을 하며 冬柏기름도 한번 마음껏 발라보고, 분세수도 해보고, 金서운니네는 나이는 올해 쉬흔 하나지만 이 세상에 나서 처음으로 이뻐졌는데, 이른 새벽 그네 房에서 숨어나오는 사내를 보면 새빨간 코피를 흘리기도 하드라고요. 집 뒤 堂山의 무성한 암느티나무 나이는 올해 七百살, 그 힘이 뻐쳐서 그런다는 것이여요.

「堂山나무 밑 女子들」 전문

위 시에서 산신은 산에 존재하며 산을 지키는 수호신이다. 이는 모든 자연물에는 정령이 있고 그 정령에 의하여 생성이 가능하다고 믿는 원시신앙의 애니미즘에서 나온 것으로 신체(神體)는 대개 호상이나 신선상으로 나타난다. 무당은 산신을 불러 들여 놀리는 제의 과정에서는 산신의 神服을 상징하는 巫服을 입고 산신의 역할을 하여 산신의 몸짓과 말을 한다. 즉 산을 주관하는 신으로 호랑이와 함께 그려지는 것이 상례인데 민간에서는 각 주읍에 진산(鎭山)을 정하고 산신당을 지어 진호신(鎭護神)을 모시며 춘추와 정초에 제사를 지내는 풍습이 있었다. 산은 서민들, 즉 피지배자의 질병과 재액(災厄)의 질곡(桎梏)을 벗어나게 해 주고 득손(得孫)과 등과(登科)와 풍년(豊年) 등을 이루게 해 주는 신앙의 대상이다.

강릉단오제 때 대관령의 한 나뭇가지에 신이 내려 신을 맞이하는데 신목(神木)을 굿단에 모셔와 굿을 한다. 당목만이 아니라 크고 오래된 나무에는 신이 깃들인 것으로 믿었으며 그 신목(神木)은 인간들에게 화나 복을 준다고 믿어 왔다. 따라서 정초에는 큰 나무에 새끼로 금줄을 둘러놓거나 비단 조각을 매어 놓고 고사를 올리는 경우를 볼 수 있다. 이러한 것은 애니미즘에 기인한 자연물의 정령관 숭배에서 오는 것으로 볼 수 있다. 시의 전체적인 이야기는 여자들이 성적 힘이 강하여 삼종지덕에 얽매여 있을 때에는 그 힘을 발휘하지 못하다가, 그런 구속

에서 벗어나면 사내의 코피를 흘리게 할 정도가 된다는 이야기다. 이러
한 강력한 성적 능력은 '암느티나무'의 '칠백 살'이나 되는 나이의 힘
이 여인들에게 미쳐서 그렇다는 속신을 바탕으로 하는데, 그것은 나무
의 정령이 옮겨 다닌다는 정령관을 기반으로 하고 있다.

西歸浦 바닷가에 표착해 있노라니
漢拏山頂의 山神女
두레박으로 나를 떠서 길어 올려
시르미 난초밭에 뉘어 놓고 간지럼을 먹이고
오줌 누어 목욕시키고
耽羅 溪谷 쪽으로 다시 던져 팽개쳐 버리다.
그네 나이는 九百億歲.
그 자디잔 九百億 개 山桃花 빛 이쁜 주름살 속에
나는 흡수되어 딩굴어 내려가다.
너무 어두워서 옷은 다 벗어 찢어 횃불 붙여 들고
기다가 보니 새벽 세 時
觀音寺 법당마루에 가까스로 와 눕다.
누가 언제 무슨 핀셋으로
九百億 개 그네의 그 山桃花빛 주름살 속에서
나를 도루 집어내 놓았는지
나는 겨우 꺼내어진 듯 안꺼내어진 듯
이 해 한 달 열흘을 꼬박 누워 시름시름 앓다.
　　　　　　　　　　　「漢拏山 山神女 印象」 일부

　산신은 산에 존재하며 산을 지키고 담당하는 수호신이다. 이는 모든
자연물에는 정령이 있고 그 정령에 의하여 생성이 가능하다고 믿는 원
시 신앙의 애니미즘에서 나온 것으로 신체(神體)는 대개 호상이나 신선
상으로 나타난다. 즉 산을 주관하는 신으로 호랑이와 함께 그려지는 것
이 상례인데 민간에서는 각 주읍에 진산(鎭山)을 정하고 산신당을 지어

진호신(鎭護神)을 모시며 춘추와 정초에 제사를 지내는 풍습이 있었다. 산은 서민들 즉 피지배자의 질병과 재액(災厄)의 질곡(桎梏)을 벗어나게 해 주고 득손(得孫)과 등과(登科)와 풍년(豊年) 등을 이루게 해 주는 신앙의 대상이다. 전통적인 사회에서는 제사를 하고 기원하였으며 마을의 평안이나 풍작(豊作), 기우(祈雨) 등을 산신에게 기원하였다.

위 시에서 산신녀는 '구백억 세'의 엄청난 생존능력을 지닌 존재로 그려지는데, 화자가 '이쁜 주름살'에 흡수되는 상태를 상징하는 것으로 나타난다. 그러한 아니마에의 빙의 상태에서 화자를 건져낸 것은 관음사의 법력[12]임을 알 수 있다. 아니마의 힘은 관음사의 힘보다 '한달 열흘을 꼬박 누워 시름시름' 앓도록 할 수 있을 만큼 더 영향력을 행사하고 있음을 화자는 드러낸다. 이처럼 정령은 자연을 숭배하고 자연으로부터 삶의 생명력을 부여받고자 하는, 자연과 하나가 되려는 심성이다.

> 내가 여름 학질에 여러 직 앓아 영 못 쓰게 되면 아버지는 나를 업어다가 山과 바다와 들녘과 마을로 통하는 외진 네갈림길에 놓인 널찍한 바위 위에다 엎어 버려 두었읍니다. 빨가벗은 내등때기에다간 복숭아 푸른 잎을 밥풀로 짓이겨 붙여 놓고, 「꼼짝 말고 가만히 엎드렸어. 움직이다가 복사잎이 떨어지는 때는 너는 영 낫지 못하고 만다」고 하셨읍니다.
> 누가 그 눈을 깜짝깜짝 몇 천 번쯤 깜짝거릴 동안쯤 나는 그 뜨겁고도 오슬오슬 추운 바위와 하늘 사이에 다붙어 엎드려서 우 아랫니를 이어 맞부딪치며 들들들 떨고 있었읍니다. 그래, 그게 뜸할 때쯤 되어 아버지는 다시 나타나서 홑이불에 나를 둘둘 말아 업고 갔읍니다.
> 그래서 나는 다시 고스란히 성하게 산 아이가 되었읍니다.
> 　　　　　　「내가 여름 학질에 여러 직 앓아 영 못 쓰게 되면」 전문

속신은 고대의 신앙 및 주술이 종교에까지 이르지 못하고 민간에 퇴

---

12) 육근웅, 앞의 책, p.107.

화하여 잔존한 것으로 종교의 하부적 요소가 민간에 탈락한 주술 종교적 심의 현상이라 할 수 있다. 따라서 신앙과 속신은 중복되거나 관계 없는 부분도 있지만, 속신은 초인간적인 힘의 존재를 믿고 거기에 대처하는 지식이나 기술이라 할 수 있다. 이 시에서 아버지가 학질에 걸린 나의 치유를 위해 사용한 돌은 신성한 돌이다. 평범한 바위도 모양과 빛깔, 장소에 따라 신앙적인 주력을 가지고 있음을 보여주고 있다. 들돌은 거의 마을의 수호신을 모신 당산나무 밑에 있다. 당제를 지낼 때는 유두, 칠석, 백중, 추석 등의 명절에 술을 들돌에 붓고 마을의 태평과 풍년 그리고 무병을 기원하며 들돌놀이를 했다.

이처럼 신성한 바위에 몸을 맡기고 복숭아 푸른 잎을 밥풀로 짓이겨 등에 붙을 때 복사 잎이 떨어지면 낫지 못한다는 속신이 있는데, 이 역시 초인간적인 힘에 의지하고 있는 것이다. '네 갈래' 길에 놓인 바위는 길의 교차점에 놓인 것으로 사방으로 통하는 마을의 중심이다. '산과 바다와 들녘과 마을'로 통하는 이 길은 결국 하늘과 통한다. 이는 질병으로 쇠잔해진 생명이 의탁하는 죽음과 삶의 교차점이라는 상징적인 공간성을 동시에 지닌다.

(4) 넋

피리 불고 가신 임의 밟으신 길은
진달래 꽃비 오는 西域 三萬理.
흰옷깃 염며염며 가옵신 임의
다시 오진 못하는 巴蜀 三萬理.

신이나 삼아 줄ㅅ걸 슳은 사연의
올올이 아로새긴 육날 메투리.
은장도 푸른날로 이냥 베허서
부즐없는 이머리털 엮어 드릴ㅅ걸.

초롱에 불빛, 지친 밤 하늘
구비구비 은하ㅅ물 목이 젖은새,
참아 아니 솟는가락 눈이 감겨서
제피에 취한새가 歸蜀途 운다.
그대 하늘 끝 호올로 가신 님아.

「歸蜀途」 일부

이 시에서 화자는 돌아올 길 없는 삶과 죽음의 거리를 표현하고 있
다. 화자는 파촉(巴蜀)으로 간 임에게 헌신적인 태도를 보여주지 못했
음을 자탄한다. 화자와 임은 '삼만 리'라는 거리로 인해 단절된 상태에
놓여 있다. 화자는 서역이나 서방정토라는 저승을 상징하는 말을 사용
함으로써 임과의 영원한 이별인 죽음을 환기시킨다.

자신이 갈 수 없는 '서역 삼만 리'를 머리카락의 형태로 임과 함께
가고자 했던 것이다. '슬픈 사연의 육날 메투리'는 이승에서는 살아 있
는 화자의 머리카락이지만 '서역 삼만 리'라는 공간에서는 임의 소유물
이다. 그러므로 '육날 메투리'를 통해 상징적으로나마 공간의 공유를
꾀하고자 하는 화자의 의도는 좌절될 수밖에 없다.

그런데 이 신은 짚으로 만든 신이 아니라 화자의 머리칼로 만든 신
이다. 머리카락이 사람의 혼 그 자체라는 생각은 무속에서 찾을 수 있
다. 오구굿에서 익사자의 혼을 건질 때 무당은 무명천을 길게 늘어뜨려
그 끝에 쌀을 봉함한 주머니를 달고 강바닥을 훑어내는 의식을 거행하
는데, 이때 무명천에 머리카락이 건져지면 사자의 혼도 건져진 것으로
간주된다. 즉 머리카락은 인간의 혼 자체라는 믿음[13]이 있는 것이다.

여름 하늘 쏘내기 속의 천둥 번개나 벼락을 많은 질마재 사람들은 언
제부턴가 무서워하지 않는 버릇이 생겨 있읍니다.

---

13) 위의 책, p.336.

　　여자의 아이 낳는 구멍에 말뚝을 박아서 멀찌감치 내던져 버리는 놈하고 이걸 숭내내서 갓 자라는 애기 호박에 말뚝을 박고 다니는 애녀석들만 빼놓고는 인젠 아무도 벼락을 무서워하는 사람은 거의 없이 되어서, 아무리 번개가 요란한 궂은 날에도 삿갓은 내리는 빗속에 머윗잎처럼 自由로이 들에 돋게 되었읍니다.

　　변산의 逆賊 具蟾百이가 그 벼락의 불칼을 분지러 버렸다고도 하고, 甲午年 東學亂 때 古阜 전병준이가 그랬다고도 하는데, 그건 똑똑히는 알 수 없지만, 罰도 罰도 웬놈의 罰이 百姓들한텐 그리도 많은지, 逆賊 구섬백이와 전병준 그 둘 중에 누가 번개치는 날 일부러 우물 옆에서 똥을 누고 앉았다가, 벼락의 불칼이 내리치는 걸 잽싸게 붙잡아서 몽땅 분지러 버렸기 때문이라는 이야깁니다.

(「분지러 버린 불칼」 일부)

　　이 시는 자연이 주는 재해를 무속의 초자연적 힘으로 물리칠 수 있다는 주술적 노래이다. 또한 이 시는 역사적으로 뛰어난 인물이나 한을 품은 인물이 마을에서 무속의 신 노릇을 하게 되는 현상을 가리킨 것으로 여겨진다. 즉 혼령(魂靈) 가운데는 원통하게 죽은 사람의 넋이 많은데, 그 원귀가 무신(巫神)으로 숭배되어 제사의 대상이 되는 경우를 살펴볼 수 있다.

　　일반적으로 신앙되는 인신(人神)은 왕신(王神)과 장군신(將軍神), 대감신(大監神) 등이다. 이들 신은 일반적인 인간보다 뛰어난 인물의 영혼이다. 왕신으로는 단군(檀君)이나 태조대왕, 공민왕, 뒤주대왕, 경순왕 등이 신으로 숭상된다. 장군신의 경우는 억울하게 죽은 임경업 장군이나 최영 장군, 남이 장군, 득제 장군, 김유신 장군, 관우 장군 등이 신으로 신앙된다. 대감신의 경우도 막강한 관좌에 앉았던 고관(高官)의 영혼이 신으로 추앙되는 경우로 살펴볼 수 있다.

　　무당의 기본 능력 중의 하나는 불을 지배하거나 다루는 능력이다. 따라서 무당은 신이한 자연 현상이 위협하는 것을 조절할 초자연적인 힘을 가진 존재로 나타난다. 이러한 무속 신앙은 오랫동안 전승되어 내려온 전통적인 믿음이며 잠재의식인데, 이 시는 그런 인간의 원형적 심성을 보여주고 있으며 넋굿의 원형을 지니고 있다.

(5) 행 위

　　姦通事件이 질마재 마을에 생기는 일은 물론 꿈에 떡 얻어먹기같이 드물었지만 이것이 어쩌다가 走馬痰 터지듯이 터지는 날은 먼저 하늘은 아파야만 하였습니다. 한정없는 땡삐떼에 쏘이는 것처럼 하늘은 웨-하니 쏘여 몸서리가 나야만 했던 건 사실입니다.
　　「누구네 마누라허고 누구네 男丁네허고 붙었다네!」 소문만 나는 날은 맨먼저 동네 나팔이란 나팔은 있는 대로 다 나와서 <뚜왈랄랄 뚜왈랄랄> 막 불어자치고, 꽹과리도, 징도, 小鼓도, 북도 모조리 그대로 가만있진 못하고, 퉁기쳐 나와 법석을 떨고, 男女老少, 심지어는 강아지, 닭들까지 풍겨져 나와 외치고 달리고, 하늘도 아플 밖에는 별 수가 없었습니다.
　　마을 사람들은 아픈 하늘을 데불고 家畜 오양간으로 가서 家畜用의 여물을 날라 마을의 우물들에 모조리 뿌려 메꾸었습니다. 그러고는 이 한 해 동안 우물물을 어느 것도 길어 마시지 못하고, 山골에 들판에 따로 따로 生水 구멍을 찾아서 渴症을 달래어 마실 물을 대어 갔습니다.
「간통사건과 우물」 전문

질마재에서 있었던 간통 사건은 사건이 일어난 사람의 집만이 아니라 온 마을이 떨고 기우뚱거리게 만들었다. 꽹과리도, 징도, 소고도, 북도 모조리 '퉁기쳐' 나와 법석을 떤다. 이러한 악기들은 축제를 위해서 동원되지만 여기서는 주술적 요소가 다분히 깃들어 있다. 꽹과리쟁이, 징쟁이, 소고쟁이, 북쟁이 등이 모두 법석을 떨며 소란을 피우는 것은 간통사건과 같은 잡귀를 쫓아내는 주술적 요소이다. 즉 질마재 마을의 평온함을 찾으려는 기원이다. 인용시에 의하면 간통 행위는 도덕적 질

서의 파괴를 의미하는데, 이에 대응하는 것이 우물 파기이다. 따라서
'강아지, 닭들까지 풍겨져 나와 외치고 있음'은 간통이라는 한 질서의
파괴행위에 대한 하늘과 마을 전체의 소란이자 관심의 표명이다. 사람
들은 우물을 파기 위해 산골이고 들판이고 헤맨다. 낡은 행위의 파괴에
서 새로운 생수를 찾는 행위는 새 질서에 대한 기원이며, 따라서 무속
적 행위라고 할 수 있다.

세상에서도 제일로 싸디싼 아이가 세상에서도 천한 단골 巫堂네 집 꼬
마둥이 머슴이 되었습니다. 단골 巫堂네 집 노란 똥개는 이 아이보단 그
래도 값이 비싸서, 끼니마다 얻어먹는 물누렁지 찌끄레기도 개보단 먼저
차례도 오지는 안 했습니다.

단골 巫堂네 長鼓와 小鼓, 북, 징과 징채를 늘 항상 맡아 가지고 메고
들고, 단골 巫堂 뒤를 졸래졸래 뒤따라 다니는 게 이 아이의 職業이었는
데, 그러자니 사람마다 職業에 따라 이쿠는 눈웃음ㅡ그 눈웃음을 이 아이
도 따로 하나 만들어 지니게는 되었습니다.

「그 아이 웃음 속엔 벌써 영감이 아흔아홉 명은 들어앉았더라」고 마을
사람들은 말하더니만 「저 아이 웃음을 보니 오늘은 싸락눈이라도 한 줄금
잘 내리실라는가 보다」고 하는 데까지 가게 되었습니다. 「이 놈의 새끼야,
이 개만도 못한 놈의 새끼야. 네 놈 웃는 쌍판이 그리 재수가 없으니 이
달은 푸닥거리하자는 데도 이리 줄어들고 만 것이라……」 단골 巫堂네까
지도 마침내는 이 아이의 웃음에 요렇게쯤 말려들게 되었습니다.

그리하여 이 아이는 어느 사이 제가 이 마을의 그 敎主가 되었다는 것
을 알았는지 몰랐는지, 어언간에 그 쓰는 말투가 홱딱 달라져 버렸습니다.

「……헤헤에이, 제밀헐 것! 괜스리는 씨월거려 쌌능구만 그리여. 가만히
그만 있지나 못허고……」 저의 집 主人ㅡ단골 巫堂 보고도 요렇게 어른
말씀을 하게 되었습니다.

그렇게쯤 되면서부터 이 아이의 長鼓, 小鼓, 북, 징과 징채를 메고 다
니는 걸음걸이는 점 점 점 더 점잖해졌고, 그의 낮의 웃음을 보고서 마을
사람들이 占치는 가지數도 또 차차로히 늘어났습니다.

「단골 巫堂네 머슴 아이」전문

위의 시에서 '머슴아이'는 마을사람들의 집단적 스승이라는 자기 원형의 투사대상이다. 어린이에 투사되는 자기 원형은 그를 신격화하는 그 집단의 무의식적 요구, 즉 '저 아이 웃음을 보니 오늘은 싸락눈이라도 한 줄금 잘 내리실라는가 보다'라는 기대감에 의해서 형성된다. '그리하여 이 아이는 어느 사이 제가 이 마을의 그 敎主가 되'어서 마을의 여러 가지 통과의례나 생사화복, 건강에 대한 종교적 책임을 맡게 된다.

무당집에 가면 대나무가 꽂혀 있는 것을 흔히 볼 수 있다. 이것은 안이 텅빈 대나무 속을 통해 神과 巫가 강림(降臨)하고 등천(登天)할 수 있다고 여기기 때문이다. 대나무는 하늘[神界]과 지상(인간계)을 연결하는 교통로로서의 역할을 한다.

무당은 신을 섬기는 일에 종사하여 굿을 전문으로 하는 사제자인데 무인(巫人), 무(巫), 무격(巫覡), 무녀(巫女), 단골, 심방이라고도 하며 특히 남자 무당을 지칭할 때는 격(覡) 또는 박수[14]라고 한다. 무당의 고유기능을 둘로 나누면 사제 기능과 예언, 점술 기능이다. 무당의 사제자적 역할은 무구에서 보다 근원적으로 나타나고 있는데, 무속에서는 칼, 거울, 방울을 삼보라 하는데, 이는 통치권을 의미하는 상징물이다. 무구는 무당이 굿할 때 사용하는 제의 도구로서, 꽹과리, 장구, 징, 제금 등의 무악기(巫樂器)와 신칼, 작두 등의 도검류(刀劍類), 엽전, 산통 등의 무점구(巫占具) 및 방울, 지전, 부채, 오색기 등의 소도구가 있다. 그러나 무구는 지역적으로 차이를 보이며, 이는 무당의 기능에 따른 제의상의 차이에서 오는 원인이라 생각된다.[15] 무당의 예언, 점술 기능은 풍년과 안녕을 위한 기복과, 두 번째로 역신을 몰아내고 건강을 되찾아주는 치병, 세 번째는 망자의 한을 풀어주어 저승으로 보내는 송령 등으로 나누어진다. 동신제나 안택굿 등은 첫 번째의 경우이고 푸닥거리는 두 번째이고 씻김굿이나 오구굿은 세 번째의 경우로 볼 수 있

---

14) 한국정신문화연구원, 앞의 책, 8권, p.295.
15) 위의 책, p.142.

다. 이러한 무속은 불교가 토착화되어 가는 과정에서 습합되었는데, 무당들이 제석거리에서 입는 옷은 그대로가 불교 복장인 장삼이며, 제석본풀이에서는 고승이 낳은 사생아들이 삼불제석으로 숭상되고 있다. 사찰 안에는 불교 본래의 것이 아닌 산신각이 자리 잡고 있고 무당들이 이 산신각에서 기도를 올리는 현실도 불교와 무속이 습합된 모습이다. 그러므로 무당은 마을의 여러 가지 통과의례나 생사화복에 관한 의례, 건강에 대한 종교적 책임을 맡는 등 넓은 의미의 종교적 책임자로 여겨진다.

> 질마재 마을의 단골 암무당은 두 손과 얼굴이 질마재 마을에서 제일 희고 부들부들 했는데요. 그것은 남들과는 다른 쌀로 밥을 지어 먹고 살았기 때문이라고 했습니다. 남들은 농사 지은 쌀로 그냥 밥을 짓지만 단골 암무당은 귀신이 먹다 남긴 쌀로만 다시 골라 밥을 먹으니까 그렇게 된다구요.
>
> 골머리, 배앓이, 종기, 태기 등 허기진 귀신한테 뜯어 먹히우노라고 마을에 몸 아픈 사람이 생길 때마다, 암무당은 깨끗한 보자기에 그 집 쌀을 싸 가지고 「엇쇠 귀신아, 실컨 먹고 잠자거라」며 「하낫쇠, 돌쇠 셋쇠……」하고 귀신을 잠재우는 그 잠밥이라는 걸 아픈 데에 연거푸 눌러 먹이는 것인데, 그런 쌀로만 골라다가 씻어서 밥을 지어 자시기 때문이라 했습니다. 그리곤 자기도 역시 잠밥 먹은 귀신같이 방안에서 평안하게 늘 실컨 자고 놀며 손발과 얼굴을 깨끗하게 깨끗하게 씻고 문지르기 때문이라고 했습니다.
>
> 「단골 암무당의 밥과 얼굴」 전문

중부 이북 지방에서 강신무라는 샤먼의 유형을 '무당'이라 부르고, 남부의 전라도, 경상도, 강원도 지방에서는 세습무를 '당골'이라 부른다. 인용시의 '단골'은 곧 '당골'을 말한다. 강신무에는 만신무당, 태주무당, 점바치, 점장이, 부살 등이 있고, 세습무에는 당골, 심방, 무당 등이 있으며, 학습무에는 독경, 경문장이 맹인 등[16]이 있다. 지방이나 특성에 따라 명칭도 다양하다. 단골은 사회적으로 인정되는 가계의 혈통적 계승이 중요시되며 개인이나 가계, 집단이 종교적 역할을 한다. 무당은 신이 개인을 선택함으로 수호 신당을 갖는다. 무당이 체험하는 강신 체험은 현실계의 가치 체계 일체를 거부하는 것으로, 현실계의 종말을 의미하는 것이다. 현실의 종말은 죽음을 의미하는 것이고, 이 죽음을 통해 강신 체험자는 현실계 밖에 있는 또 다른 세계, 곧 카오스(chaos)로 들어가게 된다. 생과 사, 지속과 단절이 끝없이 반복되어 가난과 질병, 죽음이 계속되는 괴로운 현실을 벗어나 영원계인 카오스로 들어가는 것이다.

이 시는 단골 암무당에 대한 무속 신앙의 일상성을 표현하고 있는데 무속 신앙에 몸 바친 무녀의 형상을 질마재 마을에서 제일 희고 부들부들한 모습으로 묘사하고 있다. 신이나 귀신은 초인간적인 능력을 가지고 있어 이러한 믿음이 한민족의 정신적 측면에 큰 영향을 준 사실을 부인할 수 없다. 신과 귀신의 관계를 음과 양에 비유해 보면 양기의 정령은 혼이고 음기의 정령은 백이다. 귀신은 무서운 존재로 사람의 생활에 영향을 주기 때문에 귀신을 소중히 여기는 민속이 생겼을 것으로 생각된다. 따라서 귀신을 대하는 데 있어서도 소극적으로 물러가게 하는 방법과 적극적으로 대결하여 맞서서 구축하는 방법이 있다. 무격(巫覡)에 의해서 굿하고 독경하고 주언을 외는 수도 있고 타협하는 척해서 공물을 올리고 가무로 공손하게 맞이해서 지혜롭게 봉박하는 수도 있다.

이러한 퇴송의 주술은 오랫동안 계승되고 반복되는 동안에 생활화되어 민속으로 전승되고 있다. 여기에는 구타법(毆打法)과 자공법(刺攻法), 화공법(火攻法), 봉박법(封縛法) 등이 있다. 구타법은 귀신을 적대시해서 위협과 폭력을 가해서 물러가게 하는 방법인데, 도지(桃枝) 사상은 민간에 널리 퍼진 축귀법의 일종[17]이다. 특히 동쪽으로 뻗은 복숭아나무 가지로 구타하는 것은 양기가 강하기 때문으로 여겨진다.

---

16) 한국정신문화연구원, 앞의 책, p.677.
17) 박계홍, 앞의 책, p.252.

또 섣달 그믐날 새해를 맞이하기 위해서 대청소를 하고 잡귀를 몰아내는 세시풍속도 있다. 자공법은 환자나 환자의 상처 부분에 예리한 칼이나 침, 대나무 꼬챙이 등으로 자상(刺傷)하고 공격해서 귀신을 물러가게 하는 방법이다. 화공법은 화기(火氣)를 이용하여 축귀하는 방법으로 화기로 귀신의 접근을 방지하고 귀신의 의거물(依據物)을 소진해서 축퇴시키는 방법이다. 상원(上元)날의 쥐불놀이가 여기에 해당한다. 봉박법은 질병의 원인이 되는 역귀, 잡귀를 꼼짝 못하도록 봉하거나 결박해서 저지하고 병화(病禍)에서 벗어나는 방법을 말한다.

세 마지기 논배미가 반달만큼 남았네.
네가 무슨 반달이냐, 초생달이 반달이지.

農夫歌 속의 이 귀절을 보면, 모 심다가 남은 논을 하늘에 뜬 반달에다가 비유했다가 냉큼 그것을 취소하고 아무래도 진짜 초생달만큼이야 할소냐는 느낌으로 고쳐 가지는 農夫들의 약간 겸손하는 듯한 마음의 모양이 눈에 선히 잘 드러나 보인다.

그러나 이 논배미 다 심고서 걸궁배미로 넘어가세. 하는 데에 오면 네가 무슨 걸궁이냐, 巫堂 音樂이 걸궁이지 하고 고치는 구절은 전연 보이지 않는 걸 보면 이 걸궁배미라는 논배미만큼은 하나 에누리할 것도 없는 文字 그대로의 巫堂의 聲樂이요, 器樂이요, 또 그 倂唱인 것이다. 그 질척질척한 검은 흙은 물론, 거기 주어진 汚物의 거름, 거기 숨어 農夫의 다리의 피를 빠는 찰거머리까지 두루 합쳐서 송두리째 신나디 신난 巫堂의 음악일 따름인 것이다.

그리고, 걸궁에는 중들이 하는 걸궁도 있는 것이고, 중의 걸궁이란 결국 부처님의 고오고오 音樂, 부처님의 고오고오 춤 바로 이런 것이니까, 런 쪽에서 이걸 느껴보자면, 야! 참 이것 상당타.
　　　　　　　　「걸궁배미」전문

인용시의 표제인 '걸궁배미'란 걸궁굿을 하는 논을 말하는데, 특히 그것은 공동으로 경작하는 논을 일컫는다. 배미는 논배미인데 걸궁은 방언으로 걸립이 표준어이다. 걸립은 어떤 집단에서 특별히 경비를 쓸 일이 있을 때 풍물을 치고 집집마다 다니며 축원을 해주고 돈과 곡식을 얻는 일인데, 걸궁(乞窮), 걸량(乞糧)이라고도 한다. 마을에서 하는 걸립과 절에서 하는 걸립, 무당이 하는 걸립 등이 있다. 마을에서 하는 걸립은 주로 정월 대보름이나 추석 전후에 행하여지는데, 집집마다 농악대가 방문하여 농악대가 앞세우는 신격(神格)에 바치는 공물(供物)이나 농악대의 의례적, 예능적 활동에 대한 대가로 내어놓는 물질을 거두어들이는 일이다. 각 가정이 농악대의 방문을 맞아들여 물건이나 금전을 제공하는 것은 단순히 의례에 대한 대가라는 의미뿐만 아니라 마을 공동체 자체를 인정함과 동시에 마을 공동체의 성원임을 재확인하는 의미도 포함된다. 절에서 하는 걸립은 절을 중건할 때 모금하기 위해서 중들이 민가로 다니며 경문을 외거나 염불을 하여 시주하는 받는 것을 말한다. 후에는 놀이패가 가담하여 집집마다 다니며 고사를 해주고 돈과 쌀을 걷는 전문적인 걸립패가 나타나기도 했다. 걸립패들은 10여 명 또는 30명에서 40명씩 떼지어 다니며 풍물을 치거나 고사소리를 하는 전문집단으로 발전[18]했다.

　걸립굿은 걸립패들이 걸립을 하며 치는 농악으로 걸궁굿이라고도 한다. 이러한 무리들을 걸립패 또는 걸궁패라고 하는데, 걸립이란 말이 언제부터 쓰였는지 구체적인 것은 알 수 없지만 『성종실록』12년 12월 조에 조직적인 걸립패의 걸립을 '걸량'이라 하여 간단히 기록[19]이 전한다. 무당들의 걸립은 새신(賽神)을 위해 단골네들을 찾아다니면서 하는 것과 마을을 돌아다니는 계면돌기를 하면서 말문(占言)을 주면 그 집에서는 무당이 될 사람으로 인정하고 곡식을 주는 걸립[20]이 있다.

---

18) 한국민속대사전편찬위원회, 앞의 책, p.85.
19) 한국정신문화연구원, 앞의 책, 1권, p.774.
20) 위의 책, p.775.

　질마재 上歌手의 노랫소리는 답답하면 열두 발 상무를 젓고, 따분하면 어깨에 고깔 쓴 중을 세우고, 또 喪輿면 喪輿머리에 뙤약볕 같은 놋쇠 요령 흔들며, 이승과 저승에 뻗쳤습니다.

　그렇지만 그 소리를 안 하는 어느 아침에 보니까 上歌手는 뒤깐 똥오줌 항아리에서 똥오줌 거름을 옮겨 내고 있었는데요.

　왜, 거, 있지 않아 하늘의 별과 달도 언제나 잘 비치는 우리네 똥오줌 항아리, 비가 오나 지붕도 앗세 작파해 버린 우리네 그 참 재미있는 똥오줌 항아리, 거길, 明鏡으로 해 망건 밑에 염발질을 열심히 하고 서 있었읍니다. 망건 밑으로 흘러내린 머리털들을 망건 속으로 보기 좋게 밀어 넣어 올리는 쇠뿔 염발질을 점잔하게 하고 있어요.

　明鏡도 이만큼은 특별나고 기름져서 이승 저승에 두루 무성하던 그 노랫소리는 나온 것 아닐까요?

「上歌手의 소리」 전문

　위 시는 상곤이의 쇠뿔 염발질을 소재로 씌어졌다. ‘상모’는 농악에 사용하는 모자로 채상모와 부포상모가 있다. 부포상모는 전립 꼭대기에 ‘석조시’를 붙이고 구슬을 달고 물체로 이어 꼭대기에 부포(꽃상모)를 단다. 그런데 부포상모는 뻣뻣하게 서 있는 뻣상모와 부드러운 부들 상모가 있다. 채상모는 부포와 같이 전립 꼭대기에 석조시를 붙이고 구슬을 단다. 그리고 물체에 이어서 꼭대기에 종이로 만든 짧은 상모와 긴 상모를 달아맨다.[21] 이 시에서 ‘열두 발 상무를 젓고’는 상모놀이로 벙거지에 달린 상모를 이리저리 돌리는 놀이이다. 즉 열두 발 상모놀이를 말하는데 열두 발이나 되는 긴 상모끈을 앉아서 혹은 누워서 놀리는 것을 말한다. 상곤이는 상여가 나갈 때 상두소리를 담당한다. 일상의 생활에서 필요한 존재이지만 두드러지지 않는 것이 상곤이의 특징이다. ‘질마재 상가수의 노랫소리는 이승과 저승에 뻗쳤습니다’라는 것은 상곤의 중요성을 보여준다. 사람들의 마음을 밝혀주고 망자의 혼을 달래

---

21) 한국민속대사전편찬위원회, 앞의 책, p.788.

주는 것이 상가수의 역할인데, 상곤이는 무당을 업으로 하는 사람은 아니지만 똥오줌 항아리를 보면서 염발하는 그의 모습과 명경을 보면서 무업을 시작하는 무당의 모습은 이 시에서 뚜렷하게 대비된다. 상가수가 염발질을 위해서 자신을 비추어보는 똥오줌 항아리라면, '명경'은 인간의 얼굴만 비추어보려는 실용적이며 문화적인 양식이 아니라 하늘도 그 안에 수용되는 자연적 양식이다. 이런 거울에 비추어 보는 세계 속에서 상가수의 소리가 저승까지 도달할 수 있음을 화자는 보여준다.

'상가수'라는 것은 상여 앞에 서서 사자를 저승사자에게 인도하는 영매의 노래를 하는 사람이다. 평소에는 남의 오물이나 치우는 천한 일을 맡던 상가수는 일단 상가에 이르게 되면 이승과 저승을 이어주는 초능력을 지닌 영매가로 변신한다. '이승 저승에 두루 무성하던 그 노랫소리'에서처럼 사자를 저승으로 인도하는 초능력을 얻을 수 있게 되는 것이다. 한편 명경이란 무당이 필수적으로 갖추어야 할 巫具 가운데 하나이다. 명경은 명두라고 하는데 신비로운 신성(神聲)의 반사경으로 귀신과의 대화를 확성(擴聲)하는 주술적인 무구이다. 이것은 놋쇠로 만들어진 둥글고 가운데가 볼록한 거울 모양인데 지름이 평균 20㎝로 보다 작거나 큰 명두도 있다. 오목한 뒷면에는 북두칠성이 양각으로 묘사되어 있거나 명칭이 한자로 양각되어 있다. 명두는 한국 무당에게는 신령의 거울 내지 마음의 거울로 받아들여지는 것으로 여겨진다. 그래서 명두는 상단의 중앙에 걸어 놓는데 같은 날 두 집안을 위해 굿을 벌여야 할 경우에는 그날 한 집안을 위해서만 굿을 거행하고 다른 집에는 그사이 명두를 걸어둔다.[22] '明鏡도 이만큼은 특별나고 기름져서 이승 저승에 두루 무성하던 그 노랫소리는 나온 것 아닐까요?'에서 보듯이 명경은 이승과 저승을 동시에 울릴 수 있는 무속적 상상력의 하나라고 여겨진다.

---

22) 조흥윤, 「한국의 巫」(정음사, 1983), p.201.

이처럼 서정주 시에는 샤머니즘이 작품 속에 수용되고 있는데 이것은 전통적으로 내려온 민간 신앙 때문인 것으로 여겨진다. 원형적인 삶의 모습으로서의 무속을 시속에서 원형적인 삶을 보여주고자 노력했다. 무속은 외래종교가 들어오기 전의 아득한 상고시대부터 한민족의 종교적 주류를 형성하고 있었다. 그것은 물론 외래종교가 들어온 후로도 민간신앙으로서 한민족의 기층 종교 현상으로 존재했다. 이처럼 무속은 외래종교가 들어오기 전의 아득한 상고시대부터 한민족의 종교적 주류를 형성하고 있었으며, 외래종교가 들어온 후로도 민간신앙으로서 한민족의 기층 종교 현상23)으로 존재하여 왔다. 이것은 제정일치 시대에 환웅천왕이 신시(神市)를 베풀었다는 기록에서도 확인된다. 신시(神市)는 제왕이 하늘에 제사하는 신성한 장소요 굿당이다. 그러므로 환웅과 단군은 제천의식을 주관한 무당이라고 볼 수도 있다.24) 이러한 점으로 미루어 무속은 우리 민족의 단군신화에 뿌리를 둔 태초의 신앙임을 알 수 있으며 한국의 전통적인 종교 현상이다.

2) 중국의 「구가」

『초사(楚辭)』는 초나라의 문학을 지칭하는 것으로 북방문학인 『시경(詩經)』의 뒤를 이어 나온 남방문학의 대표라고 할 수 있으며, 이를 본뜬 한(漢)나라 때의 작품들도 포함된다.

『시경』이 황하 유역을 중심으로 한 여러 나라의 작품인 데 반해『초사(楚辭)』는 양자강 유역을 중심으로 한 초나라 작품으로 그 작품에 나타난 언어와 사물 대부분이 초나라에 국한되어 있어서 붙여진 이름인 것으로 생각된다.

---

23) 김태곤, 「한국무속연구」(집문당, 1991), p.18.
24) 김용덕, 「한국의 풍속사」(밀알, 1994), p.92.

초사에는 「구가」 11편, 「구장(九章)」 9편과 「이소」, 「천(天)문(問)」, 「원유(遠遊)」, 「복거(卜居)」, 「대(大)초(招)」 등 각각 1편씩, 모두 25편이 실려서 전한다.

九歌는 초사(楚辭)의 초기작으로 당시 민간의 연가(戀歌) 내지는 제신가(祭神歌), 혹은 종교(宗敎) 무가(舞歌)였던 것인데 이를 굴원이 개작한 것이라는 학설이 유력시되고 이 작품이 굴원문학의 개화를 가져왔다.

샤머니즘이 성행하였던 초나라에서는 많은 신화・전설・가요가 존재하였고, 그러한 토양 속에서 문학적인 형식과 내용을 갖춘 초사작품이 형성되었다. 먼저 천지구조와 역사에 대한 의문을 제시한 「천문(天問)」, 산천(山川)의 신들에 대한 제사의 노래인 「구가(九歌)」, 몸에서 벗어난 영혼을 불러들이는 「초혼(招魂)」 등 종교의식을 반영한 작품들이 생겼고, 이러한 기반 위에서 지상(地上)에 들어오지 못하고 천상(天上)이나 신화적인 이역(異域)을 떠도는 주인공의 자서(自敍)를 다룬 「이소(離騷)」가 완성되어 초사문학의 정점을 이루었다.

주희도 구가는 초나라 사람들이 귀신을 모시던 무가라고 지적했다.

구가의 원형은 대략 서기전 5세기 혹은 그 이후에 이르러 이루어지기 시작하여 굴원이 활약했던 시기인 서기전 3, 4세기에 와서 정착된 초나라의 종교무가이다.

구가 작품들은 동황태일(東皇太一), 운중군(雲中君), 상군(湘君), 상부인(湘夫人), 대사명(大司命), 소사명(少司命), 동군(東君), 하백(河伯), 산귀(山鬼), 국상(國殤), 예혼(禮魂) 등의 11편으로 이루어져 있는데 제목으로 보아 대부분이 자연신에 대한 제의(祭儀)에서 읊은 것임을 알 수 있다. 천지구조와 역사에 대한 의문을 제시한 「천문(天問)」, 산천(山川)의 신들에 대한 제사의 노래인 「구가(九歌)」, 몸에서 벗어난 영혼을 불러들이는 「초혼(招魂)」 등 종교의식을 반영한 작품들이 생겼고, 이러한 기반 위에서 지상(地上)에 들어오지 못하고 천상(天上)이나 신화적인 이역(異域)을 떠도는 주인공의 자서(自敍)를 다룬 「이소(離 騷)」가 완성되어 초사문학의 정점을 이루었다.

또 구가에 나오는 신들은 사람과 함께 연정을 교환하고 유희하며 사람이 신을 연모하는 것으로 표현하고 있다. 그리고 2자와 2자, 3자와 2자 또는 3자 사이에 '혜(兮)'자를 두는 구법(句法), 또는 '혜'자 대신에 구 사이에 '지(之)', '이(以)', '이(而)' 등의 조자(助字)를 넣고, 무운구말(無韻句末)에 '혜'자를 두는 「이소」식의 구법이다.

또 「초혼」에서는 '사(些)'자, 「대초」에서는 '지(只)'자를 구말에 두고 있다. 그 밖에 편미(編尾)에 '난(亂)'이라는 몇 구 내지 20구 가량의 종편사(終編辭)가 있는 것도 특징이다.

그리고 무속의례를 보면 신과 접촉하기 위해서는 신을 굿판에 오도록 巫歌를 부르고 신이 무당의 몸에 내려서 무당이 신으로 바뀌어 신의 옷인 巫服을 입고 신의 몸놀림을 하며 신의 말을 하는 등 춤과 극적 상황이 교합된 과정이 따른다. 처음에 무당에게 내린 신을 몸주라 하는데 이 몸주 신을 신단에 모셔 놓으면 이 몸주가 무당이 평생 영력을 행사할 수 있는 영력의 근원이 된다. 굿의 짜임새를 보면 처음에 부정굿을 하여 굿하는 장소를 정화하고 나서 신을 차례로 굿판에 불러 들여 歌舞로 즐겁게 놀리면서 의사를 듣는다. 다음에 뒷전에서 굿판에 모여든 신과 잡귀들을 돌려보내 신을 부르고 불러온 신을 대접하며 길흉화복 등 인간의 소원을 빌고 난 후에 그 신을 돌려보내는 과정으로 구성되어 있다.[25]

(1) 천 신

吉日兮辰良	길일혜진량
穆將愉兮上皇	목장유혜상황

---

25) 김태곤, 「한국의 무속문화」(박이정, 1998), pp.10-11.

撫,劍兮玉珥	무장검혜옥이
璆鏘鳴兮琳琅	구장명혜임랑
瑤席兮玉瑱	요석혜옥진
盍將杷兮瓊芳	합장파혜경방
蕙肴蒸倂蘭藉	혜효증편난자
奠桂酒兮椒漿	전계주혜초장
攘袍兮拊鼓	양부혜부고
疎緩節兮安歌	소완절혜안가
陣芋瑟兮浩倡	진우슬혜호창
靈堰蹇兮姣服	영언건혜교복
芳菲菲兮滿堂	방비비혜만당
五音紛兮繁會	오음분혜번회
君欣欣兮樂康	군흔흔혜낙강

「東皇太一」 전문

東皇太一은 동쪽 하늘의 천신을 말한다. 하늘을 皇이라 했는데 太日은 별이름이며 신격화한 천신이다. 이 천신의 祭宮이 초나라 동쪽에 있기 때문에 東皇이라고 한 것이다. 경방(瓊芳)은 옥같이 아름답고 향기로운 꽃인데 무당이 이것을 들고 춤을 춘다. 효증(肴蒸)은 제사용 고기로 肴는 뼈가 붙은 고기이고 蒸은 바치는 것을 말한다. 계주(桂酒)는 肉桂를 넣어 담근 술을 말한다. 靈은 무당인데 구가에 나오는 靈자에는 신과 무당의 두 가지 의미가 있는데 여기서는 무당을 말한다. 곧 무당의 몸에 신령이 내리기 때문에 이르는 말이다. 좋은 날 좋은 때를 가려 경건한 마음으로 삼가 천신 동황태일께 제사지낸다. 主祭者인 나는 손잡이 끝에 옥고리 장식 붙인 장검을 어루만지고 허리에 찬 아름다운 패옥, 걸을 적마다 댕그랑댕그랑 울린다. 천신이 앉으실 옥자리에 그 자리 눌러주는 美玉의 누름돌, 무당은 어이하여 옥같이 아름답고 향기로운 꽃송이 들고 천신께 바치는 춤을 추며 천신께 올릴 祭肉을 혜초로 싸서 그 밑에 난초 깔고 肉桂술과 산초열매 즙을 차려 천신께 바친다.

북채 들고 북을 치며 느린 가락에 맞춰 조용히 노래 부르고 이어서 피리 불고 거문고 타며 드높이 노래 부른다. 신들린 무당 덩실덩실 춤출 때 고운 옷 너훌거리고 그럴 때마다 짙은 향기가 祭堂 가득히 충만해진다. 갖가지 樂律이 어지러이 어울려 연주되고 천신께선 즐거워 기뻐하신다.

천신 동황태일의 神威에 관한 직접적인 표현은 하지 않고 있지만 主祭者의 입장에서 자신과 무당의 整齊된 복식 및 祭堂의 진열품과 제물 그리고 樂舞의 융성함을 묘사하는 등 제사의 모습을 서술함으로써 숭상하는 마음을 나타냈다. 작품의 형식은 祭巫가 獨唱, 獨舞하는 것으로 되어 있다. 이처럼 태일신(太一神)을 제사 장소에 강림(降臨)시키기 위한 청신가적(請)神歌的) 성격이 강한 무가(巫歌)라고 할 수 있다.

浴蘭湯兮沐芳	욕난탕혜목방
華釆衣兮若英	화채의혜약영
靈連蜷兮旣留	영연권혜기류
爛昭昭兮未央	난소소혜미앙
蹇將憺兮壽宮	건장담혜수궁
與日月兮齊光	여일월혜제광
龍駕兮帝服	용가혜제복
聊翱遊兮周章	요고유혜주장
靈皇皇兮旣降	영황황혜기강
猋遠擧兮雲中	표원거혜운중
覽冀州兮有餘	남기주혜유여
橫四海兮焉窮	횡사해혜언궁
思夫君兮太息	사부군혜태식
極勞心兮忡忡	극노심혜충충

「雲中君」 전문

雲中君은 구름의 신이며, 화채의(華采衣)는 화려한 빛깔의 옷으로 무당의 옷이라 짐작되며 靈은 신으로 운중군을 가리킨다. 연권(連蜷)은 길게 구불구불한 모양으로 신이 하늘에서 내려오는 것을 상상해서 표현한 말이다. 留는 무당의 몸에 신이 내려와 머물고 난소소(爛昭昭)는 신령의 威光이 빛나는 모양을 그리고 있다. 壽宮은 祭殿으로 원래는 침실을 뜻했는데 漢武帝 때 수궁에 신을 모시고부터 신에게 제사지내는 곳을 뜻하게 되었다.

무당이 난초 끓인 물에 몸을 씻고 향초 끓인 향수에 머리 감아 목욕재계하고 화려하게 아롱진 그의 옷 꽃과 같다. 신령이 구불구불 하늘에서 내려와 무당 몸에 신들려 머물러 그 밝은 빛이 끝없이 비친다. 아아, 신께서 제전에 내려와 편안히 계시면 해와 달과 함께 똑같이 빛이 난다. 그리고 용이 끄는 수레 타고 천제가 입은 것과 같은 옷 입고선 잠시 하늘을 날아 곳곳을 두루 돌아다닌다. 신령이 찬란한 빛을 반짝이며 인간에게 내려왔다간 어느덧 다시 날아 하늘 멀리 구름 속으로 회오리쳐 오른다. 그 빛은 아래로 온 중국 땅을 내리비치고도 남아 사방 멀리까지 끝 간 데 없이 가득히 충만해 있다. 그 신이 그리워 나는 한숨짓고 근심으로 애타는 이 마음 아프다.

목욕재계하고 곱게 단장한 무당에게 구름의 신이 강림한 데서부터 시작하여 구름이 빛을 내며 날아 神游하는 모습과 제전을 떠나 하늘에 올라가서 멀리 사방 끝까지 부유하는 것을 그렸다. 시종 주재자의 입장에서 객관적으로 신이 내려와 제사를 받고 곧 올라가는 모습을 묘사하면서 그 가운데에 구름의 특성과 운중군을 사모하는 주관적인 감정을 넣어 나타냈다. 작품의 형식은 祭巫가 독창하고 운중군으로 분장한 神巫가 獨舞하는 것으로 되어 있다.

　　　暾將出兮東方　　　돈장출혜동방
　　　照吾檻兮扶桑　　　조오함혜부상

撫余馬兮安驅	무여마혜안구
夜晈晈兮旣明	야교교혜기명
駕龍輈兮乘雷	가용주혜승뢰
載雲旗兮委陀	재운기혜위타
長太息兮將上	장태식혜장상

「東君」 일부

위 작품에서 동군은 태양신에 대한 제의를 읊은 무가로, 즉 태양의 신을 가리키는데 禮記 제의 편에서 보면 제단에서 태양에 제사 지낸다와 동쪽에서 태양에 제사 지낸다는 말이 있다. '心低個兮顧悔심저회혜고회 羌聲色兮娛人강성색혜오인 觀者憺兮忘歸관자담혜망귀' 구절에서 보듯이 태양의 신을 맞이하는 무녀들은 사뿐히 날아오르듯 하며 시를 읊어 노래하고 함께 모여 춤을 춘다. 즉 무(巫)가 북 등의 악기를 치며 노래하고 춤추면서 청(請)신(神)하는 양상을 묘사하고 있다. 또 '靈之來兮蔽日 영지래혜폐일 靑雲衣兮白霓裳청운의혜백예상 舉長矢兮射天狼거장시혜사천랑 操余弧兮反淪降조여호혜반륜강 援北斗兮酌桂漿 원북두혜작계장'에서 일출의 광경으로부터 솟아오른 아침 해의 신이 지상의 제사의식에 내려오고 신위(神威)를 빛내며 북두(北斗)의 잔을 들어 제주(祭酒)를 마시고 암흑 속을 동쪽으로 떠나는 것을 끝으로 태양의 신 동군의 하루 운행 과정이 그려져 있다.

紛吾乘兮玄雲	분오승혜현운
令飄風兮先驅	영표풍혜선구
使涷雨兮灑塵	사동우혜쇄진
君廻翔兮以下	군회상혜이하
……(중략)……	
導帝之兮九坑	도제지혜구갱
靈衣兮被被	영의혜피피

　　　玉佩兮陸離　　　옥패혜육리
　　　　　　　　　　「大司命」일부

　　대사명으로 분장한 神巫와 인간의 입장을 대변하는 祭巫가 함께 춤추는 모습이다. 大司命 작품에서 대사명은 수명을 주관하는 신에 대한 제의에서 읊은 무가이다.

　　검은 구름을 타고 비를 뿌리며 내려오는 장엄한 모습과 생사를 한 손에 쥔 위력과 아름다운 모양, 그에 대한 인간의 연연한 심정을 노래하고 있다. 대사명으로 분장한 神巫와 인간의 입장을 대변하는 제무(祭巫)가 합창, 합무(合巫)하고 있다. 인간의 수명이 이미 정해져 있어 신과 만나고 헤어지는 것을 마음대로 할 수 없다는 표현은 신을 떠나보내고 나서 실망감에서 자위하는 말이다.

　(2) 물

　　　美要眇兮宜修　　　미요묘혜의수
　　　沛吾乘兮桂舟　　　패오승혜계주
　　　令沅湘兮無波　　　영원상혜무파
　　　使江水兮安流　　　사강수혜안류
　　　望夫君兮未來　　　망부군혜미래
　　　吹參差兮誰思　　　취참치혜수사
　　　橫大江兮揚靈　　　횡대강혜양령
　　　揚靈兮未極　　　　양령혜미극
　　　女嬋媛兮爲余太息　여선원혜위여태식
　　　　　　　　　　「湘君」일부

　　湘君은 湘水의 신으로 湘夫人과 함께 상수의 남녀 2신 중 남성신이다. 아름답고 곱게 巫女로 단장하고 거센 물결 따라 계수나무 배를 타고 상군 맞으러 가는데 강물의 신 상군께서는 원수(沅水)와 상수(湘水) 두 강에 명하여 파도가 일지 않게 해 주시고 양자강 물 고요히 흐르게 해 주시옵소서 하고 상부인(湘夫人)과 함께 상수의 신에게 제사지낼 때의 樂歌이다. 상수에는 남녀 2신이 있어 그 남성신을 상군이라 하고 여성신을 상부인이라 칭했다. 초나라 사람들은 상수의 신에게 제사지낼 때 상군으로 男巫가 분장하면 女巫가 迎神하고 또 상부인으로 여무가 분장하면 남무가 영신하며 서로 노래하며 춤추었으리라 짐작한다.

參差는 排簫배소의 일종으로 신을 맞이할 때 이것을 분다. 揚靈은 상군이 靈異한 분위기를 발산하여 신의 위업을 나타낸다는 말이다. 女는 女巫를 가리키며 余는 男巫가 분장한 상군의 자칭이다. 즉 임, 상군을 맞이하려고 했으나 오시지 않아 자신이 임을 찾아 배를 타고 들어가고 있으며 계속 배를 타고 임을 그리워하는 모습과 만나지 못해 아쉬워하며 그리워하는 절절한 모습이다. 신을 즐겁게 만들기 위해 화려하게 배를 꾸미고 정결한 옥(玉)과 향초(香草)를 상군을 위해 상수에 던지거나 바치는 모습도 묘사되고 있다.

「湘夫人」 작품에서 湘夫人은 湘水의 여신이며 상군과 함께 상수의 남녀 2신 중 여성신26)이다. 상수의 신을 위해서 읊은 무가로 '與佳期兮夕張여가기혜석장 思公子兮未敢言사공자혜미감언' 구절에서는 '與佳期兮夕張'은 임과의 약속에 저녁에 상을 차렸는데의 뜻으로 佳는 상부인이며 張은 施의 뜻으로 祭具, 祭品을 차리는 것을 가리킨다. 公子는 상부인으로 분장한 女巫가 상군, 곧 남무를 칭하는 말이다. 임을 만나고 싶은 심정과 신을 맞이하기 위하여 향초(香草)로 화려하게 꾸민 제(祭)당(堂)의 모습, 그리고 옷소매와 홑옷을 강물에 던지고 함께 노닐고 싶다는 표현으로 상군과 마찬가지로 청신가적(請神歌的) 성격이 강하다.

---

26) 하정옥, 『굴원』(태종출판사, 1994), 149쪽.

상군과 상부인으로 분장한 남무와 여무의 대화를 통해 남녀의 밀회를 노래하고 있다.

與女遊兮九河　　여녀유혜구하
衝風起兮橫波　　충풍기혜횡파
駕兩龍兮驂螭　　가양룡혜참리
(……중략……)
魚鱗屋兮龍堂　　어린옥혜용당
紫貝闕兮朱宮　　자패궐혜주궁
靈何爲兮水中　　영하위혜수중
　　　　　　　「河伯」 일부

河伯 작품에서 하백은 하신(河神)에 대한 제의에서 읊은 무가로 하신과 함께 노니는 모습을 묘사하고 있다. 즉 황하의 신으로 하백과 물결 수레를 타고 노닐며 곤륜산에 올라가 즐거워하지만 물속에 사는 신령을 떠나보내야 하는 마음이 그려져 있다. 하백의 水神으로서 위엄과 성격은 잘 나타나 있으나 제례적(制禮的)인 기원(祈願)보다 신에 대한 여인의 연모가 주조를 이루고 있다.

(3) 산

若有人兮山之阿　　약유인혜산지아
被薜荔兮帶女蘿　　피벽려혜대여라
旣含睇兮又宜笑　　기함제혜우의소
(……중략……)
折芳馨兮遺所思　　절방형혜유소사
東風飄兮神靈雨　　동풍표혜신령우
留靈修兮憺忘歸　　유영수혜담망귀
　　　　　　　「山鬼」 일부

「山鬼」 작품에서는 산의 정령(精靈)으로 산의 요정과 인간 남자와의 서로 정을 나누는 것으로 환상에 찬 묘사로 먼저 정령이 나타나는 모습을 그리고 있다. 山鬼는 鬼와 神 두 글자를 연용해 쓰는 경우가 많은데 神이 陽의 세계에 사는 것이라면 鬼는 陰의 세계에 사는 도깨비를 의미하는 것이라고 생각된다. 이 작품의 산귀는 여성의 정령으로 되어 있으며 宜笑는 자연스럽게 웃는 모습인데 '淮南子注'에 山精은 사람 모습을 하고 얼굴이 검고 몸에 털이 났으며 사람을 보면 웃는다고 했는데 이 시에서 묘사된 산귀의 모습과 비슷하다. '子慕予兮善窈窕 자모여혜선요조'에서 子는 祭巫가 神巫, 즉 산귀를 부르는 말이다. 靈修는 덕이 있는 사람, 여기서는 산귀를 가리킨다.

떠나 버린 산의 정령, 그대를 원망하는, 끝내는 제무만 외로이 슬픔에 젖는 모습을 그리고 있다

(4) 넋굿

嚴殺盡兮棄原埜	엄살진혜기원야
出不入兮往不反	출불입혜왕불반
平原忽兮路超遠	평원홀혜노초원
帶長劍兮挾秦弓	대장검혜협진궁
首身離兮心不懲	수신리혜심부징
誠旣勇兮又以武	성기용혜우이무
終剛强兮不可凌	종강강혜불가릉
身旣死兮神以靈	신기사혜신이령
子魂魄兮爲鬼雄	자혼백혜위귀웅

「國殤」 일부

중국의 국상(國殤) 작품에서는 나라의 영령(英靈)으로 나라를 위해 목숨을 바친 병사들의 영령에 제사하는 무가이다. 殤은 스무 살 미만

에 외지에서 죽은 주인 없는 영혼을 뜻하는 말로 여기서는 전쟁터에서 죽은 청장년을 가리키고 국가가 이들의 제주가 되므로 國殤이라고 한 것이다. 몸은 이미 죽었으나 精神은 영험스러워 그대 魂은 귀신(鬼神)의 영웅이 된다고 전몰장병을 극단적으로 칭송하고 있다. 전몰장병을 위한 제의에서 부른 진혼(鎭魂)가(歌)의 성격이 강하다고 생각된다. 즉 넋굿은 죽은 이의 명복을 빌고 저승 천도를 위해서 하는 굿이다.

成禮兮會敲	성례혜회고
傳芭兮代舞	전파혜대무
姱女倡兮容與	과녀창혜용여
春蘭兮秋菊	춘란혜추국
長無絶兮終古	장무절혜종고

「禮魂」 일부

위 작품에서는 禮魂은 진혼가(鎭魂歌)로 여느 사람의 영혼을 제사하는 진혼가이다.

'成禮兮會鼓 성례혜회고 傳芭兮代舞 전파혜대무 姱女倡兮容容與 과녀창혜용용여' 구절에서 보듯이 거대한 식전에서 일제히 북을 치고 姱女는 女巫를 가리키는데 아름다운 무녀들이 노래와 춤으로 손에는 파초 잎을 들고 건네며 번갈아 가며 춤을 추는 침착하고 여유 있는 모습이다. 이 제사가 봄, 가을 끊이지 않고 지속됨을 노래하여 영혼을 달래는 것이다. 형식은 제(祭)무(巫)와 여러 무녀들이 함께 춤추며 합창하는 것으로 되어 있다.

초나라 풍속에 귀신을 믿고 제사지내기를 좋아하고 제사 때는 반드시 노래와 춤으로 신들을 즐겁게 해 주었다는 것이다.

구가에 나오는 신들은 사람과 함께 연정을 교환하고 유희하며 사람이 신을 연모하는 것으로 표현하고 있다.

3. 결 론

이상에서 살폈듯이 중국인이나 한국인의 정서에 근본적으로 샤머니즘 요소를 배제할 수 없다. 중국의 초사는 고대 초나라의 신관(神官: 祝)이나 무사(巫史)가 관장한 '사령(辭令)' 및 그것에서 진화한 문체의 이름으로 제사나 점복(占卜)에 관한 것이 있으며, 제사가(祭祠歌)인 「구가」나 「이소」, 「구장」의 각 편에도 신화와 무속적 상상의 미학이 풍부하다. 또 「천문」에는 고대의 신화전승에 관한 서술이 매우 많다. 중국은 周(주)를 제외한 고대 국가들, 殷(은), 楚(초), 薺(제), 秦(진), 漢(한) 나라가 모두 巫문화가 上層문화로 군림하였다. 그러나 후에 상층문화로 군림한 反巫的 성향의 儒家문화 때문에 고대 국가의 양상이 많이 왜곡되어 고대 국가에 儒家 문화가 상층문화로 군림한 듯이 기술하고 있다. 이것은 巫 문화 이후에 상층문화로 군림한 儒家 문화에 의해 그 이전의 巫 문화 양상을 왜곡시킨 현상[27]이라고 볼 수 있다.

巫俗종교는 다신교적인 특징을 가지고 있는데 원시인들은 나무에는 木神이 태양에는 日神이, 바다에는 海神이 부엌에는 부엌신이 서낭당에는 서낭당을 주관하는 신이 각각 있다고 믿었다. 이처럼 모든 사물에 그 사물을 주관하는 神이 존재한다고 믿었는데 이것을 보통 精靈崇拜 animism이라고 부른다. 또한 巫俗종교는 주술적이고 神秘的인 경향이 있고 神을 즐겁게 하기 위해 행해지는 娛樂的인 요소가 강하다. 원시시대에는 祭祀에서뿐 아니라 聖스러운 의미가 부여되는 모든 의식에서 巫歌를 불렀는데 이 巫歌는 祭儀 때 Ecstasy 상태에서 불리는 것이다. 巫가 俗世를 초월하여 神界로 登天한다는 것은 神의 입장에서 보면 지상의 祭儀 장소로 下降한다는 의미도 있다. 巫舞 4단계인 淨潔舞,

---

27) 김인호, 「무와 중국문화와 중국문학」(중문출판사, 1994) 52쪽.

請神巫, 本巫, 送神巫 중의 請神巫에 해당하는데 請神, 즉 招魂하는 풍습은 중국의 민간에 널리 퍼져 있는 보편적인 현상이었다. 특히 저승으로 가지 못하고 강물 위나 동구 밖 허허벌판에서 客死하거나 暴死한 寃魂들을 불러 달래는 招魂舞를 춘 민간 풍습이 있다고 『宋書·禮志』문헌에 가록되어 있다. 특히 혼을 전문적으로 부르는 卜者라 불리는 직업인이 있는데, 그가 지붕 위에 올라가 원혼이 생전에 입던 옷을 흔들며 초혼가를 부르면서 원혼을 달랬다는 것이다. 대표적인 작품으로 楚辭의 「招魂」, 「大招」, 「招隱士」를 들 수 있다. 따라서 천신굿에서는 동황태일의 神威에 관한 직접적인 표현은 하지 않고 있지만 主祭者의 입장에서 자신과 무당의 整齊된 복식 및 祭堂의 진열품과 제물 그리고 樂舞의 융성함을 묘사하는 등 제사의 모습을 서술함으로써 숭상하는 마음을 나타냈다. 용왕굿에서는 제례적(制禮的)인 기원(祈願)보다 신에 대한 여인의 연모가 주조를 이루고 있으며, 산신굿에서는 산의 정령(精靈)으로 산의 요정과 인간 남자와의 서로 정을 나누는 것으로 환상에 찬 낭만적인 묘사로 정령이 나타나는 모습을 그리고 있다.

서정주의 시에서는 이러한 샤머니즘을 가장 잘 표현하고 있음을 알 수 있다. 샤머니즘은 과학으로도 설명할 수 없음에도 불구하고 인간의 삶을 지배하는 우주의 유기적 원리이다. 서정주는 이 유기적 원리를 바탕으로 샤머니즘과 주술의 언어를 시에 끌어들인다. 그리고 그것은 곧 신과 인간의 직접적인 소통을 의미한다. 신과 인간의 이러한 소통은 결국 신을 매개로 한 인간 전체의 소통으로 이어진다. 이러한 서정주의 시에서 무속적 요소로 표현되는 것은 入門 儀禮에 있어서 祭場으로서의 특수한 무속적 상황과 강신무의 入巫的 祭儀와 소재에 있어서 무속적 원형성에 근거하고 있다. 즉 그것은 무속의 가치관을 수용하여 변용시킴으로써 현대시 속에 무속적 구조가 다양하게 수용되고 있음을 알 수 있다.

[참고문헌]

김태곤, 「한국무속연구」, 집문당, 1991.

김태곤, 「한국의 무속문화」, 박이정, 1998.

김용덕, 「한국의 풍속사」, 밀알, 1994.

하정옥, 「굴원」, 태종출판사, 1994.

김인호, 「무와 중국문화와 중국문학」, 중문출판사, 1994.

김학주, 중국문학사론, 서울대출판부, 2002.

이수웅, 중국문학개론, 대한교과서(주), 1993.

허세욱, 중국고대문학사, 법문사, 1986.

Ⅲ   노천명 시에 나타난 민속

1930년대의 시인 중에서 향토적 정서를 띤 풍물을 통해 민속을 수용한 대표적 시인으로는 노천명을 꼽을 수 있다. 그는 민속을 통해 고향에 대한 그리움과 향수를 표현하는 데 집중했으며, 토착어를 사용함으로써 당시의 풍속을 생생하게 재현시키기도 했다.

당대에는 민속학의 정립기로 야외 조사라는 조사 방법론이 등장하였고 각 분야마다 전문적 연구자가 나타났다. 또 이 시기에는 민속학회가 창설되어 전문연구지가 간행되는 등 활발한 민속 연구가 진행되었다. 특히 손진태는 『朝鮮神歌遺篇』과 『조선민담집』을 출판하는 등 민속학 전반에 걸쳐 연구하였다. 당시 그의 민속학 연구 방법론은 고고학, 민족학, 인류학, 사회학적인 면에 확대되어 야외조사에까지 뻗쳐 있었다. 그리고 송석하 역시 『조선민속극』, 『오광대소고』, 『조선의 혼인풍속』 등을 출판함으로써 민속학 연구의 새로운 길을 열었다.

대추 밤을 돈사야 추석을 차렸다.
二十里를 걸어 열하룻장을 보러 떠나는 새벽
망내딸 이뿐이는 대추를 안준다고 우렀다.
절편같은 半달이 싸릿문에 우에 돋고

> 건너편 선황당 사시나무 그림자가 무시무시한 저녁
> 나귀방울이 지꺼리는 소리가 고개를 넘어 가차워지면
> 이뿐이보다 찹쌀개가 먼저 마중을 나갔다.
>
> 노천명, 「장날」 전문

이 시에는 유년의 고향에 대한 애틋한 그리움이 잘 표현되어 있다. 가난한 농촌에서 추석을 차리기 위해 '二十里를 걸어 열하룻장을 보러' 가는 새벽에 이뿐이는 대추를 안 준다고 운다. 장을 보고 저녁 늦게 집으로 돌아오는 길에 성황당 주변이 무섭게 보이고, '나귀방울이 지꺼리는 소리가 고개를 넘어 가차워지면' 이뿐이보다 먼저 마중을 하는 것은 찹쌀개의 몫이다. 이 시는 토속어의 사용이 무척 인상적인데, 가령 '돈사야', '열하룻장', '싸릿문', '선황당', '나귀방울', '찹쌀개' 등의 향토적 시어는 과거의 공간과 어울려 고향에 대한 간절한 그리움을 효과적으로 표현하고 있다. 여기서 '돈사야'는 장날에 물건을 내다 파는 것을 의미하는데, '돈사다'라는 토속적 표현에서 전통성과의 접맥을 엿볼 수 있다. 그리고 '대추 밤을 돈사야 추석을 차렸다'라는 구절은 또한 가난으로 얼룩진 당대의 현실을 반영하고 있다. 시인은 '이뿐이'라는 아이를 시적 주인공으로 설정함으로써 유년기에 대한 회상과 평화로운 풍속, 향토적인 정서의 조화를 극대화시키고 있다. 이러한 토속어는 단순히 시골의 풍물에만 그치는 것이 아니라 전통적인 민속이 시속에 나타나고 있음을 의미한다. 노천명의 시에는 시악시, 병풍, 피리, 草家, 燈盞, 칠보족도리, 섬돌, 男사당, 연잣간, 울바주, 치부책, 溫達, 春香, 가마, 嘉拜節, 요령, 除夕 등처럼 상당히 많은 토속어들이 등장한다.

> 뒤울안
> 보루쇠 열매가 붉어오면
> 앞山에서 뻐꾹이 울었다.

해마다 다른 까치가 와 집을 짓는다는
앞마당 아라사버들은 키가 커 늘 쳐다봤다.

아랫말과 웃洞里가 넓어뵈는 村에선
端午의 명절이 한껏 질겁고……
모닥불에 강냉이를 뛔먹든 아이들
곳잘 하늘의 별 세기를 내기했다.
江가에서 개(川)비린내가 유난이
품겨 오는 저녁엔 비가 온다는
늙은이의 天氣豫報는 틀린 적이 없었다.

도적이 들고난 새벽녘처럼 호젓한 밤
개짖는 소리가 덜 좋아
이불속으로 들어가 무치는 밤이 있었다.
노천명, 「生家」 전문

'보루쇠 열매, 아라사버들, 강냉이' 등의 식물 심상과 뻐꾸기, 까치,
개 등의 동물 심상, '아이들, 늙은이, 도적' 등 마을의 구성원이 토속적
이며 포근한 고향의 모습 속에서 잘 어우러져 있다. 시각과 청각, 후각
적 이미지의 복합적 사용을 통해 단오 명절의 민속적인 모습이 잘 나
타나고 있다. '앞마당 아라사버들은 키가커 늘쳐다봤다'와 '모닥불에 강
냉이를 뛔먹든 아이들'은 '곳잘 하늘의 별세기를 내기했다' 등에서 지
상에서 천상으로 향하려는 화자의 의식적 지향성이 엿보인다. 또한 '개
비린내가 유난이 품겨오는 저녁엔 비가 온다'는 민간의 속설이 '늙은이
의 天氣豫報는 틀닌적이 없었다'는 어른의 예보를 통하여 제시되고
있다. '도적이 들고난 새벽녘'에 '개짖는 소리가 덜 좋아 이불속으로
들어가 무치는 밤이 있었다.'에서는 두려움과 호기심이 유년의 회상과
함께 그리움의 정서로 다가오고 있다. 이 시는 고향에 대한 본능적인
그리움을 드러내는 동시에 영원한 고향으로부터 멀어지는 현실적 삶에

대한 비애를 노래하고 있다.

> 나는 얼굴에 粉을 하고
> 삼짠가티 머리를 짜네리는 사나이
> 초립에 쾌자를 걸친 조라치들이
> 날나리를 부는 저녁이면
> 다홍치마를 둘르고 나는 香丹이가 된다.
> 이리하야 장터 어늬 넓운마당을 빌어
> 람프 불을 도둔 布帳 속에선
> 내 男聲이 十分 屈辱되다.
>
> 山 넘어 지나온 저 村엔
> 銀반지를 사주고 십흔
> 고흔 處女도 잇섯건만
>
> 다음날이면 써남을 짓는
> 處女야
> 나는 집씨의 피엿다.
> 내일은 쪼 어늬 洞里로 들어간다냐.
>
> 우리들의 道具를 실은
> 노새의 뒤를 따라
> 山딸기의 이슬을 털며
> 길에 오르는 새벽은
>
> 구경꾼을 모흐는 날나리소리처럼
> 슬픔과 기쁨이 석겨 핀다.
>   노천명, 「男사당」 전문

이 시는 유랑 예능인 집단인 남사당의 한 사나이를 주인공으로 하여

그의 생활과 슬픔을 노래한 작품이다. '男사당'은 사라져 가는 민속놀이로 원래는 사찰건립 자금 마련을 위해 민간을 돌며 걸립하던 굿중패가 기원이다. 그것이 민간에 전승되어 농악이 되고, 일부는 민중 놀이로 서민 생활에 침투하게 되었다. 남사당패는 꼭두쇠라고 불리는 우두머리를 비롯하여 곰뱅이쇠, 뜬쇠, 가열, 삐리, 저승패, 짐꾼 등 보통 40-50명의 놀이꾼인 남자들만으로 구성된다. 꼭두쇠는 패거리의 우두머리로 대내외적인 책임을 지며 꼭두쇠의 능력에 따라 식구가 모이기도 하고 흩어지기도 한다. 꼭두쇠는 반드시 한 사람이며 그를 보좌하는 곰뱅이쇠는 패거리의 규모에 따라 두 사람일 때도 있다. 곰뱅이란 남사당패의 은어로 '허가'를 의미하는데 어느 마을에 갔을 때 놀이마당을 열어도 좋다는 승낙을 받는 일을 맡아보는 사람을 말한다. 곰뱅이쇠가 둘일 경우 하나는 먹는 문제를 해결하는 글곰뱅이쇠다. 남사당놀이의 연희자 중 징수님, 고징수님, 북수님, 호적수, 벅구님, 상동무님, 회덕님, 버나쇠, 얼른쇠, 살판쇠, 어름산이, 덧뵈기쇠, 덜미쇠 등은 각 분야의 우두머리를 지칭한다. 꼭두쇠는 패거리에 의해 선출되며 기능을 발휘할 수 없거나 잘못이 있어 신임을 잃으면 교체된다. 또한 꼭두쇠는 협의를 통한 다수결의 방식을 통해 선출되며 일정한 임기는 없다.

사당패는 일정한 보수 없이 숙식만 제공받으며 마을의 큰 마당에서 밤을 새워 놀이를 하였는데, 종목은 여섯 가지로 풍물(농악), 버나(대접 돌리기), 살판(땅재주), 어름(줄타기), 덧뵈기(탈춤), 덜미(꼭두각시놀음, 인형극) 등이 그것이다. 첫 번째 놀이인 풍물은 웃다리 가락을 주축으로 짜임새 있는 진풀이인데 무동(새미), 채상(열두 발 상모) 등을 가미하여 연희적 요소를 더하기도 했다. 인사굿부터 시작하여 돌림벅구, 선소리터, 당산벌림, 양상치기, 허튼상치기, 오방 감기, 오방풀기, 무동돌림, 네줄백이 등의 판굿을 놀고, 판굿이 끝난 다음에는 상쇠놀이, 징놀이, 북놀이, 장구놀이, 시나위, 새미받기, 채상놀이 등을 한다. 버나는 쳇바퀴, 대접, 대야 등을 앵두나무 막대기로 돌리는 묘기를 말하는데,

단순히 묘기로 끝나는 것이 아니라 돌리는 사람인 버나잽이와 받는 소리꾼인 매호씨(어릿광대)가 서로 주고받는 재담과 소리가 있어 극적이다. 돌리는 물체에 따라서 대접버나, 칼버나, 자새버나, 쳇바퀴버나 등으로 분류된다. 살판은 앞곤두, 뒷곤두, 번개곤두, 자반뒤지기, 팔걸음, 외팔걸음, 외팔곤두, 앉은뱅이 팔걸음, 수세미트리, 앉은뱅이 머발되기, 숭어뜀 등의 순서로 논다. 살판쇠와 매호 씨가 재담을 주고받으며, 잽이의 장단에 맞춰 정해진 차례대로 곤두질치는 것이다. 어름은 줄타기를 말하는데, 어름산이와 매호 씨가 재담을 주고받으며 줄 위에서 가창하고 잽이의 장단에 맞춰 진행되는 것으로 버나 살판의 경우와 동일하다. 덧뵈기는 마당씻이, 옴탈잡이, 샌님잡이, 먹중잡이의 네 마당으로 짜여지는데, 먼저 첫째 마당에서 놀이판을 확보하고, 둘째 마당에서 외새를 잡고, 셋째 마당에서는 내부 모순을 불식하고, 끝 마당에서 외래문화를 배격하는 내용이다. 덜미는 마지막 순서로 전통인형극 꼭두각시놀음 등을 의미한다. 목덜미나 몸뚱이를 쥐고 놀린다는 장두인형(杖頭人形)을 뜻한다. 줄거리는 지배층의 지배구조와 횡포에 대한 저항, 파계승에 대한 풍자 등을 통해 외래종교 비판과 서민들의 염원을 회화적으로 표현한다. 이 무렵 일제는 우리 민족의 정신과 전통을 말살시키려고 공동체 문화를 파괴하고 미풍양속이나 민속놀이에 대해서 제재를 가하였다. 이러한 의미에서 '男사당'은 많은 의미를 지니며 상실한 나라와 민속에 대한 갈망을 표현하고자 노력한 것으로 여겨진다.

남사당패 놀이는 주로 모를 심는 계절부터 추수가 끝나는 늦은 가을까지 활동했는데, 솜방망이 불이나 관솔불을 피워 놓고 밤 새워 놀이마당을 벌였다. 그들은 노래와 곡예를 하기도 하고 탈놀음 따위의 연극적 놀이를 보여주기도 했다. 남자들만의 집단인 만큼 여자의 배역이 필요한데, 남사당패 중에서 비교적 나이가 어리고 얼굴이 고운 사람을 여장시켜 그 역을 맡았다. 노천명의 「남사당」에서 '나'는 바로 그러한 인물로, '얼굴에 분칠을 하고 삼단같이 머리를 땋아 내린 사나이'라는 표현이 그것을 입증해 준다. 2연에서는 남사당패의 공연 장면이 묘사되고 있는데, '내 남성이 십분 굴욕되다'는 여자의 목소리를 흉내 내야 했다는 것을 드러내는 것이지만, 시적 화자가 남성으로 느꼈던 굴욕감까지 표현되고 있다. 따라서 그것은 여자 역을 하는 사내의 남성으로서의 비애라고도 할 수 있다. 3연에서는 '銀반지를 사주고 십흔', '고흔 處女도 잇섯건만'처럼 떠돌아다니는 처지이지만 사랑과 눈물을 보이는 따뜻한 인간성이 그대로 드러나고 있다. 4연에서는 이러한 사랑도 꽃피우지 못한 채 공연이 끝나면 다른 마을로 떠나야 하는, 그래서 '집시의 피였다'라는 화자의 유랑민의식이 집중적으로 드러난다. 5연에서는 공연이 끝나고 떠나는 장면이 묘사되고 있다. '우리들의 道具를 실은 노새의 뒤를 따라' 새벽길을 떠나는 남사당패들의 모습을 '구경꾼을 모으는 날나리 소리처럼 슬픔과 기쁨이 섞여 핀다'라고 표현함으로써 남사당패의 슬픔과 기쁨을 동시에 드러내고 있다.

이처럼 이 시에는 놀이판이 벌어지는 저녁이면 여자 노릇을 해야만 하는 한 남사당패의 서글픔이 짙게 투영되어 있다. 놀이판이 끝나면 다시 길을 떠나야 하는 처지처럼 그 서글픔은 유랑하는 자신의 신세에 대한 비애이기도 하다. 노천명은 이처럼 남사당패라는 민속적인 소재를 통해 삶의 덧없음과 비애를 표현하고 있다. 그의 시에는 사라져 가는 토속적인 풍물에 대한 관심과 향토적인 풍속에 대한 애정에 엿보인다.

청사초롱을 들리우고
호랑 담요를 쓰고 가마가
웃동리서 아랫몰루 내려왔다
차일을 친 집마당엔
잔치 국수상이 벌어지고
상을 받은 아주머니들은
이차떡에 절편에 대추랑 밤을 수건에 쌌다
대례를 지내는 마당에선

활옷을 입은 색시보다도 나는
그 머리에 쓴 七寶족두리가 더 맘에 있었다
노천명, 「잔치」 전문

  혼례 날의 모습을 시화하면서 화자는 유년기에 가졌던 칠보족두리에 대한 관심을 떠올리고 있다. 이 시에는 전통에 대한 향수와 우리 것에 대한 애정의 표현이 순수한 동심과 어우러져 나타나고 있다. 결혼식 날이 되면 혼례시간에 맞추어 신랑은 가마나 말을 타고 신부 집으로 향하는데, 초롱을 든 사람이 신랑의 앞에 서고 함진아비가 신랑의 뒤를 따른다. 혼례식장인 초례청에는 대례상을 준비되는데, 그 상 위에는 한 쌍의 촛대와 촛불, 송죽 화병 한 쌍, 백미 두 그릇, 과일과 떡 그리고 보자기에 싼 산 닭 한 쌍을 남북으로 갈려 놓는다. 송죽의 화병에는 각각 청실과 홍실 타래를 걸쳐놓고 한 쌍의 닭은 상 위에 놓지 않고 양쪽에서 시동이 붙들고 서 있기도 한다. 혼례가 시작되면 기럭아비가 앞장서서 혼례복으로 예장을 갖춘 신랑을 안내하며, 신랑이 대문에 이르면 주인이 나와 맞아 전안청으로 안내한다. 대문에 들어설 때에는 짚불을 놓고 그 불을 넘어가게 한다. 신부 집에서는 대청에 초례청을 꾸미고 마당 북쪽에 병풍을 친 다음 그 앞에 상을 놓아 전안청(奠雁廳)을 삼는다. 그러나 대청이 없거나 좁은 집에서는 마당에 차일을 치고 초례청을 꾸미기도 한다. 그리고 그 앞에 전안청을 차린다. 기러기를 전안상에 놓고 신랑이 재배하는 동안 신부의 어머니나 시녀가 목안을 치마로 싸서 안고, 신부가 있는 내실로 들어간다. 혹은 내실 밖에서 목안을 방안으로 밀어 던지기도 하는데, 밀어 던진 나무 기러기가 미끄러져 나가 정상적으로 서면 첫 아들을 낳고 옆으로 넘어지면 첫 딸을 낳는다는 속설도 있다.
  '활옷'은 고려 및 조선 시대의 공주, 옹주의 대례복 또는 상류계급의 혼례복이다. 오늘날에는 혼례 시 폐백복으로 입어 전통을 이어가고 있는데, 가장 아름답고 화려한 여성 예복 가운데 하나이다. 다홍색 바탕에 장수와 길복의 뜻을 지닌 십장생문을 옷 전체에 수놓고 등에는 이성지합(二姓之合), 만복지원(萬福之源), 수여산(壽如山), 부여해(富如海) 등의 글자를 수놓는다. 머리는 또야머리에 용잠(龍簪)을 꽂고 도투락댕기와 앞줄댕기를 드리고 칠보화관을 쓴다.

> 수수경단에 백설기 대추송편에 꿀편
> 인절미를 색색이로 차려놓고
>
> 책에 붓에 쌀에 은전 금전
> 가진 보화를 그뜩 쌓논 돐상 위에
> 할머니는 살이살이 국수놓며 명복을 빌고
> 할아버지는 청실홍실 느린 활을 놔주셨다.
> 온 집안사람들의 웃는 눈을 받으며
> 전복에 복건을 쓴 애기가 돌을 잡는다.
>
> 고사리 같은 손은 문장이 된다는 책가를 스쳐
> 장군이 된다는 활을 꽉 잡았다.
> 노천명, 「돌잡이」 전문

이 시는 태어난 지 일 년이 되는 날의 잔치 광경을 형상화하고 있다. 이날은 돌빔, 돌떡, 돌잡이가 행해지는 날이다. 돌잔치는 아이에 대한 축복인 동시에 온 집안의 경사인 출생의례이고 변형 퇴화된 신화형식의 하나이다. 출생의례에는 기자, 회임, 출산, 산후의례가 있고 다시 3일의 목욕, 첫 이레, 두 이레, 세 이레, 백일, 돌잔치 등으로 이어진다. 반겐넵(Van Gennep)에 의하면 통과의례는 인간이 일생을 통해서 반드시 거쳐야 하는 의례로 출생, 성년, 결혼, 상례 등을 말한다. 이는 우리의 관혼상제와 같은 의미이다. 돌빔은 돌을 맞는 아기에게 화려한 옷을 입히는 일을 말한다. 대개 남자아이에게는 보라색이나 회색 바지, 분홍 또는 색동저고리, 색동두루마기, 남색조끼, 색동마고자를 입힌다. 그리고 전복에 홍사띠를 두르게 하며 복건을 쓰고 다래버선을 신고 염낭을 차게 한다. 여자아이에게는 색동저고리에 빨강색 긴 치마를 입히고 조바위를 씌우며 다래 버선을 신기고 염낭을 차게 한다.

돌봄에서 중요한 것은 돌띠와 돌주머니인데 돌띠는 길게 하여 한 바퀴를 돌려 매는데, 이는 장수를 기원하는 것이고, 돌주머니는 복록을 기원하는 뜻한다. 이것은 주로 비단 헝겊에 주머니 입구를 주름 잡아서 색실로 끈을 쓰도록 만들었다. 돌띠의 등 부분에는 12개월을 상징하는 12개의 작은 염낭에 여러 종류의 곡식을 담아 매달아 주어 부귀영화를 염원하기도 하였다. 주머니 속에 사귀와 액을 물리친다는 뜻에서 황두(黃豆)를 홍지(紅紙)에 싸서 넣었다. 앞면에는 모란꽃이나 국화 등의 수를 놓고 뒷면에는 수 자나 복 자를 수놓은 것으로 복이나 수를 기원하는 것이다. 돌 주머니 끈에는 장식물을 달아주는데, 장식물에는 아주 작게 만든 수놓은 타래버선, 은도끼, 은나비, 은복, 은으로 만든 물고기, 은장도, 은자물통 등이 포함되었다. 이러한 물건은 아기의 수명장수와 복록을 기원하는 것이며, 사귀(邪鬼)의 접근을 막아 부정을 막는 뜻이 있다.

'전복'은 원래 조선시대 무관들의 군복으로 문무 관리들이 평상복으로 착용하기도 하였다. 일명 답호, 작자(綽子), 더구레, 호의(號衣)라고도 하였다. 홑옷으로 소매와 섶이 없으며, 양옆의 아랫부분과 등솔기가 허리에서부터 끝까지 트여 있다. 전복을 입을 때는 안에 붉은색 동달이를 입었고 남색 전대(纏帶)를 띠고 정립을 썼다. 오늘날에는 어린이들이 명절 때나 돌 때 입기도 하는데 머리에는 복건을 쓴다. '복건'은 머리에 쓰는 건의 하나로 머리 뒷부분은 곡선으로 하고 앞단에서 귀 윗부분에 좌우 2개씩 주름을 잡되 아래 주름 속으로 끈을 달아 뒤로 돌려 맨다. 검은색의 증(繒)이나 사(紗)로 만드는데 온폭(全幅) 천으로 만든다. 오늘날에는 명절이나 돌에 남자아이가 많이 쓴다.

돌떡으로는 백설기, 수수경단, 찹쌀떡, 송편, 무지개떡, 인절미 등을 만드는데 이 돌떡은 손님을 대접하고 가족들이 먹기 위해서뿐만 아니라 아기의 수명과 복을 기원하는 뜻이 담겨져 있다. 즉 아이의 무병장수와 건강한 성장을 기원하는 뜻으로 음식을 장만하는 것이다. 돌떡으로 수수떡이 빠지지 않는 것은 수수경단의 둥근 모양이나 붉은 색깔에서 덕을 상징하고 잡귀를 물리쳐 무병을 기원하는 동시에 수수의 키처럼 쑥쑥 건강하게 자라라는 유감주술의 의미도 담겨 있기 때문이다.

돌상 위에는 기본적으로 떡과 과일을 차리고, 남자아이의 돌상에는 실, 돈, 쌀, 활과 화살, 책, 종이, 붓, 먹 등을 놓고, 여자아이의 돌상에는 자, 바늘, 가위, 실, 국수, 쌀, 칼 등을 놓는데, 아이가 무엇을 잡는가에 따라서 아이의 미래를 예측해 보기도 한다. 따라서 아기가 잡은 물건에 따라 속신이 있는데, 활과 화살을 잡으면 무인이 되며, 국수와 실은 수명이 길다. 대추는 자손이 번창하며, 책, 벼루, 먹, 종이, 붓 등은 문장으로 크게 되며, 쌀은 재물을 모아 부자가 된다는 의미이다. 자(尺), 바늘은 재봉을 잘하거나 손재주가 좋은 사람이 된다는 것을 의미하며, 칼은 음식솜씨가 뛰어나게 된다는 것을 의미한다. 이것은 아이의 장래를 예측해 보는 속신에 바탕을 둔 놀이라고 할 수 있다.

> 어머니가 떠나시든날 눈보라가 날렸다.
> 언니는 흰 족도리를 쓰고
> 오라버니는 굴관을 차고
> 나는 흰당기 느린 삼또아리를 쓰구
>
> 상여가 동리를 보구 하직하는
> 마지막 절하는걸 봐두
> 나는 도무지 어머니가
> 아주 가시는거 갓지 안엇다.

그 자그마한 키를 하고—
山엘 갓다 해가 지기전
도라오실 것만 가탓다.

다음날도 다음날도 나는
어머니가 드러오실것만 가탓다.

노천명,「作別」전문

이 시에서 화자는 어머니의 죽음인 상례의식의 모습을 표현하고 있다. 이 시에 등장하는 '굴관'이란 상주가 두건 위에 덧쓰는 것으로, 굴건(屈巾)이라고도 하는데, 손가락 넷의 넓이만한 베오리를 세 솔기가 지게 하고 뒤에 종이로 배접하여 만든다. 그리고 그 위에 수질(首絰)을 눌러 쓰게 되는데, 굴건은 아버지의 상이나 어머니의 상을 당한 참최(斬榱)나 제최복인(薺榱服人)만이 쓴다. 화자는 어머니의 육체와 영혼을 '눈보라'의 이미지로 시각화하고 있으며, '흰족두리'나 '흰댕기'의 하얀색 역시 죽음을 연상시키는 이미지로 사용되고 있다. 화자는 어머니의 죽음을 산에 갔다가 해가 지기 전 돌아오는 행위라고 믿고 있는데, 이는 산을 지상과 천상의 중간세계로서 인간 세계에 부속된 자연 공간으로 인식하기 때문이다. 이 시에는 어머니와의 죽음을 '作別' 정도로만 여기고 어머니를 간직하려는 화자의 간절한 심정이 잘 나타나 있다.

그 밖에 민속적인 행사나 관혼상제 등을 표출한 노천명의 시에는「菊花祭」,「除夕」,「省墓」,「새해맞이」,「作別」,「輓歌」,「生家」등이 있다. 노천명은 사라져 가는 것으로서의 풍물이나 풍속을 민속적이고 전통적인 것으로가 아니라 인간적인 따뜻함과 그리움을 상실해 가는 현대인의 모습을 역설적으로 제시하는 수단으로 사용하고 있다.

Ⅳ 서정주 시에 나타난 민속

1. 서 론

　한국의 현대시에는 샤머니즘이 작품 속에 수용되고 있는데 이것은 전통적으로 내려온 민간 신앙 때문인 것으로 여겨진다. 특히 서정주의 시에서 샤머니즘 요소가 많이 나타나고 있다. 토속적인 산골 마을에서는 우리 민족의 원형적인 삶의 모습으로서의 무속과 풍속이 그대로 살아 있으며 시속에서 이러한 원형적 삶을 보여주고자 노력했다. 무속은 외래종교가 들어오기 전의 아득한 상고시대부터 한민족의 종교적 주류를 형성하고 있었다. 그것은 물론 외래종교가 들어온 후로도 민간신앙으로서 한민족의 기층 종교 현상으로 존재했다. 이처럼 무속은 외래종교가 들어오기 전의 아득한 상고시대부터 한민족의 종교적 주류를 형성하고 있었으며, 외래종교가 들어온 후로도 민간신앙으로서 한민족의 기층 종교 현상[1]으로 존재하여 왔다. 이것은 제정일치 시대에 환웅천왕이 신시(神市)를 베풀었다는 기록에서도 확인된다. 신시(神市)는 제

---

1) 김태곤, 「한국무속연구」(집문당, 1991), p.18.

왕이 하늘에 제사하는 신성한 장소요 굿당이다. 그러므로 환웅과 단군
은 제천의식을 주관한 무당이라고 볼 수도 있다.[2] 이러한 점으로 미루
어 무속은 우리 민족의 단군신화에 뿌리를 둔 태초의 신앙임을 알 수
있다. 민간신앙은 기층문화를 형성하는 마을신앙, 집안신앙, 무속신앙을
포함하며 한국인의 심층에 가장 오래 존속해 온 정신세계이다. 또한 민
간신앙은 단군 신화에서부터 시작되는데, 단군신화에는 신의 종류로서
환웅(桓雄), 동물신, 식물신, 자연신, 지신(地神) 등이 등장한다. 곰이
인간으로 변화하는 장면에서는 백일의 금기와 주술이 행하여졌다.

　고대의 시가 가운데는 제의와 관계되는 것이 많은데, 그것들은 대체
로 주술성을 지니고 있다. 가야의 건국신화에 나오는 「구지가」는 무속적
주술성을 가진 작품이다. '거북아 거북아 / 네 머리를 내어라 / 내어놓지
않으면 / 구워서 먹겠다' 내용으로 가야의 백성들이 이 노래를 부르며 춤
을 추었더니 하늘에서 수로를 내려 보내 수로왕을 맞이하게 되었다는
것이 주요한 내용이다. 이처럼 한국의 시가 문학은 무속과 깊은 연관을
맺으며 현대시에 이르러서도 이러한 연관은 계속되고 있다. 이외에도
「처용가」나 「비형랑가」 등도 귀신을 쫓는 기능을 지니고 있었다. 이는
노래를 통해 귀신을 쫓는 것인데, 이 노래들이 무속적 주술성을 지녔음
을 말해준다. 또 「도솔가」, 「혜성가」, 「원가」, 「보현십원가」 등의 향가도
주술성을 지닌 노래이다. 즉 귀신을 쫓고 하늘의 괴변을 퇴치하거나 병
자를 낫게 하는 마력을 지닌 주술성이 있는 노래들인 것이다.

　이러한 사실들을 토대로 서정주의 시를 살펴보면 『질마재 신화』 이
후의 후기 시의 갈등과 중기 시의 균형의지를 통합하여 보다 성숙된
자기실현의 세계로 나아가고자 하는 태도를 특징으로 한다. 중기 시에
서 그는 탐색된 원형적 세계로서 그 현실은 원형의 반복으로서의 세계
이며 이상화되었거나 현대의 가치관으로부터 소외되었거나 잊혀진 세계

---

2) 김용덕, 「한국의 풍속사」(밀알, 1994), p.92.

이다. 고대에서 발견한 원형적 세계와 동일시된 자기 원형의 현실 비판적 원리 위에서 이루어진다. 이 시기에 그는 성숙한 신화주의자로서 현실을 재생, 회복하려는 태도를 보여주고 있다. 이것은 기억을 통한 경험 세계의 복원이라는 의미를 갖고 있다. 그러나 그는 단순히 기억으로의 침잠에 머무르지 않고 오히려 초자아의 구현이라는 쪽으로 나아간다. 이러한 세계는 샤머니즘의 터전 위에 유교와 불교, 도교 등 삼 교가 융합된 세계로 고유의 정신세계인데, 오랜 세월 속에서 인간의 생활에 전승되면서 스며들어 많은 영향을 끼쳐온 것은 주지의 사실이다. 이처럼 과거와 현재, 미래에 걸쳐 민족의 정신과 문학에서 중요한 위치를 차지하는 샤머니즘이 올바르게 고찰되어야 할 것이다.

본 논문에서는 민음사에서 발간된 『화사집』에서 『질마재 신화』에 이르기까지 그의 시에 나타난 동물과 식물, 공간에 나타난 샤머니즘을 분석함으로써 서정주의 시에서 샤머니즘이 갖는 정신사적 의미망을 탐구하려 한다.

2. 본 론

서정주의 『질마재 신화』에서는 샤머니즘과 주술 등이 가장 두드러진다. '질마재'는 전북 고창군 부안면 선운리에 있는 마을이다. 이곳에서 어린 시절을 보냈는데, 이 마을에서 지낸 과거의 추억을 시로 표현한 것이 『질마재 신화』이다. 이렇게 볼 때 '질마재'라는 출생지의 마을에 '신화'라는 개념을 지닌 어휘를 접목하여 영원성을 간직한 토착적인 이야기가 『질마재 신화』이다. 『질마재 신화』는 신화적 요소와 샤머니즘적 요소를 서사적으로 융합하면서 민족사적 근원이 導出되고 있다. 그것이 다시 신화적 측면과 무속적 측면에서 예술적 본질로 흡수되면서 현대의식이 지닌 저항감을 해소시킴으로써 신화 창조에의 가능성을 제시해 주기도 한다. 따라서 『질마재 신화』는 신화와 무속의 원시성을 현대의식으로 재현시킴으로 새로운 신화 창조라는 가능성을 보여주고 있다. 『질마재 신화』에서 샤머니즘 세계관은 어린 시절 자연과의 교감을 통하여 보이지 않는 세계로의 열림이 우주적 감각과 세계에 눈뜨게 하는 원초적 경험으로, 또한 토착정서와 결합되어 한을 풀어내는 주술적 신명의 힘으로 나타난다.

1) 동물에 나타난 샤머니즘

뱀은 동적(動的)인 생명체의 이미지이며 어둠과 혼돈을 상징하고 있다. 뱀으로 상징되는 혼돈 가운데 침몰해 버린 불확실한 상태는 강신무(降神巫)가 병미(病微)를 일으킨 후 무(巫)로 재생하기까지 성무(成巫)를 위한 入社儀禮(initiation) 과정에 있을 때의3) 그 혼돈과 암흑의 상태와 같은 것으로 보인다.

> 麝香 薄荷의 뒤안길이다.
> 아름다운 베암……
> 얼마나 크다란 슬픔으로 태어났기에, 저리도 징그러운 몸둥아리냐
>
> 꽃대님 같다.
>
> 너의 할아버지가 이브를 꾀여대든 달변의 혓바닥이

3) 이몽희, 「한국현대시의 무속적 연구」(집문당, 1990), p.169.

소리잃은 채 낼롱그리는 붉은 아가리로
푸른 하늘이다……물어뜯어라. 원통이 물어뜯어,

달아나거라 저놈의 대가리!
돌팔매를 쏘면서, 쏘면서, 麝香 芳草길
저놈의 뒤를 따르는 것은
우리 할아버지의 아내가 이브라서 그러는 게 아니라
석유 먹은 듯……석유 먹은 듯……가쁜 숨결이야

바눌에 꼬여 두를까부다. 꽃다님보단도 아름다운 빛……
크레오파투라의 피먹은양 붉게 타오르는 고흔 입설이다……슴여라! 베암
우리 순네는 스믈난 색시, 고양이같이 고흔 입설……슴여라! 베암.
「花蛇」 전문

위 시에서 화자는 뱀에 대해 일종의 두려움을 가지고 있다. '뒤안길'
이라는 세속과 차단된 신성한 공간에는 제의의 시간이 부여되고 있다.
종교적인 제의는 세속적인 것과 현실적인 것을 성스럽게 승화하며 그
것들의 존립을 확고하도록 보장해 주는 규범이다. 무속에서 제의의 시
공은 신과 인간이 만나는 특수한 의미를 지니는 시간이고 장소이다. 제
의의 시공에서 중요한 것은 정화(淨化)인데, 시간의 정화는 세속의 일
상사로부터 침해당하지 않는 시간을 택함으로써 정화의 의미가 드러나
게 된다. 낮이든 밤이든 제의는 먼저 시간적으로 일상사와 단절되는 상
징성[4]을 띠어야 하는 이유가 바로 여기에 있다. 그리고 이 시에서 뱀
의 존재는 '아름다운 배암', '얼마나 크다란 슬픔', '징그러운 몸둥아리'
로 표현되고 있는데, 이는 신성한 제의의 시간 및 공간과 그 제장(祭
場)에 등장하는 신, 즉 '베암'에 대한 원형적[5] 인식의 산물이다. 뱀은

---

4) 김태곤, 「한국무가집 1」(집문당, 1979), p.66.
5) 이몽희, 앞의 책, p.173.

재생하려는 힘을 상징하며, '슴여라'라는 주술적 언어로 점층되고 있다. 이 시는 신화가 서술하고 있는 죽음과 재생 제의의 원형에 들어맞는 구조와 전개양상을 가진다. 화자와 뱀은 카오스 상태에서 합일되어 코스모스로 회귀함으로써 재생한 강신무의 원형에 들어맞는 제의 과정임을 보여주는 것이다.[6] 따라서 뱀은 원초성, 곧 생명의 가장 원시적인 단계를 상징한다. 동물신으로서 신격을 지니고 민간에서 가장 신앙되고 있는 것이 뱀신이다. 이 뱀신은 각기 차원이 다른 두 가지 면에서 신앙되고 있는데 첫째는 수호신적 성격을 많이 띠고 있다. 일반 가정에서 업 또는 구렁이라 하여 가옥의 밑바닥에 살면서 집을 지키는 것이 뱀이라고 믿었는데 마을의 큰 고목이나 큰 바위나 산속에도 있다고 믿는 지신적 성격의 뱀신이다. 집안에서는 이 뱀이 사람의 눈에 띄게 나오면 가정의 운수와 가옥의 수명이 다 된 것으로 믿는다. 뱀신의 다른 일면은 뱀을 잔인하게 죽였을 때 그 뱀이 죽은 후 귀신이 되어 복수한다는 원귀적 성격을 띤 것이다. 무속에서의 뱀은 사신이나 죽음의 신, 혹은 유사한 양상으로 상징복합의 현상[7]을 드러낸다. 내세관에서 뱀은 사악한 저주의 존재로 인식되는데, 현세에서의 뱀은 수호신 또는 재복신으로서의 자리를 차지하고 있다. 제주도 무속에서는 뱀을 당신 혹은 가신으로 모시는 경우가 있는데, 즉 차귀당(遮歸堂)이 있는 마을 사람들은 뱀을 위하는 신앙성을 지닌다. 이는 순종과 위무로써 뱀의 가해를 막으려는 지혜에서 비롯된 것이다.

　　질마재 사람들 중에 글을 볼 줄 아는 사람은 드물지마는, 사람이 무얼로 어떻게 神이 되는가를 요량해 볼 줄 아는 사람은 퍽으나 많습니다.
　　李朝 英祖때 남몰래 붓글씨만 쓰며 살다 간 全州 사람 李三晩이도 질마재에선 시방도 꾸준히 神 노릇을 잘하고 있는데, 그건 묘하게도 여름에

---

6) 위의 책, p.179.
7) 이몽희, 앞의 책, p.172.

징그러운 뱀을 쫓아내는 所任으로 섭니다.

  陰 正月 처음 뱀 날이 되면, 질마재 사람들은 먹글씨 쓸 줄 아는 이를 찾아가서 李三晚 석 字를 많이 많이 받아다가 집 안 기둥들의 밑둥마다 다닥다닥 붙여 두는데, 그러면 뱀들이 기어올라 서다가도 그 이상 더 넘어선 못 올라온다는 信念 때문입니다. 李三晚이가 아무리 죽었기로서니 그 붓 기운을 뱀인들 행여 잊었겠느냐는 것이지요.

  글도 글씨도 모르는 사람들 투성이지만, 이 요량은 시방도 여전합니다.
「李三晚이라는 神」전문

  위 시에서도 뱀이 등장하는데 이삼만이라는 사람의 일화를 기반으로 하고 있다. 창암 이삼만의 집은 가난하여 아버지가 약초를 캐서 생활했는데, 약초를 캐다가 독사에게 물려 세상을 뜨자 그 후 그는 독사가 눈에 띄면 잡아먹곤 하였다. 그래서 뱀은 이삼만을 보면 기가 질려 움직이지 못하고 잡히곤 했다. 호남지방에서 정월의 첫 사일에 뱀 방어를 위해 이삼만이라는 이름 석자를 거꾸로 써 붙이면 뱀이 접근하지 못했다. 李三晚이라는 神은 무속에서 말하는 死靈이나 조상이라는 인간신이다. 무속에서는 사람이 죽어 정상적인 절차를 원만히 마치면 신이 된다고 믿는다. 이러한 무속에서의 사고는 靈魂不滅觀과 祭祀의 관습이 한국인의 신관을 이루고 있음을 말해준다. 제주도의 가신신앙으로 칠성 신앙이 있는데 이는 뱀을 신격화한 것이다. 칠성본풀이를 보면 귀가의 무남독녀가 중의 도술로 잉태를 하게 되자, 그 딸을 무쇠석 갑에 넣어 바다에 띄웠다. 그것이 제주도에 표착하여 어미 뱀과 일곱 딸 뱀으로 변해서 어미 뱀은 외칠성, 막내딸은 내칠성으로 되고 기타의 뱀도 각각 자리를 찾아서 좌정한 것으로 되어 있다. 즉 밧칠성은 어미 뱀이고, 안칠성은 일곱째의 막내딸 뱀이다. 이처럼 제주도에서는 뱀을 조상으로 모시고 있는데, 봉안처는 고팡의 독 밑이다. 기원내용으로는 벼슬과 부가 대부분이다. 제주도의 사신 숭배는 뱀 자체를 위하는 토테미즘이라기보다는 뱀의 정령을 숭배하는 애니미즘적 성격이 강하다고 볼 수 있다.

　　이 땅 위의 場所에 따라, 이 하늘 속 時間에 따라, 情들었던 여자나
남자를 떼내 버리는 方法에도 여러 가지가 있겠읍죠.

　　그런데 그것을 우리 질마재 마을에서는 뜨근뜨근하게 매운 말피를 그런 둘
사이에 쫘악 검불고 비리게 뿌려서 영영 情떨어져 버리게 하기도 했읍니다.

　　모시밭 골 감나뭇집 辥莫同이네 寡婦어머니는 마흔에도 눈썹에서 쌍긋
한 제물香이 스며날 만큼 이뻤었는데, 여러해 동안 도깝이란 別名의 사잇
서방을 두고 田畓 마지기나 좋이 사들인다는 소문이 그윽하더니, 어느 저
녁엔 대사립 門에 인줄을 늘이고 뜨근뜨근 맵고도 비린 검붉은 말피를 쫘
악 그 언저리에 두루 뿌려 놓았읍니다.

　　그래 아닌게아니라, 밤에 燈불 켜 들고 여기를 또 찾아 들던 놈팽이는
금방에 情이 새파랗게 질려서 「동네 방네 사람들 다 들어 보소……이부자
리 속에서 情들었다고 예편네들 함부로 믿을까 무섭네……」 한바탕 왜장
치고는 아조 떨어져 나가 버렸다니 말씀입지요.

　　이 말피 이것은 물론 저 新羅적 金庾信이가 天官女앞에 타고 가던 제
말의 목을 잘라 뿌려 정 떨어지게 했던 그 말피의 효력 그대로서, 李朝를
거쳐 日政初期까지 온 것입니다마는 어떨갑쇼?

　　요새의 그 시시껄렁한 여러 가지 離別의 方法들보단야 그래도 이게 훨
씬 찐하기도 하고 좋지 안을갑쇼?

　　　　　　　　　　「말피」 전문

　　위 시에서 '辥莫同이네 寡婦어머니는 마흔에도 눈썹에서 쌍긋한 제
물香이 스며날 만큼 이뻤었는데'라는 표현은 제물향에서 연상되는 비
인간적인 미모, 즉 귀신세계와 통하고 있는 심상을 나타낸다. 민간 신
앙에 의하면 도깨비는 초자연적 존재의 하나인데, 도채비, 독각귀(獨脚
鬼), 독갑이, 허주(虛主), 허체(虛體), 망량(魍魎) 등[8]의 이름으로 불리
기도 한다. 도깨비는 인간에게 긍정적인 면과 부정적인 면의 양면성을
보이고 있는데, 가시적인 도깨비와 형체가 보이지 않는 비가시적인 도
깨비가 있다. 도깨비가 말피를 무서워하는 이유는 말이 신의 사자 혹은

---

8) 한국정신문화연구원, 앞의 책 6권, p.768.

신을 대신하는 존재이기 때문이다.9) 도깨비는 귀신과 다르다. 귀신은 사람이 죽어서 음양으로 구분되어 귀와 신으로 자리 잡게 되지만, 도깨비는 음귀적인 속성10)을 지니고 있어서 귀신과는 다르다. 따라서 도깨비와 말피와는 서로 대립적인 양상을 띤다. 화자는 '諱莫同이네 寡婦 어머니'와 사잇서방이 말피로 인해서 정분을 떼어낸 이야기를 고대 설화인 김유신과 천궁녀와 연결시키고 있다. 김유신의 말이 그를 태운 채 천궁녀의 집으로 가자 그 말의 목을 베어서 정을 떼어 버렸다는 장면을 인용한 것이다. 말피를 정들었던 여자나 남자를 떼내 버리는 방법으로 사용했다는 것은 말피가 잡귀를 물리친다는 무속적 상상력이 개입하고 있는 부분이다. 여기서 말피는 이별의 방법으로 제시되었다. 따라서 '대사립문에 인줄을 늘이고 뜨근뜨근 맵고도 비린 검붉은 말피를 좌악 그 언저리에 두루 뿌려' 놓는 행위는 악귀나 부정의 출입을 막는 금기성을 암시한다. 이러한 속신적 행위는 사잇서방과의 이별이 범상한 사람의 힘으로는 불가능함을 의미한다. 말이 강한 양성이라는 데서 액귀나 병마를 쫓는 방편으로 이용11)하기도 하였다. 즉 막동이네 과부의 행위는 전통적 속신에 근거해 있는 것이다.

2) 식물에 나타난 샤머니즘

무속에서는 영혼을 생령과 사령으로 구분하고 사령 중에서도 조령(祖靈)과 원귀(冤鬼)로 세분하여 생전에 순조롭게 살다가 저승으로 들어간 혼령은 선령이 되고 생전의 원한이 남아 저승으로 들어가지 못하고 부랑(浮浪)하는 혼령은 이승에 남아 악령이 된다고 상정하고 있다.

---

9) 김종대, 「우리문화의 상징세계」(다른세상, 2001), p.191.
10) 김종대, 「대문위에 걸린 호랑이」(다른세상, 1999), p.98.
11) 「한국민족문화대백과사전 7권」(한국정신문화연구원, 1994), p.676.

선령은 격상되어 신령, 신명 등으로 신격이 부여되고 이 중에 왕이나 장군 등 특별한 인물은 국가 전체나 어느 일정 지역인 마을이나 높은 산 등을 수호하는 수호신이 되는 경우가 있다. 즉 동신, 산신 등은 선신에 해당되며 악령은 손각시, 몽달귀신, 영산, 수부 등의 사령(死靈)으로 저승에 가지 못하고 이승에 남아 인간을 해치게 된다고 믿어 왔다. 따라서 원통하게 죽거나 비명에 죽었을 경우 해원굿이나 제를 지내어 죽은 혼령을 풀어 주어 저승에 편안히 가도록 하는데 불교의식에서도 죽은 자의 혼령을 극락으로 천도해 주기 위해 절에서 49재(齋)를 지내준다. 종류에는 국조신(國祖神)과 성모신(聖母神), 자연신(自然神), 방위신과 인신(人神), 별신, 원귀 등으로 살펴볼 수 있다. 국조신은 한 민족의 시조나 한 나라를 세운 인물이 사후에도 격이 높은 신으로 상정되어 추앙되는 신을 말하는데 단군이나 주몽신, 혁거세 등으로 살펴볼 수 있다. 단군은 전국 각지에 단군제단이 있어 숭상되고 있으며 주몽신은 고구려, 혁거세는 신라에서 숭상 대상이 되었다. 성모신은 고귀한 신분의 여인으로 한 나라 시조의 어머니이거나 왕실의 여인 또는 국가나 왕을 위해 큰 일을 하고 죽은 자의 부인 등이 사후에 신격화된 것이다. 대체로 명산의 산정에 위치하여 숭앙되고 있다. 자연신으로는 천신, 산신, 수신, 지신, 식물신, 동물신, 암석신 등으로 살펴볼 수 있다. 그 밖에 방위신, 인신, 조령, 무신, 가신, 별신, 원귀로 나눌 수 있다. 정령숭배는 조상숭배, 자연숭배, 샤머니즘과도 관계를 갖는다. 정령은 만물의 근원이 된다고 하는 불가사이한 기운이며 초목이나 무생물 등 물건에 붙어 있는 혼령이다.

　자연은 이미 자연의 절대 중립성을 잃어버리고, 시인의 정령관에 의해 새롭게 채색되어 나타나는 혼령의 세계[12]로 나타나고 있다. 신화적·고대적 정령사상을 위해 동원된 시는 자연의 원리를 영혼의 반복된

---

12) 육근웅, 「서정주 시 연구」(한양대 박사 논문, 1990), p.56.

시현으로 봄으로써 현상을 하나의 가상으로서의 허울이 되어 나타나게
한다.[13] 정령의식은 인간의 영혼 이외에 동물이나 식물의 체내나 그
밖의 모든 사물에 그것과는 독립된 존재로서 잠정적으로 깃들어 있다
고 생각하는 의식이다.

> 내가 여름 학질에 여러 직 앓아 영 못 쓰게 되면 아버지는 나를 업어
> 다가 山과 바다와 들녘과 마을로 통하는 외진 네갈림길에 놓인 널찍한 바
> 위 위에다 얹어 버려 두었읍니다. 빨가벗은 내 등때기에다긴 복숭아 푸른
> 잎을 밥풀로 짓이겨 붙여 놓고, 「꼼짝말고 가만히 엎드렸어. 움직이다가
> 복사잎이 떨어지는 때는 너는 영 낫지 못하고 만다」고 하셨읍니다.
> 누가 그 눈을 깜짝깜짝 몇천 번쯤 깜짝거릴 동안쯤 나는 그 뜨겁고도
> 오슬오슬 추운 바위와 하늘 사이에 다붙어 엎드려서 우 아랫니를 이어 맞
> 부딪치며 들들들 떨고 있었읍니다. 그래, 그게 뜸할 때쯤 되어 아버지는
> 다시 나타나서 홑이불에 나를 둘둘 말아 업고 갔읍니다.
> 그래서 나는 다시 고스란히 성하게 산 아이가 되었읍니다.
>
> 　　　　　「내가 여름 학질에 여러 직 앓아 영 못 쓰게 되면」 전문

위 이 시에서 아버지가 학질에 걸린 나의 치유를 위해 사용한 돌은
신성한 돌이다. 평범한 바위도 모양과 빛깔, 장소에 따라 신앙적인 주
력을 가지고 있음을 보여주고 있다. 들돌은 거의 마을의 수호신을 모신
당산나무 밑에 있다. 이처럼 신성한 바위에 몸을 맡기고 복숭아의 푸른
잎을 밥풀로 짓이겨 등에 붙이고 그 잎이 떨어지면 낫지 못한다는 속
신이 있는데, 이 역시 초인간적인 힘에 의지하고 있는 것이다. 학질의
치료로 바위가 선택되는 것은 바위가 지닌 상징적 무속성 때문이다.
'바위와 하늘' 사이의 공간에서 치유를 기다리는 것은 곧 주술적임을
의미한다. 고령 지방에서는 칠석날 잡귀를 잡기 위해 복숭아 가지로 소
를 마구 때리는 풍습이 있다. 이때 복숭아 가지는 모든 잡귀를 통제하

---

13) 위의 책, p.57.

는 선목으로 양귀(禳鬼)와 축사(逐邪)에 효용이 있는 것으로 여겨진다. 특히 동쪽으로 뻗은 복숭아나무 가지는 오행으로 보아 동은 양이기 때문에 음의 정령인 귀신의 퇴치에 효과가 크기 때문이다.[14) 복숭아나무를 깎아서 걸고 다니면 귀신이 접근을 못한다는 속신이 있다. 이와 같이 복숭아는 귀신을 쫓는다고 믿어져 왔다. 따라서 집안에 복숭아나무를 심는 것을 금기하였으며 제상에도 복숭아를 올리지 않았다. 이것은 조상신이 찾아와도 복숭아가 지닌 축귀의 힘 때문에 집안으로 들어오지 못하고 제사 올린 것도 응감하지 못한다고 생각하기 때문이다.

> 질마재 堂山나무 밑 女子들은 처녀 때도 새각씨 때도 한창 壯年에도 戀愛는 절대로 하지 않지만 나이 한 오십쯤 되어 인제 마악 늙으려 할 때면 戀愛를 아주 썩 잘한다는 이얘깁니다. 처녀 때는 친정부모 하자는 대로, 시집가선 시부모가 하자는 대로, 그 다음엔 또 남편이 하자는 대로, 진일 마른일 다 해내노라고 겨를이 영 없어서 그리 된 일일런지요? 남편보다도 그네들은 응뎅이도 훨씬 더 세어서, 사십에서 오십 사이에는 남편들은 거의가 다 뇌점으로 먼저 저승에 드시고, 비로소 한가해 오금을 펴면서 그네들은 戀愛를 시작한다 합니다. 朴푸접이네도 金서운니네도 그건 두루 다 그렇지 않느냐구요. 인제는 房을 하나 온통 맡아서 어른 노릇을 하며 冬柏기름도 한번 마음껏 발라보고, 분세수도 해보고, 金서운니네는 나이는 올해 쉬흔 하나지만 이 세상에 나서 처음으로 이뻐졌는데, 이른 새벽 그네 房에서 숨어나오는 사내를 보면 새빨간 코피를 흘리기도 하드라고요. 집 뒤 堂山의 무성한 암느티나무 나이는 올해 七百살, 그 힘이 뻐쳐서 그런다는 것이여요.
>
> 「堂山나무 밑 女子들」 전문

위 시에서 산신은 산에 존재하며 산을 지키는 수호신이다. 이는 모든 자연물에는 정령이 있고 그 정령에 의하여 생성이 가능하다고 믿는

---

14) 임동권,「한국민속학 연구, '도지고(桃枝考)'」(선명문화사, 1971), pp.125−126.

원시신앙의 애니미즘에서 나온 것으로 신체(神體)는 대개 호상이나 신선상으로 나타난다. 즉 산을 주관하는 신으로 호랑이와 함께 그려지는 것이 상례인데 민간에서는 각 주읍에 진산(鎭山)을 정하고 산신당을 지어 진호신(鎭護神)을 모시며 춘추와 정초에 제사를 지내는 풍습이 있었다. 산은 서민들, 즉 피지배자의 질병과 재액(災厄)의 질곡(桎梏)을 벗어나게 해 주고 득손(得孫)과 등과(登科)와 풍년(豊年) 등을 이루게 해 주는 신앙의 대상이다. 전통적인 사회에서 산은 우리 선조들의 실생활과 소원(所願)을 들어주는 신앙(信仰)의 대상[15]이라고 할 수 있다. 높은 산, 명산에는 영험 있는 신이 있어 나라에 전란이나 어려운 일이 생겨 신조(神助)를 바랄 때에는 제사를 하고 기원하였으며 마을의 평안이나 풍작(豊作), 기우(祈雨) 등을 산신에게 기원하였다. 강릉 단오제 때 대관령의 한 나뭇가지에 신이 내려 신을 맞이하는데 신목(神木)을 굿단에 모셔와 굿을 한다. 당목만이 아니라 크고 오래된 나무에는 신이 깃들인 것으로 믿었으며 그 신목(神木)은 인간들에게 화나 복을 준다고 믿어 왔다. 따라서 정초에는 큰 나무에 새끼로 금줄을 둘러놓거나 비단 조각을 매어 놓고 고사를 올리는 경우를 볼 수 있다. 이러한 것은 애니미즘에 기인한 자연물의 정령관 숭배에서 오는 것으로 볼 수 있다. 시의 전체적인 이야기는 여자들이 성적 힘이 강하여 삼종지덕에 얽매여 있을 때에는 그 힘을 발휘하지 못하다가, 그런 구속에서 벗어나면 사내의 코피를 흘리게 할 정도가 된다는 이야기다. 이러한 강력한 성적 능력은 '암느티나무'의 '칠백 살'이나 되는 나이의 힘이 여인들에게 미쳐서 그렇다는 속신을 바탕으로 하는데, 그것은 나무의 정령이 옮겨 다닌다는 정령관을 기반으로 하고 있다.

---

15) 구중회, 「계룡산 굿당 연구」(국학자료원, 2001), pp.11-21.

3) 공간에 나타난 샤머니즘

마당방은 마당과 방이 통합된, 따라서 마당의 특성을 유지하면서 방의 기능이 합치되어 밤하늘과 별을 볼 수 있는 외부와 자유롭게 접촉할 수 있는 열려 있는 공간이며 친목의 기능을 지닌 포용적 공간이다. 집안에 잔치나 큰일이 있을 때는 마당에 멍석을 깔고 차일을 쳐서 손님을 접대하였으며, 추수철이 되면 마당에서 타작을 하고 곡식을 말렸다. 뿐만 아니라 농악대가 모여 노는 곳도 마당이었고, 더운 여름날 저녁 더위를 피해 온 가족이 모여 앉아 이야기를 나누는 곳도 마당이었다.

관혼상제와 같이 많은 사람을 접대하고 의식을 행해야 하는 행사는 주로 안마당에서 이루어졌다. 뒷마당은 안마당의 보조적인 역할을 담당하며 주거 생활의 저장, 공급, 정서를 이루는 기능을 수행한다. 즉 장독대나 물을 공급하는 우물이 설치되는 장독대와 우물을 가진 식생활의 원천적인 기능과 터줏대감이나 집구렁이를 모시는 토속 종교의 공간도 된다.[16] 이러한 마당방은 불길하거나 부정한 것들로부터 사람들을 보호해 주는 역할을 하고 있다.

> 우리가 옛부터 만들어 지녀 온 세가지의 房─溫突房과 마루방과 土房 중에서, 우리 都市 사람들은 거의 시방 두 가지의 房─溫突房하고 마루 房만 쓰고 있지만, 질마재나 그 비슷한 村마을에 가면 그 토방도 여전히 잘 쓰여집니다. 옛날엔 마당말고 土房이 또 따로 있었지만, 요즘은 번거로워 그 따로 하는 대신 그 土房이 그리워 마당을 갖다가 代用으로 쓰고 있지요. 그리고 거기 들이는 정성이사 예나 이제나 마찬가지지요.
> 陰 七月 七夕 무렵의 밤이면, 하늘의 銀河와 北斗七星이 우리의 살에 직접 잘 배어들게 된 왼 食口 모두 나와 딩굴며 노루잠도 살풋이 부치기도 하는 이 마당 土房. 봄부터 여름 가을 여기서 말리는 山과 들의 풋나무와 풀 향기는 여기 저리고, 보리 타작 콩타작 때 연거푸 연거푸 두들기

---

16) 한국정신문화연구원, 앞의 책 7권, p.526.

고 메어 부친 도리깨질은 또 여기를 꽤나 매끄럽겐 잘도 다져서, 그렇지
廣寒樓의 石鏡 속의 春香이 낯바닥 못지않게 반드랍고 향기로운 이 마당
土房. 왜 아니야. 우리가 일년 내내 먹고 마시는 飮食들 중에서도 제일
맛좋은 풋고추 넣은 칼국수 같은 것은 으레 여기 모여 앉아 먹기 망정인
이 하늘 온전히 두루 잘 비치는 房. 우리 瘧疾 난 食口가 따가운 여름
햇살을 몽땅 받으려 홑이불에 감겨 오구라져 나자빠져 있기도 하는, 일테
면 病院 입원실이기까지도 한 이 마당 房. 不淨한 곳을 지내온 食口가
있으면, 여기 더럼이 타지 말라고 할머니들은 하얗고도 짠 소금을 여기
뿌리지만, 그건 그저 그만큼한 마음인 것이지 迷信이고 뭐고 그럴려는 것
도 아니지요.

「마당房」 전문

지금은 사라져 마당으로 대용하게 된 마당방에 대한 그리움을 나타
내고 있다. 화자는 마당방에 대한 풍경을 묘사함으로써 마당 방이 예사
로운 장소가 아님을 강조하고 있다. '不淨한 곳을 지내온 食口가 있으
면, 여기 더럼이 타지 말라고 할머니들은 하얗고도 짠 소금을 여기 뿌
리지만'이라는 표현에서도 일상의 공간을 성스러운 곳으로 삼으려는 민
간 신앙적인 상징으로 나타나고 있다. 이러한 신과 인간과의 작은 신앙
의 형태가 가신신앙이다. 대개 집안의 부녀자가 담당하거나 때로는 가
족전체가 참여하기도 한다. 이러한 가신 신앙은 지역마다 나타나는 신
위가 약간씩 다르고 지내는 방법의 차이가 있으나, 대개 터주, 성주,
제석, 삼신, 조왕과 칠성, 용왕과 칙신, 수문장 등이 있다.

바닷물이 넘쳐서 개울을 타고 올라와서 삼대 울타리 틈으로 새어 옥수수
밭 속을 지나서 마당에 흥건히 고이는 날이 우리 외할머니네 집에는 있었
읍니다. 이런 날 나는 망둥이 새우 새끼를 거기서 찾노라고 이빨 속까지 너
무나 기쁜 종달새 새끼 소리가 다 되어 알발로 낄낄거리며 쫓아다녔읍니다
만, 항상 누에가 실을 뽑듯이 나만 보면 옛날이야기만 무진장 하시던 외할머
니는, 이때에는 웬일인지 한 마디도 말을 하지 않고 벌써 많이 늙은 얼굴이

엷은노을빛처럼 불그레해져 바다쪽만 멍하니 넘어다보고 서 있었읍니다.

　그때에는 왜 그러시는지 나는 아직 미처 몰랐읍니다만, 그분이 돌아가신 인제는 그 이유를 간신히 알긴 알 것 같습니다. 우리 외할아버지는 배를 타고 먼 바다로 고기잡이 다니시던 漁夫로, 내가 생겨나기 전 어느 해 겨울의 모진 바람에 어느 바다에선지 휩쓸려 빠져 버리곤 영영 돌아오지 못한 채로 있는 것이라 하니, 아마 외할머니는 그 남편의 바닷물이 자기집 마당에 몰려 들어오는 것을 보고 그렇게 말도 못하고 얼굴만 붉어져 있었던 것이겠지요.

「海溢」 전문

　위 시에서는 바다와 육지가 이루는, 공간의 경계를 허무는 자연현상으로 외할아버지와 외할머니를 바다와 육지로 나누는 경계로 인하여 해일을 통해 허물어진다. 다시 말하면 외할머니는 이승과 저승의 경계를 허무는 해일에 힘입어 외할아버지와 해후하게 된다. 이 시에서 바다 속 또는 저 너머는 죽은 이들의 영역, 즉 죽음의 영역이다. 살아 있던 외할아버지는 외할머니의 기억 속에 남아서 존재하므로 살아있음과 죽음의 한계를 벗어난 초현실적인 신화의 세계에 속하는 인물이다. 그리고 삶의 세계로 되돌아온 넋과 살아있는 자가 만나는 영적인 만남은 접신이고 신들림이다. 그러므로 이 시는 물에 빠져 죽은 넋이 이승에 되돌아오는 무속적 영혼관을 담고 있으며 인간과 바닷물이 구분되지 않는 무속적인 반혼(返魂) 관념의 표출이라고 생각할 수도 있다.

　또한 이 시의 장면은 오구굿에서 산 사람이 죽은 영혼과 만나는 장면과 유사하다. 오구굿에서 사람들은 무당을 매개로 해서 되돌아온 넋과 만난다. 그러나 이 시에서 외할머니는 무당을 거치지 않고 직접 돌아온 혼과 만나고 있다. 사람이 죽은 후에 영혼을 저승으로 보내어 영생하게 해주는 굿으로는 서울 지역의 진오기굿, 부여 지역의 오기굿, 고창 지역의 씻김굿, 부산 지역의 오구굿, 제주도의 十王맞이굿, 평안도의 수왕굿 등이 있다. 이들 제의는 죽은 자들의 영혼을 저승으로 보내어 영생하도록 해주는 데 목적이 있다.

> 외할먼네 마당에 올라온 海溢엔요.
> 예순살 나이에 스물한살 얼굴을 한
> 그러고 천살에도 이젠 안 죽기로 한
> 신랑이 돌아오는 풀밭길이 있어요.
>
> 생솔가지 울타리, 옥수수밭 사이를
> 올라오는 海溢 속 신랑을 마중 나와
> 하늘안 천길 깊이 묻었던델 파내서
> 새각시때 연지를 바르고, 할머니는
>
> 다시 또 파, 무더기 웃는 청사초롱에
> 불밝혀선 노래하는 나무나무 잎잎에
> 주절히 주절히 매어달고, 할머니는
>
> 갑술년이라던가 바다에 나갔다가
> 海溢에 넘쳐오는 할아버지 魂神 앞
> 열아홉살 첫사랑쩍 얼굴을 하시고
>   「외할머니네 마당에 올라온 海溢-쏘네트 試作」 전문

　'외할머니네 마당에 올라온 海溢-쏘네트 試作'이라는 시에서도 무속으로서의 상징성이 보인다. 무속에서는 인간을 육신(肉身)과 영혼(靈魂)의 이원적(二元的) 결합체로 보고, 영혼이 육신의 생존적(生存的) 원력(原力)이라고 믿는다. 즉 영혼은 무형의 기운으로 인간 생명의 근원이 된다. 이는 영혼이 육신에서 떠나간 상태를 죽음으로 봄으로써 인간의 생명 자체를 영혼의 힘으로 믿는 것이다. 영혼은 육신이 죽은 후에도 새로운 사람으로 세상에 다시 태어나거나 내세인 저승으로 들어가서 영생하는 불멸의 존재[17]이다. 즉 이 시는 죽은 넋이 이승으로 되

돌아오는 무속적 영혼관을 그리고 있다. 해일 속에서 '천 살에도 이젠 안 죽기로 한' 신랑의 영혼을 보는 할머니의 홍조 띤 얼굴이 연지를 바른 것 같다는 이 시는 할머니의 영혼 불멸관을 바탕으로 하고 있다. 외할머니는 무당을 거치지 않고 직접 돌아온 신랑의 혼과 만나고 있다. 할머니는 '첫사랑 적 얼굴'로 '새각시 때'로 돌아가서 육체적 죽음을 초극하는 삶을 살게 되는데, 이러한 영적 교류는 무당의 넋두리와 같이 초혼가를 부르게 되어 무속적 상상력으로 표현된다. 이러한 무속 신앙 은 오랫동안 전승되어 내려온 전통적인 믿음이며 잠재의식인데, 이 시 는 그런 인간의 원형적 심성을 보여주고 있다.

　　세상에서도 제일로 싸디싼 아이가 세상에서도 천한 단골 巫堂네집 꼬 마둥이 머슴이 되었읍니다. 단골 巫堂네 집 노란 똥개는 이 아이보단 그 래도 값이 비싸서, 끼니마다 얻어먹는 물누렁지 찌끄레기도 개보단 먼저 차례도 오지는 안 했읍니다.

　　단골 巫堂네 長鼓와 小鼓, 북, 징과 징채를 늘 항상 맡아 가지고 메고 들고, 단골 巫堂 뒤를 졸래졸래 뒤따라 다니는 게 이 아이의 職業이었는 데, 그러자니 사람마다 職業에 따라 이쿠는 눈웃음-그 눈웃음을 이 아이 도 따로 하나 만들어 지니게는 되었읍니다.

　　「그 아이 웃음 속엔 벌써 영감이 아흔아홉 명은 들어앉았더라」고 마을 사람들은 말하더니만 「저 아이 웃음을 보니 오늘은 싸락눈이라도 한 줄금 잘 내리실라는가 보다」고 하는 데까지 가게 되었읍니다. 「이 놈의 새끼야. 이 개만도 못한 놈의 새끼야. 네 놈 웃는 쌍판이 그리 재수가 없으니 이 달은 푸닥거리하자는 데도 이리 줄어들고 만 것이라……」 단골 巫堂네까 지도 마침내는 이 아이의 웃음에 요렇게쯤 말려 들게 되었읍니다.

　　그리하여 이 아이는 어느 사이 제가 이 마을의 그 敎主가 되었다는 것 을 알았는지 몰랐는지, 어언간에 그 쓰는 말투가 화딱 달라져버렸읍니다.

　　「……헤헤에이, 제밀헐 것! 괜스리는 씨월거려 쌌능구만 그리여. 가만히 그만 있지나 못허고……」 저의 집 主人-단골 巫堂 보고도 요렇게 어른

17) 김태곤,「한국무속연구」(집문당, 1991), p.300.

말씀을 하게 되었읍니다.

　　그렇게쯤 되면서부터 이 아이의 長鼓, 小鼓, 북, 징과 징채를 메고 다니는 걸음걸이는 점 점 점 더 점잖해졌고, 그의 낮의 웃음을 보고서 마을 사람들이 占치는 가지數도 또 차차로히 늘어났읍니다.

「단골 巫堂네 머슴 아이」전문

　‘단골 巫堂네 머슴 아이’라는 시에서 ‘머슴아이’는 마을사람들의 집단적 스승이라는 자기 원형의 투사대상이다. 어린이에 투사되는 자기 원형은 그를 신격화하는 그 집단의 무의식적 요구, 즉 ‘저 아이 웃음을 보니 오늘은 싸락눈이라도 한 줄금 잘 내리실라는가 보다’라는 기대감에 의해서 형성된다. ‘그리하여 이 아이는 어느 사이 제가 이 마을의 그 教主가 되’어서 마을의 여러 가지 통과의례나 생사화복, 건강에 대한 종교적 책임을 맡게 된다.

　이처럼 무속은 과거로서의 역사성을 지니면서 동시에 현재와 미래를 수용하고 또 문학작품에 수용되어 생성 변모해 새로운 흐름을 보여준다. 이러한 상상력과 무속성이 시에서 전체적인 세계의 조망을 보여주며 한국 현대시에서의 다양한 샤머니즘적 표현을 보여주고 있다.

3. 결 론

　이상에서 살폈듯이 한국인의 정서에 근본적으로 샤머니즘 요소를 배제할 수 없다. 특히 한국의 현대시에서 서정주의 시에서는 이러한 샤머니즘을 가장 잘 표현하고 있음을 알 수 있다. 이러한 샤머니즘은 과학으로도 설명할 수 없음에도 불구하고 인간의 삶을 지배하는 우주의 유

기적 원리이다. 서정주는 이 유기적 원리를 바탕으로 샤머니즘과 주술
의 언어를 시에 끌어들인다. 그리고 그것은 곧 신과 인간의 직접적인
소통을 의미한다. 신과 인간의 이러한 소통은 결국 신을 매개로 한 인
간 전체의 소통으로 이어진다. 서정주에게 있어서 신라는 재래적 무속
의식과 자연의식이 유불선 삼도와 결합하여 이루어 낸 '풍류'의식의 근
원이다. 또한 정신으로서의 신라는 천상적·우주적 질서와 인간 세계
사이에 단절이나 분열이 개입되지 않고 완전한 교감과 합일만이 펼쳐
지고 있는 시간이다. 신라로 표상되는 고대적 시간의 초월적 상상력,
즉 반이성주의적 사유방식과는 대립된다. 이는 서구적 의미에서의 전통
과 원형이 근대에 접어들어 창조되거나 재발견된 것과는 분명히 구분
된다. 서구적 의미의 전통과 원형이란 단순히 특정한 유물에 대한 재해
석의 측면을 지니지만, 서정주의 '신라'에서 드러나는 민족적 '원본'으
로서의 전통은 물질이 아니라 정신이기 때문에 단기간에 형성될 수 없
다. 또한 그것은 민족 공동체의 성원들의 삶 속에서 구체적으로 실행되
는 민속·풍속의 예처럼 끊임없이 이어지는 역사적 계기성을 지니고
있다. 이처럼 샤머니즘은 오랫동안 전승되어 내려온 전통적인 믿음으로
인간의 원형적인 심성을 한국 현대시에서 보여주고 있다.

V 백석시에 나타난 민속

1. 들어가는 말

백석은 1912년 7월 1일 평북 정주군 갈산면 익성동에서 수원 백씨 백용삼의 장남으로 태어났다. 본명은 기행(夔行)이며, 필명이 백석(白石)이다. 부친은 한국 사진사의 초창기 인물로 조선일보 사진반장을 지냈으나, 퇴임 후에는 낙향하여 정주에서 하숙을 경영하며 생활했다. 이점으로 미루어 집안 환경은 개화된 집안이었음을 알 수 있다. 백석은 1918년(7세)에 오산 소학교를 거쳐 1924년(13세)에 오산 학교에 입학했다. 당시 오산 학교의 교장이 조만식 선생이었던 점으로 미루어 가치관의 형성기인 이 시기에 민족주의 정신이 형성되었을 것으로 짐작된다. 이후 같은 학교를 다닌 선배 시인인 김소월을 몹시 동경하였다고 한다. 오산 학교를 졸업하고 1929년(18세)에 조선일보가 후원하는 장학생 선발에 합격하여 일본으로 유학, 동경의 아오야마(青山學院)에서 영문학을 수학한다. 1930년(19세)에 <조선일보> 신춘문예에 단편소설 「그 母와 아들」이 당선되어 등단했다. 따라서 동경 유학 시절부터 창작에 상당한 관심을 기울인 듯하다. 그러나 동경유학 시절의 구체적인 행적에 대해서는 알려진 바가 없다.

1934년(23세)에 귀국하여 <조선일보>에 입사, 출판부 일을 보면서 계열잡지인 <女性>誌의 편집을 맡는다. 이때 그의 부모는 이미 서울에 옮겨와 살고 있었다. 이후 조선일보와 밀접한 관계를 맺게 되어, 1934년에 산문 「耳說귀ㅅ고리」(5월 16일-19일)를 연재하였고 역시 「불당의 터골의 拾果集」(5월 16일 발표), 그리고 번역서간 「臨終 체홉의 六月-그 누이 매라에게 한 病中 서간」(6월 20일-26일까지 6회 연재), 번역 논문인 T.S 밀스키의 글을 번역한 「죠이쓰와 和蘭文學」(8월 10일-9월 12일까지 8회 연재) 등을 연재한다.

1935년(24세) 8월 30일 시 「定州城」을 <조선일보>에 발표하는 것을 시작으로 「山地」, 「주막」, 「비」, 「나와 지렝이」, 「여우난곬족」, 「통영」, 「힌밤」 등을 <朝光> 1권 1호와 2호에 각각 발표한다. 이때부터 백석의 시인으로의 면모가 뚜렷이 부각된다. 또한 1936년 1월 20일 시집 『사슴』을 발간하게 된다. 그 후 신문기자 생활을 그만두고 1936년 4월에 함흥 영생고보에 부임하게 되는데, 3년 동안의 교직 생활을 청산하고 다시 1939년 1월에 <조선일보>에 재입사하여 출판부에 근무하면서 <여성>지의 편집 일을 하였으나 다시 그만두고 만주의 신경으로 옮겨 新京市 東三馬路에서 살게 된다. 만주에서 생계유지를 위해 측량보조원, 측량서기, 또 만주의 안동에서 세관업무에 종사하기도 한다. 해방과 더불어 귀국하여 신의주에 거주하다 고향 정주로 돌아오게 된다. 이처럼 자신의 독특한 시 스타일을 고집한 채 유랑생활을 전전한 백석은 비타협적인 성격으로 어떠한 문학 동인이나 유파에도 소속되지 않고 독자적으로 작품활동을 전개시켜 나간 비문단적인 시인이었다.

백석은 해방 이후 1947년 10월에 열린 문학예술총동맹 제4차 중앙위원회의 개편된 조직에서 외국문학 분과에 소속되어 활동하였는데, 주로 번역 출판을 하여 시 창작에는 전념하지 않았다. 1956년 10월에 열린 제2차 작가대회에서는 <문학신문>의 편집위원 겸 부장의 직책을 맡아서 아동문학에 관한 평론을 발표하며 아울러 동시를 발표하기에 이른다. 그러나 백석은 아동문학에 대한 의견에 비판을 받아 1958년에는 창작을 중단하고 삼수군 관평리에 있는 국영협동조합 축산반에서 일하게 된다. 그 이후 1960년도에 <조선문학>에 시를 발표하지만 1962년에 다시 창작 활동[1]을 중단하게 된다.

첫 시집 『사슴』에 실린 대부분의 시들은 유년체험을 어린 화자의 시점으로 서술하고 있다. 백석은 방언을 사용하여 토속적 세계를 가장 잘 표현한 시인으로 평가된다. 또한 백석 시에는 유년의 토속적인 세계가 잘 나타나 있다. 유년에 비쳐진 세계는 가장 순수하고 아름다운 심상으로 표출되며 시에 등장하는 인물들도 토속적인 인물이다.

따라서 이 장에서는 토속적 세계의 시적 형상화로 고향의식과 주체성 인식, 공동체적 삶에 투영된 민간신앙, 놀이를 통한 민중성의 탐구, 인간과 자연의 친화로 나누어서 고찰하고자 한다.

2. 고향의식과 주체성 인식

백석은 주로 30년대 중반에서 40년대 중반에 작품을 발표하였다. 그 당시는 일제 말기의 혹독한 시련기로 모국어의 사용 금지와 신사 참배 강요, 창씨개명 등 황국 신민화 정책으로 민족성이 박탈당하는 시기였다. 이러한 당대 현실을 인식하고 전통을 찾아내고 계승하려는 주체성 인식은 우리 것을 지키려는 백석의 시는 매우 의미가 크다고 할 수 있

---

1) 졸고, 「백석시 연구」(숙명여대 석사논문, 1993), pp.11−13.

다. 즉 세시풍속이나 전통적인 놀이, 민간신앙 등을 시속에 담아내고 있는 것이다. 이처럼 당대의 현실을 반영하여 우리 민족의 전통을 계승한 독특한 고향의식을 전개시켜 나갔다. 더구나 1935년 카프 해산 무렵에 등단한 이래 점차 사라져 가는 민족적인 삶의 모습을 집중적으로 탐구하였으며, 소외된 계층으로서 민중적인 삶의 양식에 깊은 관심과 애정을 기울였다. 특히 평북 방언을 적극 활용함으로써 민족혼의 상징으로서 민족어와 민족 주체성을 확립2)하고 있는 것이다. 백석은 민속 그 자체를 시의 대상으로 삼는 시인이며 북쪽의 산골 마을을 詩作의 중심으로 삼기 때문에 북방언어가 노골적으로 드러나 있다. 그 방언을 통해 현대 도시인들에게는 망각되어 있는 한국인의 상상력의 원초적 場이 드러난다. 김영랑의 그것과는 다르게 폐쇄된 사회의 민속을 되살려내는 데3) 쓰이고 있다. 이처럼 백석 시는 방언을 바탕으로 유년기의 고향과 전통, 공동체적 의식을 상기시키고 있다. 또한 백석의 시는 거의 전적으로 상실된 고향 그 자체를 묘사하는 데 바쳐져 있다. 여느 시인들처럼 감출 길 없는 향수에 잠기거나, 헤어나기 어려운 그리움에 시달리거나 하지 않고 바로 고향 그것을 시적 대상으로 삼는다. 이러한 시적 노력의 근본적 계기는 향수에서 시작되었다 하더라도 향수라는 감정에 기인하여 대상을 주관적인 소망에 따라 채색하지는 않는다. 있는 대로의 고향을 그리는 데 전심4)하고 있는 것이다.

유년시절의 몽상의 세계는 오늘날의 몽상을 가능케 하는 세계만큼이나 큰데 유년시절이 대단한 경치의 원천에 있는 것은 어린애의 고독은 우리에게 원초적인 거대함을 주기 때문이라는 것이다. 고독한 어린애가 이미지에 유숙하듯이 우리가 세계에 유숙한다면, 그만큼 더 잘 세계에 유숙한다. 어린애의 몽상 속에서는 이미지가 모든 것에 우선하며 크게

---

2) 김재홍, 「민족적 삶의 원형성과 문명애의 진실미, 백석」, 『백석』(새미, 1996), P.171.
3) 김윤식, 김현, 「한국문학사」(민음사, 1993), pp.217-219.
4) 김종철, 「시와 역사적 상상력」(문학과 지성사, 1978), p.40.

보고 아름답게 본다. 유년시절을 향한 몽상은 우리를 원초적인 이미지
의 아름다움으로 데려간다.5) 이처럼 어린 시절의 고향은 생동감 있으
며 민족적인 공동체적 삶의 모습을 환기시키고 있다. 이처럼 백석은 전
통적인 민족적 삶의 원형성을 제시하고 민중적 삶의 전형성을 보여주
고 있는 것이다.

　　명절날나는 엄매아배따라 우리집개는 나를따라 진할머니 진할아버지가
있는 큰집으로가면 얼굴에별자국이 솜솜난 말수와같이눈도껌벅거리는 하
로에베한필을 짠다는 벌하나건너집엔 복숭아나무가많은 新理고무 고무의
딸李女 작은李女 열여섯에 四十이넘은홀아비의 후처가된 포족족하니 성
이잘나는 살빛이매 감탕같은 입술과젖꼭지는더깜안 예수쟁이마을가까이사
는 土山고무 고무의 딸承女 아들承동이 六十里라고해서 파랗게뵈이는 山
을넘어있다는 해변에서 과부가된 코끝이 빩안 언제나힌옷이정하든 말끝에
설게 눈물을짤때가많은 큰골고무 고무의 딸洪女 아들洪동이 작은洪동이
배나무접을잘하는 주정을하면 토방돌을뽑는 오리치를잘놓는 먼섬에 반디
젓담그려가기를 좋아하는삼춘 삼춘엄매 사춘누이 사춘동생들이 그득히들
할머니 할아버지가 있는 안간에 들몰여서 방안에서는 새옷의 내음새가 나
고 또 인절미 송구떡 콩가루차떡의내음새도나고 끼때의두부와 콩나물과
뽂운잔디와 고사리와 도야지비계는모두 선득선득하니 찬것들이다.
　　저녁술을 놓은 아이들은 외양간섶 밭마당에 달린 배나무동산에서 쥐잡
이를 하고 숨굴막질을 하고 꼬리잡이를 하고 가마타고 시집가는 놀음 말
타고 장가가는 놀음을하고 이렇게 밤이어둡도록 북적하니논다 밤이깊어가
는집안엔 엄매는엄매들끼리 아르간에서들웃고 이야기하고 아이들은 아이
들끼리 웅간한방을잡고 조아질하고 쌈방이 굴리고 바리깨돌림하고 호박떼
기하고 제비손이구손이하고 이렇게 화디의사기방등에 심지를 멫번이나 돋
구고 홍게닭이 멫번이나 울어서 졸음이오면 아릇목싸움 자리싸움을 하며
히드득거리다 잠이든다. 그래서는 문창에 텅납새의그림자 가치는아츰 시누
이동세들이 욱적하니 흥성거리는 부엌으론 샛문틈으로 장지문틈으로 무이

5) Gaston Bachelard, 김현 역, 「몽상의 시학」(기린원, 1993), pp.116－117.

징게국을 끄리는맛있는내음새가 올라오도록잔다.
「여우난곬族」 전문

이 시는 유년의 화자가 명절날 엄마와 아빠를 따라 간 할머니 집에서의 경험을 사실적으로 그리고 있다. 명절 전날의 흥겨운 분위기와 풍성함은 유년의 시적 화자에게는 행복감 그 자체로 다가온다. 이처럼 이 시는 명절날의 풍속을 시간적 경과에 따라서 서술하고 있으며 개를 데리고 큰집으로 떠나는 모습과 일가친척들에 대한 인물 소개, 아이들이 모여 노는 이야기와 즐겁게 지내는 가족의 화목한 모습을 모두 그리고 있다. 1연에서 화자는 명절날에 진할머니, 진할아버지, 즉 친할머니, 친할아버지가 계시는 큰집으로 간다. 화자가 큰집으로 명절 나들이를 떠나는 모습과 명절의 유쾌하고 들뜬 분위기가 생생하게 그려지고 있다.

2연에서는 친척들의 외양과 특징, 삶의 모습이 시각적으로 형상화되고 있다. 이러한 형상화는 얼굴 모습과 표정에 대한 묘사는 물론 그들의 성격, 취미, 행동, 삶의 내력까지도 낱낱이 보여줌으로써 총체적 인물 묘사라고 할 수 있다. 이 시는 이처럼 친척들 개개인에 대한 성격을 창조하면서 그들의 인생 역정과 삶의 정황을 압축된 서사로 표출함으로써 평탄치 못한 친척들의 삶을 보여준다. 특히 그것은 '얼굴에 별자국이 솜솜난', '하로에 베 한필을 짠다'는 新里고무나 '열여섯에 사십이 넘은 홀아비의 후처가 된 포족족하니 성이 잘나는', '예수장이 마을 가까이 사는' 土山고무, 또 '해변에서 과부가 된' '언제나 힌옷이정하든 말끝에설게 눈물을 짤때가 많은' 큰골고무와 '배나무접을 잘 하는 주정을 하면 토방돌을 뽑는' 삼촌 등 네 인물에 초점이 맞춰져 있다. '고무'는 고모를, '말수'는 남자 아이의 이름이다. 그리고 '李女 작은이녀'는 평북 지방에서 아이들을 지칭할 때 쓰는 애칭으로 아버지가 이씨일 경우 딸은 이녀, 아들은 이동이라고 부른다. 따라서 '承女, 洪女'는 그러한 성을 가진 여자아이들을 말하며 '承동이, 洪동이'는 남자

아이들을 가리킨다. 이러한 인물들은 현실을 살아가는 평범한 서민이다. '매감탕'은 엿을 고아낸 솥을 가셔낸 물이나 또는 메주를 쑤어낸 솥에 남아있는 진한 갈색의 물을 뜻하며, '토방돌'은 집채의 낙수고낭 안쪽으로 돌려가며 놓은 돌, 즉 섬돌을 뜻한다. '오리치'는 평북지방에서 동그란 갈고리 모양으로 된 야생 오리를 잡으려고 만든 그물로 오리가 잘 다니는 물가에 세워놓는 삼베로 노끈을 해서 만든 올가미이며 '반디젓'은 밴댕이젓을 말한다.

3연에서는 일가친척들이 안방에 모여 있는 모습과 풍성하게 장만된 음식물에서 느껴지는 유년의 정서가 감각적인 묘사를 통해 그려지고 있다. 화자는 명절날 설빔으로 입은 옷의 느낌을 '새옷의 내음새도 나고'라고 함으로써 시각을 후각으로, '또 인절미 송구떡 콩가루 차떡의 내음새도 나고'에서는 후각적 이미지로 표출한다. 이러한 심상은 명절날 특유의 신선한 분위기와 정서를 전달하고 있다. 화자는 인절미, 송구떡, 콩가루 찰떡과 두부, 콩나물, 볶은 잔디와 고사리와 돼지비게 등 명절음식을 열거하고 있다. '송구떡'은 떡의 한 가지인 송기떡을 말하는 것으로 소나무의 속껍질을 삶아 우려내어 멥쌀가루와 섞어서 절구에 찧은 다음 익반죽하여 솥에 쪄낸 떡이다.

4연에서는 저녁을 먹고 노는 이야기가 주요한 이야기로 등장한다. 아이들의 놀이로 명절의 분위기를 역동적으로 그려내는가 하면 어른들의 화목한 모습이 풍요로운 공간과 잘 결합되어 있다. 여기에서 화자는 저녁밥을 먹고 난 후 아이들끼리 흥겹게 노는 모습을 제시하고 있다. 저녁을 먹은 아이들은 동산에서 쥐잡이와 숨바꼭질과 꼬리잡이와 가마 타고 시집가는 놀음과 말 타고 장가가는 놀음을 하면서 밤이 깊어 가도록 논다. 밤이 깊어갈 때까지 '엄매'들은 아랫방에서 웃고 이야기하며 어린 아이들은 '웅간한방', 즉 아랫방 옆에 딸린 윗방에서 논다. 이렇게 놀다가 졸음이 와서 홍게닭이 몇 번 울고 나서야 아이들은 잠이 든다. '홍게닭'은 새벽닭을 말하는데 예부터 닭은 민간에서 영물(靈物)

이나 길조(吉鳥)로 여겨져 왔다. 한마디로 말하자면 이 시에서 화자는 무이징게국 냄새가 나는 촌락의 소박한 풍경을 민속적이며 토속적인 삶을 배경으로 하여 그리고 있다. 이 시에 등장하는 '텅납새'는 턴납새, 즉 처마 끝을 말하는 것으로 처마의 안쪽 지붕이 도리에 얹힌 부분인데, 부고장 같은 것이 오면 안방에 들이기를 꺼려 이곳에 끼워 놓은 풍속이 있었다. '무이징게국'은 징게미, 즉 민물새우에 무를 넣고 끓인 국을 말한다. 이러한 토속적 삶의 형상을 통해 화자는 명절의 풍성한 분위기와 민족성을 일깨워 주고 있다.

　　아배는타관에가서오지않고　山비탈외따른집에　엄매와나와단둘이서　누가 죽이는듯이　무서운밤집뒤로는　어늬山곬작이에서　소를잡어먹는노나리꾼들 이　도적놈들같이　쿵쿵걸이며다닌다

　　날기멍석을쳐간다는닭보는할미를차굴린다는　땅아래　고래같은　기와집에 는언제나　니차떡에청밀에　은금보화가그득하다는　외발가진조마구　뒷山어늬 메도　조마구네나라가있어서　오줌누러　깨는재밤　머리맡의문살에대인유리창 으로　조마구군병의　새깜안대가리　새깜안눈알이들여다보는때　나는이불속에 자즈러붙어　숨도쉬지못한다

　　또이러한밤같은때　시집갈처녀　망내고무가　고개넘어큰집으로　치장감을가 지고와서　엄매와둘이　소기름에쌍심지의　불을밝히고　밤이들도록　바느질을 하는밤같은때　나는아릇목의　삿귀를 들고　쇠든밤을내여　다람쥐처럼밝어먹 고　은행여름을　인두불에　구어도 먹고　그러다는　이불웅에서　광대넘이를 뒤 이고　또 늏어굴면서　엄매에게　웅목에 두른 병풍의　샛빩안천두의이야기를 듣기도하고　고무더러는　밝는날　멀리는 못난다는　뫼추라기를 잡어달라고조 르기도 하고　내일같이　명절날밤은　부엌에　쩨듯하니　불이밝고　솥뚜껑이놀 으며　구수한내음새　곰국이무르끓고　방안에서는　일가집할머니도와서　마을 의소문을펴며　조개송편에　달송편에　쥔두기송편에　떡을빚는　곁에서　나는밤 소팟소 설탕든콩가루소를먹으며　설탕든 콩가루소가 가장맛있다고생각한다.

나는 얼마나 반죽을주물으며 흰가루손이되여 떡을빚고싶은지모른다.

　섯달에　내빌날이들어서　내빌날밤에눈이오면　이밤엔째하얀할미　귀신의
눈귀신도　내빌눈을　받노라못난다는말을　든든히　녁이며　엄매와나는　앙궁웋
에　떡돌웋에　곱새담웋에　함지에버치며　대냥　푼을놓고　치성이나들이듯이
정한마음으로　내빌눈약눈을받는다　이눈세기물을　내빌물이라고　제주병에
진상항아리에　채워두고는　해를묵여가며　고뿔이와도　배앓이를해도　갑피기
를앓어도　먹을물이다
　　　　　　　「古夜」 전문

이 시는 다양한 토속적 음식과 지역적 민담을 소재로 하여 명절의
분위기를 환기시키고 있다. 민담, 전설 등의 설화적인 세계와 속신 등
샤머니즘 세계가 유년의 화자에게는 명절에 대한 향수를 불러일으키는
그리움의 의미로 나타난다. 1연에 등장하는 '노나리꾼'은 농한기에 소
나 돼지를 잡아 나누어 가지는 사람을 말한다. 화자는 이러한 노나리꾼
을 공포의 대상으로 기억하고 있다. 2연의 '날기명석'은 곡식을 널어
말리는 명석이며, '니차떡'은 이차떡, 인절미를 말한다. 그리고 '조마구'
는 키가 작은 난쟁이로 외발로 다니는 도깨비인데, 여기서 마구는 마귀
나 도깨비의 애칭으로 사람을 나타낼 때도 간혹 쓰인다. 가령 '땅달마
구'는 키가 작은 사람을 나타낸다. 화자는 민담과 전설 등의 설화적인
세계가 들려주는 이야기를 공포의 대상으로 인식하고 있다.
　3연의 '쇠든밤'은 말라서 새들새들해진 밤을 말한다. 여기에서는 유
년의 회상이 구체적으로 그려지고 있다. 유년의 회상 속에서 명절은 무
엇보다도 음식의 풍요로움이 나타난다. 화자는 조개송편, 달송편, 쥔드
기 송편 등을 나열하면서 설탕이 든 콩가루소가 가장 맛있다고 어린
시절의 행복한 마음을 고백하고 있다. 이 시는 특히 다양한 음식명의
등장으로 유명한데, 니차떡, 쇠든밤, 은행여름, 천두, 곰국, 조개송편,
달송편, 쥔드기송편, 밤소, 팥소, 설탕든 콩가루소, 떡 등이 바로 그것

이다. '니차떡'은 인절미를 말한다. 백석의 시에는 특히 떡과 국수가 가장 많이 등장하는데, 이러한 음식들은 시각적인 동시에 미각적인 이미지를 제공하며, 나아가 과거를 보다 친밀하고 생생하게 복원시켜 주는 재현하는 기능을 한다. 4연에 등장하는 '앙궁'은 아궁이며, '눈세기물'은 눈 섞인 물을, '갑피기'는 염소똥처럼 배설하는 배가 아픈 병치레를 말한다.

섣달은 납월이라고도 하는데, 동지로부터 세 번째 미일을 특히 납일이라고 한다. 그리고 이때의 제사를 납향이라고 한다. 정주 지방에서는 섣달에 '내빌날'이 들어서 그날 밤에 눈이 오면 이 눈을 받아 두었다가 먹는 풍습이 있었는데, 이 눈세기물은 눈이 녹아서 된 물로 내빌물이라고도 한다. '눈세기물'의 풍속은 동지 뒤의 셋째 미일 밤에 내리는 눈을 받아두었다가 감기, 이질 등을 앓을 때 먹는 전통적인 민간 풍속이었다. 화자는 엄마와 함께 섣달 내빌날이 되어 밤에 눈이 오면 앙궁, 떡돌, 곰새담 위에 함지와 버치, 대낭푼 등을 놓고 치성을 드리듯 눈을 받는다. 이 시에는 눈세기물을 받는 분주한 풍속이 사실적으로 그려져 있다. 납일에 내린 눈을 녹여 그 물을 약으로 쓰며 그 물에다가 물건을 적셔두면 벌레가 생기지 않는다.[6] 또 그 눈으로 눈을 씻으면 안질이 예방되고 눈도 밝아진다. 이처럼 화자는 감기나 배탈, 또는 이질 등을 앓으면 약용으로 복용하기 위해 항아리에 눈세기물을 채워둔다. 여기에 나오는 민간요법은 속신적 믿음으로 여러 대에 걸쳐 내려온 지방 풍습이다.

이날 의원에서는 여러 종류의 환약을 만드는데, 이것이 납약(臘藥)이다. 시에서 화자는 이러한 내빌날에 얽힌 속신의 세계로서 병을 치료하는 전통적인 민간요법을 들려준다. 여기에서 속신의 세계는 무의미한 인습적 생활상이 아닌 전통적으로 이행되어 온 삶의 실체로써 제시되고

---

6) 최대림 역, 「동국세시기」(홍신문화사, 1993), p.127.

있다. 눈세기물(눈을 녹인 물)을 받아 '고뿔'과 '배앓이', '갑피기(이질)'라는 병을 치료하는 속신의 모습은 매우 절실한 생활상이었을 것이다.

백석은 토속적이고 민속적인 삶의 소재들을 끌어들여 민족의 생활과 내면세계를 형상화했다. 시에 등장하는 민속적, 토속적 모티브들은 바로 민족성 상실의 현실을 초월하여 삶의 원초적 세계로 향하려는 화자의 의지를 보여준다. 이러한 시적 인식의 세계는 백석에게 있어서 평북지방을 중심으로 하는 고향의 토속적 공간에 한정된다. 토속적 인물들과 방언 구사, 민속적 삶의 원초적 소재들은 낭만적 정서를 자아화하는 모티브가 아니라 민족의 원초적 정서를 환기하는 리얼리티를 담고 있기 때문이다. 이처럼 백석의 시에는 토속적인 음식과 방언, 놀이 등의 민속과 무속적인 체험이 다양한 이야기와 어우러져 등장한다. 그리고 이러한 유년의 회상은 과거에 대한 상상력이라기보다는 한국인의 민족적 삶의 현장성, 민중의 삶의 원형성을 드러낸다.7) 그리고 이러한 민속의 세계야말로 나와 이웃, 과거와 현재를 이어줄 뿐 아니라, 겨레가 한결같이 이어오고 있는 삶의 양식의 영속적 가치라고 할 수 있다. 백석시가 지닌 아름다움은 바로 토착 현실과 정서를 되살려낸 데 있다.

　　낡은 질동이에는 갈 줄 모르는 늙은 집난이같이 송구떡이 오래도록 남아 있었다.

　　오지항아리에는 삼촌이 밥보다 좋아하는 찹쌀탁주가 있어서 삼촌의 임내를 내어가며 나와 사춘은 시큼털털한 술을 잘도 채어 먹었다.

　　제삿날이면 귀머거리 할아버지 가에서 왕밤을 밝고 싸리꼬치에 두부산적을 께었다.
　　손자아이들이 파리떼 같이 뽕이면 곰의 발같은 손을 언제나 내어 둘렀다.

7) 김재홍, 「민족적 삶의 원형성과 운명애의 진실미」, 고형진 편, 『백석』(새미, 1996), p.179.

구석의 나무말쿠지에 할아버지가 삼는 소신같은 집신이 둑둑이 걸리어
도 있었다.

넷말이 사는 컴컴한 고방의 쌀독 뒤에서 나는 저녁 끼때에 부르는 소
리를 듣고도 못 들은척 하였다.

「고방」 전문

'고방'은 세간이나 잡동사니를 보관하는 장소이다. 이러한 잡동사니
가 쌓여있는 곳에서 화자는 어린 시절의 행복했던 추억을 묘사하고 있
다. 제삿날에 왕밤을 까고 두부산적을 끼웠던 추억, 그것은 곧 유년 기
억을 되살려 주는 매개체이다. 어두컴컴한 고방은 풍족하고 즐거웠던
과거가 그대로 살아 있는 공간이다. '송구떡'은 송기떡으로 소나무의
속껍질을 삶아 우려내어 멥쌀가루와 섞어 절구에 찧은 다음 반죽하여
여러 가지 모양으로 만드는 엷은 분홍색의 떡이다. 이 시에서 송구떡은
늙은 집난이로 유추되어 독특하게 표현하고 있다. '임내'는 흉내이며,
'나무말쿠지'는 나무로 만든 옷걸이다. '둑둑이'는 많이 있다는 뜻이다.

이처럼 백석의 시에는 방언을 구사한 이야기의 요소와 토속적이고
공동체적인 내용들이 많다. 또한 그는 시의 소재에 있어서도 유년에 대
한 기억과 민속적인 측면에 많은 관심을 보인다. 이러한 백석 시에 내
재된 기대는 공동체적인 삶과 원형 공간의 회복[8]이다. 유년체험으로
구체화되는 세계는 토속적인 지명과 방언들, 전통적인 음식 등과 어울
려 혈연적 유대감으로 상승하고 있다.

오늘은 正月보름이다.
대보름 명절인데 나는 멀리 고향을 나서 남의 나라 쓸쓸한 객고에 있
는 신세로다.
넷날 杜甫나 李白 같은 이 나라의 詩人도 먼 타관에 나서 이날을 맞

---

8) 심재휘, 「1930년대 후반기 시 연구」(고려대 박사논문, 1997), p.48.

은 일이 있었을 것이다.

오늘 고향의 내집에 있는다면 새 옷을 입고 새 신도 신고 떡과 고기도 억병 먹고 일가친척들과 서로 모여 즐거이 웃음으로 지날 것이연만 나는 오늘 때묻은 입든 옷에 마른물고기 한 토막으로 혼자 외로히 앉어 이것저것 쓸쓸한 생각을 하는 것이다.

녯날 그 杜甫나 李白 같은 이 나라의 詩人도 이날 이렇게 마른물고기 한 토막으로 외로히 쓸쓸한 생각을 한적도 있었을 것이다.

나는 이제 어늬 먼 외진 거리에 한고향 사람의 조고마한 가업집이 있는 것을 생각하고 이 집에 가서 그 맛스러운 떡국이라도 한 그릇 사먹으리라 한다.

우리네 조상들이 먼먼 녯날로부터 대대로 이날엔 으례히 그러하며 오듯이 먼 타관에 난 그 杜甫나 李白같은 이 나라의 詩人도 이날은 그 어늬 한고향 사람의 주막이나 飯館을 찾어가서 그 조상들이 대대로 하든 본대로 元宵라는 떡을 입에 대며 스스로 마음을 느꾸어 위안하지 않었을 것인가.

그러면서 이 마음이 맑은 녯 詩人들은 먼 훗날 그들의 먼 훗자손들도 그들의 본을 따서 이날에는 元宵를 먹을 것을 외로히 타관에 나서도 이 元宵를 먹을 것을 생각하며 그들이 아득하니 슬펐을 듯이 나도 떡국을 놓고 아득하니 슬플 것이로다.

아, 이 正月대보름 명절인데 거리에는 오독도기 탕탕 터지고 胡弓소리 뺄뺄 높아서 내 쓸쓸한 마음엔 자꼬 이 나라의 녯 시인들이 그들의 쓸쓸한 마음들이 생각난다.

내 쓸쓸한 마음은 아마 杜甫나 李白같은 사람들의 마음인지도 모를 것이다 아모려나 이것은 녯투의 쓸쓸한 마음이다

「杜甫나 李白같이」 전문

이 시에서 화자는 타향에서 보내는 명절을 무척 쓸쓸하게 생각하고 있다. '나는 멀리 고향을 나서 남의 나라 쓸쓸한 객고에 있는 신세'라는 구절이 바로 그것이다. 이처럼 화자는 남의 나라에서 명절을 쓸쓸하게 맞이하며 고향을 생각하고 있다. 화자가 지금 거주하고 있는 곳은

만주의 수도 신경(新京)이다. 이 시에서 '객고'는 객지에서 당하는 고생을 말한다. 그리고 '억병'은 술을 매우 많이 마시는 모양이며, '반관'은 음식점이고, 원소는 원소절에 먹는 떡을 말한다. 화자는 '오늘 고향에 내집에 있는다면 새 옷을 입고 새 신도 신고 떡과 고기도 억병 먹고 일가친척들과 서로 모여 즐거이 웃음으로 지날 것이언만' 고향에 있지 못하고 타향에서 명절을 맞이하고 있다. 이처럼 낯선 곳으로의 유랑은 고향의 소중함을 더욱 간절하게 만든다.

대보름은 한자말로는 상원(上元), 상원절(上元節), 원소(元宵), 원소절(元宵節)이라고도 하며 줄여서 대보름, 또는 대보름날9)이라고도 한다. 보름날이란 음력 초하룻날부터 열 다섯째 날을 가리키는데, 대보름의 '대'는 그해에 맨 처음으로 제일 큰 달이 뜨기에 붙인 말이다. 대보름의 전승 행사를 유형별로 살펴보면 무병식재속(無病息災俗)과 기풍요속(祈豊饒俗), 농점속(農占俗), 오신(娛神) 및 경기(競技) 등10)으로 구분할 수도 있다. 무병식재속은 자신의 건강을 유지하고 모든 재액(災厄)을 물리치기 위한 것인데 대보름의 민속으로 무엇을 깨물거나 먹어서 그해의 무병(無病)을 하려는 것이다. 즉 부럼과 나물, 귀밝이술 등으로 마시거나 먹어서 건강을 기원하는 민속이다. 즉 음력 1월 15일인 정월 대보름 아침에 일찍 일어나 땅콩이나 호두를 깨무는 것을 부럼 깐다고 하는데, 호두나 잣, 땅콩 같은 것들이 대표적이다. 또 부럼은 부스럼의 준말로 피부에 생기는 종기를 가리키는 말이기도 하다. 일 년 동안 무사태평하고 종기나 부스럼이 나지 않게 해 달라고 축수하며 깨문다. 또 아침에 웃어른께 데우지 않은 청주를 드시게 하여 귀가 밝아지길 바라며 또 일 년 내내 좋은 소리를 듣기를 기원하는 것이 귀밝이술이다. 또 늦가을 갈무리 해두었던 호박, 가지, 박오가리, 곰취, 갓잎, 무청, 버섯, 순무 등을 말리거나 묵혀 두었던 것을 나물로 하여 먹는다.

---

9) 최대림 역, 앞의 책, p.43.
10) 박계홍, 「한국민속학개론」(형설출판사, 1994), pp.383-386.

이것들을 먹으면 1년 내내 더위를 타지 않았다[11]고 한다. 또 보름날에 취나물이나 배춧잎, 혹은 김에 밥을 싸먹는 것을 복쌈이라고 하는데 이 것을 먹으면서 무병장수를 기원하였다. 인용시에 등장하는 '元宵'는 작 고 동그란 떡인 상원날 절식이다. '조상들이 대대로 하든 본대로 元宵 라는 떡을 입에 대며 스스로 마음을 느꾸어 위안하지 않았을 것인가' 에서처럼 조상들은 원소를 통해 고향을 떠올리면서 외로움을 달래는데, 이러한 떡은 고향 이미지와 연관이 되며 고향에 대한 향수를 환기하는 매개체이기도 하다.

정월대보름날 한마을의 여러 사람들이 모여 떡을 쪄서 그 떡의 됨됨 이를 보고 그해의 신수를 알아보기도 했는데 이것이 떡점인데 '모둠떡 점'[12]이라고도 한다. 한 동네의 여러 집에서 각각 쌀을 가지고 오면 모두 합하여 가루를 만든다. 그런 다음 제각기 자기 몫의 떡가루 밑에 자기의 이름과 나이를 적은 종이를 깔고 한 시루에 찐다. 이렇게 하여 시루떡을 찌면 전체가 잘 되는 수도 있으나 누구 몫의 떡은 잘 익고 누구의 떡은 설익는 결과가 나타나게 된다. 떡이 잘 익은 사람은 그해 의 운수가 좋고 그렇지 않은 사람은 불길하다고 한다. 이때 떡이 설은 사람은 그 떡을 먹지 않고 세 갈래가 난 길바닥 복판에 버리면 다소 액운이 면해질 수 있다[13]고 한다. 경우에 따라서는 무당을 불러다가 미리 액땜을 하기도 한다. 정월 보름 전에 붉은 팥으로 죽을 쑤어 먹 으며 정월 보름날 문에 제사를 지내는데, 먼저 버들가지를 문에 꽂은 뒤 팥죽을 숟가락으로 떠서 끼얹고 제사를 지낸다.[14] 붉은 색이 악귀 를 쫓는 색이기 때문이다. 오늘날 보름에 음식을 대문 밖이나 길에 가 져다 놓은 것은 여기에서 유래한 것이다. 그 밖에 주술적 행위에는 14

---

11) 위의 책, p.46.
12) 한국정신문화연구원, 「한국민족문화대백과사전」(웅진출판사, 1994), p.483.
13) 위의 글.
14) 최대림 역, 앞의 책, p.43.

일 밤에 나무조롱이나 제웅을 만들어 길에 버리는 행위들도 무병을 위해 행해지고 있다.

기풍요속(祈豊饒俗)는 풍작을 이룩하고 재물(財物)을 획득하기 위한 것인데 농작을 풍작으로 이끌기 위한 주술적인 의식들이 이루어져 왔다. 시골 농가에서는 보름전날 짚을 묶어 깃대 모양으로 만들어 그 안에 벼, 기장, 조 등의 이삭을 집어넣어 싸고 목화를 그 장대 위에 매다는데 화적(禾積)이라고 해서 풍작을 기원하는 행위로[15] 여겨진다. 위 시에서 '오독도기'는 화약을 점화하면 터지는 소리를 자꾸 내면서 불꽃과 함께 떨어지게 만드는 것인데 역시 풍년을 기원하는 의미가 있다.

그리고 농점속(農占俗)은 그해의 풍흉(豊凶)을 미리 점쳐 보려는 것으로 달빛으로 풍흉(豊凶)점을 본다거나 계점(鷄占)으로 새벽에 닭이 첫 번 우는 소리를 기다려 우는 횟수를 세어서 열 번 이상 울면 그해는 풍년이 든다고 믿었다. 즉 일 년의 첫 보름이라 특히 중요시하고 그해의 풍흉(豊凶)과 신수의 길흉화복을 점쳤다. 대보름날을 보고 일년 농사를 점치기도 하는데 달빛이 붉으면 가물 징조이고 희면 장마가 질 징조라고 여겨진다. 또 달이 뜰 때의 모양, 크고 작음, 출렁거림, 달이 뜨는 곳의 높고 낮음으로 점을 치기도 하였다. 달의 둘레를 가지고도 점을 쳤는데 달의 둘레가 두터우면 풍년이 들고 얇으면 흉년이 들 징조이며 차이가 없으면 평년작이 될 징조이다. 또 달이 남으로 치우치면 해변에 풍년이 들 징조이고 북으로 치우치면 산촌에 풍년이 든다[16]고 한다.

그 밖에 신(神)을 즐겁게 하고 그 신의(神意)를 예지(豫知)하고자 하는 오신(娛神) 및 경기(競技)로는 석전(石戰) 놀이가 행하여졌다. 지역에 따라 횃불 싸움과 차전놀이, 놋다리밟기를 하였는데 오늘날의 놀이들에서는 종교성보다도 유희성이 강하게 나타나고 있다.[17]

---

15) 최대림 역, 앞의 책, p.43.
16) 위의 책, p.52.
17) 박계홍, 앞의 책, pp.383 − 386.

강원도 지방에서는 14일 저녁이나 15일 아침에 마당을 쓸어 한곳에 모으고 쓰레기를 얹어 그 속에 아주까릿대, 깻대, 청죽이나 헌 대비를 함께 태운다. 그러면 연기가 많고 요란한 소리를 내서 마치 폭죽 터트리는 것과 비슷한데 이때 요란한 소리가 연속해서 크게 날수록 그해의 콩농사와 보리농사가 잘 된다고 한다. 또한 대보름날에 저고리의 일종인 등거리를 종이로 해서 입었다가 보름날 저녁에 남몰래 불에 태우면 액을 면하는데 어른이 등거리를 벗겨 달집 속에 감추어 두어 달집 태울 적에 함께 타도록 하면 여름에 더위를 먹지 않으며 병이 나지 않는다.[18]

　　마을에서는 세불 김을 다 매고 들에서 개장취념을 서너 번 하고 나면 백중 좋은 날이 슬그머니 오는데 백중날에는 새악시들이 생모시치마 천진 푀치마의 물팩치기 껑추렁한 치마에 쇠주푀적삼 항라적삼의 자지고름이 기드렁한 적삼에 한끝나게 상나들이옷을 있는 대로 다 내입고 머리는 다리를 서너 켜레씩 들여서 시뻘건 꼬둘채댕기를 삐뚜룩하니 해꽂고 네날백이 따배기신을 맨발에 바꿔 신고 고개를 몇이라도 넘어서 약물터로 가는데 무썩무썩 더운 날에도 벌 길에는 건들건들 씨언한 바람이 불어오고 허리에 찬 남갑사 주머니에는 오랜만에 돈푼이 들어 즈벅이고 광지보에서 나온 은장두에 바늘집에 원앙에 바둑에 번들번들하는 노리개는 스르럭 스르럭 소리가 나고 고개를 몇이라도 넘어서 약물터로 오면 약물터엔 사람들이 백재일치듯 하였는데 봉가집에서 온 사람들도 만나 반가워하고 깨죽이며 문주며 섶가락 앞에 송구떡을 사서 권하거니 먹거니 하고 그러다는 백중 물을 내는 소내기를 함뿍 맞고 호주를하니 젖어서 달아나는데 이번에는 꿈에도 못 잊는 봉가집에 가는 것이다.
　　봉가집을 가면서도 七月 그믐 초가을을 할 때까지 평안하니 집살이를 할 것을 생각하고 애끼는 옷을 다 적시어도 비는 씨원만 하다고 생각한다.
　　　　　　　　　　　「七月백중」 전문

'七月백중'은 음력 7월 15일을 이르는 말로 백종일(百種日), 백중절,

---

18) 고려대민족문화연구원, 「한국민속의 세계 5」(고려대출판부, 2001), pp.74−76.

망혼일, 중원이라고도 한다. 「우란분경」에 의하면 이날 목련비구(目蓮比丘)가 백 가지 음식과 다섯 가지 과일을 쟁반에다 갖추어서 시방대덕(十方大德)을 공양했다고 하며 백종(百種)은 백 가지 음식을 말하는 것이다. 망혼일이라고 하는 이유는 이날 망친의 혼을 위로하기 위해 술, 음식, 과일을 차려놓고 그해 새로 난 과일이나 농산물을 신에게 먼저 올리는 일인 천신(天神)을 한 데서 유래한다. 각 가정에서는 익은 과일을 따서 조상의 사당에 천신(天神)을 올린 다음에 천신 차례를 지냈다.

인용시에서 언급되고 있는 '개장취념'은 각자가 얼마씩의 비용을 내어 개장국을 끓여 먹는 놀이 모임을 말한다. 그리고 '취념'은 추렴(出斂)에서 온 말이며, '세불'은 일정한 기간을 두고 세 번이라는 말이다. 충청북도에서는 '복다림'이라고 불렀는데, '복날 개 패듯이'라는 속담은 복날 개를 잡아먹는 풍속19)에서 형성된 것임을 알 수 있다. 개장국 풍속은 『동국세시기』에 구장(狗醬)으로 표기20)하고 있어 6월의 시절음식으로 정착되어 있음을 알 수 있다. 복날에 개장을 먹고 땀을 흘리면 더위를 잊게 하고 질병을 쫓을 수 있으며 보신이 된다고 믿어왔다. 『史記』에 보면 진덕궁(秦德公) 2년에 처음으로 복(伏) 제사를 지내는데, 성 안 사대문에서 개를 잡아 충재(蟲災)를 막았다고 했다. 또 붉은 팥으로 죽을 쑤어 무더운 복중에 먹는 경우도 있었는데, 이는 악귀를 쫓으려는 데서 나온 것이다.21)

'생모시치마'는 아직 누이지 않은 누런 모시를 말하며, '천진푀치마'는 중국 천진산에서 생산된 고급 천(베)으로 만든 치마이다. '물팩치기'는 무릎 자락이며, '껑추렁한'은 키 큰 사람이 짧은 옷을 입어서 유난히 껑충해 보이는 치마를 입은 모습을 표현한 말이다. '쇠주푀적삼'은

---

19) 김종대, 「대문 위에 걸린 호랑이」(다른 세상, 1999), p.181.
20) 최대림 역, 앞의 책, p.101.
21) 위의 글.

중국 소주(蘇州)에서 생산된 고급 베로 만든 적삼이며, '항라적삼'은 명주, 모시, 무명실 등으로 짠 피륙인 항라로 만든 적삼을 말한다. '자지고름'은 자줏빛의 옷고름이며, '한끝나게'는 한껏 할 수 있는 데까지라는 말이며, '상나들이 옷'은 최고로 좋은 나들이옷을 의미한다. '꼬들채 댕기'는 머리의 다래를 얹는 데 쓰이는 빨간 댕기로 가늘고 길게만들어 빳빳하게 꼬드러진 감촉의 댕기이다. '무썩무썩'은 매우 더운날씨를 묘사한 말이며, '광지보'는 광주리 보자기를, '붕가집'은 친척, 친구네 집을, '문주'는 빈대떡이나 부침개를 말한다. '집살이'는 급한일에 쫓기지 않고 집에서 편히 쉴 수 있는 생활을 말한다. '섶가락'은풀섶가락, 풀들이 곱게 나서 잔디처럼 깔린 자리를 말하며, '호주를 가니'는 물기에 촉촉이 젖어 몸이 후줄근하게 되는 모양을 말한다. '백재일'은 백차일(白遮日)을 말하는데 '백재일치듯'은 백일재를 지내듯 붐비는 모습을 비유한 말이며 흰옷 입은 사람들이 많이 모인 모양을 이르는 말이다. '백중 물을 내는 소내기를 함뿍 맞고 호주를 하니 젖어서'처럼 물기에 촉촉이 젖어 몸이 후줄근하게 된 것이다. 백중날 물을맞으면 피부병도 낫고 속병도 고치며 더위도 먹지 않는다[22]는 믿음이있다.

'네날백이'는 세로줄로 네 가닥 날로 짠 짚신이며, '따백이 신'은 고운 짚신을 말한다. 이날이 되면 남녀가 서로 모여 온갖 음식을 갖다놓고 노래하고 춤추며 즐겁게 놀았다. 지방에 따라서는 씨름대회 등의 놀이로 내기를 하며 승려들은 각 사원에서 재를 올렸다. 신라와 고려시대에는 우란분회를 베풀어 승려와 속인이 모두 공양을 했으나 조선시대에 들어와서 주로 승려들만의 행사가 되었다.[23] 불가에서는 불제자 목련이 어머니의 영혼을 구하기 위하여 7월 15일에 오미백과를 공양하는고사에 따라 우란분회를 열어 공양하는 풍속이 있다. 즉 五味 및 百種

---

22) 한국민속대사전편찬위원회, 「한국민속대사전1권」(민족문화사, 1991), p.631.
23) 김성원 편, 「한국의 세시풍속」(명문당, 1987), p.109.

의 과실을 갖추어서 十方大德에 공양한다는 것이다. 우란분이란 범어의 음역으로서 거꾸로 매달린 것을 구원한다는 뜻이다. 즉 7월 15일 백미의 음식을 분에 담아 제부처에게 공양하고 이로써 명계에 있어 망령이 거꾸로 매달린 괴로움을 구제한다[24]는 뜻이다.

농촌에서는 백중날을 전후에서 시장이 서는데 이를 백중장이라 하였다. 머슴을 둔 집에서는 이날 하루를 쉬게 하여 백중장에서 벌어지는 씨름, 농악, 경연, 그네 대회를 즐겼다. 충북 괴산[25]에서는 머슴이나 농사꾼들이 백중 한 달 전부터 밤이 되면 동네 큰 사랑방이나 동구나무 밑에 모여 그 집에 필요한 멍석, 동구녁, 삼태미 등을 만들기 시작하여 백중 아침이 되면 만든 멍석 등을 안마당에 던지면서 '멍석 사시오'라고 외친다. 그러면 주인집에서는 술과 떡을 해주고 새 옷 한 벌과 백중 돈을 태워준다. 돈을 탄 동네 머슴들과 농사꾼들은 풍장을 치면서 동네 큰 마당에 모두 모여 흥겹게 논다. 백중날을 전후하여 농사일이 거의 끝나 호미가 필요 없게 되어 호미를 씻어 둔다고 하여 '호미씻이'라 하며, 농악을 치며 하루를 즐긴다. 또 이날은 마을에서 농사를 가장 잘 지은 머슴을 상머슴으로 뽑아 얼굴에는 환칠을 해주고 머리에 버드나무로 만든 관을 만들어 씌우고 도링이(도롱이)를 입힌 후 황소에 태워 농악대와 같이 집집으로 돌아다니며 상머슴을 판다. 집 앞에서 '상머슴 사시오' 하면 집주인은 자기 형편대로 음식을 대접하거나 쌀과 돈을 주어 축하해 준다. 그 상머슴이 노총각이거나 홀애비인 경우에는 적당한 혼처를 구하여 장가를 보내주기도 하는데 '백중날 머슴 장가 간다'라는 속담이 있다.

금기로는 7월 백중날에 일을 하지 않는다. 이것은 산신이 곡식의 수확을 마련하고 있을 때에 사람들이 들에 나가 일을 하면 산신의 일에 방해가 되기 때문이다. 또 이날 삼(麻)을 삼지 않고 쉰다. 그것은 광제

---

24) 위의 책, p.110.
25) 청주문화원 편, 「충청북도지」(충청북도지 편찬위원회, 1992), p.2062.

382 · 문학과 인생의 만남

단에 모시는 주인 없는 외로운 혼령들이 7월 백중날부터 9월 중양일까지 돌아다니며 얻어먹는데 마당에 줄을 메고 삶은 삼단을 걸어두게 되면 이 귀신들이 못 돌아다니기 때문[26]이라고 한다. 전라도 지방에서는 이날 찬물이 잘 흐르는 곳을 찾아 소금을 싸서 매달고 소원을 말한다. 물을 맞으러 갈 때는 특히 개고기 등 비린 것과 제사 음식 등을 먹지 않고 근신하며 물 맞으러 가는 도중에 뱀을 보거나 궂은일을 보면 가던 길을 되돌아온다. 제주도에서는 백중날 살찐 해물들이 많이 잡힌다고 해서 모두 바다로 나간다. 밤에는 횃불을 들고 늦도록 해산물을 딴다. 이날 산신에게 제사를 지내는데 한라산에는 농사와 수풍과 번성을 맡고 있는 백중와살이라는 산신이 있다. 이 산신은 백중을 고비로 오곡과 과일들이 익어 가면 바람과 구름을 일으키는 조화를 부린다고 해서 이날 산신에게 제를 지낸다.

> 박을 삶는 집
> 할아버지와 손자가 오른 지붕 우에 한울빛이 진초록이다
> 우물의 물이 쓸 것만 같다
>
> 마을에서는 삼굿을 하는날
> 건넌마을서 사람이 물에 빠져 죽었다는 소문이 왔다
>
> 노란 싸릿잎이 한불 깔린 토방에 햇츰방석을 깔고
> 나는 호박떡을 맛있게도 먹었다
>
> 어치라는 山새는 벌배 먹어 고흡다는 골에서 돌배 먹고 알픈 배를 아이들은 열배 먹고 나았다고 하였다.
> 　　　　　　　　　　　「여우난곬」 전문

---

26) 고대민족문화연구원, 「한국민속의 세계 5」(고려대출판부, 2001), p.238.

이 시에서 '삼굿'은 삼의 껍질을 벗기는 공정으로 삼밭에서 베어낸 삼대는 가지런히 단을 묶어서 웅덩이에 세워둔다. 삼구덩이는 경사지에 3단으로 만든다. 남자들은 장작을 베어다가 최하층에 가지런히 쟁이고 그 위층에 자갈을 부어놓으며 맨 위에 삼단을 쌓아두고 흙을 덮는다. 밑에서 불구멍을 내어 장작을 태우면 자갈이 달구어지는데, 일정한 온도에 도달했을 때 갑자기 찬물을 붓는다. 뜨거운 돌에 닿은 물이 수증기로 변하면서 위로 올라와 세워둔 삼대가 익게 된다. 이렇게 물을 부어도 증기가 일어나지 않을 정도가 될 때까지 삼을 익혀서 흙을 헤치고 삼을 꺼내어 껍질을 벗긴다. 하얗게 껍질이 벗겨진 삼대를 '저릅대'라고 부르며 길쌈의 원료가 된다. 삼굿은 길쌈공정의 가장 중요한 초입과정으로 남자들이 참여해 마을공동으로 이루어진다. 삼구덩이에 넣은 삼단들도 개별적으로 넣는 것이 아니라 모두 모아서 함께 넣는다. 간혹 개인 단독으로 삼구덩이를 하는 경우도 있다. 삼굿에는 삼굿고사도 하는데 삼이 잘 쪄져야 길쌈일이 순조롭게 되기 때문에 부정을 가리고 간단한 고사상을 차려서 정성을 올린다. 삼굿이 끝나 삼이 완전히 쪄질 때까지는 모두 입조심을 하며 일이 잘되기를 기원한다.

인용시에 등장하는 '햇춤방석을 깔고'는 돗자리와는 다른 작은 크기로 혼자 깔고 앉게 만든 방석이다. 이것은 그해에 새로 나온 칡덩굴을 엮어 만든 방석을 말한다. 그러나 전통적인 방석은 볏짚, 왕골, 부들, 줄, 죽피(竹皮) 같은 재료로 엮었다. 모양은 원형이나 사각으로 만들었는데 재료에 따라 짚방석, 왕골방석, 부들방석, 줄방석, 죽피방석이라 불렀다. 방석은 방이나 마루에 까는 것이어서 두께가 얇고 너비가 제법 넓은 것이나 두께가 두텁고 좁은 부엌방석도 있다. 화자는 새로 나온 방석을 깔고 호박떡을 맛있게 먹는 모습을 묘사하고 있다.

　　승냥이가 새끼를 치기 전에는 쇠메든 도적이 났다는 가즈랑 고개 가즈랑집은 고개 밑의 山너머 마을서 도야지를 잃은 밤 즘생을 쫓는 깽제미

소리가 무서웁게 들려오는 집닭개 즘생을 못 놓는 멧도야지와 이웃사촌을
지나는 집 예순이 넘은 아들없는 가즈랑집 할머니는 중같이 정해서 할머
니가 마을을 가면 긴 담뱃대에 독하다는 막써레기를 몇대라도 붙이라고
하며 간밤엔 섬돌 아래 승냥이가 왔었다는 이야기 어느메 山골에선간 곰
이 아이를 본다는 이야기 나는 돌나물김치에 백설기를 먹으며 넷말의 구
신집에 있는듯이 가즈랑집 할머니 내가 날 때 죽은 누이도 날 때 무명필
에 이름을 써서 백지 달어서 구신간시렁의 당즈깨에 넣어 대감님께 수영
을 들였다는 가즈랑집 할머니 언제나 병을 앓을 때면 신장님 단련이라고
하는 가즈랑집 할머니 구신의 딸이라고 생각하면 슬퍼졌다.

토끼도 살이 오른다는때 아르대즘퍼리에서 제비꼬리 마타리 쇠조지 가
지취 고비 고사리 두릅순 회순 山나물을 하는 가즈랑집 할머니를 따르며
나는 벌써 달디단 물구지우림 둥굴네우림을 생각하고 아직 멀은 도토리묵
도토리범벅까지도 그리워한다.

뒤울안 살구나무 아래서 광살구를 찾다가 살구벼락을 맞고 울다가 웃
는 나를 보고 밑구멍에 털이 몇자나 났나 보자고 한 것은 가즈랑집 할머
니다.
찰복숭이를 먹다가 씨를 삼키고는 죽는 것만같어 하로종일 놀지도 못
하고 밥도 안 먹는 것도 가즈랑집에 마을을 가서 당세먹은 강아지같이 좋
아라고 집오래를 설레다가였다.

「가즈랑집」 전문

유년의 경험세계를 배경으로 묘사되는 가즈랑 고개와 국수당 고개는
토속적 삶의 세계를 담고 있다. 유년의 화자는 가즈랑집 할머니 댁에
가서 즐겁게 놀던 경험세계를 진술하고 있으며, 설화와 민간 신앙의 세
계와 현실세계를 교차시켜 독특한 시적 분위기를 자아내고 있다. 시인
은 가즈랑 고개와 가즈랑집 할머니를 중심으로 자신의 유년 체험을 무
속적 신비와 설화적 환상 속에서 이야기하고 있다. '승냥이가 새끼를
치기 전에는 쇠메 든 도적이 났다는 가즈랑고개', 그 고개 밑에는 승냥

이, 도야지, 깽제미, 거위, 닭, 개 등 다양한 동물이 인간과 자연 속에 어울려 생활한다. 이 고개에 사는 무녀인 가즈랑집 할머니와 화자인 나는 '간밤에 섬돌 아래 승냥이가 왔었다는 이야기'와 '山골에선간 곰이 아이를 본다는 이야기'처럼 원시적인 내면 공간으로서 삶의 원형 속에 내재하는 무속신앙의 설화성을 지니고 있다. 이런 공동체적 신화 속에 무녀로써 묻혀 사는 할머니의 삶이 서술자 시점을 통해 생생히 묘사되고 있다. 자손도 없이 늙은, 담배를 많이 피우는 무녀는 친밀감과 두려움을 동시에 느끼게 한다. 그녀는 개인적인 인간사보다 공동체적인 믿음의 세계에 살고 있기에 아이에게 설화를 들려주고 이웃에 어려움이 있을 때 치성을 드리는 것이다.

가즈랑집 할머니는 인간에게 닥치는 재앙을 막아주고 또한 생명의 탄생을 도울 수 있는 초월적 존재로, 또 사람들의 병을 낫게 해 주는 '구신의 딸'로서 역신과 싸운다. 이런 초월적 삶은 시적 대상으로서의 자연과 행위의 주체로서의 인간이 결코 분리될 수 없이 하나라는 신화세계의 특징27)이라 할 수 있다. 이 시는 시어도 토속적인데 '쇠메'는 쇠로 된 커다란 망치이며, '깽제미'는 징, 꽹과리를 이르는 말이고, '막써레기'는 거칠게 썬 엽연초를 말한다. '구신간시렁'은 귀신을 모셔놓은 시렁이며 물건을 얹을 수 있도록 벽에 붙여서 건너지른 두 개의 장나무를 말한다. '아르대즘퍼리'는 아래쪽에 있는 진창으로 된 펄이라는 뜻의 평안도식 지명이다. '물구지우림'은 물구지(무릇)의 알뿌리를 물에 담가 쓴맛을 우려낸 석이며, '둥굴네 우림'은 둥굴레풀의 어린잎을 물에 담가 쓴맛을 우려낸 것이다. '당세'는 좁쌀이나 술찌꺼기로 만든 달디단 죽인 곡식 가루에 술을 쳐서 미음처럼 쑨 음식을 말하는 당수이고, '집오래'는 집의 울 안팎, 즉 집 근처를 말한다. 시적 화자는 유년시절 산나물 캐는 할머니를 따르며 먹을 것을 그리워했던 추억과 다정

---

27) 이동순, 「민족시인 백석의 주체적 정신」, 『백석』(새미, 1996), p.160.

했던 할머니를 회상하고 있다. 이처럼 유년의 화자는 가즈랑집 할머니 댁에 가서 즐겁게 놀던 경험세계를 진술하고 있는데 설화와 민간 신앙의 세계와 현실세계를 교차시켜 독특한 시의 분위기를 자아내고 있다.

백석은 토속적이고 민속적 삶의 소재들을 끌어들여 민족의 내면세계를 형상화하였다. 그의 시에 등장하는 민속적, 토속적 모티브들은 바로 민족성 상실의 현실을 초월하여 삶의 원초적 세계를 지향하는 의지의 표명이다. 그는 이러한 시적 인식의 세계를 평북지방을 중심으로 하는 토속적 공간에서 찾고 있다. 그렇기 때문에 토속적 인물들과 방언 구사, 민속적 삶의 원초적 소재들은 낭만적 정서를 자아화하는 모티브가 아니라 민족의 원초적 정서를 환기하는 리얼리티를[28] 담고 있다.

　　봄철날 한종일내 노곤하니 벌불 장난을 한 날 밤이면 으레히 싸개동당을 지나는데 잘망하니 누어싸는 오줌이 넓적다리를 흐르는 따근따근한 맛 자리에 평하니 괴이는 척척한 맛 첫여름 이른 저녁을 해치우고 인간들이 모두 터앞에 나와서 물외포기에 당콩포기에 오줌을 누는데 터앞에 밭마당에 샛길에 떠도는 오줌의 매캐한 재릿한 내음새

　　긴긴 겨울밤 인간들이 모두 한잠이 들은 재밤중에 나 혼자 일어나서 머리맡 쥐발같은 새끼오강에 한없이 누는 잘 매럽던 오줌의 사르릉 쪼로록 하는 소리 그리고 또 엄매의 말엔 내가 아직 굳은 밥을 모르던 때 살갗퍼런 막내고무가 잘도 받어 세수를 하였다는 내 오줌빛은 이슬같이 말갛기도 샛맑았다는 것이다.

「童尿賦」 전문

위 시에서 화자는 '오줌'에 얽힌 경험을 감각적으로 묘사하고 있는데, 특히 계절 감각에 맞게 표현하고 있는 점이 인상적이다. 1연은 봄이라는 시간적 배경에서 유년의 체험이 등장한다. 여기서 '벌불'은 들

---

28) 김수복, 「상징의 숲」(청동거울, 1999), p.125.

불인데 들에서 불을 놓는 장난 속에서 밤에 오줌을 싸는 모습이 '따근따근한 맛'이나 '칙칙한 맛'처럼 촉각적 이미지로 표현되고 있다. '싸개동당'은 싸개동장, 즉 오줌싸개의 왕 내지는 오줌을 기어코 싸는 장소, 즉 안방에서 오줌을 싸는 모습이다. '잘망하니'는 잘박하게 얕은 물이나 진창을 밟거나 치는 소리가 나는 모양을 말한다. 샛맑은 오줌을 이슬로 비유해 유년의 천진난만한 세계를 투명한 감각으로 비유하고 있다. 2연에서는 여름에 오줌이 주는 '매캐한 재릿한 내음새'처럼 '후각적 이미지로 묘사된다. '물외'는 오이를 이르는 말이고, '당콩'은 강낭콩을 말한다. 3연에서는 겨울에 '사르릉 쪼로록 하는 소리'처럼 청각적 이미지로 묘사되고 있다. '재밤중'은 한밤중을 뜻하며, '쥐발같은'은 쥐발같이 앙증맞은 것을 말한다. 4연에서는 전통적인 민간요법의 세계가 보이는데, 어린아이의 소변을 받아 세수하면 피부병이 낫는다는 믿음의 세계가 그것이다. 즉 어린이의 오줌은 민간요법에서 영약(靈藥)으로 사용되었다. 평북지방에서는 임병(淋病)에 처녀의 오줌에다 유황을 섞어 하룻밤 재운 후 햇볕에 말려 눌어붙은 고약을 가루 내어 식후에 먹는다든지 또는 산후(産後)에 기침이 심한 산모는 2살-3살 된 아이의 오줌을 마시는 경우이다. 그리고 천식에는 한 살 이상 다섯 살 미만의 동뇨(童尿)에 생강을 타 마신다. 평남지방에서는 폐병에 자기 적출(嫡出) 아들 중 두 살에서 일곱 살까지의 어린아이의 오줌을 마시는 경우이다. 그 외 지방에서도 다양하게 오줌을 민간요법으로 사용해 왔음을 알 수 있다.

　세시풍속의 하나로 오줌에 삶은 달걀먹기가 있다. 섣달 그믐날 저녁에 달걀을 오줌에 삶아 먹거나 오줌에 담갔다가 꺼내서 먹는 풍속인데 이렇게 하면 잔병치레를 하지 않으며, 혹은 부스럼이 나지 않는다[29]고 한다. 또 민간에 전하던 풍속의 하나로 오줌으로 귀신쫓기[30]가 있다.

---

29) 한국민속대사전편찬위원회, 앞의 책, p.1070.
30) 위의 글.

병에 오줌을 담아 거꾸로 걸어 놓으면 전염병이 그 문안을 들어서지 못한다고 여겼다. 이 풍습은 병인(病因)을 여귀(女鬼)라 생각한 데서 연유된 것이다. 남자의 오줌이 담긴 유리병은 남근(男根)의 상징으로 귀신을 환대하여 문안으로 들어오지 못하게 한 발상이었다.

이처럼 백석의 시에는 방언을 구사한 이야기의 요소와 토속적이고 공동체적인 내용들이 많다. 또한 그는 시의 소재에 있어서도 유년에 대한 기억과 민속적인 측면에 많은 관심을 보인다. 이러한 백석 시에 내재된 기대는 공동체적인 삶과 원형 공간의 회복[31]이다. 유년체험으로 구체화되는 세계는 토속적인 지명과 방언들, 전통적인 음식 등과 어울려 혈연적 유대감으로 상승하고 있다.

3. 공동체적 삶에 투영된 민간신앙

백석은 어릴 적부터 무속적인 환경에서 성장했다. 백석의 어머니가 몸이 허약한 아들의 무병장수를 기원하려고 열심히 치성을 드렸다[32]는 일화에서도 그것은 분명하게 드러난다. 이처럼 토속적인 산골 마을에서는 우리 민족의 원형적인 삶의 모습으로서의 무속과 풍속이 그대로 살아 있었다. 백석은 이러한 산골 마을에서 면면히 이어져 내려오는 우리 민족의 원형적인 삶의 모습[33]을 보며 자랐고, 그 역시 시 속에서 이러한 원형적 삶을 보여주고자 노력했다.

---

31) 심재휘, 「1930년대 후반기 시 연구」(고려대 박사논문, 1997), p.48.
32) 김자야, 「백석: 내 가슴에 지워지지 않는 이름」, 『창작과 비평』 1988년 가을호, p.232.
33) 고형진 편, 『백석』(새미, 1996), p.51.

　민간신앙은 종교적 체계를 갖추지 못한 채 민간에서 전승되는 여러 가지 신앙을 지칭한다. 민간신앙은 기층문화를 형성하는 마을신앙, 집안신앙, 무속신앙을 포함하며 한국인의 심층에 가장 오래 존속해 온 정신세계이다. 민간신앙은 단군 신화에서부터 시작되는데, 단군신화에는 신의 종류로서 환웅(桓雄), 동물신, 식물신, 자연신, 지신(地神) 등이 등장한다. 곰이 인간으로 변화하는 장면에서 백일의 금기와 주술이 행하여졌으며 기자(祈子), 이구(異媾), 천부인(天符印) 등의 기록[34]이 있다. 그리고 부여에서는 정월에 하늘에다 제사를 지내고 노래와 춤을 추는 영고(迎鼓)가 있었고, 마한에서는 10월에 귀신과 하늘에 제사를 지내면서 춤을 추는 천신제가 있었다. 또 예(濊)에서는 무천(舞天)이라 하여 10월이면 밤낮을 가리지 않고 술을 마시고 가무를 즐겼다. 고구려에서도 동맹(東盟)이라 하여 주몽(朱蒙)의 모신(母神)인 수신(隧神)에게 제사를 지냈고 백제는 하늘과 오제(五帝)의 신에게 제사를 지내는 의식이 있었다.

　민간신앙은 자체의 독특한 신앙 체계도 가지지만 외래의 고등 종교가 침입해 올 경우 여기에 습합되어 상보적인 관계를 유지하면서 전개된다. 그 구체적인 예가 오늘날의 불교, 유교, 기독교 등이다. 그리고 민간신앙은 고유의 상징체계[35]를 지니고 여러 문학작품 속에도 자리잡고 있다. 따라서 무속사상이 국문학의 전통에 있어서 하나의 맥을 이루어 왔다는 사실은 구지가, 처용가, 도솔가 등의 작품을 통해서 예증될 수 있다.

　민간신앙의 특징은 크게 여섯 가지로 설명할 수 있다. 첫째, 신앙의 대상이 되는 신이 매우 다양하다. 천신, 귀신, 산신 등에서부터 사령(死靈) 등의 귀신까지를 포함하고 있다. 민간신앙은 산이나 바다, 우물, 들 등 자연에 존재하는 수많은 정령을 비롯하여 동식물의 영혼과 집안

---

34) 위의 책, p.677.
35) 김열규, 「한국민속과 문학연구」(일조각, 1982), p.54.

의 여러 곳에서도 모두 신이 있다고 본다. 둘째, 민간신앙은 개인 신앙
이라기보다 공동체의 신앙이다. 즉 가정의 신앙이거나 마을 전체의 신
앙이지 개인 단위의 신앙이 아니다. 개인이 병이 나서 굿을 하면 집
전체, 가족 전체를 위한 굿을 했는데 동제의 경우에도 마을 전체 또는
집 전체를 위한 것이라는 데 의미가 있었다. 셋째, 민간신앙은 외래 종
교와 부단한 습합을 통해서 상호 영향을 주고받았다. 불교나 유교와 서
로 영향을 주고받았고 상호 보완적인 입장에서 이중적 기능을 해 왔다.
넷째, 민간신앙은 구체적 생사(生死)화복(禍福)에 집중되어 있다. 예에
서 나타나듯이 추상적인 신앙의 대상이라기보다는 기능신에 가깝다. 다
섯째, 민간신앙은 윤리의식의 결여라는 점이다. 지연이나 혈연을 중심
으로 한 생활공동체의 신앙이라는 점에서 민간신앙은 지연이나 혈연이
없는 사람에게는 매우 폐쇄적인 성질을 갖는다. 예를 들어 남의 집 부
뚜막의 흙을 훔쳐서 자기 집으로 가져오면 자기 집은 부자가 된다고
하는 것이다. 다른 마을의 것을 훔쳐서라도 우리 마을이 부자가 되겠다
는 것은 자기 위주의 심리를 표현하고 있다. 여섯째, 민간신앙은 사회
적 모순이나 사회적 제도에 대한 원한, 한 많은 인생의 복수심을 해결
하는 등 사회적 통합기능 등을 가지고 있다. 즉 민족의 신, 마을의 신,
가정의 신을 모시고 존경하며 집단의식을 가지는 것은 사회협동체제의
유지에 크게 이바지한다는 점이다.[36] 이와 같은 민간 신앙의 세계관에
있어서는 어떤 초월적인 힘이 생사화복을 결정짓는다고 믿는 것이며,
인생관에 있어서는 부귀장수와 같은 생존적 가치, 즉 현실주의에 집중
되어 있다는 것이다. 종교관에 있어서는 초월적인 힘이 자연계나 인생
관을 좌우하고 있지만 종교적인의례로써 이들 운명을 조절할 수도 있
다는 신념[37]을 지니고 있다.

민간신앙은 학자에 다양하게 분류하고 있는데 김태곤[38]은 ㉠ 계절제

---

36) 한국정신문화연구원, 앞의 책, p.685.
37) 류동식, 「한국민속 사상연구」(삼성출판사, 1983). p.11.

(신년제, 단오제, 공동제, 안택굿) ㉡ 가신신앙(성주신, 조상, 삼신, 조왕신, 터주, 기타 가신들), ㉢ 동신신앙(산신, 서낭신, 국수신, 장군신, 용신, 부군신, 장승, 솟대) ㉣ 무속신앙(무신제, 가제, 동제), ㉤ 독경신앙(안택축원, 고사축원, 귀신잡이, 동토잡이, 길닦음, 홍수맥이, 살풀이) ㉥ 자연물신앙(산신제, 용신제, 지신제) ㉦ 영웅신앙(왕신, 장군신, 대감신) ㉧ 사귀신앙(사령, 역신, 도깨비, 정귀, 호구신) ㉨ 풍수신앙 ㉩ 점복 · 예조 ㉪ 금기 · 주부 · 주술 ㉫ 민간의료 등으로 분류하고 있다.

장주근[39]은 ㉠ 무속 ㉡ 부락제 ㉢ 가정신앙(터주, 성주) ㉣ 점복, 주술 ㉤ 지리풍수 등으로 분류하며 최인학과 최길성[40]은 ㉠ 무속신앙(샤머니즘) ㉡ 가정신앙과 공동체 신앙(솟대, 장승, 동제) ㉢ 풍수신앙 ㉣ 속신신앙(금기, 금줄, 점, 성기신앙, 도깨비, 유령) 등으로 분류하고 있다. 이러한 분류를 토대로 민간신앙을 크게 분류하면 가신 신앙과 마을신앙, 무속 신앙으로 나눌 수 있다. 그러나 가신신앙과 마을신앙, 무속신앙 등의 신관(神觀)이 다신다령적(多神多靈的)인 성격[41]을 띠고 있어 구분이 어려운 경우가 발생한다. 즉 가신신앙인 조상신이나 성주나 터주 등은 그것이 굿에서 조상거리, 성주거리, 대감거리의 신들이 된다. 따라서 가신신앙과 무속신앙이 서로 겹치는 면이 많은 것이 사실이다. 가신 신앙은 원칙적으로 집안에 위치하는 신적 존재들에 대한 신앙이다. 따라서 가정단위의 신앙이지만 유교적인 제례와 다르다. 유교적인 제례는 남성들이 주가 되지만 가신신앙은 여성들이 주가 되며 소박하고 현실적이며 정적인 것을 특징[42]으로 한다. 가신신앙의 종류를 살펴보면 안방의 조상신과 삼신, 마루의 성주신, 부엌의 조왕신, 뒤꼍의 택지신(宅地神)과 재신(財神), 출입구의 수문신, 뒷간의 측신, 우물의 용

38) 김태곤, 「한국민간신앙연구」(집문당, 1983), pp.17-32.
39) 장주근, 「고대한일양국의 민간신앙」(한국문화, 1977), p.67.
40) 최인학 외, 「한국민속학」(새문사, 1988), p.172.
41) 한국정신문화연구원, 앞의 책, p.100.
42) 위의 글.

신 등이다.

마을 신앙은 한 마을이 단위가 되어 행해지는 신앙형태이다. 집의 차원을 떠나서 사람이 생활하는 공간으로 가신 신앙의 확대 연장이 마을 신앙이다. 마을의 경계나 중심에는 서낭당이 있어서 동제나 부락제를 함께 지내고 우리 마을이라는 의식을 강화한다. 촌락 전체의 평안과 번영을 위하여 촌락민 전체가 참여하는 마을 신앙으로는 부락제가 대표적이다.[43] 마을신앙은 크게 유교식 동제와 별신굿 또는 도당굿으로 이분할 수 있다. 수호신으로는 산신, 동신, 골매기신 등으로 불리는 인격신과 비인격인 신[44]이 있다. 마을에서는 하나의 주신을 섬기고 하위신으로 장승이나 기타 수부신, 또 산신과 해신을 위한 마을 신당 등 여러 신을 모시는 경우도 있다. 마을신에 대한 의례는 부락제라고 하는데 부락인이 직접 또는 간접으로 하나의 신을 모시는 것으로 무당이 사제하는 당굿의 형태와 유교식 제사에 의한 동제(洞祭)가 있다.

동제는 마을 사람들에 의해서 거행되는 마을 공동의 제의를 말하는 것으로 산신제, 서낭제, 별신제, 거리제, 용왕제, 기우제 등이 여기에 포함된다. 마을 신앙의 목적은 제의에 있어서 마을 공동체의 농경생산과 생활의 번영인데 어촌인 경우에는 풍어를 기원하는 것이며 농촌인 경우에는 풍작을 기원하며 가축들이 많이 번식하기를 기원한다. 이것은 만사가 형통하여 집집마다 평안하고 마을이 태평하는 의식이다. 마을신앙을 집전하기 위해서는 의식을 행하는 제당(祭堂)이 필요한데, 신앙의 대상이 되는 제신(祭神), 신성한 의식을 행하는 제일(祭日)의 선택, 의식을 집행하는 사제자(司祭者)가 필수적인 요건이 된다. 제당은 신이 내리는 곳, 또는 신이 머무르는 곳이다. 마을의 집단의식을 행할 때 신과 인간이 동석하여 함께 놀고 음식을 먹으면서 신에게 인간의 기원을 고하고 신의 의지를 탐지하는 곳이 제당이다.[45] 따라서 제당은 인간생

---

43) 위의 글, p.564.
44) 위의 글, p.683.

활에 있어서 가장 신성한 곳이며, 그 신성을 유지하기 위하여 인간의
일상생활과는 격리된 곳이어야 한다. 제당의 형태는 자연물로 표시된
경우와 인공물로 표시된 경우, 그리고 양자가 복합적으로 표시된 경우
가 있다. 자연물로는 수목, 암석, 암반, 누석 등이 있고, 인공물로는 목
간(木竿), 장승, 신(神)도(圖), 당집, 신당 등을 들 수 있다.

　마을신앙의 대상이 되는 신들의 신격은 구체적으로 잘 알려져 있지
않다. 그 신을 막연하게 당신, 당산할머니, 서낭님, 산신님, 등으로 부
를 뿐이다. 현재까지 알려지고 있는 신은 자연신과 인신(人神)으로 크
게 나눠지는데, 자연신은 천신(天神), 일신(日神), 성신(星神), 산신(山
神), 수신(水神), 서낭신, 지신(地神), 수신(樹神), 사귀신(邪鬼神) 등
이 있으며, 인신은 사귀신, 장군신, 대감신 등46)이 있다. 마을의 수호신
에게 기원하는 제의와 외계신으로 천신, 천왕신, 칠성신, 시준신, 제석
신, 용신, 용왕신, 장군신, 군웅신, 신장신, 손님신, 창부신, 잡귀47) 등
이 있다. 따라서 무당이 소망을 비는 신앙 의식인 굿은 이들 신을 대
상으로 한다.

　마을신앙의 의의는 첫째, 지연을 중심으로 한 생활 공동체를 형성하
여 왔던 촌락사회에 지연 강화의 기능을 하였고 둘째는, 사회를 보호하
는 의미가 있다. 즉 종합적인 사회생활의 현장을 강조하고 부락민에게
일체감을 주는 기능이다. 셋째는 일상적인 사실을 성화(聖化)하고 의례
화하여 제도적인 권위를 부여하는 힘을 가지고 있다. 따라서 일상적으
로 어떤 날을 정하여 일정한 뜻을 기리는 것은 의례를 통하여 보다 효
과적으로 이루어질 수 있다. 넷째는 마을의 불안을 전체적으로 극복하
고자 하는 신앙이다. 따라서 촌락 전체의 공통된 불안이나 불행을 공동
의 힘으로 대처하려는 협동의 심리를 기초로 하고 있다. 다섯째는 지연

---

45) 앞의 글, 567쪽
46) 위의 글, p.568.
47) 앞의 글, p.212.

중심의 작은 촌락 단위에서 사는 사람들에게 유용한 통합원리이다.[48]

무속은 외래종교가 들어오기 전의 아득한 상고시대부터 한민족의 종교적 주류를 형성하고 있었다. 그것은 물론 외래종교가 들어온 후로도 민간신앙으로서 한민족의 기층 종교 현상으로 존재했다.[49] 무속의 역사를 보면 삼국지 위지 동이전에 나오는 제천의례에 대한 기록과 '삼국유사'에 기록된 단군, 주몽, 혁거세 등의 시조 신화에 반영된 신앙 양상 등이 있다. 무속이 문헌상에 나타나는 것은 삼국시대로 신라 2대왕 남해차차웅은 왕호이자 巫稱을 의미한다. 이외에도 삼국사기, 삼국유사에 단편적으로 무당의 기록이 보인다.

무속에 대한 자료는 제정일치 시대에 환웅천왕이 신시(神市)를 베풀었다는 기록에서도 확인된다. 신시(神市)는 제왕이 하늘에 제사하는 신성한 장소요 굿당이다. 그러므로 환웅과 단군은 제천의식을 주관한 무당이라고 보아야 옳다.[50] 이러한 점으로 미루어 무속은 단군신화에 뿌리를 둔 태초의 신앙임을 알 수 있다. 무속에서는 인간의 생사, 길흉, 화복, 질병 등 모든 운명 일체가 신의 뜻에 따라 결정된다. 이 신에는 정신과 잡귀가 있다. 正神은 우주의 자연신령, 조상신, 영웅신, 무당의 신당에 모셔지는 신령인 무조신 등 인간을 수호해 주는 선영으로 사당이나 굿당의 신당에 모셔진다. 반면 악귀는 이승에서 고통 속에 살다가 원통하게 죽은 인간의 혼으로 승천하지 못하고 악신이 되어 인간에게 온갖 재난과 고통을 끼친다.[51] 이 무신들은 무한한 전능의 능력자로 나타나 인간에게 이성적인 계시를 통해 능력을 인도, 행사한다기보다는 무서운 고통을 주는 벌로 신의 의사를 전달하기에 비록 인간을 보호해 주는 신이라도 공포의 대상이 된다. 따라서 신을 숭배하여 따른다는 거

---

48) 한국정신문화연구원, 앞의 책, pp.569−570.
49) 김태곤, 「한국무속연구」(집문당, 1985), p.18.
50) 김용덕, 「한국의 풍속사」(밀알, 1994), p.92.
51) 조흥윤, 「巫와 민속문화」(민족문화사, 1990), pp.64−65.

룩한 마음보다는 신의 의사에 어긋나면 무서운 벌을 받는다는 공포감
이 언제나 선행한다.[52] 그러나 누구나 이런 무신들을 쉽게 모실 수 있
는 것은 아니다. 무당이 그의 수호신인 몸주신과 굿에서 등장하는 신령
들, 그리고 신부모에게 물려받은 신령들을 모신다면, 단골은 무의 신령
들 가운데 집안과 관련된 신, 즉 조령, 성주, 터주들을 집에 모셔두고
의례를 행한다.[53]

　무속은 사람들의 갈등과 불안을 없앤다는 데 존재 의의가 있다. 무
당이 하는 일은 대부분 미신이나 주술과 같지만 그것은 또한 사람들의
마음을 편안하게 해 준다. 무당은 미래에 대한 암시를 통해 위안을 주
고, 공수를 통해 자기 정화의 효과를 주며, 두려움을 없애주고 믿는 이
의 상담자가 되어 준다.

　기타 신앙으로 속신과 주술이 있는데, 속신은 민간신앙의 일부로 주
술적 함축성이 짙은 신앙체계[54]를 말한다. 이것은 인과론적인 주술심리
를 비롯해서 감염원리 또는 유사원리의 주술심리로 말미암아 생겨난
사고의 체계이면서 행동의 체계까지 유발한다. 주술적 함축성이 있는
속신은 신성 속신이라 부를 수 있다. 속신은 종속문 하나와 주부 하나
로 이루어진 언어 표현체이다. 속신에서는 믿음이 특히 중요한데, 세속
적인 속신의 경우는 단순한 신뢰일 수 있으나 신성속신의 경우는 종교
적, 주술적 신앙인 경우가 흔하다. 속신어는 우리의 사상과 감정을 독
특한 양식의 언어로 표현한 전승물이다. 내용과 성격의 분류를 제시해
주는 기능을 가진 단어 부분이 고정적으로 있으며, 이를 분류하면 다음
과 같은 유형화[55]할 수 있다.

---

52) 김태곤, 앞의 책, p.286.
53) 조흥윤, 앞의 책, p.34.
54) 한국정신문화연구원, 앞의 책, p.826.
55) 위의 책, pp.318-319.

① 일반(一般)속신: '일상생활'에서가 생략된다.

② 내세(來世)속신: '죽어서'가 중간에 위치한다.

③ 당위(當爲)속신: '마땅히' 중간에 있거나 생략될 수 있다.

④ 요법(療法)속신: '병나서'라는 단어가 오는데 병난 것이 구체적인 사례로 드러난 것이 다르다.

⑤ 풍수(風水)속신: 구체적인 지형이 제시된다.

⑥ 해몽(解夢)속신: 문두에 '꿈에'가 있는 것이 특징이다.

⑦ 관상(觀相)속신: '몸이'가 구체적인 사례로 드러난다.

⑧ 전조(前兆)속신: 자연현상이 구체적으로 변하여 '장차'가 생략된다.

⑨ 주술(呪術)속신: 나쁘다는 부정적인 현상은 없다.

⑩ 세시(歲時)풍속: 세시풍속상 어느 때에 어떤 일을 하면 이 구체적으로 들어가 일 년 중 어느 때를 지적할 수 있다.

주술은 소망을 이루고자 하는 가장 원초적인 기원행위이며 미묘하고 복합적인 동기와 형태를 가지고 있다. Frazer는 주술의 원리[56]를 다음과 같이 설명하고 있다. 첫째는 유사(類似)의 법칙이다. 이는 결과가 원인과 유사(類似)하다는 원리의 주술을 의미한다. 이를 기초로 주술을 동종(同種) 주술(homoeopathic magic) 혹은 모방(模倣) 주술(imitative magic)이라고도 한다. 이것은 무엇을 모방하는 것만으로 하고자 하는 어떤 결과를 얻을 수 있다고 생각한다. 즉 어느 동작을 그대로 흉내내면 거기에 상응하는 효과가 얻어진다는 신념이다. 둘째는 접촉(接觸)의 법칙(law of contact)이다. 이는 이전에 서로 접촉했던 사물은 물리적인 접촉이 끝난 후에도 공간을 사이에 두고 상호적 작용을 계속한다

---

56) J.G. Frazer, 「The Goiden Bough, A Study in Magic and Religion」(New York, Macmillan, 1951), pp.12f.

는 원리의 주술이다. 이를 기초로 하는 주술을 전파(傳播) 주술
(contagious magic)이라고도 한다. 한 번 접촉한 사실이 있는 사물은
실질적인 접촉이 단절된 뒤에도 시간과 공간을 초월하여 상호작용을
계속한다는 원리에 의한 주술이다. 그 외에 기풍 주술이 있는데 주력
(呪力)을 인간의 편으로 유도하여 풍작을 이끌기 위한 기술[57]이라 할
수 있다.

풍년을 유도하기 위한 기풍 주술을 살펴보면 조선조의 궁중에서는 정
월 上亥日 · 上子日에 나이가 젊고 지위가 낮은 환관(宦官) 수백 명이
햇불을 땅 위로 이리저리 내저으면서 "돼지를 불살라라, 쥐를 불살라라"
하며 돌아다니는 풍속이 있었다. 또 곡식의 씨를 태워 주머니에 넣어 재
신(宰臣)과 근시(近侍)들에게 나누어주기도 했다.[58] 이와 같은 내용 중
에 돼지와 쥐를 불살라라 하며 돌아다니는 풍속은 짐승의 피해를 방지
하기 위한 모방 주술의 일종이고 곡식의 씨를 태워 주머니에 넣어 나누
어주는 행위는 풍년을 유도하기 위한 기풍 주술의 일종이다. "시골에서
는 보름 전날 짚을 묶어 깃대 모양으로 만드는데 그 안에 벼, 기장, 피,
조의 이삭을 집어넣어 싸고 목화를 그 장대 위에 매단다. 그리고 그것을
집 곁에 세우고 새끼를 늘어뜨려 고정시킨다. 이것을 화적(禾積)이라 한
다."[59] 이러한 내용도 풍년을 기원하는 기풍주술의 한 방법이다. 벼와
기장, 피, 조, 목화 등을 장대 위에 매다는 것은 작물이 장대처럼 높이
자라 풍작을 가져오게 하는 모방주술의 일종이다.

갈부던 같은 藥水터의 山거리엔 나무그릇과 다래나무지팽이가 많다.

山넘어 十五理서 나무뒝치 차고 싸리신 신고 山비에 촉촉이 젖어서 藥

---

57) 박계홍, 앞의 책, pp.274-275.
58) 최대림 역, 앞의 책, p.38.
59) 위의 책, p.43.

물을 받으러 오는 두멧 아이들도 있다.

아랫마을에서는 애기무당이 작두를 타며 굿을 하는 때가 많다.
「三防」 전문

'아랫마을에서는 애기 무당이 작두를 타며 굿을 하는 때가 많다' 등의 구절은 속신적 세계를 암시해 준다. 작두는 가축의 사료를 만들기 위해 풀을 자르는 도구이며 또 한약방에서 약초를 써는 도구를 말한다. 이 작두 위에 맨발로 무당이 올라서서 춤을 추거나 공수를 내리는 것이다. 속신적 세계는 전통적 민간신앙의 세계를 가리킨다. 당대 민중의 구체적이고도 보편적인 삶의 일부로 드러나 있다는 점에서 속신의 세계는 민족적 의의를 함유하게 된다. 무당으로 갓 태어난 애기 무당은 신아버지나 신어머니가 되는 무당으로부터 굿하는 법, 무의 제 관습 등을 포함한 내림굿을 받는다. 이 내림굿 중에 몇몇 신령이 그 후보자의 입을 통해서 확인되는데, 그들은 애기무당의 몸주로서 신당으로 모셔진다. 이 시에서 산 아이와 애기 무당은 이 신화적 공간에서 낙원을 지키는 수호자로 등장한다. 인용시에서 아랫마을에서는 애기 무당이 굿을 펼치고 있다. 이때 굿판은 무속에서 가장 성스러운 의례이다. 무당, 인간, 신령이 함께 만나 인간의 문제를 푸는 것으로 굿은 무당이 인간의 길흉화복을 신에게 기원할 목적으로 제물을 바치고 가무와 의식 절차를 통해 행하는 제의이다. 이처럼 가무가 수반되는 제의는 신과 인간의 만남과 대화를 의미하며, 이를 통하여 인간의 궁극적인 문제를 해결해 나가려는 노력을 전제로 한다.

굿의 종류로는 가정과 개인을 단위로 하는 일반적인 굿과 마을의 생활 공동체를 단위로 하는 동신제인 당굿이 있다. 일반 굿은 살아있는 사람을 위한 굿과 죽은 사령의 저승천도를 위한 굿으로 구분된다. 일반 굿은 기복을 위한 재수굿, 성주굿, 삼신굿, 칠성굿, 치병굿, 환자굿 등이며 사령을 위한 오구굿, 지노귀굿, 사자굿, 씻김굿, 조상굿, 수왕굿, 망묵굿 등도 여기에 포함된다. 죽은 사령을 위한 굿도 결론적으로는 산 자의 평안과 행복을 비는 것으로 여겨진다. 공동체를 위한 동제는 마을의 액을 막고 풍년이나 풍어를 비는 굿인데 당굿, 서낭굿, 별신굿, 연신굿, 서낭풀이[60] 등이 있다.

'어린아이'에서는 병든 아버지를 위해 산 속으로 약물을 받으러 오는 약수 신앙이 보인다. 이는 물을 마심으로써 생명을 보전하거나 재생할 수 있다는 믿음을 가진 약수 신앙이다. 약물이 일반 샘물과 다른 것은 신성한 샘이라는 점에 있다. 물의 생리적인 약효뿐만 아니라 신령스러운 효과를 바라는 것이 약수 신앙의 마음이다. 산간에서 솟아나는 영천(靈泉)을 약물(藥水)이라 하는 것은 이것을 마시면 모든 병이 낫는다는 신앙에서 기인한 것이다. 따라서 이 약물은 눈병에 효과가 있는 물, 외상(外傷)을 치유해 주는 물, 체력을 보강해 주고 주력(走力)을 주는 물, 자손을 내려주는 물 등 갖가지 영험이 있다고 믿고 있다. 이 것을 더럽히면 신의 노여움을 산다고 생각하여 부정한 것을 접근시키지 않는다. 또한 그 신은 대부분 뱀이나 용의 형상으로 생각하고 때로는 할아버지, 할머니의 부부신으로 여겨 제사를 지내기도 한다. 경성지방에서는 이를 물할아버지, 물할머니라 부르며,[61] 약물에 아이를 기원하는 풍습이 있다. 목욕재계를 하고 약물 가까이에 화덕을 만들어 놓고 약물을 길어다 마시고 그 물로 밥을 짓고 미역국을 끓인 다음 물신-물할아버지, 물할머니-에게 바치고 잡귀에게 뒷전을 하고 나서 자신도 먹는다. 이 경우 사람들은 바위에서 솟아나는 약물 소리를 신의 소리[62]로 생각한다.

60) 한국민속대사전편찬위원회, 앞의 책, pp.181-182.
61) 아키다 다카시, 심우성 역, 「조선 민속지」(동문선, 1993), pp.40-41.
62) 위의 책, p.150.

부뚜막이 두 길이다
이 부뚜막에 놓인 사닥다리로 자박수염난 공양주는
성궁미를 지고 오른다

한말 밥을 한다는 크나큰 솥이
외면하고 가부틀고 앉아서 염주도 세일 만하다

화라지송침이 단채로 들어간다는 아궁지
이 험상궂은 아궁지도 조앙님은 무서운가보다

농마루며 바람벽은 모두들 그느슥히
흰밥과 두부와 튀각과 자반을 생각나 하고

하펾도 낡즉하니 불기와 유종들이
묵묵히 팔짱끼고 쭈구리고 앉었다

재 안 드는 밤은 불도 없이 캄캄한 까막나라에서
조앙님은 무서운 이야기나 하면
모두들 죽은 듯이 엎데였다 잠이 들 것이다
　　　　　　　　　「古寺 ― 함주시초 3」 전문

　'자박수염'은 더부룩하게 함부로 난 수염이며, '공양주'는 부처에게
시주하는 사람이나 절에서 밥을 짓는 중을 말한다. '성궁미'는 부처님
께 바치는 쌀이며, '화라치송침'은 소나무 잔가지를 모아 칡덩굴이나
새끼줄로 묶어 땔감으로 장만한 나무 더미이다. '한 말 밥을 한다는 크
나큰 솥'은 부처님으로 비유되어 솥의 위엄을 신화적으로 의인화하고
있다. '화라지송침이 단채로 들어간다는 아궁지'도 위엄과 능력을 드러
내고 있는데, 불은 정화력을 갖는 종교적인 숭배의 대상이다. '조앙님'
은 조왕님인데, 부엌을 맡은 神으로 음식은 물론 아궁이에 불이 잘 들

어가게 하는 것도 주관한다. 조왕신은 불을 관장할 뿐 아니라 가정 내의 모든 일에 관여한다. 그러므로 육아, 재산, 질병, 액운 등 모든 것은 조왕신에게 빌게 되는데, 이는 주로 여성이 모시게 된다. '하펌'은 하품이며, '불기'는 부처의 공양미를 담는 그릇으로 모양이 불발(佛鉢)과 같으나 불발은 사시(巳時)에만 쓰고 불기는 아무 때나 쓰는 그릇이다. '유종'은 놋그릇으로 만든 종발로 중발보다 작고 종지보다 좀 나부죽하게 생긴 그릇이다. '재 안드는'이라는 시어는 명복을 비는 불공이 없다는 뜻이다.

부엌은 아궁이와 부뚜막을 관장하는 조왕신의 거처로서 인간의 생사회복의 욕구를 충족시키는 성소라는 의식이 지배적으로 작용하고 있다. 또한 부엌은 조왕신에게 가정의 화평과 수호를 비는 기원의 장소이다. 아궁이가 있는 벽 쪽에 조왕증발을 마련해 놓고 정화수를 초하루와 보름에 떠놓는가 하면 지방에 따라 삼베조각이 담긴 바가지나 백지, 헝겊조각을 조왕의 신체(神體)로 삼아 비는 풍습이 있다.

나는 이 마을에 태어나기가 잘못이다
마을은 맨천 귀신이 돼서
나는 무서워 오력을 펼 수 없다
자 방안에는 성주님
나는 성주님이 무서워 토방으로 나오면 토방에는 디운귀신
나는 무서워 부엌으로 들어가면 부엌에는 부뚜막에 조앙님
나는 뛰쳐나와 얼른 고방으로 숨어 버리면 고방에는 또 시렁에 데석님
나는 이번에는 굴통 모퉁이로 달아가는데 굴통에는 굴대장군
얼혼이 나서 뒤울안으로 가면 뒤울안에는 곱새녕 아래 털능 귀신
나는 이제는 할 수 없이 대문을 열고 나가려는데
대문간에는 근력 세인 수문장
나는 겨우 대문을 빼쳐나 바깥으로 나와서
밭 마당귀 연자간 앞을 지나가는데 연자간에는 또 연자당귀신

나는 고만 디겁을 하여 큰 행길로 나서서
마음 놓고 화리서리 걸어가다 보니
아아 말마라 내 발뒤축에는 오나가나 묻어다니는 달걀귀신
마을은 온데간데 귀신이 돼서 나는 아무데도 갈 수 없다
　　　　　　　　「마을은 맨천 구신이 돼서」 전문

　위 시에서 귀신은 마을뿐만 아니라 집안 도처에 산재해 있다. 인용
시의 1행부터 3행까지 시적 화자는 주위에 귀신이 너무 많아 공포에
떨며 이 마을에 태어난 것이 잘못이라고 생각한다. '맨천'은 온통, 사
방천지이며, '오력'은 오금, 무릎의 안쪽이며, '얼혼이 나서'는 얼이 나
가서인데 제 정신을 잃고 멍한 상태가 되는 것을 말한다. '곱새녕'은
초가집의 용마루나 토담 위를 덮는 지네 모양으로 엮은 이엉이며, '털
능귀신'은 대추나무에 숨어 있는 귀신으로 철륜(鐵輪)귀신이라고도 한
다. '화리서리'는 팔과 다리를 흔들면서 걸어가는 모습이다.
　4행부터 16행까지에는 무서움의 근본적인 이유가 설명되는데, 그것
은 주로 민간신앙의 의미를 지니고 있다. 이 시에서 방안에는 가정의
주재신인 성주님이 계신다. '디운귀신'은 지운(地運)귀신으로 땅의 운
수를 맡아보는 신이며, 지운(地運) 귀신은 땅의 운수를 알아본다는 민
간의 신앙과 관련된다. '굴통'은 굴뚝이고, '굴대장군'은 키가 크고 몸
이 아주 굵으며 살빛이 검은 귀신인데, 뒤울안의 대추나무에는 털능 구
신이, 대문에는 수문장이, 연자간에는 연자당 구신이 각각 존재한다. 이
처럼 반복해 이어지는 귀신 이름은 주술적인 주문이나 판소리의 사설
조와 같은 리듬감을 자아낸다.
　집안에 거하는 가택신 중 '성주'는 가장 높은 위치에 있으며 집안의
모든 신을 통솔한다. 이 성주가 천신(天神)이라 지칭하는 상제(上帝),
옥황(玉皇), 상주(上主)라는 상주에서 온 것인데 가택신으로 변형된 것
이라 본다.63) '성주'는 집안을 지키는 신령(神靈)으로 주로 午日에 각

가정에서 성주에게 지내는 제사를 성주제라 한다. 성주신은 상량신(上樑神)을 의미하는데 집안에서 가장 높고 집안의 길흉화복을 담당하며 제물(祭物)을 마련해 제사를 지내거나 무당을 불러 굿을 하는 경우가 있어 성주굿, 성주받이굿 등으로도 불린다. 이 성주신은 집의 가장 중앙부인 기둥이나 대들보에 모셔진다. 이 신의 형체는 아무런 표시가 없거나 백지를 오려 달아매기도 한다. '데석님'은 제석신인데 데석은 불교의 신이다. 원래 인도의 자연신으로 우리나라에 와서 새로운 입지를 가지게 된 것이다. '데석님이'는 제석신으로 무당이 받드는 가신제(家神祭)의 대상인 열두 신을 말한다. 즉 한집안 사람들의 수명, 곡물, 의류, 회복 등에 관한 일을 맡아본다고 한다.

매년 2월 집안을 깨끗이 청소한 후 햇곡식을 신접한 단지에 담아 다락이나 창고 안에 모셔둔다. 터주는 가장 밑바탕을 이루는 地神을 뜻한다. 토지에는 제각기 토지신이 있지만, 택지만을 담당하는 신을 터주라 부른다. 따라서 집을 지을 때 지신밟기를 하는 것은 터주에게 복을 받기 위한 행사이다. '조왕신'은 부엌에 있는 화신(火神)으로 모든 부정을 태워 없애고 길흉을 판단하는 신이다. 그래서 아궁이에 앉는 것은 조왕 불경에 해당하므로 함부로 아궁이에 걸터앉지 못하거나 수리하지 못한다. 예로부터 조상들은 민속 신앙이 삶의 일부가 되어 집 안에는 가신, 집 밖에는 동신이 있어 가정과 마을을 보살펴 준다고 믿었다. 따라서 집안이 잘되고 못되는 것은 모두 가신에게 달려 있다고 믿었다. 이처럼 귀신이 도처에 자리 잡고 있는 것은 만물에 영혼이 있다는 토속신앙의 애니미즘 사상에서 유래하는 것이다. 그리고 이것은 자연 친화적인 상황과 밀접한 관련이 있다. 다양한 토속신은 공동체 의식 속에서 삶의 공간에 원형적으로 자리 잡아 민간의 관습이나 생활 속에 자연히 흡수된 생활양식이다.

---

63) 김태곤, 앞의 책, p.281.

　　황토 마루 수무낡에 얼럭궁덜럭궁 색동헌겊 뜯개조박 뵈짜배기 걸리고 오쟁이 끼애리 달리고 소삼은 엄신같은 딥세기도 열린 국수당고개를 몇번이고 튀튀 춤을 뱉고 넘어가면 골안에 안윽히 묵은 녕동이 묵업기도할 집이 한 채 안기었는데

　　집에는 언제나 센개같은 게산이가 벅작궁 고아내고 말 같은 개들이 떠들썩 짖어대고 그리고 소거름 내음새 구수한 속에 엇송아지 히물쩍 너들씨는데

　　집에는 아배에 삼촌에 오마니에 오마니가 있어서 젖먹이를 마을 청능 그늘밑에 삿갓을 씌워 한종일내 뉘어두고 김을 매려 다녔고 아이들이 큰마누래에 작은 마누래에 제 구실을 할 때면 종아지물본도 모르고 행길에 아이 송장이 거적때기에 말려나가면 속으로 얼마나 부러워하였고 그리고 끼때에는 부뚜막에 박아지를 아이덜 수대로 주룬히 늘어놓고 밥 한덩이 질게 한술 들여틀여서는 먹였다는 소리를 언제나 두고두고 하는데

　　일가들이 모두 범같이 무서워하는 이 노큰마니는 구덕살이같이 욱실욱실하는 손자 증손자를 방구석에 들매나무 회채리를 단으로 쩌다두고 딸이고 싸리갱이에 갓진창을 매어놓고 딸이는데

　　내가 엄매 등에 업혀가서 상사말같이 항약에 야기를 쓰면 한창 뛰는 함박꽃을 밑가지 채 꺾어주고 종대에 달린 제물배도 가지채 쩌주고 그리고 그 애끼는 게산이 알도 두 손에 쥐어 주곤 하는데

　　우리 엄매가 나를 가지는 때 이 노큰마니는 어늬밤 크나큰 범이 한마리 우리 선산으로 들어오는 꿈을 꾼 것을 우리 엄매가 서울서 시집을 온 것을 그리고 무엇보다도 내가 이 노큰마니의 당조카의 맏손자로 난 것을 다견하니 알뜰하니 기꺼이 녁이는 것이었다
　　　　　　　　「넘언집 범 같은 노큰마니」 전문

인용시에서 화자는 국수당 고개를 넘어 산골 깊은 큰할머니 집으로

가는 유년의 '나'가 보고 듣고 경험한 토속적이고 민간 신앙적인 삶의 정경과 세계를 그리고 있다. 토속적인 시어들을 살펴보면 '넘언집'은 산 너머, 즉 고개 너머의 집을 뜻하며, '끼애리'는 짚꾸러미, '소삼은'은 엉성하게 짠 것을 말한다. '뜯개조박'은 뜯어진 헝겊 조각을 말하는 것이며, '오쟁이'는 짚으로 작게 엮어 만든 섬을 말한다. '엄신'은 엉성하게 만든 짚신 또는 상제가 초상 때부터 졸곡 때까지 신는 짚신을 말한다. '뵈짜배기'는 베쪼가리, 즉 천 조각을 말한다. 고개를 넘어가면 '곬안에 아득히 묵은 영동이 묵업기도 할' 큰할머니가 사는 집이 안긴다. '영동'은 기둥과 서까래를 말한다. '센개'는 털빛이 흰 개이며, '게사니'는 거위이며, '벽작궁 고아내고'는 법석대는 모양으로 떠들어대는 것을 말한다. '너들씨는데'는 한가하게 천천히 왔다갔다하며 아무 목적이 없이 주위를 맴도는 것을 나타낸다.

그리고 '청눙'은 청랭(淸冷)인 시원한 곳을 말하며, '구덕살이'는 구더기이며, '싸리갱이'는 싸리나무의 마른 줄기이며, '상사말'은 야생마이며, '향약'은 악을 쓰며 대드는 것이며, '야기'는 어린아이들이 억지 쓰며 떼쓰는 것을 말한다. '큰마누래'는 큰 마마, 손님 마마, 천연두를 말하며, '작은 마누래'는 작은 마마, 수두나 홍역을 말한다. '종아지물 분도 모르고'는 세상물정도 모른다는 뜻이고, '주룬히'는 어떤 물건이 줄지어 즐비하게 하는 뜻이며, '질게'는 반찬을 말한다. '욱실욱실'은 많은 사람이 떼를 지어 들끓는 모습이며, '갓신창'은 옛날의 소가죽으로 만든 신의 밑창을 말한다. '제물배'는 祭物로 쓰는 배를 말하며, '당조카'는 장조카, 즉 큰조카를 말한다.

국수당 고개는 성황당이라고도 불리기도 하는 마을의 수호신인 신총사 대감이나 토지와 마을을 수호하는 수호신인 서낭신을 모신 집, 즉 國守堂이 있는 고개이다. 이러한 국수당 고개에는 신수(神樹)에 잡석(雜石)을 쌓은 돌무더기와 당집이 있다. 대개 이곳은 현실 생활의 인간적 소망을 기원하거나 외부에서 들어오는 액, 질병, 호환 등을 막아주는 마을 수호의 토속적이며 신앙적인 공간으로 인식된다. 이처럼 '국수당고개'는 황토마루의 살구나무에 얼룩덜룩하게 걸려있는 색동 헝겊과 뜯겨진 헝겊이나 천조각 등이 자아내는 샤머니즘적 분위기를 담고 있다. 즉 국수당에는 짚으로 쌓아 만든 신을 속이기 위한 '오쟁이'가 달려있고 짚신 같은 짚세기도 걸려 있다.

서낭당은 서낭신이 머물고 있는 것으로 생각되는 거소(居所)에 대한 구체적이고 직접적인 표현물이다. 서낭당의 형태는 신목에 잡석을 난적(亂積)한 누석단(累石壇)이 복합되고 이 신목 가지에 백지나 오색의 견포편(絹布片)이 걸려 있는 형태와 잡석만 쌓여 있는 누석단 형태, 신목에 백지나 오색 견포편이 걸려 있는 형태, 신목과 당집이 복합된 형태, 입석 형태 등으로 분류[64]할 수 있다. 가장 일반적인 형태는 신목에 잡석이 난적되고 신목 가지에 백지나 견포편이 걸려 있는 형태[65]이다. 돌무더기에 돌을 던지는 일과 나뭇가지에 천이나 비단조각 등을 걸어 놓는 현납속(縣納俗)은 모두 개인적인 기원을 할 때 나타난다. 즉 질병의 쾌유나 기자 외에도 개인적으로 바라는 바의 성취를 위해 신에게 기원할 때 돌을 던지거나 나뭇가지에 천, 비단, 백지 등을 걸어놓는 행위[66]를 하는 것이다. 이렇게 볼 때 돌이나 천, 비단조각 등은 본래 신에게 바치는 공헌물(供獻物)로서의 의미를 지닌다고 할 수 있다.

서낭당의 명칭은 지방에 따라 성황당, 전남에서는 할미당, 경북에서는 천왕당, 평안도에서는 국사당 등으로 불린다. 서낭당은 보통 마을 어귀나 고개 마루에 원뿔모양으로 쌓은 돌무더기이나 마을에서 신성시되는 나무 또는 장승 등으로 이루어져 있다. 이것은 도처에서 발견되는 민간의 보편화된 신당 신앙이다. 서낭나무에 입던 옷의 저고리 동정이나 오색 헝겊 조각을 걸고 치병과 무병장수를 기원하거나, 새집으로 이

---

64) 김태곤, 앞의 책, p.92.
65) 위의 책, p.93.
66) 이종철, 「서낭당」(대원사, 1994), p.57.

사할 때 옛집의 잡귀들이 따라오지 못하도록 옷을 찢어 걸어 놓기도
하는 속신이 있다. 오색 헝겊은 음양오행 사상에 의해 우주생성의 근본
원리에 해당하는 기본색으로 백색, 청색, 적색, 흑색, 황색의 5색이 있
다. 이 중 청색과 적색이 양에 해당되는데, 청색은 방위로 볼 때 태양
이 솟는 동방(東方)에 해당하여 창조, 신생(新生), 생식 등의 양기(陽
氣)를 상징한다. 따라서 생명을 상징하며 양기가 왕성한 색으로 사된
것을 물리치고 복을 기원하는 벽사기복의 색으로 즐겨 쓴다. 적색은 남
방(南方)에 해당하여 온난하고 만물이 무성하므로 양기가 왕성하여 태
양, 불, 피 등을 상징하는데, 가장 강력한 양의 색이기 때문에 벽사[67]
의 대표적인 색이다. 적색과 청색은 힘과 생명의 상징이다. 이에 따라
사(邪)되고 악한 기운으로부터 자신을 보호하고자 할 때 적색 또는 청
색을 사용했으며, 이 관습은 현재까지 이어져 민속의 주요한 일부를 차
지하고 있다. 서방의 백색과 북방의 흑색은 음(陰)에 해당한다. 황색은
오색 중 가장 고귀한 색으로 모든 것을 포용하고 조화롭게 만드는 땅
을 상징한다.[68]

서낭당에 올리는 제의에는 마을 수호와 질병의 예방을 위하여 마을
굿의 형식으로 해마다 지내는 서낭제와 잡다한 개인적 소망을 기원하
는 개별적인 제의가 있다. 서낭 신앙은 인간이 필요한 일정한 장소에
제의를 통해 인간적 소망을 기원하는 것이다. 이런 서낭신의 본질은 산
신과 천신의 복합체로 보아진다. 외부에서 들어오는 액, 질병, 재해, 호
환 등을 막아주는 부락수호로 인간이 직면한 생계문제와 직결되어 현
실의 생활문제를 해결하려는 데에 목적이 있다. 즉 신수에는 아이들의
장수를 위하여 걸어 놓는 헝겊조각, 상인의 재리를 위해 걸어 놓는 짚
신 조각, 신랑 신부가 새집으로 이사갈 때 부모계의 가신이 따라오지
못하도록 신부가 자기 옷을 찢어서 건 색 헝겊 조각 등이 걸려 있다.

---

67) 구미례, 「한국인의 상징체계」(교보문고, 1994), p.57.
68) 위의 책, p.58.

평북 지방에서는 국수당을 지날 때 침을 몇 번 뱉는 풍속[69]이 있다고 한다. 길가의 돌을 주워 돌무더기 위에 던지는 풍속과도 관계가 있는데 이것은 도로에 배회하는 악령들로부터의 안전을 기원하는 의식이 담겨 있다[70]고 한다.

> 어스름저녁 국수당 돌각담의 수무나무가지에 녀귀의 탱을 걸고 나물매 갖추어 놓고 비난수를 하는 젊은 새악시들―잘 먹고 가라 서리서리 물러 가라 네 소원 풀었으니 다시 침노 말아
>
> 벌개늪녘에서 바리깨를 뚜드리는 쇳소리가 나면 누가 눈을 앓아서 부증이 나서 찰거마리를 부르는 것이다. 마을에서는 피성한 눈슭에 저린 팔다리에 거마리를 붙인다.
>
> 여우가 우는밤이면 잠없는 노친네들은 일어나 팥을 깔이며 방뇨를 한다. 여우가 주둥이를향하고 우는 집에서는 다음날 으례히 흉사가 있다는 것은 얼마나 무서운 말인가.
>
> 「오금덩이라는 곳」 전문

오금덩이는 오금, 즉 무릎의 구부리는 안쪽을 의미하는 말로써 이 시에서는 지명을 가리킨다. '국수당'은 마을의 본향당신, 즉 부락 수호신을 모신 집인 서낭당을 말하며, '돌각담'은 돌담을 말한다. 이 시에서는 국수당 돌각담의 민간 신앙적 의식이 나타나고 있는데, 돌각담은 국수당 고개의 귀신 쫓는 신앙적 이야기를 배경으로 하고 있다. '국수당 돌각담'의 살구나무에 돌림병에 죽은 귀신의 탱화를 걸어두고 나물과 밥을 갖다 놓고 귀신에게 비는 젊은 새악시들 모습이 바로 그것이다. 따라서 1연은 집 안에는 가신(家神)이 있고 집 밖에는 마을마다

---

69) 고형진, 「한국현대시의 서사지향성 연구」(시와 시학사, 1995), p.162.
70) 위의 책, p.130.

동신(洞神)이 있어 마을 전체를 보살펴 준다는 민간 신앙이 나타난다. 마을 동구에는 서낭당이나 장목생이 있고 마을 뒷산에는 산신당이나 국수당이 있어 마을을 지켜준다는 것이다. 이 국수당은 천신, 산신 신앙에서 유래한 것으로 천신에게 제사를 올리던 천제단이나 천왕당이 국사당 또는 영(嶺)마루 서낭당이라는 서낭 신앙 쪽으로 기능이 전이된 것에서 유래된다. 이런 동신 신앙은 각 가정을 횡적으로 결속시켜 마을 공동체의식을 형성하는 데 정신적 주축이 된다. 이 민간신앙 기능은 공동체 사회의 전통 계승과 동질성을 회복시켜 준다.

'녀귀'는 여귀(厲鬼), 즉 못된 돌림병에 죽은 사람 즉 정상적으로 죽지 못한 악신의 귀신이며 제사를 받지 못하는 귀신이다. 즉 여러 가지 사정으로 인하여 제사를 받을 수 없는 무사귀신(無祀鬼神) 또는 무적귀신(無籍鬼神)을 말한다. 이들 무사귀신은 사람에게 붙어 탈이 나기 때문에 제사를 지냄으로써 미연에 방지하고자 하는 것이다. 조선시대에는 예조에서 사관을 파견하여 매년 2회(7월 15일, 10월 15일) 북교(北郊)에 있는 여단에서 성황(城隍) 1위와 무사귀신 15위를 제사지냈다. 이때 제관은 한성부윤이 하였는데 15위의 신위가 봉상시에 모셔진 것으로 보아 알 수 있다. 동서 2좌로 동좌는 6위이고 서좌는 9위이다. 동좌는 주로 도둑이나 강도 등 도덕적으로 악행을 한 자의 사령을 모셨고, 서좌는 전사자나 무후사자(無後死者)[71] 등의 불행한 사자를 모셨다.

'탱'은 벽에 걸도록 그린 불상(佛像) 그림이며, '나물매'는 제법 맵시 있게 이것저것 진열해 놓은 제사 나물을 뜻하며, '비난수'는 무당이나 소경이 귀신에게 비손하는 말과 행위를 말한다. 여기서 불화(佛畵)란 불교 신앙의 내용을 압축하여 그림으로 표현한 것으로 불탑(佛塔)이나 불상(佛像), 불경(佛經) 등과 함께 불교 신앙의 대상이 된다. 불

---

71) 한국정신문화연구원, 앞의 책, p.183.

화는 만들어진 형태에 따라 벽화(壁畵)나 탱화, 경화 등으로 분류할 수
있고 그 가운데서도 종이, 비단 또는 베에 불교 경전 내용을 그려 벽
면에 걸도록 만들어진 탱화가 우리나라 불화의 주류를 이룬다.[72] 탱화
의 내용은 신앙의 내용이자 신앙의 대상이 되는데 탱화를 대상으로 일
정한 의식의 절차에 따라 신앙 행위를 한다. 탱화의 유형으로는 불보살
을 모신 상단(上壇) 탱화와 신중을 모신 신중단(神衆壇), 곧 중단(中
壇) 탱화, 그리고 중단의 각 신중이 분화되어 각기 독립적인 신앙 형
태를 형성한 산신, 칠성 등의 불화와 고인들의 위패를 모신 영단(靈壇)
인 하단(下壇) 탱화로 분류[73]할 수 있다.

토속적인 무속 신앙에는 산신 신앙이 있는데, 탱화 중에서 산신 탱
화를 살펴보면 불교가 전래되면서 산신들이 호법선신으로 포용되어 신
중탱화 하단위목 중의 '만덕고승성개한적주산신(萬德高勝性皆閑寂主
山神)'으로 자리 잡았다. 이 호법선신이었던 산신의 위치가 다시 한 단
계 성장하여 독립된 신앙체계를 갖추게 되자 사찰 안에 따로 산신각을
짓고 산신탱화를 봉안하게 되었다. 산신이라는 인격신과 그 화신인 호
랑이를 그려서 산신이 화신으로 호랑이를 끌어들이는 것은 재래의 민
간신앙에서 흔히 볼 수 있다. 이와 같은 방법으로 산신 신앙이 불교에
포용된 것이다.[74] 불화는 신앙의 대상이나 교화적 의미를 갖는 내용을
도설화한 것으로 신앙의 대상을 인격화하여 도설한 존상화(尊像畵)가
대종을 이룬다. 또한 불화는 원근법(遠近法)을 쓰지 않고 있다는 특징
을 지닌다. 그것은 불화의 세계가 시공(時空)을 초월한 세계임을 나타
내고 있는 것이라고 하겠다. 그리고 불화는 5색의 향연이란 특징을 지
니는데 청(靑), 황(黃), 적(赤), 백(白), 흑(黑)의 5색을 어떻게 조화하
느냐에 따라 상징성을 나타낼 수 있게 되는 것이다. 불화는 특히 자연

---

72) 홍윤식, 「불화」(대원사, 1998), p.6.
73) 위의 책, p.8.
74) 위의 책, p.54.

주의적 사실적 경향을 지닌 그림이 많다.

2연의 '벌개늪'은 뻘건 빛깔의 이끼가 덮여 있는 오래된 늪이고, '바리깨'는 주발 뚜껑이다. '서리서리'는 여기저기 사려놓은 모양, 또는 사려 있는 모양이다. '피성한'은 피멍이 크게 든 것이며, '눈숡'은 눈시울, 눈언저리의 속눈썹이 난 곳이며, '부증'은 부종으로 몸이 붓는 병이다. 눈에 부증이 나거나 눈언저리에 피멍이 들면 '바리깨'를 두드리면서 찰거머리나 거머리를 붙이는 곳이다. 민간요법으로 눈을 앓거나 부종이 나면 찰거머리를 붙이는 속신적 처방이 나타나 있다.

3연에서 '팥을 깔이며'는 햇볕에 말리려고 멍석 위에 널어둔 팥을 손으로 이리저리 쓸어 모으거나 펴는 것을 말한다. 인용시에서는 그것을 오줌 누는 소리에 비유하고 있다. 여우가 우는 밤은 불길한 죽음을 예감하는 속신으로 이를 쫓기 위해 노인들은 일어나 멍석 위에 팥을 좌우로 주무르거나 키질을 한다. 팥을 주무르고 키질을 하는 행위는 팥이 귀신을 쫓는다는 속신을 믿기 때문이다. 또 밤에 여우가 울면 동네에 초상이 난다는 속신이 있다. 속담에서도 '북쪽에서 여우가 울면 그 동네에 초상이 난다', '여우가 동네를 향해서 울면 그 동네 초상이 난다', '앞산에서 여우가 울면 부음이 오고 뒷산에서 울면 동네 초상이 난다' 등 여우의 울음소리를 흉조로 보고 있다. 여우는 그 우는 방향에 따라 초상이 날 지역을 알려준다고 생각하였다. 여우는 중세기를 통해 악마를 상징하며 이 악마는 저열한 태도와 적의 간계를 암시한다.[75] 이런 믿음은 개인적인 것이 아니라 마을 사람들이 공동체의 오랜 삶 속에서 일구어 낸 자연스런 의식의 산물이다.

이처럼 백석의 시에서 샤머니즘적 세계는 과거와 현재를 영적으로 교감시키는 역할을 한다. 그것은 역사적 영원성을 지니는 우리의 전통적 생활상이라고 할 수 있다. 전통적인 관습 속에 아로새겨진 끈끈하고

---

75) 이승훈 편, 「문학상징사전」(고려원, 1995), p.369.

정감 있는 삶의 한 단면으로 표출되어 생생한 현장성을 띠고 있다. 따라서 샤머니즘적 세계는 백석에게 있어 독특한 시적 분위기를 조성하면서 한국인의 근원적 삶을 상생시키는 역할을 한다.[76] 이와 같이 백석의 시에서 민간 신앙적인 요소는 정감 있는 공동체적 삶의 모습으로 나타나고 있다.

> 나는 돌나물김치에 백설기를 먹으며
> 넷말의 구신집에 있는 듯이
> 가즈랑집 할머니
> 내가 날 때 죽은 누이도 날 때
> 무명필에 이름을 써서 백지 달어서 구신간시렁의 당즈깨에 넣어
> 대감님께 수영을 들였다는 가즈랑집 할머니
> 언제나 병을 앓을 때면
> 신장님 단련이라고 하는 가즈랑집 할머니
> 구신의 딸이라고 생각하면 슬펐겼다
>   「가즈랑집」 부분

가즈랑집의 속신과 설화적 내용은 가즈랑집 할머니의 삶의 내력 속에 무녀로서의 속신적 삶이 구체화되어 나타난다. '신장님 달련'은 귀신에게 시달림을 받는다는 뜻이다. 따라서 가즈랑집 할머니는 언제나 병을 앓을 때면 '신장님 달련'이라고 말한다. 이처럼 가즈랑 할머니는 무녀로서, 신과 인간 사이의 중간적·초월적 존재일 뿐만 아니라 절대적인 존재이다. 화자는 '내가 날 때 죽은 누이도 날 때 / 무명필에 이름을 써서 백지 달어서 구신간시렁의 당즈깨에 넣어 대감님께 영을 들였다'라는 구절에서 가즈랑집 할머니의 무녀로서의 속신적 삶을 인식하게 한다.

가즈랑집 할머니는 '명다리'로 맺어진 무녀인데, 명다리란 신령에게

---

76) 고형진 편, 『백석』(새미출판사, 1996), p.58.

소원을 비는 사람의 생년월일을 쓴 무명필을 말한다. 이 속신은 무당이 태어난 아이를 수양아들로 삼아 무병장수를 기원하는[77] 것이다. 따라서 '명다리'는 무당과 단골 관계를 맺기 위해서 바치는 공물 또는 신에게 바치는 제수이다. 한 번 바치면 영원히 계속하는 것이 아니고 일정한 기간이 지나면 다시 갱신하여야 하며 새로이 만들어 바쳐야 영험이 지 속된다고 믿는다. 대개 명주나 무명 헝겊에 이름과 생년월일 등을 적은 것과 함께 실타래를 바치는 것이 예사이다. 이러한 행위를 일컬어 어린 아이의 수명장수를 위하여 무녀에게 아이를 파는 것이라 한다. 이름을 써서 '무당에게 판다'고 하는데 이렇게 판 것을 바쳐 무당과 신자 관 계를 맺으면 어린아이는 무당의 자녀가 되어 무당의 '신딸', '신아들'이 되고 무당은 '신어머니'가 된다. 이것은 어린이의 수명장수를 신력(神 力)이 있는 무당이 책임진다는 신앙에서 나온 것이다. 무당은 이들 단 골 아이들의 수명장수를 빌어야 할 의무가 있어서 무녀 자신의 신당굿 을 할 때에는 반드시 이들 어린아이들의 명다리를 가지고 춤을 춘 다 음 축원을 한다. 무당이 이사를 하게 되면 명다리를 팔 수도 있고 죽 었을 때에는 무계(巫系)를 계승받은 무당이 명다리를 인계받는다.[78]

이러한 샤머니즘으로서의 귀신 설화, 혹은 무격 설화의 수용은 공동 체 의식의 한 발현이며, 전통적 존재로서 민간의 습관이나 생활 속에 흡수된 일종의 생활양식이며 민중적 삶으로서의 생생한 생명력이 굽이 치는 세계 인식이라 하겠다. 이 시는 민족적인 삶, 민중적인 삶의 원형 성을 지니고 있으면서, 그것이 샤머니즘적인 색채와 식물적 상상력을 보여준다는 점에서 주목을 환기한다. 말하자면 무속 신앙에 바탕을 둔 생활 감각과 농경 사회적인 생활상이 이 시의 뼈대를 이룬다.[79]

'구신간 시렁'은 걸립귀신을 모셔놓은 시렁을 말하며 집집마다 대청

---

77) 김명인, 「1930년대 시의 구조 연구」(고려대 박사논문, 1985), p.74.
78) 한국정신문화연구원, 앞의 책, p.825.
79) 김재홍, 앞의 책, p.375.

위 한 구석에 조그마한 널빤지로 선반을 매고 위하였다. 걸립귀신은 무속의 하위신의 하나로 화주걸립(貨主乞粒)이라고도 한다. 주신(主神)에 붙어 다니며 '수비'류와 비슷한 성격을 가진다. 걸립축원무가(乞粒祝願巫歌)에서 금성대신걸립(錦城大神乞粒), 덕물상산걸립(德物上山乞粒), 한우물용궁걸립(大井龍宮乞粒), 성황걸립(城隍乞粒) 등 다른 신명(神名)과 함께 불리며80) 흔히 굿의 마지막 거리인 '뒷전'에서 대접하는 것으로 보아 다른 신의 심부름을 맡고 있는 사자(使者)로 해석되나 그 성격은 분명하지 않다. 모시는 위치는 집안 대청의 처마 밑이나 입구 한구석에 깨끗한 실이나 낡은 헝겊, 또는 헌 짚신 등을 묶은 것을 매달아놓거나 선반에 모셔놓고 신체(神體)로 삼아 위한다.

백석 시에 나타난 무속 신앙의 의미는 따뜻한 공동체적인 삶과 연계되어 사회의 민속을 되살려 내는 데 의의가 있다.

4. 놀이를 통한 민중성의 탐구

백석의 시에는 전통적인 놀이가 다양하게 등장하고 있다. 주로 명절날 가족들이 모여서 아이들은 아이들끼리 어른은 어른끼리 노는 가족 간의 공동체적인 따뜻함이 전통을 되살리고 있다. 백석의 시는 풍습이나 풍물을 시 속에 담아내어 전통을 찾아내고 계승하려는 시사적 의의가 매우 크다고 할 수 있다. 시에서 나타나는 이 놀이는 생활상의 이해관계를 떠나서 자발적으로 참여하는 "무목적적 활동으로서 즐거움과 흥겨움을 동반하는 가장 자유롭고 해방된 인간 활동"이다.81)

---

80) 한국정신문화연구원, 앞의 책, p.775.
81) 임재해, 「한국민속과 오늘의 문화」(지식산업사, 1994), p.255.

민속놀이는 과거부터 전해 내려오는 것이기 때문에 이를 전승(傳承) 놀이라고 하며 또 강한 향토성을 내포하고 있어 향토 오락이라고도 한다. 어떤 사회 집단에서 공동의 필요성에 의해 구속력을 지니고 하나의 습속으로 그 맥락을 유지하면서 전파, 전승되는 놀이이다. 그러므로 민간에 전승되어 오는 여러 가지 놀이로서 향토성을 지니고 해마다 행하여 오는 놀이인데, 대부분 농경의례와 관련한 원시 신앙에서 싹트기 시작했다. 부여의 영고(迎鼓), 예의 무천(舞天), 고구려의 동맹(東盟), 한(韓)의 천군(天君) 등 5월제, 10월제 등의 제천 행사는 고대 부족국가 사회에 있어서의 농경풍요기원의례의 국가적 제전이었다. 따라서 천신(天神)이나 동신(洞神)에게 풍년과 마을의 태평을 기원하는 제사를 지내 신령의 기쁨과 감동을 불러일으킨 후 신령과 인간이 흥겹게 춤추고 노래 부르는 잔치에서부터 시작되는 것[82]이 많다. 이처럼 농경의례와 깊은 연관을 지니는 것은 봄의 파종의례와 봄과 여름의 성장의례와 가을의 수확의례에 따르는 놀이로 의의가 깊다.

민속놀이의 역사적 변천을 살펴보면 삼국시대에는 매년 한두 차례 농공시필기(農功始畢期)를 잡아서 국중대회를 열고 노래와 춤을 중심으로 놀이를 즐겼다는 기록이 『삼국지』 위서 동이전[83]에 전한다. 제천 행사로 행해지던 국중대회는 가무오신 행위를 통해서 신으로부터 기대하는 바를 얻을 수 있다고 믿는 고대인의 집단적 제의형식[84]이다. 대표적인 것으로 고구려의 동맹(東盟), 부여의 영고(迎鼓), 예(濊)의 무천(舞天) 등이 있는데, 남녀가 어울려 며칠씩 음주가무를 하면서 즐겼다는 기록이 있다. 신라의 백희(百戲)나 백제의 잡희(雜戲)도 국중대회에서 행해지던 전통놀이였다. 고려시대에는 국중대회가 팔관회(八關會)와 연등회(燃燈會)로 발전하였다. 가무백희는 팔관회와 더불어 발전되

82) 김광언, 「민속놀이」(대원사, 1999), p.78.
83) 임재해, 「한국민속과 오늘의 문화」(지식산업사, 1994), p.263.
84) 위의 글.

었으며 연등회는 정월 대보름 또는 2월 보름에 거국적으로 행해졌는데, 이러한 놀이들은 섣달 그믐날 밤에 하는 나례(儺禮)행사[85] 때도 행해졌다. 조선시대에는 연등회와 팔관회는 중단되었지만 나례는 계승되어 성행했는데 나례도감 또는 산대도감이라는 관청을 두어 산대극과 나례 행사를 관장하였다. 그 후 명절의 퇴색과 더불어 민속놀이가 차츰 사라지기 시작하면서 새로운 놀이가 생겨나기도 했다.

민속놀이에는 토속신앙이나 불교신앙 등의 신앙성을 바탕으로 하는 경우와 명절을 맞이해서 세시풍속의 하나로 행해지는 명절놀이, 힘을 겨루고 지혜를 짜내어 승부를 내는 경기놀이 등으로 구분[86]할 수 있다. 신앙성을 바탕으로 하는 놀이에는 다리굿, 연등놀이, 관등놀이, 탑돌이, 지신밟기, 입춘굿놀이, 대감놀이, 단오굿놀이 등이 있으며, 명절놀이에는 강강술래, 횃불놀이, 한 장군놀이, 답교놀이, 거북놀이, 기세배, 윷놀이, 연날리기, 놋다리밟기, 기와밟기, 동바루놀이 등이 있다. 경기놀이로는 차전놀이, 고싸움, 농기뺏기, 보름줄다리기, 아산줄다리기 등이 있고, 기타의 놀이로 해녀놀이, 어방놀이, 쌍용놀이, 서당놀이, 세경놀이[87] 등이 있다.

일제 시대에 접어들어 민속 문화의 훼손과 단절은 극에 달했는데, 일제는 식민지 정책의 수행을 위해 우리 민족정신을 말살하고자 민속 문화를 물리적으로 훼손시키기 시작했다. 그들은 우리 민속을 개화라는 제국주의적 용어를 통해 극복해야 할 문화로 매도하는 한편 토속신앙을 미신으로 규정하여 타파의 대상으로 삼았다. 일제에 의해 집중적으로 훼손된 것은 가신(家神)과 동신(洞神)을 중심으로 한 민속 신앙과 지역 공동체가 공동으로 참여하는 대단위 민속놀이였다. 민속놀이는 대중 집회를 금지하는 명목으로 민중들이 집단적인 놀이를 통해 결속하

---

85) 위의 책, p.264.
86) 임동권, 「한국민속 문화론」(집문당, 1989), p.384.
87) 위의 책, p.383.

고 민족적 동질성을 강화하는 것을 우려하여 법령으로 금지했다.[88]

민속놀이의 유형을 살펴보면 놀이 방식에 따라 개인 놀이와 집단 놀이로 나눌 수 있는데 엄밀하게 구별하기는 어려우나 놀이의 성격상 분류될 수 있다. 여러 사람의 집단적 힘이나 화합이 아니고는 수행하기 어려운 것을 집단놀이로 취급할 수 있고, 개인놀이는 집단적인 힘이 없어도 한두 사람에 의해 수행될 수 있는 개별적 차원의 놀이를 뜻한다. 또 성별이나 나이에 따라 남자놀이와 여자 놀이, 어른 놀이와 어린이 놀이로 나눌 수 있으며, 목적이나 내용에 따라 놀이 자체가 목적인 놀이와 풍농(豊農)을 기원하는 놀이, 내기 놀이, 겨루기 놀이, 풍어(豊漁)를 기원하는 놀이, 개인의 복락(福樂)이나 마을의 태평을 기원하는 놀이로 나눌 수 있다. 이러한 민속놀이는 전승과 반복이라는 속성을 지니고 있다.

따라서 백석의 시에서는 민속적인 놀이가 무척 다양하게 나타나고 있는데 이러한 놀이는 민중의식으로써 전통적인 정서를 환기시키고 있다.

　　푸른 바닷가의 하이얀 하이얀 길이다

　　아이들은 늘늘이 청대나무말을 몰고
　　대모풍잠한 늙은이 또요 한 마리를 드리우고 갔다
　　　　　　　　　　「남향」 부분

'청대나무말'은 청대나무로 만든 말이며 아이들이 가지고 노는 죽마(竹馬)이다. 청색은 적색과 같이 주술력을 발휘하는 색으로 귀신이나 괴질을 물리치는 데 사용되었다. '대모풍잠'은 열대지방 거북의 등과 배의 껍질로 만든, 즉 대모갑으로 만든 풍잠이며, '또요'는 도요새이다.

---

88) 한국정신문화연구원, 앞의 책, p.737.

'쟁반시계'는 쟁반같이 생긴 둥근 시계를 말한다. '죽마타기'는 어린아이들이 막대기를 말로 생각하면서 타고 달리며 노는 놀이이다. 이 놀이의 명칭은 대(竹)로 만든 말(馬)을 타고 논다고 해서 '대말타기'라고도 불리며 또 대로 만든 발이라는 뜻에서 죽족(竹足)이라고도 한다. 그러나 일반적으로 죽마타기라고 부르고 있다. 이 놀이는 우리나라를 비롯해서 중국과 일본에도 전승되었는데 우리의 문헌에서는 박태순의 시문집인 『동계집(東溪集)』과 김영작의 『소정문고(邵亭文稿)』에서 그 기록을 찾을 수 있다. 일본에서도 대장선행(大藏善行)의 『잡언봉화(雜言奉和)』를 비롯해서 여러 문헌에 이 죽마놀이가 나타나 있다. 중국의 『잠확류서(潛確類書)』에 보면 당나라 때 덕연(德延)이란 사람이 어린이들을 위해서 만들었다[89]고 한다. 중국에서는 이 죽마희(竹馬戲)가 오랜 옛날부터 성행되었음을 여러 문헌에서 볼 수가 있다. 이처럼 죽마타기는 동양 삼국에서 오랜 옛날부터 아이들이 즐겨 노는 놀이였음을 알 수 있다.

죽마는 통대를 아이 키만큼 자른 다음 밑동에서 30㎝ 정도의 높이에 30㎝ 가량의 통대를 가로로 단단히 묶은 대를 발판으로 딛고 올라서서 걸어가는 것이다. 놀이 방법은 둘이 하기도 하고 편을 갈라서 하기도 하며 죽마를 타고 미리 정한 거리까지 빨리 갔다 오기를 겨루기도 한다. 또한 죽마에 올라타고 서로 몸과 몸을 부딪쳐서 넘어뜨리기를 하는 방법도 있다. 죽마타기는 주로 따뜻한 봄날이나 서늘한 가을철에 볼 수 있으며 사내아이들이 모여서 긴 막대기를 가랑이 사이에 지르고 두 손으로 그 막대기 윗부분을 잡고 말 타는 시늉을 하면서 동네 골목길을 왕래하곤 했다. 아이들이 마을의 양지바른 골목이나 놀이터에서 나무말에 채찍하는 모습이 수많은 병마가 일제히 밀려오는 것 같은 느낌을 주었다.

---

89) 사까이 야스이, 「동희(童戱)」(현암사, 1944), p.36.

　　저녁술을놓은아이들은 외양간섶 밭마당에달린 배나무동산에서 쥐잡이를
하고 숨굴막질을하고 꼬리잡이를하고 가마타고 시집가는 놀음 말타고 장
가가는 놀음을하고 이렇게 밤이어둡도록 북적하니논다.
　　밤이깊어가는집안엔 엄매는엄매들끼리 아르간에서들웃고 이야기하고 아
이들은 아이들끼리 웃간한방을잡고 조아질하고 쌈방이 굴리고 바리깨돌림
하고 호박떼기하고 제비손이구손이하고 이렇게 화디의사기방등에 심지를
멫번이나돋구고 흥게닭이멫번이나 울어서 졸음이오면 아릇목싸움 자리싸
움을하며 히드득거리다 잠이든다. 그래서는 문창에 텅납새의그림자가치는
아츰 누이동세들이 욱적하니 흥성거리는 부엌으론 샛문틈으로 장지문틈으
로 무이징게국을 끄리는맛있는내음새가 올라오도록잔다.
「여우난곬族」 부분

　　유년의 화자는 명절날 엄마와 아빠를 따라 할머니 집에 가서 지낸
경험세계를 사실적으로 그리고 있다. '여우난곬'에 사는 한 가족의 구
성은 몇 대로 이어진 대가족 제도를 이루고 있다. 명절날 진할머니 집
에 놀러 가는 시적 화자의 행복한 모습과 명절 전날의 흥청거리는 분
위기와 먹을 것의 풍성함은 유년의 시적 화자에게 행복감으로 인식된
다. 이 시의 핵심적인 서사는 저녁을 먹고 노는 이야기인데, 아이들의
놀이로 명절의 분위기가 역동적으로 그려짐으로써 풍요로운 공간과 음
식과 놀이가 잘 결합되고 있다.
　　인용시에서는 저녁밥을 먹고 난 후 아이들끼리 흥겹게 노는 모습이
구체적으로 제시되어 있다. 저녁을 먹은 아이들은 동산에서 쥐 잡이와
숨바꼭질과 꼬리 잡이와 가마 타고 시집가는 놀음과 말 타고 장가가는
놀음 등으로 밤을 보낸다. '숨굴막질'은 숨바꼭질이며 남녀 아이 누구
를 막론하고 즐기는 놀이이다. 술래가 된 아이가 숨어 있는 아이들을
찾아 잡는 놀이란 뜻에서 술래잡기라는 명칭으로 불리고 있는데, 종류
에는 숨바꼭질, 까막잡기, 깡통차기, 나귀 온다[90] 등 여러 가지가 있다.

---

90) 한국민속대사전편찬위원회, 앞의 책, p.909.

숨바꼭질은 가위바위보로 술래를 정하는데 술래가 정해지면 그 술래는
집 기둥, 벽, 담 벽에서 술래 집을 마련하고 얼굴을 댄 채 눈을 가리고
는 미리 정해진 수를 센다. 대개의 경우는 열까지 세지만 지역에 따라
서는 자기 나이만큼 세는 곳도 있다. 이때 다른 아이들은 재빨리 술래
에게 들키지도 않고 술래 집으로 빨리 뛰어갈 수 있는 곳에 숨는다.
그러면 술래는 숨을 만한 곳을 찾아 나선다. 이때 숨어있는 아이가 뛰
어나와 술래보다 먼저 술래 집을 손으로 짚으면 살게 된다. 그러나 술
래가 먼저 짚는다든가 그 아이의 몸을 손으로 때리면 죽게 되는 것이
다. 따라서 술래가 없는 사이 몰래 뛰쳐나와 집을 짚는다든가 술래가
있더라도 먼저 뛰어 나와 술래에 잡히지 않고 집을 짚으면 살게 되어
다음 놀이에서 술래를 면하게 되는 것이다. 그러나 놀이 전에 미리 정
한 지역을 벗어나서 숨는다든가 술래에 들켰을 때 멀리 도망가면 실격
이 된다. 이렇게 해서 숨어 있었던 아이들이 모두 밖으로 나오게 되면
놀이가 끝나게 되고, 잡힌 아이들끼리 가위바위보로 해서 다음 차례의
술래를 정하여 또 놀이가 시작된다.

꼬리잡이는 앞사람의 허리를 잡고 일렬로 늘어선 놀이대열에 맨 끝
아이를 잡아떼며 노는 놀이이다. 꼬리 따기, 꼬리잡기라고도 하며 지방
에 따라 닭살이, 쥔새끼놀이, 기러기놀이, 쪽제비놀이, 계포, 백족유[91]
라는 이름으로 불리기도 한다. '닭살이'는 살쾡이가 닭을 잡아먹듯 아
이를 떼어먹는다는 데서 온 명칭이며, '꼬리따기'는 맨 앞사람이 꼬리
에 붙은 사람을 떼어 낸다는 데서, '쥔새끼 놀이'는 일렬로 논 밭둑을
기어가는 들쥐 행렬의 맨 끝 쥐를 잡아뗀다는 데서 나온 말이다. '기러
기 놀이'는 기러기처럼 일렬로 늘어선 아이를 귀신이 등장하여 맨 끝
을 떼어 낸다는 데서, '계포'는 맨 끝 닭을 잡는다는 데서, '백족 놀이'
는 허리를 잡고 일렬로 늘어선 대열의 맨 끝 아이를 귀신이 잡아간다

---

91) 진성기, 「남국의 민속놀이」(홍인문화사, 1975), p.52.

는 데서[92) 붙여진 이름들이다.

놀이 방법으로는 두 가지가 있는데, 첫째는 여러 아이들이 앞사람의 허리를 두 팔로 껴안고 허리를 굽히고 있을 때, 살쾡이나 귀신 역의 한 아이가 주변을 빙빙 돌면서 맨 끝에 있는 아이를 떼려고 할 때 선두에 있는 아이가 두 팔을 벌려 이를 방위하는 놀이 방법이다. 두 번째 방법은 앞사람의 허리를 껴안고 구부린 채 일렬로 늘어선 놀이 대열에서 맨 앞사람이 맨 끝의 아이를 잡아떼어 내는 방법이다. 전자의 경우는 비교적 쉽게 맨 끝 아이를 떼어 낼 수가 있으나 후자는 놀이하는 아이들 모두가 허리를 껴안고 있기 때문에 선두가 이들을 끌고 끝 아이를 떼어내는 것은 무척 힘들다. 따라서 끝 사람을 떼어내면 앞으로 끌고 와서 잡는데 고생을 한 선두를 위로하는 뜻에서 목마를 태워 뜰을 돌게 한다.[93) 막는 쪽의 우두머리나 그 대열 꼬리에 달린 아이의 역할이 중요한데 막는 쪽의 우두머리는 자기 뒤에 달린 아이를 하나도 떼이지 않게 하기 위하여 대열을 잘 이끌어야 하지만 긴 대열이 한 번에 움직이기 힘들어 꼬리는 꼬리대로 미리 짐작하여 재빠르게 피해 다녀야 한다. 이때 행동을 지나치게 크게 잡으면 그만큼 반대쪽으로 피하기 어려워 대열의 균형이 무너지므로 많이 움직이지 않는 것이 좋다. 또한 이 놀이를 할 때에는 강강술래나 아리랑 같은 민요 외에도 놀이를 하는 아이들의 나이나 계절에 따라 자기 지방의 특징적인 민요들을 부르게 된다.[94)

가마타기 놀이는 두 아이가 서로 마주 보고 서서 양팔로 가마를 만들어 타고 노는 놀이이다. 방법은 두 아이가 마주 보고 서서 각각 자기 오른손으로 왼손의 팔목을 잡은 다음, 뻗친 왼손으로 상대방의 팔목을 잡아 우물 모양의 가마를 만든다. 이 위에 한 아이를 올려 앉히고

---

92) 고려대민족문화연구원, 앞의 책, 5권, p.396.
93) 위의 책, p.397.
94) 심우성, 「우리나라 민속놀이」(동문선, 1996), pp.139－140.

노래를 부르면서 뜰을 돌아다닌다. 주로 여자아이들이나 처녀들이 하기 때문에 가마를 타고 시집가는 것을 흉내 낸 놀이라고 할 수 있다. 말 타고 장가가는 놀음과 유사한 놀이에는 남자아이들이 대말을 가지고 노는 죽마놀이가 있다. 이처럼 백석의 시는 다양한 놀이문화를 통해 민속을 수용하고 있다.

5. 인간과 자연의 친화

백석의 시에는 동물과 식물에 대한 깊은 애정이 담겨 있다. 특히 동물에 대한 애정에서는 생명에 대한 섬세한 관찰이 드러난다. 초기 시에서 가축은 향토적 배경의 일부로 표현되는 반면 야생동물은 생명의 숭고함과 신성성으로 표현되고 있다. 이러한 동물들의 종류도 다양한데 망아지, 강아지, 토끼, 염소, 소, 돼지, 오리, 닭, 당나귀 등의 친근한 가축에서부터 승냥이, 범, 곰, 멧도야지, 노루, 여우, 다람쥐, 산새 등의 산짐승에 이르기까지 그 종류는 무수히 많다. 이러한 동물들은 친근감 있는 동물로 평화로운 정경과 따뜻한 분위기를 형성하고 있다. 백석은 동물과 인간을 동일시함으로 생명력을 회복시키며, 특히 산짐승 등을 등장시킴으로써 토속적인 고향의식을 보여준다. 여기에는 산골의 순수한 정서와 전통적인 모습이 그대로 나타나고 있다. 이처럼 백석의 시에서는 인간과 자연의 교감의식이 두드러지는데, 사물과 인간의 일체감과 화해로움이 잘 나타나고 있다. 또 집에서 기르는 가축들과 산짐승들이 등장함으로써 원시적이고 토속적인 생명감이 넘치는 심상으로 인간과의 교감이 나타나기도 한다.

달빛도 거지도 도적개도 모다 즐겁다
풍구재도 얼럭소도 쇠드랑볕도 모다 즐겁다

도적팽이 새끼락이 나고
살진 쪽제비 트는 기지개 길고

홰냥닭은 알을 낳고 소리치고
강아지는 겨를 먹고 오줌 싸고

개들은 게모이고 쌈지거리하고
놓여난 도야지 둥구재벼 오고

송아지 잘도 놀고
까치 보해 짖고

신영길 말이 울고 가고
장돌림 당나귀도 울고 가고

대들보 우에 베틀도 채일도 토리개도 모도들 편안하니
구석구석 후치도 보십도 소시랑도 모도들 편안하니
「연자ㅅ간」 전문

　2행 1연의 형태를 반복하고 있는 인용시는 연자방앗간 안에 있는 물
건들과 그 주변의 갖가지 동물들의 모습을 주로 묘사하고 있다. '달빛
도 거지도 도적개도'나 '풍구재도 얼럭소도 쇠드랑볕도'에서처럼 '－도'
의 중간음을 반복하고, 1행과 2행처럼 '모다 즐겁다'의 반복으로 각운
과 중간음을 사용하여 독특한 율격을 만들어내고 있다. 어휘들이 구상
적이며 토착어로 일관하고 있는 것도 이 시의 특징이다. '도적개'는 주
인 없는 떠돌이 개를 말하며, '풍구재'는 곡물로부터 쭉정이, 겨, 먼지

등을 제거하는 풍구를 말하며, '쇠드랑볕'은 쇠스랑 형태의 창살로 들
어온 바닥에 비치는 햇살을 말한다. '새끼락'은 커지며 나오는 손톱,
발톱이며, '홰냥닭'은 회에 올라앉은 닭을 가리키며, '쌈지거리'는 짐짓
싸우는 시늉을 하면서 흥겨워 하는 것을 말한다. '둥구재벼'는 둥구잡
혀의 뜻으로 물동이를 안고 오는 것처럼 잡혀오고의 뜻이며, '보해'는
뻔질나게 연달아 자주 드나드는 모양, 혹은 물건 같은 것을 쉴 사이
없이 분주하게 옮기며 드나드는 모양을 말한다.

　이처럼 연자간이라는 공간에서 도적개, 얼럭소, 쪽재비, 도적괭이, 홰
냥닭, 강아지, 도야지, 송아지, 까치, 말 등 가축들과 산짐승들과 새들
의 부산한 모습이 농기구인 토리개, 후치, 보십들과 어우러져 전형적인
시골의 풍경을 형성하고 있다. '후치'는 쟁기와 비슷하나 보습 끝이 무
디고 술이 곧게 내려가는 훌챙이, 극젱이를 말하는데 쟁기로 갈아놓은
논밭에 골을 타거나 흙이 얕은 논밭을 가는 데 쓰는 연장이다. '보십'
은 보습으로 쟁기나 곡괭이의 술바닥에 맞추는 삽 모양의 쇳조각을 말
하고, '소시랑'은 쇠소랑을 말한다. '보해짖고'는 줄곧 짖어대는 것을 말
한다. '채일'은 차일(遮日)이며, '토리개'는 목화의 씨를 빼는 기구이다.

　많은 수확을 거두고자 하는 인간의 소망은 풍요와 힘을 상징하는 소
를 매개로 하여 다양한 형태의 민속으로 발전하였다. 정월의 첫 번째
축일인 소의 날에 관련된 다양한 풍습과 금기가 전해지고 있다. 이날은
소의 날로 소에게 일을 시키지 않으며 쇠죽에 콩을 많이 넣어 잘 먹인
다. 또 상축일에 도마질을 하지 않는데, 이는 쇠고기를 요리할 때 도마
에 놓고 썰었는데 이날은 잔인한 행동을 삼간다는 뜻에서 도마질을 꺼
리는 것이다. 이날 연장을 만지면 쟁기의 보습이 부러지고 방아를 찧으
면 소가 기침을 한다는 말이 있다. 집 밖으로 곡식을 퍼내면 소에게
재앙이 온다고 하여 이를 꺼린다. 이는 곡식의 대부분이 소가 일을 해
서 얻은 것이므로 소를 위하려면 곡식까지 소중히 생각해야 된다는 교
훈적인 의미를 지닌다. 그해에 풍년이 들 것인지 점쳐보는 방법으로

'소밥주기'가 있다. 상축일에 밥과 나물을 키위에 상처럼 차려서 소에
게 준 뒤 소가 밥을 먼저 먹으면 풍년, 나물을 먼저 먹으면 흉년이라
점치는 것[95]이다.

돼지에 대한 풍속을 살펴보면 상해일(上亥日)은 첫 번째 드는 돼지
날로 이날 콩가루로 얼굴을 씻는 풍습이 있다. 이것은 얼굴이 검은 사
람이 콩가루로 얼굴을 씻으면 얼굴이 희게 된다는 믿는 데서 유래한
것이다. 개에 대한 풍속은 어린이가 봄을 타 살빛이 검어지고 야위어
마르면, 정월보름날 백 집의 밥을 빌어다가 절구를 타고 개와 마주 앉
아 개에게 한 숟갈 먹이고 자기도 한 숟갈 먹으면 다시는 그런 병을
앓지 않는다[96]는 풍속이 있다. 결혼할 때 신랑이 타는 말을 백마랑(白
馬郎)[97]이라고 한다. 백마는 단순한 말이기보다는 신성하고 위엄을 갖
춘 존재로 인식된다. 따라서 백마를 타고 신랑이 혼례장으로 가는 것은
혼례의 신성함을 드러내면서 흰색이 잡귀를 쫓아내는 벽사력을 갖고
있는 상징으로 볼 수 있다. 즉 혼례가 거행되는 장소로 가는 도중에
불미스런 일이 발생하지 않도록 막아 준다는 주술적인 의미[98]를 찾아
볼 수 있다.

이 시에서 '신영길'은 신행(新行), 혼행(婚行)이며 혼례식에 참석할
새 신랑을 모시러 가는 행차[99]를 뜻한다. 즉 신행길을 말한다. 결혼식
날이 되면 혼례 시간에 맞추어 신랑은 가마나 말을 타고 신부 집으로
향한다. 이때 초롱을 든 사람이 신랑 앞에 서고 상객(上客), 후행(後
行) 배행(陪行) 함진아비가 신랑의 뒤[100]를 따른다. 이 중 상객(上客)

---

95) 고려대민족문화연구원, 앞의 책, 3권, p.215.
96) 최대림 역, 앞의 책, p.48.
97) 김종대, 「대문위에 걸린 호랑이: 문화와 민속으로 읽는 상징이야기」(다른 세상, 1999), p.105.
98) 위의 책, p.106.
99) 김재홍, 「한국 현대시 시어사전」(고려대출판부, 1997), p.690.
100) 박계홍, 「한국민속학 개론」(형설출판사, 1994), p.139.

은 신랑 집을 대표하는 혼주(婚主)가 되며, 후행(後行)은 신랑을 따르는 친구나 친척들이며, 그 뒤에 소동(小童)이라 하여 어린 아이가 따르는 경우101)도 있었다. 신부 집에서는 중로까지 대반(對盤)을 보내어102) 신행 오는 이들을 영접하게 한다. 신랑 일행이 당도하면 신부 집을 지나치지 않는 곳이나 또는 신부 집 바깥사랑이나 이웃집에 정해진 정방으로 그들을 안내한다. 그리고 초순배103)라 하여 간단한 음식을 대접하고 혼례시간을 기다리게 한다. 정방의 신랑은 예장(禮裝)을 갖추고 혼례 시간이 임박하면 초례청으로 향한다. 이때 기럭아비는 나무로 깎은 기러기를 붉은 보에 싸서 목을 왼쪽으로 향하게 안고 신랑을 인도한다.

이처럼 이 시에서 연자간이라는 공간에서 가축과 농기구들이 서로 흥겹게 어울려 혼례의식을 뜻 깊게 하고 있다. 평화롭고 소박한 시골 농촌 풍경이 농기구와 가축들과 함께 풍요롭고 흥겨운 인간과의 교감의 의식으로 표현되고 있다.

五代나 나린다는 크나큰 집 다 찌그러진 들지고방 어득시근한 구석에서 쌀독과 말쿠지와 숫돌과 신뚝과 그리고 옛적과 또 열 두데 석님과 친하니 살면서 한 해에 멫번 매연지난 먼 조상들의 최방등 제사에는 컴컴한 고방 구석을 나와서 대멀머리에 외얏맹건을 지르터 맨 늙은 제관의 손에 정갈히 몸을 씻고 교의 위에 모신 신주 앞에 환한 촛불 밑에 피나무 소담한 제상 위에 떡 보탕 식혜 산적 나물지짐 반봉 과일들을 공손하니 받들고 먼 후손들의 공경스러운 절과 잔을 굽어보고 또 애끓는 통곡과 축을 귀애하고 그리고 합문 뒤에는 흠향 오는 구신들과 호호히 접하는 것

구신과 사람과 넋과 목숨과 있는 것과 없는 것과 한줌 흙과 한점 살과 먼 넷조상과 먼 훗자손의 거룩한 아득한 슬픔을 담는 것
내 손자의 손자와 손자와 나와 할아버지와 할아버지의 할아버지와 할

---

101) 위의 글.
102) 위의 책, p.140.
103) 위의 글.

아버지의 할아버지의 할아버지와……水原白氏 定州白村의 힘세고 꿋꿋하
나 어질고 정많은 호랑이 같은 곰 같은 소 같은 피의 비 같은 밤 같은
달 같은 슬픔을 담는 것 아 슬픔을 담는것

「木具」 전문

이 시는 '木具'를 의인화시켜 전통적인 제사 풍속을 표현한 작품이
다. '木具'란 나무로 만든 제기를 말하는데, '木具'라는 사물이 전통적
인 제례와 어우러짐으로써 인간과의 교감의식이 잘 나타내 주고 있다.
이 작품의 주요한 시적 소재인 목구는 민속적인 요소와 밀접한 관련을
지니고 있다. 조상과 화자를 이어주는 매개인 제기는 과거와 현재, 미
래를 잇는 가족사의 면면한 흐름의 중심에 놓이는 소재이다. 조상은 죽
었지만 제사와 제기를 통해 그들은 자손들과 단절되지 않은 관계를 형
성할 수 있다. 뿐만 아니라 목구는 귀신세계와 인간세계, 즉 죽음과 삶
을 연결시키는 매개이기도 하다.

1연에서 화자는 광속에 보관된 목구를 독특하게 묘사하고 있는데,
그것은 5대나 이어져 오면서 집안의 살림도구로 자리 잡았다. 여기에서
'들지고방'은 들 문만 나 있는 고방, 즉 가을걷이나 세간 따위를 넣어
두는 광을 말한다. '말쿠지'는 벽에 옷 따위를 걸기 위해 박아놓은 큰
나무못이다. '데석님'은 제석신을 말하는데 무당이 받드는 가신제의 대
상인 열두 신을 말한다. 제석신은 한 집안사람들의 수명, 곡물, 의류,
화복 등에 관한 일을 관장한다. 다시 말해 제석신은 우리 민족과 함께
한 신령이다.

2연에 등장하는 '매연'은 제사를 이르며, '매연지난'은 제사를 지
낸[104]으로 설명할 수 있다. 제례(祭禮)란 조상에 대하여 보은과 감사를
나타내는 예의범절이며 조상 숭배의 한 의식이다. 따라서 제례는 신의
뜻을 받아 복을 비는 의례라고 할 수 있다. 그러나 일반적인 개념은 조

---

104) 고형진, 「한국 현대시의 서사지향성 연구」(시와 시학사, 1995), p.164.

상신(祖上神)에 대한 의례로 국한되어 사용된다. 조상에 대한 의례가
가장 발달한 시기는 조선 후기[105]였다. 조선은 치국이념으로 성리학을
채택하였으며, 성리학의 주요 내용 가운데 하나가 바로 예이다. 특히 주
자가례는 일반인의 생활규범 전반에 걸쳐 실천항목으로 절대적인 역할
을 하였다. 제사는 자신들의 존재를 가능하게 해 준 조상들에 대한 후손
들의 추모의식이다. 제사 외에도 이 시에는 '최방등'이라는 전통적인 풍
속이 등장하고 있다. 최방등 제사란 정주지방의 제례풍속으로 5대 이상
되는 조상에 대해서는 차남이 제사를 지내는 것이다. 이는 장자중심에서
차남도 동일한 자손의 위치를 확보한다는 의미를 지닌다. 인용시에서 그
러한 제사 풍속은 목구라는 사물의 의인화를 통해 표출되고 있다.

한편 이 시는 제사상에 올려진 음식과 목구의 모습을 노래함으로써
민속적인 정경을 잘 드러내고 있다. 즉 먼 후손들은 촛불을 앞에 두고
소담한 제상 위에 정성스럽게 마련한 음식들을 공손하게 받든 후 공경
스러운 절과 애끓은 통곡, 축문을 읽는 행위를 통해 먼 조상들과 만나
게 된다. '보탕'은 몸을 보(補)한다는 탕국이며, '반봉'은 제물에 쓰이
는 생선 종류의 통칭이다. '합문'은 제사 때의 유식(侑食)하는 차례에
서 문을 닫거나 병풍으로 가리어 막는 일을 말한다. '흠향'은 제사 때
에 신명이 제물을 받아서 먹는 것을 말한다.

3연에서는 목구의 의미를 귀신과 사람, 즉 죽은 조상과 살아있는 후
손과의 거리를 메우는 매개체로 의미화하고 있다. 즉 '구신과 사람과
넋과 목숨과 있는 것과 없는 것과 한줌 흙과 한점살과 먼 녯조상과 먼
홋자손의'이라는 것은 죽음과 삶의 구별을 의미하는 부분이다. 4연에서
는 목구가 나와 조상을 매개하는 것에 머무르지 않고 앞으로도 계속해
서 나와 후손과 조상의 아득한 거리를 메우며 함께 할 것임을 보여준
다. 즉 대대로 맥이 끊이지 않고 이어져 온 제사는 후손들로 하여금

---

105) 임돈희, 「조상제례」(대원사, 1998), p.8.

온갖 시련 속에서도 핏줄을 지켜 온 조상들의 의지와 슬기를 배우게 하고 그들로 하여금 시련을 극복하고 꿋꿋하게 살아 나가게 하는 원동력이 된다. 따라서 대대로 이어져 온 집안의 제사는 집안의 상징이 된다. 화자는 수원 백씨 정주 백촌이라는 집단을 형성하여 살아온 조상들과 우리 민족의 상징인 호랑이, 곰, 소 등을 대비시켜 민족의 수난을 보여주고 있다.

문학적 상징으로서의 동물은 곤충에서 파충류, 포유류에 이르는 진화의 단계에 따라 그 본능적 의식의 심도를 반영한다. 벌레나 곤충과 같은 하등 동물은 흔히 부정적이고 열등한 의식을 드러내지만, 호랑이나 새, 용이나 피닉스, 유니콘 등 이른바 우화적 동물들은 매우 강력하고 신성한 의식의 표출에 기여한다.[106] '힘세고 꿋꿋하나 어질고 정 많은' 호랑이와 곰과 소는 조상의 모습을 상징하는 것으로서, 화자는 생명의 숭고함과 신성성을 동물 상징을 통해 표현하고 있다. '피의 비'가 지니는 의미는 죽음과 생의 원형성이다. 피의 원형이 지닌 생과 죽음의 이중성은 이 작품에서 '피의 비'라는 특이한 문학적 표현을 통해 확인되고 있는데, 삶의 고난과 소멸의 위협 아래서도 굴하지 않는 생명의 숭고함과 신성성이 동물 상징에 의해 표현되고 있는 부분이다.[107]

　　병이 들면 풀밭으로가서 풀을 뜯는 소는 人間보다 靈해서 열 걸음안에 제병을 낫게할 藥이 있는줄을 안다고

　　首陽山의 어늬 오래된 절에서 七十이 넘은 로장은 이런 이야기를 하며 치마자락의 山나물을 추었다
　　　　　　　　「절간의 소이야기」 전문

---

106) J. Cirlot, 「A Dictionary of Symbols」(Routeldege and Kegen Paul, 1962), p.11.
107) 김은자, 「생명의 시학: 백석 시에 나타난 동물 상징을 중심으로」, 고형진 편, 『백석』(새미출판사, 1996), p.267.

소는 농경문화와 관련되며 인간과 함께 생활해 온 친근한 동물이다. 인용시에서 화자는 병이 들면 소가 인간보다 영험해서 열 걸음 안에 제 병을 낫게 할 약을 안다고 말한다. 이러한 동물에 대한 정령 사상은 원시시대의 사고에서 시작되었다. 이처럼 일상생활에 크게 영향을 끼쳐 온 동물숭배는 십이지신(十二支神)과 관련된다. 십이지신은 중국에서 기원한 것이지만 우리나라에도 삼국시대에 전래되어 김유신의 묘에 십이지신상이 조각되어 있다. 십이지신은 쥐, 소, 호랑이, 토끼, 용, 뱀, 말, 염소, 원숭이, 닭, 개, 돼지 등 열두 동물을 연운(年運), 월운(月運), 일진(日辰)과 관련시켜 특정 시간의 운세를 표상하는 것으로 삼았고, 사람의 운명을 판단하는 데 결부되기도 하였다. 특히 호랑이와 용은 대표적인 동물숭배의 대상으로 꼽는다. 호랑이는 산군(山君)으로 우대를 받았다. 산신상(山神像)에는 산신령과 함께 등장하는데 산신의 사자(使者) 또는 산신으로 추앙받았으며, 옛날 사람들은 산신에게 제사를 지내지 않으면 호환을 겪게 된다고 믿었다. 그러나 호랑이는 민담이나 민화에서 친근한 존재로 그려지기도 하였다. 용은 가상의 동물이지만 물을 담당한 수신(水神)으로서 우물, 하천, 바다, 비 등과 관련되어 있다. 기후의 순조로운 상태를 빌기 위하여 용왕제를 지내거나 또는 용을 대상으로 하여 기우제를 지내는 풍속이 존재한다.

동물숭배는 만물(萬物) 유신(有神)의 다신론적인 관념에 기초하여 동물에게 영력(靈力)을 인정하고 이를 통하여 자연과 인간의 관계를 비롯하여 인간생활의 여러 가지 측면에 대한 이해와 해석을 표현한 전통적인 종교 신앙의 하나로서 의의를 가진다.[108] 이처럼 동물숭배는 동물을 신성한 것으로 보고 이에 종교적 의미를 부여하여 숭배하는 관념 및 이에 따른 신앙행위이다. 동물이 지닌 속성, 즉 빠른 동작이나 강한 힘, 그 형태의 아름다움이나 거대함 등이 범상하지 않은 위력을 느끼게

---

108) 한국정신문화연구원, 앞의 책, 7권, pp.239－241.

하여 경이의 대상이 되는 것, 동물이 주는 재해나 위험 등에 대하여 공포감을 느끼는 것 등이 동물숭배의 심리적 동기들이다. 또한 동물에 대한 친밀감이나 식료(食料) 내지 노동력으로서의 효용성 등으로 인해 동물숭배가 이루어질 수도 있다. 또한 동물이 제의나 주술적 목적으로 사용되어 신성성이 부여되는 경우도 있다.

위 시에서 화자는 소를 통하여 동물에게 정령이 있다는 사실을 일깨우고 있다. 화자는 소의 정령이 인간보다 더 신령스럽다고 생각한다. '로장'과 '산나물'은 '소는 인간보다 靈해서'와 '제병을 낫게 할 藥'과 대비되는 것으로 소를 신성시 여기는 태도를 암시한다. 이처럼 동물은 인간과 분리된 모습이 아니라 인간과의 친화로 교감의식을 느낄 수 있다. 소는 고대에 신성시되었고 농경시대로 오면서 인간과 밀접한 관계를 형성한 동물이다. 『삼국지』 동이전에는 군사가 있을 때 소를 잡아 하늘에 제사를 지냈으며 발굽의 상태를 관찰하여 점을 쳤다는 기록이 전해진다. 부여족은 나라에 난리가 났을 때 소의 발톱 두 개를 불에 구워 점을 쳤다는 기록[109]도 있다. 이처럼 고대 사회에서 소는 제의용이나 순장용으로 사용되었다. 그리고 삼국시대 이후에도 기형이나 이상한 빛깔의 털이 난 송아지가 태어나면 음양오행과 관련시켜 길흉을 예측하는 풍속은 계속되었다.

백석의 시에서 동물은 인간과 동등한 입장에서 인격성을 부여받는다. 융(C. Jung)은 동물과 자신을 동일시하는 것은 무의식에 합일되어 생의 원천에 투입됨으로써 생명력을 회복하려는 의지의 표출[110]이라고 하였다. 이처럼 백석의 시는 인간과 자연과의 교감의식을 신령한 소라는 제재를 통해 보여주고 있다. 그의 시에서 소는 농사일에 이용되는 하찮은 가축에서 영험하고 신비스런 인격체로 전환된다.

---

109) 임동권, 「한국의 세시 풍속 연구」(집문당, 1985), p.481.
110) Jung, Cirlot, 「A Dictionary of Symbols」, (Routeldege kegan Paul, 1962), p.11.

신살구를 잘도 먹드니 눈오는아침
나어린안해는 첫아들을 낳었다

人家멀은 山중에
까치는 배나무에서 즞는다

컴컴한 부엌에서는 늙은 홀아비의 시아부지가 미역국을 끓인다
그마을의 외따른 집에서도 산국을 끓인다
「적경」 전문

인용시는 통과의례 중에 출생에 해당된다. 자연과 마을 사람들 전체
가 아이의 탄생을 축복해 주는 장면에서는 인간과 자연 사이의 교감의
식이 드러난다. 아기를 낳으면 삼신상에 차려 놓았던 쌀과 미역을 내려
다 밥을 하고 국을 끓인다. 그것을 일단 삼신상에 차려 놓고 빈 다음
산모가 먹게 하는데 이것을 첫 국밥[111]이라고 한다. 해산을 하면 밖에
서는 금줄을 준비하여 대문 위쪽에 늘이는데 금줄을 '삼줄', '인줄',
'금구줄'[112]이라고도 하며, 아들을 낳으면 왼새끼에 고추와 숯을 각각
3개씩 꿰어 매단다. 또 딸을 낳으면 왼새끼에 숯과 솔가지를 각각 3개
씩 꿰어 매단다. 이러한 금줄은 해산을 알리고 외인의 접근을 금하는
표지로서 금줄이 늘어져 있는 집에는 그 가족 이외에 아무도 들어갈
수 없는 것이 민속사회의 관습이었다.[113]
　　인용시의 3연에 등장하는 '산국'은 아기를 낳은 산모가 먹는 미역국
을 뜻한다. 손자의 탄생을 반기는 시아버지와 외딴 집에서의 미역국 끓
이는 행동을 일치시킴으로써 화자는 공동체적 연대감과 훈훈한 정감을
구체적으로 형상화한다. 또 이 시에서는 '산살구'라는 미각적 이미지가

---

111) 박계홍, 「한국민속학개론」(형설출판사, 1983), p.128.
112) 위의 글.
113) 위의 책, pp.128－129.

'눈 오는 아침'인 시각적 이미지에 용해되어 공감각적인 이미지의 상관물로 활용되고 있다.

2연의 '人家멀은 山중에' 까치가 배나무에서 짖는 모습은 토속적인 서정의 세계를 환기시키면서 적막한 산촌의 풍경을 그렸다고 할 수 있다. 이 시에서 까치는 좋은 소식을 전달해 주는 새이다. 까치에 관한 문헌으로는 『삼국유사』 1권 신라 탈해왕(脫解王) 편을 보면 탈해왕의 탄생이 까치 소리와 관계가 깊다[114]라는 구절이 나온다. 이처럼 까치가 귀인의 출생을 전하는 영물(靈物)로 등장하는 데서 고대인의 까치에 대한 사고를 알 수 있다. 일반적으로 까치는 기쁜 소식을 전해주는 길조로 알려져 있다. 좋은 일을 알려주는 예조의 새로 인식되었기 때문에 까치가 울면 그날 재수가 좋다든가, 아침에 울면 반가운 소식이나 손님이 온다고 여겼다. 또한 까치는 주변이나 인가 근처에 집을 지어 살고 있기 때문에 자주 보는 친근한 존재이다. 이 친근성으로 말미암아 단순한 조류 이상의 신앙성까지 부여받는다. 단적으로 그것은 정월보름에 까치가 울면 농사가 풍년이 든다는 민간 풍속으로 나타난다.

세시풍속에 정초에 처음 들려오는 새의 울음소리에 따라 그해의 운수를 점치는 것이 있다. 즉 좋은 새소리를 들으면 길하고 나쁜 새의 울음소리를 들으면 불길한 징조라는 것이다. 여기서 좋은 새소리란 까치를 말하고 나쁜 새소리는 까마귀를 의미한다. 이는 인간들이 까치를 길조로 여기기 때문에 길조의 울음소리를 들어 일 년 동안의 길서(吉瑞)를 예지하려는 노력에서 시작되었다고 할 수 있다. 환자가 있는 집에서는 까치가 울타리에 와서 울면 완쾌할 예조(豫兆)라고 판단했다. 또 민화에도 호랑이와 까치를 함께 그린 그림이 있는데, 그것은 악을 쫓고 복을 불러온다는 민속 신앙의 한 단면이라고 할 수 있다. 또 까치가 새로 집 짓는 것을 보고 한 해의 농사를 점치기도 했다. 까치가

---

114) 임동권, 「한국민속문화론」(집문당, 1989), p.461.

나무꼭대기에 집을 지으면 당년은 태풍이 없을 징조이나 까치가 얕은 곳, 나뭇가지가 튼튼한 곳에 집을 지으면 그해에는 태풍이 불어 농작물에 피해가 있을 것으로 예상되었다. 또 까치집의 출입문의 방향을 보아 어느 쪽에서 태풍이 불어올 것인가를 짐작하기도 했는데, 그것은 영물인 까치가 바람이 불 것을 미리 알아서 바람과는 반대쪽에 출입문을 낸다고 믿었기 때문이다. 까치집의 출입문이 상부에 있으면 그것은 가뭄의 징조이고 하부에 있으면 장마의 징조라고 판단하기도 했다. 이는 우리 조상들이 까치를 통해서 농사일을 점복[115]했다는 것을 말해 준다.

> 닭이 두홰나 울었는데
> 안방큰방은 홰줏하니 당등을 하고
> 인간들은 모두 웅성웅성 깨어있어서들
> 오가리며 석박디를 썰고
> 생강에 파에 청각에 마늘을 다지고
>
> 시래기를 삶는 훈훈한 방안에는
> 양념내음새가 싱싱도하다
>
> 밖에는 어데서 물새가 우는데
> 토방에선 햇콩두부가 고요히 숨이 들어갔다
>   「秋夜一景」 전문

위 시는 제사나 잔치를 준비하는 밤의 풍성하고 흐뭇한 정경을 음식 열거와 냄새 등을 통해 형상화시킨 작품이다. 여기에서 '닭이 두 홰나 울었는데'는 닭 울음소리를 통해 시간을 지시하는 것이다. 닭은 일반적으로 밝음을 알려주고 어둠 속에서 활동하는 음귀를 쫓아내는 능력이 있다고 믿어졌다. 즉 닭은 새벽을 알리는 역할과 함께 잡귀를 쫓아내는

---

115) 위의 책, p.475.

역할도 하고 있었기 때문에 정초에 닭 그림과 호랑이 그림을 대문이나 벽에 붙여 재앙과 액운이[116] 물러가기를 빌기도 했다. 이것은 닭의 벽사 능력을 인식했다는 뜻이다.

1연에 등장하는 '홰즛하니'는 어둑어둑한 가운데에서 호젓한 느낌이 드는 것을 말하며, '당등'은 밤새도록 등불을 켜놓는 등불인 장등(長燈)이다. '오가리'는 박이나 호박, 무 등을 썰어서 말린 것이며, '석박디'는 섞박지로 김장할 때 절인 무와 배추, 오이를 썰어 여러 가지 고명에 젓국을 조금 쳐서 익힌 김치를 말한다. 즉 물김치나 나박김치를 말한다. 이러한 특유의 음식 열거는 시각과 미각의 결합과 안방의 부산한 웅성거림으로 모아져 2연에서 양념 냄새인 후각 이미지로 표현한다. 3연에서는 물새가 울음이라는 청각 이미지와 햇콩 두부의 고요한 숨이 들어간 미각을 결합시키고 있다. 이처럼 이 시는 토속적인 음식을 통하여 훈훈한 감정을 묘사하고 있다.

지금까지 토속적 세계의 형상화라는 관점에서 백석의 시를 살펴보았다. 그는 민속 체험을 유년의 시각으로 구체화함으로써 고향의식과 주체성을 상기시켰다. 또한 속신과 샤머니즘적 세계관을 바탕으로 토속적인 삶의 정서를 표현함으로써 공동체의 삶에 투영된 민간 신앙의 의미에 주목하기도 했다. 이러한 속신과 샤머니즘은 일제 식민지를 거치면서 왜곡된 근대성의 물결에 시달려야만 했으며 그 과정에서 미신의 대상으로 오인되어 공공연하게 배제의 대상으로 분류되기도 했다. 그러나 백석의 이러한 시적 세계는 일제 식민지라는 시·공간을 배경으로 할 때 민족적 주체성의 환기와 밀접한 관계를 지닌다. 다시 말해 백석은 의식·무의식적으로 토속적인 공동체적 삶의 원형을 형상화함으로써 근대화로 표상되는 일제의 식민지 지배에 분명한 거부의 입장을 보여주었다고 할 수 있다. 특히 그는 방언과 토속적인 음식 등 다양한 생

---

116) 최대림 역, 앞의 책, p.25.

활 감각 이미지를 시 속에 적극적으로 끌어들임으로써 해체의 과정으로 치닫던 전통과 민족적 일체감을 회복시키고자 했다. 백석의 시가 보여주는 공동체적이고 토속적인 세계의 풍경은 이러한 점에서 중요한 시사적 의미를 갖는다고 말할 수 있다.

VI 1920년대 시에 나타난 민속

― 김억과 김소월을 중심으로 ―

1. 서 론

　본 연구는 한국 현대시에 나타난 민속의 수용 양상을 밝히는 데 목적이 있다. 한국 현대시가 서구 예술의 영향을 받으면서 발전한 것은 주지의 사실이다. 그러나 한국의 현대시는 서구 정신의 영향 못지않게 전통적 사상과 정서의 영향을 받으면서 오늘에 이르렀다. 따라서 한국 현대시의 전체적인 면모를 살피기 위해서는 서구 정신의 수용은 물론 전통과의 관계에 대한 연구가 절실히 요구된다. 그럼에도 불구하고 이제까지 현대시 연구는 주로 서구 사상과의 관계에만 편중되어 진행되었다. 따라서 본 연구에서는 현대시와 민속의 상관성에 주목함으로써 한국 현대시의 전통 관련성을 집중적으로 고찰하려 한다.

　현대시에 나타난 전통성의 문제는 우선 전통을 어떻게 이해할 것인가의 문제를 제기한다. 본고에서는 전통의 개념을 단선적인 시간의 문제에서 벗어나 다원적이고 포괄적인 전승의 측면에서 접근하려 한다.

전통에 대한 이러한 태도는 궁극적으로 전통이 불변의 고정체가 아니라 주체적이고 능동적인 수용의 과정 속에서 동적으로 변모할 수 있음을 전제한다. 전승 문화란 시·공간의 계기적 과정 속에서 이어지면서 민족 구성원 전체에게 영향을 미쳐 온 민중 문화이다. 그러므로 전승 문화는 의·식·주를 비롯하여 사회적 관습이나 관행, 세시 풍속, 통과의례, 민간 신앙, 민속놀이, 민속 예술 등을 포괄한다. 전승 문화는 민족의 정신적 핵과 결부되어 있다고 볼 수 있으며, 따라서 그 민족의 민족적 특성은 이러한 전승 문화의 연구를 통해 전체적으로 파악할 수 있다.

민속은 대표적인 전승 문화인데, 이는 민중의 역사와 함께 성장하고 발전한다. 또한 그것은 민족 성원 누구나 일상적으로 누려 온 민중 문화이기도 하다. 민중의 일상 문화, 즉 민속이 민족의 기층문화로 자리 잡기 위해서는 무엇보다 먼저 오랜 역사와 전통이 전제되어야 한다. 왜냐하면 기층문화란 한 민족이 보편적으로 공유하고 있는 생활양식이며, 또한 그것은 단순한 과거의 유물이 아니라 과거는 물론 현재와 미래까지도 좌우할 근원적이며 주체적인 역량이기 때문이다. 이와 같은 민속과 기층문화는 개인이 아니라 집단의 소산이다. 민족은 인류를 형성하는 종족적 운명 공동체의 기본적 집단이므로, 민족적인 특성에 대한 연구만이 전통의 구체적인 내용이 될 수 있을 것이다.

이상과 같은 문제의식에서 출발하는 본 연구는 한국 현대시에 민속이 어떻게 수용되어 왔는가를 확인하는 것을 목적으로 1920년대 김억과 김소월 시를 중심으로 살펴보고자 한다.

2. 1920년대 민속 수용 양상

1920년대는 식민지 치하의 불합리한 인습과 문화적 후진성에 근거한 작품들이 주를 이루었는데, 여기에서는 주로 피상적이고 감상적인 향수가 전면화되고 있다. 20년대의 전반기에는 자연주의와 낭만주의의 물결이 팽배하였고, 후반기에는 민족주의 문학과 카프 문학의 대립이 주를 이루었다. 특히 3·1운동의 실패로 인해 퇴폐적 정서가 시 속에 만연되어 나타났다. 퇴폐적 정서와 감상적인 향수는 감정의 무절제한 발산으로 치닫기도 했지만, 또한 그것은 형식의 구애를 받지 않고 주관적인 감정을 표현함으로써 자유시가 뿌리를 내리는 계기를 마련하기도 하였다. 퇴폐적 정서와 감상적 향수 속에서는 기존 인습에의 거부와 개인의 자유를 구속하는 사회와의 갈등, 문화적인 후진성 등이 개인적인 고뇌와 더불어 감상적인 차원을 형성하였다. 이는 부정적인 현실에 대한 구체적인 방안에는 이르지 못했으며, 그 결과 역사의식의 부재 속에서 관념적 도피로 안착하고 말았다.

그러면 1920년대 초기시의 제 양상과 낭만적 상상력의 구조를 낳은 역사적 기초 및 그 성격은 무엇인가? 요점부터 지적한다면 그것은 역사적 주체로서의 역할이 소거된 식민지 중산층 지식인들의 방황과 무력감 그리고 고독한 개인주의의 자기표현이다. 이러한 견해는 당대의 문학을 담당했던 계층이 대부분 중산층이며 일본 유학을 했다는 점에서 기인한다. 당시 서구의 상징주의가 활발히 진행되면서 한편에서는 민족의식을 고취시키고자 국문사용과 조선혼의 고취, 국어 연구 등으로 민족 교육의 필요성이 강조되었다. 그것이 구체적인 형식으로 나타난 것이 조선어학회이다. 조선어학회는 민족 문화를 알리는 데 힘을 쏟아 《한글》을 발간하고 사전 편찬과 맞춤법 제정, 한글날 제정 등으로 민족의 혼을 지키고자 노력하였다. 조선혼에 대한 문제의식은 1920년대 문학의 양상과 밀접한 관련을 가진다. 조선혼에 대한 문제의식은 시조 부흥론과 민요에의 탐구, 민요적 시의 창작 등으로 이어졌다. 시조와 민요의 탐구가 활발한 가운데 서구의 상징주의가 들어오면서 外來素와 傳統素의 갈등 속에서 서구 문예에 대한 일방적인 추종을 거부하고 우리 것을 지키려는 운동이 자생적으로 생겨났다. 그 대표적인 인물이 김억이다.

1) 김억 시에 나타난 민속 이미지

김억은 예술 지상주의와 시적 대응, 민요시와 관념적 현실인식을 시로 형상화했는데, 1914년 <학지광> 8월호에 「이별」을 발표하면서 본격적인 시작(詩作)에 나섰다. 그는 주로 외국시를 소개하여 번역하였는데, 1923년에 발간된 창작 시집인 『해파리의 노래』에는 정형율의 시형과 민요성이 나타난다. 민요조 서정시의 형태를 지닌 이 시집은 3·1운동 뒤의 좌절감과 허무, 실의를 반영하고 있다. 즉 그는 1925년 무렵부터 민요시로 방향 전환을 했으며, 그의 민요시에로의 전환은 문단 조류에서 쉽게 찾아낼 수 있다.

> <泰西文藝新報>를 통해 서구적 상징시를 도입한 우리의 근대시는 1920년대에 들어서 한편으로는 민요에 대한 관심을 보이기 시작한다. 月灘의 「러시아의 민요」(白潮 1호. 1922), 이광수의 「민요 小考」(朝鮮文壇 3호. 1924), 양주동의 「文壇전망」(朝鮮文壇 4호. 1924), 梁明의 「문학상으로 본 민요 동요와 그 채집」(朝鮮文壇 11호), 이은상의 「靑孀民謠 소고」(동광 7호. 1927), 양주동의 「丙寅文壇 개관」(동광 12호. 1927), 요한의 「新詩운동」(동광 12호. 1927), 홍사용의, 「朝鮮은 메나리나라」(별신곤 12-13호.1928) 같은 일련의 評文이 이에 속하는 것들로서, 우리는 여기서 민요

의 가치라든가 민족 문학으로서의 민요의 위치가 강조되고 있음을 볼 수 있다.1)

당시의 시단에서 프로 문학파의 계급주의적 시가 기세를 올리게 되자, 그에 대적할 수 있는 민족문학으로서 민요시가 절실히 요구되었다. 3·1운동을 계기로 지식층 사이에서 민중의식이 크게 대두했던 이유도 여기에 있다. 또 김억은 <태서문예신보> 14호에 「시형의 운율과 호흡」이라는 글을 발표하여 민요시에 대한 소박한 견해를 피력하고 있다.

> 한데 朝鮮 사람으로는 어떠한 音律이 가장 잘 表現된 곳이 있겠나요. 朝鮮 말로의 어떠한 詩形이 適合한 것을 먼저 살펴야 합니다. 一般으로 共通되는 呼吸과 鼓動은 어떠한 鼓動을 잡게 할까요. 아직까지 어떠한 詩形이 適合한 것을 發見치 못한 朝鮮詩文에는 作者 個人의 主觀에 맡길 수밖에 없읍니다.2)

당시 문단이 서구 근대시의 소용돌이에서 휩싸이고 있었음을 감안한다면 조선 사람으로 우리 민족의 목소리를 가져야 한다는 위의 주장은 매우 의미가 깊다. 그는 민족에 따라서 정신과 심령이 같지 않다는 판단하에 제 나름대로의 시를 만들어 내기 위해서는 자신의 정신과 심령에 알맞은 시형과 운율의 창조가 필요하다고 역설하였다. 즉 그 민족만이 가지고 있는 정신적 특성을 시형에 반영해야 한다는 것이다.

> 여러분, 살음의 즐거움을 맛보랴거든
> 「道德」의 禮服과 「法律」의 갓을 妙하게 쓰고
> 다 이곳으로 들어옵시요, 이곳은
> 人生의 「利己」 탈춤會場입니다.

---

1) 박호영, 「한국 근대 민요시의 위상」, <조선일보> 1979. 1. 9.
2) 김억, 「詩形의 韻律과 呼吸」, <태서문예신보>, 1919. 1. 13.

춤을 잘 추어야합니다 설틀어넘어지면
運命이라는놈의 陷穽에 들어갑니다.
하면 「幸福의 名簿」에서는 이름을 어이며
다시는 入場券을 엇지못합니다.
人生은 짧고 춤추는時間은 깁니다.
한分만 잃으면, 한分만큼한 幸福의 춤이업서지게 됩니다.
그러니 善은 쌜니해야합니다.
자 그럼춤을 쌜니 춥시다. 좃타 좃타 얼시구…….

김억, 「탈춤」 전문

이 시에서 화자는 탈춤이 인생의 다양한 모습이라고 설득하고 있다.
화자는 삶의 즐거움을 느끼려면 탈춤을 잘 추어야 되며, 잘못 추면 '운
명이라는 놈의 함정'으로 들어간다고 충고한다. 그리고 인생은 짧으니
행복의 춤을 얻기 위해서 탈춤을 추자고 권유하고 있다. 다시 말하면
탈춤을 통해서 삶의 즐거움과 행복을 느낄 수 있다는 것이다. 일반적으
로 가장(假裝)한 연희자가 사건이나 이야기를 집약적으로 구성하여 말
과 몸짓과 노래와 춤으로 극적으로 표현한 것을 민속극3)이라 한다. 다
시 말하면 민속극이란 민중이 생활상의 필요에 의해서 공동적으로 전
승하고 공연하는, 문자 기록에 의하지 않고 구비 전승하는 희곡을 가
진 연극4)이라 할 수 있다. 탈춤과 박첨지놀음과 발탈은 민속극 범주
에 들어간다. 현재 전승되고 있거나 재현되고 있는 탈춤의 지역적 분
포는5) 다음과 같다.

① 경상도: 낙동강 상류 지역ㅡ별신굿탈놀음, 하회별신굿탈놀이
　　　　　　　낙동강 동쪽 지역ㅡ들놀음, 수영들놀음, 동래들놀음

---

3) 민속학회, 「한국민속학의 이해」(문학아카데미, 1994), p.358.
4) 위의 글.
5) 위의 책, p.359.

낙동강 서쪽 지역 ─ 오광대, 통영오광대, 고성오광대, 가신오
광대

② 서울 및 경기도: 산대놀이, 양주별산대놀이, 송파산대놀이
③ 황해도: 해서탈춤, 봉산탈춤, 강령탈춤, 은율탈춤
④ 강원도: 단오굿탈놀음, 강릉관노탈놀이
⑤ 함경도: 사자탈놀음, 북청사자탈놀이

탈춤의 기원은 가무(歌舞) 오신(娛神)하는 주술적, 종교적인 제의[6]
이다. 고구려의 무악(巫樂)과 신라의 오기(五伎) 또는 산악백희(散樂百
戱)의 영향 속에서 조선조 후기의 산대도감 계통의 무극이 형성[7]된 것
이라 볼 수 있는데, 신라 가무백희는 탈춤의 구체적인 실례를 보여준
다. 『경도잡지』에는 다음과 같은 구절이 있다.

> 연극에는 산희(山戱)와, 야희(野戱)의 양부(兩部)가 있는데 나례도감에
> 예속되었다. 산희는 시렁을 매고 포장을 치고, 사호(獅虎), 만석(曼碩), 승
> 무(僧舞)를 상연한다. 야희는 당녀(唐女), 소매(小梅)로 분장하고서 춤을
> 춘다. 만석(曼碩)은 고려 때 중의 이름. 당녀는 고려 때 예성강(禮成江)가에
> 와서 살았던 중국 창녀(娼女)의 이름. 소매(小梅)도 옛날 미녀의 이름이다.[8]

여기서 말하는 산희는 산대희이고, 야희는 탈춤이다. 산대희는 장막
을 드리운 다락을 엮어 그 위에서 하고, 탈춤은 들어서 한다. 탈춤에는
유랑 탈춤과 농촌 탈춤, 도시 탈춤이 있는데 유랑 탈춤은 정착하지 않
고 여러 곳을 돌아다니는 직업적인 광대가 공연하는 것으로, 사당패의
탈춤이 대표적이다. 농촌 탈춤은 농촌 마을에서 굿을 거행하면서 굿의
일부로 지녀온 탈춤이며, 놀이하는 사람은 직업적인 광대가 아니고 농

---

6) 위의 책, p.101.
7) 위의 글.
8) 유득공 외, 이석호 역, 「조선세시기」(동문선, 1991), p.191.

악대이다. 농사가 잘 되기를 기원하는 굿의 일부로 공연되었으며 일 년에 한 번씩 자기 마을에서 공연한다. 도시 탈춤은 조선 후기에 상업도시에서 자라난 탈춤으로, 주인인 상인과 이속(吏屬)이 농촌 탈춤을 받아들여 새로운 사회적 환경에 맞도록 발전시킨 것이다. 탈춤에서 표현되는 갈등은 양반과 농민의 갈등으로 양반을 희화화하고 비속화하는 것이 가장 보편적인 주제이다. 이처럼 탈춤은 차츰 오락성을 띠면서 동시에 예술적인 면을 갖추게 된다.

탈춤은 놀이꾼과 구경꾼이 함께 판을 짜는 대동놀음이다 즉 연희자와 관중이 공동으로 참여하는 집단 연희이므로 연희자와 관중의 관계가 특히 밀접하다. 그것은 여러 사람이 갖가지 가면을 쓰고 나와 춤도 추고 노래도 하고 또 우스운 이야기도 하는 민속 예술이다. 생겨난 곳에 따라 오광대놀이니 봉산 탈춤이니 하는 이름이 붙여지며, 극의 줄거리나 탈의 생김새가 조금씩 다르다. 탈은 주로 바가지나 종이로 만드는데, 등장인물의 생김새를 과장되게 표현하는 것을 특징으로 한다. 대표적인 탈춤인 봉산탈춤에서 말뚝이라는 하인은 거들먹거리는 양반을 놀려먹는 역할을 하며, 취발이는 술 잘 먹는 세속적인 중으로 등장한다. 이런 탈놀이는 조선 시대 후기에 들어서면서 사회의 문제점들을 비판하고 양반을 골탕 먹임으로써 억눌린 서민들을 위안해 주는 역할을 하게 된다. 탈춤은 또 다른 가면 무극과 마찬가지로 춤이 주가 되며 거기에 묵극적인 몸짓, 동작과 사설, 노래가 곁들여진다. 내용은 남녀의 갈등과 양반에 대한 풍자와 모욕, 그리고 서민 생활의 빈곤상 등 당시의 현실 폭로와 특권 계급에 대한 반항 정신을 구체적으로 표출하고 있다. 따라서 대사는 민중의 일상생활에서 전승되는 구어를 그대로 쓰고 사투리, 비속어, 외설어, 신소리와 말재롱, 속담, 관용적 표현, 전고(典故)의 인용들이 자주 사용된다. 즉 탈춤은 관념적 허위, 신분적 특권, 남성의 횡포와 같은 제도를 비판하고 현실적인 백성의 삶을 긍정적으로 표현하는 극적 형상의 춤이다.

탈놀음의 주제는 벽사의 의식무, 파계승에 대한 풍자, 양반계급에 대한 모욕, 일대 처첩의 삼각관계와 서민생활의 곤궁상이 가장 빈번하다. 실눈을 하고 웃는 표정을 짓고 있는 양반, 이매, 중, 부네, 백정탈 등은 비교적 여유를 가지고 낙관적인 삶을 살아가는 인물을 묘사한 것이며, 툭 불거진 동그란 눈을 하고 못마땅한 표정을 짓고 있는 초랭이, 선비, 할미탈 등은 현실에 대한 불만 때문에 저항적인 삶을 살아가는 인물을 묘사한 것이다. 이처럼 탈은 개성 있는 한 인물로 살아나게 된다. 탈놀음에 나타나는 민중의식은 사회풍자의 희극으로 사회적 불평등으로 빚어지는 현실적인 문제들을 비판적으로 제시한다. 등장인물의 명칭에서부터 각 마당에서 다루고자 하는 주제를 암시한다. 노장, 소무, 신장수, 양반, 말뚝이, 영감, 할미 등 신분이나 부류를 나타내는 명칭이 대부분이고, 구체적인 개인의 이름은 드물다. 명칭을 통하여 탈놀음에서 다루는 것이 등장인물 개인의 문제가 아니라 신분이나 계층, 부류 사이의 문제임을 알 수 있다. 그러나 탈놀음은 이러한 문제들을 풍자하며 갈등을 조장하는 것이 본질이 아니라 현실의 문제를 객관적으로 제시하여 해결하고 화합을 조성하려는 성격이 강하다. 이러한 사실은 명절날, 즉 대부분 정월 보름이나 오월 단오제에 거행되었기 때문에 명절날 서로의 갈등을 해소하고 단결과 화합을 도모하고자 하는 측면과 깊은 관련을 지닌다.

탈춤은 북부지방의 북청사자놀음과 해서지방의 봉산탈춤, 강령탈춤, 은율탈춤이 있으며, 중부지방에는 양주별산대와 송파산대가 있고, 남부지방에는 오광대 계열의 고성오광대와 통영오광대, 가산오광대 그리고 야류계의 동래야류와 수영야류, 그리고 강릉의 관노탈놀이, 화회별신굿 등이 있다.

> 닙픠고 곳열니라는 째가 되거든
> 곳의서울 歡樂의平壤을 닛지말아라

잔한大洞江우에는 써노는 기러기
綾羅島에는 새엄을 돗치는 실버드나무의

보아라, 牧丹峰가의 소나무아레에는
삼가는듯시 소군거리는 牧丹꼿갓흔말이
愛人과愛人의 입살로 숨여 헤매지안는가.

오늘은 三月에도 첫삼진날
江南의 제비도 넷깃을 안닛고 오는날
愛人의 첫삼질은 人世쑨만이 안이여
(보아라, 空中에도 써도는 愛人의 첫삼질!)

김억, 「三月에도 삼질날」 전문

위 시는 사랑의 노래로서 떠나는 임을 기다리는 정서를 표현하고 있
다. 인용시에 등장하는 삼짇날은 3의 양(陽)이 겹치는 봄철의 시작을
알리는 명절이다. 강남 갔던 제비가 돌아오고 뱀이 나오기 시작하는 날
이다. 이날 뱀을 보면 좋지 않다고 꺼리며 흰나비를 보면 그해에 상복
을 입게 되어 좋지 않다고 여기며 노랑나비와 범나비를 보면 당년 운
수가 좋다[9]고 여긴다. 진천 풍속에는 여자들이 3월 3일부터 4월 8일까
지 무당을 데리고 우담(牛潭)의 동서 용왕당(龍王堂)과 삼신당(三神
堂)에 가서 아들을 낳게 해달라고 비는 풍속이 있다.

2) 김소월 시에 나타난 영혼의 환생과 무속성

1920년 후반기에 민요시가 등장했는데, 민요시는 민요를 지향하면서
쓰인 개인 창작시라고 정의될 수 있다. 이러한 정의는 민요시가 지닌

---

9) 임동권, 「세시풍속－봄」, 「한국민속의 세계5」(고려대출판부, 2001), p.85.

양면성을 단적으로 함축하는데, 그것은 민요를 지향한다는 점에서 민요와 공통된 특질을 간직한 반면, 개인 창작시라는 점에서 민요와 다른 차이점을 내포하고 있음을 뜻한다. 민요시는 민족혼과 조선심, 조선혼 등이 담겨져 있으며 소재로는 향토성과 자연 친근성을 추구한다. 이는 향유자가 민속적 민중[10]이기 때문이다. 그리고 민요시의 정서는 원시적 정서, 민족 고유의 정서, 민중 생활 감정을 특징으로 한다. 민요시의 등장은 일제의 문화 정치 표방과 국권 상실에 의해 지식인들이 문학에서 우리의 전통적이고 고유한 정신 유산에 관심을 갖게 되었기 때문이다. 대표적인 시인이 바로 김소월이다. 그는 식민지 근대의 삶의 보편적 정서로 승화되는 서정구조를 창조하여 거기에 정형율의 변형을 추가하고 있다.

  김소월은 민족주의를 교훈으로 내세운 오산 학교에서 민족적 긍지를 배웠으며, 이러한 정신이 문학 속에 흡수되어 한국적 정서의 전통을 형성하는 바탕이 되었다. 그의 민요시적 특질은 향토적이며 자연 친화적인 정조와 민족적 정서인 한(恨), 시어 및 어법의 민요적 정감, 민담을 소재로 한 민요적 분위기, 전통적 율조 등[11]에서 살펴볼 수 있다. 이처럼 그의 시에서는 개인적 정한의 세계로 공동체의식을 내면화하여 사랑과 존재를 탐구하려는 의지가 엿보인다. 그가 스승인 김억의 음률에 영향을 받았다는 것은 다음과 같은 글에서 추측할 수 있다.

  그 내적 생명력이 약한 岸曙의 시는 자연히 內在的 리듬을 살리지 못한 채 주로 형태로서 연명되는 外在律만 남게 되고 끝내는 定型律의 舊殼만을 지키는 결과가 되고 만 것이다. 이러한 岸曙의 음률의식이 자기 구제는 못했지만, 생동한 생명으로 자라나는 제자 素月의 시에 음률의 세례를 줄 수 있었던 것이며, 그리하여 전통적인 民謠律에서 출발한 素月의

10) 김혜니, 「한국근대시문학사연구」(국학자료원, 2002), p.130.
11) 위의 책, p.133.

시로 하여금 고정된 定型律에서 굳지 않고 생동하는 한국적 음률을 재생
하는 데 크게 작용한 것이다.[12]

　김소월의 시는 대부분 민요적이며, 전통 시에 나타난 그리움이나 정
감을 향토적인 풍물이나 향토적인 언어로 구사하여 정한의 율조를 형
상화하고 있다. 민요라는 말이 이미 전래하는 민족정서를 담은 노래라
는 뜻을 담고 있으며, 그는 시에 이러한 전래적 요소를 끊임없이 끌어
들이고 있다. 그는 또한 한국의 전통적 律調를 근대시에 부활시킨 공
로자이다. 한국의 근대시가 1920년 이후로 급격히 개화되기 시작했다
면, 그 시기는 모든 풍조가 가장 열정적으로 서구적인 것을 모방해 갔
던 때이기도 하다. 한국의 초기 근대시도 그 예에서 벗어날 수는 없었
다. 오히려 서구의 근대시를 가장 열정적으로 모방해 간 것이 그 당시
의 문단의 주조였다. 김억도 그러한 서구 모방자의 선봉이었다. 그러나
그는 곧 시에 있어서의 압운을 주창하고 민요적인 정형율을 실천에 옮
겼다. 이것은 한국의 근대시가 서구화되어 가는 그 전성시대에 있어서
전통적인 율조를 부활시키고자 한 그의 노력이라고 볼 수 있다. 이러한
그의 노력은 자신의 시와 그 문학적 지향을 같이 하는 김소월을 통해
서 서구화해 가는 한국의 근대시를 전통적인 지반 위에 자리 잡게 하
는 데 중대한 영향을 끼쳤던 것이다. 이것은 김억이 남긴 중요한 선구
적 공적의 하나이다.

　이처럼 스승인 김억은 김소월에게 민요적 리듬을 육성시켰다. 김소월
은 시적 소재나 내용 면에서 민요의 율조와 정서의 보편성을 체득했다.
그는 민족정서의 기조인 정한과 탄식을 통해 부재하는 임에 대한 설
움과 한탄, 원망과 체념 등을 표현하고 있다. 이러한 보편적인 정감을
7·5조를 바탕으로 모국어와 전통적인 음률을 가락에 담아 폭넓게 전
달하고 있다. 이것은 대중적인 리듬으로서, 민속을 수용에로 그를 이끌

---

12) 정한모, 「近代民謠詩와 두 詩人」, <문학 사상> 1973, 5월호, p.45.

었다. 그는 민족과 시대를 배경으로 역경을 전통과 민족성의 가락으로 승화시켰다. 그리고 외래 사조의 유입에도 동요하지 않고 민족의 정한을 전통적 정서로 표현했다. 전통적인 시작법을 활용한 그의 시는 그러므로 독자에게 심리적 안정감을 가져다준다. 그리고 원형적인 사랑의 정감과 전원 심상, 민중적인 정감의 가락 등은 향토적인 소재나 민담적인 배경 등과 어울림으로써 더욱 민족적·민중적인 호소력을 유발한다. 이 점에서 소월은 민족 시인이자 민중 시인이라고 할 수 있다.

김소월의 시는 영혼의 환생과 구원으로서의 무속성을 바탕으로 죽음의식을 형상화하거나 전통적인 시간의식을 보여주고 있다. 죽음의식을 형상화한 시에는 「무덤」, 「비난수 하는 맘」, 「초혼」, 「금잔디」, 「한식」 등이 있으며, 전통적인 시간의식을 형상화한 시에는 「달마지」, 「가는 봄 三月」, 「널」, 「칠석」 등이 있다.

> 그누가 나를헤내는 부르는소리
> 붉으스럼한언덕, 여긔저긔
> 돌무덕이도 음즉이며, 달빛헤,
> 소리만남은노래 서리워엉켜라,
> 옛祖上들의記錄을 무더둔그곳!
> 나는 두루찻노라, 그곳에서,
> 형적업는노래 흘너퍼져,
> 그림자가득한언덕으로 여긔저긔,
> 그누가 나를헤내는 부르는소리
> 부르는소리, 부르는소리,
> 내넉슬 잡아쓰러헤내는 부르는소리.
>
> 김소월, 「무덤」 전문

'무덤'은 동양인에게 있어 삶과 죽음의 접점이며, 이승과 저승의 통로로 인식된다. 또한 무덤은 死靈의 거소이기도 하다. 무속에서는 저승

관념을 멀고 험난한 것으로 상정하지만 그것을 구체적인 감각의 대상으로 형상화할 필요에 직면하면 대개는 '무덤'이 저승의 상징이나 저승 자체로 인식된다. 이 시에서의 '무덤'은 무속의 저승관의 현실적 현현물(顯現物)이며 민간에서 생각하는 저승의 감각적 표상으로서의 성격을 지닌 것이기 때문에 무덤에서 영혼의 소리가 들려오기도 하고 또 거기서 사자(死者)의 영혼을 불러낼 수도 있는 것이다. 무속에서 산소를 고치거나 밀례(密禮)를 잘못하였거나 집안에 환란(患亂)이 났을 때 올리는 제가 명당굿, 즉 산소탈이다. '명당경을 발원합니다. 이구명당 신령님네 이구명당 산신대왕 이구명당 산신도사 이구명당 산신장군, 산신동자 산신선녀 이 정성은 다른연사 아니오라 이씨녀의 대한가정 백골낭자를 비나이다 이팔청춘 가신낭자를 비나이다 (……중략……) 이 한 자리 명당경으로 발원하니 평생에도 탈도 흠도 없이 받아들여 주시고 추들어 주옵소서 편안할자 안심조'라는 경을 하며 굿을 하게 된다.

　인용시에서 화자는 무덤으로부터 자신을 부르는 소리를 듣는다. 무덤의 주위에서 죽은 자의 소리가 자신의 넋을 잡아 휘두른다는 것은 그 소리를 들을 수 있는 사람이 무(巫)라는 것을 의미한다. 시인은 신과 접하는 무(巫)의 관계를 시적으로 변용하고 있다. 이러한 시어는 주술적인 언어이며 넋의 소생을 기원하는 마음이 간절함의 표현이다. 죽음을 담담히 받아들이는 것은 내면에 존재하는 고독과 절망, 죄의식 등의 심리적인 고통을 죽음 앞에서 담담하게 풀어놓음으로써 가능해진다. 화자는 죽은 자의 무덤에서 들려오는 소리에 이끌려서 자신도 죽음의 공간인 무덤으로 들어가고 싶은 충동을 느끼고 있다. 이는 시적 화자와 임의 관계가 단순한 이별의 상태를 넘어 삶과 죽음, 이승과 저승의 공간으로 분리되었으며 현실 속에서는 합일이 불가능해졌음을 뜻한다. 무속이 죽음과 삶, 초월과 현실을 이어주는 기능으로 확대되는 것은 바로 이런 순간이다.

함께하려노라 비난수하는 나의맘
모든 것을 한짐에 묵거가지고 가기까지
아츰이면 이슬마즌 바위의 붉은줄로
긔여오르는 해를 바라다보며 입을 버리고

쩌도러라 비난수하는 맘이여 갈메기가치
다만 무덤뿐이 그늘을 얼는이는 하눌우흘
바다까의 일허바린 세상의 잇다든 모든것들은
차라리 내몸이 죽어가서 업서진것만도 못하건만

쏘는 비난수하는나의맘, 헐버슨山우혜서
쩌러진닙 타서오르는 낸내의한줄기로
바람에나붓기라 저녁은 흐터진거믜줄의
밤에매든든이슬은 곳다시쩌러진다고 할지라도

함께하려노라 오오 비난수하는 나의 맘이여
잇다가 업서지는 세상에는
오직 날과날이 닭소래와 함께 다라나바리며
갓가웁는 오오 갓가웁는 그대뿐이 내게잇거라!
김소월, 「비난수하는맘」 전문

　'비난수'는 무당이나 소경이 귀신에게 비는 말의 정주 방언이다. 신에게 기원하고 의지하고자 하는 화자의 마음은 죽음의 고통을 겪고 아침의 태양과 일체가 되고자 하는, 죽음과 재회의 무속적 원형에 바탕을 두고 있다고 말할 수 있다. 이 시는 무(巫)의 제의상(祭儀上)의 제차명(祭次名)과 무속에서의 기원 내용에 기탁하여 상실, 고통, 방황, 갈구 등 생의 제1차적 과정과 탈피 및 일체화라는 생의 제2차적 과정을 전개하고 있는데, 이것이 강신무의 성무 과정과 일치점을 보인다. 1연에서 화자는 '모든 것을 한짐에 묵거가지고 가기까지'라는 표현을 통해 죽음이 올 때까지 함께 하고 싶은 열망을 표현하고 있다. 그것은 삶과 죽음의 시공을 초월하여 임을 만나고 싶은 간절함의 표현이다. 그는 아침이면 이슬 맞은 무정한 바위에 얽힌 붉은 혈맥으로서 떠오르는 해를 바라보며 입을 벌리고 기도하는 마음으로 사랑하는 사람과 같이 있겠다는 것이다.

2연에서 임의 죽음으로 인한 화자의 슬픔으로 집중적으로 표출되고 있다. 여기에서 무덤은 죽음의 공간이다. 시인은 '비난수'라는 무속 행위를 통하여 화자의 마음을 임에게 전달하려 한다. '갈메기가치' 하늘을 자유롭게 날 수 있는 매개체는 화자와 죽은 임을 연결시키는 심상으로 등장한다. 3연에서 중요한 구절은 '헐버슨山우헤서 써러진닙 타서 오르는 냇내의 한줄기로'이다. 기도하는 마음은 비난수하는 마음이 연기가 되어 하늘로 날아가기를 바라고 있다. 가슴에 응어리진 한을 풀고자 하는 것이 비난수하는 마음이기 때문이다. 여기에서 '냇내'는 평북 방언으로 연기인데 연기의 냄새를 뜻하며, '갓가웁는'은 '가까운'의 의미이다. 4연에서 화자는 무상한 세월 속에서 중요한 것은 오직 임뿐이라며 '그대쑨이 내게 잇거라'고 간절함을 표현한다. 그러나 죽음의 세계에 있는 임에 대한 그리움은 비난수라는 무속적 행위와 언어를 통해서만 전달될 수 있다.

> 이슥한밤 밤기운 서늘할제
> 홀로 窓틱에 거러안자, 두다리느리우고,
> 첫머구리소래를 드르라.
> 애처롭게도 그대는먼첨 혼자서잠드누나.
>
> 내몸은 생각에잠잠할제, 희미한수풀로서
> 村家의厄맥이祭지나는 불빗츤 새여오며,
> 이윽고, 비난수도머구리소리와함께 자자저라.
> 가득키차오는 내心靈은……하눌과땅사이에.

나는 무심히 니러거러 그대의잠든몸우헤 기대여라.
움직임 다시업시, 萬籟은 俱寂한데,
耀耀히 나려빗추는 별빛들이
내몸을 잇그러라, 無限히 더갓갑게

김소월,「默念」전문

이 시는 무속의 한 과정인 비난수를 배경으로 하여 제의(祭儀)의 상
징적인 분위기와 상념이 화자의 정조(貞操)와 혼연일체가 되고 있음을
보여주는 시이다. '村家의厄맥이祭'와 '비난수'라는 표현은 그것이 무
속의 굿거리 명칭임을 알 수 있게 한다. 비난수는 지역에 따라 홍수막
이 또는 횡수막이 굿으로 불리는 제차(祭次)인데, 이 비난수 제차(祭
次)는 유사한 토속신앙을 가진 종족의 제액초복(祭厄招福)하는 보편적
제의(祭儀) 형태의 하나이다. 비난수는 평안도 지역의 재수굿인 칠성굿
의 세 번째 제차에서 개별적인 신에게 개별 제의(祭儀)를 올리는 굿
이름이다. 비난수는 '비나수', '긴염불', '잦은 염불', '德談', '벅구춤',
'바라춤', '바라팔기', '공수' 등의 조직화된 과정으로 연결되면서 수명
장수(壽命長壽)를 칠성신에게 기원하는 것이다.

산산히 부서진이름이여!
虛空中에 헤여진이름이여!
불너도 主人업는이름이여!
부르다가 내가 죽을이름이여!

心中에 남아잇는 말한마듸는
끗끗내 마지하지 못하엿구나.
사랑하는 그사람이어!
사랑하는 그사람이어!

붉은해는 西山마루에 걸니웟다.

사슴이의무리도 슬피운다.
쩌러저나가안즌 山우헤서
나는 그대의이름을 부르노라.

서름에겹도록 부르노라.
서름에겹도록 부르노라.
부르는소리는 빗겨가지만.
하늘과땅사이가 넘우넓구나.

선채로 이 자리에 돌이되여도
부르다가 내가 죽을이름이여!
사랑하는 그사람이여!
사랑하는 그사람이여!

김소월, 「招魂」 전문

    화자는 전통적 상례(喪禮) 중의 한 절차인 고복(皐復) 의식을 빌어서 사랑하는 사람의 죽음으로 인한 슬픔을 표현하고 있다. 초혼이라고 하는 고복 의식은 사람의 죽음이 곧 혼의 떠남이라는 믿음에 근거하며, 이미 떠난 혼을 불러 들여 죽은 사람을 다시 살려내려는 간절한 소망이 의례화된 것이다. 죽은 사람의 혼이 무당 또는 유족의 부름에 따라 다시 돌아올 수 있다는 신앙 아래 무속에서는 여러 가지 의식의 초혼 관습 또는 제의가 지켜졌는데, 임종 직후 그 옷을 들고 지붕 위로 올라가서 북향하고 죽은 이의 이름을 세 번 부른 다음 복(復)을 외치는 것이 초혼이다.

    무속에서의 초혼의식은 무당에 의해서 관례가 되어온 제차에 따라 조직적이고 극적으로 베풀어진다. 이는 비명에 원사(怨死)한 죽은 사람의 혼을 이승으로 불러냄으로써 산 자와 죽은 자가 무당의 제의를 매개로 다시 만나 맺힌 원한을 풀고 못 다한 말을 하는 넋풀이와 한풀이의 의식이다. '초혼'이라고 부르는 의식은 이미 떠난 혼을 불러들여 죽은 사람을 다시 살려내려는 의식으로서, 사람이 죽은 직후 북쪽을 향해 그 이름을 세 번 부르는 행위가 중심이 되는 부름의 의식이다. 그 의식의 절차는 임종이 확인되고 곡소리가 나면 주검을 대면하지 않은 사람 가운데 한 사람이 죽은 이가 평소에 입던 두루마기나 적삼을 왼손에 들고 지붕이나 마당에서 북쪽을 향해 옷을 흔들며 생전의 관직명이나 이름을 부르며 복(復)을 세 번 외치는 것이다. 이를 고복(皐復)이라 하는데 그런 뒤에는 옷을 망자의 주검 위에 덮는 것이 일반적이나 영좌(靈座)에 두거나 나중에 입관할 때 관 속에 넣기도 한다. 지역에 따라서는 속옷을 사용하는 경우도 있다. 말하자면 이 고복 의식은 죽은 사람을 재생시키려는 의지의 한 표현으로서 떠난 영혼을 다시 불러들이는 일종의 부름의 의식이라고 할 수 있다.

인용시 「초혼」의 1연에서 화자는 '산산히 부서진 / 허공중에 헤여진 / 불러도 주인업는' 이름을 부름으로써 자신의 슬픔을 표현하고 있다. '이름이어!'를 반복은 주술적 반복과 동일하다. 4행의 '부르다가 내가 죽을 이름이어!'에서는 이 초혼제의 수행자가 화자 자신이라는 사실을 드러냄으로써 제의의 정당성을 밝히고 있다. 2연에서 화자는 '꽃꽃내 마지하지 못하엿구나'라며 미처 고백하지 못한 사랑에 대한 애달픔을 극적으로 표현한다. 이것은 임의 맺힌 한을 풀어 주려는 의도가 구체화되기 시작하는 부분이라고 볼 수 있다. 심중에 남아 있는 마지막 말을 하지 못한 상태에서의 사별은 생자(生者)와 사자(死者) 모두에게 '원'과 '한'의 맺힘을 초래한다. 이 맺힘과 풀이의 두 심리적 갈등과 해소가 한국 무속의 핵심적 과제이며, 이를 유형적으로 상징하고 있는 무속의 한 제의형식이 남도지역 무속인 씻김굿이나 오구굿에서의 고풀이 제차이다. 이 시에서 특히 두드러지는 반복은 시적 감동과 주술적 효과를 더함으로써 맺힘을 풀려는 화자의 강한 의지를 보여준다. 일반적으로 주술적인 노래는 반복을 통한 일종의 최면적 성격을 가지며, 반복되는 부름은 부름의 주술적 힘이 사자(死者)의 세계에까지 울려갈 것을 기원하고 호소하는 것이다.

한편 3연과 4연에서는 허무하고 광막한 시적 공간의 제시를 통해 슬픔의 본질이 드러나고 있다. 3연은 제의의 시·공간이 가장 잘 나타나는데, 해질 무렵은 보통 무속의 제의가 시작되는 시각이며, 붉은 해에서 비쳐 나오는 붉은 빛살은 불이나 황사처럼 제의의 신비성을 고조시키는 중요한 배경이다. '떨어져 나가앉은 산우에서'는 묵시적인 세계와 자연의 주기적인 세계가 일치하는 시점으로서 세속과 떨어진 신성한 공간이다. 즉 성소는 대개 외딴 곳이다. 서낭당, 산신당, 무가(巫家)는 대개 부락 집단으로부터 멀리 떨어져 있다. 따라서 화자가 저세상에 있는 임에게로 가장 가까이 접근할 수 있는 그 한계란 결국 이승의 끝을 의미한다. 4연은 반복의 기법이 정화된 주술적 효과와 상승 관계에 놓이면서 죽은 사람을 소환하겠다는 의지의 고조가 드러난다. 화자는 허무한 시적 공간을 제시함으로써 슬픔의 감정을 한층 고조시키고 있다.

5연에서 '망부석'은 비유된 슬픔을 말한다. 시간적 배경으로 제시된 '해질 무렵'이란 밝음과 어둠의 경계, 삶과 죽음의 경계로서의 '산'이라는 공간적 배경과 한데 어울린다. 이는 현실의 세계와 영원의 세계를 구분 짓는 것으로서 산 자가 죽은 자의 세계에 다가갈 수 없다는 절망적 한계를 인식하게 한다. 올 수 없는 세계의 사람을 부르다가 돌이 된다는 모티브는 일종의 신화적 원형성을 가진 것으로 보인다. 돌은 유한자(有限者)인 화자가 죽음을 초월한 영원존재로 회귀하려는 것을 의미하며 동시에 자신의 죽음을 통해서 비로소 초혼을 완성할 수 있음을 보여주는 상징이다. 이러한 '초혼'은 한국인의 정서적 원형일 수도 있고 피압박 민족의 비극적인 울림일 수도 있다. 김소월은 '초혼'이라는 민속을 통해 개인적인 정한(情恨)을 민족적인 정한으로 확대시킬 수 있었다. 이처럼 초혼의 표면에 짙게 나타나는 비탄과 절망의 비극적 세계인식은 죽음의 충격이 주는 심리적 외상의 표현이지만, 그것은 내면에 죽음에 대한 긍정과 초극의지를 담고 있다.

붉은 해는 西山에 걸리우고
쓸못염근사슴이의 무리는 슬피울째,
둘너보면 써러져안즌 山과 거츠른들이
차레업시어 우러진 외짜롭은길을
나는 홀로아득이며 걸엇노라
불설업게도 모신 그 女子의 祠堂에
늘 한자루 燭불이 타벗틈으로.

우둑키서서 내가볼째
모라가는 말은원암소래 댕그랑거리며
唐朱紅漆에 藍綿의 휘쟝을달고
얼는얼는지나든 가마한채
지금이라도 이름을 불너차즐수 잇섯스면!
어느째나 心中에 남아잇는 한마듸말을
사람은 마자하지못하는 것을.

오오내집의 허러진門樓우헤
자리잡고안잣는 그 女子의
畵像은나의 가슴속에서 물조차날것마는!
오히려 나는 울고잇노라
생각은 쓸쓸을 지어주나니.
바람이나무가지를 슷치고가면
나도바람결에 붓쳐바리거마랏스면.
　　　　　　김소월, 「녯님을짜라가다 쑴깨어歎息함이라」 전문

인용시는 「초혼」이 발표되기 전인 1925년 1월 <靈臺> 5호에 발표된 시이다. 이 시는 「초혼」과 시적인 발상이 비슷한데, '지금이라도 이

름을 불너차즐수 잇섯서면!' 하는 구절은 부름의 형식처럼 보인다. '불
설업게도 모신 그 女子의 祠堂'와 '畵像은나의 가슴속에서 물조차날것
마는!'에서도 고복 의식의 문학적 수용을 확인할 수 있다. 이러한 고복
의식을 통해 죽은 임을 부르게 하는 것은 조화로운 삶의 길이 이승의
내가 저승으로 건너가는 곳에 있는 것이 아니라, 저승의 임을 이승으로
끌어오는 것에 있음을 표현하고자 하는 것이다. 화자는 이러한 '초혼'을
통해 단절된 세계와의 화합을 세계 안에서 찾음으로써 단절을 단절로
인정하려 하지 않는다.

접동
접동
아우래비접동

津頭江가람가에 살든누나는
津頭江압마을에
와서웁니다

옛날, 우리나라
먼뒤쪽의
津頭江가람가에 살든누나는
이붓어미싀샘에 죽엇습니다

누나라고 불너보랴
오오 불설워
싀새움에 몸이죽은 우리누나는
죽어서 접동새가 되엿습니다.

아홉이나 남아되든 오랩동생을
죽어서도 못니저 참아못니저

夜三更 남다자는 밤이 깁프면
이山 저山 올마가며 슬피웁니다
                    김소월, 「접동새」 전문

　민간전승의 설화를 소재로 하여 쓴 이 시는 영혼 불멸관을 바탕으로 하여 한의 정서를 비극적으로 형상화하고 있다. 향토적인 언어인 '아우 래비'나 '불설워', '오랩동생' 등은 지역적 배경을 환기시키며 향토적이고 토속적인 정서를 강하게 노출하고 있다. 우리의 전통 민속에서 새는 태양 숭배사상과 관련되는데, 하늘에 떠 있는 태양과 하늘을 날아다니는 새를 밀접한 것으로 인식한 예는 평남 용강군에 현존하는 사신총(四神塚)이나 쌍영총(雙楹塚)의 벽화에서 단적으로 살펴볼 수 있다. 고구려에서는 관(冠)에 새의 깃을 꽂고 다니는 복식 풍속이 존재했다. 그리고 백제 무녕왕의 고분에서 발견된 금관은 깃을 꽂은 조관(鳥冠) 형식을 띠고 있었다. 삼국 시대에는 머리나 관에 새의 깃을 꽂고 다니는 조관은 귀인을 표시한 것으로 그 이유는 새가 태양을 상징한다고 믿었기 때문이다. 고대인들은 사람이 죽으면 육체를 떠난 영혼이 새를 타고 공중을 날아다닌다고 생각하였다. 『위지』 동이전에 이대조우송사(以大鳥羽送死)라 하여 큰 새의 날개로 영혼을 실어 보낸다는 기록이 있다. 진한의 장의풍속에는 큰 새의 날개를 시체와 함께 부장하던 관습이 있었는데, 관직에 새의 형상이 나타나는 것은 이러한 고대 신앙의 반영이라 할 수 있다.

　고대인들은 인간이 죽으면 그 영혼이 공중을 비행하는 것으로 믿었고, 영혼의 비행을 위해서는 새나 새의 날개가 있어야 한다고 생각했다. 즉 새가 천상(天上)의 영혼과 육신의 세계를 내왕하는 존재라고 본 것이다. 새를 인간과 신을 중개하는 영물로 인식한 예로는 솟대가 있다. 솟대는 나무로 만든 새를 만들어 마을을 지키고 재앙을 물리치고자 하는 기원을 담고 있다. 무당들이 굿을 할 때 반드시 모자에 새의 깃

을 꽂는데 이는 무당의 영혼이 새 깃을 타고 다른 세계(저승)의 영혼
과 접촉하는 것을 상징하기 위한 신탁(神託)의 징표이다. 따라서 새는
하늘과 땅을 연결하는 사자(使者)로서 선택된 것이다. 또한 새의 행동
이나 울음에 주술적인 의미를 부여하여 그것을 앞일에 대한 암시나 전
조의 상징으로 간주하기도 하였다. 따라서 '접동새'는 민속에 있어서
무속과 밀접하며, 이처럼 새에 대한 믿음은 빙의(憑依)된 샤머니즘적
성격을 띠고 있음을 알 수 있다.

가지가지 어뜩한 높은 나무에
까마귀와 까치는 울고 짖을 때,
이월에도 청명에 한식날이라
들려오는 곡소리 오오 곡소리.

거친 벌에는 벌에 부는 바람에
종이 돈은 흩어져 떠 다니는 곳,
무더기 또 무더기 널린 무덤에
푸릇푸릇 봄풀만 돋아나누나.

드문드문 둘러선 백양나무에
청가시의 흰꽃이 줄로 달린 곳,
아아 모두 아주 간 깊은 설움의
차마 말로 다 못할 자리일러라

가도 가도 또 가도 살아 못 가는
황천에서 곡소리 어이 들으랴
서러워라 저문 날 뿌리는 비에
길손들은 제각금 돌아갈네라

김소월, 「寒食」 전문

'한식'은 동지 후 105일째 되는 날인데 이날 조상의 묘에 술, 과일, 포, 식혜, 탕, 적, 떡 등을 차려 놓고 제사를 지내는데 이것을 절사(節祀)라고 한다. 조상의 무덤이 헐었으면 잔디를 다시 입힌다. 이날 농가에서는 나무를 심거나 채소 씨를 뿌려서 농경 준비를 하기 시작하는데 천둥이 치면 흉년이 들거나 불행한 일이 있어서 꺼리게 된다. 민가(民家)에서는 시절(時節)음식을 마련하여 집의 주요 가신(家神)에게 가정의 평안을 빌고 음식을 나누어 먹는데 이러한 것은 농사의 풍작을 목적으로 하는 기풍 의례라고도 볼 수 있다. 또 한식날에 찬밥을 먹어야 한다는 전승은 불을 때지 말라는 뜻이 담겨져 있는데 이러한 풍속은 중국으로부터 전래된 것으로 여겨진다. 또 당나라 현종(玄宗) 개원(開元)년간에 칙명으로 한식날 산소에 제사지내는 것을 허락했다. 그러나 그전 5대(五代) 때 후주(後周)에서는 한식에 길가나 들에서 잡신에게 지내던 야제(野祭)에서는 단지 종이돈을 불살랐을 뿐이다. 그러므로 한식날 묘제를 지내는 것은 당나라 때부터 시작된 것이다.

또 '청명'은 한식 하루 전날이거나 한식과 같은 날이 되는데 농가에서는 청명일을 기해 봄일을 시작하므로 농사에 관련이 깊다. 이날 대궐에서는 버드나무와 느릅나무에 불을 붙여 각 관청에 나누어 주던 풍속이 있었다. 당나라와 송나라에서 불을 나누어 주던 제도가 전해진 풍속이라고도 하지만 이것은 고대의 종교적 의미로, 매년 봄에 신화(新火)를 만들어 쓸 때에 구화(舊火)를 일체 금지하던 예속(禮俗)에서 나온 것으로 보아야 할 것이다. 한식날 찬밥을 먹는 것도 근원은 그러한 데에서 찾을 수 있다.

이처럼 김소월의 시적 특징은 전통적인 풍속과 관습의 체험이 시간을 통해 드러나는 점이다. 전통적이고 자연 친화적인 시·공간의 의식, 농촌생활에 대한 긍정적인 인식 등은 바로 이런 점을 예증하고 있다.

正月대보름날 달마지
달마지 달마즁을 가쟈고
새라새옷은 가라닙고도
가슴엔 묵은설음 그대로
달마지 달마즁을 가쟈고
달마즁가쟈고 니웃집들
山우혜水面에 달소슬째
도라들가쟈고 니웃집들
모작별삼셩이 쩌러질째
달마지 달마즁을 가쟈고
다니든옛동무 무덤까가에
正月대보름날 달마지

김소월, 「달마지」 전문

　민요적 리듬으로 창작된 이 시는 시어의 어감과 어조가 율동적인데, 이 시에서 화자는 정월 대보름날 새 옷을 입고 달마중을 가자고 권유하고 있다. 달맞이는 원기 왕성한 丹日에 사악한 것을 막아내 보려는 의도에서 시작된 민속이다. 이러한 달맞이 풍속은 벽사의 의미도 있는데 '가슴에 묵은 설움 그대로'에서 알 수 있듯이 달맞이는 이 설움을 잊기 위해서 새 옷을 입는 것이며 이는 묵은 설움을 지니고 옛 동무의 무덤가를 찾는 행위와 절묘하게 대비되고 있다. 사람들은 정월 보름날 솟는 달을 먼저 보기 위해 다투어 뒷동산에 오른다. 이는 남보다 먼저 달을 본 사람이 길한 운명을 갖는다는 인식 때문에 발생한다. 이처럼 주언(呪言)하며 소망을 비는, 즉 복(福)을 비는 말은 일상적인 언어와는 다른 종교 언어로서 궁극적이고 실재를 표현하기에 역시 제의적인 차원에서 행해지는 것이다. 특히 달맞이 때는 달의 빛을 보고 그해 한 해의 농사를 점치기도 했다. 붉은색은 가뭄의 징조이고 흰색은 장마가 징조였다. 또 달의 모양이나 크기, 고저 등으로 점을 치기도 했다. 달의 윤곽과 두께의 차이로 1년 농사를 점치기도 했는데, 달의 둘레가 두터우면 풍년이, 얇으면 흉년이 들 징조라고 인식되기도 했다.

만월(滿月)은 풍요(豊饒)를 상징한다. 보름을 중심으로 해서 풍산(豊産)을 기원하는 것은 달이 커져서 15일이 되면 완전히 하나의 결실이 되는 신비로운 점에서 생겨난 믿음이다. 특히 보름달에 풍산(豊産)과 무병(無病), 태평(太平)을 기원하는 것은 보름달이 생명과 함께 생식(生殖)이 밀접히 관계되어 있음을 보여주고 있다.

> 가는봄三月, 三月은 삼질
> 江南제비도 안닛고왔는데
> 아무렴은요
> 설게 이째는
> 못닛게, 그리워
>
> 잊으시기야 했으랴, 하마 어느새
> 님 부르는 꾀꼬리 소리
> 울고 싶은 바람은 점도록 부는데
> 설리도 이째는
> 가는 봄 三月, 三月은 삼질
>
> 　　　　　　　　김소월, 「가는봄三月」 전문

이 시는 강남 갔던 제비가 돌아온다는 삼월 삼짇날을 시간적 배경으로 삼고 있다. 민속에서 음력 3월 3일은 삼짇날 또는 상사일(上巳日), 중삼(重三)이라고 한다. 이날 머리를 감으면 머리카락이 부드러워진다고 하여 계곡의 맑은 물에서 머리를 감곤 했다. 이것은 제액의 의미로, 사람들은 동천에 몸을 씻고 교외에 나아가 하루를 즐기면 일 년 동안 무병장수한다고 믿었다. 들판에 나가 꽃놀이를 하고 새 풀을 밟으며 봄을 즐겼기 때문에 답청절(踏靑節)이라고도 한다. 이날 전국 각처의 한량들은 활터에 모여 활쏘기 놀이를 열기도 했고 또 닭싸움을 즐기기도 했다. 가정에서는 진달래꽃을 찹쌀가루에 넣어 화전(花煎)을 만들어 먹기도 하고, 녹두가루를 반죽하여 오미자 국과 꿀물에 띄운 뒤 잣을 곁들인 화면(花麪)을 만들어 먹도 했다. 그러나 무엇보다도 이날은 강남 갔던 제비들이 다시 돌아오는 날이다. 당시 우리 민족은 나비를 보고 점을 쳤는데, 노랑나비나 호랑나비는 소원이 이루어질 길조였으나 흰나비는 부모의 상을 입게 될 흉조라고 믿어졌다. 즉 흰나비를 먼저 보면 그해에 상복을 입고, 색깔 있는 나비를 보면 좋은 일이 있다고 믿었다. 삼짇날 뱀을 보면 좋지 않다고 하여 뱀 보기는 무척이나 꺼려졌다. 또한 물산제(용왕제)가 행해지기도 했는데, 이것은 주로 방생을 위한 민속이었다. 물산제는 마을이 깨끗하면 올리고 그렇지 않으면 올리지 않았다. 즉 마을에 초상이나 출산을 한 집이 있으면 용왕제를 지내지 않는 것이 상식이었다.

　정지용은 「三月 삼짇날」에서 나비와 제비의 부활의지를 형상화하고 있는데, '우리 애기 상제로 사갑소'라는 마지막 구절에서 '상제'는 옥황상제의 준말이다. 중국 고대에 있어 상제는 천계(天界)에 조정을 조직하여 운영하면서 동시에 지상을 감시하여 지상의 만물을 생성, 변화시키는 조물주이다. 상제는 첫째, 원시적인 천신 신앙에서 의인화된 인격신으로 나타나며 실제로 존재하는 사람으로 상상되었다. 둘째, 사람들의 마음과 통할 수 있다고 하더라도 결국 사람들의 마음 밖에서 초월적으로 존재하는 것이었다. 셋째, 상제도 사람처럼 욕망이 있는 자로서 사람이 현실적인 욕망을 희구할 때는 제사나 희생 등의 교역 의식을 통하여야 했다. 넷째, 상제는 사람들에게 그 상벌로서 빈천, 부귀, 사생, 이해 등의 외재적인 화복을 내려주는 자이었다. 상제에 대한 당시인의 종교적 신앙태도는 사람의 일에 관한 모든 것까지도 상제의 뜻에 의하여 결정하려는 상제 중심의 사고방식으로 나타났다. 『삼국유사』의 단군에 관한 기록을 살펴보면 상제는 천상에서 조정 대신들을 거느리고 있으면서 지상의 만물을 감독하는 자로 설명되어 있다. 이외에도 무속에서 섬기는 신으로는 옥황천존이 있다. 옥황천존은 전통적인 하늘신으로 하느님과 동일시된다. 이 신은 인간에게 수명장수를 주고 인간의 모든 문제를 풀어 주는 신으로 여겨졌다.

城村의 아가씨들
널 쒸노나
초파일 날이라고
널을 쒸지요.

바람 불어요.
바람이 분다고!
담 안에는 수양의 버드나무
채색줄 층층그네 매지를 말아요.
담 밖에는 수양의 늘어진 가지
늘어진 가지는
오오 누나!
휘젓이 늘어져서 그늘이 깊소.

좋다 봄날은
몸에 겹지
널뛰는 성촌의 아가씨네들
널은 사랑의 버릇이라오.

김소월, 「널」 전문

이 시는 초파일의 널뛰기를 형상화하고 있다. 널뛰기는 한자어로 초판희(超板戲), 판무(板舞), 도판희(桃板戲) 등으로 표기된다. 널뛰기는 음력 정초를 비롯하여 5월 단오와 8월 한가위 등 큰 명절에 주로 젊은 여성들이 즐긴 놀이이다. 이 놀이는 두툼하고 긴 널빤지를 준비하여 그 가운데 밑에 짚단이나 가마니 같은 것을 뭉쳐서 고여 놓는다. 그리고 양쪽에 한 사람씩 올라서서 한 사람이 뛰었다가 내리누르는 힘의 반동으로 상대방이 뛰어 오르는데 이렇게 두 사람이 번갈아 가며 뛰어 오르기를 되풀이하는 놀이이다. 널뛰기에 관한 기록을 찾아보면, 『경도잡지』에는 초판희(超板戲)라고 소개되어 있으며, 최남선은 『조선상식문답』에서 서보광(徐葆光)의 유구 여행기인 『중산전신록』의 내용을 인용하면서 정초에 여자들이 하는 유희로 격구와 판무희가 있다고 설명하고 있다. 민간의 설명에 의하면 널뛰기는 유교사회의 도덕적 구속으로 출입이 자유롭지 못한 여인들이 제한된 공간 안에서나마 바깥 세상에 대한 동경과 호기심으로 담장 곁에 널을 놓고 뛰면서 밖을 내다볼 수 있게 만들어진 놀이이다. 또는 남편이 감옥에 갇히게 되어 아내가 다른 죄인의 여인과 공모하여 널을 뛰면서 서로 담장 너머 옥(獄) 속에 갇힌 남편의 얼굴을 보았다는 이야기도 전해진다. 속담으로는 '널뛰기를 하면 그해에는 발바닥에 가시가 들지 않는다'라든가 '처녀시절에 널을 뛰지 않으면 시집을 가서 아이를 낳지 못한다' 등이 있는데, 건강과 관련지어 이 같은 이야기가 생겨난 것으로 추측된다.

> 까막까치 깃 다듬어
> 바람이 좋으니 솔솔이요
> 구름물 속에는 달 떨어져서
> 그 달이 복판 깨어지니 칠월 칠석날에도 저녁은 반달이라
> 　　　　　　　　　김소월, 「칠석」 부분

칠석은 견우와 직녀가 만나는 날이다. 이처럼 전통적인 풍습에 의해 체험된 시간은 동일한 문화와 풍습을 공유하는 집단의 내적인 교감을 전제로 한다. 전통적인 시간의식은 인간존재에 대한 성찰의 의미도 더불어 지닌다. 즉 인간의 내면화를 지향한다는 측면이다. 전통적인 시간의식에 내재한 변화는 태양의 순환과 계절의 변화를 바탕으로 한다. 이

러한 변화는 인간존재의 무상성을 인식하게 하며 그것을 통해 자연과 인간, 동일자와 타자의 경계를 지우고 초월하려는 새로운 형태의 사유를 열어준다. 김소월의 시에 나타난 전통적인 시간의식도 이러한 의미를 지니고 있다. 그의 시는 일제에 의해 전통적인 풍속이 비근대적이라는 이유로 폐지된 현실 속에서 식민지적 근대에 대한 저항의 의미를 띤다. "세시풍속이 비합리성과 비문명성의 이유로 취소 금지되었으며 節氣가 새로운 양력에 의해서 바뀌어졌다. 洞祭와 집단적 의례와 축제가 비생산적이며 미신이라는 이유로, 그리고 石戰과 같은 활력에 넘치는 놀이가 폭력적이라는 이유로 금지되었다. 이는 그것들이 각각 민족 정체성을 고양시키고 활력적인 생활의 바탕이 되기 때문이었다." 일제는 한국의 전통적인 문화와 풍습을 전근대성, 비생산성, 비문명성이라는 이유로 배척하였다. 일제는 고유한 민간 전통을 경찰이 관리하게 함으로써 독자적인 사상과 문화전통을 사회질서의 차원에서 통제의 대상으로 만든 뒤 지배적인 일본문화로 대체하고자 하였다.

3. 결 론

그동안 한국의 현대 문학 연구는 지나치게 서구 편향적인 태도를 보여 왔다. 이는 전통과 모더니티를 낡은 것과 새로운 것, 한국적(동양적)인 것과 서구적인 것 사이의 이중적 대립으로 정립시키고, 낡은 것과 한국적인 것을 저열하거나 미개한 것으로 인식하는 근대의 사유방식이 문학 연구에 반영된 결과이다. 한국의 현대시는 전통적인 시의 형식과 미의식을 봉건적 잔재로 간주하고 서양의 근대시를 모범으로 삼는 데 전념하였다. 이러한 작업은 식민지 교육을 매개로 한 왜곡된 근대 교육 체계와 그 속에서 양성된 근대 지식인들에 의해 주도된 것이었다. 한국 현대시가 보여준 반전통관은 서구의 왜곡된 동양관 혹은 일본에 의해 역투영된 조선관과 밀접하게 관련되어 있다는 점을 고려할 때, 결국 비주체적인 반전통관이라고 판단할 수 있다. 그들은 한편으로는 소위 한국적인 세계 인식이나 미의식을 타자화하고 배제함으로써, 그리고 다른 한편으로는 서구적인 사상이나 미의식을 통해 자기 동일적 미의식을 확립함으로써 서정시의 모더니티를 획득할 수 있다고 생각하였다. 그들은 서구적인 것을 보편적인 것으로, 이에 반해 한국적(동양적)인 것은 지역적이고 방언적인 것(특수한 것)으로 인식하였다. 하지만 이러한 의식의 저변에는 그 자체가 특수성의 발현인 유럽인의 고유한 세계 인식과 미의식을 보편적인 것으로, 한국적인 것은 이 보편적인 것에 훨씬 못 미치는 것으로 잘못 인식하는 서구중심적 편견이 자리 잡고 있다. 그러나 세계인식이나 미의식에 있어서 보편성은 서양과 동양의 제 민족의 문학(예술)을 통해서 일관되게 실현되는 것이기 때문에, 사회 경제적으로 앞선 서구의 문학예술이 절대적 보편의 자리를 차지할 수는 없는 것이다.

그러나 이러한 편향과는 달리 한편, 한국 근대시의 일부에서는 전통으로의 회귀를 통해 경험 세계(근대)의 비진정성을 고발함과 동시에 세계인식이나 미의식에 있어서 자기 동일성을 확립하고자 하는 경향이 존재하고 있다. 이것이 바로 모더니티 지향성에 대립되는 전통 지향성이다. 현대시의 전통지향성은 한국 민속학의 발전과 궤를 같이하며 성장했다. 그것은 본 연구에서 살폈듯이 이러한 문학적 성과들은 서구적 모더니티에 의해 지속적으로 억압되어 왔던 민족적인 것을 통해, 근대적 주체와 대립되는 견지에서 자기 동일적인 주체를 확립할 수 있었다. 민속과 풍속을 통한 민족 공동체의 동일성 회복은 그것이 서구적 모더니티에 대한 비판적 자세를 취한다는 점에서 전통지향적 의식과 일맥

상통한다. 그러나 이것은 과거적 유물의 단순한 계승이나 그것들의 소재적인 차용 이상을 의미한다. 민속과 풍속으로서의 민족의식은 '지금 -여기'라는 현실의 문제로서 생생하게 살아있으며, 동시대의 민족 구성원들의 의식을 규정하는 중요한 인식론적 기반이 된다. 다시 말해 민속과 풍속으로 대표되는 전통은 인간의 잠재의식·언어·문학적 유산을 통해 전승되어 경험적 현실의 일부를 구성하고 있을 뿐만 아니라, 시 창작의 원천으로 작용하고 있다.

이처럼 풍속과 민속을 통한 전통지향적 창작 태도가 등장한 것은 역설적으로 그 시대가 이미 위기에 직면해 있는 근대 사회라는 사실을 증명해 준다. 이때 각각의 문화적 주체들은 전통 지향적·전통 옹호적 입장에서 스스로를 근대에 대한 타자로 정립시키고 이를 통해 자기 동일성을 확립하고자 하였다. 이상에서 살펴보았듯이 김억과 김소월은 민족과 시대를 배경으로 그 역경을 전통과 민족성의 가락으로 승화시켰다. 그는 외래 사조에도 동요하지 않고 민족의 정한을 전통적 정서로 표현했다. 원형적인 사랑의 정감과 전원 심상, 그리고 민중적인 정감의 가락은 향토적인 소재나 민담적인 배경 등과 어울림으로써 더욱 민족적·민중적인 호소력을 보여 주었다.

[참고문헌]

경도잡지

고려사

동국세시기

삼국사기

삼국유사

열양세시기

강무학, 한국세시풍속기, 집문당, 1987

고형진, 한국 현대시의 서사지향성 연구, 시와 시학사, 1995

具美來, 한국인의 상징세계, 교보문고, 1994

김기수 외, 한국민속문학의 탐구, 민속원, 1996

김동욱, 한국의 전통사상과 문학, 서울대 출판부, 1987

김성배, 한국의 민속, 집문당, 1995

김시태. 현대시와 전통, 서울: 성문각, 1981

김열규, 한국민속과 문학 연구, 일조각, 1971

김윤식, 한국근대문학사상비판, 일지사, 1985

김용직, 한국현대문학의 사적 탐구, 서울대출판부, 1997

김태곤, 한국 무속 연구, 집문당, 1995

박경수, 한국근대 민요시 연구, 한국문화사, 1998

박계숙, 한국현대시의 구조연구, 국학자료원, 1998

송희복, 김소월 연구, 태학사, 1994

심우성, 남사당패 연구, 동문선, 1989

임동권, 한국세시풍속연구, 집문당, 1985

장주근, 한국민간신앙의 조상숭배, 문화인류학 15, 1983

장주근, 한국의 세시풍속, 형설출판사, 1984

조돈일, 탈춤의 역사와 원리, 홍성사, 1979

조동일, 한국설화와 민중의식, 정음사, 1985

최남선, 조선상식문답 속편, 동명사, 1948

최길성, 한국무속의 연구, 아세아문화사, 1978

최래옥 편, 한국민간 속신어 사전, 집문당, 1995

최상수, 한국의 세시풍속, 홍인문화사, 1960

박옥희, 한국의 무속적 상징성을 통한 정서표현에 관한 연구, 성신여대 석사, 1993

박진환, 삼교의 혼융과 샤먼의 신화 창조, 현대시학,1974, 12월호

최상수, 한국 가면의 연구, 민족문화연구 2, 1965

아키다 다카시, 심우성 역, 조선 민속지, 동문선, 1993

Ren E. Roberts, <Folk Architecture>, The Uinv.of Chicago Press, 1972

Richard M. Dorson, <Folklore and Folklife>, The Univ. of Chicago Press, 1972

Jan Harold Brunvand, <Folklore; A Study and Research Guide>, St, Martin's
        Press, New York, 1976

· 저자 ·

최정숙
(崔貞淑)

· 약 력 ·

충남 천안에서 출생했으며 시인, 문학 평론가
숙명여대 및 동대학원을 졸업하고 경희대에서 문학 박사 학위를 받았다.
한우리독서문화운동본부 전문위원을 역임하였고 지금 호서대 겸임교수
로 재직하고 있다.

제16차 세계시인대회(WCP)일본 마애바시에 참가하여 자작시(Still at
night)를 낭송했으며, 제18차 세계시인대회(WCP) 슬로바키아 브라티슬로
바에 참가하여 자작시(Winter Sea)를 낭송하였다.

시집 『그리움이 있는 풍경』, 평론집 『여성문학의 문법과 비평』, 전공
교재 『현대시와 민속』, 『논문 작성법』 외에 공저 수필집 『바람속의 얼
굴』, 『하루분의 기쁨이어라』, 『사랑이 흐르는 길, 사랑이 머무는 자리』
등 다수가 있다.
2001년에 시집 『그리움이 있는 풍경』으로 한민족 문학상 본상을 수
상하였으며 한국문인협회, 한국시인협회 한국문학 평론가 협회 회원으로
활동하고 있다.

· 주요논저 ·

「북한시 연구」, 「1930년대 여성 문학론」, 「1920년대 여성 문학론」, 「80
년대 여성시」, 「한국 현대시의 샤머니즘 연구―서정주를 중심으로―」, 「
샤머니즘 문학의 한.중 비교 연구―서정주 시와 중국의 <구가>를 중심
으로―」등 다수가 있다.

• 초판 인쇄   2008년 6월 25일
• 초판 발행   2008년 6월 25일

• 지 은 이   최정숙
• 펴 낸 이   채종준
• 펴 낸 곳   한국학술정보㈜
             경기도 파주시 교하읍 문발리 513-5
             파주출판문화정보산업단지
             전화 031) 908-3181(대표) · 팩스 031) 908-3189
             홈페이지 http://www.kstudy.com
             e-mail(출판사업부) publish@kstudy.com
• 등   록   제일산-115호(2000. 6. 19)
• 가   격   31,000원

ISBN   978-89-534-9617-0 93810 (Paper Book)
        978-89-534-9618-7 98810 (e-Book)